Günter Ruch

Gottes Fälscher

Roman

Knaur Taschenbuch Verlag

Besuchen Sie uns im Internet:
www.knaur.de

Vollständige Taschenbuchausgabe Januar 2009
Knaur Taschenbuch.
Ein Unternehmen der Droemerschen Verlagsanstalt
Th. Knaur Nachf. GmbH & Co. KG, München

Redaktion: Monika Köpfer
Umschlaggestaltung: ZERO Werbeagentur, München
Umschlagabbildung: AKG Images
Druck und Bindung: Norhaven A/S
Printed in Denmark
ISBN 978-3-426-50054-5

2 4 5 3 1

Wenn ich mit Menschen-
und mit Engelzungen redete
und hätte die Liebe nicht,
so wäre ich ein tönend Erz
oder eine klingende Schelle.

1 Korinther 13,1

Prolog

Anno Domini 1183, 6. Januaris, Dreikönigstag

Im Hof des Bauernmeisters Wolf von Giesel war es bitterkalt, und der Schnee reichte ihm bis zu den Knien. Doch Wolf ließ sich von der Eiseskälte nicht davon abhalten, neues Pergament aus Rinderhaut herzustellen, genauso wie sein Vater Eberhard es ihm beigebracht hatte, als er noch ein Junge war.

Am Abend, als es dunkel war, spitzte er beim Licht der kleinen Unschlittlampe den Federkiel und bereitete die Tinte nach dem alten Rezept zu, das sein Vater in der berühmten Reichsabtei von Fulda gelernt hatte. Zugleich mit der Geburt seines Sohnes wollte der Bauernmeister das alte Recht ihres Dorfes aufschreiben, so wie der Abt es seinem Großvater Hinkmar einst verliehen hatte.

Plötzlich brach das Messerchen ab, mit dem Wolf den Kiel der Gänsefeder spitzte, um daraus eine anständige Schreibfeder zu machen. Er bewahrte die Schreibutensilien und das Dorfsiegel in der schweren, mit einem großen Schloss versehenen Bauernmeistertruhe auf. Auf seiner Suche nach einer brauchbaren Ersatzklinge räumte Wolf die Truhe aus, bis er unten auf dem Boden angelangt war. Dort fand er nicht nur die gesuchte Klinge, sondern zum ersten Mal seit Jahren fiel ihm auch wieder die eingerollte Urkunde in die Hände, der Vertrag zwischen dem Großvater und Meister Dudo, der einst die Klosterschule von Fulda geleitet hatte.

Wolfs Zeigefinger glitt langsam an den Zeilen entlang, während er die Lateinkenntnisse bemühte, die ihm von dem lange zurückliegenden Unterricht bei seinem Vater im Gedächtnis haften geblieben waren. Das Pergament war rau. Er verstand nicht jedes Wort, aber da ihm die wesentlichen Punkte des Vertrags aus den Erzählungen seines Vaters geläufig waren, fand er sich doch schnell in dem Schriftstück zurecht.

In der guten Stube schrie Hinkmar, sein Erstgeborener, den ihm seine Frau Richildis kurz vor dem vergangenen Weihnachtsfest geschenkt hatte. Als er eine Stunde zuvor in die Bauernmeisterkammer gegangen war, hatte Richildis den Jungen gesäugt, und Wolf erfreute sich an seinem guten Appetit und seiner offensichtlichen Gesundheit. Kopfschüttelnd ging ihm ein Gedanke durch den Kopf: Sein Sohn wäre nicht auf der Welt, wenn sein Vater – so wie es der Vertrag vorsah – damals der Pfarrer von Giesel geworden wäre. Sein Sohn nicht, und er selbst auch nicht.

Er hatte seinen Erstgeborenen über der Grabplatte des Dudo taufen lassen. Die war in den Boden der Dorfkirche St. Laurentius eingelassen, unmittelbar am Altar. Darunter war das kleine, unscheinbare Kästchen mit den einbalsamierten Eingeweiden von Meister Dudo versenkt worden, das auf wunderlichen Wegen seinen Weg zurück aus dem Morgenland in die Heimat gefunden hatte. Die Leute aus der Umgebung verehrten diese Überreste wie die Reliquie eines Heiligen und Märtyrers. Meister Dudo würde es wohl gefallen haben, so wie der Vater ihn beschrieben hatte.

Bauernmeister Wolf hatte seinem Sohn den Namen seines Großvaters gegeben, um so die Erinnerung an ihn wach zu halten. Großvater Hinkmar war der erste Bauernmeister des Dorfes gewesen, als es zu neuem Leben erblühte. Die Leute aus dem Dorf nannten seinen Namen noch immer mit großer Ehrfurcht und tiefem Respekt, sie zündeten am Altar der Dorfkirche für ihn Kerzen an und beteten für seine Seele.

Wolfs Gedanken glitten zurück zu dem ungewöhnlichen Mann, der sein Vater gewesen war und der ihm die Anfangsgründe der schwarzen Kunst des Schreibens beigebracht hatte. Es erfüllte ihn mit Traurigkeit, dass es weder seinem Vater noch der geliebten Mutter vergönnt gewesen war, die Geburt des ersten Enkels mitzuerleben. Seit dem tragischen Tod der beiden waren zwei Jahre vergangen. Sie lagen vereint auf dem kleinen Friedhof hinter der Dorfkirche, und auch ihre Seelen – so hoffte Wolf aus tiefstem Herzen – waren jetzt hoffentlich vereint an einem friedlichen Ort.

Anders als sein Vater, der bis zu seinem Lebensende voller Zweifel und Skepsis gewesen war, glaubte Wolf fest an ein Jenseits und eine Wiederauferstehung der Toten. »Wenn es den Himmel gibt«, sagte Wolf, »dann seid ihr jedenfalls ganz sicher dort.«

Er sprach ein kurzes Gebet für die Seele seiner Eltern und warf dann einen letzten Blick auf die verblassenden Schriftzeichen der alten Urkunde, bevor er sie wieder einrollte und von neuem im finsteren Bauch der Bauernmeistertruhe versenkte. Der Vertrag zwischen dem Bauernmeister Hinkmar von Giesel und Magister Dudo war geschlossen worden, als Wolfs Vater Eberhard zwölf Jahre alt war. Die Urkunde war datiert auf den St.-Matthäus-Tag 1142, den 21. des Monats Octobris, kurz nach dem Kirchweihfest, bei dem die kleine Dorfkirche St. Laurentius vom Würzburger Bischof eingesegnet worden war. Es war das Jahr, in dem das Leben seines Vaters eine ganz neue Richtung nahm, vor mehr als vier Jahrzehnten.

I

Kirchweih

1142

10. Augustus, am St.-Laurentius-Tag

Das Dorf lag idyllisch im kühlen Tal eines kleinen, springlebendigen Bachs, der keinen Namen trug. Er floss noch sieben Meilen weiter ostwärts, um knapp oberhalb des ehrwürdigen Reichsklosters in den Fluss zu münden. Wie ein fruchtbarer Kranz umgaben wohl bestellte Felder die Ansiedlung mit ihren gut zwei Dutzend strohgedeckten Häusern und Gehöften. Der Bach teilte die Ansiedlung in ein Ober- und ein Unterdorf.

Es war gut zehn Jahre her, da hatten Bauernmeister Hinkmar und die Seinen auf Befehl des Abtes den verlassenen, uralten Ort Giesel neu besiedelt, von dem nur die dreihundertjährige Gerichtslinde übrig geblieben war. Im Schweiße ihres Angesichts hatten sie die Felder und Wege angelegt, den Wald gerodet, eine übermannshohe Palisade errichtet und eine Schutzhecke gepflanzt. Sie hatten ihre Gehöfte, Häuser, Scheunen, Ställe und Hütten hochgezogen und die Felder bestellt. Und Anno 1137, als die dringendsten Arbeiten erledigt und die Anfangsschwierigkeiten überwunden waren, hatten sie mit dem Bau einer steinernen Kirche begonnen.

Gottes Segen ruhte auf dem Dorf, nun, da die Kirche nach fünf Jahren Bauzeit endlich fertig gestellt war. Drei Tage zuvor war schließlich auch noch die Glocke eingetroffen, die sie in Fulda hatten gießen lassen.

Endlich war der St.-Laurentius-Tag gekommen, der Tag mitten im Hochsommer, an dem die Gieseler Kirche geweiht werden sollte. Das Dorf war festlich gestimmt, es hatte sich geschmückt mit bunten Wimpeln und Blumenkränzen und den Fahnen der Schützenbruderschaft St. Josef. Die goldenen Tragekreuze, wie sie den Prozessionen vorangetragen wurden, staken am Rande des Dorfplatzes im Boden.

Die drei Kinder des Bauernmeisters, dessen stattliches Gehöft gleich neben der Kirche am Dorfplatz lag, freuten sich seit Wochen auf das Fest. Sie waren aufgeregt und konnten es kaum erwarten, hinauszukommen. Doch die Mutter hielt sie zurück. Sie hatte die beiden Jungen und das Mädchen fein herausgeputzt, schließlich waren sie die Kinder der Dorfobrigkeit.

»Junger Mann, pass diesmal gut auf deine neuen Kleider auf!«, sagte Irmhard besorgt und zupfte den Mantel des Ältesten zurecht. »Und ihr beiden anderen auch, hört ihr? Sie haben unseren Vater zwei Dutzend Silberpfennige gekostet, würde ich sagen.«

»Können wir jetzt hinausgehen?«, fragte Bauernmeister Hinkmar mit seiner dunklen, Respekt gebietenden Stimme.

»Ja, endlich!«, riefen die Kinder freudig.

Zusammen trat die fünfköpfige Familie hinaus durch die mit Blumen verzierte Tür des Gehöftes. Die Mägde und Knechte des Bauernmeisters standen am geschmückten Hoftor Spalier. Die Luft schien zu vibrieren, so aufgeregt und voller Vorfreude waren alle. Das Tor führte hinaus zum Dorfplatz, auf dem bereits reges Treiben herrschte. Obwohl der wichtigste Gast noch gar nicht eingetroffen war, war das Kirchweihfest bereits in vollem Gange. Die Musik – Leier, Laute und Trommelschlag – spielte laut, auch wenn sich zahlreiche falsche Töne in die Melodien einschlichen. Die Gaukler rissen ihre Possen und gaben ihre Kunststückchen zum Besten. Ein Großteil der Tische, die Hinkmar hatte aufstellen lassen, war bereits besetzt, und das Bier und der Wein flossen in Strömen. Auch das Wetter zeigte sich von seiner besten Seite.

Hinkmar schaute angestrengt in Richtung des Dorftores mit

seinen massiven Pfosten und dem schweren Querbalken, in den Symbole und Runen eingeritzt waren, die böse Geister und Dämonen vom Dorf fernhalten sollten. »Kinder, wir werden hier bei uns gleich den Würzburger Bischof Embricho und den Abt Alehoff begrüßen«, sagte der Bauernmeister mit von Stolz schwellender Brust.

Dennoch stand ihm und seiner Gemahlin Irmhard die Nervosität ins Gesicht geschrieben. Es war der bisher größte Tag im Leben des Bauernmeisters. Nichts durfte schiefgehen. »Wenn ihr wollt, dann könnt ihr euch eine Zeit lang zu den anderen Kindern gesellen. Aber seid rechtzeitig zur Weihemesse an der Kirchenpforte. Also los, lauft schon! Ihr habt euch doch so lange darauf gefreut«, sagte der Bauernmeister zu seinen Kindern.

Das brauchte er nicht zweimal zu sagen. Die drei liefen aufgeregt auf den Dorfplatz hinaus und mischten sich unter die Menschen, sowohl Einheimische als auch Gäste aus den umliegenden Dörfern.

Da war der dreizehnjährige Walther, der Erstgeborene, der wie sein Vater ein Krieger des ehrwürdigen Abtes werden sollte. Walther, der sonst eher verschlossen und einsilbig war, platzte jetzt beinahe vor Stolz. Der dunkelhaarige Bursche, der im Herbst seinen Dienst als Knappe beim Grafen Ziegenhayn beginnen würde, war untersetzt und kräftig gebaut und kam auf seine Mutter, deren traurige Augen mit dem bisweilen misstrauischen Blick er geerbt hatte. Walther war der ganze Stolz von Irmhard.

Der zweitgeborene Sohn Eberhard war eher ein Außenseiter unter den Jungen des Dorfes. Mit seinen zwölf Jahren war er wegen seiner Schlauheit, die ihn vorlaut und hochmütig erscheinen ließ, schlecht gelitten im Dorf. Als wollte sein ganzes Wissen aus ihm heraussprudeln, redete er oft zu schnell und abgehackt, sodass es etwas Mühe bereitete, ihm zu folgen. Er hatte das glatte, dunkelblonde Haar und die energischen und zugleich einnehmenden braunen Augen seines Vaters geerbt, war aber schmächtiger und nicht so robust wie der alte Hinkmar. Das bunte Treiben um ihn herum würde ihn wenigstens für ein paar Stunden vergessen lassen, dass er ein Außenseiter unter den Kindern war, und in der eigenen Familie das schwarze Schaf.

Die kleine Theresa war das Nesthäkchen der Bauernmeisterfamilie, sie war die Fröhlichkeit in Person. Locken ihres blonden Haares quollen unter ihrem Kopftuch aus kostbarem Stoff hervor, das die Mutter ihr für das Fest gekauft hatte. Neu ausstaffiert war sie hübsch anzusehen, aber in ihren gewöhnlichen Kleidern fühlte sie sich zehnmal wohler als in den Festtagskleidern. Theresa war ein kleiner Wirbelwind, obwohl sie zierlich und zerbrechlich wirkte. In ihrem jungen Leben war sie schon oft krank gewesen, und sie ermüdete schnell.

Die Sonne stand schon mehr als halbhoch über dem Osten, und es drohte wieder ein so schwüler Tag zu werden wie die Tage zuvor. Seit dem Jakobstag war es jetzt so drückend heiß, und alle paar Tage zogen Gewitter über das Gieseler Tal hinweg, ohne dass sie bisher einen größeren Schaden angerichtet hätten.

Die Bauernmeisterkinder wurden von den anderen Mädchen und Jungen aus dem Dorf in ihrer Mitte begrüßt. Theresa gesellte sich zu ihren Freundinnen, und es gab immer ein paar Jungen, die sich um Walther scharten, weil er der Sohn des Bauernmeisters war. Eberhard stand daneben und reckte den Hals. Er suchte seine Freundin und Spielkameradin Gertrudis, aber sie war nirgendwo zu sehen. Er konnte auch sonst keinen aus ihrer Familie entdecken, weder ihren Vater Rochus noch Gertrudis' Mutter. Dass seit der Gründung des Dorfes zwischen den beiden Familien eine Feindschaft herrschte, änderte nichts an der Tatsache, dass Eberhard und Gertrudis unzertrennlich waren.

Zum Glück war auch Gertrudis' Bruder Ordolf nicht zu sehen, wie Eberhard erleichtert feststellte. In letzter Zeit schnüffelte er ständig hinter ihnen her und bereitete ihnen nichts als Verdruss. Ordolf war ein gewaltbereiter Bursche, der seine Schwester in

Angst und Schrecken versetzen konnte. Wenn Ordolf in der Nähe war, dann hatte man keine ruhige Minute, dann lagen Streit, Ärger oder eine Rauferei in der Luft.

Eberhard schüttelte den Kopf. Wo war Gertrudis nur? Wenn sonst im Dorf ein Fest im Gange war, genossen sie die willkommene Gelegenheit, sich unauffällig nahe zu sein. Dann bildeten die Dorfkinder einen großen, unübersichtlichen Haufen – von den Kleinen, die kaum laufen konnten, bis hin zu den großen Jungen, die schon einen Flaumbart hatten, und den beinahe heiratsfähigen Mädchen. Es war etwas ganz anderes als im Wald oder an ihrem Zaubersee. Dorthin gingen Gertrudis und Eberhard in aller Heimlichkeit, denn der Vater von Gertrudis hätte es niemals geduldet, dass seine Tochter sich mit dem Sohn seines Widersachers herumtrieb.

Eberhard konnte es einfach nicht glauben, dass Gertrudis nicht da war. Unruhig trat er von einem Fleck auf den anderen, schaute suchend in die Runde. Ringsumher saßen die Leute schwatzend auf den Bänken oder standen in lachenden Gruppen beieinander, andere verfolgten die Vorstellung der Akrobaten, die schon kurz nach dem Morgengrauen mit ihrem Geschäft begonnen hatten, wieder andere vertrieben sich die Zeit bis zum Beginn der Weihezeremonie, indem sie dem Tanzbären und dem Feuerschlucker zuschauten. Die Mädchen aus dem Dorf bewunderten den kräftig gebauten Hochseilartisten mit seinen schwarzen Haaren und dem südländischen Aussehen, der soeben sein Seil zwischen zwei Pfosten spannte. Es sah unglaublich dünn aus, und die Befestigung, die nur aus ein paar Tauen bestand, wirkte nicht gerade vertrauenerweckend.

»Autsch!«

Plötzlich wurde Eberhard von hinten angerempelt und gestoßen. Er stolperte und fuhr herum. Zwei, drei Jungs lachten. »Wer zum Teufel … ach, Ordolf!« Er verzog das Gesicht. »Hätt ich mir ja eigentlich denken können.«

»He! Wohl gestolpert, hm?«, fragte der Bruder von Gertrudis hämisch, stemmte die dicken Arme in die Seite und baute sich bedrohlich auf.

Eberhard tat einen Schritt zurück. »Lass das, du Idiot«, sagte er verächtlich.

Im nächsten Moment versuchte Ordolf, nach Eberhard zu treten und sein Bein zu treffen, doch der Sohn des Bauernmeisters konnte eben noch ausweichen.

»Du bist doch verrückt!«, sagte Eberhard keuchend. Er spürte, wie ihm der Zorn in den Kopf stieg, aber das war es ja, was Ordolf wollte. »Dein Vater sollte dich einsperren!«

»Meinst du, er sollte das?« Der Bruder von Gertrudis baute sich vor dem schmächtigen Eberhard auf. »Und bei dir wäre es besser gewesen, deine Mutter hätte dich gleich nach der Geburt ersäuft!«

Ordolf war zwar schwachsinnig, aber viel größer und stärker als Eberhard. Sein hässliches, rundes Gesicht war voller Pickel, und sein dunkler Flaumbart ließ ihn nicht männlicher, sondern noch alberner aussehen. Er war wie ein tollpatschiges Kind in einem viel zu groß geratenen Körper. Sein struppiges, stumpfes Haar war so pechschwarz wie seine Seele. Keiner wusste, von wem er es geerbt hatte, weder seine Mutter noch sein Vater hatten diese Haarfarbe.

Die Kinder musterten Ordolf verstohlen und zugleich ängstlich. Egal wo er auftrat, sorgte er immer für Abwechslung, andererseits wollte ihm auch keiner zu nahe kommen, um nicht vielleicht Opfer seiner gewalttätigen Anwandlungen zu werden.

»Was willst du eigentlich?«, fragte Eberhard angespannt.

»Ich sag es dir nicht noch mal: Behalte deine Finger bei dir!« Er machte eine obszöne Geste.

»Glaubst du im Ernst, du könntest mir irgendetwas verbieten?«

»Ich weiß genau, was ihr treibt!«

»Ha! Du weißt ja gar nichts.«

»Aber eins weiß ich ganz sicher: Ich bringe dich um, wenn du Gertrudis noch ein einziges Mal anfasst.«

Eberhard hasste Ordolf wie keinen anderen Menschen auf der Welt. Tausend Mal hatte er ihn verflucht, tausend Mal hatte er Gott angefleht, dass er Ordolf vom Angesicht der Erde tilgen möge, aber nichts dergleichen geschah. Unbekümmert und unbehelligt durfte der schwachsinnige Kerl sein sündhaftes und gewalttätiges Leben führen. Seit der Bruder von Gertrudis herausgefunden hatte, dass Eberhard heimlich mit seiner Schwester befreundet war, war alles noch viel schlimmer geworden.

»Schluss jetzt!«

Walther hatte die Auseinandersetzung bemerkt und trat hinzu. Ordolf stutzte. Er schaute Walther mit einer Mischung aus Angst, Wut und Hass an.

»Muss das Mönchlein wieder seinen großen Bruder zu Hilfe holen?«, fragte Ordolf hämisch. »Kann es sich nicht selber wehren?«

Mönchlein war Eberhards Spitzname: Die Kinder nannten ihn so, weil er beim alten Meister Guido Lateinstunden hatte und weil er so versessen aufs Lesen war.

»Leg dich lieber mit Gleichaltrigen an«, sagte Walther spöttisch. Er schlug seinen Umhang zur Seite, sodass man sein neues Kurzschwert sehen konnte. Das durfte er tragen, seit er beim Grafen Ziegenhayn zum Knappendienst angenommen worden war. Im Dorf hatte sonst kein Junge ein Schwert. »Hast du nicht genug vom letzten Mal?«

Ordolf kicherte unsicher. Auch die anderen Burschen aus dem Dorf lachten angespannt. Walther hatte sich Ordolf erst vor ein paar Tagen vorgenommen, als der seinen Vater beleidigt hatte. Zwar war es ihm wie immer gelungen, den zwei Jahre älteren Ordolf im Faustkampf zu besiegen, denn er war kräftiger, wendiger und schneller, aber es wurde jedes Mal schwieriger. Ordolf hatte allein aufgrund seines massigen Körpers und seiner bedenkenlosen Brutalität einen Vorteil gegen jeden Herausforderer, mochte der noch so wendig und geschickt sein. Im Frühjahr hatte er einem anderen Jungen aus dem Dorf lächelnd ganz langsam den Arm gebrochen und sich an seinen Schmerzensschreien und am Krachen ergötzt, das deutlich zu vernehmen war, als die Knochen brachen.

»Keine Sorge«, sagte Ordolf zu Eberhard. »Ich krieg dich!« Er atmete schwer und schien zu überlegen. Aber die Angst vor Walthers Schwert gewann die Oberhand. Schwerter und blinkendes Metall flößten ihm eine Heidenangst ein. Da war er höllisch abergläubisch. Er schlug mit der Faust in seine hohle Hand, schaute die Kinder, die um ihn herumstanden, mit einem bedrohlichen Blick an, spuckte aus und verdrückte sich dann zwischen den Festgästen wie ein böser Geist aus dem Reich der Finsternis. Einen Moment lang hinterließ er inmitten des bunten Treibens Betroffenheit.

»Die Katzen im Dorf sollten das Weite suchen«, sagte ein Junge trocken; damit spielte er auf Ordolfs berüchtigten Hang zur Tierquälerei an. Und keiner konnte über seine Bemerkung lachen.

»Sein Hass gegen unsere Familie wird immer größer«, sagte Walther verdrießlich. »Irgendwann passiert ein Unglück.«

Alle schienen machtlos gegenüber dem gewalttätigen Hass des Jungen zu sein, und keiner konnte sich so recht erklären, woher er kam. Hinkmar und Rochus mochten ja Widersacher sein und sich wegen irgendwelcher Kleinigkeiten jahrelang befehdet haben. Aber es war niemals ein blutiger Hass oder offener Zwist zwischen ihnen ausgebrochen. Dafür sorgten schon die beiden Hausherrinnen. Erst Ordolf hatte den blutigen Hass ins Spiel gebracht. Zwar hatte sein Vater anfangs die feindseligen Gefühle des einzigen Sohnes ein wenig geschürt. Als er dann aber bemerkte, wie sehr Ordolf sich in diesen Hass hineinsteigerte, reute ihn sein Verhalten, aber da war es zu spät.

»Ich hab Angst vor ihm«, sagte Theresa. »Er ist ein böser Junge.

In seinem Kopf sind ganz viele schwarze Geister.« Plötzlich waren die Kinder ringsum still. »Manchmal ist mir, als ob ich sie sogar sehen kann.«

Im selben Moment ging ein feierliches Raunen durch die Menge. »Schaut, schaut! Der Reisewagen des Bischofs!«, riefen die Leute durcheinander und deuteten in Richtung des Dorftores. »Der Bischof von Würzburg kommt!«

Die Leute reckten neugierig ihre Hälse. Die Kinder vergaßen die Szene mit Ordolf auf der Stelle. Der große, braune Reisewagen mit seinen mächtigen Speichenrädern wurde begleitet von einem Dutzend Ritter, deren prächtiger Anblick die Jungen im Dorf mit Bewunderung erfüllte. Dahinter ritten die geistlichen Herren, die den Bischof begleiteten, gefolgt von einem weiteren Wagen, der in Pracht dem des Bischofs kaum nachstand, und den Schluss des Zuges bildete nochmals eine Gruppe Reiter. Die Menschen liebten es, den Prunk zu bewundern, mit dem die hohen Herren reisten, bot der Anblick doch eine willkommene Abwechslung zu dem tristen Einerlei ihres Alltags.

Die beiden Wagen hielten ächzend in der Mitte des Dorfplatzes. Alles strömte herbei. Die Knechte des Bauernmeisters mussten mit Nachdruck und unter Einsatz der Ellbogen für ihren Herrn und seine Gemahlin eine Gasse durch die drängenden Leute bahnen. Die Bauernmeisterkinder drängten sich wie die anderen Dorfkinder zwischen den Leuten hindurch nach vorn, mochten die Erwachsenen wegen der Drängelei auch noch so schimpfen und fluchen.

Eberhard holte tief Luft. Dann wich er geschickt einer Hand aus, die unversehens nach ihm schlug. Aber es war nicht Ordolf, sondern eine der resoluten Bäuerinnen aus dem Dorf, der er heftig auf die Füße getreten hatte. Walther, der neben ihm stand, lachte. »Also komm!« Die beiden Brüder nahmen ihre Schwester Theresa in die Mitte und hoben sie etwas hoch, damit sie besser sehen konnte.

Der bischöfliche Kutscher sprang in einer Entfernung von vielleicht vier oder fünf Klaftern von seinem Bock und ließ es sich nicht nehmen, seinem Herrn den Schlag zu öffnen und den dreistufigen Tritt an die Wagentüre zu stellen. Dann half er dem alten Bischof, aus dem Wagen zu steigen. Hinkmar und Irmhard beugten ihr Knie. Alle Dorfbewohner rundum taten es ihnen gleich. Als der Bischof von der letzten Stufe des Tritts hinabgestiegen war, trat der Bauernmeister vor und küsste den Ring des hohen Kirchenmannes. Die Leute hielten den Atem an. Bischof Embricho war ein alter, steifer Mann mit einem verkniffenen Gesicht. Aber das Volk interessierte sich nur für die prächtigen, goldenen Gewänder des Kirchenmannes, für die Insignien seiner Macht. Eberhard empfand beim Anblick des Bischofs ebenfalls Ehrfurcht, allerdings weniger wegen dessen prunkvollen Aufzugs, sondern weil dessen Konterfei auf den Würzburger Silberpfennigen abgebildet war, wie sie auch bei ihnen im Dorf im Umlauf waren.

Ein Priester – aufgrund seines Äußeren und der weihevollen Miene wohl einer der wichtigsten Kirchenmänner im Gefolge des Bischofs – reichte seinem Herrn den übermannshohen Bischofsstab. Als Nächstes entnahm er dem Wageninneren die wertvolle Würzburger Mitra, die mit zahlreichen bunten Edelsteinen bestickt war, und setzte sie dem Bischof behutsam auf das fast haarlose Haupt. Den Kindern war es ganz ehrfürchtig zumute, beinahe unheimlich, und sie hatten das Gefühl, Zeuge von etwas ganz Besonderem zu sein, das sie zeit ihres Lebens nicht vergessen würden.

Jetzt hielt auch der zweite Wagen. Über dem Einstieg prangte das vertraute Wappen des Fuldaer Abtes, das schwarze Bonifatiuskreuz auf silbernem Grund. Abt Alehoff und der Hochvogt, Graf Gottfried von Ziegenhayn, stiegen aus und wurden vom Bauernmeister mit der gleichen Ehrerbietigkeit begrüßt wie zuvor der Bischof. Junker Rudolph, der Grafensohn, stieg ebenfalls aus der Kutsche. Er war in etwa so alt wie Walther. Mit seiner rundlichen

Figur, dem blonden, gelockten Haar und einem leeren, gleichgültigen Blick wirkte er recht weibisch, wie Eberhard fand. Der arrogante Grafensohn war reichlich verhasst beim Volk. Außerdem entstieg ein hagerer Mönch mit einer großen Nase und verfaulten Zähnen dem Reisewagen.

Mit einem Mal glaubte Eberhard, auf der anderen Seite hinter dem Wagen die kastanienroten Haare von Gertrudis aufblitzen zu sehen. Er reckte den Hals, um besser sehen zu können, aber vergeblich. Wie schön wäre es gewesen, mit seiner Vertrauten und Gefährtin die tausendfältigen Eindrücke dieses Ereignisses teilen zu können! Es beunruhigte ihn, dass er sie noch immer nicht gesehen hatte. Er fragte sich, ob ihre Abwesenheit irgendetwas mit dem dummen Auftritt ihres Bruders Ordolf zu tun hatte.

Vier der Priester, die den Bischof zu Pferde begleitet hatten, holten aus dem großen Kasten des Wagens den prächtigen Reisebaldachin des Bischofs. Der Baldachin strahlte geradezu im Licht der Sonne, die jetzt hoch oben am hochsommerlichen Firmament stand. Drei jüngere Geistliche schwenkten emsig ihre goldenen Weihrauchgefäße. Über der feierlichen Szenerie entfaltete der Himmel sein azurblaues Zelt. Hoch oben in der Luft kreisten große, weiße Vögel wie Sendboten des Heiligen Geistes.

Der Bischof nahm aus den Händen des Priesters seine Reisemonstranz entgegen, in deren Mitte das Zeichen allen Lebens war, eingefasst in ein geschliffenes Glasokular: die heilige Hostie, der Leib des Herrn. Das Licht der Augustsonne brach sich auf dem Glas der Monstranz. Die Prozession setzte sich in Bewegung, vornweg der Bischof, dann die anderen Geistlichen, gefolgt von den Edlen und dem einfachen Volk von Giesel, das vom Bauernmeister und seiner Familie angeführt wurde und geleitet war von den Feldschützen der Bruderschaft St. Josef, die stolz ihre Armbrüste und ihre Bögen geschultert hatten.

Sieben Mal musste das neu zu weihende Gotteshaus umrundet werden, so wollte es das Gesetz der Kirche. Die innigen Gebete des Volkes waren weithin in dem grünen Tal von Giesel zu hören. Der Geruch nach Weihrauchharz lag wie ein Teppich in der Luft. Der Rauch sollte genauso wie die Gebete die bösen Teufel und Dämonen vertreiben, die sich gewiss in großer Zahl eingefunden hatten, um die Weihezeremonie zu stören und zu hintertreiben. Eberhard wünschte sich, dass der Weihrauch auch die finsteren Dämonen aus der Seele Ordolfs vertreiben würde und dass wieder alles so wäre wie früher. Aber er spürte, dass dies ein frommer Wunsch bleiben würde.

Dennoch wollte Eberhard sich den Tag nicht verderben lassen, auf den er sich so lange gefreut hatte. Er schaute sich um, sog die vielfältigen, bunten Eindrücke in sich auf. Unglaublich, dachte er, wie sehr sich das vertraute Dorf an diesem Tag verändert hatte. Plötzlich schien eine Verbindung zu bestehen zu der großen weiten Welt dort draußen, ein Fenster, das sich in die unbekannte, geheimnisvolle, faszinierende Ferne geöffnet hatte. Wieder ertappte er sich bei dem Wunsch, dass er diesen Gedanken am liebsten mit Gertrudis geteilt hätte, wie schon so viele seiner Gedanken zuvor.

Doch würden sie je wieder in ihrer alten Vertrautheit miteinander reden können? Eberhard hatte das unbestimmte Gefühl, dass ihm ein großer Verlust entstanden war. Mechanisch setzte er einen Fuß vor den anderen. Sie kamen am Portal der Kirche vorbei. Fünf. Noch zwei Umrundungen. Vor ihm gingen zwei Feldschützen. Wieder schaute er sich um. Betend folgte hinter ihm die Prozession der Dorfgemeinschaft. Er kannte jedes der Gesichter. Dann sah er Gerlinde, die Mutter von Gertrudis, und Augenblicke später auch den Rest der Familie: den griesgrämigen Rochus mit seinem roten Haarschopf, Gertrudis und die pechschwarzen Haare der verlorenen Seele Ordolf. Der Junge hatte ein ganz harmloses Gesicht aufgesetzt, so als könnte er kein Wässerchen trüben. Gertrudis schien ihren Blick beständig am Boden kleben zu haben, nicht ein einziges Mal schaute sie hoch. Eberhard war nicht im Stande, einen Augenkontakt zu ihr herzustellen. Ordolf grinste selbstgewiss. Eberhard konnte gar nicht in Worte fassen, wie sehr er den Bruder seiner Gefährtin hasste und zum Teufel wünschte.

Vorne am Kopf der Prozession hatten der mit der heiligen Monstranz einherschreitende Bischof, der Abt, die Priester, die Mönche und der Graf ihre siebente Umrundung beendet, und alle schwenkten zum Portal der St.-Laurentius-Kirche ein, die es zu weihen galt.

Eberhard betrat hinter seinem Vater und der Mutter und gemeinsam mit seinen Geschwistern das neue Gotteshaus mit seinen dicken Mauern und dem gedrungenen, viereckigen Glockenturm, der von einem spitzen Dach mit einem eisernen Kreuz gekrönt wurde. Er war, so wie die meisten anderen, erfüllt von einer Mischung aus Stolz, Ehrfurcht und Heimatverbundenheit. Hier also sollten die zukünftigen Generationen des Dorfes den Allmächtigen verehren. Hier in dieser Kirche, die an diesem Tag dem heiligen Laurentius geweiht werden würde, sollten die Leute aus dem Dorf ihren Zufluchtsort und ihren Glauben finden.

Im ersten Augenblick konnte Eberhard in der plötzlichen Dunkelheit im Innern der Kirche nichts erkennen. Die kleinen, schießschartenartigen Fenster ließen kaum Licht ein, und seine Augen mussten sich erst an das düstere Licht gewöhnen, das die Talglichter und Kerzen spendeten. Von draußen drängten immer mehr Leute nach. Vor dem Altar hatten der Bischof und die Priester Aufstellung genommen. In den vordersten Reihen standen die Edelleute, die Ritter des Abtes und des Bischofs, der Graf und sein Gefolge. Dahinter herrschte dichtes Gedränge. Eberhard warf einen Blick über die Schulter zurück in Richtung des Eingangs, und er verfluchte sich insgeheim, dass er einen Kopf kleiner als die meisten Erwachsenen war. Jedenfalls konnte er wenig mehr als das helle Rechteck des Eingangs erkennen und dass sich die Leute auch draußen vor der Kirche drängten. Nirgendwo in dem Kirchlein war noch ein winziges Fleckchen frei.

Die Augustschwüle, der Geruch des Weihrauchs, die Ausdünstungen der Leute – die Luft war zum Schneiden dick, und Eberhard fürchtete, die Sinne zu verlieren.

Plötzlich stand die Grafenfamilie fast zum Greifen nahe vor der Bauernmeisterfamilie, sodass Eberhard Graf Gottfried zum ersten Mal aus nächster Nähe betrachten konnte. Wäre seine prunkvolle Kleidung nicht gewesen, so hätte er sich mit seiner plumpen Figur kaum von einem einfachen Bauern seiner Grafschaft unterschieden. Der Graf, der zugleich Hochvogt des Klosters war, versuchte, sein bäuerisches Äußeres durch besonders aufwändige Kleider nach fränkischer Mode zu überspielen, sodass man ihn im Volk weithin Graf Gottfried Hagestolz nannte. Das also war der Junker, bei dem sein Bruder zum Martinstag in den Knappendienst gehen würde, dachte Eberhard bei sich.

Rudolph, der eitle Sohn des Grafen, stand neben seinem Vater und gähnte. Er machte keinen Hehl daraus, dass ihn dic Weihe der neuen Pfarrkirche nicht im Mindesten interessierte. Unter dem pelzbesetzten Hut quollen die hellblonden Locken des Jungen hervor, die – so vermutete Eberhard – mit einem Schüreisen gekräuselt worden waren.

Die Priester des Bischofs malten mit dicken Kreidestücken Buchstaben auf den Boden, die Wände und Pfeiler der neuen Kirche. Eberhard reckte den Hals, aber er konnte kaum etwas von den Schriftzeichen erkennen, und auch die lateinischen Worte, die der Chor sang, blieben ihm unverständlich.

»Was tun sie da?«, fragte Theresa leise.

»Sie segnen und weihen den Altar«, flüsterte Eberhard seiner Schwester ins Ohr. »Siehst du, sie malen mit geweihter Kreide Kreuze und Zeichen darauf, damit die bösen Dämonen und Teufel in unserer Kirche keine Macht haben.«

»Das macht mir Angst«, erwiderte Theresa, doch ihr faszinierter Blick strafte sie Lügen.

Eberhard wandte sich wieder dem Geschehen vorn am Altar

zu. Der hagere Mönch mit den verfaulten Zähnen holte aus einem hölzernen Transportkasten ein wertvolles Buch, auf dessen goldenem Einband große, bunte Edelsteine befestigt waren. Eberhard hielt den Atem an. Von seinem halb blinden Lehrmeister Guido wusste er, dass die Mönche des Klosters solche wertvollen Bücher herstellten, aber es war das erste Mal, dass er eines von ihnen zu sehen bekam. Er wagte kaum zu atmen. Es kam ihm vor, als hätte der Himmel selbst das Evangeliar herabgeschickt.

Plötzlich merkte Eberhard, wie sich etwas Hartes in seinen Rücken drückte. »Dreh dich nicht um«, flüsterte es in sein Ohr. Ordolf. Sein heißer, stinkender Atem war ganz nah. Irgendwie hatte sich sein Widersacher nach vorn gedrängt und stand jetzt genau hinter ihm.

»Was willst du?«

»Spürst du das nicht?«, flüsterte Ordolf.

»Was denn?«

»Ich könnte dich jetzt damit durchbohren.«

»Psst!« Der Bauernmeister drehte sich um. »Was soll das Getuschel?« Wütend starrte er Ordolf an. »Was machst *du* hier?«

»Nichts, es ist nur … Herr«, stotterte Ordolf, dann setzte er ein harmloses Lächeln auf.

»Verschwinde sofort nach hinten zu deinen Leuten!«, befahl der Bauernmeister Ordolf mit gedämpfter Stimme, ehe er sich schnell wieder nach vorn umdrehte, wo der Bischof Embricho die Weiheformeln über den geschmückten Altar sprach.

»Du bist so gut wie tot«, flüsterte Ordolf Eberhard ins Ohr. »Schau her!«

Eberhard warf einen Blick zurück. Ordolf hatte seinen weißen Ziegenhaarmantel geöffnet und trug in seinem auffälligen, breiten Gürtel einen Totfang, einen dreikantigen Dolch, der bei der Jagd zum schnellen Abstechen des verletzten Wildes eingesetzt wurde. Man sagte, dass Mörder und Totstecher solche Waffen benutzten. Ehe irgendjemand anderes den Dolch sah, hatte Ordolf den Mantel wieder geschlossen und drängte sich unter dem Geschimpfe der Leute durch die Menge zu seinem Platz zurück.

Nach der Dunkelheit in der Kirche herrschte draußen ein gleißendes Licht. Eberhard blinzelte, als er hinaustrat, und atmete tief die unverbrauchte, wenngleich schwüle Luft ein. Er hatte den Schweißgeruch der Menschen und des Weihrauchs noch immer unangenehm in seiner Nase.

Mit Theresa an der Hand schlenderte er zum Kirmesplatz und blieb beim Zahnreißer stehen. Auf dessen Stuhl hatte Rochus der Rote, der Vater von Gertrudis, Platz genommen, um endlich den eitrigen Backenzahn loszuwerden, der ihn schon seit Ostern quälte. Lieber ein Ende mit Schrecken als ein Schrecken ohne Ende. Eberhard und Theresa hatten noch nie zuvor einen Zahnreißer bei der Arbeit gesehen. Sie nahmen sich bei den Händen und schauten ihm fasziniert zu. Der hagere Mann hatte einen bizarren Doktorhut auf und trug einen weiten Umhang. Alle zuckten zusammen, als der Zahnreißer sich an die Arbeit machte und Rochus wie am Spieß losbrüllte. Aber die beiden kräftigen Gehilfen hatten Gertrudis' Vater fest im Griff, sonst hätte er vor Schmerzen um sich geschlagen und den Zahnreißer bei seiner Arbeit behindert. Während das Blut aus dem Mund des Rochus strömte, hielt der Zahnreißer den entzündeten Backenzahn, der dem armen Mann so viel Pein verursacht hatte, triumphierend in die Höhe.

Das Landvolk strömte noch immer auf den Kirmesplatz. Die Vergnügungen, die während des Weiheamtes pausiert hatten, hatten von neuem begonnen. Der dressierte Bär tanzte wieder, begleitet von rhythmischer Musik. Der Feuerschlucker spuckte Flammen. Und der eigens errichtete Tanzboden dröhnte vom Stampfen der Füße.

Eberhard ließ den Blick über die Kirmes gleiten, dann hielt er inne. Dort drüben, nur wenige Schritte entfernt, erblickte er Gertrudis. Endlich! Mit ein paar anderen Mädchen stand sie am Zelt der Akrobaten zusammen und hatte ihn noch nicht bemerkt. Er schaute sich um. Von Ordolf war im Augenblick nichts zu sehen. Möglicherweise war er nach Hause gegangen, um den Totfang zu verstecken, denn wenn ihn der Bauernmeister oder sonst einer der Oberen damit erwischen würde, so würde ihm die Waffe nicht nur augenblicklich weggenommen werden, sondern er müsste auch mit einer empfindlichen Strafe rechnen.

Eberhard drängte sich zu seiner Freundin. »Gertrudis, da bist du ja!«

Sie drehte sich flüchtig nach ihm um. Sie hatte rot geränderte Augen. »Ich … lass mich besser in Ruhe!«

»Ich muss mit dir reden.«

»Nicht hier und nicht jetzt. Bitte! Du weißt doch, warum du mich in Ruhe lassen musst. Er meint es ernst.«

»Ich lasse mir doch nicht von deinem Bruder mein Leben vorschreiben!«, sagte Eberhard erbost. »Dann hätte er doch genau das erreicht, was er erreichen will.«

»Versteh doch endlich. Er sieht rot, wenn er uns zusammen sieht.«

»Das weiß ich.«

»Ich will nicht, dass dir etwas zustößt.«

»Du hast Angst wegen mir?« Eberhard versuchte ein Lächeln.

Gertrudis fasste Eberhard beim Arm und zog ihn unauffällig ein Stück zur Seite. »Ich habe wirklich Angst um dich. Um dich und um deinen Bruder.« Ihre dunkelgrünen Augen waren voller Furcht. »Ich kenne Ordolf besser als jeder andere Mensch auf dieser Welt. Ich weiß, wozu er fähig ist.«

»Findest du nicht, dass du etwas übertreibst?«

Die Flügel ihrer schmalen Nase bebten. »Wenn du nicht begreifen willst, dann nimmt es ein böses Ende.«

Der südländisch aussehende Hochseilartist, der die Augen aller Frauen auf sich zog, kletterte an der langen Stange zu seinem

Balancierseil hoch. Seine Gefährtin folgte wie ein Äffchen. Sie war nicht gerade züchtig bekleidet. Umso großzügiger würden die Almosen sein, die man ihr später in den herumgereichten Holzbecher werfen würde.

»Geh auf die andere Seite«, bat Gertrudis. »Dort drüben, wo auch Walther steht. Nun mach schon! Ordolf kommt jeden Augenblick zurück. Tu es mir zuliebe!«

Eberhard schloss theatralisch die Augen, überlegte einen Moment, dann schaute er Gertrudis voller tiefer jugendlicher Bitternis an und nickte. Zähneknirschend ergab er sich in das scheinbar Unabänderliche. Die Wut, die diese Ohnmacht in seinem Herzen schürte, zerriss ihn fast.

»Also, so kann das nicht weitergehen«, sagte er zu Walther, als er sich auf die andere Seite durch die Menge gekämpft hatte, die gebannt der Akrobatenvorstellung zusah. »Ich kann das nicht vertragen, verstehst du? Dass so jemand wie Ordolf Gewalt über mein Leben hat!«

»Hat *sie* dich weggeschickt?« Walther deutete mit dem Kinn zu Gertrudis hinüber. Eberhard nickte. »Weißt du was: Sie ist vernünftiger als du. Wir haben schon genug Ärger gehabt. Denk an unsere Eltern! Willst du, dass ihre Söhne sich auf ihrem großen Fest prügeln?«

»Um Himmels willen, natürlich nicht!«, rief Eberhard aus.

Die Hochseilartisten vollführten derweil die verrücktesten Kunststücke, und immer wieder brandete Beifall auf. Plötzlich ging ein ängstliches Raunen durch die Menge, als die junge, katzengleiche Akrobatin auf dem Seil stark ins Schwanken geriet und abzustürzen drohte. Manche Zuschauer hielten sich gebannt die Hand vor den Mund. Doch dann schien sich die Seiltänzerin wieder gefangen zu haben. Ein großes *Ahh!* ging durch die Menge. Eberhard vermutete, dass es sich um eine gewollte Einlage handelte, um die Spannung zu erhöhen. Abermals ging ein Raunen und ein Flüstern durch die Zuschauer, doch diesmal aus anderem Grund: Die Schlaufe, mit der das hauchdünne Hemd des schönen Gauklermädchens vorn zugehalten wurde, hatte sich gelöst und gab den Blick frei auf ihre kleinen, festen Brüste.

Eberhard spürte den Blick von Gertrudis auf sich ruhen und wurde rot, warum, das wusste er selbst nicht so genau. Er war froh, dass in diesem Augenblick die Vorstellung abrupt ein Ende nahm, als sich der junge Akrobat mitsamt seiner Partnerin spektakulär vom Seil fallen ließ. Die beiden rollten lachend zur Seite, genau vor die Füße der Zuschauer, die in der ersten Reihe standen. Die jungen Zuschauer hatten zunächst erschrocken aufgeschrien, lachten dann aber ebenfalls, als sie sahen, wie die beiden Hochseilartisten sich schnell wieder aufrappelten, um sich dann nach allen Seiten zu verbeugen und den Beifall entgegenzunehmen.

»Also sei ein Mann und geh ihr für heute aus dem Weg«, riet Walther seinem Bruder scherzend. »Wir wollen keinen weiteren Ärger riskieren. Alles andere wird sich finden. Kommt Zeit, kommt Rat.«

Doch Gertrudis ließ es gar nicht erst darauf ankommen. Als Eberhard zu der Stelle hinüberschaute, wo sie eben noch mit ihren Freundinnen gestanden hatte, war sie verschwunden. Er sah zur Brücke hinüber, die das Ober- mit dem Unterdorf verband, und tatsächlich sah er sie, wie sie allein in Richtung ihres Hauses ging, ohne sich auch nur einmal umzuschauen.

ARCHIVUM SECRETUM APOSTOLICUM VATICANUM

Bericht des Päpstlichen Observators
Reichsabtei Fulda, Anno Domini 1142

»... Dito geht in der Abtei Fulda das Gerücht, die gottlosen Männer eines Ritter namens Gerlach von Haselstein hätten eine teuflische Verschwörung angezettelt zur Ermordung des hochwürdigsten Abtes

Alehoff. Es wird im Volk und im Kloster fest geglaubt, dass besagte Edelleute auch sonst dem Bösen huldigen und dass sie sich gegen Abt Alehoff zu dessen Mord verschworen haben. Abt Alehoff aber hat sein Schicksal in die Hände des einen allmächtigen Gottes gelegt und will den Baronen trotz seiner schwachen Gesundheit weiterhin trotzen, so lange seine Kraft es zulässt und so lange unsere Heiligkeit Papst Innozenz seine schützende Hand über ihn hält. Aber wegen der Schwäche des Klosters ist der Abt wie einer, der viel Samen auf das Feld sät, aber wenig einsammeln kann, weil die Heuschrecken das Getreide abgefressen haben. Das ist das Klagelied des Reichsklosters, und man muss es singen …
… Dito: Der hochwürdigste Abt aber hat geschworen, den Rittern fürderhin zu trotzen, das Verderben aufzuhalten und das fromme Vorhaben seiner Vorgänger auf dem Abtsstuhl fortzuführen, etliche wüst gefallene Dörfer, Flecken und Gehöfte des Fuldaer Gaues mit klösterlichen Eigenleuten wiederzubesiedeln zur Ehre Gottes, des heiligen Bonifatius und zum Nutzen des Klosters. Der Abt gibt, gleichsam als ein gütiger Vater, den Eigenleuten in den Neusiedlungen ein besonderes, günstiges Dorfrecht mit allen Nutzungsrechten am umliegenden Wald auf eine Stunde, an Weg und Steg, mit Mühl- und Brückenrecht, so dass sie umso freudiger, pünktlicher und geflissentlicher mithelfen können in der Gemeinschaft des Dienstes für die Heiligen. Gott gebe, dass sich diese Hoffnung erfüllt …
… Item begann auf die Einflüsterung des Bösen hin der hochmögende Graf Gottfried von Ziegenhayn, Hoch- und Domvogt der Reichsabtei von Fulda, ohne Zustimmung des Abtes Alehoff mit dem widerrechtlichen Bau einer starken Trutzburg innerhalb des Klosterbezirks, um seinem geistlichen Vater, dem Abt, als ein ungehorsamer Sohn zukünftig umso dreister die Stirn bieten zu können …«

29. Septembris, am Tag des heiligen Erzengels Michael

Der Lehrmeister Dudo war schon am Morgen auf seinem Maulesel das Tal heraufgekommen. Schwere Nebel lagen noch über dem Dorf, und es war empfindlich kalt geworden. Der Sommer ging unaufhaltsam seinem Ende entgegen. Die Natur hatte die lebendige Frische ihrer Farben verloren. Alles roch jetzt nach Vergänglichkeit, nach Herbst. Das Morgengeläut der bronzenen Glocke im Turm der neuen Dorfkirche St. Laurentius verhallte an den bewaldeten Berghängen. Noch war dieser Klang ungewohnt im Gieseler Tal, doch wenn Gott es so wollte, dann hatten der Wald und die Wiese, der Bach und der Berg noch viele Menschenleben lang Zeit, sich an das Läuten zu gewöhnen.

Spärlicher Rauch drang an den Firsten der gedrungenen, strohgedeckten Gehöfte hervor, die Hähne krähten auf den Misthaufen, und die Hunde bellten, als der Mönch die Umfriedung des Dorfes erreichte. Gleichzeitig mit dem Sonnenaufgang war hier das Leben erwacht, doch es war Sonntag, und so ruhte die Arbeit. Alle fragten sich, was der Magister Dudo im Dorf wollte. Er musterte jeden Einzelnen, der ihm begegnete, mit seinem durchdringenden Blick.

Zielstrebig steuerte er das Bauernmeistergehöft am Gieseler Dorfplatz an. Die spielenden Kinder liefen ängstlich davon, als sie den seltsamen, hageren Mönch sahen, der ihnen wegen seiner braunen, verfaulten Zähne und der tief im Schatten der Kapuze liegenden Augen unheimlich wie der leibhaftige Tod erschien.

Er klopfte. Maria, die Magd, öffnete und ließ beim Anblick des Mönchs beinahe die Schüssel mit Brei fallen, die sie gerade rührte. »Herrin. Ich glaube, wie haben hohen Besuch.«

Die Bauernmeisterin erschien hinter der Magd, und Magister Dudo stellte sich als der Herr des Schriftenhauses und als Leiter der Klosterschule von Fulda vor. Er hätte etwas Wichtiges mit dem Bauernmeister zu besprechen, sagte er. Irmhard nickte beflissen und schickte den Oberknecht nach ihrem Gemahl, der wie an jedem Sonntagmorgen nach den Bienenkörben sah, die draußen am Waldesrand aufgestellt waren.

»Ist das Euer Sohn?«, fragte der Mönch und deutete mit seinem dürren Finger auf den untersetzten, aber kräftig gebauten Jungen, der auf der Ofenbank saß und mit Eifer an seinem Übungsschwert aus weichem Lindenholz schnitzte.

»Ja, Herr. Das ist Walther, unser Ältester«, erwiderte die Bauernmeisterin stolz.

»Habt Ihr noch mehr Kinder, Frau? Habt Ihr noch weitere Söhne?«

Obgleich dünn, weißhaarig und ernst wie die meisten Mönche, war der Magister ein Respekt einflößender Mann – ein Mann, der dem Himmel näher schien als den Lebenden.

»Eberhard. Mein zweiter Sohn«, sagte die Mutter beinahe widerwillig und mit wenig Wärme in der Stimme. Es war offenkundig, dass sie ihren Ältesten dem Jüngeren vorzog. Sie wunderte sich, dass sich überhaupt jemand nach Eberhard erkundigte. »Er ist draußen«, sagte Irmhard. »Zusammen mit seiner Schwester. Soll ich Walther schicken, um ihn hereinzuholen?«

Die Frage erledigte sich schnell von selbst, denn im gleichen Augenblick flog die Tür der guten Stube auf. Eberhard und Theresa kamen von draußen hereingestürmt. Eberhard hatte eine blutige Nase und Tränen in den Augen, und seine Kleider waren voller Erde.

»Um Himmels willen!« Die Mutter schlug die Hände theatralisch über dem Kopf zusammen. »Was hast du denn schon wieder angestellt?«

»Eberhard kann nichts dafür!«, rief Theresa. Dann erst bemerkte sie den unheimlichen Gast, den Benediktinermönch in seiner dunklen Kutte, der neben Walther stand. Sie verzog das Gesicht, als sie die schwarzen Zähne des Mönchs sah. Der geistliche Herr musste Tag für Tag höllische Schmerzen leiden, und es schien so, als hätten sich diese seinem ganzen Wesen aufgeprägt.

»Ordolf hat schon wieder unseren Vater beleidigt«, stieß Eberhard mühsam hervor. Sein Gesicht war schmerzverzerrt, und er hielt sich den rechten Arm.

»Ordolf, Ordolf, Ordolf. Was war denn nun schon wieder?« Die Mutter schüttelte den Kopf. »Hat euer Vater euch nicht ein für alle Male befohlen, dass ihr euch von ihm fernhaltet?«

»Ja, das hat er auch! Und wir halten uns ja daran«, sagte Eberhard. Mit dem Handrücken wollte er sich das Blut von der Nase fortwischen, verschmierte es aber nur im Gesicht. »Und der Einzige, der sich nicht darum schert, ist Ordolf.«

»Komm her, Junge.« Maria, die resolute Magd, zog Eberhard in den hinteren Teil der guten Stube und säuberte ihm mit einem feuchten Tuch das Gesicht. »Man muss endlich etwas unternehmen«, murmelte sie.

»Er hat also trotz aller Warnungen schon wieder unseren Vater beleidigt?«, fragte Walther mit einem bedrohlichen Unterton in der Stimme.

»Ich wäre euch sehr verbunden, wenn ihr alle euren Disput später fortsetzen würdet«, sagte der zahnkranke Mönch gereizt. »Glaubt ihr etwa, ich bin den langen Weg vom Kloster hierher zu euch ins Dorf gekommen, um mir solche Kindereien anzuhören?«

Plötzlich sprang Walther auf. »Es sind keine Kindereien, wenn man unsere Familie beleidigt, Herr Mönch!«, rief der Junge mit funkelnden Augen. Er meinte es ernst. Die Familienehre war dem erstgeborenen Sohn des Bauernmeisters heilig.

»Seid bitte nicht böse mit meinem Sohn«, sagte die Mutter flehend. »Er ist manchmal ein ziemlicher Heißsporn.« Sie trat zu Walther, legte ihm die Hände auf die Schultern und drückte ihn auf den Schemel zurück.

»Ein Junge in seinem Alter sollte allmählich lernen, sich zu beherrschen«, erwiderte der Mönch mit seiner dumpfen Stimme, die klang, als käme sie aus einer kalten Gruft. Dann suchte sein Blick den jüngeren Sohn des Bauernmeisters. Die Magd ordnete Eberhard gerade die wirren Haare.

»Eberhard heißt du?«, fragte der Mönch. »Du bist der Zweitgeborene?« Er betonte das so, als hätte es eine besondere Bedeutung. »Komm her, junger Mann!«

»Ich?« Eberhard schrak zusammen. Er hatte nicht erwartet, dass der Mönch ihn ansprechen würde. »Ich habe nichts getan!«

Der Mönch lachte ohne Herzlichkeit. »Getan? Das hört sich an, als hättest du ein schlechtes Gewissen! Also, keiner hat behauptet, dass du etwas getan hast. Aber komm jetzt her und setz dich hier auf den Schemel an den Tisch.«

Eberhard widerstrebte es, dem Mönch zu gehorchen, auch wenn er nicht genau wusste, warum. Die Mutter nickte ihm auffordernd zu. Er zuckte mit den Schultern, dann setzte er sich auf den Schemel. Seine verdrießliche Miene wechselte in Neugier, als der Mönch aus seiner Ledertasche ein Wachstäfelchen und einen Griffel zog. Obwohl er sich immer noch keinen Reim darauf machen konnte, was der Mönch von ihm wollte, vollführte sein Herz einen Sprung, als er die Schreibgerätschaften sah. Für ihn waren es magische Werkzeuge, mit denen das Wunder der Buchstaben und der Sprache hervorgebracht und festgehalten wurde. Seine Augen leuchteten für einen Augenblick auf. Geräuschvoll stellte die Magd die gesäuberte Schüssel zu den anderen.

»Darf ich Euch etwas fragen, Magister Dudo?«

»Bauernmeisterin?«

»Was wollt Ihr von meinem Sohn? Natürlich, Herr, Ihr werdet schon wissen, was Ihr tut. Ich verstehe es nur nicht.«

»Ich werde es Eurem Gemahl früh genug sagen, wenn er endlich hier ist«, erwiderte der Mönch von oben herab. »Es ist mir einfach zu wichtig, als dass ich es hier zwischen Küchentisch und Herd in Gegenwart des Gesindes besprechen möchte.«

»Das verstehe ich, Herr«, erwiderte die Mutter kleinlaut.

»Ihr braucht Euch aber keine Gedanken zu machen«, fügte der Mönch mit etwas milderem Tonfall hinzu.

»Gott sei's gedankt.«

»Im Gegenteil.«

»Im Gegenteil? Jetzt macht Ihr mich aber doch neugierig.«

»Geduldet Euch nur, Bauernmeisterin! Und du, Junge: Kannst du mir sagen, was das hier heißt?« Er ritzte ein paar Buchstaben in das Wachstäfelchen und zeigte dann Eberhard das Geschriebene.

»Natürlich, Herr, es heißt *Amen.*«

»Gut.«

Der Magister ritzte schnell weitere Buchstaben in die Tafel.

»*Dominus vobiscum*«, sagte Eberhard, ohne zu überlegen.

»Du erstaunst mich. Woher kannst du das?«

Eberhard stockte. Keiner in seiner Familie wusste von seinen heimlichen Lehrstunden bei Guido, dem alten, ausgedienten Hilfspriester am Hohen Dom in Fulda, der hier im Dorf seine letzten Lebensjahre verbrachte – für seinen Lebensunterhalt kam das Kloster auf. Aber irgendwann musste Eberhard es offenbaren, er konnte nicht für alle Zeiten sein Wissen und seine Fähigkeiten verbergen, nur weil er damit bei den Leuten aneckte. Konnte es denn eine bessere Gelegenheit geben, alles zu beichten?

»Meister Guido hat es mir beigebracht.«

»Meister Guido?«, fuhr die Mutter auf. »Hat dein Vater dir nicht ausdrücklich verboten, den alten Mann weiter zu belästigen?«

»Ich habe ihn nicht belästigt, Mutter«, erwiderte Eberhard entschlossen. »Er hat es gern gemacht.«

»Das stimmt«, pflichtete Theresa ihrem Bruder bei. »Meister Guido freut sich immer, wenn wir ihn in seiner Hütte besuchen.«

»Lasst es gut sein, Frau«, sagte der Mönch. »Vielleicht werdet Ihr es Guido eines Tages danken.«

Die Tür zur guten Stube quietschte in ihren Angeln. »Endlich, der Herr kommt heim«, sagte die Bauernmeisterin. Sie atmete auf, und ein Stein fiel ihr vom Herzen.

Hinkmar trat über die Schwelle, gefolgt von Gottschalk, dem Oberknecht. »Verzeiht, wenn Ihr warten musstet, Magister Dudo.« Er beugte das Knie vor dem hochgeborenen Mönch und küsste den Siegelring, den dieser an seiner Rechten über dem dünnen, weißen Handschuh trug. »Welche Ehre Ihr meinem Hause bereitet«, sagte Hinkmar. »Und dazu so unerwartet!«

»Macht kein Aufhebens, Bauernmeister.«

»Wir haben uns lange nicht mehr gesehen. Was verschafft mir die Ehre Eures Besuchs?«

»Bauernmeister, ich will Euch ein Geschäft vorschlagen. Weil ich Euch kenne und weil ich Euch schätze. Ein Geschäft, von dem beide Seiten etwas haben werden.«

»Wollt Ihr ein Stück Fleisch mit uns essen?«, rief die Hausherrin vom Herd her dazwischen.

In einer großen Pfanne brutzelten die Fleischstücke, die später auf den Sonntagstisch kommen sollten. Bei dem Gedanken an festes Essen verzog Magister Dudo das Gesicht.

»Natürlich, Eure Zähne! Wisst Ihr, was ich den meinen gebe, wenn ihnen der Wurm die Zähne zerfrisst?« Die Bauernmeisterin öffnete ihre Gewürztruhe und entnahm ihr ein kleines Fläschchen aus grünem Glas. »Das Öl der Gewürznelke«, sagte Irmhard und hielt das Gefäß in die Höhe. »Ich habe es auf dem Martinsmarkt in Fulda von einem friesischen Händler …«

»Frau!«, rief Hinkmar, »wir haben hier Männerangelegenheiten zu besprechen.«

»Ich wollte doch nur …«

»Herrgott, lass es gut sein!«

»Wie du meinst«, sagte Irmhard schmollend, ließ es sich jedoch nicht nehmen, das Fläschchen auf den Tisch zu stellen. »Wenn Ihr nachher vielleicht …?«

Magister Dudo nickte ihr mit gequältem Gesicht zu. »Also zur Sache«, sagte er. »Hört zu, Meister Hinkmar, weswegen ich Euch aufgesucht habe. Ich will eine Pfarrstelle stiften, hier in Eurem Dorf, für Eure neue Kirche.«

Der Bauernmeister schaute den Mönch zuerst erstaunt, dann freudig an. »Das ist eine gute Nachricht«, sagte er.

»Wenn Gott mich dereinst zu sich ruft«, fuhr Dudo fort und machte ein Kreuzzeichen, »dann will ich hier an Eurem Altar meine letzte Ruhe finden. Das ist mein Wunsch, und der Abt ist einverstanden damit. Ich stifte Euch so viele Höfe aus meinem Besitz, wie ein Priester benötigt, um ein standesgemäßes Leben zu führen. Glaubt mir, ich will nicht, dass ein hungernder oder zerlumpter Armeleutepriester an meinem Grab betet …«

»Ich kann Euch gar nicht sagen, wie geehrt ich mich fühle … auch im Namen des ganzen Dorfs!«

»Ich weiß, dass Ihr einer ehrsamen Dorfgemeinschaft vorsteht. Deswegen bin ich zu Euch gekommen. Ich vertraue darauf, dass Ihr eine Pflicht erfüllt, die Ihr einmal übernommen habt.«

»Und von welcher Pflicht redet Ihr?«

»Der Priester und später seine Nachfolger sollen am Gieseler Altar Messen für mein Seelenheil halten. Sooft, wie ich es in meiner Stiftung bestimme. Wir werden darüber eine Urkunde verfassen, sie siegeln lassen und sowohl bei Euch im Dorf als auch im Klosterarchiv hinterlegen, damit es für alle Zeit gilt.«

»Ich verstehe, Herr«, sagte Hinkmar.

»So weit habe ich mir alles genau überlegt, jetzt ist nur noch eine Frage offen: Wer?«

»Wer?«

»Ja, wer? Wer soll es sein, der an meinem Grab betet? Ich will es wissen, bevor der Herr mich zu sich ruft! Könnt Ihr das verstehen?«

»Natürlich, Herr! Wo unser Seelenheil doch das Wichtigste überhaupt ist.«

»Gestern Abend nach der Komplet … da habe ich noch lange wach gelegen und darüber nachgedacht. Schließlich habe ich mir vorgenommen, Euch zu fragen, ob Ihr jemand kennt, der für dieses Amt in Frage käme?«

»Nein, Meister Dudo, woher sollte ich …«

»Es erübrigt sich.«

»Es erübrigt sich? Ich verstehe nicht.«

»Ich habe im Bett gelegen und inniglich zu Gott gebetet, ich habe ihn angefleht, dass er mir ein Zeichen schickt.«

»Aha, ein Zeichen.«

»Ja. Und ich kam hierher und stand in Eurer guten Stube, und was erfahre ich: Hier ist ein Bauernjunge, der Lateinisch kann. Das ist das Zeichen, das ich mir gewünscht habe.«

»Ihr müsst mir auf die Sprünge helfen.«

»Euer zweiter Sohn Eberhard. Ihn meine ich.«

»Ich?«, fuhr Eberhard auf.

»Lateinisch?« Das Gesicht des Bauernmeisters verfärbte sich rot, doch er bemühte sich sichtlich, seine Wut im Zaum zu halten. »Schuster bleib bei deinen Leisten«, sagte er. »Latein ist die Sprache der Herren, nicht deine Sprache. Ein für alle Mal: Du lässt Magister Guido in Ruhe! Ich habe dir verboten, ihn zu belästigen!«

»Und warum? Meister Guido hat doch gar nichts dagegen, wenn ich ihn besuche.«

Der Bauernmeister machte zwei schnelle Schritte auf seinen

zweitgeborenen Sohn zu und versetzte ihm eine schallende Ohrfeige. »Das soll dich lehren, mir zu widersprechen!«

Eberhard hielt sich die Backe und schaute den Vater trotzig an.

»Am Martinstag beginnt der Unterricht für unsere Novizen an unserer Klosterschule«, sagte Bruder Dudo. »Gott selbst hat mit dem Finger auf dich gezeigt, Junge! Du wirst einmal der Priester sein, der an meinem Grab betet.«

»Nein, das werde ich nicht.«

»Halt deinen Mund!«, sagte der Bauernmeister barsch.

»Du bist zwölf Jahre alt, oder?«, fragte Dudo unbeeindruckt. Der Junge nickte widerstrebend. »Dann benimm dich nicht trotzig wie ein Kind! Du hast Anlagen, ich spüre es. Gott ist nicht blind. Seine Wahl ist nicht umsonst auf dich gefallen.«

11. Octobris, am Sonntag vor St. Burkhard

Eberhard saß auf der Sitzbank unter der ausladenden Gerichtslinde, wo sein Vater das Dorfgericht abhielt. Der Lindenbaum war das einzige Relikt, das vom alten Giesel übrig geblieben war. Er zog seinen Mantel mit dem Pelzbesatz enger um die Schultern. Den würde er nach Fulda mitnehmen, es sei denn, er würde doch noch davonlaufen.

Gottschalk kam mit einem Fuhrwerk Holz aus dem Wald. »*Hoo!*« Er ließ den Ochsen anhalten. »Junge, was sitzt du so alleine hier?«, fragte der gutmütige Oberknecht. »Du siehst aus, als wärst du in Gedanken schon ganz woanders.«

»Findest du?«

»Würde ich sagen! Noch einen Monat ...«

»Ja, noch einen Monat. Am Martinstag.«

»Wirst du uns denn vermissen?«

Eberhard starrte auf seine Hände. »Das interessiert doch niemanden«, sagte er bitter.

»Sei nicht undankbar. Natürlich interessiert es uns.«

»Ich glaube nicht, dass mich viele vermissen werden.«

Der Oberknecht schüttelte den Kopf. »Du bist ungerecht, Junge. Du wolltest doch immer deinen eigenen Weg gehen, oder? Du wolltest immer etwas Besonderes sein. Also kannst du jetzt niemandem sonst einen Vorwurf machen. Sei doch froh. Du wirst jetzt einen besonderen Lebensweg einschlagen. Wer kann das schon von sich sagen?«

Eberhard schluckte vor Rührung. Gottschalk war einer von den Menschen, die er sicherlich am meisten vermissen würde. Er ging zu ihm, schlang die Arme um den kräftigen Hals des Knechts und legte den Kopf an seine starke Brust. Eine Geste, die er bei seinem Vater niemals wagen würde. Gottschalk war wie ein Fels in der Brandung seines Lebens. Eberhard schämte sich nicht, dass er Tränen vergoss – zum einen, weil er Gottschalk schrecklich vermissen würde, zum anderen, weil ihm seine bloße Nähe so guttat.

»Junge, ist das nicht ein Wink des Schicksals? Gerade du mit deinen Schrullen! Ein Bauernjunge, der Lateinisch reden, der schreiben und lesen können will … ich weiß es nicht. Ich hatte Angst um dich, würde ich sagen. Das kann nicht gutgehen, hab ich immer gedacht. Ich hab viel für dich gebetet … Und jetzt scheint es mit diesem Jungen doch noch ein gutes Ende zu nehmen, hab ich mir gesagt. Dem Himmel sei Dank!«

»Und was ich selbst davon halte, kümmert dich anscheinend so wenig wie alle anderen!«

Gottschalk lachte, und sein sonnengebräuntes Gesicht wirkte dadurch noch freundlicher und jünger, trotz seines grau werdenden Haars. Er krempelte die Ärmel hoch und entblößte seine Muskeln. Er hatte nie geheiratet. Die Knechte sagten, was soll der Oberknecht sich mit einer begnügen, wo er doch alle Mägde haben kann. »Aha. Du findest also, dass sich jemand um deine Grillen und Launen kümmern soll?«

»Das sind keine Launen.«

»Ach. Was ist es denn sonst? Sag mir nicht, dass du Angst hast vor der Welt da draußen. Du hast genauso wenig Angst wie dein Vater und wie dein Bruder.«

»Ich will es aber nicht.«

»Siehst du! *Ich will es aber nicht.*« Er ahmte die schnoddrige Ausdrucksweise Eberhards nach. »Das nenne ich Grillen und Launen. Der Himmel hat dir ein Geschenk gemacht! Nimm es an!« Er ergriff das Seil, mit dem er den Ochsen führte. »Hopp!«

»Und du? Würdest du denn Priester werden wollen?«

»Ich? Ein Priester?« Er lenkte das Fuhrwerk mit dem Brennholz in Richtung des Südtores von Giesel. »Diese Frage stellt sich zum Glück nicht.«

Eberhard lachte. Er setzte sich wieder auf die runde Bank, die den dicken Stamm der Gerichtslinde umgab, und blickte Gottschalk und dem Fuhrwerk hinterher. Der Oberknecht winkte noch einmal, als er das Tor durchquerte, dann verschwand er hinter den Palisaden.

Eberhard grübelte. War es denn wirklich nur eine Laune und eine Grille, dass er selbst seinen Lebensweg bestimmen wollte? Alle anderen schienen diese Ansicht zu teilen, selbst seine Schwester Theresa, die ihm sonst in fast allem zustimmte.

Durch das jenseitige Tor fuhr ein Planwagen aus dem Dorf hinaus. Er erkannte Ordolf und dessen Vater. Die beiden brachten einmal im Monat eine große Fuhre Krüge, Becher und Töpfe aus glasiertem Ton nach Fulda zu einem Händler. Das Geschirr stellten junge Mägde in einer kleinen, zugigen Werkstatt her, die Rochus an seinem Gehöft angebaut hatte. Der Ton, den sie am Himmelsberg abbauten, war gut, die Ware begehrt. Jedenfalls kehrte Rochus nie mit einem übrig gebliebenen Stück ins Dorf zurück.

Eberhard ließ den Blick schweifen. Die Linde stand auf einer Anhöhe am südlichen Rand der Allmende. Von hier oben konnte er das ganze Dorf überblicken, bis hinüber zum anderen Ende des Tales, das von dem markanten Schattenriss des dunkelgrünen Himmelsbergs überragt wurde. Giesel lag friedlich am Talgrund, umgeben vom fruchtbaren Kranz der buschgesäumten Weiden, der abgeernteten Äcker und Gärten, der bis zum Waldesrain hinaus reichte. Von diesem Platz aus, so hatte er als Bub geglaubt, hätte er die ganze Welt im Blick.

»Ist das nicht wunderschön?«, fragte er sich selbst mit so viel Wehmut und Traurigkeit, wie sie ein Zwölfjähriger empfinden kann. Es lag ein bitterer Geschmack von Abschied in der Luft. Im Tal roch es nach Herbst. Es war kühl, aber die Sonne vergoss an diesem Morgen ihr goldenes Oktoberlicht noch einmal aus voller Kraft. Das Licht brach sich in den Tauperlen, die sich in der kalten Nacht an den Blättern der Linde gebildet hatten.

Er lehnte den Kopf an die rissige Rinde des alten Lindenbaums und schloss die Augen. Der Baum schien zu sprechen. Es war ein geheimnisvolles Wispern, die Blätter tuschelten leise miteinander. Über ihm, im Geäst des Baumes, ertönte das vertraute Gezwitscher und Gezirpe, Gurren und Krächzen aus Dutzenden Vogelkehlen, ein melancholischer Abschiedsgruß, so kam es Eberhard vor. All dies hier war in einem Monat Vergangenheit. Er konnte nichts dagegen tun, das wusste er nur zu gut. Mücken schwirrten um sein Gesicht. Eine unglaubliche Vielzahl von Gerüchen stieg ihm in die Nase, Gerüche, die er zuvor kaum wahrgenommen hatte. Ein Luftzug streichelte sein Haar.

»Du träumst.«

Eberhard fuhr zusammen. Gertrudis! Er hatte sie nicht kommen gehört. Und schon stand sie vor ihm. Er liebte ihr offenes, erdverbundenes Gesicht. Sie hatte ihr Kopftuch abgenommen und das kastanienrote Haar zu einem Zopf geflochten.

»Ja. Ich träume«, sagte er leise. »Komm, setz dich neben mich.«

»Ein Glück, dass mein Bruder weg ist.«

»Ja, Ordolf. Wegen ihm haben wir uns seit der Kirchweih nicht ein einziges Mal unter vier Augen gesprochen!«

»Ich kann ja auch nichts dafür«, sagte sie traurig.

»Ich weiß, das weiß ich doch«, erwiderte Eberhard und legte seinen Arm um die fast gleichaltrige Freundin, die sich neben ihn gesetzt hatte. Sie schmiegte sich an ihn, so wie sie es früher immer gemacht hatten. Eberhards Blick glitt an ihrer Wange entlang, über die sanfte Wölbung der milchig-weißen Haut, die vom Gehen leicht gerötet war, blieb an den kleinen, unregelmäßigen

Sommersprossen hängen, folgte der Linie der schmalen Nase. Alles war so unendlich vertraut! Ihr Haar glänzte und schimmerte.

Aber es war nicht mehr so wie früher. Ihre Nähe, die Berührung ihres Körpers fühlte sich mit einem Mal so anders an. Er wusste nicht genau, wie er es beschreiben sollte. Später, als er sich an diese Szene erinnerte, sagte er sich, dass in jenem Moment ihre Kinderfreundschaft die Unschuld verloren hatte. Noch im Frühsommer hatten sie in ihrem versteckten Zaubersee oben im Himmelsbergwald nackt und frei zusammen gebadet, und da war dieses Gefühl noch nicht da gewesen.

»Meinst du etwa, du wirst mir nicht fehlen? Und ob du mir fehlen wirst!« Ein Lächeln huschte über Gertrudis' Gesicht, und einen Augenblick lang leuchteten ihre grünen Augen auf. »Wer wird mir jetzt so schöne Sachen sagen wie du?«

»Du wirst schon jemanden finden.«

»Du machst dich lustig über mich, Wolf.«

Wolf. Wie lange hatte er diesen Kosenamen nicht mehr von Gertrudis gehört, der ihr gemeinsames Geheimnis war, das sonst niemand kannte?

»Wieso?«

»Du weißt doch ganz genau, dass ich keinen anderen finden werde, mit dem ich so reden kann wie mit dir.«

»Ich kann nichts daran ändern.«

»Wir können beide nichts daran ändern, Eberhard«, sagte sie mit einem ernsten Tonfall.

»Eberhard? Nicht mehr *Wolf*?«

Sie legte den Kopf Schutz suchend an seine Schulter, so wie er selbst es eben bei Gottschalk getan hatte. »Wolf hieß das Kind, mit dem ich gespielt und geredet habe. Aber ich glaube, dass das jetzt für immer vorbei ist.«

»Du sagst das so, als würden wir uns nie wieder sehen …«

»Ich will dir damit nur sagen, dass ich es richtig finde, dass du in die Klosterschule gehst. Nein, sag jetzt nichts! Auch wenn du dann fort bist … es ist das Beste für dich. Ich weiß es. Gott hat dir deine Liebe für die Wörter geschenkt, also hat Gott dir auch diese Gelegenheit geschenkt, die Wörter endlich richtig und gut zu lernen. Du *musst* einfach gehen. Vielleicht hätte ich das vor ein paar Wochen noch nicht gesagt, aber jetzt doch. Denk an meinen Bruder. Du kennst Ordolf doch! Wir werden keine glückliche Minute mehr zusammen haben. Du willst doch auch nicht, dass es ein schlimmes Ende nimmt?«

»Ende?« Eberhard nahm die Freundin bei den Schultern und versuchte, ihr ins Gesicht zu schauen, aber Gertrudis wich seinem Blick aus. »Wir wollten doch immer zusammenbleiben«, flüsterte er. Vom Turm der Laurentiuskirche erklang das Vespergeläut.

»Hörst du die Musik?«, fragte Gertrudis. Der Tanzboden von der Kirmes war noch aufgebaut. Erst am Martinstag sollte er abgeschlagen werden. Sonntags trafen sich dort unter den wachsamen Augen der alten Witwen die Paare zum Tanz, und ein paar Burschen aus dem Dorf spielten dazu die Laute, die Trommel, die Sackpfeife, das Tamburin. »Wir haben noch nie miteinander getanzt«, sagte Gertrudis traurig.

»Du würdest ja sowieso nicht mit mir tanzen, weil du viel zu viel Angst hast, dass dein Vater uns zusammen sieht.«

»Stimmt es eigentlich, dass du in unserem Dorf Priester werden sollst?«, fragte Gertrudis unvermittelt.

Eberhard nickte. »Meister Dudo will es so. Ich soll der Priester werden, der an seinem Grab die Seelenmessen liest.«

»An seinem Grab?« Plötzlich begann Gertrudis doch zu schluchzen – obwohl sie doch so tapfer hatte sein wollen –, herzerweichend wie ein einsames, verlassenes Kind. »Ich habe solche Angst vor Ordolf«, flüsterte sie zitternd. Ein heftiger Windstoß verfing sich in den herbstlich gefärbten Blättern der Gerichtslinde, wirbelte ihr Haar hoch. »Am schlimmsten ist es, wenn ich allein zu Hause bin.«

»Wenn du es willst, dann bleib ich hier im Dorf!«, sagte Eberhard entschlossen. »Ich wette, dass sie irgendwann die Lust daran verlieren, mich zur Klosterschule zu schicken. Du brauchst es nur zu sagen. Wenn es nach mir ging, würde ich sowieso am liebsten zu Hause bleiben.«

»Nein, nein!« Gertrudis löste sich von Eberhard. »Nein, hör auf damit!« Sie rieb sich mit den Fäusten die Tränen aus den Augen. »Es tut mir leid. Du *musst* gehen, Wolf! Versprich es mir! Wenn du hier bleibst, dann bist du deines Lebens nicht mehr sicher. Ordolf wird nicht lockerlassen. Du hast doch seinen Dolch gesehen. Eines Tages ist es zu spät. Auch wenn es noch so traurig für mich ist, es ist besser so!«

II

Fulda brennt

1145

2. Novembris,
am Tag nach Allerheiligen

Meister Dudo betrat den Schulsaal. Die aufgeregten Gespräche zwischen den Schülern verstummten. Eberhard gähnte. Er hatte nicht gut geschlafen, hatte wirres Zeug geträumt: Nackt und schmutzig wurde er verfolgt, er rannte um sein Leben, doch es gab kein Entkommen. In einer anderen Traumszene stand er nackt mitten im Speisesaal der Klosterschule, und rundum löffelten die anderen Schüler ihr Süppchen, bis er schließlich bemerkte, dass er für die anderen unsichtbar war. Drei Jahre lang lebte er jetzt in der Abtei und besuchte die Klosterschule, und vom ersten Tag an hatte er Albträume. Auch jetzt, in seinem fünfzehnten Lebensjahr, verfolgten sie ihn noch fast jede Nacht. Es war noch früh am Morgen. Draußen krähten die Hähne in der Dämmerung. Kaum hatte die Morgenglocke den Beginn der Arbeit verkündet, setzte auch schon das Hämmern der Schmiede ein.

Die vierundzwanzig unterschiedlich alten Jungen, die Eberhards Klasse in der Klosterschule besuchten, leierten verschlafen die vorgeschriebenen Psalmen herunter. Es war noch dunkel im Schulsaal. Der Morgen war so kalt, dass sie die Bespannung der fünf schmalen Rundbogenfenster noch nicht abgenommen hatten, die jeweils von einem Säulenpaar eingerahmt wurden.

Die Kapitelle der Säulen zeigten Fratzen von Dämonen und bösen Geistern, die im fahlen Flackerlicht der an den Wänden befestigten Fackeln geradezu ein unheimliches Eigenleben zu entfalten schienen. Sie dienten der Abschreckung, und diesen Zweck erfüllten sie auch.

Im halbdunklen Klassensaal war es feucht und kalt. Die Klosterschüler froren. Immer wieder wurde gehustet und geniest. Der beißende Rauch aus der Klosterschulenküche zog über den Flur und in den Schulsaal. Am schlimmsten war es, wenn sie nichts anderes als Birkenholz zum Verbrennen hatten.

Kaum einer, der nicht unter Schnupfen litt. Eberhard bibberte vor Kälte, aber er riss sich zusammen. Dazu kam auch noch diese klamme Feuchtigkeit in dem Saal, wo sie unterrichtet wurden. Noch weniger als sonst hörten sie Magister Dudo zu, der gerade eine Stelle aus dem Propheten Daniel vorlas, die er zur Erbauung der Jungen aus dem Alten Testament ausgewählt hatte.

Für die Schüler gab es nur ein einziges Thema, und das war der dreiste Überfall eines Rittertrupps auf einen stattlichen, gut bewachten Kaufmannszug, unweit von Großenlüder. Am vorangegangenen Abend hatte sich im Kloster die Kunde von dem Überfall wie ein Lauffeuer verbreitet. Offenbar war nicht nur der Verlust zahlreicher Frachtwagen zu beklagen, auf die man in Fulda dringend gewartet hatte, sondern es waren auch etliche der Reisenden gewaltsam zu Tode gekommen. Außerdem hatten die Raubritter eine besondere Gotteslästerung begangen, denn sie hatten eine Brücke der alten Straße nach Hersfeld zerstört, um den Kaufmannszug aufzuhalten. Die Brücke und ihr Zoll gehörten dem Kloster und damit dem Herrgott.

Sie waren Todsünder, diese Ritter. Und dennoch ließen viele der adeligen Jungen in der äußeren Klasse der Klosterschule, Schüler, die nach ein paar Jahren das Kloster wieder verlassen würden, ihre klammheimliche Freude über das Verbrechen durchblicken – in ihren Augen ein waghalsiges Bubenstück und nicht unbedingt ein Werk des Teufels.

Ein verwunschener Name fand in diesen Tagen den Weg in aller Munde, auch wenn man ihn im Fuldaer Land nur flüsternd weitersagte: der Name des einäugigen Ritters Gerlach von Haselstein, eines berühmt-berüchtigten Junkers, der in einem unzugänglichen Raubritternest zwölf Meilen nördlich hauste, inmitten der dunklen Wälder der Rhön.

Ritter Haselstein war vogelfrei, vom Abt und dem König in den Bann getan, aber das kümmerte ihn nicht. Er saß mit seinen Kumpanen, rauen Gesellen aus niederem Adelsstand, auf seiner uneinnehmbaren Burg und raubte und mordete, wie es ihm gefiel, um sich hinterher ins Fäustchen zu lachen. Und er war nicht der Einzige von seinem Schlage. Nicht wenige seiner Standesgenossen auf den Burgen in der Rhön hielten klammheimlich zu dem Haselsteiner, der keine Schranken des Gesetzes und der guten Sitten kannte.

»Ich habe euch heute zur Anschauung ein wertvolles Kleinod mitgebracht, wie es nicht jeder gewöhnliche Sterbliche zu sehen bekommt«, sagte Magister Dudo mit kräftiger Stimme. Er tat so, als wäre alles wie immer und als gäbe es die ganze große Aufregung nicht, die das Kloster und die Stadt erfasst hatte. Der Lehrmeister nahm den Urkundenköcher zur Hand, öffnete ihn umständlich und zog ein Pergament hervor, das offensichtlich ziemlich alt war.

Dudo legte die Urkunde auf sein Pult und glättete sie. Dann nahm er wieder seinen unvermeidlichen Stock in die Hand. »Dieses alte Pergament stammt aus dem Archiv unseres Klosters. Bruder Giselbert hat mir die Urkunde überlassen, damit ich sie euch zeigen kann«, sagte der Mönch und schwang seinen Stock im Takt. »Oft ersetzt die Anschauung mehr als tausend Worte.« Dudo tippte mit dem Ende des Stockes auf die Schulter des jungen Grafen Ermenold. »Das müsste doch sogar bei dir ankommen?«

Ermenold lachte. Sein Lachen war einnehmend. Seine weißen Zähne blitzten. Er war ein Jahr älter als Eberhard und schon ein richtiges Mannsbild. Anders als der Bauernmeistersohn hatte er schon einen dunklen Bartwuchs, und sein Adamsapfel war deutlich zu sehen. Er war ohne Zweifel der Wortführer in der Klasse mit ihren zwei Dutzend Schülern. Im Kapitelsaal der Klosterschüler, in der beide Klassen ihre Speisen einnahmen, saß Graf Ermenold auf dem Platz des Primus am Kopfende des mittleren Tischs. Selbst die Jungen aus der inneren Klasse, die Novizen, die sich auf ein Leben als Mönch vorbereiteten, hörten auf ihn. Er sah nicht nur gut aus, sondern war auch gewandt und kräftig, geschickt im Umgang mit Waffen, und er konnte, wenn er dazu aufgelegt war, höfische Manieren an den Tag legen wie ein Franzose. Er war der geborene Anführer. Die Mädchen und jungen Frauen von Fulda fanden den Grafensohn anziehend, doch bekamen sie ihn als einen Klosterschüler selten zu Gesicht. So sehr die anderen ihn auch achteten oder anhimmelten, er selbst nahm nichts und niemanden ernst und versteckte sich hinter einer Maske der guten Laune.

Nur vor Magister Dudo zeigte er einen gewissen Respekt. Seit der Alte keine Zähne mehr hatte, sah sein Kopf zwar aus wie ein Totenschädel, aber seine Bitternis und Härte hatten sich größtenteils verloren, seitdem ihn seine Schmerzen nicht mehr quälten.

Graf Ermenold war der einzige Junge in der Klasse, den Eberhard respektierte und sogar ein bisschen mochte. Die meisten anderen Jungen in der Klosterschule waren ihm ziemlich gleichgültig. Nur einer konnte ihm nicht gleichgültig sein, denn der machte ihm das Leben schwer, und Eberhard hasste ihn dafür. Der Widerling Tragebodo und seine Kumpane wollten ihm übel, denn sie verachteten ihn wegen seiner niederen Geburt. Tragebodo war der ewig überheblich grinsende Sohn des Fuldaer Stadtgrafen – einer Familie kleiner Edelleute, deren Sitz ein burgähnliches Gebäude mitten in der Stadt war. Sein Vater war als Vogt vom Abt eingesetzt worden und nahm als solcher die Rechte der Abtei innerhalb der Stadtmauern wahr. Tragebodo war der Einzige in der Klasse, den Eberhard von ganzem Herzen hasste. Und das beruhte auf Gegenseitigkeit.

Doch für die meisten der adeligen Jungen war es schwer anzuerkennen, dass Eberhard, ein Bauernsohn, klüger war und den Stoff leichter begriff als alle anderen, wofür er von Meister Dudo gelobt und immer wieder als Vorbild für die anderen hingestellt wurde. Das war eine Beleidigung für all jene, die wie Tragebodo glaubten, dass die adeligen Jungen von Geburt an etwas Besseres wären als die gewöhnlichen Leute. Der Vogtsohn war voller Hass über die Bevorzugung von Eberhard durch den Lehrer, und wann immer es ging, ließ er sie an Eberhard aus. Er und seine hochmütigen Genossen zogen ihn als Streber und Besserwisser auf, hänselten ihn, weil er fließend Lateinisch konnte und seine Handschrift ihresgleichen suchte im Schriftenhaus. Tatsächlich liebte Eberhard die Schriftzeichen, er ging so sorgfältig mit ihnen um, als wären sie etwas Heiliges.

Manchmal verfolgte der blonde Tragebodo mit dem mächtigen Körperbau und den Säbelbeinen ihn bis in die Träume hinein. Am Anfang hatten ihm seine Beleidigungen und Kränkungen tatsächlich sehr wehgetan, doch das hatte sich inzwischen geändert. Im ersten Jahr hatte es regelmäßig Keile gegeben, und Eberhard hatte zwei Zähne dabei verloren, aber seit der Grafensohn Ermenold sich einmal ausdrücklich auf seine Seite gestellt hatte, blieb er von weiteren körperlichen Angriffen verschont. Nicht jedoch von der Häme des Vogtsohns Tragebodo. Die verfolgte Eberhard nach wie vor. Doch irgendwann hatte Eberhard sich einen dicken Panzer zugelegt, die einzige Möglichkeit, um sich vor dem Hass des anderen zu schützen. Er konnte weiß Gott nichts daran ändern, dass er den Makel unfreier Geburt hatte.

Eberhard war Ermenold dankbar für seine Einmischung, aber er blieb misstrauisch wie immer, wenn einer es anscheinend gut mit ihm meinte. Der strahlende, gut aussehende Ermenold war einfach zu perfekt, das konnte nicht mit rechten Dingen zugehen.

Tatsächlich machte sich Ermenold von Schlitz nichts aus der Tatsache, dass sein Mitschüler von niederer Geburt war. Der

Grafensohn wusste, dass es in seinem Leben auf ganz andere Dinge ankommen würde. Solange ihm der unfreie Junge dabei nicht in die Quere kam, ließ er ihn in Ruhe. Vielleicht mochte er ihn sogar, Eberhard wusste es nicht genau. Vielleicht achtete er ihn aber auch nur deshalb, weil er unter den Fittichen des Magisters Dudo stand, wie alle wussten. Und vor Dudo hatte nicht nur Ermenold Respekt, sondern alle.

»Alle Schrift, von Gott eingegeben, ist nütze zur Lehre, zur Zurechtweisung, zur Besserung, zur Erziehung in der Gerechtigkeit«, sprach der Magister feierlich einen Spruch aus der Heiligen Schrift. »Ihr werdet also gleich alle nach vorn kommen und euch diese ehrwürdige Urkunde in frommer Ruhe anschauen.« Irgendeiner aus der Klasse kicherte. Es kam von einem der hintersten Pulte, von denen jeweils acht in Dreierreihen hintereinander angeordnet waren. »Einer nach dem anderen. Und versucht herauszufinden, was darinnen steht, so wie ihr es gelernt habt. Wenigstens das Wichtigste. Zuerst Graf Ermenold.«

»Immer dieselben«, kam es neidisch von Tragebodo, der an einem der hintersten Pulte saß.

Eberhard empfand beim Anblick der altehrwürdigen Urkunde auf dem Pult des Lehrmeisters noch immer den gleichen heiligen Schauder wie zu Beginn, als er ganz neu war auf der Klosterschule. Seine Finger schlossen sich fest um den Schreibgriffel, wie er auf jedem Pult neben einem Wachstäfelchen lag, in das die Schüler Notizen ritzen konnten. Jedes dieser alten Pergamente flößte Eberhard Ehrfurcht ein. Wenn seine bisher erworbenen Kenntnisse ihn nicht trogen, so handelte es sich bei dem Pergament um eine alte Kaiserurkunde. Das erkannte er am Siegel, an der Art der Ausfertigung und – wenn man etwas genauer hinschaute – an der Paraphe des Kaisers mit dem Bestätigungsstrich, den er in das verschlungene Symbol seiner Unterschrift eingefügt hatte, um die Urkunde zu beglaubigen.

Die anderen Jungen machten sich lustig über Eberhards Liebe

zu den Wörtern, den Buchstaben, der Schrift und den alten Urkunden und Inschriften. Allen voran Tragebodo, der für den Lernstoff gewöhnlich nichts als spöttische Verachtung übrig hatte, und das, obwohl er mit seinen fünfzehn Jahren länger auf der Klosterschule war als jeder andere von ihnen.

Auch der Grafensohn Ermenold von Schlitz interessierte sich nur wenig für die alte Urkunde. Lustlos schaute er das Pergament an. Anscheinend hatte er keine Ahnung, was er damit anfangen sollte. Es war ihm auch egal. Für ihn hatte die Urkunde höchstens deswegen eine Bedeutung, weil einstmals ein Kaiser des Heiligen Reiches sie ausgefertigt hatte, und der Kaiser hatte ja bekanntlich den höchsten Stand aller Lehnsherren nach Gott und dem Papst und war damit der oberste Herr eines jeden Adeligen. Alles andere interessierte Ermenold nicht wirklich.

»Selig sind die Unwissenden, denn ihrer ist das Himmelreich«, entließ Magister Dudo den Grafensohn aus der Befragung. »Heiliger Hieronymus, bitte für diesen armen Unwissenden! Geh nur schnell wieder zurück auf deinen Platz!«

Ermenold zuckte mit den Schultern. Er nahm alles leicht, denn er war nur für ein paar kurze Jahre auf der Klosterschule. Es war nur eine Durchgangsstation. Sein Vater wollte es so. In Frankreich schickte man jetzt die jungen Adeligen auf die Klosterschulen, damit sie lesen und schreiben und vor allem rechnen lernten. Und was die Adeligen in Frankreich so machten, das taten ihnen die Edelleute im etwas rückständigen Heiligen Römischen Reich ziemlich bald nach.

Als Grafensohn und Edelmann hatte Ermenold die ausdrückliche Erlaubnis, sich in seiner freien Zeit in Kampfspielen zu üben und zu trainieren. Mit Sicherheit würde er keinen geistlichen Beruf ergreifen wie manche der anderen Jungen in Eberhards Klasse, die auf eine Karriere als Bischof, Domherr, Prälat oder an einer vergleichbar wichtigen Stelle der Reichskirche vorbereitet wurden.

»Der Neue jetzt!«, sagte Dudo, nachdem Ermenold zu seinem Pult zurückgekehrt war. »Komm nach vorn, Junker Wilbur.«

»Hahaha!«, machte Tragebodo. So sehr der Widerling Eberhards unfreie Geburt bemängelte, so mokierte er sich über Wilburs Adel. Der Neue stammte aus dem östlich liegenden, slawischen Wendenland, das vor nicht allzu langer Zeit noch heidnisch gewesen war und jenseits dessen unbekanntes, Furcht einflößendes, slawisches Feindesland lag.

Der Neue war ein scheuer, dünner Kerl mit schwarzem, gewelltem Haar, der erst wenige Tage zuvor in Fulda eingetroffen war. Eberhard mochte ihn von Anfang an, auch wenn er noch gar nicht richtig Bekanntschaft mit ihm geschlossen hatte. Im Speisesaal, wo sie morgens schweigend frühstückten, mittags dem Vorleser lauschten und abends die Hauptmahlzeit zu sich nahmen, saß Wilbur auf dem Platz ihm gegenüber. Eberhard hatte zwar noch kein richtiges Wort mit ihm gesprochen, aber schon etliche neugierige Blicke mit ihm ausgetauscht. Er fühlte sich auch ohne Worte mit dem etwas jüngeren, aufmerksamen Burschen verbunden. Denn einen Makel hatten sie gemeinsam: den Makel einer verachtungswürdigen Geburt. In den Augen der reichsdeutschen Junker und Barone zählten die Wenden und die Slawen genauso wenig wie der Bauernstand, sie hatten nichts als Verachtung für sie übrig. Man spottete über die Rückständigkeit der Wenden, ihre Dummheit und ihre Feigheit, man sagte ihnen Vielweiberei und das Festhalten an finsteren heidnischen Bräuchen nach, und ihre geradezu übertriebene Gastfreundschaft war erst recht ein Grund, ihnen mit Misstrauen zu begegnen.

Es gab nicht viele Schüler aus diesem Volk im Fuldaer Kloster, und in der Klasse von Eberhard war Wilbur der Einzige. Das wenige, das Eberhard von dem Jungen wusste, war, dass sein Vater der Burggraf Hendryk von Bautzen war, ein treuer Gefolgsmann des kriegserprobten Markgrafen Konrad. Alle anderen Jungen, außer dem Wenden und Eberhard, kamen aus einheimischen

Adelsfamilien der Rhön, des Vogelgebirges und aus Mainfranken, und die meisten von ihnen hatten die sprichwörtliche Arroganz des Adels anscheinend mit der Muttermilch eingesogen. Mit niemandem von ihnen hatte Eberhard näheren Kontakt. In den drei Jahren seit seiner Ankunft in Fulda hatte er nicht eine einzige Freundschaft geschlossen, auch nicht mit einem seiner Stubenkameraden, die mit ihm die engste der Kammern oben unter dem Dach bewohnten. Nur mit Ermenold tauschte er sich manchmal aus, und es gab ein paar weitere Jungen in der Klasse, mit denen er hin und wieder ein paar Worte und Gedanken wechselte. Das waren zumeist die Jungen, die für eine Laufbahn in der Kirche vorbereitet wurden und die sich aus diesem Grunde deutlich stärker für den Unterricht interessierten als jene Adelsabkömmlinge, die später Ritter und Barone werden sollten.

»Kannst du etwas mit dieser Urkunde anfangen, Junker Wilbur?«, fragte Dudo ungewöhnlich freundlich und deutete auf das Schriftstück.

Wilbur von Bautzen hatte einen Platz in der vorletzten Reihe zugewiesen bekommen und kam zögerlich nach vorn. Er lächelte verlegen, als er an die Urkunde trat. Das melancholische Lächeln war charakteristisch für den hageren Burschen, der seine schwarzen Haare zum Zeichen seines Adels lang und zu einem Zopf gebunden trug. Eine Kopfbedeckung hatte er nicht. Für Tragebodo ein weiterer Grund zum Lästern. »Ehrwürdiger Herr, ich will es versuchen«, sagte der Wende förmlich.

Irgendjemand in der Klasse kicherte über seinen leichten, aber dennoch unüberhörbaren Akzent. Diesmal war es nicht Tragebodo, sondern ein anderer. Die Jungen tuschelten. Dudo machte ein strenges Gesicht, und sofort erstarb das Tuscheln.

Der melancholische, bisweilen traurige Blick des Wenden war Eberhard schon am ersten Tag aufgefallen. In seinen Augen schien sich ein großer Verlust zu spiegeln, ein Ausdruck von Leere und Heimatlosigkeit, der Eberhard ein wenig an seine eigene Lage erinnerte und der ihn zugleich neugierig machte. Er spürte, wie Interesse in ihm aufkeimte, Interesse dafür, was hinter dem traurigen Lächeln des Burschen steckte, was er dachte und wie er damit zurechtkam, dass die anderen Jungen ihn wegen seiner Geburt verhöhnten. Kurz und gut, er hätte den wendischen Grafensohn gern näher kennengelernt.

Wilbur begann den lateinischen Text zu buchstabieren, zuerst unsicher, dann schneller, schließlich gelangen ihm ganze Wörter. Eberhard horchte auf. Immerhin, er hat eine gewisse Vorbildung, dachte er. Man sah Wilbur an, dass er froh war über die gute Behandlung, die der Lehrmeister der Klosterschule ihm angedeihen ließ. Dudo machte keinen Unterschied zwischen einem Wenden und einem Reichsdeutschen, aber leider war er darin die Ausnahme.

»Setz dich wieder hin, Wilbur. Für den Anfang war das recht gut.«

»Noch so ein verfluchter Streber!«, lästerte es aus der hintersten Reihe der Pulte. »Als wenn wir nicht schon genug davon hätten.«

Wilbur schaute sich verunsichert um. Dudo, dessen Gehör spürbar nachließ, war die boshafte Bemerkung offensichtlich entgangen.

»Du kannst dich setzen«, sagte Dudo.

In diesem Augenblick pochte es an der niedrigen Pforte des Klassensaals. »Tritt ein, wenn es nicht der Teufel ist!«

Ein Laienbruder kam aufgeregt herein und richtete dem Lehrmeister aus, dass er auf der Stelle zu Abt Alehoff kommen müsse. Dudo nickte und wies seine Zöglinge an, während seiner Abwesenheit auf ihren Wachstäfelchen die Verse des Matthäusevangeliums mit dem Griffel einzuritzen, die sie für den heutigen Unterricht hatten auswendig lernen sollen.

Sequentia sancti Evangelii secundum Matthæum. In illo tempore: Dixit Jesus discipulis suis, kritzelte Eberhard leichthin mit dem Griffel. Er war als Erster fertig, wie immer, und ignorierte die missgünstigen Blicke der anderen.

»Ich frage mich in letzter Zeit«, lästerte Tragebodo aus dem Hintergrund, »was das für merkwürdige Jammergestalten sind, die neuerdings in dieser Schule zugelassen werden.«

Wie ihm diese Stimme verhasst war, dachte Eberhard. »Ich weiß nicht, ob unsere edlen Väter dem Kloster so viel bezahlen, nur damit wir am Ende mit Slawen und Bauern die Schulbank drücken.«

Seine Kumpane lachten. Eberhard aber war angewidert von Tragebodo, der die Klugheit wahrlich nicht mit Löffeln gegessen hatte, sich aber stets mit seinem bissigen, beleidigenden Spott hervortat und mit seiner Heimtücke. Wilbur wirkte eingeschüchtert. Erschrocken blickte er sich um, verstand nicht, womit er einen solchen Hass verdient hatte.

Lässig kam der Grafensohn Ermenold zu Eberhard herübergeschlendert. Er hatte die Tafel und den Griffel in der Hand. »Weißt du was, mein Freund? Ich habe nicht eine einzige Zeile von diesem Evangelium gelernt.«

»Ach ja?«

Ermenold nickte und trat hinter Eberhard. »Was dagegen, wenn ich dir über die Schulter schaue?«

»Mach, was du willst«, sagte Eberhard achselzuckend.

Ermenold schrieb den Text von Eberhards Tafel ab. Er war nicht einmal ungeschickt darin. Die meisten anderen waren noch eifrig mit dem Schreiben beschäftigt, denn Dudo konnte ganz schön ungemütlich werden, wenn einer die Aufgaben nicht gemacht hatte.

Tragebodo kümmerte das nicht. Er dachte nicht daran, seinen Griffel in die Hand zu nehmen. Offenbar war er an diesem Morgen mit dem falschen Fuß aufgestanden. »Man sollte die Schule wechseln, wenn hier der Pöbel Einzug hält. Mein Vater hat Recht. Ich bin froh, wenn ich hier weg bin.«

»Halt jetzt dein Maul, Bodo!«, zischte Ermenold von Schlitz mit einem Blick über die Schulter zurück. »Es reicht jetzt wirklich!« Tragebodo konnte es nicht ausstehen, wenn man ihn Bodo nannte. Er erhob sich wütend von seinem Platz.

»Hast du denn vergessen, was für ein Blut in deinen Adern fließt?« Tragebodo deutete mit ausgestrecktem Finger auf den jungen Grafen. »Hast du das tatsächlich vergessen?«

»Bist du verrückt? Willst du mich beleidigen? Pass auf, was du sagst!«

»Ich soll aufpassen? Hab ich denn nicht Recht? Du machst dich gemein mit diesem Abschaum, den sie aus dem Schweinestall hierher geholt haben!« Er deutete auf Eberhard. »Der da, der beleidigt mich. Er beleidigt meine Augen und meine Nase, verstehst du? Dass ich mit ihm in einem Zimmer sein muss, das beleidigt mich!«

»Das beleidigt dich? Du bist doch verrückt«, sagte Ermenold verächtlich. »Du bist dünkelhaft und anmaßend und bildest dir etwas ein auf deine albernen, gelockten Haare.«

Die anderen Jungen lachten.

»Du nennst mich albern? Ich warne dich! Du spielst mit dem Feuer«, stieß Tragebodo drohend hervor. Er war schnell eingeschnappt und nachtragend, dabei kräftig und gewaltbereit, und die meisten Schüler fürchteten seinen Jähzorn und seine Rachsucht.

»Mit dem Feuer?« Ermenold lachte verächtlich. »Du willst mir sagen, dass ich mich vor dir in Acht nehmen soll? Weißt du, was du bist? Ein aufgeblasener Gockel! Merkst du eigentlich nicht, wie du krähst und dich dabei lächerlich machst?«

»Du treibst es auf die Spitze! Niemand macht sich so über mich lustig«, sagte Tragebodo mit bebender Stimme. Er ballte die Fäuste und atmete schwer. Sein Gesicht verzerrte sich vor Wut. »Du bist ein, ein …«

»Und weißt du, was mich an dir am meisten anwidert? Deine

Hinterfotzigkeit. Du bist nur dann glücklich, wenn du anderen hinten herum eins hineinwürgen kannst. Was für ein widerlicher Kerl du bist!«

Die anderen Jungen lachten von Neuem. Tragebodos Gesicht verzog sich, so als würde er im nächsten Augenblick anfangen zu flennen. Die anderen Jungen kannten das schon. In diesem Zustand war er unberechenbar.

»Willst du dich wirklich mit mir wegen so einem zanken? Wir haben doch beide das gleiche Blut in den Adern!«

»Da sei der Allmächtige davor!«

»Ob es dir passt oder nicht, mein Blut ist genauso blau wie deines. Im Gegensatz zu dem Blut dieses Besserwissers, dieses Schweinehüters, dieses Großmauls, der dem Lehrmeister hinten reinkriecht. Seins ist dünn und hellrot. Er ist auf der anderen Seite. Verstehst du das denn nicht?«

Eberhard hielt es nicht mehr auf seinem Platz. Zornig sprang auch er auf. Sein Gesicht war rot angelaufen. »Weißt du, was mich wundert, Bodo? Dass einer wie du die schöne Lorenzia zur Schwester haben kann, das geht mir einfach nicht in den Kopf!«, rief er mit zitternder Stimme, wohl wissend, wie allergisch Tragebodo reagierte, wenn über seine schöne Schwester geredet wurde. Das war sein wunder Punkt. Er war eifersüchtig auf ihre Bewunderer wie ein südländischer Liebhaber. Alle schauten Eberhard erstaunt an, denn für gewöhnlich ließ er sich auf keinen Streit mit den Adelsjungen ein. Dabei konnte er nur den Kürzeren ziehen, das hatte er auf der Klosterschule schnell gelernt.

Für einen Augenblick sah es so aus, als wollte sich Tragebodo auf Eberhard stürzen. »Sag noch ein Wort über meine Schwester, dann werde ich dich ...«

»Ja was denn? Was hast du denn dagegen, wenn ich ihren Namen in den Mund nehme? Sie ist doch klug und schön, sagen die Leute. Also genau das Gegenteil von dir. Ich hoffe nur, dass sie ebenso keusch wie schön ist.«

Tragebodo jaulte auf wie ein Hund, dem man auf den Schwanz getreten hatte. Denn mit Lorenzias Keuschheit war es nicht weit her, wenn man den Gerüchten Glauben schenken durfte, die unter den Schülern kursierten. »Jetzt weiß ich auch, wer diese dreckigen Behauptungen über sie in die Welt gesetzt hat. Du warst das! Ich bringe dich um dafür!«

Er sprang auf Eberhard zu und wollte ihm genau in dem Moment an den Kragen gehen, als die Tür aufging und Dudo in den Schulsaal zurückkehrte.

»Himmel! Was ist denn hier schon wieder los? Eberhard! Ermenold! Tragebodo! Seid ihr denn von allen guten Geistern verlassen? Auseinander!«

Tragebodo ließ von Eberhard ab. Er zog ihm die graue Kutte glatt, wie sie jeder der vierundzwanzig Schüler trug. »Das wirst du noch mal bereuen«, flüsterte er. »Keiner sagt so was ungestraft über meine Schwester. Zu allerletzt du. Glaub mir, das wirst du noch bitter bereuen.«

ARCHIVUM SECRETUM APOSTOLICUM VATICANUM

Bericht des Päpstlichen Observators
Reichsabtei Fulda, Anno Domini 1145

»Am Anfang war das Wort. Amen. Item müssen wir beklagen, und wir dürfen die unerhörte Tatsache nicht verschweigen, dass die von Gott verlassenen Mönche der Reichsabtei die größten und seltensten Schätze aus der hochwürdigsten Bibliothek von Fulda stehlen und verhökern und wie der billige Jakob überall zu Markte tragen. Raub und Frevel sind vor mir; es geht Gewalt vor Recht.
Heuchlerisch verehrten sie mit ihren lügenhaften Mündern weiterhin den seligen Hrabanus Maurus als den Praeceptor Germaniae, den Lehrer Deutschlands. Und doch sind, wie wir aus sicherer

Quelle wissen, von den einst zweitausenddreiunddreißig Folianten fast dreihundert unersetzliche Schriften spurlos aus der Bibliothek verschwunden. Der Abt Alehoff, der doch ein Vater und Bewahrer sein sollte, ist krank und schwach und hat schon lange keine Kraft mehr, dem entgegenzusteuern …

… Dreißigtausend Urkunden, Verträge, Schriftrollen, Weistümer und Briefe aber werden darüber hinaus nach den Worten des Meisters Giselbert im Archiv des Reichsklosters aufbewahrt. Darin sind bekanntlich die vielfältigen und komplizierten Besitzverhältnisse des Klosters festgehalten, und es ist für die Nachwelt aufgezeichnet, was die Kaiser, Könige, Fürsten, Grafen und anderen Edlen dem Kloster an Grund und an Diensten und Abgaben übertragen haben, damit die Mönche für ihr Seelenheil beten …

… Und wahrlich haben die sündhaften und von Gott verlassenen Edelleute und Ritter dieses Landes es bitter nötig, dass die Mönche Tag für Tag an den zahlreichen Altären des Hohen Domes Seelenmessen für sie halten, Gebete für die unsterblichen Seelen der Stifter, die nur durch dieses fromme Gebet vor Höllenqualen und einer ewigen schrecklichen Pein im Fegefeuer bewahrt werden …«

4. Novembris, am Sonntag vor St. Leonard

Eberhard gähnte. Er war müde von der langen Messe im Dom und war froh, sie hinter sich zu haben. Für die Schüler der Klosterschule war das Sonntagshochamt heilige Pflicht, der man sich nur wegen ernster Krankheit entziehen durfte. Während der ersten beiden Jahre, die er in der Klosterschule verbrachte, hatte ihn das lateinische Hochamt noch in den Bann gezogen mit all seinen geheimnisvollen Ritualen, aber inzwischen ertappte er sich dabei, wie er sich meistens langweilte.

»Als wenn nichts passiert wäre«, sagte Eberhard. In letzter Zeit führte er Selbstgespräche, wenn er allein war, und das war er meistens. Es war ein Zeichen seiner Einsamkeit, die nur dadurch unterbrochen wurde, dass er hin und wieder mit Wilbur zusammen in der Umgebung unterwegs war, wenn sie mal die Erlaubnis dafür hatten. »Du hast alle enttäuscht. Alle, die da waren.« Er meinte den Abt. Der Dom war an diesem Morgen bis auf den letzten Platz gefüllt gewesen. Das Schreckgespenst von Mord und Totschlag ging um. In dieser unruhigen und gewalttätigen Zeit suchten die verängstigten Menschen Trost beim Herrgott. Aber Abt Alehoffs Worte vermochten ihnen keinen Trost zu spenden. Der alte, kranke Mann war schwach und überfordert, er stemmte sich dem Niedergang nicht entgegen. Außerdem war er ein miserabler Prediger, der Angst hatte, vor größeren Menschenmengen zu sprechen, mit der Folge, dass er viel zu leise, stockend und unsicher sprach.

Dabei war das Gleichnis, von dem der Abt in seiner Predigt gesprochen hatte, vom Unkraut im Weizenfeld, das der Feind ausgesät hat, gut gewählt, und es hatte sich geradezu angeboten, es auf Ritter Gerlach und den Überfall auf den Kaufmannszug zu beziehen. Doch nichts dergleichen kam über Alehoffs Lippen. Er war schwach und immer am Zaudern. Er blieb im Allgemeinen stecken, klagte niemanden an und nannte keinen Namen – anscheinend steckte ihm selbst die Angst vor Gerlach von Haselstein schwer in den Knochen. Nicht nur Eberhard hatte am Ende das Hochamt enttäuscht verlassen, auch anderen schien es so ergangen zu sein.

Bis zur abendlichen Vesper, zu der alle Jungen im Speiseraum der Klosterschule zusammenkamen, hatte Eberhard jetzt ein paar Stunden frei. Kurz nach dem Mittagsgeläut saß er an seinem Lieblingsplatz in den Flußauen der Fulda, eine Viertelstunde Fußweg vom Kloster entfernt, umgeben von uralten Flussweiden, die ihre langen, peitschenförmigen Äste ins Wasser streckten. Einzelne Blätter segelten herab und wurden vom Fluss weggetragen. Hier verehrte die Natur selbst den Schöpfergott, und hier war nichts von der fiebrigen Anspannung zu bemerken, die das Kloster, die Stadt und das Fuldaer Land im Griff hatte. Aber selbst an diesem friedlichen Ort wurde Eberhard das dumpfe Gefühl drohender Gefahr nicht ganz los.

Eine Schar von Gänsen suchte schnatternd das Weite. Er konnte sein Refugium nur sonntags oder an Festtagen aufsuchen, wenn sie nach dem dreistündigen Hochamt ein paar Stunden der Muße hatten und sich im Klosterbezirk frei bewegen durften. Das Betreten der Stadt war nur den älteren Schülern hin und wieder erlaubt, den ersten beiden Jahrgängen war es dagegen strikt verwehrt.

Eberhards Platz war von dichtem Ufergebüsch umgeben, und kaum ein Mensch verirrte sich hierher. Etwas oberhalb führte der Weg von Fulda nach Bronnzell vorbei. Manchmal konnte er in einiger Entfernung durch die Lücke zwischen ein paar Pappeln die Wäscherinnen beobachten, die vor den Mauern Fuldas ihre Leintücher bleichten.

Für Anfang November war es geradezu warm. Am Morgen hatte es geregnet. Wie gewohnt setzte er sich auf den länglichen, mit dickem Moos überwachsenen Stein. Er ließ die Beine in das kühle Wasser des Flüsschens baumeln, das die Menschen liebevoll die Fulle nannten. Jeder liebte den Fluss, denn er war wie ein Band, das sie alle miteinander verband.

Eberhard nahm die Wachstafel aus dem Ranzen und ritzte mit seinem Griffel lustlos ein paar Buchstaben ein – die Aufgabe, die Dudo ihnen aufgetragen hatte. Den ledernen Ranzen hatte er vom Lehrmeister am Osterfest des ersten Lehrjahres geschenkt bekommen, ohne dass die anderen Schüler in den beiden Klassen der Klosterschule etwas davon wissen durften. In letzter Zeit war es der einzige Hinweis darauf gewesen, welche besondere Rolle ihm zugedacht worden war. Er war ein Schüler wie jeder andere, und manchmal mutmaßte er sogar, dass Dudo das Interesse an ihm verloren hätte. Jedenfalls hatte er von seinem ursprünglichen Auftrag, den Altar über Dudos zukünftiger Grabstätte zu hüten und die Messen für seine Seele zu lesen, seit drei Jahren kein Wort mehr gehört.

Die Zeit verging. Auch sein Bruder Walther hatte längst das Dorf verlassen und war in den Knappendienst bei Graf Ziegenhayn eingetreten.

Eberhard schaute sich das Ergebnis seiner Schreibbemühungen auf der Wachstafel an und schüttelte den Kopf. Man sah, dass er sich keine Mühe gegeben hatte. Er war unzufrieden mit sich. Sein Leben war so ziel- und planlos. Ob er sich bemühte oder nicht, ob er etwas lernte oder nicht – wen kümmerte das schon? Auf der einen Seite war es ja gut, dass der Lehrmeister ihn wie jeden anderen behandelte. Würde er den Bauernsohn vor seinen adeligen Mitschülern bevorzugen, so würden die ihm das Leben zur Hölle machen, allen voran Tragebodo. Vielleicht war Dudos Schweigen also nur seiner Weitsicht zuzuschreiben, und zu gegebener Zeit würde sich alles klären. Eberhard redete sich ein, dass er Geduld haben musste, aber geduldig zu sein war nicht unbedingt eine seiner Stärken. Fast jeden Tag grübelte er darüber nach, was seine Zukunft wohl bringen würde, ohne jemals zu einem schlüssigen Ergebnis zu kommen …

Mit dem flachen Ende des Griffels glättete er die Wachstafel. Er würde den Text nochmals schreiben, denn er konnte es doch besser! Sein Griffel hatte auf der Wachstafel wie der Pflug auf einem Acker schon tausendfach in unterschiedlichster Form Spuren gezogen, Majuskel und Minuskel, Kursive und Kapitälchen, Wörter in karolingischer, salischer oder ottonischer Buchstabenform – je nachdem, welche Aufgabe Magister Dudo von ihnen verlangte. Keiner aus der Klasse war auch nur annähernd so gut darin wie Eberhard.

Ein dicker Fisch – ein Lachs – reckte den Kopf aus dem Wasser und tauchte platschend wieder unter. *In nova fert animus mutatas dicere formas corpora,* so begann der Vers, den die Schüler einritzen sollten. Er stammte von dem römischen Dichter Ovid, aus einem Buch der Mythen und Verwandlungen, das den geheimnisvollen Titel *Metamorphosen* trug.

Plötzlich hörte er ein Plantschen und helles Lachen – wahrscheinlich badeten ein paar Jungen in der Nähe. Einige Schüler zog es während der freien Stunden am Sonntag zum Fluss, um zu baden, das war nichts Ungewöhnliches. Manchmal badeten auch Mägde aus der Stadt im Fluss, wenn sie sich unbeobachtet fühlten. Das hatten die Jungen eines Abends auf seiner Stube erzählt, und Eberhard hatte sich auf seiner Pritsche vorgestellt, wie er die nackten, badenden Mägde heimlich beobachtete und sich am schamlosen Anblick ihrer Brüste ergötzte …

Er steckte die Wachstafel in den Lederranzen und schnallte ihn auf den Rücken. Da war es wieder, das helle Lachen. Es war nicht zu unterscheiden, ob es ein Mann oder eine Frau war, ob eine oder mehrere Personen. Neugierig geworden, stand Eberhard auf und ging auf dem festen Ufer oberhalb der Böschung, die etwa einen Klafter hoch war, dem Lachen nach.

Dann sah er, einen Steinwurf entfernt, durch das Ufergebüsch weiß schimmernde, nackte Haut blitzen. Er duckte sich hinter die Büsche, suchte mit den Augen das Ufer ab. Im Geiste sah er die nackten Mägde vor sich. Dann sah er ein dunkles Bündel auf einem Stein liegen. Er atmete enttäuscht aus. Es war eine Kutte, wie er selbst eine trug. Er richtete sich auf. Der nackte Junge war schmal und groß und kehrte Eberhard den Rücken zu. Es war Wilbur, unschwer an seinem schwarzen Haarzopf zu erkennen. Der wendische Junge wusch sich in dem kalten Wasser und fühlte sich anscheinend unbeobachtet, jedenfalls schien er es zu genießen. Schamlos berührte er sich am ganzen Körper. Plötzlich drehte Wilbur sich um, und Eberhard konnte seine schwarze Schambehaarung sehen, die viel weiter entwickelt war als seine eigene, obwohl er etwas jünger war, und auch Wilburs Männlichkeit war ausgeprägter und dunkler als seine. Er errötete.

»Du? Was machst du denn hier?«, rief Wilbur lachend. Er machte keinerlei Anstalten, seine Scham zu bedecken. »Hast du mir etwa zugeschaut?«

Eberhard spürte, wie ihm die Hitze die Wangen noch röter färbte. »Dir zugeschaut? Bist du verrückt geworden? Was bildest du dir denn ein?«

»Nichts für ungut.« Wilbur stapfte ans Ufer zurück und griff nach der Kutte, ohne sich im Geringsten zu beeilen. Eberhard stand noch immer am selben Fleck und sah dem Schulkameraden gebannt zu. »Bei uns zu Hause ist es ganz anders, weißt du«, sagte er gut gelaunt. »Bei uns geniert sich keiner vor dem anderen.«

Ein Windstoß rauschte in den alten Pappeln über dem Badeplatz. Die Blätter wisperten geheimnisvoll. In steilem Flug stürzte der spitze Pfeil eines Eisvogels in den Fluss. Es spritzte kaum, so elegant tauchte der Vogel ein.

Wilbur setzte sich lässig ins Gras, zupfte einen Halm und steckte ihn sich zwischen die Lippen. Er streckte sich und strich sich die nassen Haare glatt. »Das Baden in kaltem Wasser stärkt Körper und Geist, sagt man bei mir zu Hause. Du solltest es auch ausprobieren«, forderte er Eberhard auf. »Im ersten Augenblick ist es zwar bitterkalt, aber dann ist es herrlich.«

Eberhard stand unschlüssig da. »Ich kann auf deine weisen Ratschläge verzichten«, erwiderte er.

»Warum seid ihr hier immer nur so schlecht gelaunt und mürrisch?«, fragte Wilbur lachend. Hier in der freien Natur war er viel lockerer und selbstbewusster als in der Klasse. »Sieh dir diesen Tragebodo an! Bei uns haben wir zwar schlechteres Wetter, aber trotzdem haben wir viel bessere Laune.«

Eberhard grinste. »Ein komischer Vergleich, das mit dem Wetter.« Er hockte sich ebenfalls auf den Boden.

»Siehst du, so ist das doch viel gemütlicher«, sagte Wilbur ohne viel Aufhebens. »Es ist schön hier.«

Eberhard nickte. »Da hinten ist einer meiner Lieblingsplätze.« Er deutete flussaufwärts.

»Ich muss meine Lieblingsplätze erst noch finden«, sagte der Neue ohne Wehmut.

»Ich habe schon eine Weile dort gesessen und meine Aufgaben gemacht.«

»Du kannst gut schreiben, das hab ich gesehen. Tragebodo ist neidisch bis auf die Haarspitzen, dass du im Schreiben geschickter und sowieso viel gescheiter bist als die adeligen Jungen.«

»Ja? Ach, er ist doch nur ein blöder Mistkerl.«

»Ja, das ist er.« Wilbur nickte. »Die anderen Jungen sagen, dass du der Beste von allen bist, die andere Klasse mit eingeschlossen.«

»Sagen sie das? Mir hat das noch keiner gesagt.«

»Sie sagen aber auch, dass du verschlossen bist und niemanden an dich heranlässt und dass du hochmütig bist und ganz vergessen hast, dass du aus unfreiem Stand kommst. Sie halten dich für einen Eigenbrötler, denn wenn sie in den Flussauen Ball spielen, verziehst du dich an einen deiner einsamen Plätze.«

»Ach, sollen sie doch reden«, erwiderte Eberhard nicht ohne Bitterkeit in der Stimme. »Tragebodo verachtet mich, weil ich aus unfreiem Stand bin. Aber was soll ich daran ändern? Ich bin nackt von meiner Mutter Leib gekommen, wie jeder andere auch.«

Wilbur schaute Eberhard in die Augen. Der Junge aus der Lausitz hatte einen offenen Blick, ganz anders, als man es den Wenden nachsagte, die man hierzulande für verschlagen und unehrlich hielt. Dieser Blick hatte ihn schon im Speisesaal angezogen. Seine Augenfarbe war ein helles Braun. »Ich finde, sie tun dir Unrecht. Ich kenne dich! Schließlich sitze ich dir gegenüber. Da kennt man sich.« Er lachte freundlich. »Und Tragebodo, der ist ein Hornochse! Dem müsste man einmal eine gehörige Abreibung verpassen.«

Eberhard spuckte verächtlich aus. »Ich frag mich, warum er und seine Spießgesellen eigentlich hier sind. Das ist eine Lateinschule, aber sie würden am liebsten nur Ball spielen oder Ritterspiele machen oder Kaninchen und Spatzen jagen.«

Wilbur lachte. »Sie sind nur hier, weil ihre Väter es wollen und bezahlen. Genauso wie bei mir. Aber wieso bist *du* hier? Die anderen sagen, du sollst Priester werden. Aber so kommst du mir gar nicht vor.«

Eberhard nickte. Auf der einen Seite war er froh, dass er endlich einmal mit jemandem über seine Zukunft sprechen konnte, aber zugleich war er auch misstrauisch. Denn auch wenn Wilbur ein Außenseiter war wie er selbst, so war er dennoch von edler Geburt, und ein Bauer misstraut einem Adeligen grundsätzlich. »Das stimmt. Und ich kann mir es auch nicht so recht vorstellen, einmal Priester zu sein, aber es ist eine längere Geschichte, wie es dazu gekommen ist.«

»Ich würde sie gerne mal hören.«

»Vielleicht. Irgendwann.« Er spürte, dass das zu wenig war, wenn er den Jungen als seinen Freund gewinnen wollte, und das wollte er, da war er sich mit einem Mal sicher. »Gut, wenn es dich interessiert, werde ich es dir erzählen.«

Wilbur strahlte. Die Mücken sirrten. Die letzten Herbstschmetterlinge flatterten um die beiden Jungen herum. »Komm, lass uns zusammen zum Kloster zurückkehren«, schlug er vor. Auch der Neuling an der Klosterschule, ein Außenseiter wie er, war offenbar froh, jemanden gefunden zu haben, mit dem er sich unterhalten konnte.

Gemeinsam kletterten die beiden die steile, mit dichten Gräsern und Kräutern bewachsene Böschung zwischen den Uferbäumen hinauf.

Zwischendrin hielt Eberhard schnaufend inne und drehte sich um. Wilbur blieb stehen und lächelte. Er griff nach dem Band, das die schwarzen Haare als Zopf zusammengehalten hatte. Das Haar öffnete sich, und Wilbur schüttelte stolz den Kopf, dann ordnete er es mit zwei, drei geschickten Handgriffen, sodass es ihm locker über die Schultern fiel.

»Ab jetzt werden wir uns im Speisesaal mit etwas anderen Augen gegenübersitzen«, sagte Eberhard etwas unbeholfen. Er hatte noch nie einen Freund gehabt, und nur mit Gertrudis, seiner Gefährtin aus Kindertagen, hatte er so vertraut geredet. Außerdem fühlte er sich von Wilburs männlicher Ausstrahlung angezogen. Ihm gegenüber kam er sich noch wie ein richtiger Junge vor. »Lass uns weitergehen!«

Nachdem sie sich durch das Dickicht gekämpft hatten, kamen sie auf dem Bronnzeller Weg heraus und folgten dem Fluss in nördliche Richtung. Eberhard dachte daran, dass er nachher, wenn sie im Kloster ankamen, keine Lust hatte, sich von Wilbur zu trennen und schon in seine Schlafkammer unter dem Dach des ausgedehnten, mehrflügeligen Schriftenhauses zurückzukehren, wie er es sonst unmittelbar nach seinen Ausflügen tat.

»Träumst du im Gehen?« Wilbur lachte aus vollem Herzen. Eberhard wurde aus seinen Gedanken gerissen. Sie kamen um eine Wegbiegung, und vor ihnen lagen jetzt das Kloster und die Wälle der Stadt friedlich im herbstlichen Nachmittagslicht. Es war ein von Gott gesegnetes Land, ging es Eberhard durch den Sinn. Der Weg endete an der steinernen Weidenbachbrücke, die mit gedrungenen Bögen die schmale Senke zwischen dem Kloster und dem Haupttor der Stadt überspannte. Auf Stadtseite lag ein belebter Platz mit etlichen Verkaufsbuden und ein paar Garküchen. Die Brücke war immer umlagert von einer Unzahl von Bettlern, denn jeder Pilger, jeder Besucher des Reichsklosters und des Domes musste durch dieses Nadelöhr.

Auf dem offenen Gelände vor den Wällen der Stadt übten sich ein paar der Fuldaer Ritter, der Junker und Knappen, im Kampf von Pferd zu Pferd. Auf den Wällen und am Rande des Übungsgeländes war viel Volk unterwegs, um den Kampfesübungen beizuwohnen. Die Übungen fanden nicht umsonst an diesem öffentlichen Ort statt: Offensichtlich sollte die Demonstration der Wehrhaftigkeit der Truppen des Grafen von Ziegenhayn, der als Hochvogt auf den Schutz des Klosters und der Wege im Land verpflichtet war, das verängstigte Volk beruhigen. Die Krieger trugen leichte Übungsrüstungen. Plötzlich entdeckte Eberhard unter den Knappen seinen Bruder. »Geh schon alleine voran«, sagte er zu Wilbur. »Ich seh da jemanden, den ich kenne.«

»Den du kennst? Hast du etwas dagegen, wenn ich mitkomme? Mich interessieren diese Kampfübungen.«

Eberhard überlegte einen Augenblick. Er fühlte sich geschmeichelt, dass ihn ein adeliger Junge fragte, ob er sich ihm anschließen dürfe. Schließlich zuckte er mit den Schultern. »Klar. Ich habe nichts dagegen, natürlich kannst du mitkommen!«

»Und hat dieser Jemand, den du kennst, auch einen Namen?«

»Ja, er hat. Walther ist sein Name. Er ist mein Bruder. Er ist Knappe beim Grafen Ziegenhayn.«

»Ein Knappe beim Hochvogt? Soll er Ritter werden?«

»Vielleicht fragst du ihn selbst?«

Jetzt hatte auch Walther seinen jüngeren Bruder entdeckt. Er kam herbei. Die beiden begrüßten sich mit der Mischung aus Distanz und Herzlichkeit, die sich zwischen ihnen eingespielt hatte.

»Willst du mir nicht auch deinen Freund vorstellen?«

»Das kann ich auch selbst tun«, sagte Wilbur lächelnd. »Wilbur von Bautzen, der Sohn von Burggraf Hendryk.«

»Burggraf Hendryk?« Wilbur nickte. »Ist mir eine Ehre!« Walther schaute seinen Bruder fragend an. »Weißt du was? Mein Schildherr hat hier das Kommando ...«

»Ritter Bertho?«

Walther nickte und lächelte. »Du weißt es noch?«

»Sicher. Ich hätte euren obersten Schleifer gerne einmal kennengelernt.«

Walther schaute seinen Bruder an, ob der es auch ernst meinte. Er wunderte sich, dass dieser Stubenhocker von einem Bruder, der Schriftgelehrte in der Familie, sich plötzlich für seine kämpferische Ausbildung interessierte.

»Hm. Er wollte eigentlich auch noch hierher kommen.« Er schaute sich um.

»Aber noch ist er nicht hier. Willst du einmal sehen, was ich kann?«, fragte Walther stolz. »Schließlich bist du nicht der Einzige in der Familie, der in den letzten drei Jahren etwas dazugelernt hat!«

Eberhard hatte seinem Bruder noch nie beim Kämpfen zugeschaut, und Walther hatte auch nie zuvor Anstalten gemacht, seinen Bruder zu den Übungen einzuladen. Ob es mit der Anwesenheit von Wilbur zu tun hatte, dass er ihm jetzt seine Kampfkünste zeigen wollte?

Walther ergriff eines der hölzernen Übungsschwerter. Obwohl das Schwert keine scharfe Klinge hatte, sah es so aus, als könnte es in den Händen von jemandem, der damit umzugehen wusste, zur gefährlichen Waffe werden. »Ludolf!«, rief er einem der anderen Knappen zu. »Hast du Lust? Komm, ich will meinem Bruder zeigen, was für Krieger hier heranwachsen. Los, greif an!«

Ludolf war etwas jünger als Walther und ebenso selbstbewusst. »Wie willst du den Angriff haben – scharf wie Ritter Gerlach oder mehr zum Spaß?«

»Scharf, was sonst?«

Walther ging in Angriffsposition. Wie kraftvoll der Bruder sich bewegen konnte! Eberhard spürte einen Anflug von Neid, denn Walther strotzte nur so vor Kraft und Männlichkeit, und seine Wangen glühten feurig. Es musste ein gutes Gefühl sein, wenn man sich selbst verteidigen konnte. Walther stieß einen Kampfschrei aus. Ludolf antwortete ihm mit krächzender Stimme, und schon gingen die beiden ungestüm aufeinander los. Krachend trafen die Übungsschwerter aufeinander. Die beiden Kämpfer lachten rau. Auch wenn sie grundverschieden waren und sich mit ganz anderen Dingen beschäftigten, spürte Eberhard plötzlich eine tiefe, brüderliche Liebe in sich, die ihn mit diesem jungen Krieger verband.

Aufgeregt verfolgte er den Schaukampf. Sein Bruder schien der Überlegenere zu sein – ob wegen seiner Geschicklichkeit oder weil Ludolf dem Älteren mehr Respekt zollte, das konnte Eberhard mangels Erfahrung im ritterlichen Kampf nicht beurteilen. Wie ein Raubvogel über seiner Beute stieß Walther blitzschnell mit seinem Schwert auf den Gegner ein. Ehe der andere sich versah, war die Schulter von seinem Schwertarm getroffen, die nur durch einen einfachen Lederpanzer geschützt war. Ludolfs Gesicht verzerrte sich vor Schmerz. Aber nicht ein einziger Schmerzenslaut kam dem Knappen über die Lippen. Eberhard bewunderte die Disziplin der Knappen.

»Los! Nicht nachlassen!« Ein drahtiger Mann in Ritterrüstung war herangekommen und feuerte die beiden Knappen an.

Beide Jungen nahmen Haltung an. »Ritter Bertho.«

»Weitermachen!«

Eberhard betrachtete Ritter Bertho von Quecksmoor von der Seite: Er war ein Mann mit einer lässigen und dennoch kraftvollen Haltung, einem klaren Blick, von dem eine große Autorität ausging.

»Halt, Ludolf! Ich habe dir gesagt, halte das Schwert niemals zu weit von der Körpermitte weg, wenn es deine einzige Deckung ist. Hast du vergessen, dass du im Augenblick ohne Schild kämpfst?«

Ludolf nickte.

Plötzlich war aus Richtung Bronnzell Hufgetrappel zu hören, das rasch anschwoll. Ritter Bertho rief einen knappen Befehl zu den anderen Schildherren und Ausbildern hinüber. Sofort endeten alle Übungskämpfe. Sein Gesicht verfinsterte sich. »Hölle, Tod und Teufel! Ich glaube, das sind die verdammten Haselsteiner«, fluchte er angespannt. »Sie sind gleich da! Zurück! Weg vom Weg! Wahrscheinlich wollen sie nur durchreiten. Und wenn wir uns ihnen in den Weg stellen, dann macht der wahnsinnige Gerlach es so, wie er es immer macht: mit dem Kopf durch die Wand!«

Eberhards Herz pochte bis zum Hals. Wer weiß, vielleicht war er unversehens mitten in eine Fehde geraten! Vielleicht würde der Übungsacker in wenigen Augenblicken zum Schlachtfeld werden. Er starrte auf die Stelle des Weges, an der die näher kommenden Ritter im nächsten Augenblick auftauchen würden.

Da waren sie!

Und tatsächlich: Es waren die pechschwarzen Schilde, das gefürchtete Haselsteiner Wappen, Schwarz auf schwarzem Grund. Schwarz waren auch die Rüstungen, schwarz war seine Augenkappe, und auch die Pferde waren ausnahmslos pechschwarze

Rappen. Man sagte, Ritter Gerlach liebe das Schwarze wegen seines verlorenen Auges und weil er ein Bündnis mit den finsteren Mächten der Hölle geschlossen habe.

Wie ein schwarzes Gespensterheer preschten die berüchtigten Haselsteiner Raubritter in gestrecktem Galopp heran, eine Furcht einflößende, kompakte militärische Formation, zwei Dutzend Mann, immer zu zweit nebeneinander. Das Hämmern der Hufe und das Scheppern von Rüstzeug bildeten einen ohrenbetäubenden Lärm. Nur ein paar Herzschläge, dann waren sie auch schon auf Höhe des Übungsgeländes. Stumm starrten die Ausbilder und die Knappen dem herannahenden Trupp entgegen, der von ein paar scharfen Kampfhunden begleitet war. Die Hufe wirbelten große Erdbrocken hoch. Die Pferde schnaubten.

Für einen Augenblick waren die Ritter so bedrohlich nah, dass Eberhard die Luft anhielt und fürchtete, sein letztes Stündlein hätte geschlagen. Er sah nur noch Bewegung, wirbelnde Hufe, blitzenden Stahl, vorüberhuschende Schatten. Er spürte den Luftzug, den der rasende Ritt verursachte. Ein kurzer, gebrüllter Befehl im Stakkato des Hufschlags der schweren Kriegspferde war zu hören, dann das Klirren von Schwertern. Die Luft schien zu vibrieren.

Die Leute auf den Wällen der Stadt und die Zuschauer, die zuvor den Fuldischen Rittern beim Üben zugesehen hatten, waren wie zur Salzsäule erstarrt. Der Ritt der kampferprobten Haselsteiner Ritter war ein furchtbar beeindruckendes Schauspiel, so als wäre es eigens für sie inszeniert, und das war es wohl auch. Diese Demonstration von Macht und ungestümem Kampfgeist war eine Verhöhnung des Abtes und des Grafen von Ziegenhayn, es war zugleich eine Kampfansage und eine Drohung: Niemand sollte es wagen, sich diesem voranstürmenden Rittertrupp in den Weg zu stellen! Wer es dennoch wagte, der würde zermalmt und überrollt werden.

Quer über den Platz an der Weidenbachbrücke jagte der Rittertrupp davon, an den Mauern von Burg Ziegenhayn vorbei in Richtung Norden. Das Trommeln der Hufe verhallte in der Ferne. So schnell wie sie gekommen waren, waren sie auch wieder verschwunden, und die Menschen kamen sich vor, als wären sie von einem grausigen Spuk heimgesucht worden.

»Das hat nichts Gutes zu bedeuten«, sagte Ritter Bertho angespannt. Er atmete schwer und stand noch immer ganz unter dem gewaltigen Eindruck, den Gerlachs Auftritt hinterlassen hatte. Dann aber fasste er sich. »Alles sammeln!«, befahl er. »Wir brechen die Übungsstunde ab. Wir treffen uns alle zusammen in einer halben Stunde im Burghof.«

9. Novembris, am Freitag vor St. Martin

Der Vater nahm seinen Bauernmeisterhut ab, kniete vor Magister Dudo nieder und küsste den Ring das Lehrmeisters. »Gott segne Euch, Meister Hinkmar«, sagte der Mönch. Der Vater bekreuzigte sich. »Wie war Euer Weg hierher?«

»Unser Weg war von Gott gesegnet.«

»Ihr müsst früh aufgebrochen sein.«

»Noch vor dem Morgengrauen.«

»Zu dieser frühen Stunde kann man den Martinsmarkt noch genießen«, sagte Dudo. »Morgen und übermorgen wird es so voll sein, dass es kein Durchkommen mehr gibt.«

»Ja, Herr. Das wissen wir. Deswegen kommen wir schon immer zum Freitagsmarkt.«

Eberhard stand neben dem Lehrmeister.

Es war eine besondere Ehre, dass Dudo selbst ihn bis zur Pfortenkammer begleitete.

»Es freut mich, dich zu sehen, Junge«, sagte der Vater mit freundlicher Stimme und legte Eberhard seine schwere, starke Hand auf die Schultern. Eberhard hatte in diesem Jahr einen Schuss gemacht, sein Gesicht war markanter geworden. Aber nun, da er neben seinem Vater stand und feststellte, dass er mit fünfzehn Jahren fast dessen körperliche Größe erreicht hatte, kam es ihm beinahe unheimlich vor. »Und auch Theresa freut sich schon sehr, dich wiederzusehen. Mutter natürlich auch«, fügte er hinzu.

»O ja, Theresa. Ich freue mich auch schon auf die Kleine«, erwiderte Eberhard aus vollem Herzen. »Und natürlich auf Mutter.« Eberhard konnte die beiden Male, da er seine Familie im Jahr wiedersah, kaum erwarten: Nur ein einziges Mal im Laufe des Jahreskreises erlaubte Dudo es seinem Zögling, ins Dorf heimzukehren, und das war zur Laurentiuskirmes im August. Und das zweite Mal sah Eberhard die Seinen wieder zum St.-Martins-Tag, wenn die Eltern mit Theresa nach Fulda kamen.

»Dann gebe ich also den Sohn für diesen Tag zurück in die Obhut seines Vaters«, sagte Dudo lächelnd. »Er hat sich gut gemacht, Euer Sohn.«

»Es ist gut, das zu hören.«

»Ich habe die richtige Wahl getroffen. Er wird seinen Weg machen. Ich glaube, dass er ein guter Priester wird. Er kann besser Lateinisch als alle anderen, und er übersetzt sogar unsere klassischen Schriften. So lange, bis er alt genug ist, um die Priesterweihe zu erhalten, wird er sich bei uns im Schriftenhaus gut nützlich machen können.« Eberhard wurde es ganz schwindelig. Es war das erste Mal seit langer Zeit, dass Dudo auf sein zukünftiges Priesteramt anspielte. Plötzlich nahm seine Zukunft wieder eine deutlichere Kontur an. Sie waren an der steinernen Treppe an der Pforte des Schriftenhauses angekommen.

»Euer Sohn kann ganz hervorragend Urkunden lesen und kopieren, je älter sie sind, umso besser. Und das in jeder Schrift. Gott hat ihm eine ganz besondere Begabung in die Wiege gelegt.«

Der Vater schaute Eberhard mit einer gewissen Scheu und Zurückhaltung an. »Ich habe es ja schon immer gewusst, dass du etwas Besonderes bist, Junge.«

Meister Dudo lächelte. »Ich habe das Gefühl, dass es Euch nicht gefällt, wenn ich den Jungen in seiner Gegenwart zu sehr lobe.«

»Damit habt Ihr nicht ganz Unrecht, Herr.«

Meister Dudo streichelte über Eberhards glattes, kurzes Haar. »Ich glaube, er braucht manchmal Lob. Jeder Mensch braucht das.« Er hob die Hände zu einem Segen. »Versprecht mir eins: Gebt gut auf ihn Acht und bringt ihn mir wohlbehalten wieder zurück«, sagte der Meister zum Abschied.

»Er ist mein Sohn«, erwiderte Hinkmar. »Da werd ich schon auf ihn Acht geben können, Herr.«

»Ich habe nicht daran gezweifelt, Bauernmeister. Grüßt mir Eure Gemahlin und Eure anderen Kinder.«

»Das werde ich, Meister Dudo! Gehabt Euch wohl!« Hinkmar legte seinen Arm um Eberhard und wandte sich zum Gehen.

»Wartet!«, sagte Dudo, der sich nochmals umdrehte.

»Meister?«

Dudo griff in seinen Lederbeutel und zog einen Rosenkranz heraus.

»Hier! Nehmt ihn, Hinkmar. Er ist gesegnet. Und vergesst nicht, immer ein Gebet für meine arme Seele mitzubeten.«

Hinkmar setzte zu einem Dank an, aber Dudo wehrte ab: »Geht jetzt! Geht mit Gottes Segen!«

Eberhard aber hatte das merkwürdige Gefühl, dass es ein Abschied war. Aber dann verwarf er den Gedanken wieder. Was für ein Abschied sollte es denn sein? Dudo war zwar nicht mehr jung, aber gut bei Kräften; er hatte sich sichtlich erholt, seit ihn seine faulen Zähne nicht mehr plagten.

Im äußeren Klosterbezirk drängten sich bis in den letzten Winkel Häuser und Hütten, Schuppen und Steingebäude. In diesem von engen Gässchen durchzogenen, dicht bebauten Klosterbezirk herrschte – anders als in dem von hohen Mauern geschützten Wohn- und Andachtsbereich der Mönche – stets reges Leben. Gärten mit Nutzpflanzen, Obstbäumen, Beerensträuchern und Kräuterbeeten säumten die Wege, hohe Mauern durchzogen das zum Fluss hin abfallende Gelände. Vereinzelt durchbrachen Bäume, Büsche und Hecken das Flickwerk aus schorfigen Schindeldächern und moosbewachsenen Strohdächern, das den Dom und den verwinkelten Gebäudekomplex des inneren Klosterbezirks wie ein Ring umgab.

Aus den Kaminen quoll schwarzer und weißer Rauch. Die Werkstätten arbeiteten von morgens bis abends: Die Schmiede hämmerten, die Steinmetze klopften, die Schuster nagelten; Fleischer und Bäcker, Töpfer und Maurer, Sattler und Spinner, Zimmermänner und Tischler und etliche andere Handwerker waren in der Klosterstadt beschäftigt, dies alles zum Wohle Gottes und zu Nutz und Frommen des Reichsklosters von Fulda.

Eberhard ging mit seinem Vater in Richtung des Haupttors. Unmittelbar hinter dem Chor des hoch aufragenden, alten Domes überquerten sie einen schmalen Platz aus fest gestampftem Lehm. In der Mitte des Platzes befand sich eine Pferdetränke. An zwei Seiten lagen weitere Werkstätten, aber ein Gutteil des Lebens spielte sich im Freien ab, selbst jetzt noch im Monat Novembris. Der einzige Unterschied zu einem Dorf war, dass es hier keine Frauen und keine Kinder gab, nur unfreie Knechte, Laienbrüder und Mönche. Außer den Mönchen waren zwar alle Männer ohne Weihe, und keiner von ihnen hatte ein Gelübde abgelegt, aber sie lebten dennoch wie die benediktinischen Mönche und fühlten sich dem Orden des heiligen Benedikt zugehörig. Wenn sie eine Familie gründen wollten, dann mussten sie den Klosterbezirk verlassen.

Ein Korbflechter schälte die Rinde von den dünnen Weidenruten, ehe sie weiterverarbeitet wurden. Er grüßte Eberhard mit einem Kopfnicken. Vor der Werkstätte des Wagners stand der große Reisewagen des Abtes aufgebockt. Die schweren Speichenräder wurden soeben mit einem Eisenreif versehen, den der Schlosser geliefert hatte. An der Ostseite des Platzes erhob sich, vier Stockwerke hoch und abweisend wie eine Burg, das große Abtshaus mit seinem runden Turm, in dem Abt Alehoff wohnte. Die vierte Seite des Platzes war gesäumt von Ställen mit Reittieren und Schlachtvieh. Schweine und Geflügel liefen frei herum.

Davon gab es in Fulda so viele Tiere, dass niemand sie zählen konnte. In den Ställen waren die Vorbereitungen zum Schlachtfest am kommenden Tag im Gang. Zum Martinsfest wurden die Kälber und Schweine geschlachtet, die nicht über den Winter gefüttert werden sollten.

Vater und Sohn schritten auf einen Torbogen gleich neben dem düsteren Abtshaus zu. Das Haupttor des Klosters entließ sie auf den großen Platz vor dem Dom, in dessen Mitte unübersehbar die steinerne Säule mit der Bonifatiusstatue stand, die der beliebteste Treffpunkt in Fulda war. Hier endete der Klosterbezirk, hier begann die normale Welt, wo gelacht und gezankt wurde, wo es neben den Männern auch Kinder und Frauen gab. Eberhard fiel auf, dass sich in dem mehrstöckigen steinernen Wachhaus gleich am Haupttor ungewöhnlich viele Bewaffnete aufhielten, Ritter wie auch Fußtruppen. Die wuchtigen Tortürme waren mit doppelten Wachen besetzt.

Zielstrebig steuerten der Bauernmeister und Eberhard jetzt auf die Weidenbachbrücke zu. Die steinerne Brücke war die einzige bequeme Verbindung zwischen dem Kloster und der Stadt. Der Weidenbach, der beides trennte, war zwar nur schmal, hatte sich aber gut fünf Klafter tief in das ansteigende Gelände eingegraben. Bis er weiter unten die Fulda erreichte, durchschnitt der Bach die Talaue, so als hätte ein gewaltiger Riese mit einer Axt zugeschlagen. Die massive Steinbrücke mit ihren drei wuchtigen Brückenbögen war wie der Dom zu Zeiten von Abt Eigil erbaut worden und hatte seitdem tadellos gehalten, trotz des unaufhörlichen Last- und Besucherverkehrs, der seit über drei Jahrhunderten über die Fahrbahn hinwegging.

Auf der anderen Seite der Brücke lag der gepflasterte Torplatz. Hier war das mächtige Haupttor der Stadt, die sich südöstlich des Klosters erstreckte. Die Leute nannten es das Schwarze Tor, weil die Steine des Torbogens aus schwarzem Basalt geschlagen waren. Die symbolischen Abbildungen auf den Torsteinen zeigten die acht Todsünden; es waren Angst einflößende, geheimnisvolle Reliefs, Menschen mit Fischschwänzen, Vögel mit Menschengesichtern, eine säugende Muttersau, Feuer speiende Drachen. Dahinter führte die enge Marktstraße leicht ansteigend zum Hauptmarkt hinauf. Der belebte Platz vor dem Schwarzen Tor wurde von unzähligen winzigen Hütten und schmutzigen Verkaufsständen gesäumt. Hier kauften meistens arme Leute, weil die Preise niedriger waren als auf den Märkten der Stadt, wo die Händler hohe Standgebühren zahlen mussten.

Eberhards Blick fiel auf die nördlich liegende Burg Ziegenhayn mit den Bergen, die sich dahinter dunkel abzeichneten. Die Burg des Vogtes war klobig und massiv und so hastig hochgezogen wie eine Trutzburg. Sie war ein lästiger Dorn im Fleisch des Klosters. Ein starker Abt hätte niemals zugelassen, dass sie gebaut wurde, denn sie kauerte wie ein lauernder Wachhund oberhalb des Klosterkomplexes. Die Steine, mit denen sie errichtet worden war, waren minderwertig, und die Bauweise war schmucklos. In den knapp drei Jahren ihres Bestehens war sie bereits zwei Mal erweitert worden. Es war die Burg, wo Walther lebte.

Der Vater warf den Aussätzigen je eine Münze in den Klingelbeutel; sie durften nur auf dem Torplatz betteln, nicht aber innerhalb der Stadtmauern. Auch ein paar der anderen Bettler, der Krüppel und Kranken, die vor dem Schwarzen Tor um Almosen heischten, wurden mit Münzen bedacht. Nicht nur die Bettler hatten etwas davon, sondern die Spende sollte auch dem Seelenheil des Almosengebers zugute kommen. Der Vater scheuchte ein paar besonders freche und vorlaute Bettler davon, die ihre angebliche Verkrüppelung so ungeschickt nachstellten, dass Eberhard ein Lachen unterdrücken musste.

Am Tor blieb der Vater stehen. »Hier sollten die unsrigen eigentlich warten«, sagte er.

»Kommt Walther auch?«

»Er wusste es nicht«, erwiderte der Vater. »Ich hoffe es.«

Während der Vater sich umschaute, musterte Eberhard das Stadttor. »Ich sehe Gottschalk.«

»Gottschalk? Wo?«, fragte der Vater und blickte sich um.

»Was dachtest du denn? Natürlich neben unserer Mutter, vermutlich um ihre Einkäufe zu tragen, die sie bereits getätigt hat.« Eberhard deutete lachend durch das Tor auf die Marktstraße, die von dreigeschossigen Fachwerkhäusern gesäumt war. Zwischen den Marktständen, den Garküchen und den unzähligen Verkaufsbuden drängten sich die Leute, die Ochsenkarren, die Fuhrwerke hindurch.

Als Mutter und Tochter sowie der Knecht am vereinbarten Treffpunkt angekommen waren, warf sich Theresa Eberhard ungestüm in die Arme. Er hielt sie um Armeslänge von sich, um sie zu betrachten. »Du bist ja beinahe schon eine Dame«, sagte er neckend.

Die Mutter umarmte ihn flüchtig, aber nicht gerade herzlich, wie man es hätte erwarten können nach der langen Zeit, die sie einander nicht mehr gesehen hatten, und er spürte, wie ihre verkrampfte Haltung wie eine Wand zwischen ihnen stand. Aber auch wenn sie ihn nicht so sehr liebte wie ihren Erstgeborenen, so spürte Eberhard dennoch den Stolz der Mutter, dass ihr Zweitgeborener sich in der Klosterschule so gut machte.

»Wo ist Walther?«, fragte sie.

»Irmhard, du weißt doch, dass die Ritter und Knappen zurzeit alle Hände voll zu tun haben«, sagte der Bauernmeister.

»Meinst du, dass er gar nicht kommen kann?«

»Er wird schon noch kommen.«

»Eberhard, hat er dir etwas gesagt?«

»Nein, Mutter, ich habe ihn seit längerem nicht gesehen.«

Die Bauernmeisterin verzog das Gesicht und wandte sich an ihren Gemahl. »Warum bringt ihr mich hierher, wenn mein erstgeborener Sohn nicht da ist?«, jammerte sie.

Eberhard bemerkte das betrübte Gesicht seiner Schwester.

Als sie seinen Blick spürte, zuckte sie ratlos mit den Schultern. Der Knecht Gottschalk nahm ihn einen Schritt zur Seite. »Mach dir nichts draus, Junge«, sagte er tröstend. »Deine Mutter ist in letzter Zeit etwas seltsam geworden. Manchmal vergisst sie alles, dann wieder sieht sie Gespenster …«

Traurige Musik erklang.

»Macht Platz, macht doch Platz, bei allen Heiligen!«

Die Menge bildete eine Gasse. Ein Leichenzug nahte. Dass sich ein Leichenzug seinen Weg mitten durch das Markttreiben bahnte, scherte kaum jemanden, denn der Tod war ein alltäglicher Bestandteil des Lebens, und es konnte jeden treffen, an jedem Tag, sei es durch Hunger, sei es durch Krieg, sei es durch Krankheit. Die meisten machten ein Kreuzzeichen, als der offene Sarg mit der in weiße Leichentücher eingewickelten Toten, einem jungen Mädchen offenbar, vorbeigetragen wurde.

»Habt ihr auf mich gewartet?«

Walther löste sich aus der Menge der vorbeiströmenden Marktbesucher. Alle atmeten auf und schauten ihm freudig entgegen. Selbstbewusst trat er auf seine Familienangehörigen zu. Wieder bemerkte Eberhard die Ausstrahlung von Stärke und Männlichkeit, die er schon auf dem Übungsplatz vor den Mauern der Stadt an ihm bewundert hatte. Die Mutter war auf der Stelle mit Gott und ihrem Schicksal versöhnt und umarmte den Sohn, als hätte sie ihn verloren und wiedergefunden. Augenblicklich musste er Irmhard von seinen Fortschritten als Knappe berichten, und er tat das mit knappen, stolzen Worten. Er hob hervor, wie zufrieden Ritter Bertho von Quecksmoor mit ihm war und dass er fester denn je daran glaubte, schon bald zum Ritter geweiht zu werden. Dann begrüßte Walther die anderen.

Eberhard fand, dass sein Bruder ihm jetzt herzlicher begegnete als früher. Er vermutete, dass es an seinem gewachsenen Selbstbewusstsein lag.

Auf dem dreieckigen Platz, an dem das steinerne Pfandhaus lag, gingen reisende Wundärzte und Quacksalber ihrem Handwerk nach, zeigten Schausteller Schwänke von den neuesten Abenteuern am Hofe König Konrads, lasen Wahrsagerinnen den Leuten aus der Hand. Akrobaten zeigten ihr Können. Theresa wich kreischend zur Seite aus, als die Flamme eines Feuerschluckers ihr beängstigend nahe kam.

Ein paar Meter weiter zwinkerte Walther seinem jüngeren Bruder zu und deutete mit einer Kinnbewegung in die schmale Gasse, die hinter dem Pfandhaus in Richtung Fluss führte. Er grinste anzüglich. »Die Pfandhausgasse«, sagte Walther vielsagend. Eberhard errötete. Er ahnte, was sein Bruder meinte. In der Seitengasse wartete, nur ein paar Schritte entfernt, das Badehaus Zur Roten Pflaume mit seinen Huren auf Kundschaft. Oft genug warnten die Oberen des Klosters die Jungen vor diesem Sündenpfuhl, und keiner hatte den jungen Eberhard eindringlicher ermahnt als sein Lehrmeister Dudo, niemals auch nur einen Fuß in diese Gasse zu setzen.

So reizend sah also die Todsünde aus! Eberhard warf einen verstohlenen und zugleich sehnsüchtigen Blick zu den grell gekleideten und auffällig geschminkten schamlosen Weibern in der Pfandhausgasse hinüber. Alle trugen den breiten, gelben Hurengürtel. Nachts im Schlafsaal hörte er die anderen Jungen über die Huren tuscheln. Doch er wusste mit seinen fünfzehn Lebensjahren noch nicht so recht, worum es beim Geschäft der Huren eigentlich ging, und daran wollte er wenigstens im Augenblick auch nicht das Geringste ändern.

Zum Glück waren sie schnell an der Pfandhausgasse vorbei. Kurz bevor die Marktstraße auf den Hauptmarkt einmündete, bot ein Waffenhändler an seinem Verkaufsstand venezianische und byzantinische Ware feil. Walther trat an den Stand und begutachtete einen der Stichdolche mit dreieckiger Klinge. Er wog ihn in der Hand. »Schau dir diese Waffe an.« Er winkte seinen Bruder zu sich. »Siehst du das? Mit dieser dünnen, langen Klinge versetzt man dem erledigten Gegner den Gnadenstoß.« Walther setzte ein blutrünstiges Grinsen auf, dann aber lachte er.

»Sieht richtig gefährlich aus«, sagte Eberhard.

»Ach, ehe ich es vergesse.« Walther legte die Waffe zurück, bedankte sich bei dem Händler und schaute Eberhard von der Seite an. »Wir haben eine Braut im Dorf.«

»Eine Braut? Was ist daran Besonderes?«, erwiderte Eberhard erstaunt. Er fragte sich, warum der Rest der Familie seinem Blick auswich.

»Diese Braut heiratet nach Großenlüder …«

»Nach Großenlüder? Ach so? Das ist ja alles schön und gut, aber warum erzählst du mir das?«

»Nun … weil es dich vielleicht interessieren wird«, erwiderte Walther. »Bei der Braut handelt es sich um Gertrudis, deine alte Freundin.«

»Gertrudis?« Eberhard war so verblüfft, dass er sich verschluckte. Das Blut wich aus seinem Kopf. »Tatsächlich? Wieso so plötzlich? Und nach Großenlüder heiratet sie, sagst du?«

Sie erreichten den großen Hauptmarkt, der auf der nördlichen Seite von der alten Pfarrkirche St. Blasius beherrscht wurde. Dort drängten sich die meisten Besucher – Bauern und Städter, Adelige und Geistliche, Mägde und Knechte. Gelb-rot gekleidete und mit einem langen Speer bewaffnete Marktbüttel sorgten für Ordnung. Ihr Herr, der Marktmeister, ging herum und achtete darauf, dass keiner falsche Gewichte verwendete oder ähnliche Betrügereien versuchte. Ein Schnellrichter erledigte namens des Abtes kleinere Streitigkeiten auf der Stelle.

Aber von all dem nahm Eberhard nichts wahr. In der Mitte des Marktes war eine große, gut besuchte Garküche mit überdachten Tischen. Rauch zog zu ihnen herüber, biss in die Augen. In Eberhards Augen traten Tränen. »Nicht was ihr denkt«, entschuldigte er sich. »Es ist nur der Rauch.«

»Geht es dir gut?«, fragte Theresa. »Ich hätte es dir schonender beigebracht als unser Bruder.«

Gertrudis heiratete! Eberhard konnte keinen klaren Gedanken mehr fassen. Zugleich wunderte er sich, wie sehr ihn diese Vorstellung schmerzte, so wie ein Schnitt ins Fleisch. Er verstand das nicht, denn er hatte seit Wochen kaum mehr als flüchtig an Gertrudis gedacht. Zuletzt hatte er sie am Laurentiustag in Giesel gesehen. Kaum ein Wort hatten sie miteinander gesprochen, doch jetzt erinnerte er sich vage daran, dass sie unglücklich gewirkt hatte. Zu jeder Jahreszeit gingen Fuhrwerke von Giesel nach Fulda, und da hatte Eberhard seine Freundin fragen wollen, ob sie nicht einmal nach Fulda kommen wolle, um ihn für ein paar Stunden zu besuchen. An einem Sonntag, wenn er nachmittags ein paar Stunden frei hatte. Aber dann hatte er doch keine Gelegenheit mehr gehabt, sie unter vier Augen zu sprechen, ja, nicht einmal, um sich von ihr zu verabschieden.

Warum also schmerzte die Nachricht so sehr, die ihm Walther überbracht hatte?

Er fühlte sich regelrecht aus der Bahn geworfen. Immer wieder schüttelte er den Kopf.

»Es ist doch alles in Ordnung mit dir?«, fragte Walther.

Eberhard nickte. Er hatte plötzlich ein Gefühl, als hätte Walther ihm die Nachricht von ihrem Tod gebracht.

Großenlüder!

Er war noch nie dort gewesen, obwohl das große Dorf nicht allzu weit von Giesel entfernt war, vielleicht sieben Wegstunden zu Fuß.

»Lass dir den Tag nicht verderben!« Walther klopfte seinem jüngeren Bruder auf die Schulter. Früher hätte Eberhard das vielleicht als Herablassung empfunden, aber jetzt baute ihn die Geste auf und tröstete ihn.

»Lass den Kopf nicht hängen«, munterte auch Theresa ihren

Bruder auf. »Du sollst doch sowieso Priester werden«, fügte sie dann lachend hinzu.

»Ich glaube, Rochus war ganz froh, als er das Heiratsangebot vom Großenlüderer Bauernmeister bekommen hat.«

»Vom Bauernmeister?«

»Deine Gertrudis …«

Theresa knuffte den älteren Bruder in die Seite. »Sag nicht immer *deine* Gertrudis. Es *war* nie *seine* Gertrudis, und sie wird es auch nie sein.«

»Also, die Tochter vom roten Rochus heiratet den Sohn des Bauernmeisters. So ist es beschlossen worden«, sagte Walther.

»Könntet ihr euch zur Abwechslung vielleicht einmal um eure alte Mutter kümmern?«, fragte Irmhard ungeduldig. »Oder sind wir etwa hierher gekommen, um über die Tochter unseres ärgsten Feindes zu reden?«

»Er ist nicht mein ärgster Feind, Weib.«

»Ach nein? Dann tut ihr beide nur so.«

»Wenn er die Abrechnungen der Dorfkasse sehen will, dann ist das sein gutes Recht.«

»Jeden zweiten Tag?«

»Mutter, wolltest du nicht nach goldenen Borten sehen?«, sagte Theresa, um die Bauernmeisterin abzulenken. »Ich glaube, da vorne sehe ich welche!« Sie hakte sich bei der Mutter ein und zog sie davon. An den Marktständen, die Irmhard und Theresa ansteuerten, sah man Damen des niederen Adels neben Bürgerfrauen, die von gehobenem, aber unfreiem Stande waren.

Der Vater warf seinen Söhnen einen vielsagenden Blick zu, den sie grinsend erwiderten. Sie wussten, das konnte jetzt länger dauern.

»Wollen wir etwas essen oder trinken?«, fragte Hinkmar und deutete auf die Garküche in der Mitte des Platzes. Walther und Eberhard nickten.

Die Garküche war gleich neben dem Baugulf-Brunnen und der Pferdetränke errichtet. Überall qualmte, zischte, brutzelte, dampfte es. Es roch verführerisch. Das war mal etwas anderes als das eintönige Essen, das es im Speisesaal der Klosterschule gab! »*Hmmm!* Wer weiß, wie lange wir noch leben«, sagte ein Mann in unmittelbarer Nähe. »Also lasst uns die Bäuche füllen, solange wir noch können.« Der Meister der Garküche lachte schallend und bediente den Mann. Er und seine zahlreichen Gehilfen hatten alle Hände voll zu tun, denn der Andrang auf dem Martinsmarkt war wie immer gewaltig.

Bei der Garküche gab es nicht nur zu essen, sondern auch zu trinken, ein Angebot, das die Männer gern wahrnahmen, während ihre Frauen einkauften. Der Bauernmeister und seine Söhne gesellten sich zu den anderen Männern.

»Es ist kühl«, sagte Walther.

»Der Winter steht vor der Tür, ich rieche es«, sagte Hinkmar.

»Ich rieche nur heißes Fett.« Eberhard rümpfte die Nase.

»Du machst ein Gesicht wie sieben Tage Regenwetter«, stellte Walther fest. »Ist es immer noch wegen Gertrudis?«

»Lass nur, Bruder, Theresa hat Recht. Ich soll schließlich Priester werden. Also kann es mir egal sein, wen sie heiratet.«

»Weißt du schon, wie es mit dir weitergehen soll?«, fragte Walther.

Eberhard freute sich über das Interesse seines Bruders. »Meister Dudo hat festgelegt, dass ich in meinem achtzehnten Lebensjahr die niederen Weihen empfangen soll, und im zwanzigsten Jahr soll ich zum Priester geweiht werden.«

»Er tut gerade so, als wäre er dein Herr.«

»Und ist er das denn nicht? Er hat mich ins Kloster geholt. Die anderen müssen dafür bezahlen, ich nicht. Der Preis ist, dass er über mein Leben bestimmt. Und warum tue ich das und laufe nicht einfach davon? Aus dem gleichen Grund, aus dem du Ritter werden willst.«

»Hier, Jungs!« Hinkmar kam mit drei Holzkrügen mit dampfendem, gezuckertem Rotwein an und stellte sie auf eines der Fässer, die der Garküche als Tische dienten.

Die drei stießen auf das Glück und den Erfolg der Familie an. »Das habe ich mir immer gewünscht: Mit meinen wohl geratenen Jungen einen gemütlichen Krug heben und dabei denken, dass man es gut gemacht hat in seinem Leben.« Eberhard spürte, wie der Stolz sich in ihm regte, denn es war das erste Mal, dass sein Vater ihn wie einen Mann behandelte und mit ihm zusammen Wein trank.

In diesem Augenblick stolperte Rochus der Rote nahezu über ihre Füße. In seinem Schlepptau war ein junger, vornehm gekleideter Jüngling mit blondem, lockigem Haar. »Allmächtiger! Schau an, wen haben wir denn da!«, sagte der Vater von Gertrudis in seiner quirligen Art. »Bauernmeister Hinkmar mit dem Mönchlein und dem Ritter.« Er lachte schallend – offensichtlich hatte er schon ein paar Becher Wein getrunken.

»Wollt Ihr mir diese Herren nicht vorstellen, werter Schwiegervater?«, fragte der junge, wohl geratene Bursche, der Rochus begleitete.

Schwiegervater? Eberhard schluckte. Das also war er – Gertrudis' zukünftiger Gemahl! Er kam nicht umhin, die angenehme Stimme zu bemerken, die einen regelrecht umgarnte.

»Heilige Jungfrau! Wo ist nur meine gute Kinderstube geblieben?« Rochus lachte. »Aber ja doch, mein lieber Seibold! Das ist unser Bauernmeister, Herr Hinkmar von Giesel, und die beiden jungen Herren hier sind seine Söhne Walther und Eberhard.« Er legte seinem zukünftigen Schwiegersohn, der ihn um Kopfeslänge überragte, Besitz ergreifend einen Arm um die Schultern. »Und dieser wohl geratene Kerl ist der Traum einer jeden Schwiegermutter, Seibold von Großenlüder, der Bräutigam meiner Tochter Gertrudis, mein zukünftiger Schwiegersohn.«

Der junge Seibold nickte ihnen ungeniert zu.

Eberhard nahm ihn näher in Augenschein. Er musste ungefähr in Walthers Alter sein. Seiner Kleidung nach zu urteilen waren seine Eltern gut betucht.

»Er ist der Sohn von Herbrand, dem Bauernmeister von Großenlüder«, fuhr Rochus mit von Stolz geschwellter Brust fort. »Er und meine Gertrudis werden im kommenden Frühling heiraten, wenn der Schnee geschmolzen ist.«

»Großenlüder ist ein schönes Dorf«, sagte Hinkmar freundlich zu Seibold. »Ist Euer Vater Herbrand noch bei guter Gesundheit?«

Seibold nickte freudig. »Ihm geht es gut, auch wenn ihm seine Knochen manchmal wehtun. Ihr seid also Hinkmar von Giesel? Ich freue mich, Euch kennenzulernen, Bauernmeister. Mein Vater hat mir viel von Euch erzählt.«

»Hoffentlich nur Gutes«, sagte der Vater lachend. »Glückwunsch, Rochus« – er wandte sich an seinen früheren Widersacher –, »Eure Gertrudis kommt in eine ausgezeichnete und gut beleumundete Familie.«

Rochus machte eine abwehrende Geste, als ein Werber ihn drängen wollte, mitzukommen zur neu eröffneten Fuldaer Apotheke, wo es allerlei Seltenes und Nützliches, Heilkräftiges und Schmackhaftes gebe. »Da kommen unsere Damen!« Er winkte seiner Gemahlin zu, die sich jetzt aus der Menge löste und auf sie zusteuerte. Hinter ihr sah Eberhard auch seine Mutter und Schwester kommen. Eberhard atmete auf, dass Gertrudis' Mutter Gerlinde allein auf dem Markt war und nicht von ihrer Tochter begleitet wurde. Er glaubte, dass er es nicht ertragen hätte, sie zusammen mit ihrem Bräutigam zu sehen. Warum er plötzlich diese glühende Eifersucht verspürte, darüber wollte er jetzt lieber nicht nachdenken. Er konnte das Gefühl ganz einfach nicht abstellen.

Lachend gesellten sich die Frauen zu den Männern. Irmhard und Gerlinde hatten sich immer aus den Spannungen und Zwistigkeiten zwischen ihren Männer herausgehalten, und pflegten wenn nicht gerade ein freundschaftliches, dann zumindest ein gutnachbarliches Verhältnis. Sollten die beiden Kampfhähne doch machen, was sie wollten!

Seibold scherzte mit den Frauen und machte seine Späßchen, und nicht einmal Theresa machte Anstalten, den jungen, ansehnlichen Burschen nur deswegen zu meiden, weil Eberhard ihn nicht ausstehen konnte.

Eberhard trank seinen Glühwein in einem Zug leer. Er starrte auf den Grund des Bechers und spürte, wie die ungewohnte Hitze des Weins seine Adern durchströmte. Er hatte das Gefühl, so leer zu sein wie der Weinbecher in seinen Händen, und hätte am liebsten einen weiteren getrunken.

Mit einem Mal gab es am anderen Ende des Marktplatzes einen Riesenaufruhr, als der Marktmeister einen Dieb auf frischer Tat erwischte. Eberhard konnte einen kurzen Blick auf den jungen, hungrig wirkenden Mann mit den verängstigten Augen erhaschen, der ihn ein wenig an Wilbur aus der Klosterschule erinnerte. Wer Pech hatte und wer sich nicht auslösen konnte, den verurteilte der Marktrichter an Ort und Stelle, und einer der Henkersknechte von Fulda war an Markttagen stets in der Nähe, um ertappten Dieben die Hand abzuschlagen.

Kaum waren der Lärm und das Geschrei wegen des Diebs verklungen, breitete sich erneut Unruhe auf dem Marktplatz aus. Immer mehr Leute sahen und deuteten aufgeregt Richtung Osten, ein Raunen ging durch die Menge, als schließlich alle Blicke zu der dunklen Rauchwolke hinübergingen, die über den Dächern von Fulda hervorquoll.

»Feuer!«

»Es brennt!«

»Die Stadt steht in Flammen!«

»Los, bringt euch in Sicherheit!«

»Feuer!«

Alles schrie durcheinander. Die Gesichter erhitzten sich. Feuer war das Schlimmste, was sich in einer Stadt ereignen konnte. Feuer konnte schnell vielfachen Tod bedeuten.

»Läutet die Sturmglocken!«, rief der junge Marktmeister, der sich bemühte, besonnen zu bleiben. Sein Blick sprach eine ganz andere Sprache. Angstvoll starrte er in den Himmel. Zusehends höher erhob sich der schwarze Rauch in den Novemberhimmel, und gleichzeitig setzte von fern ein Schreien und Lärmen ein, das sich wie Kampfgetöse anhörte.

Pferde scheuten. Eine Frau in der Nähe schrie wie am Spieß, so als würde sie bei lebendigem Leibe verbrennen.

Eberhard ließ seinen Becher fallen. Die Glocken der Stadt und des Klosters läuteten Sturm.

Aus der Richtung, in der sich die Rauchwolke erhob, kamen immer mehr Leute gelaufen, Panik in den Gesichtern.

»Ritter Gerlach!«, riefen sie. »Er hat das Osttor in der Hand! Sie haben die Stadt in Brand gesteckt! Er reitet mit dem Teufel!«

»Verrat! Sie haben ihm das Tor geöffnet!«

»Er ist mit dem Bösen im Bunde. Rettet eure Seelen!«

Schon waren die Straßen heillos verstopft, die hinaus aus der Stadt führten, weg von den Flammen. Niemand nahm mehr Rücksicht. Die Leute rannten um ihr Leben. In der engen Hauptstraße kam es zu einem Tumult, Frauen und Kinder wurden niedergetreten, manche totgetrampelt. Die blanke Panik war in der Stadt ausgebrochen.

»Schnell, wir müssen zum Schwarzen Tor«, sagte Walther. Seine Augen waren weit aufgerissen.

Doch die Gieseler blieben wie angewurzelt stehen, als im selben Moment ein wild gewordener Ochse die Garküche rammte, wo alles zusammenstürzte. Das Geschirr krachte vor ihren Füßen auf den Boden. Das Fass mit dem Spülwasser fiel um, das wertvolle Nass verrann auf dem festgestampften Lehmboden des Platzes.

Die Speichenräder eines führerlosen Fuhrwerks streiften ein behelfsmäßiges Gatter mit Hühnern und Gänsen, sodass es zerbarst. Die Tiere flatterten gackernd und schreiend nach allen Seiten davon.

Wenige Augenblicke später preschten die Ritter des Haselsteiners mit Getöse, Geschrei und Waffenklirren auf ihren schnaubenden Schlachtrössern auf den Marktplatz, als wären sie einem Albtraum entsprungen. Es war ein halbes Dutzend Krieger, das jetzt kaum ein paar Mannslängen entfernt ihre Schlachtrösser zügelte.

»*Brrr!* Halt!«

Der Anführer hob den Arm. Nicht nur ihre Rüstungen waren schwarz – wenn sie das Visier ihrer Helme hochklappten, sah man, dass auch ihre Gesichter geschwärzt waren. Die apokalyptischen Reiter!, kam es Eberhard in den Sinn.

Das große umgestürzte Fuhrwerk versperrte die Hauptstraße. Die Haselsteiner mussten ihre tänzelnden Pferde zügeln. Es gab kein Durchkommen. Über den Firsten in ihrem Rücken sah man die gelben Zungen des Feuers immer näher kommen, um sich weitere Nahrung an Dächern und Häusern zu holen.

Die Gieseler standen dicht zusammengedrängt am Rand des Geschehens, keiner wagte es, an den Haselsteinern vorbei die Flucht anzutreten. Plötzlich zischte etwas gefährlich nah an Eberhards Kopf vorbei. Instinktiv duckte er sich. »Deckung!«, schrie Walther hustend. Im nächsten Augenblick splitterten Knochen, gefolgt von einem markerschütternden Schrei. Erschrocken sah Eberhard, wie Rochus vor Schmerz zusammenbrach und wimmernd und nach Luft schnappend auf den Boden fiel. »Armbrüste! Verfluchte Hölle!«, schrie Walther. Das Blut strömte aus der klaffenden Wunde an der Brust des Mannes. Gerlinde stürzte zu ihm und beugte sich jammernd über ihren schwer verletzten Mann.

Der Rauch wurde immer dichter und wälzte sich als riesige Wolke heran, und bald schon konnte man kaum mehr etwas erkennen. In beängstigender Nähe ließ einer der Raubritter sein

Schlachtpferd auf die Hinterbeine steigen; er lachte hämisch, als ein paar Mägde und Knechte schreiend zurückwichen, um nicht niedergetrampelt zu werden. Wer nicht ausweichen konnte, war des Todes.

»Hinter die Bretter!«, brüllte Hinkmar. »Los, wir tragen ihn.«

Zu viert trugen sie den Verletzten hinter den umgestürzten Bretterverschlag der Garküche.

»Das Bein abbinden!«, sagte Irmhard und riss sich ihr Tuch vom Kopf.

Gerlinde, die Gemahlin des Rochus', war weiß wie eine Wand und verfolgte starr vor Entsetzen, wie die anderen sich um Rochus kümmerten.

Wütend darüber, dass es nicht weiterging, ließ der Anführer der Ritter sein Pferd hochsteigen. Die Vorderhufe drohten beängstigend nah in der Luft, ehe sie donnernd zu Boden krachten. Um im immer dichter werdenden Rauch besser sehen zu können, schob der Ritter das Visier hoch.

Die schwarze Augenklappe!

»Mein Gott, es ist Graf Haselstein selbst!«, flüsterte Walther und ging instinktiv noch tiefer in Deckung.

Der schwarze Graf gab ein paar knappe, herrische Befehle. Im gleichen Augenblick stürmte ein Trupp von einem Dutzend Kriegern des Abtes auf den Marktplatz. Die nur leicht gepanzerten Männer erstarrten in der Bewegung, als sie die Lage erkannten. Der Anführer befahl den Rückzug, aber es war schon zu spät. Sie hatten keine Chance.

Die Haselsteiner Raubritter kamen wie ein tödlicher Sturm über sie, stachen mit den Schwertern gnadenlos auf die todgeweihten Männer ein, die sich mit ihren bescheidenen Waffen kaum wehren konnten. Im Nu lagen sie blutend und mit verrenkten Gliedern sterbend im Dreck. Die Mörder stießen ein wildes Gelächter aus, hielten wie zum Triumph ihre blutverschmierten Schwerter in die Höhe.

Auf ein Zeichen von Ritter Gerlach rannten kräftig gebaute Knechte über den Platz, um Beute einzusammeln. Systematisch gingen sie die verlassenen Stände mit der Handelsware ab. In ihre riesigen Säcke stopften sie alles, was nicht niet- und nagelfest und was wertvoll genug war, um die Kriegskasse der Raubritter aufzufüllen.

»Das Feuer greift auf die Kirche über!«, rief Walther. »Wir müssen endlich weg von hier.«

»Rückzug, alle! Sofort!«, befahl Graf Gerlach mit schneidendem Tonfall und schloss sein Visier. »Treffpunkt ist im Wald vor dem Osttor!«

Die Haselsteiner Ritter wendeten ihre Pferde, gaben ihnen die Sporen und waren in wenigen Augenblicken in Richtung des Flusses verschwunden.

Ringsherum strömten die Menschen aus ihren Verstecken. Wie betäubt stolperten sie über die Leichen, die am Boden lagen.

Walther und Eberhard hatten inzwischen eine behelfsmäßige Bahre organisiert, auf der sie Rochus forttragen konnten. Der Großbauer hatte das Bewusstsein verloren. »Walther, Eberhard, ihr geht vorn an die Bahre«, sagte der Vater. »Seibold und ich tragen sie hinten.« Als sie die Bahre hochhoben, stöhnte Rochus leise auf.

So schnell es ging, flohen sie durch die Marktstraße in Richtung des Schwarzen Tores. Überall waren Trümmer, lagen Leichen, Menschen, die niedergeritten oder -getrampelt worden oder unter den Trümmern von umgestürzten Fuhrwerken oder Marktständen begraben worden waren. Der Brandgeruch raubte ihnen den Atem.

Endlich erreichten sie das Schwarze Tor. Atemlos kamen sie mit der Bahre auf dem überfüllten Platz zwischen dem Haupttor und der Weidenbachbrücke an. Überall waren blutende Menschen, Frauen und Männer mit rußgeschwärzten Gesichtern, panisch schreiende Kinder.

Es herrschte ein heilloses Durcheinander. Der betäubende Gestank verbrannten Fleischs lag über dem Platz. Eberhard sah, wie ein paar Bettler einen schwer verbrannten Mann beraubten, der sich mit letzter Not aus den Flammen hierher gerettet hatte.

Mitten in diesem Tumult setzten Hinkmar und die anderen die Bahre mit Rochus ab. Zwar zogen Rauchschwaden über den Platz hinweg, und auch hier war der Brandgeruch deutlich zu spüren, aber endlich konnten sie wieder etwas freier atmen. Alles lief durcheinander. Händler versuchten ihre Ware in Sicherheit zu bringen. Hastig wurden Frachten umgeladen. Auch im Angesicht der Feuersbrunst wurden schnelle Geschäfte gemacht. Eine Gruppe von Mönchen kam über die Weidenbachbrücke, um den Verletzten beizustehen. Etliche Leute saßen verstört am Boden, viele von ihnen blutend. Die Schreie der Verletzten und der Sterbenden gingen einem durch Mark und Bein, und die Gebete derjenigen, die der Apokalypse hatten entfliehen können, waren inbrünstig und voller Angst. Truppen des Abts und des Vogts formierten sich, um sich den Raubrittern an die Fersen zu heften. Die Menschen sahen ihnen gleichgültig zu – keiner glaubte mehr daran, dass sie auch nur das Mindeste würden ausrichten können. Inzwischen hatten die Bewohner der Stadt, die unverletzt geblieben waren, eine Eimerkette gebildet, die vom Fluss durch das Tor in die Stadt hinein reichte, um zu retten, was noch zu retten war.

Vom Himmel her nahte Hilfe. Es begann heftig zu regnen. Rußteilchen mischten sich mit dicken Regentropfen. »Schwarzer Regen«, sagte Theresa. In ihren Augen spiegelte sich die blanke Angst.

»Der Regen ist gut«, sagte Walther. »Er löscht das Feuer.«

Sie stellten die Bahre mit dem sterbenden Rochus auf einem Lastkarren ab. Als sie ihn hochhoben, sahen sie, dass der Verletzte trotz des behelfsmäßigen Verbandes noch mehr Blut verloren hatte. Der Bauernmeister beugte sich über den leblosen Körper seines alten Rivalen. Er schüttelte den Kopf.

»Ich fürchte, Euer Mann atmet nicht mehr«, sagte Hinkmar.

»Herrgott! Heilige Mutter Gottes, lass es nicht wahr sein!« Gerlinde warf sich lamentierend über ihren Mann.

»Seid jetzt stark, Frau.«

Seibold holte einen der Benediktinermönche herbei, die gekommen waren, um den Menschen in ihrer Not beizustehen. Der Regen wurde stärker. Der Mönch zog ein wichtiges Gesicht und machte mit dem Zeigefinger, den er in geweihtes Öl getaucht hatte, Kreuze auf Augen, Ohren, Nase, Lippen, Herz und Hände. »Ich salbe dich im Namen des Vaters, des Sohnes und des Heiligen Geistes«, betete er dabei. Dann legte er eine Hostie auf den Mund von Rochus, Wegzehrung für dessen letzte Reise.

Eberhard aber ertappte sich dabei, dass er selbst im Angesicht des Todes die Gebete nur halbherzig mitsprach. Auch vermochte er nicht ohne Vorbehalte an die Kraft des geweihten Öles oder der vielen Kreuzzeichen zu glauben, auch wenn er gewohnheitsmäßig und gedankenlos tagtäglich selbst etliche Kreuzzeichen schlug. In der Tiefe seines Herzens spürte er eine tiefe Ungewissheit und einen Zweifel daran, ob der Segen und die Beschwörungen des Mönchs wirklich irgendetwas taugten. Immer wieder beschlichen ihn solche Zweifel an religiösen Handlungen, und er sehnte sich danach, sich mit jemandem darüber auszutauschen, aber außer Gertrudis kannte er niemanden, mit dem er jemals über solche frevlerischen und gotteslästerlichen Gedanken hätte reden können.

Sein Blick fiel auf Seibold, der sich so vorbildlich um seine zukünftige Schwiegermutter kümmerte – sich als Witwentröster aufspielte, dachte Eberhard voller Ingrimm. Nie zuvor hatte er sich so leer und verloren gefühlt wie in diesem Augenblick.

III

Die Hure

1148

24. Maius, am Montag vor dem St.-Urbans-Tag

Eberhard war früher wach als die anderen. Der Hahn hatte noch nicht gekräht. Er schlich hinaus aus der Kammer im Dachgeschoss des Schriftenhauses, in der er mit seinen sieben Zimmergenossen aus dem Archiv schlief. Gegenüber der Tür der Kammer war ein offenes, gewölbtes Fenster. Es wies gen Westen, über die Mauer des Klosterbezirkes hinweg in Richtung des Flusses. Der Morgen brach gerade an. Die Tage waren jetzt lang. Die einsetzende Dämmerung ließ die Sterne blasser werden.

Eberhard setzte sich auf die Brüstung. Er fröstelte im morgendlichen Luftzug, der von der Fulle zum Kloster heraufstrich.

Die frühesten Vogelstimmen kündeten vom beginnenden Tag. Eberhards erster Gedanke beim Erwachen hatte Meister Dudo gegolten. Wahrscheinlich hatte er wieder von dem alten Mönch geträumt. Meister Dudo, an dessen Grab er Priester hätte sein sollen.

Aber Meister Dudo war jetzt im Heiligen Land, ob lebendig oder schon begraben, das wusste Eberhard nicht. Niemand hatte mit einer solchen Wendung im Leben des alten Mönches gerechnet. Doch als König Konrad, ein ritterlicher Mann von edler Statur, ein tüchtiger Krieger und zugleich von fröhlicher Geselligkeit, im Frühjahr des vergangenen Jahres die Reichsabtei von Fulda besuchte, hatte er Dudo so beeindruckt, dass sich dieser voller Inbrunst dem Kreuzzug des Herrschers anschloss. Eberhard wusste nicht, was geschehen war, das den Alten so beeindruckt hatte. Meister Dudo jedenfalls war von einem Tag zum anderen felsenfest davon überzeugt, dass er im Heiligen Land die Bestimmung seines Lebens finden würde und die Erlösung von allen seinen Sünden.

»Welch ein Jahr«, sagte Eberhard zu sich selbst. »Und wer weiß, wie es enden wird?« Er strich sich mit der Hand durch den Flaumbart, den er sich hatte wachsen lassen. Er war jetzt achtzehn Jahre alt, und er wünschte sich, einen so dichten Bart zu haben wie sein Freund Wilbur. »Der König im Morgenland, der Papst in Trier, Abt Alehoff abgesetzt und ausgerechnet Rugger, ein Krüppel, als neuer Abt.«

Vicloq kam gähnend aus der Kammer. Der Franzose aus Montpellier lebte schon viele Jahre als Laienbruder in Fulda. »Gott gebe dir einen guten Tag.«

»Dir genauso.«

Aus dem Dom hörten sie den Morgengesang der Mönche.

»Viel Arbeit heute, Mann.«

Eberhard nickte. »Es sind keine zehn Tage mehr bis zum Bonifatiustag.«

»Ich hab das Gefühl, dass wir dieses Jahr mehr Aufträge hatten als sonst. Ich hab mir jedenfalls die Finger wund geschrieben.«

»Das sind die unsicheren Zeiten. In solchen Zeiten haben die Menschen gerne schwarz auf weiß, was ihr Recht ist.«

»Was ich dir noch sagen wollte …« Vicloq druckste herum. »Also, ich werde nach Hause zurückgehen.«

»Nach Montpellier? Aha. Hattest du das nicht schon öfter vor?«

»Aber jetzt meine ich es wirklich ernst. Ich bin einfach zu alt, um dieses Auf und Ab weiter mitzumachen. Und wenn ich schon Hunger leiden muss, dann lieber bei den meinigen. Und es sieht ja nicht gerade so aus, als würde die Zukunft sich zum Besseren wenden. Wenn wir wenigstens einen Bruchteil von den Einnahmen sehen würden, die das Schriftenhaus tätigt.«

Eberhard zuckte mit den Schultern. Er war halb so alt wie Vicloq, und er ignorierte den Hunger, der oft genug auch an seinem Magen nagte. Auch er traute den Beteuerungen des Giselbert nicht, dass mit den Einnahmen vom Bonifatiustag alles besser würde. Im Klosterarchiv türmten sich die Bestellungen für Abschriften, Beglaubigungen, Ausfertigungen, Urkundenkopien. Nach Monaten, in denen es äußert ruhig gewesen war, hatten Kopisten, Abschreiber und Hilfskräfte endlich einmal wieder alle Hände voll zu tun, um der großen Nachfrage gerecht zu werden. Zurzeit schufteten sie von Sonnenaufgang bis zum Sonnenuntergang und manchmal sogar beim Schein rußender Talglichter.

»Ich kann dich verstehen, Vicloq.«

»Ach ja, kannst du?«

»Glaub mir, ich hab mir selbst schon mehr als einmal überlegt, ob ich nicht besser zurückgehe in mein Dorf. Im Ernst. Aber ich gebe die Hoffnung nicht auf.«

»Nach dem Bonifatiusfest will ich abreisen.«

»Was? So schnell?«

»Ja, es hat sich eine günstige Gelegenheit ergeben. Ich kann mich einem Kaufmannstrupp anschließen, der nach Aquitanien aufbricht.«

»Wenn du meinst. Jedenfalls wünsche ich dir viel Glück für dein Vorhaben!«

»Danke, das kann ich brauchen. Komm, lass uns hinuntergehen.«

Eberhard nickte. Gemeinsam stiegen sie die Treppe hinab. Baldemar und Ziprian, die beiden seltsamen Brüder aus Erfurt, die ebenfalls in Eberhards Kammer schliefen, schlossen sich ihnen wortlos an. Der Eingang zum Haupthaus, in dem die Schlafkammern, die Klosterschule, die Küche, der Speisesaal und die Baderäume untergebracht waren, lag gegenüber dem Schriftenhaus mit dem Archiv, dem Skriptorium und der Bibliothek.

Ein kleiner, enger Platz war dazwischen, in dessen Mitte der Schulbrunnen kraftlos plätscherte wie der Strahl eines alten Mannes. Die kleine, verzogene Pforte des Archivs stand offen.

An diesem Morgen durften sie nicht im Speisesaal mit den anderen Laienbrüdern essen, sondern sie nahmen die Milch und den Brei, den es zum Frühstück gab, im Archiv zu sich, um keine unnötige Zeit zu verlieren. Sogar die Gebete, die sie gemäß ihrer Statuten sprechen mussten, wurden auf das Kürzestmögliche eingeschränkt. Das Nachtgebet hatte Meister Giselbert ganz gestrichen. Er sagte, dass sie ihren Schlaf brauchten, um am nächsten Tag vernünftig arbeiten zu können, und dass sie nur Laienbrüder und keine Mönche seien, die sich strikt an die Benediktregel halten mussten.

»*Salvete!* Da seid ihr ja, *deo gratias*«, begrüßte Meister Giselbert, der Herr des Klosterarchivs, die Laienbrüder. Giselbert war der Hüter der Urkunden und Schriftstücke, die im Archiv des Reichsklosters zu Tausenden aufbewahrt wurden. »Heute müssen wir uns ganz besonders ins Zeug legen.« Giselberts Augen waren rot – wahrscheinlich hatte er am Abend zuvor mal wieder seiner größten Leidenschaft, dem Wein, zugesprochen. Trotzdem war er morgens immer der Erste im Archiv. Giselbert hatte ein gutmütiges Gesicht mit roten Flecken auf den Wangen und großen, unschuldigen Augen, aber da sollte man sich nicht täuschen! »Zuerst wollen wir aber Gott bitten, dass er unserer Arbeit mit Wohlwollen zusieht.«

Gemeinsam sprachen sie ein Gebet.

Vom Domturm läutete die Stundenglocke zur Terz. Der Morgen war zur Hälfte vorbei. Ständig brauchten sie im Schriftenhaus Nachschub an Beschreibstoffen, an spezieller Tinte und zahlreichen anderen Dingen, die man fürs Schreiben benötigte und die oben im Skriptorium von Meister Ludolf ausgegeben wurden.

»Eberhard, geh gleich hoch ins Skriptorium und lass dir von

Ludolf neues Pergament geben, hörst du? Und der Federvorrat geht auch zur Neige. Denk auch noch an neuen Löschsand, Junge.«

Eberhard nickte. Er stieg die dunkle und feuchte Wendeltreppe hinauf, die vom Archiv unmittelbar hinauf zum Skriptorium führte. Manche fürchteten sich auf der engen und düsteren Treppe, aber Eberhard nicht. Oben angekommen, betätigte er den eisernen Türklopfer, der wie eine Dämonenfratze geformt war. Er wartete, stieg dabei von einem Fuß auf den anderen.

Meister Ludolf öffnete die Türenklappe. »Da-da-da bist du ja-ja-ja«, stotterte er. Sein Gesicht war von den Blattern gezeichnet. Es war schwer zu entscheiden, wie alt der Magazinverwalter des Schriftenhauses war. Hinter ihm sah man durch die Klappe hindurch die Reihe der schreibenden Mönche. Die kopierten im Skriptorium keine alltäglichen Urkunden und gewöhnlichen Diplome wie im Archiv, sondern wirklich bedeutsame Bücher, Werke der Alten, der Kirchenlehrer, der antiken Philosophen.

Eberhard grüßte kurz. »Meister Giselbert schickt mich, um Pergament zu holen. Und Löschsand. Und Tinte brauchen wir auch noch.«

»Ku-kupfervitrol oder W-w-weißdorn?«

»Beides. Aber nicht die mit Wein abgelöschte Tinte. Sondern die, die mit Essig abgelöscht wird.«

Ludolf nickte. »W-warte.« Er schloss die Klappe in der Tür des Skriptoriums wieder und verschwand. Eberhard hörte durch die Tür, wie er in Richtung des Magazingewölbes im hinteren Bereich des Skriptoriums schlurfte.

Auf der nach unten führenden Wendeltreppe waren Schritte zu hören. Der junge Kopist Hildebert kam schnaufend herauf. Der Ministerialensohn aus Hersfeld war erst vor wenigen Wochen zur fünfköpfigen Mannschaft Giselberts hinzugestoßen. Er war ziemlich gefräßig und beklagte sich unaufhörlich über die mangelnde Kost im Kloster. Wie alle anderen Kopisten aus dem

Archiv schlief er in der Kammer des Schriftenhauses, in der auch Eberhard sein Bett stehen hatte. Der Junge schnarchte furchtbar.

»Da bist du ja!« Hildeberts Stimme war dünn, fast ein wenig mädchenhaft.

»Was willst du?«

»Giselbert schickt mich. Du sollst noch Federkiele mitbringen!«

»Dicke oder dünne?«

»Dicke oder dünne?« Hildebert starrte Eberhard verständnislos an. »Ich weiß nicht. Das hat mir Meister Giselbert nicht gesagt.«

Eberhard seufzte. »Dann brauche ich dich wohl gar nicht erst zu fragen, ob er schräg oder gerade angespitzte Federkiele braucht?«

Hildebert zuckte mit den Schultern. »Ist das denn ein Unterschied?«

»So wie es einen Unterschied zwischen geschwungener und stockender Linie gibt«, erwiderte Eberhard.

»Ach, Giselbert hat noch gesagt, Federkiele für Pergament aus Schafhaut und aus Ziegenhaut.«

»Also stumpfe und dicke.«

Hildebert nickte eifrig. »Ja, genau, stumpfe. Ich glaube, er hat gesagt dicke und stumpfe.«

»Gut. Ich werde sie mitbringen.«

Eigentlich hätte Hildebert jetzt wieder gehen können. Aber er blieb stehen und druckste herum.

»Ist sonst noch etwas?«, fragte Eberhard.

»Du bist doch schon lange hier im Kloster …«

»Ja. Wieso fragst du?«

»Weil …«

»Raus mit der Sprache!«

»Ich würde gerne wissen, ob es schon immer so gewesen ist.«

»Was meinst du?«

»Wir haben seit Ostern kein Fleisch mehr zu essen gekriegt.«

»Ja.«

»Meine Eltern haben gesagt, es würde mir gutgehen hier.«

»Hast du es dir anders vorgestellt?«

Hildebert nickte. »Unsere Bauern haben mehr zu futtern als wir hier im Klosterarchiv. Ich hab lieber in der Küche bei meinem Vater gesessen als hier im Speisesaal, wo die Teller leer sind.«

»Die gesamten Einnahmen des Schriftenhauses sind aufgezehrt worden, als wir König Konrad zu Gast hatten. Die Ehre unseres Klosters ist nun mal wichtiger als unsere knurrenden Mägen. Aber ich kann dir etwas Hoffnung machen. Am Bonifatiustag werden die Münzen endlich wieder in der Truhe des Schriftenhauses klingeln, und wir können uns die Bäuche vollschlagen«, sagte Eberhard beruhigend.

Aber Hildebert hörte gar nicht richtig zu. »Stimmt es eigentlich, was die Leute sagen?«, fragte er. »Dass die Küchen des ganzen Klosters nur noch so wenige Vorräte haben, dass sie manchmal nicht mal einen Tag lang reichen?«

»Kann schon sein.«

»Ich hab Angst, wie das weitergeht. Die anderen jungen Laienbrüder sagen, dass die Mönche das Kloster verlassen wie Ratten das sinkende Schiff. Was soll ich nur meinem Vater sagen, wenn er mich fragt, wie es mir hier ergeht?«

»Sag die Wahrheit«, erwiderte Eberhard und zuckte mit den Schultern. »Und was die Ratten betrifft, die das sinkende Schiff verlassen: Als ich hier angefangen habe, waren es vierhundert Mönche, jetzt ist höchstens noch die Hälfte davon da.«

»Und mein Vater hat gesagt, ich hätte das große Los gezogen, dass ich diesen Dienst in Fulda bekommen habe.«

»Du würdest wohl am liebsten wieder zurück nach Hause gehen?«

Hildebert nickte. »Es ist nicht nur, dass wir so wenig zu essen bekommen. Es ist auch, weil hier alle so traurig und mutlos scheinen. Keiner traut dem anderen, und alle sind schlecht gelaunt und aufbrausend. Für jede Kleinigkeit gehen sie einander an die Gurgel und wenn sie …«

Ludolf öffnete die Türenklappe. »Jetzt sei-sei-seid ihr schon zu z-z-z-zweit hier? Ich dacht, ihr hättet so viel z-z-z-zu tun?« Hildebert zog schuldbewusst die Schultern ein und stieg die Treppe hinab. Ludolf reichte Eberhard das Bestellte herüber. Dieser quittierte den Empfang mit seinem Zeichen. »Und bringt mir bitte noch einen Satz dicke Federkiele, Meister Ludolf«, bat Eberhard.

»Aber-aber-aber dann habt ihr endlich alles, was ihr braucht?«

»Ach, Meister Ludolf, es ist doch für unser aller Auskommen.«

»Wa-wa-wartet.«

Ludolf schloss die Türenklappe mit betonter Wucht.

5. Junius, am St.-Bonifatius-Tag, gegen Mittag

Es war nicht einfach, Wilbur inmitten der riesigen Menge von Menschen zu finden, die bei stark bewölktem Himmel zum Grab von St. Bonifaz strömte und den riesigen Platz vor dem Dom füllte. Ganze Wallfahrerprozessionen aus dem Umland waren herbeigeströmt. Vor allem die einfache Landbevölkerung der Rhön und des Vogelgebirges zog es am Bonifatiustag zum Dom, um in der Krypta unter dem Altar die heilige Reliquie von Bonifaz zu berühren, der wie kein anderer der besondere Schutzheilige des ganzen Fuldaer Landes war. Überall wehten die bunten Pilgerfahnen, und im matten Licht der Sonne blinkten die goldenen Kreuze der Wallfahrtsbruderschaften.

Wenn man die Massen von Gläubigen sah, die nach Fulda ans Grab des Apostels Germaniens gekommen waren, konnte man sich gar nicht vorstellen, wie arm und heruntergekommen die Abtei in Wirklichkeit war, seit sie in die gierigen Fänge des heimischen sächsischen Adels gefallen war.

Eberhard hatte sich an diesem Morgen besonders mit seiner Kopierarbeit im Archiv beeilt, um rechtzeitig zum Hochamt fertig zu werden. Aufgeregt trat er nach der Sext und dem Mittagessen durch die *Himmelspforte* auf den Bonifatiusplatz, denn die Spatzen pfiffen die Neuigkeiten von den Dächern. Geflüsterte Gerüchte, aufgeregtes Tuscheln erfüllten die Stadt und das Kloster. Unterhalb der Bonifatiussäule entdeckte er schließlich den schwarzen Haarschopf seines Freundes. Sie begrüßten einander lachend.

Ohne Umschweife kamen sie auf die neuesten Gerüchte zu sprechen. »Dann hast du es also auch gehört? Meinst du, dass es stimmt?«, fragte Eberhard ungläubig.

»Meister Angelus hat es aus sicherer Quelle.«

»Und unser Meister Giselbert ebenso«, beeilte sich Eberhard zu sagen. Es konnte ja nicht angehen, dass er schlechtere Quellen besaß als sein Freund. »Ich glaube, es besteht kein Zweifel: Der Papst hat Abt Rugger wirklich abgesetzt.«

Wilbur hakte sich bei ihm unter, und gemeinsam ließen sie sich in dem langsamen Strom von Menschen voranschieben, der sich quer über den Bonifatiusplatz dem Hohen Dom entgegenwälzte und sich dann hinter der Bonifatiussäule teilte: Rechts ging es zum Südportal, links zum Hauptportal mit der vorgebauten Kapelle St. Johannes der Täufer.

»Meister Giselbert hat gesagt, dass es gar nicht anders zu erwarten war«, sagte Eberhard nach einer Weile. Er starrte einem Bauernmädchen mit braunrotem Haar hinterher, die ihn an Gertrudis erinnerte. Das bronzene Südportal war schmal. Auf der breiten Treppe stauten sich die Leute, die in den Dom hineinwollten. »Mich wundert nur, dass ihm dafür überhaupt noch Zeit bleibt. Hat er nicht mit diesem Arnold von Brescia mehr als genug zu tun?«

»Psst!«, entfuhr es Wilbur. »Nenn diesen Namen besser nicht zu laut.«

Eberhard nickte. Man konnte schnell der Ketzerei verdächtigt werden, wenn man Sympathie für den Aufrührer zeigte. Auf dem Domplatz hatte es bereits eine blutige Auspeitschung gegeben, als ein Mönch die Lehren des römischen Predigers und Volksführers allzu lautstark vertreten hatte. Die Jungen waren trotzdem fasziniert von dem, was man in der ganzen christlichen Welt über Arnold erzählte, den Schüler des Petrus Abaelard. Für sie war er kein Feind der Kirche – als welchen die Oberen ihn verdammten –, kein Ketzer und Aufrührer, sondern ein kühner und vom Heiligen Geist beseelter Kämpfer gegen die Verweltlichung der Mutter Kirche und die Willkür und Herrschsucht der Römer. Arnold von Brescia begeisterte das Volk.

»Lass uns von was anderem reden, mein Freund«, sagte Wilbur. »Also, heute Morgen haben die Leute bei uns geradezu Schlange gestanden. Unsere Meisterin hatte alle Hände voll zu tun, die ganzen Herren mit Suppe zu bewirten, die gekommen waren, um ihre Bestellungen abzuholen.«

Auf der Hälfte der breiten Treppenstufen aus rotem Sandstein blieb das Geschiebe der Leute stecken. Eberhard erinnerte sich, was Dudo ihn dereinst über den Aufstieg zu diesem Portal gelehrt hatte: Das Besteigen der Stufen sollte den Gläubigen helfen, sich innerlich zu Gott zu erheben.

Eberhard fragte sich, wo Meister Dudo jetzt war und wie es ihm ging. Die Nachrichten, die aus dem Morgenland bis nach Fulda ins Heilige Reich gedrungen waren, waren alles andere als ermutigend. Von einer Katastrophe war da die Rede, von schwerer Niederlage des christlichen Kreuzzugsheeres und von Hunger und Tod erzählten die Gerüchte. Die deutschen Ritter seien von den fürchterlichen Horden der Muselmanen aufgerieben worden, hieß es. Aber etwas Genaues wusste man nicht. Die Gerüchte waren zum Teil widersprüchlich. Eberhard versuchte sich den alten Meister Dudo inmitten des Kreuzzugsgeschehens vorzustellen, in der geheimnisvollen Ferne des sonnendurchglühten Morgenlandes. Würde Dudo jemals zurückkehren? Er bezweifelte es. Würde man in Fulda jemals Kunde davon erhalten, was mit ihm geschehen war?

»Und?«

»Was?«

»Wie war es bei euch?«

»Bei uns?«

»Mein Gott. Man redet mit dir, und du träumst vor dich hin. Manchmal habe ich den Eindruck, dass du gar nicht weißt, wie das Leben wirklich ist. Du lebst in deiner Traumwelt. In deiner Geisteswelt, die voll ist mit Buchstaben und Urkunden und alten Schriften und so.«

»Tut mir leid. Ich hab an Meister Dudo gedacht. Das wird ja noch erlaubt sein.«

»Sei doch froh, dass das alte Scheusal weg ist!«

»Ohne das alte Scheusal wäre ich gar nicht hier.«

»Hast du denn ganz vergessen, dass er dich zum Priester machen wollte?«

»Ist das vielleicht eine Sünde, wenn ein Mönch einen Bauernjungen zum Priester machen will?«

»Ach, ich kann mich erinnern, dass du einmal ganz anders geredet hast. Aber da war dein Meister Dudo noch nicht zum Kreuzzug aufgebrochen, und sein Plan schwebte über dir wie das Schwert des Damokles.«

»Wer sagt denn, dass er nicht zurückkommt?«

Wilbur schüttelte den Kopf. »Die Spatzen pfeifen es doch von den Dächern! Keiner kommt von dort zurück, vielleicht nicht mal die Könige.«

»Sag so was nicht.«

»Wenn es doch stimmt.«

»Also, was wolltest du wissen?«

»Ich hab gesagt, bei uns haben sie Schlange gestanden, um die bestellte Ware abzuholen«, erwiderte Wilbur mürrisch. »Und ich wollte wissen, wie es bei euch war.«

»Natürlich. Also, bei uns war es ähnlich. Vor einer Stunde habe ich die letzte Abschrift bei meinem Meister abgeliefert. Wir haben fast die ganze Nacht hindurch gearbeitet.«

»Na, dann klingelt bei euch im Archiv ja endlich auch wieder Geld in der Kasse.«

»Du hast gut reden. Für deinen Meister ist es ja geradezu ein Segen, dass die Barone das Kloster plündern. Denn dadurch haben die Herren und Edelleute genügend Geld in der Schatztruhe, um eure Goldschmiedearbeiten und euer Geschmeide zu kaufen.«

Wilbur lächelte verschmitzt. »Und wenn es so wäre?« Endlich lächelte er wieder, dachte Eberhard. Lange war der Freund traurig und kaum ansprechbar gewesen, als ihn kurz vor dem Weihnachtsfest im Jahre 1147 die Nachricht vom gewaltsamen Tod seiner Eltern erreichte. Monatelang hatte sich Wilbur Vorwürfe gemacht, dass er nicht da gewesen war, um ihnen beizustehen. »Dein Vater hat dich nach Fulda geschickt, weil er geahnt hat, was passieren würde«, hatte Eberhard den Freund zu trösten versucht. »Er hat dir damit sicherlich das Leben gerettet.«

Die Zeit hat auch diese Wunden geheilt, dachte Eberhard.

Sein Blick wanderte an den Mauern des alten Domes entlang. Auch hier nur Verfall, bröckelndes Mauerwerk, Unkraut in den Ritzen und das Schlimmste: Der Südturm war nur noch ein Stumpf, in sich zusammengebrochen, seit der Blitz vierzig Jahre zuvor in ihn eingeschlagen hatte, abgetragen bis unter den Giebel des Hauptschiffes, hässlich und notdürftig mit einer lächerlichen Dachkonstruktion versehen, ein wirkliches Schandmal in der Stadt.

»Ich habe noch bis gestern Abend an dem neuen Siegelring für Hochvogt Gottfried gearbeitet«, berichtete Wilbur stolz, während sie darauf warteten, dass es endlich weiterging. Die Zeiten waren längst vorbei, als er es noch für unter seiner Würde als Edelmann gehalten hatte, mit ganz gewöhnlicher Arbeit seinen Lebensunterhalt zu verdienen. In Fulda krähte kein Hahn nach der edlen Geburt eines wendischen Burggrafensohnes.

»Das Siegel mit dem Adler und Ziegenkopf?«

Sie rückten in dem Gedränge ein Stückchen näher an das Südportal heran. Wilbur nickte. »Ich sag dir, es war gar nicht so einfach, das hinzubekommen.«

»Hast du tatsächlich meinen Entwurf genommen?«, fragte Eberhard neugierig.

Wilbur nickte. »Ich hab überhaupt nichts daran verändert. Du weißt doch selbst, wie gut du das kannst.«

Eberhard wurde rot. »Red doch nicht! Du machst mich verlegen!«

»Tu nicht so. Ich kenne dich. Du hörst es doch nur allzu gerne, wenn man von deiner Kunstfertigkeit schwärmt.«

Eberhard zuckte mit den Schultern. »Wer würde das denn *nicht* gerne hören? Aber ich wollte dir eigentlich ganz was anderes erzählen.«

»Und was?«

»Giselbert hat Wort gehalten. Wir konnten uns vor der Messe endlich mal wieder richtig den Bauch vollschlagen. Braten vom Schwein. Warmes, duftendes Gerstenbrot. Apfelmus. Rotwein. Sogar gedörrte Feigen. In unserem Speisesaal roch es wie bei einem großen Festgelage. Und der Küchenmeister hatte glänzende Augen, als er uns nachher fragte, wie es uns geschmeckt hat. Wenn es nur immer so wäre!«

Wilbur lachte. »Auch Rotwein habt ihr gehabt? Ah, daher also dein erhitzter Blick?«

»Nur einen Becher hab ich getrunken!«

In dem Gedränge ging es wieder ein Stückchen weiter.

»Autsch!« Eberhard fuhr herum. »Ja gibt es das denn?«, herrschte er die erschrockene, schon etwas ältere Magd an, die ihm in die Ferse getreten war. »Mensch, könnt Ihr nicht besser aufpassen, Jungfer?«

»Nun stell dich mal nicht so an, Bürschchen«, sagte die resolute Frau. Ein paar von den umstehenden Leuten lachten. »Du wirst schon nicht gleich verbluten.«

»Blödes Volk«, versetzte Eberhard abschätzig und wandte sich wieder nach vorn.

»So aufbrausend kenn ich dich gar nicht«, sagte Wilbur. »Weißt du, wie dich neulich jemand genannt hat? Einen hochmütigen Griesgram.«

»Schau dir nur die Welt ringsum an«, erwiderte Eberhard. Er stieß abfällig die Luft aus der Nase aus. »So wie die Welt ist, bleibt einem doch gar nichts anderes übrig, als griesgrämig und hochmütig zu sein.« Im Grunde gefiel es ihm jedoch überhaupt nicht, wenn man ihn für einen Griesgram hielt, aber er konnte eben auch nicht aus seiner Haut heraus.

Die Domdiener hatten alle Hände voll zu tun, die Pilger davon abzuhalten, immer heftiger nachzudrängen und so Gefahr zu laufen, einander totzutrampeln. Da wurden Flüche laut und Geschrei. Schon fingen alle Glocken in dem einen übrig gebliebenen Domturm an zu läuten, das Zeichen dafür, dass das Hochamt gleich beginnen würde. Der Druck der Gläubigen auf die Portale wurde noch größer. Wie sollten alle diese Menschen bloß in den Dom hineingehen?, fragte sich Eberhard. Ihm wurde ganz mulmig.

»Ich hoffe, wir kriegen noch einen vernünftigen Platz«, sagte Eberhard. Es wäre schade, wenn er von der Predigt des römischen Kardinals Bandinelli auch nur ein Wort verpassen würde. Der Kardinal war ein Abgesandter des Papstes Eugen III., jenes Heiligen Vaters, der im vergangenen Jahr vom Sankt-Andreas-Tag bis Aschermittwoch im fränkischen Trier statt in Rom residiert hatte, weil Arnold von Brescia ihn schmählich von dort vertrieben hatte. Für viele Menschen im Reich war es unheimlich, dass der Papst hier im eigenen Land und nicht im fernen Rom residierte. Es war, als wäre die ganze Welt aus den Fugen geraten. Viele Gläubige hatten Dankgebete angestimmt, als sich der Papst im Frühjahr endlich entschlossen hatte, wieder nach Rom zurückzukehren.

»Die Leute scheinen gläubiger zu sein als je zuvor«, sagte Eberhard. »Und dabei hätten sie in diesen Zeiten allen Grund zu zweifeln. Ihnen ist es offensichtlich egal, dass ein blödsinniger Krüppel auf dem Abtsstuhl sitzt.«

»Du hast Recht. Es sind so viele Gläubige gekommen wie schon lange nicht mehr«, bestätigte Wilbur.

Eberhard atmete tief durch. Warm und stickig lag die Frühsommerluft über Fulda, Schwaden von Weihrauch drangen aus dem Kirchenportal. Den Himmel überzog eine hohe, diesige Wolkenschicht. Weit im Westen verdunkelte sich der Horizont über dem Vogelgebirge. Möglich, dass es später am Tag noch Regen geben würde.

Plötzlich wurde Aufregung laut. Ein paar Leute schrien und deuteten in den Himmel, denn sie glaubten, in den Wolken ein Zeichen in Form eines Kreuzes gesehen zu haben. Doch als Eberhard und Wilbur hinaufstarrten, konnten sie nichts anderes erkennen als das übliche Spiel von Weiß und Blau an Gottes Himmel.

Die Stimmung war aufgeladen und angespannt. Überall brandeten vor dem Portal des Hohen Doms Gebete und fromme Gesänge auf, und es schien fast so, als wäre die aufgeregte Menschenmenge vor den Eingängen des Domes ein einziges Lebewesen, eine eigenständige Wesenheit. Und die heftig läutenden Glocken drängten und mahnten zur Eile, sodass es einem geradezu im Kopf widerhallte.

»Noch ein bisschen später, und wir wären gar nicht mehr hineingekommen«, sagte Eberhard ungeduldig, als sie das Portal des Doms endlich erreicht hatten.

Das aus Bronze gegossene, doppelt mannshohe Portal wurde von den in Rot gekleideten Domdienern offen gehalten. Sie riefen jeden zur Eile auf, ganz gleich, ob es ein Adeliger, Mönch, Laienbruder oder ein einfacher Bauer war. Das dunkle, geheimnisvolle Viereck aus frommer Finsternis verschlang alle.

Wilbur und Eberhard überschritten die Schwelle.

Der Wechsel hätte nicht abrupter sein können: von der Helligkeit in die nur von feierlichem Kerzenlicht durchbrochene Dunkelheit, vom Alltäglichen zum Heiligen, vom Profanen zum Sakralen, vom Lauten und Schrillen zum Spirituellen. Mit dem Übertreten der Schwelle ließen die Gläubigen die gewöhnliche Welt hinter sich. Ehrfurcht umfasste ihre Seele.

Eberhard und Wilbur tauchten die Hände in das große Weihwasserbecken, das hinter dem Eingang stand. Es war aus dem gleichen schwarzen Basalt gehauen wie das Schwarze Stadttor. Dann wandten sie sich zum linken Seitenschiff des Doms, wo nach alter Tradition der Platz für die Laienbrüder des Klosters war. Vorn in einem abgetrennten Bereich, den die Leute Mönchskäfig nannten, nahm der Konvent Platz, außer den Oberen natürlich, die ganz vorn am Altar im Chorgestühl saßen. Von den Oberen waren schon alle da.

»Wusstest du eigentlich, dass sie den Boten des Papstes nach Strich und Faden verprügelt haben?«, fragte Wilbur flüsternd, während sie sich langsam weiterschoben. »Angeblich hat man ihm die Nase gebrochen. Und erst durch das Eingreifen des Vogtes ist er freigekommen.« Im rechten wie im linken Querhaus schwangen mit Ketten an der Decke befestigte, riesige Weihrauchschalen ganz langsam hin und her, mit gewaltigem Schwung schwebten sie über die Köpfe der Wallfahrer hinweg. Zwei Domdiener auf den Galerien rechter und linker Hand achteten auf den richtigen Pendelschwung. Die Schalen zogen riesige, weißbläuliche Rauchschwaden hinter sich. Dort wo sie, am höchsten Punkt des Schwungs angelangt, in der Luft stehen blieben und dann die Pendelrichtung wechselten, verwirbelte der Weihrauch zu immer dichteren Wolken.

Das helle Glöckchen an der Sakristei ging. Die Domwächter in ihren roten Gewändern öffneten die geschmiedete Altarschranke. Die Messe zu Ehren des Heiligen Bonifatius begann. Der in den letzten Jahre geschrumpfte Chor der Mönche hob an, vierzig Kehlen waren es noch, zusammen mit dem Knabenchor der Novizen aus der Klosterschule. Doch trotz der verminderten Anzahl der Sänger war es wie ein Jubilieren der Seele, diesem Klang zu lauschen und von ihm zu kosten wie vom Honigtau im Paradies.

Kardinal Rolando di Bandinelli, der ehrwürdige Legat des Papstes Eugen, hielt Einzug. Eine ganze Prozession von Priestern,

Mönchen und Messdienern folgte ihm. Mit seinem goldenen Gewand, der edelsteingeschmückten Mitra auf dem Kopf und mit seinem akkuraten weißen Bart war der energische Kardinal eine imposante Figur. Die Gläubigen im Hohen Dom erstarrten vor Ehrfurcht und frommer Verehrung. Auch Eberhard fühlte, wie eine Frömmigkeit ihn durchströmte, die ihm sonst eher fremd war.

Der Kardinal stieg die sieben Stufen hinauf zum Altar. Das goldene, mit Edelsteinen geschmückte Kreuz auf dem Altar erinnerte an das blutige Opfer des Heilands, und die drei Leinentücher symbolisierten die Grabtücher Jesu. Der Ritus mit seinen festen, unverrückbaren Bestandteilen nahm die Gläubigen in sich auf wie ein warmer, breit fließender Strom. Jedes der lateinischen Gebete kannte Eberhard von Kindesbeinen an. Die heilige Messfeier war wie ein Stück Heimat für die Seele.

Das Introitus, das Kyrie, das Gloria, die Oratio, das Graduale … all diese Teile der Liturgie folgten einer wohl gesetzten Ordnung, der *ordo missae.* Eberhard hatte sie wie alle anderen Schüler der Klosterschule auswendig gelernt.

Ein vor lauter Aufregung heftig schwitzender, vierschrötiger Domherr las aus dem Markusevangelium das Gleichnis vom Senfkorn, das gesät wird als kleinstes unter allen Samenkörnern, das aber, wenn es aufgeht, größer als zahlreiche andere Pflanzen wird und große Zweige treibt, sodass die Vögel unter dem Himmel unter seinem Schatten wohnen können. Der Mann verhaspelte sich bei jedem zweiten Wort.

»Sub umbra eius aves caeli habitare«, endete die Lesung aus dem Evangelium. Der Domherr legte das kostbare Evangeliar zurück in seine mit rotem Samt ausgekleidete Schatulle.

Danach erhob sich Kardinal Bandinelli vom Abtsthron, auf dem er wie selbstverständlich Platz genommen hatte. Niemand im Hohen Dom hatte heute die Anwesenheit des verkrüppelten Abts Rugger erwartet. Der Kardinal schien es geradezu zu genießen, wie er durch die Menge zu der Kanzel ging, die in doppelter Mannshöhe an einem Pfeiler des Mittelschiffs wie ein Richtstuhl aus schwarzem Holz über den Köpfen des sündigen Volkes thronte, mit dem steinernen Boden durch eine enge, hölzerne Wendeltreppe verbunden.

Der etwa fünfzigjährige Bandinelli kletterte behände die enge Treppe hinauf. Oben angekommen, konnte er das ganze Mittelschiff überblicken. Der Kardinal wartete, bis im riesigen Fuldaer Dom absolute Stille herrschte. Rolando di Bandinelli war gewiss kein gewöhnlicher Mensch. Obwohl er von eher schmächtiger Statur war, füllte er den ganzen riesigen Kirchenraum mit seiner Präsenz. Eberhard fühlte, dass die seltsame Ausstrahlung, die von dem Kleriker ausging, nicht nur ihn selbst, sondern alle im Dom Versammelten in ihren Bann zog. Dieser Mann war noch nicht am Ende seines Weges angekommen.

»*In nomine Patris et Filii et Spiritus Sancti, amen.* Der Herr sei mit euch«, sagte Bandinelli in die Stille hinein und bekreuzigte sich. Alle Gläubigen taten es ihm nach. Seine Stimme war ebenso energisch wie seine Erscheinung.

Er wandte sich an die Menschen. »Ich grüße euch alle und bringe euch den Gruß des Heiligen Vaters und seinen Segen. Glaubt mir, Gott schaut wohlgefällig auf diesen Platz«, fuhr er fort. »Welche Freude erfüllt mein Herz und das Herz des Papstes! So viele tausend Menschen bekunden immer wieder ihre Liebe und Verehrung für das Grab des heiligen Bonifatius.« Er machte eine allumfassende Handbewegung über die Menschenmenge hinweg. Gebannt hingen die Gläubigen an seinen Lippen. »Ich weiß, dass viele von euch schon lange vor der Morgendämmerung aufgebrochen sind, um hierher zu kommen …« Der Kardinal schaute wie ein wohlmeinender Hirte in die Runde. Er war ein Mann mit vielen Gesichtern, so hieß es. »Ihr nehmt dies gern auf euch aus Liebe zum heiligen Bonifatius.« Zustimmendes Nicken antwortete ihm. »Aus Liebe zu ihm und aus Respekt vor der heiligen Mutter Kirche seid ihr gehorsam. Ihr wisst, dass Gehorsam eure erste Pflicht ist. Ihr gebt eurem Herrn die Abgaben und entrichtet ihm eure schuldigen Dienste.«

Die Leute, von denen in der Tat etliche lange vor Sonnenaufgang in ihren Dörfern aufgebrochen waren, freuten sich über das Lob und nickten abermals. Sie wunderten sich zugleich, dass dieser berühmte Mann, der Gesandte des Papstes, der den Glanz von Rom nach Fulda brachte, an ihrem kleinen Schicksal Anteil nahm. Das waren sie sonst von den hohen Kirchenmännern nicht gewohnt. Bandinelli hatte ein einnehmendes Lächeln, selbst auf die große Entfernung konnte Eberhard es erahnen.

»Gott sieht euch in eurem Tun mit großem Wohlgefallen. Euer Gehorsam ist ihm und seinen Heiligen und dem Heiligen Vater lieb.« Bandinelli ließ den Blick langsam durch die Menge unter ihm streichen. Jeder Einzelne hatte irgendwann das Gefühl, dass der Kardinal genau ihn ansah. »Geht nur weiter euren Weg, so wie es sich bewährt hat! Lasst nicht nach, denn euer Leben ist Himmelswerk.«

Vereinzelt kamen jetzt zustimmende Rufe aus der Menge der Gläubigen und beifälliges Murmeln. Der Kardinal dort oben auf der schwarzen Kanzel hob die Hand, nur ein bisschen. Sofort war die Stille wiederhergestellt.

»Denkt immer daran: Ihr seid das Salz der Erde, und euer Glaube ist es, der die Welt im Innersten zusammenhält.«

Eberhard wunderte sich, wie gut der römische Kardinal Deutsch sprach. Er hatte fast keinen Akzent, allein die melodisch-rollende Aussprache seiner südländischen Heimat erinnerte daran, dass es nicht seine Muttersprache war. Eberhard war außerordentlich fasziniert vom Auftreten dieses Mannes, der es verstand, geschickt die Menschen in seinen Bann zu ziehen und Macht über sie auszuüben, ohne dass sie es merkten.

Er fragte sich, was genau diese Macht von Bandinelli ausmachte.

War es seine Stimme?

Seine Augen?

Seine energische Haltung?

Sicher von allem etwas. Aber vor allem hatte er eines, etwas, das die alten Griechen *Charisma* genannt hatten. Charisma, die Gottesgabe, die zu Inspiration und Erleuchtung anderer Menschen befähigte. Bandinelli hatte diese Ausstrahlungskraft.

»Der Heilige Vater grüßt euch von ganzem Herzen, grüßt alle Pilger und Wallfahrer und segnet sie!« Die Herde der Gläubigen bekreuzigte sich nochmals. Viele sanken auf die Knie, sofern sie es in dem Gedränge vermochten. »Der Heilige Vater vereint sich im Gebet mit euch und lässt euch als seine geliebten Brüder und Schwestern im Herrn Folgendes wissen: Nicht alle hören so wie ihr mit offenen Ohren die fromme Botschaft des heiligen Bonifatius von der Treue zum Papsttum. Nicht alle wandeln auf den Pfaden der Heiligen Schrift, nein sie verschließen ihre Ohren. So sagt der Psalmist: ›Sie haben Münder und reden nicht, sie haben Augen und sehen nicht, sie haben Ohren und hören nicht, sie haben Nasen und riechen nicht, sie haben Hände und greifen nicht, Füße haben sie und gehen nicht, und kein Laut kommt aus ihrer Kehle.‹« Bandinellis Stimme, eben noch schmeichlerisch-sanft, nahm einen bedrohlichen Klang an.

Er hielt die Hand ans Ohr. Er tat so, als lausche er in die atemlose Stille. Die Gläubigen im Dom reckten den Hals nach der Kanzel, um den römischen Kardinal besser sehen zu können.

»Es gibt, Gott bewahre, Wölfe unter uns, die sich als Hirten ausgeben!«, fuhr der Gottesmann fort. »Sie leugnen, dass der Papst die Mitte der heiligen Mutter Kirche ist und dass alle ihm zu unbedingtem Gehorsam verpflichtet sind.« Kardinal Bandinelli schien auf der Kanzel zu wachsen, verkörperte geradezu die Führung, derer die Menschen so sehr bedurften. Wenn sich ein solcher Mann um ihre Angelegenheiten kümmerte, dann nahm womöglich alles doch noch ein gutes Ende.

»Aber es ist Verrat in unserer Mitte!« Bandinellis Stimme schwoll zu einem Grollen an, einem Donnern, das an den Wänden und dem Gewölbe des Ratger-Domes widerhallte. Eberhard konnte sich nicht vorstellen, dass auch nur ein einziger Mensch der Autorität dieses Mannes widerstehen würde. Die Gläubigen zuckten zusammen und duckten sich ängstlich. »Hört ihr sie, die dreißig Silberlinge im Beutel des Judas Ischariot? Hört ihr sie?« Die Gläubigen lauschten atemlos und meinten tatsächlich, das Klimpern des Verrätergeldes zu vernehmen. Der Mann dort über ihren Köpfen, in der schwarzen Kanzel des Hohen Domes, sprach ganz einfach die Wahrheit. Alle spürten das. »Aber verzagt nicht! Gott wird die Sünde in den heiligen Mauern des Bonifatiusklosters niemals dulden! *Niemals!*«

Eberhard lief es kalt den Rücken hinunter, so sehr faszinierte ihn Bandinellis Stimme. Plötzlich wurde ihm bewusst, dass es eigentlich gar nicht so wichtig war, *was* Bandinelli sagte. Seine Worte waren ohnehin mehr für die Ohren der Klosteroberen und der Mönche des Konvents bestimmt. Was zählte war, *wie* er es sagte. Selbst wenn er lateinisch geredet hätte, hätten sie alle an seinen Lippen gehangen. Manche schlossen ihre Augen, um den Klang der Stimme ganz tief in ihrem Inneren widerhallen zu lassen.

»Wehe, wehe!«, fuhr die Stimme fort. »Der Teufel hat sich in diesen heiligen Ort eingeschlichen und sich der Seelen von einigen bemächtigt, die ich jetzt nicht nennen will, denn sie wissen selbst, dass sie gemeint sind.« Abrupt drehte sich der Kardinal zu den Mönchsoberen in ihrem Chorgestühl am Altar um.

Die meisten schienen auf einen Schlag wie zu Stein erstarrt. Alle saßen sie da mit bleichen, maskenhaften Gesichtern, einsam und allein ohne ihren Vater, den Abt: der Pförtner, der für die Versorgung zuständige Kamerarius, der Vorsteher des Hospitals, Giselbert als Herr des Schriftenhauses, der Novizen- und der Almosenmeister, Bernward, der Dudos Nachfolge als Leiter der

Klosterschule angetreten hatte, und schließlich Propst Hermanus, der als verantwortlicher Zellerar des Klosters der Hauptschuldige am Niedergang Fuldas war. Neben den Konventsoberen hatten auch noch die Pröpste und Stellvertreter der Nebenklöster von Fulda im Chorgestühl Platz genommen.

»Der Ungehorsam – er ist das Saatkorn des Teufels«, fuhr der päpstliche Gesandte fort. »Und dieses Saatkorn ist *hier* aufgegangen, mitten im Herzen der germanischen Christenheit!«

Das Wort *Ungehorsam* stand wie die Glutschrift an der Wand des Königspalastes des Belsazar im Raum. Unruhe machte sich breit. Manche Gesichter zeigten jetzt ängstliche Züge. Die meisten Leute in der Kirche wussten genau, dass der Gesandte des Heiligen Vaters auf die Wahl Ruggers zum Abt anspielte. Die war gegen den ausdrücklichen Befehl des Heiligen Stuhls erfolgt, nur einen Abt zu wählen, der nicht aus der Fuldaer Mönchsbruderschaft selbst stammte. Und der Papst hatte diesen Befehl aus gutem Grund erteilt, wie sich in den folgenden Monaten von Abt Ruggers Herrschaft zeigte, die diesen Namen nicht verdiente.

Im Dom machte sich Unruhe breit, und Bandinelli unternahm nichts, um dem Einhalt zu gebieten, sondern ließ die Menschen gewähren. Eberhard hörte, wie einige der Pilger um ihn herum gegen die verräterischen Brüder und die Konventsoberen murrten, die immer aufgeregter in ihrem Chorgestühl hin- und herrutschten.

»Das sagt der Heilige Vater, und es ist seine Botschaft«, fuhr Bandinelli nach einiger Zeit dort. »Jeder hier in diesem Land soll es hören: Sankt Bonifatius hasst den Ungehorsam. Ungehorsam heißt das Tor zur Hölle. Erst der Gehorsam macht den wahren Christenmenschen aus. Alles andere ist des Teufels!«, rief Bandinelli scharf. Gleichzeitig riss er in einer herrischen Geste seine rechte Hand hoch, in der er seinen gebogenen Hirtenstab hielt. Er thronte in der Kanzel wie ein Blitze schleudernder Zeus. Der erhobene Stab ließ Bandinelli plötzlich groß und bedrohlich aussehen, und die Leute zogen den Kopf ein. »*Und er fand im Tempel die Händler, die Rinder, Schafe und Tauben verkauften, und die Wechsler, die da saßen. Und er machte eine Geißel aus Stricken und trieb sie alle zum Tempel hinaus.* Doch wer weiter ungehorsam ist, den wird der Heilige Vater ohne erneute Warnung aus dem Tempel der Mutter Kirche vertreiben. Verflucht sei, wer einem Befehl des Heiligen Vaters noch einmal seinen Gehorsam verweigert! Der Mann, den sie Rugger nennen, ist als Abt abgesetzt. Der nächste Abt darf nicht ohne Zustimmung des Heiligen Stuhls auf diesem Thron Platz nehmen.« Er deutete nach vorn in den Chor, wo der nunmehr verwaiste Abtsthron stand. »Vor allem aber darf der neue Abt kein Angehöriger des Konvents von Fulda sein. Das sind die Befehle des Heiligen Stuhls, und wer ihnen zuwiderhandelt, den trifft der Bannstrahl des Heiligen Vaters und der wird ausgeschlossen aus der Gemeinschaft der Gläubigen!«

Anathema. Was für ein düsteres Wort, dachte Eberhard ehrfürchtig, Bannfluch, Ausschluss aus der Gemeinschaft der Gläubigen, Verfluchung und unrettbare Verurteilung zu unendlichen, ewigen Höllenqualen. So lautete Kardinal Bandinellis klare Botschaft.

»Nun werdet ihr vielleicht fragen, was ist der Unterschied, ob der Abt aus dem Konvent kommt oder nicht? Ich sage euch: Es macht den Unterschied aus zwischen der Verdammnis und der Glückseligkeit!«

Ein erregtes Raunen ging durch das Volk.

»Niemand kann übersehen, dass sich Gott von diesem Kloster abgewandt hat. Keiner soll glauben, dass man ungestraft gegen Gottes Willen handeln darf. Was Papst Eugen sagt, ist Gottes Willen. Der Heilige Geist selbst hat ihm die Worte in den Mund gelegt. Seine Macht, das ist die Macht des heiligen Petrus, der binden kann und der lösen kann. Verflucht sei ein jeder, der sich seinem Wort entgegenstellt. Fluch, Fluch, Fluch! Keiner soll sagen, er wäre nicht gewarnt gewesen!« Der Kardinal ließ den Blick über die Runde des gläubigen Christenvolks gleiten, und wieder fühlte sich jeder Einzelne ins Visier genommen. »Amen!«

Völlige Stille herrschte im Dom nach dieser Strafpredigt. Der Kardinal ließ die Stille wirken. Erst nachdem einige Zeit verstrichen war, verließ er die Kanzel. Im Dom war es so leise, dass man das Rascheln seiner Kardinalsstola hörte.

Als der Kardinal zurück war am Altar, ging der Gottesdienst mit dem Credo weiter. Hoffnung stärkte die Menschen. Während des Gebetes schaute Eberhard immer wieder verstohlen zu den Gläubigen ringsumher. Viele der Dörfler hatten ihre Bonifatiusfahnen zur Wallfahrt mitgebracht. Als Andenken an die Pilgerfahrt trugen etliche Wallfahrer eine winzige Statuette an einer Halskette, die den heiligen Bonifaz darstellen sollte.

Als Bandinelli den Wein und das Brot erhob und als Opfer darbrachte, knieten die Gläubigen nieder. Eine besonders kostbare, mit Gold bestickte Fahne zog Eberhards Blick auf sich. Ein Mann in einem Pelzmantel aus Grauwerk hielt die Fahne mit stolzer Haltung. Obwohl Eberhard sein Gesicht nicht sehen konnte, kam ihm der Mann bekannt vor.

Die Wandlung begann, in der das Blut zu Fleisch und der Wein zu Blut wurde. Doch Eberhard konnte sich nicht mehr auf das Verehrungswerk des einen einzigen Gottes konzentrieren. Sein Blick fiel abermals auf den Mann mit der prächtigen Pilgerfahne und dem Grauwerkmantel. Als der das Gesicht plötzlich in seine Richtung drehte, wusste Eberhard, dass er diesen Mann tatsächlich kannte, doch dauerte es ein paar Augenblicke, bis er das Gesicht einsortiert hatte: Dieser Großbauer war ohne Zweifel Seibold, der Sohn des Bauernmeisters von Großenlüder, der Gemahl von Gertrudis.

Seibold hatte sich verändert. Er hatte dunkle Ringe unter den Augen, so als ob er krank wäre oder zu sehr dem Wein zuspräche. Seibold war fülliger geworden, und ein schmaler Bart umrahmte jetzt sein Gesicht. Eberhard dachte nervös, dass auch Gertrudis in der Nähe sein musste, wenn ihr Gemahl hier war. Er fragte sich, wie es wäre, sie nach drei Jahren wiederzusehen. Durch eine Lücke in der Menge sah er, dass Seibold das Bauernmeisterschwert am Gürtel trug; also war er offenbar seinem alten Vater Herbrand inzwischen im Amt nachgefolgt.

Eberhard reckte den Hals und hielt auf der Frauenseite des Domes Ausschau nach Gertrudis. Vergebens.

Die Teilnahme an der Kommunion als dem heiligsten Teil der Messe war ein paar ausgewählten Edelleuten, Mönchen und Priestern des Fuldaer Landes vorbehalten, die stellvertretend für alle anderen Gläubigen den Leib des Herrn erhielten. Immer wieder blickte sich Seibold währenddessen um, als fürchtete er, verfolgt zu werden. Eberhard kam er vor wie ein ertappter Dieb.

* * *

Als sie den Dom verließen, blendete das Sonnenlicht sie für ein paar Augenblicke. Der Wind, der aus dem Tal der Fulle heraufstrich, war feucht und warm.

Dann sah er ihn wieder: Auf der Domtreppe rollte Seibold die Fahne zusammen und streifte eine Hülle darüber. Von Gertrudis war noch immer keine Spur zu sehen.

»Siehst du den Mann dort mit dem Grauwerkmantel?«, fragte Eberhard aufgeregt seinen Freund.

»Der mit dieser protzigen alten Fahne?«, fragte Wilbur.

»Ja, das ist der Bauernmeister von Großenlüder.«

»Und? Sollte ich den kennen?«

»Äh, nein, aber ich kenne ihn.«

»Na und? Wer ist er, und warum interessierst du dich für ihn?«

Eberhard schwieg für einen Augenblick. »Habe ich dir eigentlich von Gertrudis erzählt?«, fragte er nach einer Weile.

»Gertrudis? Was für eine Gertrudis? Ich kann mich nicht erinnern, dass du mir jemals von einem anderen Mädchen erzählt hast als von deiner Schwester Theresa.«

»Es gab ja auch nichts anderes zu erzählen.«

»Und wer ist dann Gertrudis?« Die Neugierde in der Stimme von Eberhards Freund war unüberhörbar. Wilbur war der Einzige, mit dem er gelegentlich über das Thema Mädchen, Liebe, Heirat redete und dem er anvertraut hatte, dass er noch unberührt war. Für einen achtzehnjährigen Laienbruder war das an sich nichts völlig Ungewöhnliches. Wilbur allerdings machte seinerseits keinen Hehl aus seinen zahlreichen Erfahrungen mit Frauen, sodass Eberhard jedes Mal abwinken musste, wenn er ihm wieder einmal in allen Einzelheiten von seinen Eskapaden berichten wollte.

»Gertrudis war meine Kindheitsfreundin aus dem Dorf«, sagte Eberhard seufzend. »Damals waren wir unzertrennlich.«

»Bei euch zu Hause in Giesel?«

Eberhard nickte. »Sie hatte kastanienrote Haare«, sagte er versonnen.

»Sie bedeutet dir noch immer etwas«, stellte Wilbur fest. »Gib es zu!«

Eberhard wies mit einer Kopfbewegung auf die Großenlüderer. »Sie gehen weiter! Lass uns ihnen folgen, denn wenn Seibold da ist, dann muss auch Gertrudis hier sein. Sie ist nämlich seine Frau ...«

Wilbur sah seinen Freund von der Seite an und grinste vielsagend. »Seine Frau ist deine Freundin? Jetzt hast du mich aber erst recht neugierig gemacht.«

Die Großenlüderer gingen los in Richtung Stadt.

Die beiden Freunde wollten sowieso in die Stadt. Also hefteten sie sich an die Fersen der Großenlüderer. Durch das Schwarze Tor gelangten sie in die Stadt hinein, die an diesem Bonifatiustag so voller Menschen war wie nicht einmal zum Martinsmarkt.

Es herrschte riesiges Gedränge in der engen Straße, die leicht ansteigend in Richtung des Marktes führte. Nur langsam ging es voran. Immer wieder wurden sie angerempelt. Die Marktstraße war auf einer Seite dicht an dicht mit Ständen und Buden bestückt. Der Rauch einer Garküche zog verlockend durch die Straße. Es roch nach Gebratenem, nach Süßem, nach Saurem. Von den Zerstörungen des verheerenden Brandes war kaum noch etwas zu erkennen.

Die beiden jungen Männer folgten Seibold und den Seinen die Marktstraße entlang, die von der Feuersbrunst beim Martinsmarkt des Jahres 1145 um ein Haar verschont worden war. Drei Stockwerke hoch türmten sich die schmalen Fachwerkhäuser, die nach oben hin weit in die Straße hinauskragten.

Wilbur knuffte Eberhard in die Seite und deutete auf das Freudenhaus Zur Roten Pflaume in der Seitengasse, die von der Marktstraße abzweigte. »Weißt du was? Gertrudis hin, Gertrudis her: Ich hätte eigentlich Lust, lieber ins Badehaus zu gehen, als diesen Bauerntöpeln hinterherzulaufen. Was meinst du? Kommst du mit?«

»Du weißt doch, was ich davon halte«, erwiderte Eberhard ärgerlich. Er war, im Gegensatz zu Wilburs anderen Freunden, die nicht Nein sagten, wenn es darum ging, sich den Vergnügungen des Badehauses hinzugeben, noch nie der Aufforderung seines Freundes nachgekommen. »Ich dachte, ich hätte dir ein für alle Mal klar gemacht, dass ich nicht mit dir zu den Huren gehe.«

Wilbur lachte. »Wieso unterdrückst du eigentlich deine geheimen Wünsche? Ich bin sicher, es würde dir guttun, wenn du dich mal so richtig gehenlassen würdest.«

»Wir verlieren Seidbold aus den Augen!«

»Weißt du, was ich glaube? Du hast Angst vor den Hübschlerinnen.«

»Mir ist völlig gleich, was du glaubst. Lass mich nur damit in Ruhe.«

Er konnte sich nicht vorstellen, von einer Frau am ganzen Körper angefasst zu werden, sogar an seiner Männlichkeit. Von Meredith und der Cuonradina, der Margarita und der Silvia oder wie sie alle hießen, deren Vorzüge Wilbur ihm schon so manches Mal in den glühendsten Farben geschildert hatte. Seine Vorstellung von der körperlichen Liebe schwankte zwischen tiefem Ekel und großer Faszination.

Aus Wilburs wolkigen Umschreibungen hatte er entnommen, dass die Huren das männliche Geschlechtsteil sogar in den Mund nahmen. Allein die Vorstellung fand er ekelhaft. Ärgerlich wischte er sich den Schweiß von der Stirn.

Er war wütend, dass Wilbur sich mal wieder über ihn lustig machte. Gleichzeitig ärgerte er sich über sich selbst, weil er Wilbur gegenüber nicht verbergen konnte, wie sehr ihn sein Vorschlag mit dem Badehaus durcheinanderbrachte.

»Ich gehe jetzt weiter, du kannst ja zu deinen geliebten Weibern gehen …«, sagte er trotzig.

»Ich sehe schon, mit dir wird das auch heute wieder nichts«, sagte Wilbur mit gespielter Enttäuschung in der Stimme, während sie sich an einem Tanzbären vorbeidrückten, der von seinem Dompteur an einer gefährlich langen Leine gehalten wurde. »Ich möchte gern mal wissen, wie lange du noch damit warten willst, Eberhard. Du bist nur einmal jung! Oder willst du wirklich für immer ein schwanzloser Mönch sein?«

ARCHIVUM SECRETUM APOSTOLICUM VATICANUM

Bericht des Päpstlichen Observators
Reichsabtei Fulda, Anno Domini 1148

»… weh den Menschen, durch die der Herr verraten wird! Im Frühjahr, als die Wintervorräte zu Ende gingen und die Felder, Weiden,

Wälder noch keine neue Frühjahrsfrucht hergaben, hörte man Klagegeschrei und bitteres Weinen und waren die Verhältnisse hier in der Reichsabtei von Fulda so schlimm wie nie zuvor seit Menschengedenken, trotz der ordentlichen Ernte des Vorjahres. Die Hälfte der Mönchsbrüder hat der Abtei den Rücken gekehrt. Das Kloster ist von Gott verlassen, so wie das Reich vom König verlassen ist, der im Morgenland gegen die muslimischen Heiden auf dem Kreuzzug ist. Auch viele der Laienbrüder und Knechte sind klammheimlich davongelaufen. Sie fliehen und wenden sich nicht zurück.

Mord und Totschlag herrschen im Land und in der Stadt. Diebstahl und Raub sind alltäglich. Der dreiste und gottlose Überfall des Ritters Gerlach von Haselstein ist nur das schlimmste Beispiel einer viel zu langen Reihe von kleineren, nichtsdestotrotz bösen und verbrecherischen Rechtsverletzungen. Niemand fühlt sich mehr sicher im Fuldaer Land. Sünde, Gottlosigkeit, Meineidigkeit sind die neuen Götzen.

Die Kaufleute und Händler auf den Straßen sind einer ständigen Gefahr des Überfalls und der Beraubung ausgesetzt. Die Preise sind in wucherische Höhen gestiegen. Ein Silbergroschen ist wie drei Schilling, also kostet alles drei Mal so viel. Die Juden treiben geringeren Wucher als die Christenmenschen in Fulda. Ein starkes Gefühl von großer Vergänglichkeit, von Niedergeschlagenheit und Verunsicherung nistet sich in den Herzen der Menschen ein.

Nur auf den Burgen und Adelssitzen ringsum im Land ist man in heiterer Stimmung und guter Laune. Die Ritter frönen der Minne und dem höfischen Leben, und sie achten Gott und die Mutter Kirche gering. Dazu verachten sie Gottes Gebote und seinen Bund, den er mit ihren Vätern geschlossen hat, und sie lachen über die zahlreichen Warnungen der Priester und treiben Nichtiges.

Die Dienste, die die Bauern eigentlich dem Monasterium leisten müssen, werden nun unrechtmäßig den Edelleuten und Baronen geleistet. Manche Hufe, die dem Kloster gehört, bleibt unbestellt. Auf dem Felde verrottet, was die Hörigen und treue Hofbauern in

bester Absicht für das Kloster gepflanzt haben. Die Mühlen mahlen für die Ritter. Der Zoll wird für die Edelleute erhoben. Die Barone betrügen Gott, und es stört sie genauso wenig wie die Ermahnungen und Befehle und Bannflüche des Fuldaer Abtes.
Und mit dem davongejagten Abt Rugger, den wir ganz persönlich als einen sabbernden, idiotischen und verkrüppelten Bastardsohn eines verderbten Grafen aus der Wetterau kennengelernt haben, hatte das Böse endgültig die Herrschaft in den heiligen Gebäuden des alten Klosters übernommen. Betend und bittend warten die Christenmenschen dieses geplagten Landstriches darauf, dass ihnen der Herrgott und der König endlich einen starken Abt schicken mögen, auf dass das Verderben ein Ende habe.
Doch noch ist Gott vertrieben aus diesem seinem Land. In der Abtei von Fulda dienen sie weiterhin den Götzen, die das Werk von Menschenhänden sind, und sie haben sich abgewandt vom Allmächtigen und von der römischen Kirche, und sie missachten den Befehl des Heiligen Stuhls und sind hartnäckig und halten an ihren zahlreichen Irrtümern fest, für die sie brennen müssten, solange die dreißig Silberlinge in ihrer Schatulle klingen …«

5. Junius, am St.-Bonifatius-Tag, nachmittags

Die Großenlüderer waren am Hauptmarkt angelangt. In dem Gedränge waren Eberhard und Wilbur ihnen unauffällig gefolgt. Die meisten des Dutzends seiner Dorfgenossen, die Bauernmeister Seibold begleiteten, hatten ihre Frauen dabei. Nur Gertrudis war nirgends zu sehen.

Immer wenn Eberhard hierher kam, wo das Herz der Stadt schlug, musste er an den Überfall der Haselsteiner Ritter denken. Er schaute schaudernd auf die Stelle mitten auf dem Platz, wo drei Jahre zuvor die Garküche gestanden hatte, hinter der er und die seinen Deckung gesucht hatten.

Und wieder stand eine Garküche dort, und wieder umgaben Trauben von Menschen die Theke, die es alle nach Ess- und Trinkbarem gelüstete, und wieder warteten dort die Männer, während ihre Frauen und Töchter von Stand zu Stand gingen.

In der Nähe des neuen Marktbrunnens blieben die Großenlüderer stehen. Seibold übergab die umhüllte Fahne einem seiner Begleiter und redete dann gestenreich auf ihn ein. Die beiden jungen Verfolger drückten sich in den Schatten eines der Marktstände, an denen frisches Obst und Gemüse aus den umliegenden Dörfern verkauft wurde. Von hier aus beobachteten sie die Szene am Marktbrunnen. Ob er mit Gertrudis noch immer so vertraut reden könnte wie früher, fragte Eberhard sich, während er Seibold beobachtete.

Seine Sehnsucht, sie zu sehen, wuchs von Minute zu Minute,

doch offenbar hoffte er vergeblich, denn sie schien nicht mit nach Fulda gekommen zu sein. Er spürte, dass sein Herz immer schmerzhafter pochte. Und er konnte nichts dagegen unternehmen, dass eine tiefe, melancholische Traurigkeit sich seines Gemüts bemächtigte, das Gefühl eines unwiederbringlichen Verlustes.

Schräg vor ihnen erhob sich St. Blasius mit seinen beiden wuchtigen Vierecktürmen, die etwas plump geratene und schon ziemlich altertümlich wirkende Hauptkirche innerhalb der Stadt. Von den Brandschäden war nichts mehr zu sehen.

Seibold redete noch immer auf seinen Dorfgenossen ein. Der Großenlüderer Bauernmeister war offenbar erbost, jedenfalls hatte er einen hochroten Kopf und deutete gestenreich immer wieder auf die Traditionsfahne, während der andere beschwichtigend nickte.

»Warum ist Seibold ohne Gertrudis hier, an einem solchen Tag?«, fragte Eberhard.

»Vielleicht ist sie krank?«

»Vermutlich hast du Recht, Wilbur. *Bestimmt* ist sie krank.«

»Hm. Das ist *eine* Möglichkeit.«

»Was willst du damit sagen?«

»Ach nichts. Eben, dass es nur *eine* Möglichkeit von vielen ist.«

»Lass deine Finger von meinen Äpfeln, verdammter Bursche!«, rief plötzlich der missmutige Händler, hinter dessen Stand sich die beiden verbargen.

»Was? Siehst wohl Gespenster!«, erwiderte Wilbur erbost. »Ich habe keinen von deinen schrumpeligen Äpfeln angerührt.«

»Macht auf der Stelle, dass ihr hier verschwindet!«

»Komm, Wilbur, der ist doch bescheuert!« Eberhard zog seinen Freund fort.

»Mist! Du mit deiner Streiterei. Jetzt ist er weg!«, sagte Eberhard ärgerlich.

Der Bauernmeister war in der Tat nirgends mehr zu sehen. Nur seine Dorfgenossen standen noch am Marktbrunnen, darunter der Mann mit der eingerollten Großenlüderer Traditionsfahne.

Eberhard schaute sich suchend um. Im letzten Augenblick sah er, wie ein Zipfel des Grauwerkmantels, den Seibold trug, in der Marktstraße verschwand.

»Da! Ich hab ihn gesehen!«

»Wo denn? Ich sehe nichts?«

»Er geht in Richtung des Schwarzen Tors.«

Plötzlich grinste Wilbur. »Jetzt geht mir ein Licht auf«, sagte er anzüglich. »Ich glaube, ich weiß, warum dein Freund ohne Gemahlin hierher gekommen ist.«

»Er ist nicht mein Freund!«

»Los, hinterher!« Eberhard setzte sich in Bewegung, und sein Freund folgte ihm seufzend.

In der Marktstraße herrschte noch immer ein großes Gedränge. Fünfzig Schritt voraus sahen sie Seibolds wehenden Grauwerkmantel.

Eberhard wurde von der Seite angestoßen. »Was steht ihr hier dumm herum und haltet Maulaffen feil?«, fluchte ein übellauniger Passant. Eberhard stammelte eine Entschuldigung, aber Wilbur schickte dem Mann, der schimpfend weiterging, ein paar üble Verfluchungen und den ausgestreckten Mittelfinger hinterher.

»Hast du gesehen, wo er hin ist?«

»Ich glaube, er ist in die Pfandhausgasse eingebogen«, erwiderte Eberhard.

»Also hatte ich Recht! Es scheint, als wäre deine Freundin an einen Hurenbock geraten.«

Sie erreichten die Ecke, wo die Pfandhausgasse in die Marktstraße mündete. Wilbur ging bis zur Häuserecke und lugte vorsichtig in die Pfandhausgasse hinein. Eberhard hielt sich hinter dem Rücken seines Freundes. »Siehst du ihn?«

»Nein … warte, doch! Da ist er ja. Er geht die Treppe zum

Eingang hinauf, unser Bauernmeister«, berichtete Wilbur nach einer Weile.

Eine ausgesprochen hübsche Magd, die im Gefolge ihrer Herrschaft durch die Marktstraße flanierte, zog die Aufmerksamkeit des slawischen Grafensohns auf sich. Das Mädchen bemerkte, dass es angestarrt wurde, und senkte verlegen den Blick. Wilbur grinste breit. Er wusste, dass die Frauen ihn anziehend fanden – seine glühenden Augen, sein lockiges Haar, seine große Gestalt, seine männliche Ausstrahlung, nicht zuletzt sein sonniges Gemüt und die Tatsache, dass er immer einen Scherz auf den Lippen hatte.

»Jetzt gaffe nicht den Weibern hinterher, sondern sage mir endlich, was Seibold weiter macht.«

»Langsam, langsam. Sei nicht so ungeduldig … jetzt ist er oben angelangt, er ist unter dem Vordach … und jetzt geht er zu dieser rothaarigen Engländerin, zu Meredith … ja, und jetzt spricht er mit ihr.«

»Engländerin? Meredith? Rothaarig, sagst du?«

Seine natürliche Neugierde trieb ihn jetzt doch voran, er trat neben Wilbur und schaute ihm vorsichtig über die Schulter in Richtung der Roten Pflaume. Eine hölzerne Treppe führte zum Eingang im ersten Stock hinauf, wo sich die Baderäume befanden. Ein großes Schild ragte in die Gasse hinaus, auf dem Rot auf Gelb das Zeichen der Bader- und Barbierzunft prangte.

Die Empore vor dem Eingang des Badehauses fasste etliche Leute. Ein paar Schläger und Aufpasser standen dort, ein paar farbenfroh gekleidete Huren und einige Gäste. Trotz der Entfernung konnte Eberhard den Grauwerkmantel des Bauernmeisters ausmachen. Er stand bei einer rothaarigen, molligen Hure, die sich lachend bei ihm eingehakt hatte.

»Scheint, dein Freund ist im Badehaus kein Unbekannter«, sagte Wilbur. »Siehst du, wie sie ihn anlacht? Die kennen sich doch! Und jetzt küsst sie ihn auf die Wange!«

Plötzlich verspürte Eberhard Ekel. Sein Blick strich die Gasse entlang, und zum ersten Mal fiel ihm auf, dass der schlammige Boden vor dem Hurenhaus mit Abfall und Unrat übersät war. Es stank. Ein halbes Dutzend graue Straßenschweine durchgruben mit ihren langen Schnauzen den Abfall nach Essbarem. Der fettige, dunkelgraue Rauch, der aus dem Schlot des Badehauses quoll, hing über der Gasse, aber die Gäste schien es nicht zu kümmern.

»Ich glaube, sie sind sich einig geworden«, sagte Wilbur, so als würde ihn das irgendwie zufriedenstellen.

Die Engländerin und Seibold verschwanden ins Haus hinein. »Übrigens glaube ich nicht, dass Meredith deinem Seibold nur den Bart schert«, sagte Wilbur anzüglich. »So wie der sich anstellt, ist er ganz gewiss nicht zum Haareschneiden hierher gekommen.«

Die meisten Besucher kamen tatsächlich wegen einer der anderen Dienstleistungen, die man sich im Badehaus angedeihen lassen konnte. Der Bader und seine Gehilfen rasierten die Gäste, er schnitt ihnen die Haare, schröpfte sie oder betätigte sich als Wund- und Zahnarzt. Der Meister der *Roten Pflaume* war nicht nur für sein gutes Auge bei der Auswahl der Mädchen bekannt, sondern auch für seine sichere Hand, was die medizinische Seite seines Berufs betraf. Er und seine Gehilfen waren unübertroffen, wenn es um die fachmännische Anwendung des Aderlasses ging. Dass er nebenbei Huren hielt, hinderte ihn zudem nicht daran, ein frommer Christ zu sein. Wegen seines Reichtums genoss er großes Ansehen in der Stadt. Im Allgemeinen herrschte die Überzeugung, dass es die Huren einfach geben *musste.* Wem sollten die jungen, starken, unverheirateten Männer denn sonst beiwohnen? Selbst die Kirche nahm es hin – wenngleich sie es für sündig erklärte –, dass es in der Stadt ein Badehaus mit Huren gab, nicht zuletzt zum Schutz der Jungfrauen.

»Eigentlich ist es doch ganz einfach herauszufinden, was

dein Seibold wirklich macht«, sagte Wilbur leise. Er deutete auf den Treppenaufgang des Badehauses. Ein Zischen ertönte. Eine Dampfwolke entfaltete sich in den diesigen Himmel. Ein Badeknecht schleppte schwere Holzscheite zu einem Hintereingang des Hauses. »Wir müssen nur hineingehen und uns umschauen!«

»Hineingehen?« Eberhard war gleichzeitig entsetzt und fasziniert bei dem Gedanken. War Gertrudis' Ehrenrettung nicht ein handfester Grund, endlich einmal das Badehaus aufzusuchen? Er spürte, dass er es unbedingt wissen musste, ob Seibold Gertrudis mit einer Hure betrog, oder ob er vielleicht nur für einen Aderlass hier war. »Wie stellst du dir das vor?«

»Aha! Angebissen!«, grinste Wilbur. Er klopfte seinem Freund mit der flachen Hand auf den Rücken. »Wie ich mir das vorstelle? Also: Wir setzen jetzt einen Fuß vor den anderen, wir gehen die paar Schritt bis zur Roten Pflaume, und dann steigen wir wie dein Seibold soeben Stufe für Stufe die Treppe hinauf, und wenn wir oben angekommen sind, sage ich dir, was als Nächstes kommt.«

»Aber ich habe gar kein Geld dabei, kein Badetuch, keine Seife, kein gar nichts«, wandte Eberhard halbherzig ein. Er hatte plötzlich nur noch die glatten, roten Haare dieser Meredith vor Augen, die ihn an die Haare von Gertrudis erinnerten, die wie frisches Kastanienholz glänzten.

»Wir können uns die Seifenlauge und die Tücher auch beim Bader besorgen«, sagte sein Freund grinsend.

»Aber das muss man doch alles extra bezahlen!«

»Ach, halb so wild«, erwiderte Wilbur. Er lächelte und tätschelte seinen Beutel. »Ich hab es dir doch gesagt: Der Vogt hat seinen Siegelring bezahlt. Und er hat mir ein großzügiges Trinkgeld gegeben. Das reicht für zwei, mach dir keine Sorgen. Komm, ich lade dich ein, und keine Widerrede! Nun komm endlich!«

Er zog seinen Freund am Ärmel. Eberhard ließ sich ohne große Gegenwehr darauf ein.

Als sie die Treppe erreichten, redete Eberhard sich ein, dass er eigentlich gar keine eigene Entscheidung getroffen hatte, sondern einfach mitgegangen war. Eine Wolke der unterschiedlichsten Gerüche kam ihnen vom Badehaus entgegen. Die wenigsten waren angenehm. Der Gestank von Fäkalien und von Abfällen durchzog die enge Pfandhausgasse. Hier gehörte der Läusekamm zum Alltag, aber das hielt kaum jemanden ab, denn Läuse gab es schließlich überall – gelegentlich selbst im Bett des heiligen römischen Kaisers, wie man hörte.

Wilbur und Eberhard drängten sich an den herumstehenden jungen Männern vorbei, von denen einige noch unentschlossen schienen oder einfach kein Geld hatten.

»Gabriela!«, rief Wilbur freudig und winkte einer der Frauen zu. »Das dort ist Gabriela!«

Am oberen Treppenabsatz winkte eine ungewöhnlich große, vielleicht vierzig Jahre alte Frau zurück, eine Hure, die ihre besten Tage längst hinter sich hatte. »Kommt herauf, Jungs!«

Wie sehr neidete Eberhard ihm in diesem Augenblick seinen geradezu lässigen Umgang mit den Frauen! »Wieso kennst du sie?«, fragte er. »Wer ist sie?«

»Warte es nur ab«, sagte Wilbur geheimnisvoll.

Er genoss es, seine Rolle als Führer in ein verbotenes Land zu spielen. Er freute sich, seinem Freund Eberhard endlich jene ihm unbekannte Seite des Lebens zeigen zu können, die dieser sich selbst sonst womöglich für immer versagen würde.

Sie kamen oben an. »Du kannst wohl nicht genug bekommen, Wil?« Die schwarzhaarige Gabriela lächelte kühl und legte Wilbur zwei Fingerspitzen ans Kinn. Alles an ihr war vordergründige Berechnung. Sie war stark geschminkt. Gabrielas Stimme klang von oben herab, abschätzig. Männer musste man so behandeln, sonst waren sie einem über.

»Wartet, ihr Burschen!« Gabriela schleuste schnell einen kleinen Trupp von reichen, feisten Bauern an den Wartenden vorbei, die wegen ihrer schönen Kleider hervorstachen, sicherlich Großkopferte aus den Dörfern – Meier und Schmiede, Schultheiße und Bauernmeister, Dorfrichter und Verwalter –, Männer in ähnlichen Stellungen wie Eberhards Vater. Sie wollten ihr auf dem Markt sauer verdientes Geld in das Badehaus tragen, waren dort gern gesehene Gäste.

»Macht schon! Kommt endlich herein«, flötete Gabriela. »Unsere Mädchen freuen sich, wenn sie nicht immer nur diese alten, fetten Kerle bedienen müssen.«

Sie traten in den länglichen Vorraum des Badehauses. Die Tür schloss sich quietschend hinter ihnen. Der Boden war bedeckt mit einer frischen Streu aus Stroh und wohlriechenden Kräutern, wie man sie ringsum in den Auen des Fuldaer Landes fand. Es raschelte, wenn man darüberging.

Badeknechte empfingen die Gäste des Hauses und fragten nach deren Wünschen. In der angrenzenden Umkleidestube legten soeben die Bauern ihre Festtagskleider ab, die kurz vor ihnen das Badehaus betreten hatten.

»Ihr jungen Herren!« Der herbeieilende Badeknecht verbeugte sich liebedienerisch vor Eberhard und Wilbur. Er reichte Eberhard allenfalls bis zur Schulter. »Ich bin Henschel, womit kann ich Euch dienen? Ihr könnte Euch glücklich schätzen, bei allen heidnischen Göttern, dass Ihr hierher gekommen seid! Ich bin sicher, dass dieser Tag Euch für immer in guter Erinnerung bleiben wird. Wollt Ihr in den Bottich mit heißem Wasser? Soll ich Euch die Haut mit Zweigen reizen und Euch mit kaltem Wasser begießen?«

Eberhard wurde es ganz flau im Magen, und er fragte sich, was das alles kosten sollte. Er schaute Wilbur unsicher von der Seite an. Der bemerkte seinen Blick. »Mach dir keine Sorgen, mein Freund«, sagte er gönnerhaft. »Wie ich dir schon sagte, die Geschäfte gingen vor der Wallfahrt hervorragend.« Er strich sich über den schmalen Oberlippenbart. Wieder einmal kam Eberhard sich wie ein dummer, unerfahrener Junge vor neben seinem Freund, der so männlich und selbstbewusst wirkte.

»Ich kann aber nicht zulassen, dass du mich freihältst«, flüsterte Eberhard seinem Freund ins Ohr, während der Badediener erwartungsvoll vor ihnen stand, auf dem einen Arm ein Leinentuch, in der andern Hand ein kleines Fläschchen mit Öl, das betörend roch.

»Du kannst es mir ja irgendwann zurückzahlen, wenn du dich besser dabei fühlst«, erwiderte Wilbur flüsternd. Er nickte dem Knecht zu. »Aber lass es jetzt gut sein, ja!«

»Und wollen die jungen Herren vielleicht schon vorab einen Humpen Bier trinken?«, fragte Henschel »Oder besser noch einen Schnaps? Einen Wein? Wartet, gleich könnt Ihr in die Umkleidestube.« Henschel war offensichtlich ziemlich geschwätzig. Aber das gehörte wohl zu seinem Beruf. »Was man so alles hört, Himmel Herrgott! Der Abt mal wieder abgesetzt! Alles ist durcheinander, so als hätte nur noch das Böse seine Hände im Spiel. Da muss man doch einen Schnaps trinken, oder zwei.«

Wieder nickte Wilbur, und Augenblicke später hatten sie einen kleinen Holzbecher mit Gebranntem in der Hand.

»Zum Wohle, meine Herren!«

Uhh, wie der Schnaps die Kehle hinunterbrannte! Eberhard schüttelte sich. Und die Musik, die aus dem Innern des Badehauses herüberklang – aufreizende und betörende Klänge –, die machte einen ganz verrückt. Das Kamillen- und Myrrhearoma, das in der Luft lag, raubte ihm vollends die Sinne.

Die Bauern waren fertig, verließen schwatzend und lachend die Umkleidestube und betraten das Innere des Badehauses.

»Jetzt Ihr, meine jungen Herren.«

Henschel geleitete die beiden Freunde in die Stube, und während Wilbur sofort begann, seine Kleider aufzuschnüren, zögerte Eberhard noch.

»Was ist los? Nun zier dich nicht so!« Pudelnackt und ganz ohne Scham stand Wilbur da. Der Diener gab ihm ein Leinentuch, das er sich um die Hüften band. »Ich will hier keine Wurzeln schlagen«, sagte Wilbur ungeduldig.

»Seid Ihr bald so weit, junger Freund?«, fragte auch der Badeknecht.

Eberhard schüttete sich den restlichen Schnaps in die Kehle, ehe auch er seinen ganzen Mut zusammennahm und sich rasch auszog. Die Kleidermagd nahm seine Sachen entgegen, legte sie in ein Körbchen und gab Eberhard das Pfand, mit dem er die Kleider nachher, wenn er fertig war, wieder auslösen konnte. Dann reichte Henschel auch Eberhard ein Leinentuch, das sich dieser hastig um die Hüften schlang.

»Entspann dich, mein Freund«, sagte Wilbur und verknotete sein Tuch auf der Seite. »Wenn du weiterhin so verstockt bist, wirst du keinen Spaß daran finden.«

»Wieso meinst du, dass ich verstockt bin?«

»Ich sehe es deinem Gesicht an.« Wilbur grinste.

»Wollt Ihr mir jetzt folgen?«, fragte der Diener leicht ungeduldig.

Eine üppige, knapp bekleidete Bademagd kam mit einem Tablett voller Bier vorbei. »Bedient Euch nur, Ihr jungen Herren. Was haltet Ihr als Erstes von einem Schwitzbad?«, fragte Henschel geschäftstüchtig.

»Vielleicht später. Aber eigentlich sind wir wegen was anderem gekommen, Ihr wisst schon.« Wilbur nahm ein paar Münzen aus dem Beutel, den er sich um den Hals gebunden hatte, und drückte sie dem schmalgesichtigen Diener in die Hand. »Bring uns nach hinten, zu den Mädchen.«

»Wie Ihr wollt, junger Herr«, sagte der Diener. »Wollt Ihr trotzdem zuerst ins Schwitzbad?«

Wilbur wandte sich um. »Willst du ins Schwitzbad?«

»Ich? Keine Ahnung ...«

Eberhard zuckte nervös mit den Schultern. Er konnte sich nicht im Geringsten vorstellen, in den dunklen Hinterzimmern dieser Kaschemme bei irgendeinem Mädchen zu liegen, bei dem zuvor schon Hunderte andere Männer gelegen hatten und das vermutlich hässlich, abstoßend und schmutzig war.

Wilbur nahm ihm die Entscheidung ab. »Kein Schwitzbad«, sagte er seufzend. »Wir gehen hinauf in den ersten Stock.«

»Wie Ihr wollt.« Henschel winkte ein junges Mädchen herbei, das höchstens zwölf Jahre alt war und das anscheinend die Geringste der Mägde im Badehaus war. Sie hatte ein fadenscheiniges Kleid am Leib und ein freches, herausforderndes Grinsen im Gesicht.

»Ich glaube, Branka ist frei«, sagte Henschel, der offenbar froh war, die Jungen loszuwerden, und sich lieber um zahlungskräftigere Kunden kümmern wollte. »Branka, und für den anderen schaust du in Magdalenas Kammer nach, ob der Pfaffe noch immer bei ihr liegt oder endlich gegangen ist.« Die Stimme Henschels konnte kalt und hässlich sein.

»Kommt«, sagte das Mädchen. »Hier entlang!«

Eberhard schämte sich, dass das Mädchen ihn so dürftig bekleidet sehen konnte. Aber die Magd schien die halbnackten Männer nicht im Mindesten zur Kenntnis zu nehmen.

Sie traten durch den Vorhang, gingen an den dampfenden Bottichen entlang, in denen sich Bauersleute, Pilger, Reisende, Händler und Stadtleute dicht an dicht drängten. Kaum ein Hintern passte neben den anderen. Der von Kerzen und Fackeln erleuchtete Raum war voller Dampf und Stimmengewirr.

»Die Treppe hoch!« Das Mädchen deutete eine steile Holzstiege hinauf, die in das Obergeschoss des Badehauses führte, wo die Hurenkammern waren. Wilbur lachte Eberhard aufmunternd zu, während dieser am liebsten davongelaufen wäre und das Kommende auf einen anderen Tag vertagt hätte. Dennoch folgte er der Magd und Wilbur die enge Stiege hinauf.

Oben angekommen, deutete das Mädchen mit den stumpfen Augen auf die erste Tür des langen Flurs. »Branka.«

Eberhard schaute Wilbur fragend an. Sein Freund nickte. »Branka ist für dich.«

Das Mädchen grinste. »Du bist zum ersten Mal hier?«

Eberhard war viel zu aufgeregt, um sich um den Spott der jungen Bademagd zu kümmern.

Das Mädchen zuckte mit den Schultern, klopfte drei Mal an Brankas Tür.

»Komm rein!«, rief eine raue Frauenstimme. Die junge Bademagd verschwand in der Kammer. Wilbur stieß Eberhard mit dem Ellbogen in die Seite. »Bist du froh, dass es endlich so weit ist?« Von unten war weiterhin der gedämpfte Lärm des Badehauses zu hören. »Gib's doch zu, du kannst es kaum mehr erwarten!«

Das Mädchen kam zurück. »So, alles klar. Du kannst hineingehen.« An Wilbur gewandt sagte sie: »Du komm mit, ich bring dich zu Magda.«

»Auf geht's! Wir sehen uns später!«, rief Wilbur freudig und grinste den Freund breit an. »Magda ist ein Schatz, aber Branka ist auch nicht von schlechten Eltern.« Er verschwand mit dem Mädchen.

Eberhards Gesicht glühte, als er plötzlich so vollkommen allein gelassen an der angelehnten Kammertür stand. Er zögerte.

»Worauf wartest du denn? Auf besseres Wetter?«, fragte eine junge, ungeduldige Weiberstimme aus dem Innern der Kammer. »Komm herein.«

Eberhard drückte die Tür auf und trat langsam ein, verharrte aber auf der Schwelle. Sein Blick durchstreifte die Kammer, blieb an der weiblichen Gestalt hängen, die auf dem Bett lag. Das Fenster der Kammer war mit einem lichtdurchlässigen Tuch verhangen, das das Tageslicht stark dämpfte. Die Kammer lag in einem Halblicht, das alle Konturen weicher zeichnete. Die Hure räkelte sich unter dem Bettlaken, das ihren Körper bedeckte. Sie hatte ein breites, slawisches Gesicht, das sich träge dem neuen Freier zuwandte. Ihre Lippen und ihre Augen waren grell geschminkt. Die dunklen Augen blickten ihm gleichgültig, bestenfalls mit geschäftsmäßigem Interesse entgegen. »Endlich mal ein junger Mann«, sagte sie. Sie war selbst jung, wahrscheinlich erheblich jünger als Eberhard, kaum sechzehn Jahre alt. Ihr Mund verzog sich zu einem mechanischen Lächeln.

Branka schlug die Decke zur Seite. Sie war völlig nackt. Eberhard erstarrte. »Du bist nicht viel älter als ich.« Branka kicherte. »Aber bestimmt unschuldiger als ich.«

Er konnte seinen Blick nicht von ihrem Körper lösen. Der gefiel das. Sie spreizte die Beine, zeigte ihm ihre intimste Stelle, offenkundig ohne jedes Schamgefühl. Sein Herz schlug ihm bis zum Hals, er spürte, wie sein Geschlecht sich unter dem knappen Leinentuch regte. Es war wie ein Taumel, ein Strudel, in den er hinabgezogen wurde, und aus dem es kein Entrinnen geben würde. Seine Gesichtshaut brannte, als würde die Sonne darauf sengen.

»Mach die Tür zu und komm endlich herein!« Branka hatte einen slawischen Akzent, ähnlich Wilbur, aber stärker. »Dein Freund hat übrigens für dich bezahlt.«

»Er ist verrückt.«

Branka lachte rau. »Es ist schön, wenn man verrückte Freunde hat.« Flüchtig schaute Eberhard sich um. Außer dem Bett und einem Schemel hatte die Kammer keine Ausstattung. An der Wand hing ein schlichtes Kreuz.

Branka kämmte sich mit den Fingern durch ihr glattes, dunkelrot gefärbtes Haar. Ihre kleinen, festen Brüste bewegten sich dabei, und die Brustwarzen tanzten auf und nieder. Sie waren hoch aufgerichtet, so als wäre die Hure erregt. Eberhard, der derlei Einzelheiten nur aus den Erzählungen seines Freundes kannte, war verwirrt. Das gedämpfte Halblicht verschönte den Körper der Hure wie in einem Traum. Er konnte keinen klaren Gedanken fassen.

»Komm her, junger Mann«, sagte das Mädchen. Sie sah ihn aus halb geöffneten Lippen und mit schläfrigem Blick an. »Branka. Ich heiße Branka. Und wer bist du?«

»Ich? Ich heiße Eberhard«, brachte er krächzend hervor.

»Willst du dort Wurzeln schlagen? Möchtest du das da nicht endlich ausziehen?« Sie deutete auf sein Lendentuch.

»Äh ... ach ja.« Verwirrt löste er den Knoten und ließ das Tuch auf den Boden fallen.

Branka nickte zufrieden. »Schau her, junger Herr.« Sie erhob sich von ihrem Bett und kam – verführerisch die Hüften schwingend – auf ihn zu. Dicht vor ihm blieb sie stehen.

»Du bist schön!«, stöhnte Eberhard, der fasziniert den fraulichen Körper betrachtete. Er war keines klaren Gedankens mehr fähig.

»Willst du mich denn nicht berühren?«

Draußen auf dem Gang war Gegröle zu hören. »Ja, natürlich«, sagte Eberhard stotternd.

Branka lachte. »Also komm. Wolltest du nicht schon immer deine starken Arme um den Rücken eines nackten Mädchens legen?«

»Ja«, sagte er. Er schlang die Arme zaghaft und unsicher um ihre Hüften und drückte sie ungestüm an sich.

Branka lachte und presste sich noch enger an ihn. »So ist es richtig«, stöhnte sie.

Nackte, warme Haut zu berühren war so ungewohnt und zugleich erregend – nie hätte er es sich so vorgestellt! Nur ein einziges Mal in seinem Leben hatte er ein Mädchen umarmt: Am Zaubersee oben im Wald, als er und Gertrudis gebadet hatten. Sie waren beide nackt gewesen, aber noch so unschuldig. Es war lange vor der Zeit seiner Mannbarkeit, und ebenso wenig war Gertrudis schon eine Frau gewesen. Dennoch hatte sich ein dumpfes Verlangen in ihm geregt, auch wenn es noch ziellos und unergründlich für ihn war.

Doch als dieses fremde Mädchen namens Branka sich jetzt an ihn schmiegte, war es so, als würde sie einen Panzer durchdringen, der seinen Körper umgab. Dieses Gefühl erschütterte ihn so sehr, dass er am ganzen Leib zitterte.

»Du bibberst ja«, sagte Branka.

»Es ist, weil …«

»Dein Freund … Wilbur, er ist ein netter Junge. Ich kenne ihn, er arbeitet bei den Goldschmieden. Freu dich doch! Du hast Glück, er hat für dich bezahlt. Und du bekommst mehr von mir, als ich normalerweise für diesen Betrag gebe.« Branka schaute Eberhard für einen Augenblick nachdenklich an. »Solche Burschen wie du kommen mir hier nicht so häufig unter.«

»Was meinst du damit?«

»Schalte jetzt einfach deine Gedanken ab«, sagte Branka. Sie löste sich von ihm und legte sich auf das Bett, räkelte sich und zeigte überdeutlich, was sie zu bieten hatte.

Eberhard glühte jetzt vor Verlangen. Er setzte sich neben die Hure, und sie nahm seinen Sporn fest in die Hand, umschloss ihn und fing an, ihn zu reiben. »Mein Gott … das ist ja wunderbar«, stöhnte er.

»O ja, ich weiß.«

»Schön, ach es ist so schön.«

Langsam und kräftig bewegte sie ihre Hand auf und ab, und es war offensichtlich, dass sie große Erfahrung darin hatte.

»Nicht aufhören«, stöhnte Eberhard, als sie die Hand wegnahm.

Sie lachte auf.

»Du sollst ja noch ein wenig länger etwas davon haben«, sagte sie mit tiefer, kehliger Stimme.

Enttäuscht blickte er sie an, während sie sich wieder aufs Bett zurücksinken ließ und ihn aufreizend ansah. Sein Blick strich über ihre nackte, im Dämmerlicht schimmernde Haut, wanderte über ihre wunderbaren festen Brüste, die roten Haare und wieder nach unten zu der Rundung ihrer Hüften. So als zöge der Blick ihn hinterher, ließ er den Kopf in Brankas Schoß sinken, und er begann, sie mit der Zunge zu liebkosen. Diesmal war es an der Hure aufzustöhnen, und ihr Stöhnen klang echt. Eberhard erregte das über die Maßen.

»So ist es gut, ja, so ist es gut«, keuchte Branka. »Jetzt komm! Komm!«

Sie zog Eberhard zu sich hoch, Gesicht an Gesicht, Wange an Wange. Ihr Atem ging stoßweise. Beide waren sie erhitzt, hatten rote Flecken im Gesicht. »Du bist anders als die anderen«, flüsterte sie, dann küsste sie ihn, schob ihm die Zunge in den Mund. »Nun komm, mach es mir!« Sie keuchte. Eberhard hatte zu wenig Erfahrung, ein echtes von einem gespielten Keuchen zu unterscheiden, aber auch diesmal nahm er es als echt. »Ich will dich, jetzt«, flüsterte Branka.

Eberhard wusste plötzlich, was er zu tun hatte, sein Glied drang wie von selbst in sie ein. Die Hure schien so voller Glut, Liebe und Leidenschaft zu sein! Er hatte das Gefühl, dass diese Leidenschaft wirklich ihm galt. Er drang tiefer in sie ein und fühlte sich wie ein Gott. Er spürte nichts mehr außer seinem harten Sporn, der von der feuchten Wärme ihres Schoßes umfangen wurde. Genau das war es, wofür Gott ihm diesen Teil des Körpers geschenkt hatte, dachte Eberhard triumphierend. Seine Lust war jetzt grenzenlos.

Branka schaute ihm tief und voller Sinnlichkeit in die Augen. Wie sehr ihn das erregte! Er war der König der Welt, während er zum ersten Mal in seinem Leben sein heißes, pulsierendes Geschlecht in einer Frau vor- und zurückbewegte, sie in Besitz nahm, sich mit ihr verband. Er hätte lauthals jubeln können! Für einen kurzen Augenblick spürte er ganz intensiv ihre feuchte, pulsierende Wärme.

Genau in dem Augenblick, als der Höhepunkt der Lust sich anbahnte, hatte er plötzlich das immer noch vertraute Bild von Gertrudis vor seinem inneren Auge.

»Gertrudis!« Er schrie laut ihren Namen, während er sich in der Lust mit Branka verlor.

»Gertrudis?« Die Hure lachte. »Nenn mich, wie du willst.«

Eberhards Höhepunkt war so heftig, dass er meinte, ohnmächtig zu werden.

Er atmete schwer. Eine Zeit lang lagen sie nebeneinander.

»Also gut.« Viel zu schnell schob die Hure ihn beiseite. Sie stand auf. In einem Holzbottich war ein Wasserrest. »Zieh dir dein Lendentuch wieder an!«, sagte sie kalt. Eberhard war es schleierhaft, wie sie in einem Augenblick so voller leidenschaftlicher Glut sein konnte, um im nächsten eine solch gleichgültige Kälte an den Tag zu legen! Er wäre gern noch an Brankas Seite liegen geblieben, hätte die Augen geschlossen und sich vorgestellt, dass der warme Körper in seinem Arm einer anderen gehörte …

Sie befeuchtete das Tuch. Sie reinigte sich mit einem Lappen die Brüste und die Scham, die er eben noch geküsst hatte. Eberhard fühlte sich schmutzig und missbraucht, so als wäre er die käufliche Hure und nicht sie. Er war verstört. Rasch klaubte er das Leinentuch vom Boden auf und schlang es sich um die Lenden. Er fragte sich besorgt, ob es immer so kalt und geschäftsmäßig war, wenn Mann und Frau zusammenlagen. Dann hätte man getrost darauf verzichten können. Aber nein! Er konnte sich nicht vorstellen, dass es bei Gertrudis und ihm genauso gewesen wäre wie jetzt mit der Hure Branka. Er spürte eine unstillbare, traurige Sehnsucht, die tief in seinem Herzen verankert war. Unvermittelt fragte er sich, was Gertrudis jetzt, in diesem Augenblick, machte, da ihr Freund aus Kindertagen und ihr Gemahl gleichzeitig im selben Hurenhaus bei einer käuflichen Dirne lagen. Er kam sich so vor, als wäre er es, der Gertrudis soeben betrogen hatte, und nicht Seibold. Er ekelte sich vor sich selbst.

Jetzt erst merkte er, wie schmutzig die Hurenkammer war. Sein Blick glitt zu dem Mädchen, das ihn gerade in die Freuden der Liebe eingeführt hatte. Mit einem Mal kam auch sie ihm hässlich und schmutzig vor.

»Was schaust du so blöd, Kleiner?«, fragte Branka. Dann lachte sie, spöttisch und mitleidig zugleich. »Die Welt ist so, mein Junge. So ist sie gemacht. Nichts ist schön an ihr. Meinst du wirklich, deine braunen traurigen Augen machen da irgendeinen Unterschied?«

»Nein. Aber du könntest ein bisschen netter sein. Ich hab dir nichts getan.«

»Netter? Um nett zu sein, *nachdem* du dein Vergnügen mit mir hattest, hat dein Freund mich nicht bezahlt.« Sie zog sich ein dünnes Leinenkleid an, das kaum dazu angetan war, ihre Blöße zu bedecken. Eberhard verspürte die vage Sehnsucht, sie jetzt gleich noch einmal zu nehmen. »Geh doch zu deiner Gertrudis. Du hast ja nach ihr gerufen. Vielleicht ist die nett zu dir.«

Einerseits wohlig müde und andererseits völlig ernüchtert, trat Eberhard auf den Gang hinaus. Gott sei Dank war Wilbur nirgends zu sehen. Er wollte jetzt nicht von ihm ausgefragt, von seinen neugierigen und anzüglichen Blicken taxiert werden, er wollte allein sein. Wie ein Dieb schlich er sich nach unten in die Umkleidekammer, riss der Bademagd die Kleider aus den Händen, die sie ihm brachte, zog sich in aller Eile an, wehrte alle Bemühungen des Badeknechts ab, ihm weitere Dienste angedeihen zu lassen, und verließ, verstohlen um sich blickend, das Badehaus wie ein geprügelter Hund.

IV

Die Fälschung

1148

21. Octobris, am Tag von St. Ursula und den 11 000 Jungfrauen, mittags

Der Befehl des Stabloer Abtes Wibald lautete, dass alle Bewohner des Klosters sich zur Mittagsstunde im Kapitelsaal versammeln sollten. Wibald, der Abgesandte des Papstes Eugen, der mit allen päpstlichen Vollmachten ausgestattete Legat, war am Tag zuvor mit großem Tross, mehreren Reisewagen und in Begleitung zahlreicher hochrangiger Geistlicher in Fulda eingetroffen. Vierzig Ritter in voller Rüstung hatte er zu seinem persönlichen Schutz bei sich.

Es sprach sich wie ein Lauffeuer herum: Schon wieder sollte ein neuer Abt gewählt werden. Die Mönche, die Laienbrüder und die Knechte, die knapp tausend Menschen, die im Kloster lebten, strömten zur befohlenen Stunde durch die Dompforte herbei. Der gewaltige Fuldaer Kapitelsaal, dessen Decke auf dicken Säulen und massiven Rundbögen ruhte, war für fünfhundert Mönche ausgelegt gewesen. Hier im Kapitelsaal nahmen die Mönche gewöhnlich schweigend ihre Mahlzeiten ein und lauschten den Worten des Vorbeters. In der Blütezeit des Klosters waren es an die sechshundert Benediktiner gewesen, die in den Mauern der Abtei beteten und arbeiteten, aber das hatte sich geändert. Die Abtei war inzwischen so sehr heruntergekommen, dass der Konvent kaum mehr zweihundert Mönche umfasste.

Die Angehörigen des Konventes saßen unruhig auf ihren Plätzen an den übrig gebliebenen Tischen des Kapitelsaales. Abt Wibald hatte die Hälfte der Tische wegräumen lassen, so war Platz genug für die Laienbrüder des Klosters, die Hilfspriester, die Handwerksmeister und Gesellen, die nun ebenfalls in den Kapitelsaal strömten. Außerdem waren etliche Junker und Barone zur Abtswahl gekommen. Eberhard stand bei den Laienbrüdern aus dem Archiv. Nur die beiden ungleichen Brüder Baldemar und Ziprian fehlten, weil sie sich angeblich den Magen verdorben hatten.

»Ich bin so furchtbar aufgeregt«, sagte der junge Hildebert.

»Dieses Gedränge ist schrecklich«, beschwerte sich Vicloq. »Wäre ich doch bloß zur rechten Zeit nach Montpellier heimgekehrt!«

Trudpert und Kletus gesellten sich zu ihnen. Die beiden lebhaften Burschen teilten seit ein paar Tagen die Arbeit im Archiv und die Kammer unter dem Dach mit ihnen.

»Ich bin froh, dass ich das miterleben darf«, sagte Eberhard. »Ich war noch nie dabei, wenn sie einen Abt gewählt haben.«

Alle schnatterten aufgeregt durcheinander.

Plötzlich stand einer der Kleriker des Hochvogts vor ihnen, ein Kaplan in der braunen Kutte der Benediktiner. Es war Meister Gallus, der stets einen strengen und verschlossenen Gesichtsausdruck hatte. Er leitete die Kanzlei, das Archiv und die Hofkapelle von Hochvogt Gottfried. Eberhard hatte schon ein paar Mal mit ihm zu tun gehabt, und die Begegnungen hatte er nicht in bester Erinnerung. Meister Gallus war ein unsympathischer, herrischer und undurchschaubarer Zeitgenosse, bei dem man vorsichtig sein musste, was man sagte. Jedenfalls sollte man es sich mit ihm nicht verderben, denn Jahr für Jahr bestellte er zahlreiche Urkunden und Abschriften, was die Kasse von Meister Giselbert mit etlichen klimpernden Münzen füllte.

»Die Heilige dieses Tages, Santa Ursula, sei mit Euch! Gut, dass ich Euch hier treffe, da brauche ich nicht zu Euch ins Archivhaus zu kommen.«

»Ihr seid uns immer willkommen, Meister Gallus«, sagte Vicloq als der Älteste unter den Kopisten.

»Das werden wir sehen. Denn ich habe eine Beschwerde vorzubringen.«

»Was? Eine Beschwerde?« Vicloq schaute die anwesenden Kollegen aus dem Archivhaus einen nach dem anderen fragend an. Jeder der Brüder zuckte mit den Schultern, nur Eberhard nicht. Dem wurde ganz heiß.

»Also, wieso ist das Weistum noch immer nicht fertig gestellt, das die Rechte des Gieseler Tales betrifft? Ihr arbeitet doch daran, Herr Eberhard?«

Eberhard nickte.

»Ich hatte mit Giselbert vereinbart, dass die Abschriften zum Iden des Monats Aprilius abzuliefern wären, und das ist jetzt schon einen Monat her.«

Eberhard spürte, wie es ihm kalt den Rücken herunterlief. Er hatte gewusst, dass er irgendwann darauf angesprochen werden würde. Seit der Abgabetermin verstrichen war, ließ ihn das Weistum des Gieseler Tales keine Nacht mehr ruhig schlafen. Die Arbeit war längst getan, bis auf eine einzige Abschrift, und die betraf die Nutzungsrechte am Wald seines Heimatdorfes …

»Eberhard?«, fragte Vicloq unsicher.

»Es tut mir wirklich leid, Meister Gallus«, sagte Eberhard ausweichend. »Ich wollte Euch eigentlich nicht damit belästigen, aber unter den gegebenen Umständen … weil … also ich war schon vor sieben Wochen so gut wie fertig, aber da habe ich alles verdorben.«

»Verdorben?« Vicloq schaute seinen Kollegen mit großen Augen an. »Davon weiß ich ja gar nichts.«

»Keiner weiß davon.«

»Was ist denn das für eine Geschichte?« Meister Gallus machte ein ungläubiges Gesicht.

»Das ganze Urkundenbündel verdorben? Wie soll denn so etwas möglich sein? Haben sich vielleicht böse Geister die Abschriften geschnappt?«

In Eberhard hatte es fieberhaft gearbeitet, und er nutzte die Zeit, um sich eine einigermaßen glaubwürdige Geschichte auszudenken. Er erinnerte sich zwar daran, dass seine Großmutter ihn als kleinen Bub gelehrt hatte, dass Lügen kurze Beine haben, aber in diesem Fall hatte er kein schlechtes Gewissen. Schließlich log er nicht für sich selbst, sondern für sein Dorf, für seine Heimat, und allen voran für seinen Vater. »Das Urkundenbündel ist in den Bottich mit der Gerbsäure gefallen.«

»Womit wir die Pergamente bleichen?«, fragte der junge Hildebert. »Genau mit der.«

»Dann war wirklich alles hin.«

»Konntest du denn wenigstens die teuren Pergamente noch mal gebrauchen?«

»Zum Glück.«

»Also ist es nur deine Arbeit, die verloren gegangen ist.«

»Ich hätte mich vom Domturm stürzen können, als es passiert ist. So viele Stunden Arbeit!«

Die Lüge war glaubhaft. Für den Augenblick jedenfalls half ihm seine Geschichte aus der Patsche.

»Euer Missgeschick kümmert mich nicht«, sagte Gallus. »Glaubt nur nicht, dass es deswegen auch nur einen Groschen mehr gibt.«

»Selbstverständlich nicht«, erwiderte Eberhard aufatmend. »Es ist ja nicht Eure Schuld, Meister Gallus. Es ist wie immer. Ihr habt bezahlt, wir liefern.«

»Das will ich aber auch gemeint haben«, sagte Meister Gallus zufrieden.

Eberhard fiel ein Stein vom Herzen. Giselbert hatte wie immer die Gebühren im Voraus kassiert. Der Meister wusste nichts von der Verspätung der Auslieferung. Er verließ sich auf Eberhard. Er hatte den Auftrag sicher längst aus dem Sinn gestrichen, es war ein Auftrag von vielen. Eberhard hoffte, dass der Meister von dieser Geschichte nichts mitbekommen würde. Aber dazu musste das Weistum endlich fertig werden! Ein Glück, dass Baldemar und Ziprian wegen ihres verdorbenen Magens nicht dabei waren. Die beiden Brüder aus Erfurt wären jedenfalls bei nächstbester Gelegenheit zum Herrn des Archivs gelaufen und hätten Eberhard verpetzt. So waren die beiden nun mal.

»Dann will ich Euch zum Schluss noch sagen, was mein Herr dazu sagt, der Hochvogt Graf Gottfried. Bruder Vicloq, teilt das auch Eurem Meister Giselbert mit: Bis zum Martinstag in zwei Wochen hat das Weistum des Gieseler Tales fertig zu sein. Und zwar so, wie es bestellt war. Alle alten Besitzrechte der Dörfer und Höfe im ganzen Gieseler Tal. Stock und Stein, Steg und Weg. Alle Dienste, alle Pflichten. Und eine Liste, wo die Originalurkunden stehen. Ihr wisst ja. Genauso wie wir es im vorigen Jahr für das Tal der Lüder bestellt haben. An dem Weistum des Lüdertals habt Ihr doch ebenfalls mitgewirkt, Bruder Eberhard.«

»Ich hatte die Ehre.«

»Dann habt Ihr mich ja verstanden. Also: am Martinstag!«

»Ja, Herr, am Martinstag. Alles wird fertig sein.«

»Das hoffe ich für Euch! Denn anderenfalls werdet Ihr den Zorn des Grafen zu spüren bekommen.«

»Den Zorn des Grafen?«, fragte Eberhard mit angespannter Stimme.

»Lass es gut sein.« Vicloq legte seinen Arm beruhigend um Eberhards Schultern.

Gallus wandte sich mit gerecktem Hals nach vorn zum Ausgang, wo die anderen Männer des Hochvogts standen. Dann drehte er sich noch einmal um. »Wisst Ihr was, Herr Eberhard? Ihr meint wohl, dass Ihr den Zorn des Grafen nicht zu fürchten braucht. Aber vielleicht solltet Ihr es dennoch tun. Lasst Euch diesen guten Rat geben! Sagt Euch der Name Tragebodo etwas?«

»Junker Tragebodo? Der Sohn des Stadtvogts?« Eberhard verzog das Gesicht. »Er war in der Klosterschule zusammen mit mir in einer Klasse. Aber ich war gewiss nicht sein Freund.«

»Und er wohl nicht der Eure. Sein Vater ist tot, wusstet Ihr das?«

»Tot?«

»Junker Tragebodo ist vom Propst Hermanus als Nachfolger seines Vaters belehnt worden. Gestern. Er hat bei dieser Gelegenheit über Euch gesprochen, Eberhard.«

»Über mich?« Wieder lief es Eberhard eiskalt den Rücken hinunter.

»Beruhigt Euch, nur unter vier Augen.«

»Und weswegen?«

»Er scheint keine hohe Meinung von Euch zu haben.«

»Ach ja? Und warum sagt Ihr mir das alles?«

Der Kaplan lächelte undurchsichtig. »Denkt selbst darüber nach, junger Meister Eberhard. Vielleicht kommt Ihr dann darauf. Wir sehen uns am Martinstag.«

Vicloq schaute dem Kaplan hinterher, der zum Vogt hinüberging. »Ein dummer Hund«, sagte er achselzuckend. »Hochmut vom Scheitel bis zur Sohle.« Er schüttelte den Kopf. »Was wollte Gallus eigentlich? Und was war das für eine Geschichte, die du ihm aufgetischt hast mit dem unbrauchbaren Weistum? Und was ist mit Tragebodo? Ich meine, ich hätte ihn eben gesehen! Aber hier sind ja so viele Leute … also, mein Freund, soll ich ehrlich sein? Ich glaub kein Wort von dem, was du Meister Gallus erzählt hast.«

Eberhard zuckte mit den Schultern. Nach der Lügengeschichte, die er da ausgebrütet und dem Kaplan des Vogtes Gottfried aus dem Stand aufgetischt hatte, plagten ihn die Gewissensbisse, trotz aller Rechtfertigungen, die er sich insgeheim zurechtgelegt hatte. Ihm kam es so vor, als würden all die Stimmen, die im Kapitelsaal der Abtei durcheinanderredeten, zischelnd über seine Lüge herziehen.

»Was ist das denn für ein Weistum, von dem er geredet hat?«, fragte Vicloq. »Ein Weistum des Gieseltales?«

»Ich habe die Zeit vertan, das ist alles!«

»Aber gleich um einen Monat?«

»Und wenn es so ist?«, erwiderte Eberhard trotzig. »Du kannst ja gleich zu Meister Giselbert laufen und ihm alles erzählen.«

»Am besten, du regst dich jetzt erst einmal wieder ab«, sagte Vicloq. »Es ist eigentlich nicht meine Art, einen Kameraden beim Meister anzuschwärzen, das müsstest du doch wissen.«

Auch die anderen Kameraden, die jungen Burschen aus dem Archivhaus, versicherten, dass sie kein Wörtchen über den Vorfall verlieren würden, dessen Zeuge sie geworden waren.

»Sollte ich einem unserer besten Auftraggeber etwa eingestehen, dass ich keine Zeit für ihn hatte? Dass ich seinen Auftrag vertrödelt habe? Oder dass ich andere Aufträge vorgezogen habe, weil ich es törichterweise versprochen hatte?«

»Versprochen? Na ja, es ist schließlich deine Sache.«

»Und außerdem war der Auftrag viel umfangreicher, als ich gedacht hatte. Es war richtig viel Arbeit, das Weistum des Tales zusammenzustellen. Giesel, Zell, Istergiesel, Johannesberg, bis hinunter zum Fluss, der Himmelsberg, der Wald. Du hast es doch gehört. Alle alten Rechte will der Hochvogt erfasst habe.«

Plötzlich leuchteten Vicloqs Augen auf. »Giesel? Ist das nicht das Dorf, aus dem du kommst?« Eberhard nickte verlegen, so als hätte Vicloq ihn bei einem Vergehen ertappt. Ihm wurde unbehaglich zumute. »Es ist das Dorf meines Vaters.«

»Aha.«

»Was soll das heißen: Aha?«

»Könnte es womöglich sein, dass die Verzögerungen beim Abfassen des Weistums etwas damit zu tun haben, dass es sich um dein Heimatdorf handelt?«

»Du siehst Gespenster, Franzose.«

»Na, wer weiß …«

»Platz da! Macht Platz für den Abt Wibald!«, rief plötzlich eine raue Stimme.

Eberhard atmete auf wegen dieser willkommenen Unterbrechung. »Wibald von Stablo, der Botschafter des Papstes, ist gekommen. Und der Landgraf Ludwig von Thüringen!«, rief es, und dann: »Platz da für Abt Heinrich von Hersfeld!« Die versammelten Menschen bildeten eine Gasse für die Gefolgschaften der hohen Herren, ranghohe Geistliche. Abt Wibalds Gefolge sowie die Oberen des Fuldaer Klosters nahmen an einem gesonderten Tisch Platz, während Wibald selbst sich auf den Platz des Vorbeters setzte – der Thron des Abtes blieb aufgrund der Umstände im Moment leer.

Abt Wibald hatte zusammengekniffene Augen, sein Gesicht war zu einem künstlichen Lächeln erstarrt. Auch die anderen hohen Herren hatten verschlossene und verkniffene Gesichter, auch Meister Giselbert, wie es Eberhard erschien. Um den Tisch und den Vorbeterplatz herum drängten sich gespannt die Laienbrüder und alle, die von der Wahl des Abtes, ihres neuen Vaters, unmittelbar betroffen waren.

Eberhard und seine Kameraden versuchten sich in Richtung des Podiums vorzuarbeiten. Im Gegensatz zu den anderen war er mit den Gedanken nicht bei der bevorstehenden Wahl, die ihn unter anderen Umständen aufs höchste interessiert hätte. Seine Gedanken kreisten vielmehr um das Weistum des Gieseltals. Mit Vicloq und den anderen hatte er sich schließlich einen Platz an einem der schweren Pfeiler erkämpft, die das wuchtige Rundgewölbe des Kapitelsaales trugen.

Was sollte er tun? Er musste sich jetzt etwas einfallen lassen! Er konnte Meister Gallus nicht noch länger hinhalten. Bis zum Martinstag blieb nicht viel Zeit! Es hatte seinen guten Grund, warum er die Abschriften noch nicht ausgeliefert hatte. Er grübelte schon seit Wochen über den lateinischen Text einer alten Urkunde Kaiser Ottos nach, die er im Archiv gefunden hatte und in der das Recht am Gieseler Wald, der bis zu den umliegenden Bergeshöhen reichte, geregelt war.

In der alten Urkunde mit dem imperialen Siegel hatte Kaiser Otto der Große vor fast zweihundert Jahren dem Hochvogt von Fulda und seinen Nachfolgern ohne jede Einschränkung alle Rechte am Gieseler Wald zugesprochen – von den Höhen des Himmelsberges auf der einen Seite bis zur alten Handelsstraße Ortesweg, die auf der anderen Seite durch den Wald verlief. Ob Bau- und Brennholz, ob Jagd auf kleines und großes Getier, Honiggewinnung oder Eichelmast, Pilzsuche oder Köhlerei –, jedes dieser wertvollen und lebenswichtigen Rechte gehörte der Urkunde Kaiser Ottos zufolge dem Hochvogt und allen seinen Nachfolgern, also dem jetzigen Grafen Gottfried von Ziegenhayn. Dieses Recht war zwar für das alte, untergegangene Giesel gesetzt worden, aber ein solches altes Recht wie das des Kaisers Otto galt selbstverständlich weiterhin, auch dann, wenn das Land Jahrzehnte lang brachgelegen hatte und verwildert war. Auch wenn die Spuren des alten Giesel ein Jahrhundert zuvor schon endgültig erloschen waren und nur noch die dreihundertjährige Gerichtslinde oberhalb des Dorfs an die Existenz des früheren Dorfes erinnerte.

Altes Recht war unverrückbar, es war von Gott gesetzt, und nichts konnte es brechen. Als Bauernmeister Hinkmar im Jahre des Herrn 1134 die wüste Gegend am Gieseler Bach zusammen mit seinen Bauern neu besiedelte, lebte zugleich das alte Recht wieder auf. Das neue, ebenso umfassende wie vorteilhafte Recht am Gieseler Wald, das Abt Bertho von Schlitz bei der Neugründung von Giesel an Eberhards Vater verliehen hatte, war nichts als ein faules Ei. Das alte Recht Ottos war entschieden wirksamer, weil es dem Ursprung und damit Gott viel näher war. Das alte, ursprüngliche Recht brach das neue, verfälschte Recht.

Derlei Gedanken gingen Eberhard durch den Kopf, während Wibald und die Oberen Platz nahmen. Es war undenkbar, die ehrwürdige Urkunde ganz einfach für immer verschwinden zu lassen. Meister Giselbert selbst hatte Eberhard auf das Stück hingewiesen, als sie die Abfassung des Weistums besprochen hatten.

Außerdem stand die Urkunde groß und breit im dicken Urkundenverzeichnis. Den Eintrag konnte man unmöglich löschen.

Und dennoch grübelte Eberhard über eine Lösung nach, die dem Dorf und damit seinem Vater, dem dortigen Bauernmeister, die Existenz sichern würde. Ein winziges Detail, eine einziges Wort in der alten Urkunde Kaiser Ottos, deren Original er etliche Male in der Hand gehalten hatte, beschäftigte ihn vor allem. Man musste nur eine winzige Kleinigkeit verändern – da brauchte nur ein lateinisches *totus* zu einem *notus* zu werden –, und schon hieß es nicht mehr, dass der *»ganze«* Wald dem Hochvogt, sondern nur der Teil des Waldes, der *»bekanntlich«* dem Hochvogt unterstand – und das konnte ja alles Mögliche bedeuten und nach Belieben ausgedeutet werden.

Ein Buchstabe nur, und dann ein solcher Unterschied in der Bedeutung! Ihm schwirrte der Kopf. Ein einziger Buchstabe! Das war die Macht der Schrift. Die Schrift konnte die Wirklichkeit verändern. Mit diesem Gedanken war Eberhard aufgewacht, und seither hatte er ihn nicht mehr in Ruhe gelassen. Er hatte den Eindruck, dass sich alles veränderte. Dass nichts mehr so war, wie er es gekannt hatte.

»Schau, dort taucht Graf Gottfried von Ziegenhayn mit seinem Gefolge auf«, sagte Vicloq aufgeregt und deutete auf die nicht enden wollende Gefolgschaft aus Herren und Rittern, die jetzt durch die Pforte des altehrwürdigen Kapitelsaals schritt, in dem schon Hrabanus Maurus gespeist hatte. »Dieser Angeber! Er hat ein größeres Gefolge als Abt Wibald. Aber das sieht Gottfried wieder einmal ähnlich.«

»Und natürlich Rudolph auf seinem Fuß.«

»Ist das nicht dein Bruder?« Vicloq deutete auf einen der Ritter des Hochvogts, die sich auf der Domseite des Kapitelsaales genau vor dem Altar des Hrabanus Maurus aufstellten. Etliche andere hochgestellte Edelleute aus dem Fuldaer Land begleiteten den Grafen.

Eberhard nickte. »Ja, das ist Walther.«

»Hm … er sieht gut aus, dein Bruder.«

Eberhard lachte. »Ich bin auch mächtig stolz auf ihn, schließlich hat er es weit gebracht. Sieh nur, er kommt gleich hinter dem jungen Grafen.«

»Und die Nase hat er inzwischen genauso hoch wie dieser.«

Als endlich alle zum Stehen gekommen waren, erhob sich der Abt Wibald von Hersfeld und schaute sich mit seinen zusammengekniffenen Augen im großen Kapitelsaal von Fulda um. Er nickte. »Lasst uns ein Gebet anstimmen, dass Gott wohlgefällig auf die Wahl des neuen Abtes von Fulda herabschauen möge, die wir heute hier vollziehen wollen, so wahr uns die Dreieinigkeit und die heilige Muttergottes beistehe!«

Seine Stimme klang anders, als Eberhard es erwartet hatte: gemessen und souverän. Er bedeutete zwei jungen Mönchen, die etwas abseits bereitgestanden hatten, näher zu kommen. Der eine von ihnen brachte den Krummstab des Abtes, der zweite den Reliquienschrein, in dem die Bibel aufbewahrt wurde, die Bonifatius bei sich gehabt hatte, als er bei den Friesen den Märtyrertod erlitt. Bis zum gegenwärtigen Tage war der Schnitt eines riesigen Friesenmessers zu erkennen, der den Buchdeckel zerteilte.

Eine langweilige Prozedur begann, denn jetzt rief der Protokollarius einen nach dem anderen alle diejenigen Mönche auf, die nach dem Schreinsbuch des Klosters zur Wahl des Abtes berechtigt waren. Insgesamt zweihundertsiebzehn Namen, von dessen Trägern aber nur einhundertvierundneunzig anwesend waren.

Als der Mönch geendet hatte, trat unvermittelt Graf Gottfried vor, der sich bisher im Hintergrund gehalten hatte. Er räusperte sich. Die Gespräche verstummten. Alle Augen richteten sich auf ihn.

»Ich erhebe Einspruch, ehrwürdiger Abt Wibald. Ich erhebe Einspruch dagegen, dass Rom uns zwingen will, gegen unseren ausgesprochenen Willen einen auswärtigen Abt zu erwählen.«

Der Abt von Stablo, der Abgesandte des Papstes, schaute den Hochvogt des Klosters verwundert an. Sein eingefrorenes Lächeln erstarrte vollends. »Einspruch gegen den Heiligen Vater, Graf Gottfried?«

»Und wenn es so wäre, dann wäre ich gewiss nicht der Erste!«, sagte der Graf bestimmt.

»Also gut. Wie Ihr wollt. Redet«, seufzte Wibald.

Der Graf räusperte sich. »Unsere Ahnen haben in unzähligen Schlachten ihr Blut vergossen und ihr Leben hingegeben, um die Freiheit der Abtswahl zu erringen.« Seine Worte klangen, als hätte er jedes Einzelne davon auswendig gelernt. »Und deswegen verbitten wir uns jede Einmischung aus Rom oder von sonst woher!« Graf Gottfried erntete viel zustimmendes Kopfnicken. Beifälliges Gemurmel erklang.

»Die Wahlprivilegien!«, riefen plötzlich einige der Edelleute und der Mönche. »Man soll die Wahlprivilegien holen, da kann man ja nachlesen, wer den Abt von Fulda zu wählen hat!«

»Was soll das Gerede?«, rief eine Stimme, die Eberhard auf Anhieb wiedererkannte. Seine Nackenhaare stellten sich auf. Tragebodo. Er war froh, dass sein alter Feind aus der Klosterschule ihn in dem Gedränge nicht sehen konnte. »Sollen wir uns von Wortverdrehern und Bücherwürmern sagen lassen, was unser Recht ist?«

»Die Wahlprivilegien! Wir wollen sehen, was unser altes Recht ist! Magister Giselbert soll die *Constitutiones* aus seinem Archiv holen lassen!«

Die Wahlversammlung wurde unterbrochen. Alle redeten durcheinander. Meister Giselbert bahnte sich einen Weg zu Eberhard, drückte ihm nervös sein Schlüsselbund in die Hände und schickte ihn, die Wahlprivilegien der Reichsabtei von Fulda aus dem Archiv zu holen.

Eberhard beeilte sich. Er lief an der Mönchsküche und am

Domchor entlang und erreichte nach ein paar Augenblicken über die Himmelspforte den kleinen Platz mit dem Schulbrunnen, von dem aus man ins Archiv, ins Schriftenhaus, ins Schlafhaus und in die Klosterschule gelangte. Er war völlig außer Atem. Er hielt den Schlüsselbund in den verschwitzten Händen.

Er erreichte das schmale Tor, das ins Archiv hineinführte, welches im unteren Gewölbe des Schriftenhauses untergebracht war. Die Tür war verzogen, und Eberhard hatte Schwierigkeiten, das schwere Schloss aufzubekommen. So sehr er auch rüttelte und zerrte, fluchte und ein Stoßgebet zum Himmel sandte, der Schlüssel drehte sich nicht. Es war wie verhext. Das Herz klopfte ihm bis zum Hals. Der Schweiß stand ihm auf der Stirn.

Plötzlich hörte er Stimmen und Gelächter. Er brauchte Hilfe, schoss es ihm durch den Kopf. Die Stimmen kamen aus dem ebenerdigen Schlafhaus, wo die Badestuben, die Latrinen und ein großer Wärmeraum untergebracht waren. Er trat ein. Der Gang vor ihm war kühl und dunkel, und nur eine einzige Fackel brannte weiter hinten, wo es zu den Badestuben ging.

Er lief die zwanzig Schritt bis zur vorderen Badestube, trat ein. Zwei Gestalten … Eberhard erkannte Baldemar und Ziprian, die erschrocken voneinander wegzuckten. Beide waren nackt und gerade dabei, sich gegenseitig zu waschen; Eberhard hatte gerade noch gesehen, wie Baldemar das Geschlecht seines Freundes angefasst hatte und bei seinem Anblick rasch losließ. Im fahlen Licht der Badestube wirkten die Männer mit ihrer madenweißen, faltigen Haut und den schlaffen Körpern, die dem Alter Tribut zollten, wie heimatlose Gespenster. Ihre Bäuche waren dick und behaart.

Eberhard wurde rot, als ihm klar wurde, dass er die beiden Kameraden bei einem sodomitischen Schäferstündchen erwischt hatte. Er räusperte sich.

»Wie? Du? Was?«, stotterte Baldemar, der ältere und tatkräftigere der beiden.

»Was macht …?«

»Wir …«, stotterte Baldemar. Er war wie gelähmt.

Eberhard war unfähig, etwas zu sagen, und schnappte nach Luft.

»Verrate uns nicht«, sagte Baldemar ganz leise. »Bitte … verrate uns nicht!«

Eberhard schüttelte den Kopf. Er empfand keinesfalls das Entsetzen, mit dem man gemeinhin der *stummen Sünde* begegnete. Das Einzige, was er fühlte, war Ekel, Ekel davor, dass zwei Männer sich gegenseitig befingerten und Sodomie trieben, etwas, das er sich bislang nicht hatte vorstellen können. Dennoch war er dagegen, dass man solche Menschen bestrafte, wie der berühmteste Gesetzgeber aller Zeiten, der römische Kaiser Justinian, es bestimmt hatte: *So ein Mensch mit einem Vieh, Mann mit Mann, Frau mit Frau Unzucht treibt, den soll man mit dem Feuer vom Leben zum Tod richten.*

»Bitte, verrat uns nicht«, bettelte jetzt auch Ziprian, der jüngere und weichere der beiden.

»Aber ihr seid doch Brüder.«

Baldemar und Ziprian lachten schrill. »Brüder? Verstehst du es denn immer noch nicht?«

»Was soll ich verstehen?«

»Wir haben uns als Brüder ausgegeben, damit keiner Verdacht schöpft, wenn wir so viel Zeit zusammen verbringen.«

»Dann seid ihr gar keine wirklichen Brüder?«

Baldemar schüttelte energisch den Kopf, woraufhin auch Ziprian verneinte. »Nein. Wir sind Freunde, *wirklich gute* Freunde.«

Plötzlich erinnerte sich Eberhard daran, dass er ganz andere Probleme hatte. »Was ihr tut, ist eure Sache! *Ihr* fahrt dafür in die tiefste Hölle, nicht ich! Vor mir braucht ihr keine Angst zu haben«, sagte er schließlich gleichgültig. »Ich werde euer kleines, schmutziges Geheimnis schon nicht verraten. Aber zieht jetzt eure Hemden an und kommt endlich mit«, sagte Eberhard. »Ich brauche eure Hilfe!«

»Hilfe? Wobei?«

»Im Kapitelsaal werden dringend die Wahlkapitulationen von Hrabanus Maurus gebraucht.«

»Die *capitulationes?* Schrank *IXX / et factum.*«

»Das weiß ich.«

»Und wer schickt dich?«

»Abt Wibald.«

Hastig zogen die beiden ihre Kleider über. »Und wieso holst du sie nicht einfach? Wieso brauchst du unsere Hilfe?«

Eberhard schluckte, zögerte einen Augenblick. Dann hob er den Schlüsselbund, den Meister Giselbert ihm gegeben hatte, hoch. »Die verdammte Pforte – es ist wie verhext, sie lässt sich einfach nicht öffnen.«

»Du musst sie ein bisschen anheben, sonst klemmt sie. Wusstest du das nicht?«

»Würde ich euch sonst um Hilfe bitten?«, versetzte Eberhard ärgerlich. »Kommt! Oder wollt ihr hier Maulaffen feilhalten?«

Eberhard stürmte voran, Baldemar und sein Freund hinterher, dem Eingang entgegen. Sie traten ans Tageslicht. Der enge Platz lag noch immer verlassen da. Der Schulbrunnen plätscherte vor sich hin, und über dem Dom kreiste ein riesiger Schwarm Dohlen in der Höhe wie zu Ehren der Abtswahl.

»Siehst du – so geht das! Du musst sie einfach nur ein bisschen anheben, während du den Schlüssel herumdrehst, und dann musst du sie weiter angehoben lassen und aufdrücken. So!« Baldemar hatte nicht die geringste Mühe, die Archivtür zu öffnen. Der altbekannte, alltägliche Geruch strömte den drei Laienbrüdern entgegen. Altes Pergament, feuchter Staub, der Talggeruch der Kerzen, der Schweiß der Männer, die hier arbeiteten, der Schimmel, der dick an den Gewölben klebte und den Urkunden arg zusetzte – das alles bildete das unverwechselbare Geruchsgemisch. Das fahle Licht, das durch die kaum armdicken Fensterschlitze in das Archivgewölbe drang, reichte kaum aus, um die Inschriften an den einzelnen Archivschränken entziffern zu können. Es waren römische Zahlen, gefolgt von den beiden lateinischen Anfangsworten der ersten dreißig Verse der Genesis.

Auf dem ersten Archivschrank stand *I/In Principio,* auf dem zweiten *II/Terra Autem,* auf dem dritten *III/Dixitque Deus* und so weiter. Das waren die jüngsten Bestände. Die Schränke standen verteilt in den verschiedenen verwinkelten Kammern und Gängen des finsteren Gewölbes, das bei den anderen Klosterbewohnern im Ruf stand, dass es hier angeblich von bösen Geistern und Dämonen aus der alten Zeit wimmelte.

Die drei liefen zu Magister Giselberts kleiner Kammer hinüber, dann schloss Eberhard mit dem Hauptschlüssel das eiserne, fest in der Wand verankerte Schränkchen mit den kleinen Schlüsseln für die einzelnen Archivschränke auf. »Die Neunzehn«, murmelte er und fischte den passenden Schlüssel heraus. Dann hasteten sie an den Archivschränken vorbei, die alle über mannshoch waren, um die drei Ellen tief und fünf Ellen breit und aus massivem Eichenholz hergestellt, das im Laufe der Jahrhunderte nachgedunkelt war. Die uralten Schränke waren verzogen, stockfleckig und von dickem Staub und Spinnweben bedeckt. An der Vorderseite waren sie mit zwei verriegelten Türen verschlossen, die vergittert waren, sodass man nicht durchgreifen konnte.

Eberhard stieß gegen den Schrank *X,* der die Bezeichnung *Et vocavit* führte. Er fluchte. Vor diesem Schrank hatte er schon unzählige Male gestanden, denn er enthielt jene Urkunde, die den Wald des Gieseler Tales betraf. Etwas weiter hinten in der Dunkelheit des Archivgewölbes wurden die Bestände immer älter. Der Schrank mit der Bezeichnung *IXX / et factum* stand ganz hinten, bei den ältesten Beständen. Er schloss den Schrank auf.

»Da sind sie!«, rief Ziprian.

Eberhard kam es fast so vor, als hätte es die seltsame Szene eben im Badehaus gar nicht gegeben; als wäre sie seinem überhitzten, kranken Gehirn entsprungen.

Er nahm die mit purpurrotem, geblichenem Samt bespannte und mit goldenen Borten versehene Urkundenrolle an sich. Die Wahlkonstitutionen hatte Hrabanus Maurus angeblich mit eigener Hand niedergeschrieben, und sie genossen deshalb den Ruf großer Ehrwürdigkeit und Heiligkeit.

»Eberhard! Ich kann mir schon vorstellen, wie sehr du uns jetzt verachtest«, sagte Baldemar mit weinerlichem Tonfall. Er sah ihn unterwürfig und gleichzeitig mit angespanntem Blick an, den Eberhard nicht so recht zu deuten wusste. »Wirst du uns jetzt ins Verderben schicken?«

»Ins Verderben? Nein. Und ich verachte euch auch nicht«, erwiderte Eberhard und drückte die modrig riechende Urkundenrolle an seine Brust. »Am besten, wir vergessen alles, und ich tue so, als hätte ich nichts gesehen.«

Als Eberhard abgehetzt und keuchend in den Kapitelsaal zurückkehrte, stellte er fest, dass man dort seine Dienste nicht mehr brauchte. Es war wohl nur ein taktisches Manöver gewesen. Abt Wibald hatte in der Zwischenzeit den an seiner Seite sitzenden Abt Heinrich von Hersfeld als neuen Fuldaer Abt vorgeschlagen, und der war ohne Gegenstimme vom Konvent gewählt worden, unter der Voraussetzung, dass er sein Abtsamt in Hersfeld niederlegte.

Keiner beachtete Eberhard mit seiner Urkundenrolle. Unschlüssig blieb er bei seinen Kameraden stehen.

»Die Konventionen?«, fragte Vicloq. »Sie werden nicht mehr gebraucht.«

»Und was soll ich jetzt damit?«

Vicloq zuckte mit den Schultern. »Zurückbringen natürlich.«

»Wieso haben sie den neuen Abt so schnell gewählt?«, flüsterte er.

»Um Zeit zu gewinnen.«

Vorn auf dem Abtsthron saß jetzt der neue Abt Heinrich mit den Pontifikalien als den Zeichen seiner Würde, der prächtigen Mitra, dem Kreuz, der golddurchwirkten Kukulle, dem Abtsstab. Er war ein unscheinbarer Mann. Keiner hatte ihn vorher auf der Rechnung gehabt, kaum einer kannte ihn. Heinrich sah unglücklich aus mit seinen Pontifikalien, so als wäre er lieber der Abt von Hersfeld geblieben. Er wirkte keinesfalls wie ein Mann, der den Niedergang der Abtei aufhalten konnte, ging es Eberhard durch den Sinn. Und sein ungutes Gefühl sollte ihn nicht trügen …

28. Octobris, am Tage Simon und Judas

Es war fast schon dunkel. Eberhard trieb den Maulesel an, den er sich aus dem Stall des Archivhauses geholt hatte. Die Stallknechte kannten Eberhard und wussten, dass Meister Giselbert nichts dagegen einzuwenden hatte, wenn sein Adlatus den Maulesel benutzte. Es war bitterkalt. Der Winter hatte früh Einzug ins Gieseltal gehalten. *Simon und Juda, die zwei, führen oft Schnee herbei,* sagten die Bauern im Dorf. Eberhard fror trotz des neuen Mantels, den er sich von seinem Anteil aus den Einkünften der Archivkasse gekauft hatte, und ihm taten alle Knochen weh, nachdem er fast sieben Meilen auf dem Rücken des Maulesels zurückgelegt hatte.

Zuverlässig und trittsicher hatte Asinus, der Maultierhengst, Eberhard mal wieder bis kurz vor das Tor seines Heimatdorfes gebracht, sie hatten es beinahe geschafft. Immer wenn er unterwegs war, um sein Dorf zu besuchen oder hin und wieder eine eilige Urkundenabschrift abzuliefern, nahm er Asinus als Reittier. Das Maultier war charakterstark und klug und hatte ein sehr gutes Gedächtnis. Sofort hatte es Eberhard wiedererkannt, der es immer gut behandelt hatte. Mühelos bewältigte Asinus den letzten Anstieg vor dem Dorf. Aber diesmal war es anders als sonst. Je näher Eberhard dem Heimatdorf kam, umso mulmiger wurde ihm. Sollte er seinem Vater von den Urkundenabschriften erzählen, die der Hochvogt bestellt hatte? Sollte er das ganze Dorf in Angst und Schrecken versetzen? Alles würde sich ändern, wenn der Dorfgemeinschaft die Nutzung des Waldes entzogen würde. Dann mussten sie alles, was Gott und die Natur ihnen bis jetzt an Früchten, Erzeugnissen und Erträgen des Waldes umsonst und nur für ein Dankgebet gegeben hatten, mit hohen Abgaben und zusätzlichen Frondiensten erkaufen. Jeder wusste, was das bedeutete. Die Fron beim Hochvogt war hart und ungerecht. Das Leben würde sich für alle von Grund auf ändern.

Eberhard hatte ein komisches Gefühl im Bauch, wie die Vorahnung von etwas Schlimmem. Ausgerechnet da schrie über seinem Kopf ein Käuzchen. Es war unheimlich im Wald.

»Asinus, langsam auf den letzten Schritten! Mir tut der Hintern sowieso schon weh!« Der Hengst stellte die großen Ohren auf. Eberhard tätschelte ihm den Hals. »Bist ein guter Junge.«

Ein eisiger Windstoß fuhr vom Vogelgebirge ins Tal herab. Die trockenen, toten Blätter in den Bäumen und den Büschen ringsum raschelten. Zur linken Hand gluckste der Bach. Es war schon so dunkel, dass man im finsteren Unterholz am Rande des Weges kaum noch etwas erkennen konnte.

Er ritt um die letzte Wegbiegung vor dem Dorf. Der Wald öffnete sich zum Gieseltal. In der grauen Abenddämmerung lag vor ihm der übermannshohe Palisadenzaun des Dorfes, den die schorfigen Dächer der Gehöfte, der Turm der Laurentiuskirche und die Bäume des Dorfes überragten. Schmutzige, braungraue Rauchsäulen schraubten sich von den Essen der strohgedeckten Dächer in den tief verhangenen Himmel, aus dem ab und zu ein paar nasse, viel zu frühe Schneeflocken fielen.

»Wir haben es fast geschafft«, sagte Eberhard. Ein fernes Hundekläffen war zu vernehmen. Graue, hässlich zerrissene Wolken zogen über das Firmament, die frühwinterliche Kälte kroch ihm bis in die Knochen hinein. Aber das kümmerte Eberhard nicht. Er war froh, endlich wieder einmal zu Hause zu sein, denn seit dem Frühjahr war er nicht mehr in Giesel gewesen, um die Seinen zu besuchen.

Der Weg führte über die Steinerne Brücke zum Haupttor. Bauernmeister Hinkmar hatte die eingefallene Brücke, die schon zum früheren Giesel gehört hatte, gleich zu Anfang der Besiedelung wiederherstellen lassen.

Das Tor war schon geschlossen, obwohl es noch nicht ganz dunkel war. »Schau dir das an, Asinus!« Eberhard sprang aus dem Sattel des Maultiers. »Aber ich glaube, sie tun gut daran. Heutzutage kann man nicht vorsichtig genug sein.« Er rüttelte am Tor. Es war fest verschlossen. »Dann müssen wir uns wohl irgendwie bemerkbar machen.«

»Verschwinde!«, rief da plötzlich eine raue Stimme von der gegenüberliegenden Seite herüber. Eberhard schrak zusammen. »Mach, dass du fortkommst! Das Tor ist zu!«

»Ich bin's doch, Eberhard.«

»Ich hetze die Hunde auf dich!«

»Verdammt noch mal! Eberhard. Der Sohn des Bauernmeisters.«

»Eberhard? Du?«

Die Stimme kam ihm bekannt vor. »Gottschalk! Was ist denn los? Mach auf!«

»Ach, gut dass du da bist, warte!« Das Tor ächzte in seinen Angeln, als Gottschalk es öffnete. »Ich freue mich so, dich zu sehen!«, rief der treue Knecht. Er schloss Eberhard in die Arme. »Ein Glück, dass du gekommen bist!«

»Ein Glück?«, fragte Eberhard unsicher. »Was meinst du denn damit? Was ist los?«

»Komm erst einmal herein«, sagte Gottschalk. Irgendetwas war faul, das spürte Eberhard.

Im gleichen Augenblick näherte sich vom Himmelsberg her eine weitere Gestalt dem Tor, eine Frau. »Herrin Gerlinde!«, rief Gottschalk verblüfft. »Was treibt Ihr denn hier draußen, um diese Zeit?«

»Ihr seht es doch, Gottschalk. Ich suche Pilze.«

Die Mutter von Gertrudis und Ordolf und die Witwe von Rochus dem Roten schaute die beiden ungleichen Männer am Tor des Dorfes mit weit aufgerissenen Augen an. Sie hielt den geflochtenen Korb hoch, wie man ihn zum Pilze- und Kräutersammeln benutzte. »Kein Glück gehabt.« Der Korb war völlig leer. »Und ich hab meine Zeit vertan.«

Ihre Augen waren ebenso leer wie ihr Flechtkorb, so als hätte sie geweint. Sie wirkte, als wäre sie in einem bösen Traum gefangen. Sie war in den Wald gegangen, um ihren Albtraum loszuwerden, aber es war ihr nicht gelungen. »Ich bin spät dran. Hab gar nicht gemerkt, dass es schon Abend wurde.« Sie schaute Eberhard misstrauisch, ja, geradezu feindselig an. »Habe dich lange nicht gesehen, Junge«, sagte sie schließlich unsicher. Dann schaute sie zu Boden. Es kam Eberhard so vor, als hätte sie irgendetwas zu verbergen, und unwillkürlich dachte Eberhard an Ordolf, ihren Sohn.

»Was ist geschehen?«, fragte Eberhard. »Ist etwas mit meinem Vater? Verdammt noch mal! Lasst euch doch nicht jedes Wort aus der Nase ziehen!«

»Es ist etwas mit deiner Schwester. Mit Theresa.«

Eberhard erstarrte. Er blieb stehen und fasste den Knecht bei den Schultern. »Theresa? Meine Resa? Was ist mit ihr? Heraus damit!«

»Warte, Eberhard. Warte, bis wir zu Hause sind. Dein Vater soll es dir erzählen.«

»Es ist schlimm, was geschehen ist. Es tut mir leid«, sagte Gerlinde mit traurigem Blick.

»Leid? *Was* tut Euch leid? Um Himmels willen! Seid ihr alle verrückt geworden? Sagt mir hier jetzt endlich einmal jemand, was passiert ist?« Eberhard schaute Gerlinde scharf an. »Hat es was mit Ordolf zu tun?« Sein Herz schlug ihm bis zum Hals.

»Mit Ordolf?« Gerlinde machte ein empörtes Gesicht und eine abwehrende Handbewegung. »Immer nur mein Junge! Wie kommst du denn darauf? Er ist doch eigentlich ein guter Junge! Was hast du nur gegen meinen Ordolf?«

»Weil ich ihn kenne, Euren Ordolf! Immer wenn es im Dorf Ärger oder ein Unglück gibt, dann kann man davon ausgehen, dass Euer Sohn dahinter steckt.«

»Hüte deine Zunge!«, rief Gerlinde zornig. »Lass meinen Sohn in Ruhe. Es ist eine Lüge, wenn du so etwas sagst! Was früher gewesen ist, ist für immer vorbei. Ordolf ist jetzt ein Mann. Er ist vernünftig geworden. Du kennst ihn nur nicht, so wie er jetzt ist. Alle verkennen ihn, besonders eure Familie. Ordolf ist nicht so, wie ihr ihn immer wieder hinstellt. Merkt euch das!«

Abrupt wandte sie sich um und verschwand über die Brücke in Richtung des Unterdorfs auf der anderen Seite des Bachs, wo ihr Haus stand.

Eberhard und Gottschalk eilten über den Dorfplatz. Vor ihnen lag das Bauernmeisterhaus. Noch nie zuvor hatte es Eberhard davor gegraut, das Vaterhaus zu betreten. Zusammen mit Gottschalk durchquerte er das Tor und trat durch die Tür des elterlichen Hauses. Kaum hatte er den Fuß über die Schwelle gesetzt, spürte Eberhard eine Beklemmung, die fast spürbar in der Luft hing.

Der Flur war dunkel und leer. Im Haus war es totenstill. Es war wie in einem Totenhaus. Unwillkürlich trat Eberhard leiser auf, und flüsternd sagte er zu Gottschalk, der den Hut abgenommen hatte und in der Hand drehte: »Wo sind sie nur alle?«

»Nur Euer Vater und Eure Mutter sind im Haus.«

Die Stiege knarrte. Hinkmar kam die Treppe vom Speicher herab, in dem das Winterheu gelagert wurde. Er bewegte sich mühsam und sah zehn Jahre älter aus als im Frühjahr, als Eberhard ihn das letzte Mal gesehen hatte. Eberhard erschrak zutiefst.

»Vater!«

»Eberhard?« Die Stimme des Bauernmeisters klang leer und traurig. »Du bist hier, mein Sohn? Gut, dass du gekommen bist.«

»Was ist denn geschehen, Vater?«

»Ordolf hat deine Schwester gefunden, gestern Mittag. Oben am Himmelsberg, am Kiefernwäldchen. Halb tot«, sagte der Bauernmeister tonlos, fast so, als ginge es ihn nichts an. Die Nachricht von Theresas Schicksal hatte ihn beinahe sichtbar altern lassen.

»Mein Gott! Was ist mit ihr?«

»Zu allererst – sie lebt. Sie sieht und spricht und atmet. Es ist …« Seine Stimme versagte. »Komm zu mir, mein Junge.« Eberhard ging auf seinen Vater zu, und die beiden lagen sich lange in den Armen. Nie zuvor hatte der Vater ihn so umarmt. Aber Eberhard spürte, wie gut es beiden tat. Sie mussten jetzt zusammenhalten. Niemals zuvor hatte er eine solche Liebe für seinen Vater empfunden.

»Wo ist Maria? Wo ist Veronika?«

»Wir haben die Mägde für ein paar Tage heimgeschickt, Sohn.« Der Vater legte den Arm schwer um Eberhards Schulter, eine Geste, die für den jungen Mann so unvertraut war, dass eine Gänsehaut seine Arme überzog. »Komm, wir gehen in die gute Stube. Dort erzähl ich dir, was geschehen ist.«

Hinkmar setzte sich mühsam auf die massive Holzbank am glimmenden Herd. Er war alt geworden. Er wirkte gebeugt und kraftlos. Vor den Fenstern des Gehöfts senkte sich die kalte Nacht herab. Die rustikale Bank war einstmals auch Eberhards Lieblingsplatz im Bauernmeisterhaus gewesen. Doch wie lange war das her! Der Vater klopfte mit der Hand auf den Platz neben sich. »Setz dich, mein Junge, setz dich zu mir.«

Die Glocke von St. Laurentius erklang. »Gottschalk«, sagte der Vater. »Er lässt keinen anderen an das Glockenseil.«

Eberhard nickte und setzte sich neben den Vater. Die unerwartete Vertrautheit, mit der der Vater ihm begegnete, tat ihm einerseits gut, andererseits jagte sie ihm einen Schrecken ein. Stille war im Haus. Eberhard vernahm den rasselnden Atem seines Vaters und das Schlagen des eigenen Herzens. Und dann hörte er, wie sein Vater aufschluchzte. Erschrocken sah er ihn von der Seite an, und da sah er, dass er tatsächlich weinte. Eberhard wusste im ersten Moment nicht, wie er damit umgehen sollte. Es war so ungewohnt, dass sein Vater plötzlich Gefühle zeigte, ja, sogar seinen Tränen freien Lauf ließ. Der große Hinkmar, der wie ein starker alter Baum gewesen war, ein Fels in der Brandung – er weinte! Nie zuvor hatte Eberhard ihn dabei gesehen, und er schien sich nicht einmal zu schämen für seine Tränen.

»Mein Schmetterling … sie haben ihr im Wald aufgelauert, haben ihr Gewalt angetan, dann haben sie sie fast erschlagen und sie danach einfach liegen gelassen.«

Eberhard sprang auf. »Um Himmels willen, Vater, was sagst du da?«

»So war es, mein Sohn, es ist die nackte Wahrheit.« Hinkmar wischte sich die Tränen aus dem bleichen, schmerzverzerrten Gesicht. Seine Lippen waren zusammengepresst, zwei dünne, graue Striche, sein Haupthaar und der Bart waren wirr.

»Und wer hat das getan?«

»Man hat angeblich Ritter in ihrer Nähe gesehen.«

»Ritter?«

»Ja. Ordolf sagt, er hat sie gesehen. Da wussten wir noch gar nichts von Theresa. Er war zufällig in der Nähe.«

»Was soll das heißen, dass Ordolf zufällig in der Nähe war?«

»Still! Setz dich wieder!« Der Vater zog den Sohn zu sich auf die Bank herab. »Theresa liegt oben in einem Bett, das wir ihr im Stroh bereitet haben. Sie schläft jetzt.«

»Ich will zu ihr!«

Hinkmar hielt ihn am Arm fest. »Später. Du kannst ja zu ihr, aber später.«

Tränen schossen in Eberhards Augen. Der Gedanke, dass die kleine, unschuldige Theresa geschändet worden war, für immer ihrer Unschuld beraubt, einer so fröhlichen, unbeschwerten Unschuld, war unerträglich für ihn.

Ausgerechnet Theresa, seine geliebte kleine Schwester!

Er spürte, dass ein Pfeiler seiner Welt zusammenstürzte. Was waren das für Menschen, die so wenig Achtung vor der Unschuld hatten? Sie mussten vom Teufel besessen sein, von schrecklichen Dämonen, denen alles Helle und Fröhliche verhasst war. Und dann merkte er, wie Wut ihn erfüllte, bloße, abgrundtiefe Wut, dass es in der Welt, in der er lebte, solche Verbrecher gab, und dass Gott es versäumt hatte, seine schützende Hand über Theresa zu halten.

Was musste das für ein grausamer, strenger und gnadenloser Herr sein, dieser allmächtige Gott, zu dem sie alle Tag für Tag beteten und flehten, dass er nicht einmal ein Wesen wie seine Schwester verschonte!

»Da ist noch etwas …«, sagte der Vater leise. Geistesabwesend kraulte er das licht und grau gewordene Fell von Rex, seinem Hund, der neben dem Herd eingerollt am Boden lag.

»Noch etwas? Ist das denn noch nicht genug?«, fragte Eberhard verzweifelt.

Hinkmar schüttelte den Kopf. Eberhard hatte das Gefühl, dass die Welt, in der er lebte, niemals wieder so sein würde wie zuvor. Die Welt, die bislang einigermaßen heil für ihn gewesen war, hatte mit einem Mal einen Riss bekommen. »Ich verstehe es selbst nicht. Aber sie ist gelähmt, Eberhard, deine Schwester ist gelähmt.«

»Gelähmt?«

»Sie hat so schwere Schläge auf den Kopf bekommen … sie kann sich nicht mehr bewegen. Von der Taille abwärts ist sie völlig gelähmt. Die Beine …«

»Nein! Das kann nicht sein!«

»Leider, Sohn, leider. Es ist so. Ich wünschte, es wäre anders. Und als sie heute Morgen aus ihrer Ohnmacht erwacht ist, konnte sie sich an nichts mehr erinnern …«

»Arme Theresa!« Eberhard vergrub das Gesicht in den Händen. Das hoffnungslose und herzzerreißende Schluchzen seines

Vaters brach ihm das Herz. Er legte seinen Arm um den Vater. Hinkmar wich nicht zurück. So nah hatten sich Vater und Sohn niemals zuvor gefühlt, das Unglück vereinte sie im Schmerz. Hinkmar und Eberhard verharrten eine ganze Weile so.

»Deine Mutter glaubt, dass ein böser Geist in sie gefahren ist. Sonst könnte sie sich doch bewegen, sagt sie. Ich weiß es nicht. Ihre Gliedmaßen scheinen unverletzt. Aber am Kopf ... da hat sie diese Wunden, verstehst du? So als hätten sie voller Wut auf ihren Kopf eingedroschen ...« Ihm stockte die Stimme. Er konnte nicht weiterreden.

Ein Knarren war auf der Treppe draußen im Flur zu hören. Vater und Sohn starrten zur Tür hinüber. Nach einer Weile, die wie eine Ewigkeit schien, kam Irmhard herein wie eine Nachtwandlerin.

Die Bauernmeisterin sah ihren Sohn mit ihren stumpfen grauen Augen an, doch ihm war es, als würde sie ihn gar nicht wahrnehmen. Die Runzeln in ihrem Gesicht waren wie mit einem Messer gezogen. Ihr Blick war leer. Eberhard hatte plötzlich einen Kloß im Hals. Diese Frau war ihm unendlich fremd. Selbst im Augenblick des Schmerzes fand er in seinem Herzen kein liebendes Gefühl für seine Mutter.

»Ach, da bist du ja«, sagte sie matt. Und dann, an Hinkmar gewandt: »Ich habe ihre Wunden gewaschen. Wenn sie endlich aufhören würde zu bluten.«

Sie stellte sich vor das hölzerne Wandkreuz neben dem Kamin und betete ein »Gegrüßet seist du, Maria«. Die beiden Männer, Vater und Sohn, rührten sich nicht, während sie das Gebet sprach. Dann bekreuzigte sie sich.

Plötzlich wandte die Mutter sich um und schaute Eberhard ins Gesicht. »Wo ist Walther?«, fragte sie mit kalten Augen und einer dumpfen Stimme, die klang, als käme sie von weit weg. »Hast du ihn nicht mitgebracht? Wo ist mein ältester Sohn? Weiß er nicht, dass ich ihn brauche? Wo ist mein Walther?«

Der Vater selbst konnte die eisige, schmerzliche Spannung, die so unvermittelt die gute Stube fast greifbar erfüllte, nicht ertragen. »Bring mir einen Schnaps«, sagte er barsch. So kannte Eberhard den Vater gar nicht. »Einen Schnaps, Frau, und schnell. Und gib meinem Sohn auch einen.«

»Sag mir endlich, was mit Walther ist«, presste die Mutter hervor, während sie zwei hölzernen Becher mit Schnaps füllte.

»In der Not müssen wir zusammenhalten«, sagte der Bauernmeister, ohne die Worte seiner Gemahlin zu beachten.

Vater und Sohn hoben gleichzeitig ihre Becher an die Lippen und tranken den Schnaps. Eberhard, der es nicht gewohnt war, Hochprozentiges zu trinken, brannte er höllisch in der Kehle. Aber er verzog nicht das Gesicht. Es erfüllte ihn trotz allen Unglücks mit Stolz, dass er von seinem Vater endlich wie ein Mann behandelt wurde.

»Walther!«, drängte Irmhard. »Hast du ihn gesehen? Hast du ihm gesagt, was wir dir aufgetragen haben?«

»Aufgetragen? Ich weiß nicht, wovon du sprichst, Mutter.«

Einen kurzen Augenblick lang starrte die Mutter ihren zweiten Sohn verwirrt an.

»Frau, wovon redest du?«, fragte der Bauernmeister. »Was sollen wir Eberhard denn aufgetragen haben?«

»Wir haben …« Sie versuchte sich zu erinnern. »Nein. Ich weiß nicht. Ich geh ins Bett«, sagte sie dann leise. »Ich bin müde … ich bin so furchtbar müde.«

»Du tust gut daran.«

»Eberhard soll dir endlich sagen, was mit Walther ist. Mir sagt er ja nichts. Dir erzählt er es vielleicht.« Ohne Gutenachtgruß verließ Irmhard die gute Stube.

»Nimm es ihr nicht übel. Es ist zu viel für sie«, sagte der Vater. »Diese wirren Zustände dauern schon eine Weile an, aber in letzter Zeit sind sie immer schlimmer geworden.«

»Meine Mutter«, murmelte Eberhard wie zu sich selbst. Das alles war zu viel für ihn, und er spürte, wie eine bleierne Müdigkeit sich seiner bemächtigte.

»Ja, das ist sie, mein Sohn. Komm, leg noch ein Scheit Holz nach. Die Nacht wird kalt, ich spüre es in den Knochen.«

ARCHIVUM SECRETUM
APOSTOLICUM VATICANUM
Bericht des Päpstlichen Observators,
Monasterium Fuldensis, Anno 1148

»… Wir sind davon überzeugt, dass auch Abt Heinrich der Aufgabe nicht gewachsen ist, die Abtei aus dem Tal der Tränen zu neuem Glanz heraufzuführen. Heinrich ist sicher ehrenwert, und kein Krüppel wie der unwürdige Rugger, den unsere Heiligkeit Papst Eugen zu Recht aus dem Amt gejagt hat, deo gratias. Ein Herrscher, der auf Lügen hört, hat nur gottlose Diener.
Aber der hochwürdigste Abt Heinrich ist ebenso wenig ein Führer und Herr, unter dessen willensstarker Regierung die drängenden Probleme des Reichsklosters gelöst würden. Er ist vielmehr ein einfacher Mönch, sicherlich sogar ein guter Hirte für die Herde des Herrn, aber kein überzeugender Reichsfürst, der mit seiner Stärke die Interessen der Abtei gegenüber den Baronen durchsetzen und bei den Ränken der großen Politik mitspielen könnte …«

8. Novembris,
am Tage nach St. Willibrord

Der alte Mönch Gisemer, der an der Himmelspforte den Pförtnerdienst leistete, ging wie jeden Morgen mit der Kläpper auf dem Gang vor der Kammer auf und ab und betätigte sein akustisches Folterinstrument mit besonderer Hingabe. Eberhard schrak aus seinem unruhigen Schlaf hoch. Draußen war es noch stockfinstere Nacht. Er streckte sich. Das Stockbett wackelte. Über Eberhard lag der junge, nicht ganz schlanke Kletus, für den es jedes Mal ein mühsames Unterfangen war, aus seinem Bett auf den Boden herabzuklettern.

Eberhard schlug die grobe Decke zurück, die zur Ausstattung jeder Schlafstelle gehörte. Er hatte einen schlechten Geschmack im Mund, und sein Kopf dröhnte.

Es war Montagmorgen. Sonntags hatten sie nach dem Hochamt frei. Der einzige Tag in der Woche, an dem Eberhard hinauskam aus dem Kloster, wenigstens so lange, bis die Abendglocke die Schließung aller Tore und Pforten des Klosters verkündete. Er hatte den Tag zusammen mit Wilbur verbracht, aber seit sein Freund sich nur noch für Florelis, die junge Tochter des Kaufmanns und Braumeisters Arnold von Sesterhenn, interessierte, war mit ihm nichts mehr anzufangen.

Eberhard hatte das Gefühl, dass ihre Freundschaft allmählich zerbröckelte.

Trotzdem hatte es gutgetan, ein wenig Zeit mit Wilbur zu verbringen. Mit wem sonst konnte er seinen tiefen Schmerz über das schlimme Verbrechen teilen, dem seine Schwester zum Opfer gefallen war? Wilbur war zwar bis über beide Ohren verliebt, aber dennoch hatte er seinem Freund Trost zugesprochen. Und wie immer hatte er es mit seinem heiteren Gemüt verstanden, Eberhard ein wenig aufzumuntern.

Der dröhnende Kopf, das flaue Gefühl im Magen, das Schwindelgefühl und der schlechte Geschmack im Mund, das Brennen in den Augen, die Empfindlichkeit seiner Gliedmaßen … dieser Zustand rührte von dem sauren, billigen Dienstbotenwein her, den sie in Arnold von Sesterhenns Küche der Küchenmagd abgeschwätzt hatten, während sie auf Florelis warteten …

Es war bitterkalt in der Kammer, die er sich mit dem Franzosen Vicloq, mit den falschen Brüdern Baldemar und Ziprian sowie mit den drei jungen Konversen Hildebertus, Trudpert und Kletus teilte.

Die beengten Räume im obersten Geschoss des Schriftenhauses, in denen die Laienbrüder untergebracht waren, lagen wie die Zellen von benediktinischen Mönchen türlos an dem einen schmalen, finsteren Gang, auf dem der Alte mit der Kläpper einen solchen Lärm veranstaltete, als hinge sein Leben davon ab, dass die Laienbrüder aufstanden. »Morgenstund hat Gold im Mund«, krächzte Gisemer.

»Nur weil du alter Sack selbst keinen Schlaf mehr findest, gönnst du ihn uns auch nicht«, dröhnte eine wohl bekannte Stimme aus der nebenan liegenden Kammer. Der Sachse Christopherus, ein Hüne von einem Mann. Bei der Arbeit mit Gerbsäure war Christopherus auf einem Auge erblindet. In der Nebenkammer schliefen die fünf Knechte, die für die schweren, schmutzigen Arbeiten im Archiv zuständig waren.

»Wer war das?«, fragte Gisemer wie gewohnt, wenn einer der jungen Männer ihn hochnahm. »Los, melde dich!«

Im Winter war die Kammer eiskalt, wohingegen man es im Sommer unter dem Dach kaum aushalten konnte. Die Enge war bedrückend, und keiner konnte vor den anderen etwas verbergen außer seinen Gedanken.

Die sieben Laienbrüder, die auf Eberhards Stube lagen, kleideten sich gemäß der Sitte schweigend im Halbdunkel der Kammer an. Durch die dünne Haut im Spannrahmen vor dem schmalen Fenster drang das spärliche Licht des beginnenden Tages herein. Einer nach dem anderen verließen die Stubenbewohner die Kammer, nur der träge und unbeholfene Kletus und Eberhard waren noch nicht fertig. Der frühe Tag war inzwischen etwas heller geworden, Zeit für einen ergiebigen Schluck kühlen Wassers draußen am Brunnen der Klosterschule, um dann nach einem gemeinsamen Gebet mit des Tages Arbeiten zu beginnen. Die Mönche waren schon in der Messe, aus dem Dom hörte man den fernen Psalmengesang. Danach würden auch die Bewohner des inneren Bezirks des Klosters ihre alltäglichen Arbeiten beginnen.

Eberhard gähnte, streckte sich müde und hätte sich am liebsten wieder hingelegt.

»Wäre es doch nur schon Mittag«, stöhnte Kletus und rieb sich die Schläfen. »Oder wenigstens Zeit für den Morgenimbiss im Speisesaal. Ich habe das Gefühl, dass mein Kopf zerspringt.« Seine Stimme war klang hoch und mädchenhaft.

Eberhard machte keine Anstalten mitzukommen.

»Bist du krank? Kommst du nicht mit?«, fragte Kletus.

Eberhard seufzte. »Doch, doch … geh nur schon vor!«

Eberhard blieb allein zurück. Er fragte sich, was Giselbert gestern Abend im Hause des Braumeisters Arnold von Sesterhenn gesucht hatte. Er setzte sich auf sein schmales, hartes Bett und stützte das Kinn auf die verschränkten Hände.

Seine Augen brannten. Er riss sich das knielange, dunkelbraun gefärbte Leinenhemd vom Leib, das nach den sauren Ausdünstungen des Weins stank. Sein zweites Hemd, das graue Ersatzhemd, das er wie alles andere, was er benutzte, vom Klosterzellerar ausgeliehen hatte, war in der kleinen Truhe, die am Kopfende des Bettes stand. Die Truhe war der einzige Gegenstand, der ihm selbst gehörte. Mit groben, über hundert Jahre alten Schnitzarbeiten geschmückt, war sie ein Erbstück von seiner Großmutter Lugardis, und sie hatte – was das Wichtigste war – ein gutes, festes Schloss, das man nicht so leicht knacken konnte, ohne Lärm zu machen. Man konnte ja nie wissen. In schlechten Zeiten wie diesen war alles möglich.

Seine Gedanken wurden klarer, und sofort meldeten sich seine Schuldgefühle wieder. Er musste sich endlich durchringen, die Originalurkunde so zu manipulieren, dass niemandem die Fälschung auffallen würde. Die Abschrift für das Weistum hatte er bereits fertig gestellt, mit der geänderten Stelle. Eine Fälschung! Bei dem Gedanken lief es ihm kalt über den Rücken. Er war sicher, dass Gallus am vereinbarten Auslieferungstag vor der Tür des Archivs stehen würde, um die Auslieferung des Gieseler Weistums zu fordern.

Ihm war plötzlich bitterkalt. Er knotete seine Bruche, die Unterhose, um die Lenden. Draußen hörte er die schlurfenden Schritte des alten Mönchs, der nachschaute, ob auch alle wirklich aufgestanden waren und ihre Kammern verlassen hatten. Er packte sein Unterkleid, streifte es über die Bruche, nahm die Kutte und den Mantel und entwischte aus der Kammer, gerade als der alte Gisemer um die nächste Ecke des Ganges bog.

Eberhard hastete die Treppe hinab, aber statt geradeaus die paar Schritte zum Archiv zu gehen, betrat er das Badehaus der Laienbrüder. Seine Gedanken gingen durcheinander. Er legte seine Kleidungsstücke auf die lange Sitzbank. Dort rasierten sich die Brüder gegenseitig. Die Bottiche waren gefüllt, was seit langem keine Selbstverständlichkeit mehr war. Die Wasserversorgung im Kloster war alt und desolat, und die Leitungen waren oft verstopft oder zerbrochen. Er suchte sich den Bottich aus, der am höchsten mit eiskaltem Wasser gefüllt war. Er atmete tief ein, schloss die Augen und tauchte bis zu den Schultern in den Waschkübel.

Zuerst glaubte er, das Herz bliebe ihm stehen, aber schnell durchströmte ihn die wunderbare, reinigende Wirkung der Eiseskälte.

Prustend tauchte er noch einmal mit dem Kopf in das kalte Wasser und fühlte sich mit einem Mal befreit von den Nachwirkungen des Trunkes und von den Verdüsterungen seiner Seele.

Jetzt konnte er auch wieder klar denken.

Er tauchte hoch, schüttelte den Kopf, sodass das Wasser nach allen Seiten spritzte. Er wölbte die Hände und schöpfte sich kaltes Wasser in den Mund, spülte mehrere Male, spuckte das Wasser in den Rinnstein. Er lauschte nach dem Aufpasser. Auf der Stiege war nichts zu hören. Er tauchte abermals unter, prustend, befreit, dann lachte er, dass es von den feuchten, dunklen Gewölben der Badestube widerhallte.

Sein Plan, die Urkunde innerhalb der Mauern des Archivs zu ändern, hatte sich als undurchführbar erwiesen. Erstens brauchte er Tageslicht, um sorgfältig arbeiten zu können, aber vor allen Dingen brauchte er Zeit dafür, um sicherzustellen, dass die Manipulation mit bloßem Auge nicht zu erkennen war.

Also musste er die Urkunde Kaiser Ottos an sich bringen und unauffällig aus dem Archiv schaffen, aber dafür musste er noch einmal in den Besitz des Schlüssels kommen, mit dem er den Archivschrank mit der Signatur *XIII / factumque est* öffnen konnte. Und dann galt es auch noch einen sicheren, ungestörten Platz zu finden, wo er in Ruhe arbeiten konnte. Seine Schlafkammer war dafür der denkbar schlechteste Ort.

Er hatte sich inzwischen fast schon an den Gedanken gewöhnt, dass das Schicksal ihn zu einem Dieb und Fälscher, zu einem Betrüger und Verräter machen wollte. Alles geschah so, wie es geschehen musste.

»Wilbur«, sagte Eberhard plötzlich. »Ja, Wilbur. In seiner Kammer kann ich es machen«, flüsterte er, während er sich das Leinenhemd überzog und die Kutte anlegte. »Warum bin ich nicht gleich darauf gekommen? Wozu hat man einen Freund?«, fragte er sich selbst. Der Gedanke, Wilbur, oder überhaupt einen Menschen einweihen zu müssen, gefiel ihm nicht, aber es blieb wohl nichts anderes übrig. Er knüpfte sich die Beinlinge fest. Die Arbeit konnte beginnen.

Eben wollte er das Badehaus verlassen, als er draußen auf dem Platz Stimmen hörte. Er zog sich instinktiv hinter die Eingangstür zurück. Sein Herz pochte, so als hätte er etwas Verderbliches getan und wäre in Gefahr, dabei erwischt zu werden. Vor dem Ausgang blieben zwei Männer stehen. Die eine Stimme erkannte Eberhard sofort, es war die dünne Fistelstimme von Giselbert, seinem Meister. Die andere Stimme war kräftig und fordernd, und auch die konnte Eberhard unschwer erkennen: Sie gehörte Hermanus, dem greisen Propst und Stellvertreter des Abtes. Jeder wusste, dass er, wo immer und wann immer er konnte, die Interessen der umliegenden Barone vertrat, indem er auch jetzt noch, da es dem Kloster an einer starken Führung mangelte, ganz wider jedes Recht mit dem äbtlichen Siegel und der Beglaubigung des Monasteriums Güter zu Lehen gab. Die Folge war, dass er im großen Maße Einkünfte verschleuderte, indem er den Arbeitsdienst ganzer Dörfer vom Kloster auf Adelige überschrieb und dafür – so munkelte man jedenfalls – reich belohnt wurde. Hermanus, so sagte man, sei der Totengräber des altehrwürdigen Reichsstiftes, das doch schon so vielen Stürmen der Zeit getrotzt und die Vergänglichkeit der Jahrhunderte gesehen hatte.

Propst Hermanus hatte Giselbert abgepasst. Eberhard, der unbemerkt hinter der Tür stand, lauschte. Die beiden tauschten die formellen Begrüßungsworte, die zwischen zwei Oberen des Klosters strengen Regeln folgten – und bei denen jedes einzelne Wort auf die Goldwaage gelegt wurde. Hermanus war ein Mann, der sich seiner Sache offenbar sicher fühlte, wie Eberhard dem Ton seiner Stimme entnehmen konnte.

»Hört, Meister Giselbert. Wir sind doch immer gut miteinander ausgekommen«, sagte der Propst mit seiner rauen, kräftigen Stimme, der das Schmeichlerische nicht besonders lag.

»Gut miteinander ausgekommen?«, fragte Giselbert ausweichend. »Ihr wart mir immer ein geschätzter Mitbruder.«

»Natürlich, natürlich. Was ich an Euch immer so bewundert habe, Meister Giselbert, ist Eure Demut, Eure Einsichtsfähigkeit, versteht Ihr?« Eine kurze Pause. Eberhard, verborgen hinter der Tür zum Badehaus, konnte die beiden nicht sehen.

»Worauf wollt Ihr hinaus, Meister Propst?«, fragte Giselbert vorsichtig. »Es gibt doch sicherlich einen Grund, warum Ihr mich sprechen wolltet?«

»Der ehrwürdige Boethius hat schon gefordert, sich nicht mit Nebensächlichkeiten aufzuhalten.«

»Und Petrus Abälard will, dass man entweder *sic* oder *non* antwortet, ja oder nein«, erwiderte der Bibliothekar schlagfertig. »Wenn Ihr mir endlich sagt, was Ihr wollt, Hermanus, dann kann ich Euch auch antworten.«

Aber statt einer Antwort hörte Eberhard ein überaus charakteristisches Geräusch: das Klimpern von Denaren in einem Lederbeutel. »Seht Ihr das?«, fragte der Propst.

»Steckt das weg!«, sagte Giselbert erbost. »Wenn uns jemand sieht!«

»Versteht Ihr diese Sprache?«

»Was wollt Ihr?«

»Euer Archiv, es enthält so viele Urkunden, in denen es um große, manchmal um sehr große Besitztümer geht …«

»Ehe Ihr weiterredet, lasst uns hinübergehen zum Friedhof«, sagte Giselbert, so als wäre es das Selbstverständlichste der Welt, auf den offenkundigen Bestechungsversuch seitens des Propstes einzugehen. Eberhard hegte den Verdacht, dass dies keineswegs das erste Mal war, was auch immer der Propst des Klosters von seinem Bibliothekar genau wollte. Die beiden Oberen entfernten sich.

Eberhard betrat das Archivgewölbe. Die Pforte quietschte wie immer. Der Arbeitsraum war von Fackeln erleuchtet. Der Platz von Meister Giselbert war natürlich noch leer. Am Tisch der Brüder hockten die Gehilfen des Meisters. Sie aßen schweigend ihr Frühstück. Eberhard setzte sich zu ihnen. Ziprian und Baldemar von Erfurt, die beiden Sodomiter, senkten wie immer den Blick, wenn sie Eberhard begegneten. Auch wenn sie noch so unterwürfig taten, traute Eberhard ihnen nicht im Mindesten über den Weg.

Im Krug auf dem Tisch war Wasser, kein Wein. Vicloq der Franzose, der verkappte Katharer, knabberte an einem harten Stück Brot. »Wenn das so weitergeht, kehre ich wirklich in meine Heimat zurück. Ich schwöre es!«

»Tu uns das nicht an!«, riefen Baldemar und Ziprian wie aus einem Munde.

»Das meinst du doch nicht im Ernst, Vicloq! Bei dir zu Hause kennst du dich doch gar nicht mehr aus«, sagte Eberhard.

Der Franzose nickte. »Aber zu Hause hätte ich wenigstens was Vernünftiges zu essen.« Er nahm seine Gugelkappe vom Kopf und legte sie auf die Sitzbank neben sich, dann ordnete er mit den Fingern sein gelocktes, schwarzblaues Haar.

»Kopf hoch, Franzose!«, sagte Eberhard aufmunternd zu seinem Kameraden. »Irgendwann kommen auch wieder bessere Zeiten.«

»Das sagen wir jedes Jahr von neuem.«

»Ach, ich habe keine Lust, immer nur zu jammern.«

»Und das?« Vicloq deutete auf das kärgliche Brot, den Wasserkrug. »Wann hat es das jemals gegeben, dass wir Laienbrüder leben mussten wie die Bettler? Da kann sich unser Giselbert auf den Kopf stellen!«

»Wer hat hier meinen Namen genannt?« In diesem Augenblick kam Meister Giselbert von draußen herein. »Was ist das hier für eine Versammlung?«

»Wir haben nur auf Euch gewartet, Meister«, sagte Vicloq, der Älteste unter den Kopisten.

»Heißt das, dass hier nicht gearbeitet wird, wenn ich zufällig mal nicht da bin?«

»Ohne Eure Anleitung sind wir eben aufgeschmissen.«

»Du brauchst mir gar keinen Honig um den Bart zu schmieren, Vic!«, sagte Giselbert. »Mir ist heute nicht danach.«

Mühsam bewegte sich der Meister des Archivs, der lange sein sechzigstes Lebensjahr erreicht hatte und dessen Leibesumfang von Jahr zu Jahr beträchtlicher geworden war, in Richtung des großen Sessels, den die Klosterschreinerei für ihn maßgeschneidert hatte. Der Thron, wie die Archivbediensteten den Sessel nannten, stand genau in der Mitte des vorderen Gewölbes, von wo aus die einzelnen Gänge des Archivs abzweigten. Keiner kam an Meister Giselbert ungesehen vorbei. Vor seinem Thron stand ein Tisch, wo er seine Korrespondenz schrieb, seine Studien trieb.

Giselbert ließ sich ächzend nieder. Sein Gesicht war selbstzufrieden. »Nun? Worüber habt ihr geredet? Wieso ist mein Name gefallen?«

»Herr, Euer Name fiel, weil wir uns fragten, ob Ihr wisst, wie schlecht es uns in letzter Zeit geht.« Vicloq deutete mit Leidensmiene auf das Brot und das Wasser.

»Ja, ja, es sind wirklich üble Zeiten«, sagte Giselbert mit gleichgültiger Miene. »Wie weit sind die neuen Pergamenthäute draußen im Hinterhof?«

»Die Knechte arbeiten daran. Sie haben sechs Wochen in Kalklauge gelegen«, sagte Vicloq.

»Gut. Lang genug, selbst bei kaltem Wetter.«

Vicloq nickte. »Stimmt. Sie haben jetzt mit dem Enthaaren und dem Entfleischen angefangen.«

Die Grob- und Vorarbeiten an den Pergamenthäuten waren die unbeliebtesten, die im Archiv anfielen, und sie waren auch nicht ungefährlich. Es gehörte zu den Aufgaben der fünf Knechte, die Haar- und Fleischreste mit Hilfe eines Streicheisens von den Häuten abzuschaben.

Dazu spannten die Knechte die vorbereitete Haut auf einen der eisernen Schabebäume. Was folgte, war wiederum eine schweißtreibende, unangenehme Arbeit. Wie schnell rutschte man mit dem Streicheisen ab und fügte sich selbst tiefe Wunden zu! Anschließend mussten die Häute dann gewaschen werden, damit die Kalklauge nicht schädigend auf das Pergament einwirken konnte. Auch das war eine Arbeit, welche die Knechte erledigten, und sie mussten dabei verdammt auf ihre Augen aufpassen. Ein Spritzer in einem unachtsamen Moment, und das Augenlicht konnte verloren gehen. Schließlich wurden die Häute auf einen Rahmen gespannt, wodurch das Pergament zusätzliche Elastizität gewann und undurchsichtig wurde. Die Knechte hatten reichlich Erfahrung in diesen Arbeiten und bedurften keiner Aufsicht oder Anleitung.

Danach kam die Feinarbeit, und die kniffligsten Teile überließen sie gewöhnlich Eberhard, der inzwischen ein Meister darin war. Eberhard konnte zwischen mindestens einem Dutzend verschiedener Stärkegrade des Pergaments unterscheiden, mehr als jeder andere. Mit Bimsstein, Kreide und Poliermasse, die sie aus zerriebenen Muschelschalen herstellten, die eigens vom Mittelmeer nach Sachsen geliefert wurden, raute Eberhard die Oberfläche des Pergamentes auf, vorsichtig und so sanft, als handelte es sich um die Haut einer Frau.

Danach trug er eine dünne Weizenstärkelösung auf die Oberfläche des Pergamentes auf, die er mit selbst gewonnenem Eiweiß untermischt hatte. Kein anderer mischte ihm diese Rezeptur gut genug. Die Lösung sorgte dafür, dass die Oberfläche des Pergaments die Tinte besser aufnahm. Eberhard oblagen auch die abschließenden Bearbeitungsschritte, wenn es darum ging, fette oder dünne Stellen mit Kreideschlamm nachzubearbeiten.

»Also, heute Morgen habe ich keine Arbeit für euch, als den Knechten beim Pergamentschaben zur Hand zu gehen«, sagte der Meister. »Ich weiß, keiner von euch macht das gerne, und ihr seht es als eine Arbeit an, die eigentlich einem Laienbruder nicht ansteht. Aber was ist heutzutage noch so, wie es einmal gewesen ist?«

Keiner machte Anstalten aufzustehen.

»Wieso haben wir eigentlich lesen und schreiben und rechnen gelernt?«, fragte Vicloq, »wenn wir dann Knechtsarbeit tun müssen?«

»Weil es im Augenblick sonst keine Arbeit gibt. Also los. Und tut nicht so, als hättet ihr noch nie im Leben diese Drecksarbeit gemacht! Eberhard … du bleibst hier.«

Die anderen glotzten missgünstig und gingen betont langsam hinaus.

»Wie lange bist du jetzt schon bei mir?«, fragte der Bibliothekar.

»Seit drei Jahren, Meister«, erwiderte Eberhard.

»Du hast dich gut gemacht, Junge. Du bist zweifelsohne mein bester Mann hier im Archiv.«

»Ich danke Euch.«

Giselbert lachte. »Warum, meinst du, habe ich dich zu meinem Gehilfen gemacht, als Dudo so Hals über Kopf ins Heilige Land zog?«

»Ich weiß es nicht. Aber Ihr ehrt mich, Meister.« Eberhard grübelte, warum Giselbert ihn so umschmeichelte. Hatte es irgendetwas mit der Besprechung mit dem Propst zu tun?

»Ich sag es dir: Besonders schätze ich deine Fähigkeiten, was dein Wissen um die Zubereitung von Pergamenten und von Urkunden betrifft«, fuhr Giselbert fort.

»Ich bemühe mich nur, gut zu sein, Herr.«

»Wie du mit dem Bimsstein umgehst beim Aufbereiten von alten Urkunden … man möchte meinen, dass sie vorher nicht beschrieben waren, wenn du sie in der Hand hattest.«

Eberhard schaute seinen Meister fragend an.

»Du willst wissen, warum ich das alles zu dir sage?«

»Das will ich in der Tat wissen.«

»Ich habe einen Auftrag an dich.«

»Geht es um eine Abschrift? Oder soll ich Pergamente schaben? Oder Tinte ansetzen, die so aussieht wie die alten Tinten?«

Giselbert lachte süßlich. »Du hast den Nagel auf den Kopf getroffen! Mit den alten Tinten bist du genau auf dem richtigen Weg.«

»Herr … warum diese Umschweife?«, fragte Eberhard, dem es gefiel, den alten Meister ein wenig zu necken. »Sagt es doch ganz einfach, geradeheraus. *Eure Rede aber sei: Ja! Ja! Nein! Nein! Was darüber ist, das ist von Übel.*«

Der alte Mönch lachte. »Du hast viel gelernt! Jetzt bin ich … lasse mich nachrechnen« – er zählte es an den in roten Handschuhen steckenden Fingern ab –, »… achtundfünfzig Jahre alt geworden, um mir von meinem Gehilfen das Matthäus-Evangelium vorsagen zu lassen.« Giselbert musterte seinen Schützling. »Du lernst wirklich schnell, Eberhard von Giesel. Du hast bemerkt, dass ich etwas von dir will, stimmt es?«

»Ich wollte Euch ein wenig auf die Sprünge helfen.«

»Du hast ja Recht. Also gut. *Ja, Ja. Nein, Nein.* Hör zu. Ich habe soeben mit Propst Hermanus gesprochen. Er hat mir das hier gegeben.« Giselbert zog den Beutel mit den Münzen aus einer seiner Gürteltaschen hervor. »Zweihundert Denare.« Er schüttelte den Geldbeutel, und die Münzen darin klirrten verführerisch. »Zwanzig Schweine kriege ich hierfür, oder tausend Hühner.« Er senkte die Stimme. »Wenn ich es wollte, würde ich auch eine blutjunge, dunkelhäutige Sklavin dafür bekommen.«

»Das ist schön, Meister. Aber was habe ich damit zu tun?«

»Ich will dir sagen, wofür Hermanus mir dieses Geld gegeben hat. Wir sollen ihm einen Auszug schreiben. Ein Exzerpt. Einen Urkundenauszug.«

»Aber das kostet doch höchstens zwanzig Denare.«

»Ja, ja, es ist halt ein ganz besonderer Urkundenauszug. Denn mit dem Auszug sollst du auch die Originalurkunde verändern.«

»Was soll ich?«

»Beruhige dich!«

»Ich soll die ursprüngliche Urkunde fälschen?«

»Du hast mich richtig verstanden. Aber fälschen ist vielleicht das falsche Wort. Der Propst hat mir geschworen, dass das alte Recht in der Urkunde, die du verändern sollst, sagen wir: falsch dargestellt ist. Wenn du es so willst, sollen wir nur einen unrechtmäßigen Zustand, der wie auch immer zustande gekommen ist, wieder in den rechtmäßigen Zustand zurückverwandeln.«

»Und was soll ich dabei tun?«, fragte Eberhard.

Statt einer Antwort nahm Giselbert die Summe von zehn Denaren aus dem Lederbeutelchen. »Die sind für dich. Fünf gebe ich dir sogleich, die restlichen fünf, wenn du fertig bist.«

»Aber Herr ...«

»Tust du es, oder tust du es nicht? Ich weiß, dass du es kannst. Du hast es von mir gelernt, doch längst hast du mich übertroffen, du bist besser, als ich es jemals war. Und, du weißt doch: *Deine Rede sei Ja, Ja* ... und so weiter.«

»Wenn Ihr es mir befehlt, Meister, dann werde ich es tun.« Eberhard schlug das Herz bis zum Hals. Zugleich war er stolz über das anerkennende Lob.

»Wenn es herauskommt, dann weiß ich von nichts. Ich habe nichts gehört und nichts gesehen. Ist das klar?« Eberhard nickte. »Dann werde ich mich jetzt von hier entfernen. Es handelt sich um eine Urkunde, die im Schrank *III / Dixitque Deus* liegt. Sie trägt das Siegel Kaiser Ludwigs I.«

»Eine so alte, ehrwürdige Urkunde? Mein Gott!« Seine Empörung war nicht nur gespielt. Tatsächlich empfand Eberhard plötzlich eine fromme Scheu davor, das alte Recht, wie es in der Urkunde Kaiser Ludwigs niedergeschrieben stand, zu fälschen. Das war ein schlimmes Sakrileg, eine Gotteslästerung, und die

Strafe, wenn man ihn erwischen würde, wäre gewiss sein Tod. Aber es gab kein Zurück.

Giselbert erklärte ihm, was genau Eberhard fälschen sollte – es war nur eine einzige Zeile, ein paar Worte, die den Besitz einer stattlichen Anzahl von Dörfern in der Gegend von Schlitz in ein erbliches Lehen des dortigen Grafen überführte. In der Originalurkunde hieß es, dass er nur die Vogtei ausübe und dass die Herrschaftsrechte allein beim Kloster Fulda lägen. Diese Rechtsminderung, so überschlug Eberhard, würde Tausende von Arbeitstagen der Hörigen, Dienste in großer Zahl und darüber hinaus Zölle, Back- und Mahlabgaben und etliche sonstige Einnahmequellen vom Kloster auf den Grafen von Schlitz übertragen, der ein enger Verwandter des Propstes Hermanus war. Eberhard erinnerte sich an den jungen Grafen aus Klosterschultagen, Ermenold von Schlitz, der inzwischen seinem Vater auf dem Grafenstuhl nachgefolgt war. Er lächelte, als er an Ermenold dachte. Der junge Graf also hatte diese Fälschung in Auftrag gegeben.

»Du weißt, wo in meiner Kammer die Schlüssel sind. Deine Kameraden sind oben beschäftigt, also wirst du in den nächsten Stunden ungestört deinen Auftrag durchführen. Ich gehe zu meinem Beichtvater. Glaubst du, dass du das hinkriegst?«

»Ja, Herr, das glaube ich.«

»Und ich kann mich auf dich verlassen?«

»Voll und ganz, Meister.«

»Also gut.« Giselbert erhob sich mühsam von seinem Sessel. Er klopfte Eberhard auf die Schulter. »Du machst das schon, mein Junge. Ich bin felsenfest davon überzeugt, dass niemand es bemerkt, wenn du diese Urkunde … hm, sagen wir: behandelt hast. Und denke daran, dass du anschließend noch den beglaubigten Auszug anfertigst. Leg ihn mir auf den Arbeitstisch, ich werde ihn dann siegeln.«

»Ich hoffe nur, ich kann Eure Erwartungen erfüllen, Meister.«

»Da mache ich mir keine Sorgen, Junge.«

10. Novembris, am Tage vor St. Martin

Nun sag's schon!« Wilbur platzte fast vor Neugierde. »Ist es ein Mädchen? Los! Wenn du mir's nicht sagst, dann kann ich dir auch meine Kammer nicht geben.«

Eberhard setzte sich auf das ungemachte Bett seines wendischen Freundes. Anders als die Laienbrüder im Kloster hatten Gesellen bei den Zunftmeistern meistens eine eigene, verschließbare Kammer. Wilburs Kammer war zwar winzig, und trotzdem erschien es Eberhard wie ein lasterhafter Luxus, dass ein Mann ganz allein eine Kammer hatte. Der Gedanke, dass Wilbur allein in seiner Kammer seine Mahlzeiten zu sich nahm, war für ihn befremdlich. Eberhard hatte in den letzten sechs Jahren immer im Speisesaal gegessen, zuerst mit den anderen Schülern von der Klosterschule und dann mit den restlichen Laienbrüdern des Archivs.

»Du darfst dich bei mir nicht umschauen«, sagte Wilbur grinsend.

Die Magd, die in Wilburs Kammer aufräumen musste, tat Eberhard leid: Kleidungsstücke lagen am Boden zwischen dem Bett, der Truhe und dem Waschbottich verstreut, überall stand Tongeschirr mit Essensresten herum und Krüge, in denen noch Reste schalen Biers waren. Wilbur allerdings wirkte alles andere als ungepflegt. Schließlich war er auf Freiersfüßen.

»Ich wollte eigentlich nur wissen, ob ich für eine schwierige Arbeit eine Zeit lang deine Kammer benutzen kann.«

»Aha. Eine Arbeit. Wie geheimnisvoll.«

»Ich schwöre es dir, es hat nichts mit Mädchen zu tun.« Eberhard zwang sich, ruhig zu bleiben. Er spürte das Pergament unter seinem Hemd, das an seiner verschwitzten Haut zu kleben begann, obwohl es kalt war.

»*Es hat nichts mit Mädchen zu tun*«, äffte Wilbur seinen Freund nach. »Das hört sich so an, als wäre das etwas ganz Ekelhaftes oder Undenkbares.«

»Wieso glaubst du, dass immer ein Mädchen im Spiel sein muss?«

»Weil die Natur uns so gemacht hat, mein Freund. Wofür hat Gott uns denn sonst hiermit ausgestattet?« Er fasste sich in den Schritt und lachte.

»Und dennoch gibt es noch andere Dinge auf der Welt, die wichtig sind, schließlich hat Gott uns auch mit dem hier ausgestattet.« Eberhard tippte sich an die Stirn.

»Du musst es ja wissen.« Wilbur zuckte mit den Schultern. »Eine Arbeit für deinen Meister, sagst du? Und du willst nicht, dass dir dabei jemand über die Schulter schaut?«

»Genau das. Eine geheime Arbeit für unseren Meister im Archiv.« Er deutete auf die Federn, verschiedene Federmesserchen und das gut verschlossene Tintenfass aus Horn in seinem Gürtel. In seinem Lederbeutel befanden sich außerdem Kreide, Bimssteine zum Schärfen und Glätten, ein kurzes Lineal für die Linien sowie der Zirkel für die Markierungen – die komplette Ausrüstung eines klösterlichen Kopisten und Schreibers.

»So geheim ist deine Arbeit, dass ich sie nicht sehen darf? Vertraust du mir etwa nicht?«

»Ach, Wilbur! Das hat damit doch überhaupt nichts zu tun.«

»Ach, Eberhard, ich meinte es doch nur zum Spaß, du alter Spaßverderber. Natürlich kannst du die Kammer haben, wenn du sie brauchst. Ich gehe inzwischen zum Haus von Arnoldus. Drei Stunden, bis zur Vigil. Reicht dir das?«

»Ganz sicher. Zur Vigil muss ich sowieso wieder im Kloster sein.«

»Ja, in deinem Gefängnis.« Wilbur lachte und reichte Eberhard den Schlüssel zu seiner Kammertür. »Dann sehen wir uns also nicht mehr heute Abend?«

»Nein, ich brauche die drei Stunden für meine Arbeit. Ich danke dir, mein Freund«, sagte Eberhard.

Wilbur öffnete die Tür. »Leg den Schlüssel unter die erste Bohle. Die ist lose.«

»Das mach ich.«

Kaum war Wilbur gegangen, verschloss Eberhard die Kammertür sorgfältig von innen. Obwohl es draußen kalt war, nahm er die Bespannung von dem schießschartenartigen Fenster. Er brauchte das Licht. Sein Blick fiel in den Hinterhof, der auf der einen Seite vom Haupthaus des Goldschmiedemeisters Angelus und auf der anderen von einem Seitenschiff der Stadtkirche St. Blasius begrenzt wurde. Es regnete, wie schon seit Tagen.

Was er sich vorgenommen hatte, war ziemlich einfach, denn er hatte ja schon an der Urkunde für den Propst das Fälschen von Schriftzeichen ausprobieren können.

Alles, was er dafür brauchte, hatte er mitgebracht. Er hatte sich schon vorher genau überlegt, wie er vorzugehen hatte. Zuerst umwickelte er sorgfältig das Siegel, das der Urkunde anhing. Er spürte tiefe Ehrfurcht dabei, denn es war das Siegel Kaiser Ottos. Es musste vollkommen unbeschädigt bleiben, denn das alte Siegel zu reparieren, wäre bestimmt so gut wie unmöglich. Konzentriert und mit geübten Handgriffen bereitete er die Paste zu, mit der er die radierten Stellen bestreichen würde. Den Stößel und das kleine, dickbauchige, emaillierte Tongefäß, in dem die Zutaten zerstoßen wurden, hatte er im Archiv ausgeliehen. Das war nichts Ungewöhnliches, er war oft mit Werkzeug unterwegs, um eine neue Technik oder neue Materialien für das Skriptorium, das Archiv oder die Bibliothek auszuprobieren.

Der Hauptbestandteil seiner Paste war Muschelkalk, dazu kamen Eigelb und zum Färben ganz spezielle, gelbliche Erde. Dudo hatte ihm einst gezeigt, wo er die finden konnte, aber damals ging es nur darum, eine besondere Farbe herzustellen, mit der im Skriptorium die Buchmaler arbeiten sollten. Nie im Leben hätte Dudo damit gerechnet, dass Eberhard diese Ratschläge dereinst auf diese Weise missbrauchen würde.

Während er das Fläschchen aus grünem Glas öffnete, das die vorbereitete Tinte enthielt, erschien Dudos Gesicht vor seinem inneren Auge. Wo mochte der alte Mönch jetzt sein? Lebte er noch? Mit der Tinte würde er die gefälschten Worte auftragen, nachdem er die Stellen, auf die es ihm ankam, mit dem Bimsstein sorgfältig wegradiert hatte. Er kannte die Art der Tinte, mit der man in der Kanzlei Ottos des Großen geschrieben hatte. Er nahm die Urkunde, breitete sie auf dem Tisch aus und überzeugte sich mit Kennerblick, dass sein Vorhaben machbar war. Die alte Tinte war am Rand rötlich angelaufen, nach innen fast blauschwarz.

Diesen Effekt konnte er auch mit neuer Tinte erreichen. In dieser Hinsicht war Giselbert sein Lehrmeister gewesen, denn viele von denen, die eine Urkunde bestellten – sei es eine Abschrift oder eine Neufassung, die vom Kloster beglaubigt wurde, mal in Prunk-, mal in einfacher Ausführung –, wünschten, dass das Dokument alt aussah, gemäß der Binsenweisheit, dass, je älter ein Recht, um so gewichtiger es war, und wenn es auch nur der äußerliche Anschein war. Die Bibliothek des Klosters war bekannt dafür, schöne, antik wirkende Schriftstücke herstellen zu können. Und wenn er jetzt diese Kunst zum Fälschen missbrauchte, beruhigte Eberhard sich, so tat er es ja nur den Oberen des Klosters nach, dem Propst und seinem eigenen Meister. *Wie der Herr, so's Gescherr.*

Er hatte noch im Ohr, wie Giselbert ihm eintrichterte, was er zu tun hatte: »Wenn du gute Tinte machen willst, die einen Tag nach dem Auftragen hundert Jahre alt wirkt, so nimm zu fünf

Teilen Wasser, ein Lot Galläpfel und ein halbes Lot Eisenvitriol.« Auch etwas Essig und pulverisiertes Gummi arabicum gehörten hinein; das Gemisch musste gekocht und umgerührt und zwei Wochen lang bis zur Fäulnis stehen gelassen werden, dann war die Tinte fertig. Eberhard nickte zufrieden. Seine Vermutung hatte gestimmt: Er musste nur ein ganz klein wenig Eisenvitriol zu der vorbereiteten Tinte hinzugeben, damit diese am Rand genau den Rotton hatte wie das Original.

Inzwischen brauchte er Giselbert nicht mehr, um sein Wissen zu erweitern. Längst hatte er in solchen Dingen seine Lehrmeister überflügelt, und diese Tatsache war ihm sehr wohl bewusst.

Ehe er mit dem Fälschen der Urkunde begann, musste er ausprobieren, wie das Ergebnis aussehen würde. Er richtete den Federkiel genauso her, dass seine Schreibspur exakt der in der alten Urkunde entsprach. Es gab hundert Möglichkeiten, einen Federkiel zu schneiden, und er beherrschte alle Arbeiten, die damit zu tun hatten, geradezu im Schlaf. In seinem Lederbeutel hatte er ein halbes Dutzend Gänsekiele dabei, die er zuvor zurechtgeschnitten und in einem Topf mit glühend heißem, trockenem Sand gehärtet hatte. Mit Hilfe einer handtellergroßen Glasscherbe, dem Bruchstück einer dicken Flasche, das ihm als Vergrößerungsglas diente, sah sich Eberhard den Duktus des Schreibers genau an, prüfte, wie und wo er die Feder andrückte, wie er Schwung nahm, um einen bestimmten Buchstaben zu zeichnen.

Die Scherbe war sein großer Schatz, denn sie war gewölbt und vergrößerte so auf geradezu magische Weise alles, was man aus nächster Nähe durch sie hindurch betrachtete. Viele Details wurden erst in dieser Vergrößerung sichtbar.

Eberhard hatte gelernt, dass keine Schrift einer anderen ganz genau glich und dass man die Hand eines jeden Schreibers wiedererkennen konnte, weil jede Einzelne unverwechselbare Charakteristika hatte. Zu dieser Erkenntnis war er allein gekommen, und er vermutete fast, dass selbst Giselbert sich darüber noch keine Gedanken gemacht hatte.

»So, wollen wir doch mal sehen, wie ich dich in Form bringe«, murmelte er. Er nahm die erste der noch unangeschnittenen, einen halben Fuß langen Federkiele aus dem Beutel. »Wo ist mein Messerchen?«

Er hatte es sich zur Angewohnheit gemacht, während der Arbeit zu sprechen, auch wenn niemand ihm zuhörte, und so wirkte es manchmal schon ein bisschen wunderlich, dass er mit seinen jungen Jahren Selbstgespräche führte wie ein alter Mann.

Er zog das Messerchen hervor. Unbekümmert machte er sich ans Werk.

»Autsch! Verflucht!«

Er donnerte den angeschnittenen Federkiel zu Boden und steckte den angeritzten Daumen in den Mund. Wie dumm, dass er sich ausgerechnet jetzt verletzen musste, etwas, das allzu häufig bei dieser Art von Arbeit geschah! Und bloß deswegen, weil er ungeduldig war, weil er schnell fertig werden wollte, weil es noch vieles anderes zu tun gab.

Nachdem er sich vergewissert hatte, dass er nicht mehr blutete, nahm er den Federkiel wieder vom Boden auf, aber er hatte ihn ruiniert. Er zuckte mit den Schultern, steckte ihn in den Gürtel zurück, denn man konnte ihn noch für die Schreibübungen der Jungen an der Klosterschule gebrauchen, da kam es nicht so darauf an. Beim nächsten Federkiel ging er sorgsamer und behutsamer vor, er konzentrierte sich, schnitt die Spitze schräg an und entfernte dann das innere Mark. Mit zwei seitlichen Schnitten brachte er die Schreibfeder in die gewünschte Form. Dann noch ein letzter kleiner Schnitt an der Spitze des Kiels, um die Breite des Striches zu bestimmen, ehe er die Tinte aufnahm.

Diesmal ging es nur um einen einzigen Buchstaben. Das *totus* musste zu einem *notus* werden. Zuerst aber musste er die Stelle auf der Urkunde mit dem Bimsstein so ausradieren, dass niemand es merken würde, nicht einmal mit dem schärfsten Auge. Er radierte das ganze Wort aus, denn es war geradezu unmöglich, einen einzelnen Buchstaben innerhalb eines Wortes zu ersetzen.

Eberhard war viel nervöser, als er es bei seiner ersten Fälschung gewesen war, und dabei war es doch nur eine winzige Stelle! Er nahm die Feder und probierte auf einem Stück alten Pergaments ein paar Mal den Strich aus.

Er holte tief Atem, der Strich glich haargenau dem des Schreibers der Urkunde.

n – o – t – u – s. Buchstabe für Buchstabe füllte er mit leichter Feder die radierte Stelle in der Originalurkunde. Jetzt stimmte das Original haargenau mit der Abschrift überein, die er vorab für den Hochvogt hergestellt hatte.

Erleichtert ließ sich Eberhard auf Wilburs Bett sinken. Jetzt musste er nur noch die gefälschte Urkunde etwa eine halbe Stunde offen liegen lassen, damit die Tinte einziehen und trocknen konnte. Dann war alles perfekt.

Eberhard spürte, wie ein befreiendes Hochgefühl in ihm aufstieg. Alle paar Minuten stand er auf und inspizierte sein Meisterwerk. Je trockener die Tinte wurde, umso weniger war von der Fälschung zu erkennen. Er war stolz auf sich, geradezu gerührt von der eigenen Kunst, und davon, welche Macht sie ihm verlieh – nicht nur im Guten, wenn es um die Geschicke seines Heimatdorfs Giesel ging, sondern auch in Bezug auf die Wünsche des Hochvogts …

Er spürte, wie ein Gefühl der Selbstgefälligkeit ihn durchströmte, und er wehrte sich nicht dagegen. Bisher hatte er kein Aufhebens um seine Gabe gemacht und sich nichts darauf eingebildet, denn er tat seine Arbeit wie jeder andere im Archiv. Im Übrigen ließen die Rückschläge nie lange auf sich warten. Selten war er rundum mit seiner Arbeit zufrieden. Doch obwohl er gerade eine schwere Sünde begangen hatte, die vor dem weltlichen und vielleicht auch vor dem ewigen Gericht schwerste Schuld auf ihn bürdete, verspürte er beim Anblick seiner perfekt gelungenen Fälschung ein nie gekanntes Glücksgefühl.

Welche Erde er verwenden sollte, was genau in die Tinte gehörte, wie die radierten Stellen so ausgebessert wurden, dass sie wie alt aussahen – das hatte ihm niemand beigebracht. Dudo und Giselbert hatten die Grundlagen gelegt, und er hatte sie weiterentwickelt und perfektioniert. Vor allem eines hatte ihm niemand beibringen können: den Duktus und die Hand eines anderen Schreibers so nachzuahmen, dass kein Unterschied zu erkennen war. Dies war seine Gabe.

Das war alleine seine Kunst. Der einzige Wermutstropfen dabei war, dass er seine Kunstfertigkeit ihrer Natur nach im Verborgenen ausüben musste. Das Merkmal seiner Kunst war, dass sie unbemerkt und unentdeckt bleiben musste; niemals konnte er dafür Beifall erheischen.

Er verstaute die Utensilien sorgsam in seinem Lederbeutel, denn jedes Teil war wichtig für seine Arbeit. Nur die Dose mit dem feinen Quarzsand ließ er noch auf dem Tisch stehen, denn mit dem Sand würde er die Tinte aufrauen, die er soeben aufgetragen hatte, weil sie sonst im Gegenlicht zu glatt erschien. Gleichzeitig nahm der staubfeine Sand die Partikel der Tinte auf, die nicht ganz und gar von dem Pergament aufgesaugt worden waren.

Sorgfältig machte er sich an den letzten Teil seiner Arbeit, dann war die Fälschung perfekt.

V

Schlitz

1150

6. Januarius, am Fest Heiligdreikönig

Eberhard hatte das Fenster in der Kammer seiner Schwester geöffnet, den dichten Spannrahmen herausgenommen und die Pferdedecke entfernt, sodass Licht in die Dachkammer fluten konnte, glitzerndes Eislicht am Ende des Mittwinters. Das Gieseler Tal lag unter tiefem Schnee. Die Wilde Jagd war in der Nacht zu Ende gegangen. So nannte man im Dorf die Tage zwischen dem Weihnachtsfest und Epiphanias; die letzte Nacht vom fünften auf den sechsten Januar, die Oberstnacht, in der die dunklen Stunden doppelt so lang währten wie die hellen, galt als die schlimmste und gefährlichste aller zwölf Raunächte.

Eberhard seufzte. Theresa schien zu schlafen. Sie sah so lieblich aus in ihrem Bett, wie ein Engel!

Der Vater hatte unter dem Dach eine Kammer für Theresa abgetrennt und ausgebaut. Sie verfügte über eine Tür, ein Bett und eine alte Truhe sowie zwei Schemel für Besucher. Der Boden war strohbedeckt. An der Wand hingen ein grobes Kruzifix und etliche Amulette und Segenszeichen.

Wenn er hier oben in Theresas Kammer war, ungestört vom Rest der Welt, während unten im Bauernmeisterhaus das Leben weiterging, kam er sich vor wie auf einer abgeschiedenen Insel, wo er in Ruhe durchatmen konnte. Alle waren froh, dass sich mit Eberhard wenigstens ab und zu einer um die Besessene kümmerte, über die man sonst höchstens hinter vorgehaltener Hand tuschelte.

Die Morgensonne überstrahlte das Land. Es war bitterkalt im Gieseler Tal. Das Land lag unter einem Panzer aus Eis. Der Schnee türmte sich so hoch wie seit Menschengedenken nicht. Es ging ein stetiger, eisiger Wind. Der Himmel war stahlblau. Die Kälte, die zum Fenster hereinströmte, hatte etwas Reinigendes. Das neue Jahr war erst ein paar Tage alt, und es gab niemanden im Fuldaer Tal, außer den habgierigen Baronen, der nicht hoffte, dass es ein besseres Jahr werden würde als das vergangene.

»Ich wünschte, du wärest immer bei mir«, erklang plötzlich die sanfte, noch immer liebreizende Stimme seiner Schwester im Hintergrund, im Dunkel der Krankenkammer, die Theresa seit den Geschehnissen an Simon und Judas nicht mehr verlassen hatte.

»Du schläfst nicht?«

»Ich denke nach«, erwiderte Theresa. »Genau wie du. Ich sehe immer, wenn du nachdenkst. Dann legt sich deine Stirn in Falten, schau mal, so!« Sie verzog das Gesicht, sodass Eberhard unwillkürlich lächeln musste.

Theresa hatte sich damit abgefunden, dass ihre Beine womöglich für immer gelähmt bleiben würden. Niemand konnte erklären, was mit ihr geschehen war, und so galt die Vermutung der Mutter, dass ein böser Geist in das Mädchen gefahren sei, als durchaus denkbar. Die Versuche des Pfarrers von Großenlüder, den bösen Geist mit allerhand Amuletten und abergläubischem Hokuspokus auszutreiben, blieben halbherzig und waren von keinerlei Erfolg gekrönt.

»Bleib doch wenigstens diese Nacht hier, Eberhard.«

»Ach, Schmetterling … du weißt doch, das kann ich nicht, selbst wenn ich es wollte. Magister Giselbert erwartet, dass ich morgen Früh pünktlich zum Sonnenaufgang im Klosterarchiv bin.«

»Seit du der Gehilfe von diesem Magister bist, hast du viel weniger Zeit für mich«, sagte Theresa schmollend.

»Du weißt, dass das nicht wahr ist.«

»Immer umgibst du dich mit diesen alten Urkunden und verstaubten Büchern.«

Eberhard zuckte mit den Schultern. »Das ist nun mal die Arbeit, die Gott mir aufgetragen hat. Und glaub mir, ich habe diese Arbeit für mich angenommen.«

»Du wirst noch mal zu einem verbiesterten Bücherwurm, der gar nicht mehr weiß, wie die Sonne und das Leben aussehen.«

»Solange ich die sieben Meilen hier herauskomme, werde ich sicher nicht vergessen, wie unsere Sonne aussieht.«

Theresa lachte. »Ich will es auch nicht vergessen! Ich will auf unser Dorf hinausblicken. Ich glaube, auf dem Dorfplatz knobeln sie gleich den Bohnenkönig aus.«

Eberhard schmunzelte. »Ich weiß noch, wie wild die Jungen darauf waren, Bohnenkönig zu werden, auch wenn diese Herrschaft nur für einen Tag dauert.« Er schaute zum Sonnenstand.

»Trag mich wenigstens noch einmal ans Fenster«, sagte sie.

»Na gut, ich trage dich!«

Eberhard war in den letzten beiden Jahren, und insbesondere seit Theresas Unglück, sichtlich älter und reifer geworden. Sein Blick war fester, das Kinn markanter geworden, die Brauen waren dichter. Sein braunes Haar hatte er ganz kurz schneiden lassen. Seine Haltung war gerader und aufrechter geworden, und er war kräftig genug, um seine dünn gewordene Schwester mit Leichtigkeit aus dem Bett zu heben und zum Fenster zu tragen.

Es verging kaum ein Besuch, bei dem sie ihn nicht darum bat, und er tat ihr gern den Gefallen, um ihr das schreckliche, einsame Leben in ihrer Kammer etwas zu erleichtern. Die anderen trauten sich nicht, ihr so nahe zu kommen, sie hatten Angst vor dem bösen Geist, der von ihrem Körper Besitz ergriffen hatte. Maria, die Magd, war die Einzige, die Theresa dabei half, sich zu waschen, die Wäsche zu wechseln, die Gliedmaßen zu bewegen.

Ohne Maria wäre Theresa womöglich in ihrem eigenen Schmutz verkommen. Im Sommer brachte Maria auch Blumen mit und schmückte damit die kleine Marienstatue, die am Fußende von Theresas Bett auf einem kleinen hölzernen Sockel stand und zu der Theresa, in tiefster Inbrunst versunken, betete.

Eberhard legte ein Kissen auf das Fensterbrett, dann ging er zu Theresas Krankenlager, fasste die Schwester unter den Armen und den Oberschenkeln und trug sie mitsamt ihrer Decke zum Fenster. »Du musst deine Augen beschatten! Es ist unglaublich hell draußen.«

Als sie die verschneite Landschaft hinter dem Dorf sah, jauchzte Theresa. Sie hielt die Hand über die Augen. »Das ist wunderbar«, sagte sie. »Es ist wie in einem Märchenland.«

Das war die Welt, in der Theresas Geist sich seit dem Unglück ihrer Schändung bewegte: im Land der Märchen und der Feen, der Trolle, der Prinzessinnen und der Elfen. Die meiste Zeit des Tages schlief sie oder flüchtete sich in Tagträume, denn wenn sie träumte, dann konnte sie all das sein, und dann konnte sie auch ihre Beine bewegen.

Eberhard setzte die Schwester auf dem Kissen ab und stützte sie. Eine Weile konnte sie so ausharren und die Landschaft betrachten. Theresa drückte sich an ihren Bruder. »Ich will deine Nähe spüren«, flüsterte sie.

»Dort unten sind die Jungen, die Bohnenkönig werden wollen!«, rief Eberhard. Eine längst vergessene Aufregung ergriff ihn angesichts des alten Dreikönigsbrauchs.

»Ein Glück, dass du gekommen bist«, sagte Theresa. »Die anderen haben ja Angst vor mir. Weißt du, dass mich keiner ans Fenster getragen hat, seit du zum letzten Mal da warst?« Sie sagte das ohne Bitterkeit, einfach so, wie man von einer beliebigen Tatsache redet. »Nur du hast keine Angst. Und vielleicht Maria. Maria hat, glaube ich, auch keine Angst. Aber sie ist nicht stark genug, um mich ins Fenster zu setzen wie du.«

Theresa schaute ihn mit ihren warmen und noch immer freundlichen, manchmal sogar heiteren Augen an. Sie lächelte, nach all dem, was geschehen war, lächelte sie noch immer. Eberhard spürte, wie dankbar sie ihm war, dass er sie nicht im Stich gelassen hatte. Er kam so oft ins Dorf, wie er es ermöglichen konnte, verbrachte viele Stunden am Bett seiner Schwester.

»Wenn die Bohnen blühen, gibt es viele Narren!«, rief Theresa plötzlich und deutete hinunter auf den Dorfplatz. »Sie haben angefangen, den Kuchen zu essen, und unser Vater passt auf, dass alles mit rechten Dingen zugeht.«

Eberhard reckte den Kopf. Jetzt konnte er es besser sehen. Die Leute aus dem Dorf waren auf dem Platz zusammengekommen und umringten die Gieseler Jungen, ein doppeltes Dutzend. Das war ein Lachen und Balgen! Natürlich wollte auch kein Mädchen aus dem Dorf dieses Ereignis verpassen. Auf einem Tisch, der genau in der Mitte des Dorfplatzes stand, hatte man den Kuchen hingestellt. Jeder der Burschen bekam ein Stück des Kuchens, und in einem der Stücke verbarg sich eine eingebackene Bohne – wer diese Bohne in seinem Kuchenstück fand, der war Bohnenkönig, so war es Brauch.

»Da, schau! Es ist der kleine Degenhard! Er hat die Bohne gefunden!«, freute sich Theresa und blickte mit großen Augen auf den Platz vor dem Bauernmeisterhaus hinab, wo die Jungen beieinander standen. Eberhard war war froh, dass seine Schwester ihr Schicksal so gefasst zu tragen versuchte. »Du kannst mich jetzt wieder zurück aufs Bett legen«, sagte Resa. »Weißt du, ich ermüde so schnell.«

Eberhard legte die Schwester zurück in ihr Bett, deckte sie gut zu, dann setzte er den bespannten Fensterrahmen wieder ein. Er nahm einen Schemel und ließ sich neben Theresas Krankenlager nieder. Sein Blick glitt über die provisorische Bretterwand, welche die Kammer vom Rest des Dachbodens abtrennte.

»Ich kann mich komischerweise noch ganz genau an diesen Tag erinnern. An alle Einzelheiten«, sagte Theresa plötzlich in die Stille hinein. »Ich bin schon früh von zu Hause aufgebrochen, um im Wald unterhalb der Herrgottseiche Pilze zu sammeln. Du weißt ja, ich habe immer die besten Stellen gekannt ...« Es klangen plötzlich so etwas wie eine traurige Wehmut und Melancholie durch. So als schnüre die Erinnerung an schönere Tage ihren Hals zu. »Unterwegs habe ich Gottschalk getroffen, der im Bibertal nach dem Rechten gesehen hat. Du weißt doch, er geht oft in der Morgendämmerung ins Bibertal hinauf und schaut den Bibern beim Dammbau zu.«

Theresa fuhr fort, wie sie fröhlich und arglos in den Kiefernwald hinaufgegangen war. Wie sie ihren Korb mit Pilzen füllte. Wie sie kurz vor der Mittagszeit auf einer Lichtung ausruhte, die etwas oberhalb des Kiefernwäldchens gelegen war, in Sichtweite der Herrgottseiche. Dies alles wusste sie noch so genau, als wäre es erst gestern geschehen.

»Aber was danach kam ...«, sagte sie leer und traurig. »Es ist ganz einfach wie abgeschnitten. Mir ist noch, als hätte ich einen schweren Donner gehört oder etwas Ähnliches, und dann ... nichts. So als hätte mir jemand mit einem Schmiedehammer auf den Kopf geschlagen.«

»Dafür sieht dein Kopf aber noch ganz heil aus«, versuchte Eberhard einen Scherz.

Plötzlich war ein Knarren auf der Stiege zu hören, die vom Flur herauf zum Heuboden und zu Theresas Kammer führte. Der Vater streckte den Kopf durch die Tür.

Wie alt er aussah mit seinem schlohweißen Bart, und wie schwach er wirkte! Hinkmar war ausgelaugt, entkräftet, krank. Die Jahre zehrten an ihm. Jedes Mal, da Eberhard ihn sah, fiel es ihm mehr auf. »Geht es euch beiden gut?«, fragte der Bauernmeister.

»Immer wenn Eberhard da ist, geht es mir gut«, sagte Theresa.

»Hm. Ja. Das freut mich. Vielleicht solltest du jetzt ein wenig schlafen?«, fragte Hinkmar.

»Du hast Recht, Vater« erwiderte Theresa gähnend. »Ich bin müde.«

»Gut. Wenn du nachher zu uns herunterkommst in die gute Stube, Eberhard, hast du dann ein paar Minuten Zeit, mit mir über den Vogt und seine Absichten zu reden?«

»Über den Vogt?«

Eberhard spürte, dass er rot wurde. Seit er vor über einem Jahr die Urkunde zu Gunsten seines Dorfes gefälscht und dem Priester des Hochvogts die Abschrift überreicht hatte, war er niemals wieder darauf angesprochen worden.

Inzwischen hatte er so viele Urkunden gefälscht, dass es ihm vorkam, als wäre gar nichts geschehen. Er wähnte sich in Sicherheit. Giselbert war froh darüber, dass er einen so kunstfertigen Gehilfen hatte. Eberhards Fälschungen waren so gut wie nicht nachweisbar, man konnte sehr viel mehr für sie verlangen als für Fälschungen von der Hand minderbegabter Schreiber, Fälschungen, wie sie zuhauf kursierten und wie sie in jeder guten Kanzlei leicht als solche entlarvt wurden.

Der alte Bauernmeister nickte. »Ich will mit dir reden, Junge«, sagte Hinkmar leise. »Du weißt doch, Walther ist jetzt ein Gefolgsmann von Junker Rudolph und seinem Vater. Den brauche ich nicht zu fragen.«

Eberhard nickte. Er war stolz, dass der Vater ihn um Rat bat.

»Also, dann lasse ich euch wieder allein«, sagte Hinkmar. »Ich warte unten auf dich.«

Kaum war der Vater gegangen, begann Theresa zu schluchzen. Sie vergrub das Gesicht in ihrem strohgestopften Kopfkissen.

Eberhard streichelte ihr übers Haar. »Weine nur, kleine Schwester! Weine, wenn dich das erleichtert!«

»Wenn ich dich nicht hätte, würde ich zu Grunde gehen.« Sie rieb sich die Tränen aus den Augen. »Stell dir das doch vor. Ich werde für immer in dieser Kammer eingekerkert sein! Niemals werde ich etwas anderes sehen …«

»Glaub mir, es muss nicht alles so bleiben, wie es ist. Vielleicht wirst du eines Tages wieder aus deinem Bett aufstehen.« Eberhard bemühte sich, Zuversicht in seinen Tonfall zu legen. »Du musst nur fest daran glauben.«

»Vielleicht.« Sie nahm seine Hand. Der Druck ihrer kalten Hand war fest. »Ich will dir ja glauben«, sagte sie. »Wenn Gott es will, dann werde ich vielleicht wieder gehen können.« Sie schluckte schwer, den Blick auf einen unbestimmten Punkt gerichtet, so als würde sie sich noch einmal die Ereignisse jenes Tages vergegenwärtigen, der ihr Leben zerstört hatte. »Versprich mir, dass du die Hoffnung nicht aufgibst, Schwester!«

»Ach, Eberhard! Was nützt es denn, wenn ich dir etwas verspreche, das ich nicht halten kann?«

»Ich habe mit dem Medikus des Klosters gesprochen.«

»Dem Medikus?«

»Ja, mit Bartholomäus von Trier. Das ist unser Arzt. Er ist sehr alt, und er hat sehr viel Erfahrung mit allen möglichen Krankheiten.«

»So? Weiß er denn etwas darüber, was mit mir passiert ist?«, fragte Theresa.

»Maria wäscht dich doch immer?«, fragte Eberhard statt einer Antwort. Theresa nickte. »Lassen sich deine Beinmuskeln dabei gut bewegen?«

»Sie leisten gar keinen Widerstand. Ich dachte, das wäre besonders schlimm.«

»Im Gegenteil! Bartholomäus sagt, wenn sich bei einer Lähmung die Muskeln schwer bewegen lassen oder gar nicht, dann ist es meistens hoffnungslos. Sag Maria, dass sie deine Muskeln möglichst viel bewegen soll, damit sie geschmeidig bleiben.«

»Ja, ja, ich sag's ihr«, erwiderte Theresa, aber in ihrer Stimme war keine Überzeugung.

»Diese Lähmung, das passiert manchmal nach Kopfverletzungen, hat Bartholomäus gesagt. Oder wenn die Wirbelsäule verletzt wurde. Man braucht keine Gespenster oder Dämonen, um deine Lähmung zu erklären.«

»Das solltest du mal unserer Mutter sagen«, erwiderte Theresa mit Bitterkeit in der Stimme.

»Du kennst sie doch, sie war schon immer so, nur dass sie jetzt auch noch verwirrt ist.«

»Ich weiß. Und trotzdem tut es mir weh.« Theresa seufzte. »Lass uns jetzt besser von etwas anderem reden, lieber Bruder. Weißt du, dass ich nichts von der großen Welt wüsste, wenn du sie nicht zu mir in diese kleine Kammer tragen würdest?«

Eberhard lächelte. »Was willst du denn wissen?«

»Alles! Ich will alles wissen!«

»Das würde dich nicht erfreuen«, erwiderte Eberhard. »Das, was dort draußen in der Welt vor sich geht.«

»Auch bei euch im Kloster?«

Eberhard nickte. »Ja, vor allem dort. Wenn die Abtei jetzt nicht endlich in starke Hände kommt, dann ist sie dem Untergang geweiht.«

»So schlimm steht es?«

»Als im letzten Sommer unser König zurück aus dem Morgenland gekommen ist, da war er krank bis auf den Tod. Und man weiß ja, welche schlimmen, unbekannten Krankheiten man sich im Morgenland holen kann. Ist das alles nicht zum Verzweifeln?«

»Du machst mir Angst.« Sie machte ein müdes Kreuzzeichen und schaute bittend zu ihrer Marienstatue hoch.

»Vielleicht gibt es ja doch noch Hoffnung.«

»Hoffnung? Wie meinst du das?«

»Vor ein paar Tagen kam die Nachricht nach Fulda, dass der König genesen ist.«

Theresa klatschte in die Hände. »Dann hat es bestimmt geholfen!«

»Geholfen?«

»Ja! Du weißt doch, wie innig ich jeden Tag zur Muttergottes bete, dass sie ihre Hände über uns alle hält. Über dich und über unsere Eltern und über Walther und unser Gesinde und unsere Bauern, über unser Tal und über unser Land.«

»Du bist ein Schatz«, sagte Eberhard lächelnd. »Hab ich dir eigentlich erzählt, dass ich jeden Monat eine geweihte Kerze im Dom anzünde?«

»Eine Kerze? Jeden Monat?«

Eberhard spreizte Daumen und Zeigefinger ab und beschrieb eine Spanne. »Eine kleine Kerze, so lang und dünn wie ein Finger. Und manchmal reicht es auch dafür nicht. Aber meistens doch.«

»Und wofür zündest du sie an?«, fragte Theresa mit einem melancholischen Lächeln.

»Das weißt du doch, meine kleine Resa. Du weißt es. Für dich – dafür, dass du irgendwann wieder gesund wirst.«

ARCHIVUM SECRETUM APOSTOLICUM VATICANUM

Bericht des Päpstlichen Observators
Reichsabtei Fulda, Anno Domini 1150

»… Euer Land ist verwüstet, eure Städte sind vom Feuer verbrannt; Fremde verzehren eure Äcker vor euren Augen; alles ist wüst wie beim Untergang Sodoms, sagt der Prophet Jesaja.
Das Volk beklagt in allen seinen Ständen, es sei wahrhaft ein großes Elend, einen so berühmten und von so vielen Pilgern und Gläubigen besuchten heiligen Ort in einer solchen Vernachlässigung und Verwahrlosung zu sehen, dass für die Mönchsbrüder die Vorräte nicht einmal für einen Tag lang reichen. Herr, wie lange willst du dabei zusehen, dass der Teufel sich deines Tempels bemächtigt hat?

Keiner wagt es, sich der Dreistigkeit und Gottlosigkeit der Natternbrut zu widersetzen, die die Abtei an ihrer Brust genährt hat. Niemand bestraft die Junker, Grafen und Barone, die doch eigentlich der Abtei treu ergeben sein sollten. Stattdessen brüsten sich die Edelleute auf ihren Burgen ungestraft mit ihren Schandtaten, den Räubereien und Gewalttaten, mit Mord, Totschlag und Betrug. Der Zorn Gottes komme über sie und töte sie!
Wo ist der gerechte Vater, der die Sünder und Verbrecher bestrafen würde, um Ordnung zu schaffen in seinem Haus, wo eigentlich das Wort Gottes hätte gepredigt werden und sein ewiger Name verehrt werden sollen?
Dito: Der hochwürdige Abt Heinrich von Hersfeld, den der Konvent der Abtei am St.-Ursula-Tag im vierten Regierungsjahr unserer Heiligkeit des Papstes Eugenius III. gewählt hat, erhielt die Anerkennung des Mainzer Erzbischofs nicht. Abt Heinrich resignierte und kehrte in die Abtei Hersfeld zurück.
Aber das Volk hier im Land und in allen Gauen des Heiligen Römischen Reiches hat neue Hoffnung geschöpft. König Konrad III. ist dank Gottes Hilfe und der Gebete des ganzen Volkes von seiner schweren Krankheit genesen. Der König hat die Festung Marienberg verlassen. Das Volk jubelt ihm in allen seinen Ständen zu. Das Scheitern des Kreuzzuges lasten sie nicht ihm, sondern unserem heiligen Herrn Papst und dem ehrwürdigen Abt Bernhard von Clairvaux an …
… Item war viel Volks zusammengeströmt, als der römische König Konrad gen Fulda fuhr, um nach der wunderbaren Heilung von seinem schweren Fieber, das er sich beim Kreuzzug zugezogen hatte, den sächsischen Landtag abzuhalten. Heerscharen des Rhöner Bauernvolkes und der Leute aus dem Vogelgebirge, Männer und Frauen aus dem ganzen Fuldaer Land und darüber hinaus sind zum Kloster des heiligen Bonifatius gepilgert, um den gesalbten Herrn des Heiligen Römischen Reiches leibhaftig zu sehen und seines Heiles Teil zu haben. Denn es ist der Allmächtige, der seinem Könige großes Heil

gibt und Gnade erweist seinem Gesalbten, und ihm Macht verleiht wider seine Feinde.
Feierlich hielt der König am Tage nach dem Sonntag Judica Einzug in den Hohen Dom zu Fulda, gefolgt von den Fürsten und den Bischöfen des Reiches und ungezählten Grafen, Vögten, Markgrafen, Baronen und Ministerialen, die sich alle im Glanz der Königskrone sonnten. Der König hatte eine ritterliche Erscheinung und war von edler Gestalt wie der Erzengel Michael. Gesellig und heiter war der König, und das Volk war voller Bewunderung für seine Majestät.
Der König hielt Gericht beim sächsischen Landtag, was seine vornehmste Aufgabe ist. Zahlreiche Klagen, Bitten und Beschwernisse wurden vorgetragen und um den Spruch des Königsgerichtes gebeten. Dann fragte der König die Edlen des Reichs, auf welche Weise er mit Gottes Hilfe die Abtswahl regeln könne, so dass endlich wieder Gott zukäme, was Gott zusteht, und dem König zukäme, was des Königs ist. Der König sagte, dass ihn glaubenseifernde Männer auf eine Persönlichkeit von bezeugten Qualitäten und von tadellosem Ruf aufmerksam gemacht hätten, auf einen Abt, der sein bescheidenes Kloster in wenigen Jahren zu großer Blüte geführt und die Besitzungen und die Gebäude vermehrt hat.
Alle müssen mit Gottes Hilfe an einem Strang ziehen, hat der König verlangt, und als sie alle es versprochen hatten, nannte er ihnen den Namen, Abt Markward von Mönchsdeggingen. Das Volk sagte, dass der Heilige Geist den König beflügelt habe, als er diesen Mann als Abt vorschlug. Der Ehrwürdige kommt aus Bayern. Kaum einer hat ihn hier zuvor gekannt.
Sic et non: Haben sie ihn im Konvent ohne eine einzige Gegenstimme gewählt und haben ihm in Anwesenheit so vieler Zeugen Gehorsam und Unterwerfung gelobt. Der König hat sie nachher alle beglückwünscht, wie rühmlich sie zur Ehre des Reiches zusammengewirkt haben. Der König hat darüber hinaus gesagt, dass der besagte Markward nichts davon wusste, dass er vom König als Abt von Fulda vorgeschlagen wurde. Aber er hat hinzugefügt, dass die-

ser Markward sich ganz gewiss seiner Pflicht nicht entziehen wird, wenn der König ihn ruft …
Item: Es waren derer jetzt schon fünf Besuche des Königs Konrad. Der Besuch des Königs und der Landtag allhier sind eine große Ehre, zugleich aber auch eine große weitere Belastung und Bedrückung für die Abtei, selbst wenn der König wie in diesem Falle nur mit kleinem Gefolge kommt. Dafür wurden die letzten Vorräte geplündert, die letzten Reserven aufgebraucht. Man sagt nicht ohne Grund im ganzen Fuldaer Land, dass nicht nur die ruchlosen Plünderungen der Barone, sondern auch die übertrieben hohen Kosten für die Bewirtung und Hofhaltung des deutschen Königs das Reichskloster so sehr in den Ruin getrieben hätten …
Möge dem neuen Abt Markward mit Hilfe dessen, der die Herrschaft hat im Himmel und auf der Erde, gelingen, was seit drei Menschenaltern keinem Abt in Fulda mehr gelungen ist …«

3. Junius, am Samstag vor dem Pfingstfest

Eberhard konnte es noch immer nicht so recht begreifen, dass sich seine Welt – jetzt, da er das zwanzigste Lebensjahr begonnen hatte – von neuem so sehr verändert hatte. Aber es war gut so. Die Dinge waren im Fluss, alles bewegte sich.

Im ersten Morgengrauen, lange bevor die Sonne aufgegangen war, verließ er das Kloster in Richtung des zwölf Meilen nördlich gelegenen Städtchens Schlitz. Er ging zu den Stallungen, um Asinus, das treue Maultier, zu holen. Nebel lag über den Talauen der Fulda, deren Verlauf er flussabwärts folgte. Es war noch kühl, aber es versprach ein ebenso herrlicher Sommertag zu werden wie die Tage zuvor.

Eberhard war gut gelaunt. In der Nacht hatte es geregnet. Im aufgehenden Sonnenlicht sah die Welt aus wie neu, wie gerade erst erschaffen. Bald strahlten ihm das Sattgrün der Bäume, das Blau des Himmels, das Gelb und Weiß der Blüten entgegen, so als wäre Gott ein übermütiger Maler. Es war schön, in einer solchen Welt zu leben. Auf allem glitzerte das frühe Sonnenlicht. Für lange Augenblicke vergaß Eberhard alles andere, sog den Duft des frühen Sommers in sich auf, den Duft des taubenetzten Grases und des feuchten, fruchtbaren Bodens. Er ließ sich vom Gesang der Vögel betören, genoss die frische, klare Luft auf seiner Haut.

In großen Schleifen schlängelte sich der von Bäumen und Sträuchern gesäumte Fluss durch dieses von Gott gesegnete

Land. In den Auen und auf den sanft zu den Bergkuppen ansteigenden Hängen stand die noch grüne Frucht auf den Feldern. Auf den Wiesen war die Mahd im Gange, wurde das Heu gemacht. Die Mägde in ihren blau-weißen Kleidern rechten das Heu zusammen, während die Knechte mit ihren Strohhüten die Sense schwangen. Da und dort pflügten und eggten die Bauern schon die Brache. Es war die Zeit des Jahres, in der sie am meisten zu tun hatten, die Zeit der Schafschur, des Heumachens, des Unkrautjätens auf den Feldern, deren Ernte nach Johannis begann.

Wenig unterhalb der Stelle, wo das kleine Flüsschen Lüder in die Fulda mündete, hatte er die Hälfte der Strecke nach Schlitz zurückgelegt. Eberhard fühlte sich eins mit sich selbst, wenn er das blühende Land sah und die Menschen, die treu und fromm ihre Arbeit taten, weil Gott es so wollte, eine Arbeit, von der alle Stände lebten, auch der geistliche Stand und der Stand der Edelleute.

Er begegnete einem fröhlichen Trupp von Dorfbewohnern, darunter etliche Kinder, die nach altem Brauch auf Pfannen schlugen und klatschten und pfiffen, während sie einen soeben ausgeschwärmten Bienenschwarm verfolgten. Sie grüßten Eberhard lachend, denn jeder erkannte, auch wenn das schwarze Zaumzeug mit dem Messingbesatz des Maultiers zwar alt und abgenutzt war, dass er zum Kloster von Fulda gehörte. Es war schön, dies alles an einem solchen sonnigen Tag zu erleben, oben auf dem Rücken von Asinus, der ihn durchs blühende Land trug. Rundum zwitscherten die Vögel, die Schmetterlinge waren wie unzählige flirrend bunte Lichtpunkte in den Fulda-Auen, der sanfte Westwind war warm und roch angenehm.

Das Leben konnte so schön sein!

Meister Giselbert beauftragte Eberhard als den verständigsten und klügsten seiner Gesellen seit geraumer Zeit immer öfter damit, heikle und wichtige Auslieferungen im Fuldaer Land persönlich vorzunehmen und dabei auch den Lohn zu kassieren. Auf dem Rücken von Asinus hatte er inzwischen die alten Straßen bis zur Stadt Hünfeld zurückgelegt und dann den mühseligen Weg in die Rhön hinauf bis zur Ebersburg. Zweimal schon hatte ihn ein ähnlicher Auftrag nach Schlitz geführt, seinem heutigen Reiseziel.

In den ersten beiden Jahrzehnten seines Daseins war ihm gar nicht bewusst gewesen, wie sehr sein Leben eingeschränkt war – zunächst in Giesel und dann in Fulda: Was ich nicht weiß, macht mich nicht heiß. Auch wenn er jetzt nach und nach die umliegenden Dörfer und Städtchen in der näheren Umgebung kennenlernte, so sehnte er sich danach, endlich mehr von der Welt zu sehen. Von der kannte er nur Namen. Hersfeld, Würzburg, Frankfurt, Köln, Rom, Jerusalem. Diese Namen hatten einen wunderbaren Klang für ihn. Seine Träume waren von einer großen Sehnsucht nach diesen fremden Städten und Ländern erfüllt, und er fragte sich, ob er nicht irgendwann vielleicht sogar als Jakobspilger nach Santiago de Compostela gehen würde, geschmückt mit der heiligen Muschel, dem Pilgerzeichen; aber das waren Wunschträume, die vorläufig nichts mit der Wirklichkeit zu tun hatten.

Wenn er unterwegs war, genoss er es, das Leben aus der erhöhten, freieren Sicht des Sattels kennenzulernen. Dann fühlte er sich ein wenig wie sein Bruder Walther, auch wenn dieser ein Schlachtross ritt und kein Maultier wie Eberhard. Mit Stolz dachte er daran, dass der Bruder in zwei Tagen, am Pfingstmontag, auf Burg Ziegenhayn zum Ritter gegürtet werden würde. Wie sehr er sich für Walther freute! Auch wenn er den Bruder nur noch selten sah und beide in verschiedenen Welten lebten, wussten sie, dass sie zusammengehörten. »Wir sind die beiden Seiten einer Münze«, hatte Walther einmal gesagt, und Eberhard hatte ihm beigepflichtet: »Untrennbar miteinander verbunden, und doch auch völlig gegensätzlich.« Eberhard freute sich schon darauf, der Ritterweihe Walthers beizuwohnen. Vor allem war es wieder einmal eine Gelegenheit, seine Familie zu sehen. Nur Theresa nicht, dachte Eberhard mit Wehmut. Sein Vater würde zur Feier des Tages zusammen mit seiner Gemahlin und dem ganzen Gesinde nach Fulda kommen. Überdies würde die ganze Dorfgemeinschaft den Bauernmeister begleiten.

Der Blick aus dem Sattel war der Blick der Edelleute auf die Welt. Seit er die Botendienste für das Archiv des Monasteriums übernommen hatte, fühlte Eberhard sich ein wenig wie einer der Ministerialen, einer der Dienstleute, die halb adelig waren – dem Stand seiner Geburt weit entwachsen, irgendwo zwischen frei und unfrei. So wie sein Vater, der Bauernmeister Hinkmar, und sein erstgeborener Sohn Walther es waren.

Obwohl Eberhard während seiner gelegentlichen Ritte nur in die umliegende Umgebung kam, hatte sich sein Blick in die Welt geweitet. Überall schnappte er etwas auf, und er hatte das Gefühl, die Zusammenhänge zu begreifen. Beispielsweise hatte er erst kürzlich erfahren, dass der neue Abt Markward von seiner Heimat Bayern aus nach Rom gereist war, wo er vom Papst geweiht wurde, damit er endlich sein heiß herbeigesehntes Regiment in der Abtei beginnen konnte. In den nächsten Tagen erwartete man hoffnungsvoll seine Ankunft in Fulda.

Aber bis zu Markwards Regierungsantritt hatte Propst Hermanus weiter das Sagen. Im Namen und mit dem Siegel des Propstes war auch das Pergament ausgestellt, das Eberhard in seinem Urkundenköcher bei sich hatte an diesem sommerlichen Morgen auf dem Wege zur Stadt Schlitz, die gut fünf Reitstunden nördlich von Fulda lag, in einem kleinen Seitental der Fulda. Es war eine Urkunde, die Graf Ermenold von Schlitz bestellt hatte, der junge Herr der Stadt und der Burg, jener Ermenold, der zusammen mit Eberhard die Klosterschule besucht hatte.

Eberhard hatte sich wie ein richtiger Scholar einen Kinnbart wachsen lassen. Öfters ertappte er sich dabei, wie er über die

Barthaare strich, besonders wenn er nachdachte. Und das tat er an diesem Morgen unentwegt. Es war nämlich ein ziemlich heikler Auftrag, mit dem Giselbert seinen Gehilfen betraut hatte. Als er den mauerbewehrten Berg mit Stadt und Burg Schlitz nach langem Ritt aus dem Vormittagsdunst vor seinen Augen auftauchen sah, wurde ihm klar, dass er unter Umständen Ärger bekommen würde und einen Streit ausfechten musste. Denn die beglaubigte Abschrift eines Besitztitels für unverschämte sieben Hufen im nahen Salzschlirf war eine Fälschung und noch nicht bezahlt. Eberhard war von Giselbert ausdrücklich angewiesen worden, dem Grafen Ermenold die Abschrift nur dann auszuhändigen, wenn er die vereinbarten sieben Kölner Denare erhalten hatte.

Eberhard bog in das enge und schattige Seitental ein. Dichter Nebel hing noch in den Talauen, aber die Sonne würde ihn bald vertreiben. Er hatte schon viel vom Hochzeitsmarkt von Schlitz gehört, einem Volksfest, das immer an den Pfingsttagen stattfand, und er überlegte, ob er das Fest in den Auen des Flüsschens Schlitz aufsuchen sollte, das ein Stück weiter in die Fulda mündete, doch er verwarf den Gedanken sogleich wieder.

Das Hochamt in der Schlitzer Kirche St. Trinitatis war zu Ende, und das Volk strömte aus der kleinen Stadt zum Frühschoppen auf den Festplatz drunten am Fluss. Sie kamen Eberhard singend und lachend entgegen und grüßten ihn freundlich. Vom Festplatz her ertönten Musik und Gesang. Er lag in der Nähe der Burg von Niederschlitz, die das Tal des Flüsschens bewachte und von den durchreisenden Händlern und Pilgern Zoll erhob.

Eberhard wandte sich jedoch in die andere Richtung, wo der steile, befestigte Weg zum Hügel hinaufführte, auf dem die Stadt und die obere Burg lagen.

Er durchquerte die kleine, enge Stadt, kam über den menschenleeren Marktplatz. Anscheinend waren alle Bewohner des Städtchens unten am Fluss beim Hochzeitsmarkt. Er ritt an St. Trinitas vorbei. Eine alte Frau fegte die Treppe, die zum wuchtigen Portal der alten Pfarrkirche hinaufführte. Er ritt durch das steil ansteigende Gässchen zur Grafenburg hinauf, die am höchsten Punkt des Hügels von Schlitz lag.

Das Burgtor war mit einer heruntergelassenen kurzen Zugbrücke, einem Fallgitter und einer dicken Eisenkette gesichert. Eberhard traf auf einen missmutigen Burgtorwächter, der offenbar keine rechte Lust hatte, aus seinem Torhaus herauszukommen, die Schließkette zu öffnen und den Besucher durchzulassen. Man sah dem Mann an, dass er viel lieber im Tal drunten beim Hochzeitsmarkt gewesen wäre, als hier seinem Dienst nachzukommen.

»Zu wem wollt Ihr?«, fragte der Torwächter kurz angebunden.

»Zu Graf Ermenold von Schlitz oder zu Sibold von Bimbach, dem Vogt der Klostergüter von Salzschlirf.«

»Es gibt keinen Vogt Sibold«, erwiderte der Wächter mürrisch. »Der Herr hat ihn weggejagt. Vorgestern.« Er machte keine Anstalten, die Kette auszuhängen und Eberhard durchzulassen. Das fing ja gut an, dachte Eberhard. Es gab allzu viele von diesen unangenehmen Torwächtern in deutschen Landen, die auf ihren kleinen Posten und Ämtern saßen und Leute schikanierten, von denen sie glaubten, dass sie es sich bei ihnen erlauben konnten.

»Davongejagt? Nun, das geht mich nichts an«, erwiderte Eberhard unbehaglich. »Was ich bei mir habe, ist jedenfalls ein besonders wertvolles und wichtiges Weistum.« Er senkte die Stimme. »Aber ich bin sicher, der Graf hat Verständnis dafür, wenn Ihr Euer Amt so gewissenhaft ausfüllt, dass Ihr einen Schreiber des Klosters von Fulda nicht in die Burg einlasst.«

Eberhard machte Anstalten, sein Maultier zu wenden.

»Halt, halt!«, rief der Torwächter. »Nicht so eilig, Mann. Seid doch nicht gleich beleidigt.« Er hängte die Kette aus und rief seinen jungen Gehilfen aus dem Torhaus.

»Wendo, lauf hinauf und sag dem Verwalter Carolus, dass hier ein Herr …?« Er schaute fragend zu Eberhard. Der nannte seinen Namen und seine Stellung.

»… dass hier ein Eberhard von Giesel ist, der von Meister Giselbert vom Kloster Fulda geschickt worden ist.«

Der flinke Junge namens Wendo lief los.

Der Graf war angeblich nicht da. Gut möglich, dachte Eberhard. Auch die beiden letzten Male, als er Urkunden nach Schlitz brachte, hatte er den Grafen nicht angetroffen. »Wendo wird sich um Euer Tier kümmern, Herr Scholar. Ich bringe Euch zu Carolus von Rothenburg«, sagte der Diener, der ihn im Burghof in Empfang nahm.

»Carolus von Rothenburg?«

»Er ist der neue Verwalter des Herrn Grafen.«

Der Diener führte Eberhard über den engen Burghof. Irgendetwas daran, wie der Diener den Namen des Carolus ausgesprochen hatte, missfiel Eberhard und warnte ihn. Er musste auf der Hut sein. Er schaute sich um. Seit seinem letzten Besuch hatte Graf Ermenold das Haupthaus um ein ganzes Geschoss aufstocken, den Burghof neu pflastern lassen, und der Bergfried war eingerüstet und sollte offenbar ebenfalls aufgestockt werden.

Der Diener brachte ihn in einen kühlen, kleinen Raum im Wirtschaftstrakt der Burg, wo er auf den Verwalter warten sollte. »Setzt Euch, wenn Ihr wollt«, sagte der Bedienstete. Er deutete auf die drei Schemel, die um den groben Tisch herum standen. An der Wand hing ein altes, schönes Kruzifix. An der einen Wand standen etliche ausgediente Bienenkörbe aufgestapelt. Auf beiden Seiten führten niedrige, eisenbeschlagene Türen in weitere Vorratsräume. Eine war nur angelehnt. Eberhard hatte das unbestimmte Gefühl, dass in diesem Nebenraum jemand war.

Als der Verwalter durch die Vordertür eintrat, erschrak Eberhard. Carolus war kleinwüchsig, ging ihm gerade mal bis zur

Brust. Mit seinem verwachsenen Gesicht, das auf der einen Seite merkwürdig verzogen war, wirkte er abstoßend, wie ein hässlicher Zwerg. Seine Haut war mit dunklen Hautflecken überzogen. Er hatte aber wache und kluge Augen, die abgeklärt und zugleich kalt in eine Welt schauten, die ihn nicht liebte und die er nicht liebte. Carolus kam gleich zur Sache. »Ihr kommt von Meister Giselbert von Fulda?«

Eberhard nickte. »Ja, Herr. Ich habe das Salzschlirfer Weistum bei mir.«

»Gut, gut.« Carolus schien einen Augenblick lang zu überlegen. Er zwirbelte an seinem schmalen Schnauzbart. Dann maß er Eberhard mit einem abschätzigen Blick. »Gebt es mir, junger Mann!«

Eberhard zögerte.

»Na, was denn? Was ist? Her mit dem Weistum. Es gehört uns.«

Eberhard zuckte mit den Schultern und umklammerte den Urkundenköcher, so als wollte er ihn niemals wieder loslassen. »Natürlich. Allerdings ist da noch eine Kleinigkeit zu erledigen.«

»Was denn? Was soll da noch zu erledigen sein?« Der Zwerg machte ein missmutiges Gesicht. Mit der rechten Hand spielte er unablässig am Knauf seines kurzen Schwertes. Aber mit solchen Gesten konnte er Eberhard kaum einschüchtern.

»Ich habe von meinem Meister die eindeutige Anweisung, die Urkunde nur dann auszuhändigen, wenn gleichzeitig die sieben Denare gezahlt werden, die der Graf uns dafür schuldig ist.«

»Bursche!«, rief der Verwalter erbost. »Willst du die Ehrlichkeit des Grafen in Frage stellen?«

»Ich will gar nichts in Frage stellen«, entgegnete Eberhard. »Ich führe nur aus, was mein Herr mir ausdrücklich anbefohlen hat, ganz genauso wie Ihr es ja auch tut, Herr Verwalter.«

»Ich kann Euch festsetzen lassen und Euch zwingen, das Weistum herauszugeben.«

»Natürlich könnt Ihr das. Wer wollte daran zweifeln? Magister Giselbert hat mich gewarnt, dass Ihr genau das tun könntet. Und wisst Ihr, was ich ihm geantwortet habe? Der Graf wird sich hüten, denn er braucht die Dienste des Klosterarchivs von Fulda auch fürderhin. Vielleicht besonders dann, wenn der neue Abt da ist.«

»Was wisst Ihr darüber, Herr Eberhard?«

»Wollen wir endlich unser Geschäft abschließen?«

»Ich werde …«

Plötzlich ertönte ein tiefes, schallendes Lachen hinter der angelehnten Tür der Nebenkammer. Der Verwalter duckte sich. Ein großer, braun gebrannter Mann mit kurzem Kinnbart trat ein. Der Mann erfüllte den Raum augenblicklich mit seiner Gegenwart. »Herr Graf«, sagte der Verwalter.

Der groß gewachsene Mann hatte dunkelbraunes, gepflegtes und leicht gewelltes Haar und ein spöttisches Grinsen in seinem sympathischen Gesicht. Seine Augen waren freundlich und aufmerksam. Er trug schnörkellose Kleider von untadeligem Schnitt und bester Qualität. Auch wenn Ermenold sich verändert hatte, so erkannte Eberhard den Grafensohn auf Anhieb wieder. Aus dem jugendlichen Heißsporn war ein einnehmender Mann geworden, der Autorität ausstrahlte. Eberhard wusste nicht, ob auch Graf Ermenold ihn wiedererkannte, und beschloss, sich erst einmal bedeckt zu halten.

Als Schüler hatte Ermenold das Leben auf die leichte Schulter genommen. Eberhard erinnerte sich daran, dass er ihn deswegen insgeheim beneidet hatte. Er fragte sich, ob Ermenold sich diese Leichtigkeit des Seins bewahrt hatte. Es schien jedenfalls so. Er hatte gehört, dass das eigensinnige Volk von Schlitz seinen jungen Grafen von ganzem Herzen liebte, hatte diesen Umstand aber mit dem schlichten Gemüt des Bauernvolkes abgetan. Doch schon der kurze Auftritt des Grafen begann ihn eines Besseren zu belehren …

»Mir gefällt Eure Hartnäckigkeit«, sagte der Graf.

Eberhard deutete eine Verbeugung an. »Es hat nichts mit *meiner* Hartnäckigkeit zu tun, Herr Graf. Ich tue nur, was mir aufgetragen ist.«

Plötzlich verengten sich die Augen des Grafen. »Herr … kennen wir uns nicht irgendwoher?«

Eberhard nickte lächelnd. Ihn freute, dass sich der Graf an ihn erinnerte. »Denkt Euch meinen Bart weg …« Eberhard fasste sich ans Kinn. »Und denkt Euch meine Haare ein wenig kürzer, meine Gestalt etwas kleiner …« Er deutete mit der flachen Hand an sein Kinn. »So groß war ich damals wohl.«

»Eberhard von Giesel, Hinkmars Sohn. Genau«, entfuhr es dem Grafen. »Ob du es glaubst oder nicht« – kurzerhand verfiel er in die vertraute Anrede aus der Schulzeit –, »ich habe oft an dich gedacht. Habe mich gefragt, was aus dir geworden ist.«

»Das seht Ihr, Herr.«

»Hör doch auf mit diesen Förmlichkeiten. Wie lange ist es her, dass wir zusammen auf der Klosterschule waren? Fünf, sechs Jahre? Wir sind noch jung! Wir sollten nicht alles so bitterernst nehmen wie die Alten.«

Eberhard war verwundert, wie sehr er den Grafen mochte. Was für ein Kerl! Es war nicht nur wegen seines einprägsamen, sympathischen Gesichts, vor allem seine offene und zugleich bestimmende Art machte ihn zu einer eindrucksvollen Erscheinung. Ermenold war ein richtiger Mann geworden – so wie Eberhard selbst gern gewesen wäre.

»Was ist, Eberhard? Du siehst aus, als wäre ich ein Gespenst«, sagte der junge Graf verwundert. »Ist dir plötzlich eine Laus über die Leber gelaufen, oder was?«

»Ich dachte …«

»Was dachtest du denn schon wieder?«, fragte Ermenold leicht amüsiert. »Ich kann mich gut daran erinnern, dass du schon in der Schule immer nur gedacht hast. Gedacht, gedacht, gedacht.

Immer warst du in Gedanken versunken. Wir anderen haben dich immer den Grübler genannt.«

»Grübler?« Davon hatte Eberhard nichts gewusst.

Der Graf legte die Hand auf den Arm seines Verwalters. »Carolus, Ihr wollt doch sicher hinunter zum Fest?«

Der grämliche, zwergenhafte Mensch sah zwar nicht so aus, als träfe diese Vermutung zu, aber er nickte, denn er hatte verstanden, dass sein Herr mit dem Boten aus Fulda allein sein wollte. Er verbeugte sich kurz vor Eberhard, dann, etwas tiefer, vor seinem Herrn und verschwand.

»Männer, die gut sind in der Verwaltung einer Herrschaft, sind meistens ziemlich eigensinnig und von unfreundlichem Wesen«, sagte der Graf, und es klang fast so, als wollte er sich gegenüber seinem Schulgefährten entschuldigen. »Ich denke, wir sollten zuerst das Geschäftliche erledigen.«

Die Urkunde wechselte den Besitzer, und der Graf zählte dem Boten des Klosters die geschuldete Summe aus seinem Geldbeutel in die Hand. Eberhard quittierte den Betrag im Kassenbuch der gräflichen Kanzlei mit seinem Namenszug.

»Hast du etwas von Dudo gehört?«, fragte der Graf.

»Ich weiß nicht mehr als jeder andere. Er ist mit dem König im Morgenland gewesen, aber nicht zusammen mit ihm zurückgekehrt.«

»Hoffen wir, dass Gott ein gnädiges Schicksal für ihn bereitgehalten hat.«

»Ja. Dudo war ein guter Mensch. Ich verdanke ihm sehr viel.«

Ermenold nickte. »Weißt du was? Ich würde gern mal wieder über die alten Zeiten reden. Gehst du heute noch auf den Hochzeitsmarkt?«

»Eigentlich wollte ich gleich wieder nach Fulda zurück«, erwiderte Eberhard ausweichend. »Morgen Mittag empfängt mein Bruder Walther auf Burg Ziegenhayn die Ritterweihe. Da darf ich wahrhaftig nicht zu spät kommen.«

»Die Ritterweihe? Wie schön! Herzlichen Glückwunsch für deinen Bruder! Ich freue mich, dass deine Familie es geschafft hat. Ihr habt viel erreicht, nicht nur dein Bruder, sondern auch du. Lass uns das feiern! Komm doch mit auf den Hochzeitsmarkt, ich würde mich jedenfalls freuen, wenn du mich dorthin begleitest!«

»Ich weiß nicht … Was soll ich auf einem Hochzeitsmarkt?«

»Immerhin bist du kein Mönch!« Der Graf lachte. »Oder hast du vor, für immer ohne Frau zu bleiben?« Eberhard errötete. »Hochzeitsmarkt hin oder her – du musst dir dort ja nicht gleich ein Weib aussuchen! Lass uns einfach fröhlich sein und auf die alten Zeiten anstoßen.«

»Aber die Ritterweihe …«

»Ach was! Wenn du morgen Früh zeitig losreitest, bist du allemal mittags in Fulda, rechtzeitig zur Ritterweihe.«

»Also gut.« Eberhard ließ sich nur allzu gern umstimmen. Er fühlte sich von der guten Laune von Ermenold angesteckt. »Ich hatte sowieso überlegt, ob ich nicht besser hier in Schlitz übernachte. Ich habe schließlich schon fünf Stunden im Sattel hinter mir, und auch wenn mein Asinus ein wirklich braves und ruhiges Tier ist, so tut mir – entschuldige – der Hintern ganz schön weh.«

Graf Ermenold lachte schallend. »Ich kenne das. Und glaub mir, ich sitze öfter im Sattel, als du dir vorstellen kannst.«

Eberhard stimmte in das Lachen des Schulkameraden ein. Er hatte sich seit Ewigkeiten nicht mehr so gut und gelöst gefühlt. Das war der ungezwungenen Art Ermenolds zu verdanken.

»Und übrigens«, sagte der Graf zwinkernd, »auf dem Markt gibt es tatsächlich jede Menge hübscher Weiber zu sehen!«

Der Hofmarschall klopfte an die Tür und öffnete sie naserümpfend einen Spalt breit. Er hatte Eberhard kurz nach Mittag in Empfang genommen und ihm seine Kammer gezeigt. Der Mann war ein eingebildetes Scheusal und hatte Eberhard so skeptisch von Kopf bis Fuß gemustert, dass dieser errötete und sich fragte, ob irgendetwas an seinem Äußeren nicht in Ordnung sei. Nach dem anstrengenden Ritt hatte er sich hingelegt und war eingenickt.

Eberhard wachte gähnend aus einem kurzen Schlummer auf. Er hatte einen Augenblick lang Schwierigkeiten, sich zurechtzufinden. Wo war er? Wie spät war es? Im Tal erklang die Abendglocke und erinnerte daran, dass der Tag bald zu Ende ging.

»Junger Herr? Hört Ihr?«

Er rieb sich die Augen. Das gedämpfte Licht der Dämmerung strömte in die Kammer.

»Ich komme schon!«

»Der Graf wartet nicht gerne!«

Der Graf? Eberhard richtete sich kerzengerade in seinem Bett auf. »Ja … sofort!« Er sprang aus dem Bett. Im hageren Gesicht des Hofmarschalls konnte man unverkennbar ablesen, was er von den Freunden hielt, die sein Herr neuerdings auf der Burg empfing, zugleich aber auch die stille Resignation, dass er daran sowieso nichts ändern konnte.

»Es ist eine besondere Ehre«, sagte der Hofmarschall mit überheblicher Miene, »dass Ihr ihn begleiten dürft, wenn er hinunterreitet zum Fest.«

Eberhard folgte dem Hofmarschall hinunter in den Innenhof der Burg. Da wartete der Graf schon. Er saß auf einem wunderschönen Pferd mit einem rötlich schimmernden Fell. Neben ihm stand ein ebenso schöner Schimmel, gesattelt, aber ohne Reiter. Das Zaumzeug, der Sattel, die Pferdedecke – alles war von edler Machart. »Was ist? Komm! Sitz auf! Wir wollen bei diesem Fest doch standesgemäß auftreten!«

Eberhard fragte sich, warum der ehemalige Schulkamerad ihm eine solche Ehre zuteil werden ließ. Er konnte kaum glauben, dass der Edelmann es aus bloßer Sympathie tat, und beschloss, wachsam zu sein. Irgendwo gab es doch bestimmt einen Haken an der Sache. »Was für wunderschöne Tiere«, sagte er.

»Ist doch was anderes als dein altes Maultier«, sagte der Graf mit scherzendem Ton und ohne jede Abfälligkeit.

Eberhard setzte den Fuß in den Steigbügel und schwang sich in den Sattel. Sein Herz klopft vor Aufregung. Da würde sein Bruder Walther aber staunen, wenn er ihn so sehen könnte! »Und? Wie findest du Aldebaran?«

»Aldebaran nennt Ihr ... nennst du den Schimmel?«

»Und du als unser Grübler weißt natürlich genau, was das bedeutet.«

»Es ist arabisch und heißt das Herz des Stiers.«

Graf Ermenold lachte schallend. »Ganz wie früher. Du bist immer noch eine wandelnde Enzyklopädie. Bist du bereit?« Eberhard nickte. Er grinste über das ganze Gesicht. »Wie ich sehe, gefällt es dir im Sattel?«

»Bestens. Von hier oben sieht die Welt schon ganz anders aus.« Eberhard kam sich im wahrsten Sinne des Wortes erhaben vor.

»Hofmarschall?« Der Mann zuckte geradezu zusammen. Eberhard vermutete, dass der strahlende Burgherr gewiss auch andere Seiten hatte. Ohne Härte ließ sich keine Grafschaft regieren. »Heute Nacht bleibt das Tor geöffnet, stellt zwei Mann als Torwache auf.« Er stieß Eberhard mit dem Ellbogen an. »Es könnte spät werden«, sagte er, »und wenn wir nicht allein zurückkehren, dann schaut gefälligst weg!«

»Wie Ihr befehlt, Herr.« Der Hofmarschall verneigte sich.

»Dann los!«

Ermenold winkte seinem Knappen, der in respektvollem Abstand gewartet hatte, ihnen zu folgen. Sie beide ritten im Schritt durch das Burgtor und über die heruntergelassene Zugbrücke und durchquerten das Städtchen. Der alte Pfarrer, der den Hochzeitsmarkt als Teufelswerk brandmarkte und ihn trotzdem nicht verhindern konnte, saß auf einer Bank vor dem Pfarrhaus und ließ sich die Sonne ins Gesicht scheinen. Auf seinem Schoß lag ein schwarz-weißes Kätzchen.

Sie kamen durch das talseitige Stadttor. Vor ihnen breitete sich die hügelige Flusslandschaft aus. Sie lag im milden, honiggelben Abendlicht. Ihr Weg führte sie nach kurzer Strecke zum Flüsschen hinab. Männer und Frauen kamen ihnen vom Fest her entgegen. Sie machten ehrerbietig Platz und begrüßten ihren Herrn freudig. Über dem Fluss tanzten die Mücken. Die bunt geschmückte Festwiese lag keine Viertelmeile entfernt vor ihnen. Bunte Wimpel ragten bis über die Wipfel der Lindenbäume, die den schönen Festplatz umstanden.

Auf dem Platz drängten sich die Menschen. Überall waren Lichter und Lampions angezündet. Von der Flussaue schwebten Glühwürmchen zum Festplatz herauf. Der Graf wurde mit großem Respekt und Beifall begrüßt. Die Menschen waren froh, dass ihr Herr an ihrem Leben Anteil nahm. Ermenolds Knappe nahm die Pferde beim Zügel und führte sie auf eine Wiese.

In der Mitte des geschmückten Festplatzes stand die alte, ausladende Gerichtslinde von Schlitz, daneben war ein Tanzboden aufgebaut. Drumherum waren Tische aufgestellt, an denen die Festgäste Platz nahmen. Weil es überhaupt nicht nach Regen aussah, hatten die Leute darauf verzichtet, die Zelte aufzubauen. Nur über dem Ehrentisch spannte sich auf vier Stangen ein großer, luftiger Baldachin, in den das prunkvolle Wappen derer von Schlitz eingewoben war. Der Tisch war groß und mit aufwändigen Holzschnitzarbeiten verziert. Er war eigens aus der Burg heruntergebracht worden. Graf Ermenold setzte sich an den erhöhten Stuhl in der Mitte des Ehrentisches. Er wies Eberhard einen freien Platz ganz in seiner Nähe zu und stellte ihn als seinen Kameraden auf der Klosterschule von Fulda und Scholar des Klosterarchivs vor. An dem Tisch saßen einige Geistliche und ein junger Mönch, den der Graf als seinen Hofkaplan vorstellte. Anders als der Pfarrer von Schlitz schienen diese Kleriker nichts gegen das festliche, lockere Treiben einzuwenden zu haben. Einige Adelssprösslinge und sächsische Barone, Gäste des Grafen, vervollständigten die Runde.

Alle warteten nur auf ein Zeichen des Herrn. Der lachte ausgelassen. »Also los!« Er hob sein Tuch. »Das Fest soll weitergehen.«

Sofort setzte die Musik wieder ein. Der Musikant, der auf der Drehleier spielte, ein braun gebrannter Südländer mit schwarzen Augen, wurde von den Mädchen umschwärmt. Sein Gesang war kräftig und angenehm. Die Würfel- und die Kartenspieler setzten munter ihr Treiben fort. Dazwischen hoben sie die Humpen zu Ehren des Grafen und stießen fröhlich auf die Herrschaft seiner Familie an und auf ihr vielhundertjähriges Regiment auf der Burg Schlitz. Sie spaßten, dass der Graf hoffentlich auf dem Hochzeitsmarkt eine passende Gräfin finden möge, damit es möglichst bald in der Grafschaft einen Erben gab.

Wein kam auf den Tisch, guter Wein vom Rhein. Alle hoben ihre Becher und prosteten dem Grafen zu. Die Musik wurde lauter und stürmischer. Ein paar Männer bauten einen blumengeschmückten Thron auf. »Der ist für die Pfingstkönigin«, sagte der Hofkaplan des Grafen, der das festliche Treiben mit offensichtlichem Vergnügen verfolgte.

»Und was bedeutet das?«

»Wisst Ihr das nicht?«

»In Fulda hat man sich noch niemals sonderlich dafür interessiert, was hier bei uns in Schlitz passiert«, sagte einer der jungen Adeligen mit gehässigem Tonfall.

Der Kaplan ging über den Einwurf hinweg. »Und bevor die Pfingstkönigin ihren Thron einnimmt, werden sich unsere Witwen junge, unverheiratete Männer aussuchen, damit sie für einen Tag ihr Herr sind. So ist es der Brauch.«

Eberhard zog die Augenbrauen hoch. »Darf man denn auch Nein sagen?«

»Nein sagen?«

»Wenn eine schrumpelige alte Witwe kommt und einen unverheirateten Burschen zu ihrem Herrn machen will. Darf man dann auf dieses zweifelhafte Vergnügen verzichten?«

Der Pfarrherr lachte. »Lassen wir es doch einfach darauf ankommen«, sagte er schließlich. »Ihr seid ein gut aussehender junger Mann, und das Bärtchen lässt Euch recht … entschuldigt, wenn ich das sage … recht keck aussehen. Ich wollte Euch nur warnen.«

»Mich warnen?«, fragte Eberhard. Er wusste nicht so recht, was er von dem Ganzen halten sollte. Vielleicht wurde er ja nur an der Nase herumgeführt, und alle machten sich auf seine Kosten lustig.

»Ja, warnen.«

»Und wovor?«

»Vor den Witwen von Schlitz natürlich.«

»Und weswegen?«

»Das werdet Ihr gleich selber sehen.«

»Lass dich nicht verrückt machen, mein Freund«, mischte sich der Graf in das Gespräch ein. »Alles ganz harmlos, ein guter alter Brauch.«

»Ich habe nichts Gegenteiliges behauptet.« Der Kaplan lachte verschmitzt und trank einen großen Schluck Wein.

»Also gibt es diese Schlitzer Witwen wirklich?«

»Du hast jedenfalls eine schöne Kammer auf meiner Burg«, sagte der Graf und grinste vielsagend. »Mit einem soliden, breiten Bett.«

Es war inzwischen dunkel. Ein wunderschöner Sternenhimmel überwölbte das Tal von Schlitz. Die schwarzhaarige Frau kam so zielstrebig auf Eberhard zu, dass er erschrak. Die Damenwahl hatte so unvermittelt begonnen, dass Eberhard es gar nicht bemerkt hatte. Der Graf hatte gerötete Augen vom Wein und klopfte sich lachend auf die Oberschenkel. »Hab ich es dir nicht gesagt?«

Die Frau, die vor Eberhard getreten war, lachte und sagte, sie heiße Melisande und sei die Witwe des Hubertus. Offensichtlich war sie eine zupackende Frau, die nicht auf den Mund gefallen war. Sie war zwar deutlich älter als Eberhard, hatte aber allem Anschein nach mehr Pfeffer im Hintern als die meisten jungen Mädchen. Mit einem spöttischen Lächeln auf den Lippen reichte sie Eberhard, wie es der Brauch wollte, den Becher mit dem weißen Witwenwein. »Ganz deine Dienerin«, sagte sie vieldeutig und mit einem aufreizenden Augenaufschlag.

Der ganze Tisch brach in Hallo und Gelächter aus. Alle beglückwünschten Eberhard, dass er als Herr gewählt worden war, und sie fragten, was er mit dieser Herrschaft anfangen wolle. Eberhard hatte einen hochroten Kopf und wusste nicht, was er tun sollte. Aber zugleich gefiel ihm die Witwe Melisande, und der Gedanke daran, dass er ihr Herr sein sollte, reizte ihn durchaus. Wie weit sollte diese Herrschaft wohl gehen?

Melisande stand vor ihm und schaute ihn offen an. Sie hatte ihr Kopftuch so geschickt drapiert und geknotet, dass es die schwarzen Haare mehr ins rechte Licht rückte als verbarg. Sie hatte grünliche Augen, und bei näherem Betrachten waren ihre Haare nicht ganz schwarz, sondern hatten einen rötlichen Schimmer. In ihrem Gesicht war etwas Energisches, ihr Körper war zugleich kräftig und geschmeidig. Ihre Lippen kräuselten sich spöttisch, als sie sah, wie Eberhard zauderte. Die Leute am Ehrentisch riefen aufmunternde Sprüche, forderten Eberhard auf, die Gelegenheit beim Schopfe zu packen, und es war klar, dass er irgendetwas tun musste, wenn er seine männliche Ehre vor den Schlitzer Leuten retten wollte.

»Was befiehlst du, mein Herr?«, fragte die Witwe in gespielt unterwürfigem Ton. Eberhard nahm den Weinbecher aus ihren Händen entgegen, und der ganze Tisch jubelte und vergoss

Tränen vor Lachen. Auch an den anderen Tischen ging es rund, wo gleichfalls die jungen Männer von den Wittfrauen mit einem viel versprechenden Becher Wein aufgefordert worden waren.

»Und was geschieht jetzt?«

»Jetzt kommt der Hochzeitstanz.«

»Um Himmels willen!«

Melisande lachte. »Keine Angst. Ich fresse dich nicht!«

Die Musik setzte wieder ein. Die Witwen zogen ihre Burschen auf den Tanzboden. Alle lachten und waren aufgekratzt.

»Ich kann nicht tanzen«, sagte Eberhard.

»Lass dich von mir führen.«

Die Leute klatschten, als das gute Dutzend von Paaren sich zu drehen begann.

Melisande tanzte vorzüglich. Sie führte Eberhard so gut, dass es aussah, als wären sie ein eingespieltes Tanzpaar. Er hatte es besser getroffen als die meisten anderen Burschen. Einer musste mit einer uralten, gebeugten Witwe vorliebnehmen, machte aber gute Miene zum bösen Spiel und amüsierte sich genauso köstlich vor der großen Schar von lachenden Zuschauern, die den Tanzboden umringte.

»Und, wie gefällt dir das?«

»Du tanzt hervorragend.«

»Als ich jung war, habe ich jeden Tanzboden der ganzen Umgebung unsicher gemacht.«

Eberhard spürte bei jeder Drehung den Wein, den er getrunken hatte. Ihm war warm, er schwitzte. Wie sich alles um ihn drehte! Es war wie ein Taumel, ein Rausch.

»Bist du hierher gekommen, um dich auf dem Hochzeitsmarkt umzuschauen?«

»Nein, ich suche keine Braut.«

»Nein? Was dann? Du siehst nicht so aus wie einer von diesen jungen Edelleuten am Tisch des Grafen.«

»Ich bin ein Laienbruder. Aus der Abtei von Fulda.«

Melisande kicherte. »Ein Laienbruder? Ein frommer Mann? Da bin ich ja gerade an den Richtigen geraten.«

»Ich bin kein Mönch.«

Melisande schaute Eberhard in die Augen, so als wollte sie dort ein Geheimnis ergründen. »Du bist nett.«

Eberhard lächelte. »Du gefällst mir auch.« Unwillkürlich strich er der Witwe in aller Öffentlichkeit über das Haar, und als er sie etwas enger umfasste, sträubte sie sich nicht. Während er sich mit der Witwe drehte, sah er, dass der ganze Ehrentisch beifällig lachte, allen voran der Graf. Melisande lachte ebenfalls befreit. Sie nahm das Kopftuch ab, so als wäre es verrutscht. Ihre schwarze Haarpracht fiel ihr wie befreit über die Schultern. Auch wenn sie nicht mehr die Jüngste war, so hatte sie doch noch immer eine makellose Gestalt. Ihre Kleider ließen erahnen, dass sie nicht gerade mittellos war. Sie schüttelte ihr Haar, ehe sie sich das Kopftuch aufreizend langsam wieder umband.

»Bin ich dir nicht zu alt?«

»Du bist eine schöne Frau«, hörte Eberhard sich sagen. *»Siehe, schön bist du!«* Die Worte aus dem Hohelied kamen ihm mechanisch über die Lippen. Er schaute ihr in die grünen Augen, lächelte. *»Deine Augen sind wie Taubenaugen hinter deinem Schleier. Dein Haar ist wie eine Herde Ziegen, die herabsteigen vom Gebirge Gilead«*, zitierte er weiter.

Er spürte, wie Hitze in seine Lenden strömte, und auch Melisandes Blick veränderte sich. Ihr Atem ging schneller.

Seit er fünf Jahre zuvor zum ersten Mal bei einer Frau gelegen hatte – bei der Hure Branka –, hatte er immer nur im Hurenhaus bei verschiedenen Hübschlerinnen Beischlaf und Befriedigung gefunden, so wie die meisten Laienbrüder aus dem Kloster. Zum ersten Mal traf er mit Melisande jetzt außerhalb des Hurenhauses eine Frau, die seine Sinne zutiefst reizte. Sein Blick folgte dem Umriss ihrer Lippen, und so wie sie ihn ansah, nahm er an, dass es seiner Tanzpartnerin ähnlich erging.

»Kommt doch her ihr beiden Turteltäubchen!«, rief der Graf. »An unserem Tisch ist genug Platz!«

Als sie auf der Sitzbank am Grafentisch saßen und sie näher zu ihm rückte und ihm schließlich ihren schlanken, schönen Arm um die Schultern legte, spürte er eine immer stärker werdende Erregung. Sie verströmte einen angenehmen Geruch, eine Mischung aus frisch gewaschener Haut und einem wohlriechenden Duftwasser, der ein Übriges tat. Mit der Spitze des Zeigefingers tippte sie an Eberhards Kinn und drehte sein Gesicht zu sich hin.

»Ich glaub, du bist eher ein schwieriger Fall«, flüsterte sie ihm ins Ohr. »Komm, trink mit mir, damit du lockerer wirst!« Sie sah ihn verführerisch an.

Eberhard schmolz dahin in diesem Blick, aber zugleich machte sich seine alte Angst bemerkbar, die er vor dem Geschlechtlichen verspürte. Das andere Geschlecht war ihm unheimlich. Obwohl es ihn immer wieder zu den Huren zog, empfand er es als unnatürlich, einem Menschen so nahe zu sein wie der Frau beim Geschlechtsakt. Und dennoch stellte er sich jeden Abend im Bett vor, wie es wäre, eine Frau zu besitzen.

Melisande lachte. »Stimmt es eigentlich, was man sich sagt? Dass du ein Magister und Scholar bist und ein guter Freund des Grafen?«

»Aha. Das sagt man? Wer sagt das denn?«

»Die Leute.«

»Was die Leute nicht alles wissen.«

»Ja. Und dass du in der Bibliothek des ehrwürdigen Klosters arbeitest und dass du hier bist in einer Geheimmission, wegen des neuen Abtes und wegen des Königs und so.«

»Da wissen die Leute ja mehr als ich!«, erwiderte Eberhard lachend.

»Und außerdem weiß ich, dass du dein Quartier auf der Grafenburg hast.«

»Du bist wahrhaftig gut informiert, Melisande.«

»Ich finde es schön, wenn du meinen Namen sagst.«

»Wie soll das mit uns weitergehen heute Abend?«

Sie schlug die Augen nieder. »Ich weiß nicht, was du meinst.«

Er beugte sich zu ihr hinüber und flüsterte ihr ins Ohr: »Du hast es doch selber gesagt. Ich habe Quartier in der Burg. Der Graf hat befohlen, dass niemand danach fragt, wann ich komme und wen ich mitbringe, im Gegenteil, sie scheinen es geradezu zu erwarten, weil Hochzeitsmarkt ist.«

Eberhards Wangen, sein Blick, seine Stirn glühten. Am Grafentisch wurde ein Fässchen Wein nach dem anderen geleert. Er war schon ziemlich betrunken, und er war begierig, Melisande zu besitzen.

Zur großen Begeisterung des Volkes spielte die Musik jetzt zu einem Ringelreihen auf, bei dem alle aufgefordert waren, sich aneinander anzuschließen; und schließlich gingen auch Eberhard und Melisande hintereinander her.

Das laute, tolle Treiben verdrehte Eberhard noch mehr den Kopf. Auch Graf Ermenold war gut gelaunt bei dem Ringelreihen dabei, die junge, blonde Bauernmagd, die in diesem Jahr Pfingstkönigin war, hatte offenkundig sein Interesse erregt.

Irgendwann lag Melisande lachend in Eberhards Arm. Sie zog ihn von den anderen weg. Etwas abseits, im Halbdunkel am Rande des Lichtscheins, den die lodernden Pfingstfeuer verbreiteten, blieben sie unter einem der trauten Lindenbäume schließlich stehen. Vor ihnen tanzte das ganze Dorf, und die Musik war laut, sinnlich und fordernd.

»Ist der Sternenhimmel nicht wunderbar?«, fragte Melisande. »Und der Mond scheint so nahe zu sein, als könnte man ihn berühren.« Der Vollmond stand über der Burg und beleuchtete die Mauern mit seinem geheimnisvollen, bläulichen Licht.

»Dort oben schläfst du also?«

Eberhard nickte.

»Willst du mir nicht dein Quartier zeigen?«, sagte Melisande plötzlich. »Ich möchte es gerne sehen.«

Eberhard legte seinen Arm um Melisandes Taille. »Ich freue mich, dass wir uns getroffen haben«, sagte er. Ein ungekanntes Gefühl der Verliebtheit überkam ihn, und er zog sie enger an sich. »Du hast Recht, lass uns zu meinem Quartier gehen.«

Plötzlich stand der Knappe von Graf Ermenold vor ihnen. »Mein Herr schickt mich. Ich soll fragen, ob Ihr Euer Pferd wollt, Magister Eberhard?«

»Lass uns lieber zu Fuß gehen«, flüsterte Melisande.

»Nein, wir gehen zu Fuß«, sagte Eberhard zu dem Knappen, und er wunderte sich selbst über seinen resoluten Ton.

»Ich möchte noch ein bisschen mit dir reden. So ein Bursche wie du, der läuft einer Witwe aus Schlitz nicht jeden Tag über den Weg«, sagte Melisande und schaute ihren Pfingstkönig offen und ohne jede Scheu an.

Als Eberhard Arm in Arm mit Melisande die paar hundert Schritt zu seinem Quartier zurücklegte, spürte er eine innige Zuneigung zu dieser Frau, ganz egal, ob das dem Wein zuzuschreiben war oder der Tatsache, dass die Witwe sich ihm so einfach zugewandt hatte, als ob es das Selbstverständlichste auf der Welt wäre. Der Mond leuchtete ihrem Weg zurück in die Stadt. Immer wieder blieben sie stehen und küssten sich, und ihre Küsse wurden immer drängender und fordernder, ebenso wie ihre Berührungen.

Schließlich erreichten sie das Tor der Grafenburg. Grinsend ließen die Torwächter die beiden passieren. Sie liefen über den Burghof, der von ein paar Fackeln erhellt wurde, zum Dienstleutehaus. Kaum hatte Eberhard die Tür der Kammer hinter sich geschlossen, fielen sie übereinander her wie zwei Verhungernde.

Der erste Durst war im Nu gelöscht. Es war, als hätten sie sehnsüchtig aufeinander gewartet. An der Wand brannte eine Unschlittlampe, und in ihrem Schein schimmerte Melisandes Haut marmorn.

Obwohl sie vollkommen nackt auf Eberhards Bett lag, schien sie keine Scham zu empfinden. Ihre Brüste hoben und senkten sich. Ihre dunkelbraunen Warzen reckten sich ihm steif entgegen. Ihr Schoß war warm und feucht und roch nach der ersten Befriedigung ihrer Lust begehrlich. Aber das war nur ein erster Versuch gewesen, und Eberhard spürte, dass sein Begehren längst noch nicht gestillt war, ebenso wenig wie ihres. Zum ersten Mal traf er eine Frau, die sich ihm aus freien Stücken hingab, ohne eine Gegenleistung zu fordern, eine Frau, die ganz offensichtlich Lust dabei empfand.

Sie strich sich ihr schönes, langes Haar aus dem Gesicht. Ihr Lächeln war echt und zufrieden. Auch sie schien lange keinen Mann mehr gehabt zu haben. Sie schauten einander liebevoll an, zwei, die gemeinsam ein unbekanntes Land entdeckten.

Melisande lächelte. »Weißt du, was ich glaube?«

»Sag es!«

»Du hast noch niemals richtig bei einer Frau gelegen.« Sie schob die Decke zur Seite, die halb ihren nackten Leib bedeckte, sodass er jetzt ihre Scham sehen konnte. Sie spreizte ein wenig die Schenkel, und Eberhard durchfuhr es heiß. Zugleich fürchtete er sich ein wenig vor dieser Frau, die ihm so selbstverständlich ihren Körper offenbarte. Das war wider jede Sitte, etwas, wogegen die Priester von ihren Kanzeln wetterten. Und zugleich war es genau diese natürliche, offene Unbefangenheit, die ihn zutiefst erregte.

»Wenn du darauf hinauswillst«, erwiderte er zaghaft, »dass du die erste Frau bist, mit der ich zusammen war, dann liegst du falsch.« Er fragte sich, warum er überhaupt über solche Dinge mit ihr redete, spürte aber zugleich, dass es ihm guttat, sich zu öffnen. »Denn das bist du nicht.«

»Sei mir nicht böse.« Melisande räkelte sich und lächelte ihn verführerisch an. »Ich habe mich eben so gefühlt, als wäre ich deine erste Frau«, sagte sie. Dann küsste sie ihn. »Es war schön mit dir«, fuhr sie fort. »Aber weißt du, du warst ein wenig zu hastig …« Ihre Hand wanderte zu Eberhards Schoß.

Er stöhnte auf. »Zu hastig …?«

»Ja, willst du dich nicht einfach mir überlassen? Nur für ein einziges Mal? Schließe die Augen, und lass dich fallen. Vergiss für einen Augenblick all das viele Zeug, das in deinem Kopf herumschwirrt.«

Gehorsam schloss er die Augen, als Melisande begann, seine Lust zu entfachen. Ihre Hand war sehr geschickt darin. Er schaute ihr in die Augen, streichelte ihr feines Haar und bedeckte ihre nicht mehr ganz junge Haut mit Küssen, flüsterte zärtliche Worte, die ihm zuvor niemals eingefallen waren.

»Lass uns diese Nacht genießen«, sagte sie, während ihre Hand spielerisch wieder den Weg zu seinem Schoß fand. »Denn du weißt genau so gut wie ich, dass wir beide keine Zukunft haben.« Sie küsste ihn, ihre Zunge erkundete spielerisch seinen Mund. Er genoss es mit jeder Faser seines Leibs, als sie ihren Körper an seinen presste.

Sie hatten nur diese eine Nacht, das wusste er genauso gut wie sie. Melisande war, so hatte er es bei dem Fest heraushören können, die Witwe eines reichen Bauern aus Salzschlirf und somit die Herrin auf ihren Hufen, und es gab niemanden, der ihr das streitig machte. Sie hatten keine Zukunft, und dennoch lagen sie beieinander und gaben sich der Lust ihrer Körper hin, und diese Unverbindlichkeit erregte Eberhard umso mehr.

Sein Geschlecht wurde von neuem hart, und er drang ein zweites Mal in sie ein, unendlich langsam und zärtlich jetzt, denn seine erste grobe Befriedigung hatte er bereits gehabt. Während er sich rhythmisch in ihr bewegte, hörte er sie liebevolle Worte flüstern. Eberhard hatte das Gefühl, als ob er in dieser Nacht erst zu einem richtigen Mann wurde. Seine Bewegungen wurden intensiver. Und jedes Mal, wenn er merkte, dass sein Höhepunkt nahte, hielt er einen Moment inne, bis Melisande sich ihm entgegenbäumte und ihn drängte fortzufahren. Nie zuvor hatte er dieses Spiel gespielt, und seine Lust steigerte sich von Mal zu Mal.

Ihre Körper schienen wie füreinander geschaffen zu sein. Irgendwann, als er es nicht länger zurückhalten konnte, stieß er kraftvoll in sie hinein und ergoss sich laut stöhnend in ihren Leib, und gleichzeitig schrie sie ihre Lust hinaus, dass es alle in der Burg vernehmen mussten. Aber das war völlig egal. »Liebste«, flüsterte er. »Mein Meeresrauschen. Mein Sturmbrausen. Mein Sonnenglast.« Er sagte einfach, was ihm einfiel.

»Niemals hat ein Mann so etwas zu mir gesagt.«

Dann schwiegen sie und überließen sich ihrer Müdigkeit.

VI

Abt Markward

1150

4. Junius, am Pfingstfest

Das weitläufige Gelände vor der Burg des Vogts war voll von Menschen. Alle waren in aufgeregter Stimmung auf dem leicht ansteigenden, von Bäumen gesäumten Platz, genau in dem Dreieck gelegen, das von den drei bedeutsamsten Fuldaer Toren gebildet wurde: dem Haupttor des Klosters, dem großen Stadttor und dem Tor der Vogtsburg.

Wie ein Lauffeuer hatte sich herumgesprochen, dass ausgerechnet heute am Tag der Ritterweihe der neue Abt aus Rom zurückkäme, wo er sich die Approbation des Papstes Eugenius geholt hatte. Strahlendes Pfingstlicht lag über dem festlich gestimmten Tal der Fulda, über den Bergen, der Abtei und der Stadt.

Fahnen und Wimpel flatterten im Westwind, der warm und stetig über das Land strich. Noch immer strömten die Leute aus der Umgebung herbei. Die Glocken klangen durchs Tal. Gebete waren zu hören. Fahnen wurden geschwenkt. Die Feldschützen hatten ihre Uniformen angelegt.

Eberhard war müde, denn seine Nacht war äußerst kurz gewesen. Ein warmes Gefühl durchströmte ihn, als er an Melisande dachte. Plötzlich spürte er, wie ihn jemand am Arm fasste. »Vicloq!«

Der Franzose lachte. »Ganz schön was los hier.«

»Man meint, die halbe Rhön wäre aufmarschiert.«

»Willst du weiter nach vorn?«

»Na klar.« Seite an Seite schoben sie sich weiter. Eberhard empfand Sympathie für den älteren Archivgenossen, dessen Kinnbart und Schläfen weiß geworden waren. Noch immer verging kaum ein Tag, an dem er nicht von der Rückkehr in seine Heimat träumte, ohne sie jemals ernsthaft in die Tat umzusetzen.

»Ein furchtbares Gedränge!«, sagte Vicloq. »Es hat sich herumgesprochen wie ein Lauffeuer, dass der Abt ausgerechnet heute, bei der Ritterweihe, Einzug ins Kloster hält.«

»Vielleicht ist es Zufall.«

Vicloq lachte. »Glaub mir, junger Freund, derartige Zufälle gibt es im Leben nur sehr selten.«

Am Burggraben entlang waren anlässlich der Schwertweihe etliche bunte Spitzzelte und prächtige Baldachine aufgestellt worden. Darunter hatten die Edelleute Platz genommen, die Barone des Umlands, die Burgherren und Grafen der Rhön, die bei einem solchen Ereignis nicht fehlen durften. Das größte und prächtigste der Zelte gehörte dem Gastgeber. In dessen Mitte stand der leere Vogtstuhl. Die Turnierbahn, wo Knappen und Ritter sich für gewöhnlich im Kampfe übten, bildete eine Grenze zwischen ihnen und dem Volk. Dort sollte die Ritterweihe stattfinden. Wer noch fehlte, waren die dreiunddreißig Ritter, die an diesem Tag geweiht werden sollten, und natürlich Graf Gottfried mitsamt Sohn, Gemahlin und Gefolge.

»Dort vorn!«, rief Vicloq. »Ich sehe die Fahne des Schriftenhauses. Da sind unsere Leute.«

»Dann lass uns hingehen.«

Kletus, Baldemar und Ziprian und die anderen waren schon da. Gut gelaunt hießen sie die beiden Kameraden willkommen. Die Klosteroberen hatten Stühle herbeibringen lassen und saßen vorn an der Kampfbahn.

»Siehst du das?« Vicloq deutete auf die Oberen der Abtei. »In der Mitte steht ein leerer Stuhl mit einer hohen Lehne. Na, für wen der wohl ist? Ich wette …«

Fanfarenstöße erklangen.

»Siehst du was?«, fragte Vicloq, der fast einen Kopf kleiner war als Eberhard.

»Ja, sie haben das Haupttor geöffnet. Der Wagen des Abtes fährt ein!«

»Der Prunkwagen?«

»Genau der! Vorne etliche Ritter, und dahinter ebenfalls.«

Jubel brandete auf. Es war ein wunderbares Pfingstgefühl, so als wäre der Heilige Geist tatsächlich über das Land gekommen. Irgendetwas Bedeutsames würde geschehen, dass spürten alle.

Eberhard reckte den Hals.

»Also, entweder nimmst du mich auf deine Schultern, oder du sagst mir, was du siehst.«

»Die Menschen bilden eine Gasse«, berichtete Eberhard. »Jetzt reißen sie die Arme hoch. Du hörst ja, wie sie jubeln.«

»Die da drüben machen dagegen betrübliche Gesichter!« Vicloq deutete über die Köpfe der Klosteroberen hinweg auf die Edelleute auf der anderen Seite der Kampfbahn.

Auch die Oberen des Klosters hielt es längst nicht mehr auf ihren Stühlen.

»Jetzt kommt er hier herauf!«

»Was ist es für ein Gespann?«

»Sechs Schimmel.«

»Ehre, wem Ehre gebühret!«

»Er rollt geradewegs auf den Turnierplatz.«

»Na, das wird dem Vogt aber nicht gefallen, wenn der neue Abt ihm gleich derartig die Schau stiehlt.«

»Wenn er sich endlich aus seinem Loch trauen würde!«

»Ich glaube, der neue Abt hat ihm den ganzen Auftritt versaut.« Sie lachten.

Der rot angemalte Prunkwagen des Abtes kam tatsächlich in der Mitte des Platzes zum Stehen. Die Leute fragten sich, wer eigentlich die Ritter waren, die den Abt zum Schutze begleiteten, denn sie trugen ein fremdes Wappen. Sie nahmen entlang der Kampfbahn Aufstellung, ein prächtiges Bild.

»Anscheinend hat er seine bayerischen Ritter mitgebracht.«

Aus Vicloqs Stimme klang Bewunderung. Endlich konnte auch er das Geschehen mit eigenen Augen verfolgen.

»Bestimmt haben sie ihn auch schon nach Rom zum Papst begleitet«, fügte Eberhard aufgeregt hinzu.

Als Erster sprang Propst Hermanus dienstbeflissen herbei und öffnete den Schlag des Wagens.

Ein Raunen ging durch das Volk.

Der Mann, der vor ihren Augen aus dem Wagen stieg, übersah geflissentlich den Arm des Propstes. Er war in einen weiten Mantel aus dunkelbraunem Stoff mit einem schmalen Pelzbesatz gekleidet. Seine Bewegungen waren kraftvoll und selbstbewusst. Er wirkte ganz anders als die steifen Kleriker, die man sonst kannte, und grüßte leutselig in die Menge, die ihn begeistert empfing.

»Ich finde, er sieht wie ein Käuzchen aus«, sagte Vicloq.

»Aha, findest du? Das Symbol für Gut und Böse«, sagte Eberhard. Der Kauz stand für Weisheit, gleichzeitig galt er aber auch als Todesvogel.

Lächelnd und mit zum Segen erhobenen Armen – eine Geste, die aus der Mode gekommen war – ging er auf die einfachen Menschen zu, auf das Bauernvolk, die Mägde und Knechte am Rande des Festplatzes. Nicht die Klosteroberen, nicht die Edelleute begrüßte er zuerst, sondern als ein guter Hirte wandte er sich den Schafen zu, deren Seelenheil ihm anvertraut war.

Schnell umringten ihn die Menschen mit leuchtenden Augen. Der Abt hatte keine Scheu vor der Berührung mit dem Volk. Er war weitaus jünger als seine Vorgänger, ungefähr im vierzigsten Jahr. Er ließ sich sogar anfassen, immer wieder legte er die Hände segnend auf die Köpfe der Kinder, welche die Mütter ihm entgegenhielten. Markward genoss geradezu das Bad in der Menge. Er war nicht nur groß gewachsen und überragte die meisten Leute, sondern war mit seinen eulenhaften Gesichtszügen, der kräftigen Nase, den stechenden Augen und der hohen Stirn eine eindrucksvolle Erscheinung. Er trug keinen Bart, was sein kräftiges Kinn betonte. Er schob die Kapuze seines Mantels zurück. Trotz der Tonsur sah man, dass sein volles, gelocktes, dunkelbraunes Haar nur mit wenigen grauen Strähnen durchzogen war.

Es dauerte lange, bis sich der Abt zu seinem Thron inmitten seiner oberen Klosterherren führen ließ. Sein Wagen wurde zur Seite gefahren. Währenddessen ließ Vogt Gottfried weiter auf sich warten. Der Abt nahm Platz, kaum ein Dutzend Schritte von Eberhard und den anderen Laienbrüdern entfernt. Eberhard starrte auf den Hinterkopf von Markward. Er versuchte zu ergründen, welche Gedanken in diesem Schädel kreisten. Was sie wohl von diesem Mann zu erwarten hatten? Jedenfalls hatte er ein gutes Gefühl. Auch den anderen Leuten aus dem Fuldaer Land schien es nicht anders zu ergehen.

»Dass einem die Sonne aber immer genau im Gesicht stehen muss«, sagte der Laienbruder zur Linken Eberhards. Er hatte ein kantiges Gesicht und neugierige, weit auseinanderstehende Augen. Eberhard kannte ihn vom Sehen. Servatius hieß er, ja genau. Der immer so ging, als hätte er etwas zu verbergen. Bruder Servatius konnte gut mit den Oberen. »Ich bin mal gespannt, was der Vogt dazu sagen wird, dass unser neuer Abt ihm derartig die Schau stiehlt.« Servatius gehörte zur Lateinschule. So nannten sie jetzt die Schule, an die er selbst vor acht Jahren gekommen war.

Der spindeldürre Zeremonienmeister des Vogts trat unter dem Zelt hervor, wo die Schilde mit den Wappen der Adelsfamilien aufgestellt waren, die an diesem Tag zu Gast bei Graf Gottfried waren. Da er der Hochvogt des Klosters war, waren es nicht wenige Schilde, entsprechend der großen Anzahl von Edelleuten, die unter den Spitzzelten Platz genommen hatten. Auch bei den Angehörigen der Adelsfamilien war die Aufregung groß, die edlen Damen und Herren redeten jedenfalls heftig gestikulierend aufeinander ein. Der Zeremonienmeister erklomm das schmale, hölzerne Podest mit Pult, auf dem sonst der Turniermeister Platz nahm, wenn die Ritter gegeneinander einen Tjost oder ein Lanzenstechen führten. Auch am Tor der Burg tat sich was. Langsam ging es auf.

Endlich war es so weit! Eberhard konnte es kaum mehr erwarten, seinen Bruder zu sehen.

Junker Hagemut – so hieß der prächtig ausstaffierte Zeremonienmeister – klopfte mit seinem langen Zeremonienstab vernehmlich auf den Holzboden des Podestes, um die Zuschauer zum Schweigen zu bringen. Sein Gesicht war wie ein Ausrufungszeichen. Er räusperte sich wichtig. »Höret, höret, höret, Ihr Leute, dass wir zusammengekommen sind, hat eine besondere Bewandtnis.« Der Trommler, der ihn immer begleitete, rührte seine Schlägel. »Wir wollen ein ganz besonderes und heiliges Messopfer feiern. Als Glaubensbekenntnis wird uns der Ritterschwur der dreiunddreißig jungen Burschen gelten, die an Gottes Türe klopfen, um der Ehre des Rittertums teilhaftig zu werden.«

Abermals ging ein Raunen durch die Menge, als die dreiunddreißig Ritter aufgeputzt durch das Burgtor herausritten und am Turnierplatz Aufstellung nahmen. Lautes Rufen und Beifall ertönten ringsum.

Es durchfuhr Eberhard wie ein elektrischer Stoß, als er Walther unter den dreiunddreißig sah. Der Stolz, den er verspürte, wollte ihm fast die Brust sprengen. Wie sehr hatte sein Bruder auf diesen Tag hingefiebert!

Einen Augenblick lang versetzte er sich im Geiste zurück in ihre Kinderzeiten, als sie zusammen auf dem Dorfplatz spielten oder mit den anderen Kindern am Bach Fische fingen. Schon damals hatte Walther das Ritterliche in sich gehabt. In seinen Adern floss Kämpferblut. Irgendwo dort in der Menge waren jetzt auch der Vater und die Mutter. Das ganze Dorf war in der Menge versammelt, aber Eberhard konnte sie unter den Hunderten von Zuschauern nicht ausmachen. Keiner von ihnen, keiner aus dem Stand der Gieseler Bauern war je so weit gekommen. Einer der ihren wurde zum Ritter gegürtet! Und als Ritter würde er dereinst der Bauernmeister von Giesel werden, der Nachfolger von Hinkmar, wenn es Gott gefallen würde, den Vater von der Erde abzuberufen.

Eberhard schaute in Walthers Gesicht, und wie es der Zufall wollte, erwiderte der ältere Bruder seinen Blick. Die beiden ungleichen Brüder erkannten einander im Licht der Pfingstsonne, ihr Blick war versöhnlich, sie nickten einander zu, so als akzeptierten sie in diesem Augenblick den Lebensweg, den der jeweils andere ging. Mit einem Mal fühlte Eberhard eine Liebe zu seinem Bruder, die er fast schon verloren geglaubt hatte.

Hinter den Knappen, die gleich zu Rittern gegürtet werden würden, verließen der Hochvogt und sein Gefolge die Burg, unter ihnen auch Rudolph, sein Sohn. Gottfried blieb nichts anderes übrig, als zu seinem neuen Herrn zu reiten. Als er von seinem Pferd absaß, erhob sich der neue Abt von seinem Stuhl und breitete die Arme aus wie ein guter Hirte. »Ich muss mich bei Euch entschuldigen, Graf Gottfried von Ziegenhayn«, sagte er. »Ihr als unser Hochvogt habt es nicht verdient, dass wir Euch in Eurer Zeremonie der Ritterweihe stören.«

»Aber Ihr stört doch nicht, hoher Herr!«, erwiderte der Vogt, obwohl das genaue Gegenteil in seinem Gesicht geschrieben stand.

»Wisst Ihr, wir sind eben erst in Fulda angekommen und wollten uns die Gelegenheit nicht entgehen lassen, unser Volk kennenzulernen.«

»Ein weiser Entschluss.«

»Hochvogt, wie Euch ja bekannt sein dürfte, war ich beim Stuhl des Heiligen Vaters, wo ich meine Bestätigung entgegengenommen habe.«

Der Hochvogt nickte und beugte den Kopf. In der Tat waren die Insignien von Markwards Macht unübersehbar, die Mitra, der lange Bischofsstab, das prachtvolle Gewand, die Ritter, die ihn begleiteten, das goldene Evangeliar, das einer seiner Diakone bei offiziellen Anlässen hinter ihm hertrug, weil er als der Nachfolger des heiligen Bonifatius ein Verkünder des Gotteswortes gegenüber den Heiden war.

»So nehmt diese Bleibulle des Papstes, und schaut sie Euch genau an.«

Er machte einem seine Kapellane ein Zeichen, worauf dieser dem Vogt eine Urkunde reichte. Unschlüssig nahm Graf Gottfried das Schriftstück entgegen. Ganz offenkundig fragte er sich, was hier gespielt wurde. Seiner Miene nach passte es ihm gar nicht, dass diese Ritterweihe ganz anders verlief, als er es sich vorgestellt hatte. Und mit Schriftstücken, da stand er ohnehin auf Kriegsfuß! Wie sollte in so einem Pergament mehr Macht enthalten sein, als sie Ritter auf dem Schlachtfeld ausübten?

»Also gut.« Er hielt die Bleibulle wie einen Fremdkörper in den Händen. Nach kurzem Zögern winkte er Meister Gallus heran, den Leiter seiner Kanzlei, und gab ihm das verhasste Schriftstück.

»Ich will es kurz machen«, sagte Markward von oben herab. »Darin steht, dass jeder ohne Ausnahme mich bei meiner Aufgabe unterstützen muss, den alten Zustand des Klosters Fulda wiederherzustellen, *Herr Hochvogt!*« Plötzlich klang die Stimme des Abtes hart und kompromisslos. Seine große Gestalt und das Eulengesicht wirkten bedrohlich und furchteinflößend. Die Leute rundum, welche die Szene mitverfolgten, zogen unwillkürlich die Köpfe ein. »Der König und der Papst stehen an meiner Seite, und ich bin mir sicher, dass auch Ihr an meiner Seite steht, Graf Gottfried.«

Der Hochvogt schaute den neuen Abt an wie ein Weltwunder. Im nächsten Moment sah er so aus, als hätte er Markward am liebsten in die Höllenschlünde gewünscht, und wieder einen Augenblick später wirkte Graf Gottfried vollkommen hilflos. Meister Gallus, der die Urkunde des Papstes studiert hatte, bestätigte nickend den Inhalt.

»Als ich gehört habe, Graf Gottfried, dass Ihr heute am Pfingstfest *unsere* Ritter zu gürten ansteht, wie sehr habe ich mich da gefreut«, sagte der Abt mit unbewegter Miene. Obwohl er nicht besonders laut redete, konnte Eberhard von seinem Standplatz aus jedes Wort genau verstehen. Rundum waren alle Gesichter gespannt. Keiner wollte auch nur eine Silbe verpassen. Dann lachte der Abt in sich hinein. »Und noch mehr Freude bereitet es mir, dass ich Euch jetzt von einiger Last befreien kann, edler Graf.«

Eberhard erhaschte einen Blick auf Markwards Gesicht. Seine Augen waren geheimnisvoll dunkelgrau, oder? Eberhard konnte es nicht genau entscheiden, obwohl der Abt nur vier Reihen vor ihm stand, kaum sechs Mannslängen entfernt. Markward hatte ein wechselvolles Gesicht. Mal harmlos, mal gefährlich. Nur der eine Grundzug blieb, der Eindruck des Eulenvogels. Auch das Volk hing fasziniert an seinem geheimnisvollen Gesicht. Und Markward war sich seiner Wirkung vollkommen bewusst.

»Ihr habt gesagt, dass Ihr mich von einer Last befreien wollt?« Die Stimme des Vogtes klang verunsichert. Dem Volk ringsum entging das nicht.

Der Abt nickte bedeutungsvoll. Um seinen Mund spielte ein Lächeln. »Es wäre doch schade, Herr Vogt, wenn ich nur in Vertretung der Herr und Befehlshaber dieser Männer würde.« Abt Markward deutete auf die dreiunddreißig Ritter, die auf ihre Umgürtung und auf ihre Weihe warteten. »Ihr seid als Vogt dieses Klosters mein Vertreter, das habt Ihr doch nicht vergessen, edler Herr?«

»Beim heiligen Bonifaz, wie könnt Ihr glauben, dass ich vergesse, was das Amt des Vogts bedeutet?«

»Gut. Dann sind wir uns ja einig, Hochvogt«, fuhr der neue Abt fort, »dass die Ritter des Abtes ihren Schwur nicht auf Euch als meinen Mittelsmann leisten sollten, wenn der Abt als der eigentliche Herr in eigener Person anwesend ist. Gebt Ihr mir Recht?«

Graf Ziegenhayn erbleichte und schaute hilflos ins Nichts. Was sollte er nur tun?

Der Abt wartete die Antwort des Vogtes gar nicht erst ab. »Zeremonienmeister?« Junker Hagemut zuckte zusammen. Das Ausrufungszeichen in seinem Gesicht wurde immer länger. Der Zeremonienmeister war offenkundig entrüstet, weil man es gewagt hatte, seine weihevollen und hoch offiziellen Handlungen zu unterbrechen. »Nun? Habe ich Recht?«

»Ihr habt wohl Recht«, sagte der Junker schwankend. Er wollte es sich mit niemandem verderben, aber der Abt schien in dieser Situation der Stärkere zu sein, also stimmte er ihm zu, zumal auch Graf Ziegenhayn dem Abt mit keinem Wort widersprochen hatte.

»Gut, gut, gut.« Der neue Abt wandte sich scheinbar unbekümmert den dreiunddreißig Knappen zu, die zu Rittern geweiht werden sollten. Er musterte sie freundlich, wie ein Kriegsherr seine Krieger. Markward hatte eine Ausstrahlung, die ihn ganz offenkundig über die anderen stellte. Trotz seines Lächelns, so spürten alle ganz genau, war sein Wille hart wie Granit. Hoffnung erglühte nicht nur in Eberhards Herz, Hoffnung, dass Gott sein Antlitz dem Monasterium Fuldensis wieder freundlicher zuwandte und dass das Schlimmste überstanden wäre.

»Jetzt weiß ich, was er vorhat, dieser Fuchs!«, rief Servatius ganz begeistert aus.

Der Abt winkte einen der Geistlichen aus seiner Hofkapelle heran. Der schwarzhaarige Mann mit dem südländischen Aussehen und der bronzefarbenen Haut hatte eine würdige Haltung. Eberhard hatte den Kaplan noch niemals zuvor gesehen – vermutlich hatte Abt Markward ihn mitgebracht, gar aus Rom?, fragte er sich. Der Abt reichte dem Kaplan seinen Abtsstab, während er die wertvolle Mitra auf dem Kopf behielt. Voller Ehrfurcht nahm der Kaplan den Stab entgegen.

Was beabsichtigte der Abt nur?

Plötzlich war es totenstill, nur das Säuseln des Windes, der Gesang der Vögel, das Raunen der Blätter und hin und wieder das Wiehern eines Pferdes oder das Bellen eines Hundes waren zu hören.

Der Abt öffnete die wertvolle, goldene Fibel, mit der seine Kukulle, sein prächtiger Amtsmantel, vorn an der Brust zusammengehalten wurde. Er entledigte sich des Mantels und reichte ihn seinem Kaplan.

Ein Raunen ging durch die Menge: In festlicher Ritterrüstung stand Abt Markward plötzlich vor ihnen. Ungläubige Blicke hefteten sich auf ihn, aber es war tatsächlich wahr, was die Menschen sahen: Er war umgürtet mit einem prachtvollen Schwert, und über dem silbern blinkenden Kettenhemd, das ihm bis auf die Hüfte reichte, trug der Abt eine Hermelinstola als Zeichen seiner fürstlichen Stellung.

Der Kaplan reichte Markward seinen Abtsstab zurück. Langsam, selbstbewusst nahm er den Stab entgegen, das Zeichen seiner weltlichen Herrschaft über das Land und die Leute, packte ihn mit beiden Händen und reckte ihn in einer jähen Bewegung hoch über sich in den Himmel, wie zum Zeichen einer machtvollen, unverrückbaren Inbesitznahme, die Standarte seiner Macht.

Wie ein neuer Moses, so stand Abt Markward vor seinem Volk, und es gab niemanden ringsum, der sich dem Eindruck dieser pfingstlichen Szene hätte entziehen können. Keiner hätte es jetzt mehr gewagt zu verneinen, dass der Heilige Geist diesen Platz überstrahlte und Markward, den Kämpfer Gottes, beflügelte.

Servatius klatschte begeistert in die Hände. Er war nicht der Einzige. Hochrufe auf den neuen Abt waren von allen Seiten zu hören. Beifall, Applaus, aber auch schadenfrohes Lachen, das dem Vogt galt. Graf Ziegenhayns Gesicht indessen verzog sich zu einer ungläubigen, wütenden Grimasse.

Der Jubel des Volkes wurde lauter, so wie immer, wenn es Stärke gewahr wird. Auf der Mitra des Abtes reflektierte das

Sonnenlicht, und plötzlich wirkte es so, als umkränze eine geheimnisvolle Aura und Lichterscheinung Markwards Haupt. Die Menschen, die bei dieser Erscheinung gegenwärtig waren, fühlten sich augenblicklich an das Feuer des Pfingstgeistes erinnert, das vom Himmel auf die Menschen herabgefahren war, so wie es in der Heiligen Schrift berichtet wird. Viele bekreuzigten sich und schworen, sie hätten mit eigenen Augen gesehen, dass der Heilige Geist in das Haupt des neuen Abtes gefahren sei.

Es war ein Wunder! Die Leute hielten den Atem an. Gott war mit Abt Markward, das war offenkundig! »Seine Amtszeit hat mit einem Wunder der Dreifaltigkeit begonnen«, sollten die Menschen später oft sagen, als Markwards Regentschaft Früchte zu tragen begann.

»Ich bin nur ein armer Winzer im Weinberg des Herrn!«, rief Markward mit einer Stimme, die, ohne laut oder marktschreierisch zu sein, bis in die letzte Reihe der Leute auf dem Festplatz drang. »Ich bin gewöhnlich ein Streiter des Wortes und nicht des Schwertes«, fuhr der Abt fort. »Und wenn es allein um mich ginge, dann würde ich demütig und mit übergroßer Freude die Worte der Heiligen Schrift befolgen, die da sagen, liebe deinen Feind und biete ihm die andere Wange dar!«

Er hielt inne, schaute sich langsam um und maß die viele hundert Köpfe zählende Menschenmenge auf dem vom strahlenden Pfingsthimmel überwölbten Turnierplatz.

»Aber so ist es nicht. Es geht nicht um mich. Es geht nicht darum, was ich wünsche und was ich nicht wünsche«, fuhr Markward mit eindringlicher Stimme fort. Jetzt sprach nicht mehr der edelmütige Bruder Markward, jetzt sprach der *abbas,* der Vater, der Herr dieses Landes, durch den und mit dem Gottes Herrschaft im Fuldaer Tal aufgerichtet war, und es sprach zugleich der oberste Lehnsherr für Land und Leute ringsum – die Herrschaft, die vor vielen hundert Jahren von König Karlmann ohne jede Einschränkung und für alle Ewigkeit dem Abt von Fulda unterstellt worden war, mit allen Diensten, Rechten, Pflichten. »Es geht um Gottes Herrschaft in Gottes eigenem Land.«

Eberhard erschien es so, als hätte sich Graf Ziegenhayn mitsamt seinem ganzen vielköpfigen Gefolge auf der gegenüberliegenden Seite des Turnierplatzes am liebsten verkrochen; dass er so bloßgestellt wurde, machte ihn zornig und erfüllte ihn mit Hass. Er schien nicht begreifen zu können, dass da jemand kam und es wagte, seine Stellung anzugreifen und in Frage zu stellen. Kaum einer der Adeligen aus dem Fuldaer Gebiet war nicht abhängig von Land, das er vom Kloster zu Lehen hielt. Alle Barone der Rhön und des Vogelgebirges würden es merken, wenn der Abt von Fulda ein starker Mann war. Die Edelleute spürten, dass ihre Lehen und damit ihre Macht auf dem Spiele standen. Für einen Großteil der versammelten Barone offenbarte sich der neue Abt schon an seinem ersten Tag als eingeschworener Feind.

»Der Herr König und der Herr Papst, Conradus und Eugenius, sie haben uns beide einmütig hierher geschickt in Gottes eigenes Land, um die Herrschaft des Allerhöchsten, dem nicht die kleinste Sünde verborgen bleibt, wiederherzustellen, so wie es von Beginn an gewollt war«, fuhr Abt Markward mit seiner etwas krächzenden, aber gut verständlichen Stimme fort, die so gut zu seinem Eulengesicht passte. Noch immer lächelte der Abt, aber es war ein gefrorenes Lächeln.

Eberhard spürte, dass nichts von dem, was vor seinen und den Augen des Volkes geschah, dem Zufall überlassen war. Markward hatte seinen Auftritt inszeniert. Der neue Abt hatte genau berechnet, was beim Volk gut ankam, und eines war klar: Er brauchte es auf seiner Seite, wenn er sich mit den Edelleuten anlegen wollte.

Und das wollte er offenbar.

Jetzt wurde auch klar, warum der König gerade ihn ausgesucht hatte. Markward hatte anscheinend Erfahrung mit heiklen Situationen. Er scheute keine Konfrontation. Und er hatte – so schien es – keine Angst.

»Hochwürdiger Vater, Abt Markward, Herr«, sagte der Vogt holprig, und seine Worte klangen nach der geschliffenen Rede seines Vorgängers unbeholfen. »Ich hoffe nur, dass Ihr Euch nicht zu übereilten Schritten hinreißen lasst, nur weil irgendwelche Leute Euch …«

»Übereilte Schritte?« Der Abt lächelte kalt. »Mein Sohn, du brauchst keine Befürchtungen zu haben, dass ich übereilt handeln werde.« Er lächelte Gottfried von Ziegenhayn an, als wäre er ein lieber Freund. Dieses sibyllinische Lächeln im Eulengesicht Markwards irritierte den Grafen vollends. Man spürte, wie sehr er es hasste, wie ein gemaßregelter Bursche vor dem Abt zu stehen. Sein Blick ging Hilfe suchend zu seinen Leuten hinüber, aber deren Gesichter waren genauso ratlos oder ärgerlich wie seins. Ein paar von den jüngeren Edelleuten hatten sich Rudolph, den Grafensohn, zum Vorbild genommen und schauten genauso blasiert wie er auf die Szene, so als würde sie das Geschehen bestenfalls langweilen. Während der Graf den Blick seiner Gemahlin suchte, starrte diese auf ihre in weißen Handschuhen steckenden Hände und vermied es angestrengt, dem Blick ihres Gemahls zu begegnen.

Der Graf sammelte sich und suchte sichtbar nach passenden Worten. »Nichts werden wir lieber tun«, sagte Gottfried dann mit brüchiger Stimme, »als Gottes Herrschaft in unserem Lande mit der Kraft unserer Waffen zu festigen und auszuweiten.« Er versuchte es jetzt mit seiner bewährten Hinhaltetaktik. Leere Worte. Auf eine Blöße des anderen warten, sich hinter der eigenen Scheinheiligkeit verbergen, dachte Eberhard. »Doch sagt mir, Vater, vielleicht ist es der Tatsache zuzuschreiben, dass Ihr ganz neu in diesem Lande seid … sagt mir doch bitte, hochmögender Abt, warum Ihr eigentlich glaubt, die Herrschaft Gottes müsse *wiederhergestellt* werden. Das würde ja bedeuten«, fuhr der Vogt jetzt, da er Worte gefunden hatte, mit selbstbewussterer Stimme fort, »dass sie zerstört gewesen wäre. Wie kommt Ihr darauf, Herr, dass etwas so Schreckliches und Sündhaftes bei uns hier geschehen sein könnte?« In seiner Stimme klang gespielte Empörung mit. »Sicherlich gibt es Probleme hier bei uns, in – wie habt Ihr gesagt? – Gottes eigenem Land. Aber sind diese Probleme nicht auf Seiten des Klosters zu suchen? Erinnert Euch, dass es Euer Konvent war, Heiliger Vater, dem es nicht gelungen ist, eine dauerhafte Wahl zu treffen. Ich bitte Euch, dies zu bedenken, bei aller berechtigten Sorge, die den König veranlasst haben mag, Euch hierher zu entsenden.«

»Eure Rede ist gottgefällig und voller Einsicht, und wir danken Euch für die Sorgen, die Ihr Euch um die Nöte unseres Konventes macht, teurer Hochvogt!«, sagte der Abt schmeichlerisch – der Spott in seiner Stimme war nicht zu überhören. »Wir danken Euch überdies, mit welcher Hingabe Ihr und Eure Barone Eure Aufgaben als Sachwalter der Abtei gewahrt habt in den dunklen Monaten, in denen das Kloster kein Haupt hatte. Und was den Konvent betrifft, so habt Ihr ja Recht. Doch diese Zeiten sind jetzt endgültig vorbei, glaubt es mir, Graf Gottfried!« Sein Gesicht gemahnte jetzt nicht an die weise Eule, sondern an den Raubvogel, der auf der Jagd ist, bereit herabzustoßen auf sein ahnungsloses Opfer. »Die Zeit der Irrungen und der Wirrungen ist endlich zu Ende«, fuhr Markward fort. »Ich weiß, das freut Euch! Zwist und Uneinigkeit werden von jetzt an aus den Reihen unserer Brüder verbannt, und ich werde dafür sorgen, dass alle Regeln des heiligen Benedikt von Nursia auf das Genaueste befolgt werden, so wie es in der *Regula Benedicti* geschrieben steht. Denn diese sind die beste Garantie dafür, dass wieder Ordnung herrscht im Monasterium Fuldensis. Aber wie schon der Prophet sagt, ist dies nur die eine Seite der Münze.«

»Die eine Seite, ehrwürdiger Herr?«, fragte der Graf unbehaglich. Es war ihm anscheinend nicht bewusst, dass er vor lauter Nervosität unablässig am Knauf seines Grafenschwertes nestelte.

»Vom heutigen Tag an herrschen im Kloster Zucht und Ordnung. Das ist die eine Seite der Münze. Ich aber frage jetzt *Euch:*

Wie steht es mit der Treue und dem Gehorsam unserer Vasallen, unserer Lehnsleute und Dienstmänner, unserer Barone und Ministerialen?«

»Wollt Ihr an meiner Treue zweifeln?«, fuhr der Graf entrüstet hoch.

Abt Markward behielt sein kühl-überlegenes, tiefgründiges Lächeln bei. »Gäbe es denn einen Grund dafür, an Eurer Treue zu zweifeln?«

»Bei allen Heiligen! Wie könnt Ihr das fragen? Wollt Ihr mich beleidigen? Natürlich gibt es keinen Grund dafür! Nicht den geringsten!«

»Dann ist es ja gut.« Der Abt neigte zufrieden ein klein wenig das Haupt mit der herrschaftlichen Mitra. »Wie sehr wir uns doch freuen, das gerade aus Eurem Munde zu hören.«

»Niemand soll daran zweifeln, dass wir unsere Pflichten lieber doppelt erfüllen, als einmal nachlässig zu sein.« Der Graf schaute in die Runde der Anwesenden, so als suche er in deren Mienen und Gesichtern Bestätigung für das von ihm Gesagte.

»Wer hätte auch etwas anderes erwartet?«, rief der Abt freudig. »Aber bevor ich weiterrede, habe ich eine Frage an Euch, Graf Ziegenhayn.«

»Eine Frage?«

»Ja. Eine einfache Frage. Wem gebührt die größere Ehre? Dem Stellvertreter oder dem, den er vertritt?«

»Was? Stellvertreter? Den er vertritt?« Graf Gottfried war zusehends verwirrt, und genau das beabsichtigte Markward wohl auch. »Wieso fragt Ihr das?«

»Damit Ihr es mir beantwortet.«

Plötzlich schien der Hochvogt keinen anderen Ausweg mehr zu sehen, als einfach lauthals loszulachen, so als hätte Abt Markward einen köstlichen Witz gemacht.

»Also, ich erkläre es Euch genauer«, sagte der Abt im Selbstbewusstsein gottgegebener Macht. »Hört zu: Ich bin der Herr dieses

Landes, der oberste Lehnsherr von euch allen, und Ihr als mein Vogt seid *der Stellvertreter* von mir in allen weltlichen Dingen. Habe ich mich jetzt klar genug ausgedrückt? *Der Stell-ver-tre-ter.* Gesteht Ihr mir das zu?«

Graf Gottfried blieb gar nichts anderes übrig, denn genauso war es, alle wussten das. Er nickte.

»So schwören die Ritter des Klosters und die Ritter des Abtes also nicht Euch als meinem Stellvertreter, sondern *durch Euch* mir ihre Treue? Mir, als dem Abt von Fulda?«

»So ist es wohl, Herr.« Der Graf war in die Enge gedrängt. Auch wenn er jetzt wusste, was der Abt vorhatte, konnte er nichts dagegen unternehmen.

»Doch welche Treue ist fester, Graf Ziegenhayn, beantwortet mir noch diese eine letzte Frage: Die Treue, die mir durch einen Stellvertreter geschworen wird, oder die Treue, die der Gefolgsmann mir persönlich und unmittelbar, mir als dem Lehnsherrn, Aug in Auge leistet? Nun, was also? Was ist besser? Die mittelbare oder die unmittelbare Treue?«

»Die unmittelbare Treue natürlich, Herr«, erwiderte der Graf widerstrebend. Leise fügte er hinzu: »Doch sollten wir solche schwierigen und missverständlichen Dinge nicht besser erst einmal unter vier Augen besprechen?«

»Ich will die Menschen nicht enttäuschen, die hierher gekommen sind, um der edlen und gottesfürchtigen Zeremonie der Ritterweihe beizuwohnen. Seht sie Euch nur an: Wollt Ihr wirklich, dass all diese Menschen unverrichteter Dinge wieder heimgehen? Wäre das nicht des Herrgotts Zeit gestohlen? Was wäre das für eine Einführung in mein Amt, wenn es gleich mit einer solchen Enttäuschung begänne?«

Jetzt wusste der Graf nicht mehr, was er erwidern sollte.

»Der Treueschwur für den Abt!«, rief das Volk immer lauter, und zahlreiche Stimmen riefen im Chor:

»Markward! Markward! Markward!«

Der Graf war wütend, aber hilflos.

»Zeremonienmeister!«

»Herr Abt?«

»Fahrt fort!«

»Wie?«

»Habt Ihr mich nicht verstanden?«

Junker Hagemut, der Zeremonienmeister, schielte Hilfe suchend in Richtung des Grafen, doch dieser wich seinem Blick aus. Hagemut zuckte mit den Schultern. »Also gut, beginnen wir mit dem Treueschwur …«

Eberhard dachte mit gemischten Gefühlen an seinen Bruder. So hatte sich Walther seine Ritterweihe sicherlich nicht vorgestellt! Walther wollte dem Vogt, nicht dem Abt die persönliche Treue schwören, dessen war sich Eberhard sicher. Ein Ritter schwört am liebsten einem anderen Ritter und Herrn die Treue, nicht einem Geistlichen. Das Rittertum aus den Händen eines Klerikers zu empfangen, verringerte dessen Wert, auch wenn dieser selbst ein Edelmann war.

Aber es gab kein Zurück. Sie beugten sich der geradezu unheimlichen Macht, die der neue Abt verströmte. Der Heilige Geist war ohne Zweifel mit ihm. Durch seine segnenden, aber auch verfluchenden Hände floss die Macht des Allmächtigen vom Himmel auf die Erde herab.

Der Zeremonienmeister zögerte noch einen Augenblick, nickte dann aber und gehorchte. Es schien geradezu symbolisch zu sein, was hier geschah. Markward hatte fürs Erste gewonnen. Der Graf gab die erste, unerwartete Schlacht verloren. Die dreiunddreißig Ritter schworen dem Abt die Treue, und nicht dem Vogt. Doch mit dieser Schlacht, so viel war auch Eberhard klar, hatte der Krieg gerade erst begonnen.

14. Augustus, am Tag vor Mariä Himmelfahrt

Die Gluthitze, unter der das ganze Land stöhnte, forderte jeden Tag Opfer im Land. Der Fluss war fast ausgetrocknet. Das Vieh und die Menschen dürsteten. Die ungewohnte, unerträgliche Hitze raffte auch Magister Giselbert dahin, den Herrn des Klosterarchivs.

Für Eberhard war es ein Schock, fast so, als wäre der Vater gestorben.

Eberhard war verängstigt und fühlte sich verlassen, aber er durfte sich nichts anmerken lassen.

Kurz bevor Giselbert zum Herrn heimgegangen war, hatte er Eberhard als seinen Stellvertreter eingesetzt. Die anderen Laienbrüder im Archiv mussten versprechen, dass sie Eberhard gehorchen und ihm treu sein würden, so als wäre er Giselbert selbst. Die anderen Brüder akzeptierten diese Entscheidung ohne Murren, obwohl Eberhard von unfreier Geburt war. Bei ihrer Tätigkeit spielte das keine sonderliche Rolle mehr, hier ging es mehr um die Fähigkeiten und das Wissen, das sich einer die Jahre über angeeignet hatte.

Diese Hitze! Eberhard nahm den Lappen, tauchte ihn in die Schale mit Wasser und wischte sich damit über das Gesicht.

Er war ganz allein im Archiv. Er hatte die anderen Männer des Archivs, die Laienbrüder und Knechte, in den Dom geschickt, damit sie am Altar von St. Bonifatius für die Seele des verstorbenen Giselbert beteten.

Auf dem Tisch lag die Pergamentrolle, in der er zuletzt gelesen hatte. Noch immer konnte er sich nicht daran gewöhnen, dass es den Alten nicht mehr im Archiv gab. Er setzte sich ehrfürchtig, beinahe ängstlich auf den robusten Schemel, auf dem sonst der nicht gerade leichtgewichtige Giselbert gesessen hatte. Durch den schmalen Fensterschlitz fielen die Strahlen der grellen Mittagssonne herein, und mit ihnen sickerte die flimmernde Hitze langsam in die Kammer.

Eberhard dachte flüchtig an Wilbur. Irgendetwas stimmte nicht. Eberhard vermutete, dass mit Florelis Schluss war. Jedenfalls war Wilbur wie vom Erdboden verschluckt, und niemand hatte etwas von ihm gesehen oder gehört.

Er schaute den Stapel der Wachstäfelchen mit den noch unerledigten Aufträgen durch, die auf Giselberts Tisch lagen. Es waren deutlich weniger Aufträge als noch in den Monaten vor der Wahl Markwards zum Papst. Alle warteten ab. Keiner wusste, wie es weitergehen würde. Schon die ersten Wochen hatten gezeigt, dass der neue Abt neue Wege ging und keine Gelegenheit ausließ, um sich mit den einheimischen Baronen anzulegen.

Das, was vor ihm auf dem Tisch des Archivmeisters lag, war das Übliche: Abschriften von alten Urkunden, wo die eine oder andere Veränderung vorgenommen werden sollte, natürlich immer zu Gunsten des Herrn, der die Abschrift bezahlt hatte.

Was war ihnen denn anderes übrig geblieben, in diesen schlechten Zeiten? Eberhard stellte sich vor, wie Giselbert an der Himmelspforte Rede und Antwort stehen müsste. Was hätte er denn tun sollen? In der abtlosen Zeit mussten alle selber sehen, wie sie zurechtkamen! Die Einnahmen aus den Beglaubigungen waren für das Kloster bitter nötig, damit es überhaupt weiterging. Niemand redete gern darüber, aber alle wussten es. Sie waren eine Schicksalsgemeinschaft. Herren und Knechte, Mönche und Laienbrüder. Solange es keinen Abt gab, der dafür sorgte, dass im Kloster niemand verhungerte, musste man eben für sich selbst sorgen!

Konnte man Giselberts Handlungsweise missbilligen? Sicherlich hatten sie Rechte des Klosters preisgegeben, wenn sie die Barone in den Abschriften der alten Lehensurkunden besser stellten, als ihnen das Original ursprünglich zubilligte. Aber diese Vorgehensweise war aus der Not geboren, und wenn es eine starke Herrschaft im Kloster gegeben hätte, einen Abt, der für sie alle wie ein Vater sorgte und sie beschützte, dann hätte niemand sich für ein paar Silberlinge zum Handlanger des Adels machen lassen.

Die Hitze ließ keinen klaren Gedanken zu. In der Nacht erst war Giselbert gestorben, und wegen der schnellen Verwesung bei diesen hohen Temperaturen würde man ihn schon am nächsten Morgen zur Terz auf dem Friedhof hinter der Michaelskirche beerdigen, wie schon so viele Mönchsbrüder in so vielen Jahrhunderten zuvor.

Eberhard war froh, allein zu sein. Er fragte sich, wer der neue Herr des Archivs und der Schreibstube werden würde. Welcher der Mönchsbrüder bot sich dafür an? Ihm fiel niemand ein. Wen würde Abt Markward bestellen? Der neue Abt war für jede Überraschung gut!

Obwohl er nur die Wachstäfelchen durchsah, eines nach dem anderen, und sie nach ihrer Dringlichkeit sortierte, lief ihm schon wieder der Schweiß das Rückgrat hinab. Die Schriftzüge, die in das Wachs geritzt worden waren, verzogen und verzerrten sich durch die Hitze.

Endlich konnte er sein eigenes System benutzen und war befreit von den manchmal recht schrulligen Vorschriften Giselberts, an denen er zuletzt nur noch aus Altersstarrsinn festgehalten hatte. Vieles ließ sich vereinfachen, vieles konnte man besser organisieren.

Oh, diese Hitze!

Die Bleifassungen der Fenster im Dom verbogen sich schon, und auf den Weiden darbte das Vieh, weil das Wasser knapp wurde. Das ganze Land war nervös, und keiner wollte mehr hinaufsehen zum tiefblauen Himmel, in dem das Tagesgestirn als unerbittlich brennender, weißer Lichtfleck glühte und den Menschen den Nacken versengte. Trotz der Hitze gab es viele Bittprozessionen, anstrengende Märsche auf den staubigen Straßen und Wegen, zum Grab des heiligen Bonifatius, den die Menschen anflehten, dass er sein Land, das Fuldaer Tal, doch nicht im Stich lassen möge.

Eberhard legte die weichen Wachstafeln aus der Hand. Ein Glück, dass es im Archiv etwas kühler war als draußen, sonst wären die Tafeln womöglich unbrauchbar geworden. Er holte den Krug. Er wollte draußen an dem nur noch dünn fließenden Brunnen der Klosterschule etwas kühles Wasser schöpfen, um sich zu erfrischen. Den Krug in der Hand, öffnete er die schmale Pforte, die nach wie vor klemmte und schwer zu bewegen war.

Er trat hinaus.

Die Sonne war so hell, dass es ihn schmerzte, und erst ein paar Augenblicke später bemerkte er, als sich seine Augen an die grelle Helligkeit gewöhnt hatten, dass sich drei in braune Mönchskutten gekleidete Gestalten dem Eingang des Archivs näherten.

Eberhard blinzelte. Er wusste nicht, warum die Schattenrisse ihm plötzlich so bedrohlich vorkamen, wie Racheengel oder die Schöffen eines unbarmherzigen Gerichts. Jetzt erkannte er Agilo, den neuen Propst, den Abt Markward an die Stelle des alten Probstes Hermanus gesetzt hatte. Hermanus konnte von Glück sagen, dass er nur davongejagt wurde. Agilo hatte die Zügel in der Abtei straff in die Hand genommen. Die meisten fürchteten ihn. Er wurde begleitet von zwei jungen, kräftigen Kaplänen, so als wären sie seine Leibwache.

»Du bist Eberhard von Giesel?«

Eberhard nickte. Ihm war trotz der brütenden Hitze plötzlich kalt.

»Diese beiden Gehilfen des Archivs …« Der Priester zögerte.

»Baldemar und Ziprian, Propst Agilo«, ergänzte einer von den Kaplänen.

»Ja, die. Sie haben uns gesagt, dass du hier bist, Eberhardus. Wir haben dich gesucht.«

Eberhard runzelte die Stirn. Er sah, dass Agilo im Gegensatz zu seinen beiden Begleitern nicht zu schwitzen schien. »Ja?«, sagte er misstrauisch.

»Lasst uns nicht hier draußen in dieser schlimmen Hitze verharren«, sagte Propst Agilo. Er war mit dem Abt aus Bayern gekommen und hatte den charakteristisch gemütlichen Akzent mit dem rollenden R von dort mitgebracht. »Lasst uns in *Euer* Archiv hineingehen, aber schöpf um Himmels willen vorher deinen Krug voll mit kühlem Wasser!«

Während er das Wasser schöpfte, musste Eberhard immerfort an die Fälschung denken, die er zu Gunsten seines eigenen Dorfes vorgenommen hatte, und an alle die anderen unzähligen gefälschten Urkunden. Kam jetzt die Abrechnung? Musste er jetzt bezahlen?

Zu viert betraten sie das Archiv. »Wie angenehm es hier ist!«, sagte Agilo und schaute sich interessiert um.

Eberhard war nervös. Er ließ den Krug kühlen Wassers rundgehen. Alle tranken einen Schluck.

»Das also ist das berühmte Fuldaer Klosterarchiv. Ich hab schon viel davon gehört.«

»Seid Ihr deswegen hierher gekommen?«

»Nein, du hast Recht. Deswegen nicht. Ich bin zu dir gekommen, Eberhard von Giesel, weil ich dich zum Abt einbestellen soll.«

Eberhard spürte das Schwert des Damokles über sich. »Mich einbestellen zum Abt?«

Der Propst nickte. »Der ehrwürdige Markward wünscht dich zu sprechen, Bruder. Er befiehlt, dass du vor ihm erscheinst.« Eberhard hatte plötzlich abgehackte Hände und Blut und Schmerzensschreie im Sinn. Das Mindeste, das einen traf, wenn man Urkunden fälschte, war, dass man einem die Hand abhackte, mit der die Sünde vollbracht worden war.

»Und wann wünscht mich der Abt zu sprechen?«, fragte Eberhard mit trockener, zugeschnürter Kehle.

»Morgen Früh zur Terz. Nach der Totenmesse für Giselbert.«

»Ja, Herr ... aber wisst Ihr auch, warum der Abt mich einbestellt, edler Propst?«

»Ja, das weiß ich, Eberhardus. Aber ich werde es dir nicht sagen.«

ARCHIVUM SECRETUM APOSTOLICUM VATICANUM

Bericht des päpstlichen Observators
Reichsabtei Fulda, Anno Domini 1150

»... als einen seiner ersten Befehle hat der ehrwürdige Abt Markward verfügt, dass die baufällige und nur noch von Gesindel bewohnte Burg Bieberstein wiederhergestellt und mit Rittern der Abtei besetzt werden soll, um als Bollwerk gegen das unerträgliche und freche Raubrittertum zu dienen, das das Gebiet des Klosters immer schlimmer heimgesucht hat. Man könnte diese Maßnahme auch als eine Kampfansage gegen den ganzen Rhöner Adel ansehen, zweifelsohne ...

... Abt Markward ist ein guter Streiter Christi Jesu. Das Volk verehrt ihn vom ersten Tag an. Er ist davon überzeugt, dass er den Auftrag des Heilands durchführt, und dass der Heilige Geist ihn beseelt, wenn er hier im Fuldaer Land für den Glauben streitet. Er fordert jedes einzelne Gut und jedes einzelne Lehen zurück, die man jemals dem Kloster entfremdet hat, und was des Klosters Dienst ist, soll künftig auch wieder für das Kloster erbracht werden. Alle, die sich ihm widersetzen, schlägt er in Acht und Bann, und er stellt ein stattliches Ritterheer auf, denn er will mit aller Macht und Gewalt vorgehen gegen die Raubritter und Wegelagerer, die das Land unsicher machen ...

Dito: Seit der neue Abt angekommen ist, sichtbar beflügelt vom Heiligen Geist, strömen die Gläubigen aus den Umlanden in viel größerer Zahl als zuvor nach Fulda. Manche behaupten, sie hätten einen Schweifstern am südlichen Nachthimmel bemerkt, in Richtung des Bayernlandes, und sie sagen, es sei ein Zeichen für die gottgewollte Herrschaft des neuen Abtes, und zugleich ein Zeichen dafür, dass die Barone der Rhön sich in nächster Zukunft in Acht nehmen müssen vor der geballten Faust des Abtes. Der ehrwürdige Abt ist kein Mann, der in die Luft schlägt …

… schon nach so kurzen Tagen hat Markward das Amt des Fuldaer Abtes mit neuer Ehre und mit neuem Ansehen erfüllt. Überall hat sich herumgesprochen, dass die Ritter ihren Eid auf den Abt selbst und nicht auf den Vogt ablegen mussten und dass der Abt sich gegen den Vogt durchgesetzt habe.

… Item ad finitum die erbetene Auskunft: Im Kloster und in der Stadt ist die Zahl der Menschen: knapp zweihundert Mönchsbrüder, fünfhundert Konversen, Laienbrüder, weltliche Priester und Hilfspriester, und vielleicht doppelt so viele gelernte und ungelernte Knechte für die niederen Arbeiten. Dazu kommen die Handwerke und Zünfte innerhalb der Abtei. Insgesamt leben in den Mauern des Reichsklosters über tausendneunhundert Personen. So sagt es die Propstei des Klosters. Die Stadt wird hingegen von vielleicht dreitausendfünfhundert Seelen bevölkert: in der Stadt ansässige Edelleute, die weltlichen Priester, die Kaufleute und Fernkaufleute, die Angehörigen der Zünfte und Handwerke, die Tagelöhner, Knechte, Mägde, die ehrsamen Almosenempfänger und die Bettler. So sagt es die Kanzlei des neuen Stadtvogtes Tragebodo …«

15. Augustus, Mariä Himmelfahrt, frühmorgens

Der Abt las die Totenmesse für Giselbert zur Prim in der Michaelskirche. Draußen wurde es langsam hell. Es war dunkel und einigermaßen kühl in dem uralten, gedrungenen Gotteshaus, das sich gleich neben dem Hohen Dom befand. Vorn in der Mitte der Vierung lag der Meister des Schriftenhauses aufgebahrt, genau vor dem Altar. Mönche hatten ihn gewaschen und gesalbt. Je sechs Kerzen standen an jeder Seite.

Eberhard kam zu spät. Er blieb zitternd in der dunklen Nähe der Pforte der kleinen Kirche stehen. Sie war in der Zeit von Kaiser Ludwig dem Frommem erbaut worden, dem Sohn Karls des Großen, unter Abt Eigils Herrschaft.

Eberhard konnte an nichts anderes denken als daran, dass er wenig später zu dem Abt einbestellt war, demselben Mann, der vorn am Altar die Totenmesse für Giselbert las.

Er hatte schreckliche Angst davor.

Tausend Dinge gingen ihm durch den Kopf, was er beim Abt hören und was man ihm womöglich vorwerfen würde, und er formulierte tausend Antworten auf Fragen, die womöglich doch niemals gestellt werden würden. Tausend Sünden und Verbrechen fielen ihm ein, die er auf Befehl des Archivmeisters begangen hatte, und alle waren sie todeswürdig oder würden mit strengsten blutigen Leibesstrafen geahndet.

Vor ein paar Tagen erst hatte der Abt etliche Räuber, Wegelagerer, Diebe und Mörder, die den Wald von Eichenzell unsicher gemacht hatten, zur Abschreckung auf dem Domplatz vor dem ganzen Volk hinrichten lassen. Den Anführer, einen wilden Burschen, hatte man gerädert, ihm alle Rippen und Gliedmaßen gebrochen, ehe man den geschundenen Körper auf das Rad flocht, den Vögeln zum Fraß, und das Rad auf einem Pfahl aufrichtete, damit jeder die Qual und die Schande sehen konnte. Plötzlich sah er sich selbst auf dem Rad, stellte sich die Todesqual in seinen Augen vor, das gemarterte Gesicht des wilden Räubers glich plötzlich seinem eigenen Gesicht, seine Todesschreie waren Eberhards Schreie, und seine brechenden Augen waren Eberhards Augen …

Ihm brach der Schweiß aus. Alles hing von dem Mann ab, dem Abt, der vorn am Altar die Totenmesse las. Der Abt war der Herr über sein Leben und über seinen Tod. Er wünschte sich, seine Vorladung wäre vorüber, und er wäre glimpflich davongekommen.

Vorn vor dem Altar waren etliche Mönche und Laienbrüder und Knechte des Schriftenhauses zur Totenklage versammelt. Der neue Abt sprach den feierlichen Eingangsgesang: »*Requiem aeternam dona eis*« – ewige Ruhe gib ihnen. Abt Markwards Stimme war voll ehrlicher Trauer, so als hätte er einen Freund verloren. Dabei hatte er Giselbert kaum gekannt. Er schilderte die menschlichen Vorzüge des Dahingegangenen, und Eberhard schickte dem Meister in Gedanken einen traurigen Abschiedsgruß hinterher. Er hatte Giselbert nicht geliebt. Aber er hatte ihn respektiert, und er war ein Teil seines Lebens gewesen.

Eberhard fragte sich, wie die Zukunft aussehen mochte. Wen würde der neue Abt Markward mit der Leitung des Schriftenhauses betrauen? Wie würde alles weitergehen? Und als wichtigste Frage: Würde er das alles überhaupt noch miterleben, oder würde er enden wie der wilde Räubergeselle, der Anführer der Gesetzlosen?

Die Brüder stimmten das Paternoster an. Eberhard nickte Vicloq zu, der weiter vorn bei den anderen Laienbrüdern des Archivs stand. Auch Baldemar und Ziprian klagten laut vernehmlich über Giselberts Tod und streuten sich Asche über das Haupt.

»Gesät wird ein irdischer Körper«, sprach der Abt Worte aus dem ersten Korintherbrief, »aber auferweckt wird ein überirdischer Leib.«

Eberhard musste bei diesen Worten an seinen eigenen Tod denken. Er lehnte sich an eine der glatten, kalten Säulen der gedrungenen Bogenreihe, die den Abschluss des Kirchenschiffs bildete. Es war gut, den festen und soliden Stein im Rücken zu spüren.

Ihn schwindelte. Über eines hatte er sich die ganze Zeit zu allerletzt Gedanken gemacht, und das war seine eigene, erbärmliche Sterblichkeit. Doch als er das dumpfe Geläut der Totenglocken von St. Michael hörte, als er den Leichnam sah, dem man die Kapuze der Mönchskutte über das Gesicht gezogen und zugenäht hatte, und als er sah, wie man den Toten mit Weihwasser besprengte und ihn mit Weihrauch beräucherte, da trat ihm seine eigene Endlichkeit vor Augen.

Doch dann erstrahlte in den kleinen Fenstern der Kirche der helllichte Tag und vertrieb die düstere, Angst einflößende Atmosphäre. Die Hitze kehrte schnell zurück.

»Ich bin die Auferstehung und das Leben«, fuhr der Abt fort, und der milde und versöhnliche Klang seiner Stimme beruhigte Eberhard. »Wer an mich glaubt, wird leben, auch wenn er stirbt, und jeder, der lebt und an mich glaubt, wird auf ewig nicht sterben.«

»Psst … Junker Eberhard«, flüsterte plötzlich eine Stimme aus der Dunkelheit der Eingangshalle. In seinen Ohren klang die hohle Stimme, die aus dem Nichts zu kommen schien, wie der leibhaftige Tod.

Eberhard zuckte zusammen. »Wer um Himmels willen …« Er wollte sich umdrehen.

»Ach, schaut doch einfach nach vorn, Junker. Schaut Euch das Begräbnis an. Gefällt es Euch nicht?«

»Was soll denn …«

Er wandte sich um. Aber da schien niemand zu sein. Der Durchgang von der kleinen Eingangshalle zum Kirchenschiff war leer. Vielleicht kam die Stimme ja aus dem finsteren Vorraum …

Da löste sich eine Gestalt aus dem Schatten des Vorraums.

»Wer seid Ihr?«

»Das tut gar nichts zur Sache.« Die Gestalt blieb im Schatten, das Gesicht unsichtbar.

»Dann lasst mich in Ruhe.«

Eberhard schaute demonstrativ in Richtung des Oktagons, das die Säulenhalle rund um den Altar bildete. Darüber war der Turm der alten, kleinen Kirche.

»Man hat mich geschickt, um dir etwas zu sagen«, fuhr die Stimme aus dem Vorraum fort.

»Mir etwas zu sagen?«

»Ich soll dir mitteilen, dass du auf dich aufpassen sollst.«

»Auf mich aufpassen? Wer sagt das?«

»Sagen wir: Ein Vogel hat es mir gezwitschert.« Ein leises Kichern folgte. Der Schatten im Vorraum, der nur vage erkennbar war, bewegte sich in Richtung der Kirchenpforte.

Für einen Augenblick überlegte Eberhard, dem Schatten zu folgen, ihm die Maske vom Gesicht zu zerren und ihn der Anonymität der Finsternis dort im Vorraum der Michaeliskirche zu entreißen. Aber davon nahm er gleich wieder Abstand.

»Du kannst dich vernünftig verhalten, dann soll es womöglich dein Schaden nicht sein«, fuhr der Schatten fort. Seine Stimme klang geisterhaft hohl, doch vielleicht kam ihr schrecklicher Klang daher, dass ihr Besitzer heiser und erkältet war. Die hoch aufragende Gestalt, deren Gesicht er nicht erkennen konnte, erinnerte ihn gleichwohl vage an jemanden.

»Und wenn ich mich nicht vernünftig verhalte?«

»Du weißt doch ganz genau, was mit den Leuten geschieht, die unvernünftig sind und die glauben, sich gegen ihre Herren auflehnen zu können.«

Abt Markward sprach gerade seinen Segen über den Leichnam in der zugenähten Kutte. Es war ein ewiger Abschied, ein Lebewohl für immer. »Magister Giselbert lebt weiter im Gebetsgedächtnis seiner Mitmönche«, sagte der Abt feierlich. Einen kurzen Augenblick lang hatte Eberhard den Eindruck, als schaue Markward verstohlen zu ihm.

»Meinst du denn«, flüsterte er zu dem Mann, der in der Vorhalle verharrte, »dass ich nicht selber weiß, dass ich aufpassen muss? Warum diese Drohungen?«

Der Mann lachte leise. »Wenn du willst, dann nenne es Drohungen. Sei vernünftig, das ist alles. Was du in den letzten Jahren im Geheimen getan hast … vergiss es ganz einfach.«

»Wieso sollte ich etwas im Geheimen …«

»Psst, leise! Ich will nicht mit dir darüber diskutieren. Denke einfach, wie viel Gutes du bewirkt hast für die Barone. Vielleicht wird dir dann eines Tages sogar Dank zuteil.«

»Es war Sünde. Es war Unrecht.«

Die geisterhafte Stimme lachte hohl, aber so leise, dass die Totenmesse nicht gestört wurde. »Es war Unrecht, ganz genau. Und deswegen wirst du doch gewiss vergessen, was du getan hast.«

»Und wenn nicht?«

Der Schatten zuckte mit den Schultern. Für einen kurzen Augenblick sah Eberhard das Tageslicht in den Augen des Mannes widergespiegelt, das vom Chor in die kleine Michaeliskirche fiel.

»Wenn nicht … dann gnade dir Gott.«

»Was soll das heißen?«

»Ich kann mir nicht vorstellen, dass du unvernünftig werden wirst.« Der Schatten öffnete die Kirchenpforte einen Spalt breit. »Denke immer daran, was ich dir gesagt habe.«

»Ich weiß ja nicht einmal, worauf du anspielst.«

»Ich glaube doch. Mache einfach so weiter, wie Giselbert es dir beigebracht hat.«

»Giselbert? Meinst du für Schlitz? Für den Grafen?«

»Schweig, keine Namen! Und frag nicht so viel«, zischte der Schatten. »Wer zu viel fragt, dem werden irgendwann einmal die Antworten nicht schmecken.«

Plötzlich war die Stimme kalt und boshaft geworden, sodass Eberhard erschauerte. Eine Gefahr war im Anzug, das spürte er immer deutlicher. Irgendetwas war im Gange.

»Und noch etwas.«

Eberhards Gefühl, dass er den Schatten kannte, verdichtete sich, doch noch immer kam er nicht darauf, wer es war.

»Und noch etwas?«

»Denke immer an das Schicksal deines Freundes Wilbur.«

»Wilbur? Ich habe keine Ahnung, wo der Kerl abgeblieben ist.«

»Genau das ist es!« Die Stimme lachte rau. Der Unbekannte öffnete die Kirchenpforte ein wenig. Leise quietschten die Scharniere. Ein Lichtkegel flutete herein. Die Gestalt schlüpfte hinaus, und dann fiel die Pforte wieder ins Schloss.

Mit zugeschnürtem Hals betrat Eberhard zwei Stunden später das Abtshaus im Süden des ummauerten Klosters. Die brütende Hitze hatte sich an diesem Morgen etwas abgeschwächt, und im Haus des Abtes war es angenehm kühl. Eberhards Herz schlug bis zum Hals, und der Schweiß stand ihm auf der Stirn. Er versuchte, die blödsinnigen Bilder des hingerichteten Räubers endlich aus seinem Kopf zu bekommen, aber es gelang ihm nicht. Wenn doch nur schon alles vorbei wäre, dachte er. Von fern hörte er die Glocke von St. Michael läuten, und es klang, als hätte sein letztes Stündlein geschlagen.

Eberhard meldete sich beim Pförtner des Abtshauses. Er musste einen Augenblick lang warten, dann kam ein Kaplan und geleitete ihn die Treppe hinauf zum oberen Geschoss. Die Türe zum Abtszimmer war nur angelehnt. Eberhard hörte, wie sich dahinter zwei Männer leise unterhielten. »Wartet hier!« Der Kaplan hüstelte und verschwand. Die beiden Stimmen verstummten.

Eberhard verharrte und versuchte, seinen fliegenden Puls unter Kontrolle zu bekommen. Dass er am ganzen Körper schwitzte, war lästig und unangenehm, und es war ihm peinlich, dass er so vor den hohen Herrn treten musste. Wer sonst war wohl noch in der Kammer des Abtes?

Wieder redeten die beiden Männer leise miteinander. Wussten sie denn überhaupt, dass er hier vor der Tür stand? Sollte er vielleicht eintreten? Oder sich wenigstens bemerkbar machen? Zum Beispiel hüsteln?

Er versuchte, wenigstens ein paar Gesprächsfetzen auszumachen. Einmal hörte er den Namen des Ritters Gerlach von Haselstein heraus. Dann fiel mehrmals der Name des Burggrafen Ermenold von Schlitz, und es klang nicht gerade freundlich.

Plötzlich war ein Krachen zu hören. Eberhard zuckte zusammen. Er brauchte ein paar Augenblicke, bis er begriff, dass einer der beiden Männer in der Kammer mit der Faust auf den Tisch geschlagen haben musste. »Sie werden sich wundern …« Eine der beiden Stimmen wurde plötzlich lauter, und Eberhard erkannte die von Abt Markward. »Und wenn sie glauben«, sagte der wütend, »dass sie mir weiter auf der Nase herumtanzen können, dann sollen sie mich kennenlernen.«

»Beruhigt Euch, Herr Abt«, sagte die zweite Stimme beschwichtigend. Es war Agilo.

Im gleichen Augenblick wurde die niedrige Pforte der Abtskammer aufgestoßen, und Propst Agilo stand wütend, mit funkelnden Augen, vor einem Eberhard, der sich nicht noch kleiner machen konnte und der am liebsten im Boden versunken wäre.

»Bruder Eberhard! Was machst du hier?«, herrschte der Priester den Laienbruder an. Eberhard war außer Stande zu antworten. »Lauschst du? Belauschst du uns?«

»Aber … Ihr habt mich doch hierher bestellt.«

»Hierher bestellt?«

»Was ist los, Agilo? Wer ist da?«

»Der Laienbruder aus dem Archiv. Ihr wisst doch, Eberhard von Giesel. Ihr habt ihn wohl hierher einbestellt, zu dieser Stunde.«

Jetzt kam auch Abt Markward an die Tür. »Mein Gott, dich hab ich ja ganz vergessen, mein Junge«, sagte er mit freundlichem Gesicht. »Komm herein. Gut, dass du da bist.«

»Ich denke, Herr, wir können unser Gespräch auch später fortsetzen«, sagte der Propst. »Darf ich mich dann zurückziehen?«

»Gut, geh. Ich weiß ja, wie viel du zu tun hast.« Meister Agilo verbeugte sich und verließ die Kammer. Zum Schluss warf er Eberhard neben einem aufmunternden Blick sogar ein kleines Lächeln zu. Er schloss die Tür hinter sich.

»Eberhard von Giesel«, sagte Abt Markward. »Es wird Zeit, dass wir beide uns einmal kennenlernen.«

Entgegen seinen Erwartungen hatte Eberhard von Anfang an nicht das Gefühl, auf der Anklagebank zu sitzen. Er schaute den Abt fragend an, und der blickte ihm freundlich entgegen.

»Ich denke, du hast nichts dagegen, wenn wir gleich zur Sache kommen?«

Nein, Eberhard hatte nichts dagegen, der Ungewissheit endlich ein Ende zu bereiten. »Nein, Herr, ganz und gar nicht«, erwiderte er unsicher.

»Ich weiß genau, was du und dein Meister Giselbert – Gott habe ihn selig – zusammen ausgeheckt habt.« Eberhard wollte etwas erwidern, aber der Abt bedeutete ihm zu schweigen. »Ich habe mir einige deiner Arbeiten kommen lassen, und – glaube mir – es gibt dafür nur eine einzige Bezeichnung: Sie sind … perfekt.«

Eberhard wusste nicht, was er sagen sollte. Seine Angst war jetzt so groß, dass er unfähig war, einen klaren Gedanken zu fassen. Er saß also doch auf der Anklagebank, und jeden Moment erwartete er sein Urteil.

Doch als er in die Augen des Abtes blickte, schien es ihm eher, als würde er Milde und Fürsorglichkeit, wenngleich auch ein bisschen Spott darin sehen. Der Abt ließ eine Weile seinen Blick auf Eberhard ruhen. Der hielt dem Blick nicht lange stand und schaute zu Boden. »Du sollst wissen, dass ich mit offenen Karten spiele«, sagte Markward schließlich überraschend. »Ich sage dir, wer mich darauf aufmerksam gemacht hat, welche schöne Fälschertätigkeit dein Bibliothekar und du da angezettelt haben. Es waren die beiden Gehilfen, dieser Baldemar und dieser Ziprian, die bei mir waren und die unbedingt loswerden wollten, was sie über dich wussten.«

»Baldemar und Ziprian?«, fragte Eberhard verwundert.

Der Abt nickte. »Ich hatte sie zu mir geladen, weil sie einer der schlimmsten Todsünden bezichtigt worden sind, die ein Mönch begehen kann.«

Eberhard schaute betroffen zu Boden. Er hatte das Geheimnis der beiden immer bewahrt und sie nicht verraten.

»Die beiden haben geglaubt, dass du sie denunziert hast, und ohne dass ich sie gefragt habe, sprudelte es nur so aus ihnen heraus. Nun ja, sie wollten ihren eigenen Hals retten, indem sie Meister Giselbert und dich der Fälschung und des Betrugs anklagten.«

»Aber der Meister und ich, wir haben es doch nur für das Kloster getan.«

»Für das Kloster?« Markward hielt einen Moment inne. »Mein Sohn – für das Kloster … vielleicht. Ich würde sagen, eher für die bodenlose Kasse des Schriftenhauses. Aber das ist ja auch nichts Verwerfliches. Ich weiß selbst, dass du das alles nicht für deine persönliche Bereicherung getan hast, Eberhard, und dennoch …«

»Herr, ich …« Eberhard sah seine Felle davonschwimmen. Er fürchtete, dass seine Beine jeden Moment unter ihm nachgeben würden. Der Abt bemerkte es. »Komm, Junge, setz dich«, sagte er und deutete auf einen der zwei Klappschemel vor seinem Tisch.

Eberhard war froh, sich setzen zu können. Eine Zeit lang musterte der Abt den jungen Laienbruder. Draußen vor dem Fenster zankten sich ein paar Knechte.

Plötzlich lachte der Abt leise. »Aber trotz allem denke ich, dass wir beide das gleiche Ziel verfolgen.«

»Herr, verzeiht, ich weiß nicht recht, wovon Ihr redet.«

»Das glaube ich. Aber es ist in Wirklichkeit ganz einfach. Wir beide, du und ich, wir wollen, dass das *Richtige* geschieht. Wir beide wollen, dass Recht und Ordnung herrschen.«

Eberhard war verblüfft. Jetzt wusste er überhaupt nicht mehr, was er denken sollte. Warum stellte der Abt sich auf eine Stufe mit ihm? Redete mit ihm, als wäre er seinesgleichen? Wann endlich, dachte er, würde der Abt ihn anklagen? Er wollte, dass alles so schnell wie möglich vorbei wäre. Die Strafe auf Urkundenfälschung solchen Ausmaßes war Hinrichtung durch das Schwert des Henkers, und vorher würde dem Fälscher die rechte Hand abgehackt. Daran musste Eberhard unablässig denken. Spielte der Abt mit ihm?

Der Abt lachte. »Eberhard, bei allen Heiligen, ich sag dir, du hast Glück.«

»Glück?«

»Ja, Glück. Wirklich Glück. Denn ich habe einen Entschluss gefasst.«

»Herr, bitte kommt endlich zur Sache. Ich will einfach nur wissen, welche Strafe Ihr mir zugedacht habt.«

»Du wirst der Archivar von Fulda. *Das* wirst du.«

Eberhard schaute den Abt ungläubig an. »Aber …«

Der Abt lächelte. Jetzt sah er wieder aus wie ein Kauz. »Kein Aber«, sagte der Abt, »diesmal kein Aber. Die Dienste, die du

Giselbert geleistet hast, wirst du in Zukunft mir leisten. Und es wird deine Verantwortung sein. Und ich sage dir, mach deine Sache ebenso gut, wie du sie für Giselbert gemacht hast.«

»Herrgott, ja, das werde ich …«, stammelte er, während seine Ungläubigkeit allmählich einer unbändigen Freude wich.

»Es wird womöglich viel von deiner Kunst abhängen, Eberhard von Giesel, sei dir darüber im Klaren.«

»Ja, Herr.«

Plötzlich machte der Abt ein strenges, geradezu finsteres Gesicht. »Ich hoffe, dass du niemals vergisst, dass auf Urkundenfälschung der Tod steht.«

Eberhard spürte, wie sich von neuem die Angst in seinem Herzen breit machte. Er hatte das Gefühl, dass ein glühendes Band sich um seinen Hals legte. Seine Nackenhaare sträubten sich. Hatte sich der Abt die ganze Zeit nur über ihn lustig gemacht? Ihn verhöhnt? Und am Ende standen doch der grausame Tod und die fürchterlichste Entehrung? »Ich weiß es, Herr«, presste er hervor. »Ich weiß, welche Strafen darauf stehen.«

»Ich hoffe nur, dass es niemals nötig sein wird, dass ich darauf zurückkomme«, fuhr der Abt versöhnlicher fort. »Aber eines sollst du wissen: Du bist vollkommen in meiner Hand. Dein Leben gehört mir, und du lebst es nur, solange es mir gefällt.«

»Ich werde es niemals vergessen, Herr.«

VII

Lorenzia

1153

22. Aprilis, drei Tage nach dem Osterfest

Frühmorgens am Ostersonntag hatten sie prunkvoll das Hochamt gefeiert, und man hatte Abt Markward angemerkt, wie stolz er war, dass der Wiederaufbau des zweiten, südlichen Domturmes so gute Fortschritte machte.

Jetzt, etwas später am Ostermorgen, ritten sie nach dem sieben Meilen entfernten Großenlüder, vornweg die Ritter ihres Geleitschutzes, dann die Kleriker, schließlich der Abt und dahinter wieder ein Trupp Ritter. Eberhard ritt an der Seite des Abtes. Auf der anderen Seite des Abtes lief der zottelige Wolfshund neben seinem Pferd her, der Markward seit drei Jahren nicht mehr von der Seite wich. Selbst die Ritter hatten Respekt vor Warko, wie der Abt ihn genannt hatte, mit seinen riesigen Reißzähnen.

Es war noch früh, die Sonne stand tief. Tautropfen waren auf den Gräsern am Wegesrand, verfingen sich in den Spinnweben zwischen den Ästen der kahlen Bäume, an denen die noch verschlossenen Knospen die kommende Blatt- und Blütenpracht verhießen. Es war angenehm kühl, der Dampf stieg vor den Mäulern der Pferde auf.

Der Abt war – anders als viele Male zuvor – in friedlichen Zwecken unterwegs. Graf Ermenold von Schlitz hatte im letzten Augenblick nachgegeben. Er war bereit, in der Großenlüderer Kirche St. Georg alle alten Lehnseide zu erneuern, und es war keine Rede mehr davon, dass es jemals anders gewesen wäre. Großenlüder, das genau in der Mitte zwischen Fulda und Schlitz lag, war als Treffpunkt gewählt worden, wo man die Übereinkunft besiegeln wollte.

Aber es gab noch einen weiteren, allerdings minder wichtigen Anlass für den Ritt nach Großenlüder: Der Abt würde ihn, Eberhard von Giesel, in drei Güter einweisen, deren Dienste und Erträge ihm als dem Meister des Klosterarchivs zukünftig zufließen würden.

Eigene Güter!

Dann hatte nicht nur Walther einen Bauernhof, sondern auch er. Außerdem besaß er das Haus am Hexenturm, zu dem ein eigener Knecht gehörte, der junge Goslar aus Eberhards Heimatdorf, und Maria, seine Magd und Zugehfrau.

Maria hatte es nach dem stillen Tod des alten Hinkmar im vergangenen Jahr unter der Fuchtel der immer wunderlicher werdenden Bauernmeisterin Irmhard nicht mehr ausgehalten, und als Eberhard ins Dorf kam und durchblicken ließ, dass er eine Magd suche, da hatte sie sich sofort angeboten. Irmhard war stets unzufrieden mit allen Bediensteten, und so überließ die Bauernmeisterin ihrem Sohn die Magd. Sie gab ihr beim Abschied nicht einmal das Geschenk, das ihr eigentlich wie jedem Dienstboten zustand, der nicht davongejagt wurde.

»Sei's drum«, sagte Maria, packte ihre Siebensachen und schlug noch am selben Abend ihr Lager in Eberhards Haus auf, das er als Archivvorsteher vom Abt zugewiesen bekommen hatte. Vom nächsten Morgen an putzte und wusch und kochte Maria, und sie war ihm bald auch sonst zu Diensten. Es schien, dass ihr die zärtlichen Stunden der geheimen Zweisamkeit mit dem Herrn recht gut gefielen. Es war schön, dass sie stets zufrieden war, nie verlangte sie mehr, als was Eberhard ihr zu geben bereit war …

Sie ließen das alte, kleine Dorf Maberzell hinter sich und verließen das Tal der Fulda in nordwestlicher Richtung. Überall war die ungeheure Kraft zu spüren, mit der der Frühling seine Macht entfaltete. Krokusse und das gelbe Scharbockskraut unter den Bäumen setzten fröhliche Farbtupfer in die Landschaft, die erst allmählich zu neuem Leben erwachte.

Mitten in einer kleinen, lichten Waldung von schlanken Erlenbäumen, durch die der schmale Weg führte, stand ein ziemlich verwitterter Bildstock des heiligen Sebastian. Sie sahen, wie oben auf dem Berg die morgendliche Nässe auf den Dachschindeln der alten Rochuskapelle schimmerte. Rundum breiteten sich auf den Anhöhen der hügeligen Landschaft wohl bestellte Felder aus.

Inzwischen besaß Eberhard einen eigenen Hengst von edlem Geblüt, der den Namen Salim trug und dem er blind vertraute. Der Hengst kam aus dem Stall des Abtes. Während des Ritts ließ Eberhard seinen Gedanken freien Lauf. So vieles hatte sich in den letzten drei Jahren verändert! Der Wiederaufbau des Domturmes war nur ein äußeres Zeichen dafür, ein Symbol. In den Tagen des Osterfestes war die neue Zuversicht, die das ganze Volk erfüllte, allerorten zu spüren. In den Gesprächen auf den Märkten, an den Feuerstellen, auf den Straßen und Gassen verdrängte die zunehmende Macht und Autorität des Abtes von Fulda alle anderen Gesprächsthemen, selbst der eskalierende Zank zwischen den beiden Herzögen Heinrich der Löwe aus dem Welfenhaus und Heinrich Jasomirgott aus dem Hause der Babenberger wurde dadurch in den Hintergrund gedrängt.

Der neue König weilte im sächsischen Magdeburg. Dort feierte Friedrich mit dem römischen Kardinaldiakon Gerhard von S. Maria in Via Lata das Osterfest. Der pompös reisende Kardinaldiakon war von Papst Anastasius IV. zur Bereinigung der Magdeburger Frage ins Alte Reich geschickt worden und hatte eine Woche zuvor auf dem Weg dorthin im Kloster Fulda Station gemacht. Dort hatte der Abt ihm zu Ehren einen Hoftag gegeben, auf dem alle Edelleute des Fuldaer Landes erschienen waren, unter anderen Graf Ermenold von Schlitz und natürlich Hochvogt Gottfried, dessen Gemahlin Fraude es sich nicht nehmen ließ, so prunkvoll, wie es ihre Mittel erlaubten, im wiederhergestellten großen Festsaal am Dom zu erscheinen.

Und war wirklich noch nicht einmal ein Jahr vergangen, seit der neue König Friedrich I. von Schwaben kurz nach seiner reibungslosen Wahl in Frankfurt dem Kloster Fulda seinen ersten Besuch abstattete? Da drängten sich noch mehr Leute im Domsaal als beim Besuch des Kardinaldiakons, und Abt Markward ließ den Zugang sperren, weil man befürchtete, dass sonst der Boden des im Obergeschoss gelegenen Saales einbrechen könnte. Zum Glück war wenige Wochen zuvor die Reparatur am Dachstuhl des Saales fertig geworden. Das Dach war in den Jahren zuvor, als man keinen Denar für die Bautätigkeit übrig hatte, immer undichter geworden, sodass man den Saal seit den Zeiten von Abt Heinrich gar nicht mehr hatte nutzen können. Der Besuch des neuen Königs war eine so große Ehre für das Reichsstift, dass Abt Markward wochenlang mit stolzgeschwellter Brust umherging und bester Laune war, und das war er nicht immer, wie Eberhard schon mehrmals erfahren hatte.

Plötzlich sagte der Abt zu Eberhard: »Weißt du, was Kardinaldiakon Gerhard zu mir gesagt hat, als wir vor kurzem hier waren?«

Eberhard wurde aus seinen Gedanken gerissen. Sie waren an einem kleinen See angekommen, an dem die Reiter ihre Pferde saufen ließen. »Entschuldigt, Herr Abt, könnt Ihr Eure Frage wiederholen?«

»Junge, träumst du wieder?«, fragte Markward wie ein väterlicher Freund. »Aber es ist schon in Ordnung, wenn der Mensch Träume hat.« Der Abt wiederholte seine Frage und fügte hinzu, dass er den römischen Kleriker bei seiner Weiterfahrt nach Magdeburg als Ehrbezeugung begleitet hatte. Erst in Hersfeld habe er den prachtvollen römischen Reisewagen verlassen und sei mit den seinen zu Pferde ins Kloster zurückgekehrt.

Eberhard fragte sich, warum Markward ihm das alles erzählte.

Der Abt war den ganzen Tag schon merkwürdig. So als würde ihn irgendetwas bedrücken, so als suchte er eine Lösung für ein Problem.

»Also, zu meiner Frage. Kardinaldiakon Gerhard sagte, als wir genau an dieser Stelle vorüberritten: So wie dieses Land hier ist, so *stelle ich mir den Garten Eden vor.*«

Eberhard nickte, auch wenn er noch immer nicht wusste, worauf der Abt hinauswollte. Vielleicht hatte er auch nur einen Grund gesucht, um ein Gespräch zu beginnen, vermutete er dann. »Es ist ein wunderschöner Flecken«, sagte er. »Ihr seid wirklich der Herr über ein schönes Land, Abt Markward.«

Der Abt nickte. Für einen kurzen Augenblick verfinsterte sich sein ausdrucksvolles Gesicht. Eberhard fürchtete schon, etwas Falsches gesagt zu haben. »Wenn ich nur schon überall der wirkliche Herr wäre«, sagte der Abt dann so leise, dass es nur für Eberhards Ohren bestimmt war.

Eberhard hörte den melancholischen Unterton deutlich aus den Worten des Abtes heraus. »Ihr habt doch schon so viel erreicht«, sagte er.

»Ich habe vielleicht viel erreicht, aber *viel mehr* habe ich noch nicht erreicht.«

»Nein, Herr, nein. Alle wissen doch, wie es früher war. Und keiner zweifelt an Euren Erfolgen. Und die Wiedererrichtung des Domturms ist nur ein äußeres Zeichen für die zahlreichen Veränderungen, die Ihr herbeigeführt habt.«

»Und meinst du, das beeindruckt sie?«

Eberhard wusste, dass Abt Markward sich durchaus bewusst war, wie sehr dieser Turmbau die Menschen beeindruckte. Aber es war eine seiner Angewohnheiten, dass er sich immer wieder bei seinen Leuten Bestätigung für sein Wirken holen musste. Woher diese merkwürdige Unsicherheit kam, war Eberhard unklar. Sie passte so gar nicht zu dem Wesen des Abtes. Vielleicht hatte sie etwas mit seiner nicht ganz standesgemäßen Herkunft, mit seiner

Familie zu tun, einer Ministerialenfamilie derer von Mönchsdeggingen, die Gefolgsleute des Bamberger Bischofs waren.

Doch diese Unsicherheit machte ihm den Abt, der sonst doch ein so starker und selbstbewusster Mann war, noch ein Stückchen sympathischer. Es war wieder einer dieser Tage, an denen Abt Markwards Stimmung eher düster und schwankend war. Irgendetwas schien ihm große Sorgen zu bereiten, aber er äußerte sich nicht dazu, und Eberhard wagte auch nicht, ihn zu fragen.

»Nicht nur dass Ihr dem Dom seine alte Würde zurückgegeben habt, erfreut die Leute, Herr …«

»Erfreut?«, fragte der Abt verächtlich. Eberhard bemerkte, dass einer der Mönchsbrüder, die den Abt begleiteten, ihn – der ja nur ein Laienbruder war – scheel anstarrte, weil er in einem so trauten Zwiegespräch mit Markward war. Eberhard kümmerte das nicht. »Es erfreut vielleicht meine Bauern und mein Landvolk, aber die Barone und die einheimischen Adelsfamilien erfreut es gewiss nicht.«

»Ihr habt überall die Rechte des Klosters wiederhergestellt«, erwiderte Eberhard, während sie über den Höhenzug ritten, der Fulda von Großenlüder trennte. »Seht die Mühlen hier am Weg, Abt Markward. Mahlen sie nicht jetzt wieder für das Kloster?«

Der Abt strich nachdenklich über sein glatt geschorenes Kinn. »Mag sein, mein Sohn, mag sein. Aber so lange dieser Ritter Gerlach von Haselstein weiter sein Unwesen treiben kann, so lange steht meine Sache auf tönernen Füßen.«

Eberhard überkam eine Gänsehaut. Wann immer jemand den Namen des Raubritters erwähnte, sprang ihn die Erinnerung an jenen verhängnisvollen Tag an, an dem Rochus, der Vater von Gertrudis, gestorben und die halbe Stadt Fulda eingeäschert worden war. »Ich weiß, Herr. Der Haselsteiner muss vernichtet werden. Sonst wird es im Fuldaer Land keine Ruhe und keine Freiheit geben. Doch Ihr sitzt jetzt erst drei Jahre auf Eurem Abtsstuhl. Ihr habt vielleicht nicht *alles,* aber doch unendlich *vieles* erreicht.

Glaubt mir, denn ich habe diese schlimmen Jahre miterlebt, als es den Anschein hatte, dass unser Kloster niemals mehr auf die Beine kommen würde.«

»Und doch würden sie mich am liebsten vernichten.«

»Aber das Volk liebt Euch, Abt Markward. Und auch wenn Ihr Gerlach noch nicht besiegt habt, so habt Ihr doch schon sieben Burgen geschliffen, Ihr habt die Diebe und die Räuber aus diesen Felsennestern hinausgeworfen und die Gegend wieder sicherer gemacht. Und meint Ihr, dass Volk würde vergessen, dass Ihr die Stadt Fulda mit ihren neuen Mauern und Wällen und Toren gesichert habt?«

Der Abt winkte mit finsterer Miene ab. »Lass es jetzt gut sein, mein Junge, du hast mich ja überzeugt.«

»Und, Herr, noch etwas: Auch die Laienbrüder, die Knechte und selbst die einfachen Handlanger des Klosters stehen hinter Euch. Ihr habt die Wasserversorgung wiederhergestellt, die Dächer dicht gemacht, die Töpfe und die Öfen und die Vorratskammern gefüllt ... Und eins habt Ihr vor allem gemacht ...«

»Und das wäre?«, fragte der Abt mit einem Anflug von Neugier, während sein grauer Wolfshund spielerisch nach seinem Steigbügel schnappte. An der Mühle, an der sie gerade vorbeiritten, standen der Müller und seine Frau mit gezogener Kopfbedeckung und gesenktem Kopf und erwiesen dem Herrn des Landes die Ehre.

»Ihr habt die Ehre des Klosters wiederhergestellt. Denn was nützt uns allen ein voller Bauch, wenn wir die Ehre nicht hätten? Mit Euch ist das Ansehen des Klosters zurückgekehrt, seine Würde und sein Stolz. Wir können jetzt wieder erhobenen Hauptes durch das Land gehen. Nicht nur das Volk merkt das, auch die Ritter. Warum hat Ermenold von Schlitz wohl klein beigegeben?«

»Weil er weiß, dass ich ihm sonst meine Ritter auf den Hals hetze. Es hat sich sehr bewährt, dass ich sie ihren Rittereid auf mich und nicht mehr auf den Hochvogt ablegen lasse. Manchmal könnte ich mich sogar der Illusion hingeben«, fuhr der kauzgesichtige Abt fort, »dass sie mir von ganzem Herzen treu sind und mir aus freien Stücken gehorchen. Weil sie davon überzeugt sind, dass sie an meiner Seite auf der richtigen Seite sind.«

Eine Weile ritten sie schweigend nebeneinander her.

»Ich habe mir übrigens den letzten Band deines Codex angesehen, Meister Eberhard.«

»Ihr ehrt mich, Herr!« Eberhard lächelte unsicher, während sein Pferd sicher über verschlungene Wurzeln hinwegtänzelte, die den Weg nach Großenlüder durchzogen.

»Ach, papperlapapp. Ehre, wem Ehre gebührt. Meine frommen Mitbrüder nennen die acht Bände den *Codex Eberhardi*, weiß du das?«

Eberhard wurde rot. »Es ist doch nichts als eine bloße Zusammenstellung unserer alten Urkundenbestände. Wir haben doch ...«

»Psst, psst ...« Der Abt schaute sich um. »Ich weiß am besten, *was* du in so kurzer Zeit geschaffen hast.«

»Ja, Herr, natürlich. Schließlich habt Ihr den Codex in Auftrag gegeben, und Euer Name wird für immer mit diesem Codex verbunden sein, das weiß ich.«

Abt Markward lachte rau, irgendwie auch gerührt. »Und der Name von Magister Eberhard.«

Vorn scheute das Pferd eines Ritters der Begleitmannschaft, aber der Mann bekam den Braunen schnell wieder unter Kontrolle.

»Dein Codex ist ein wunderbar geeignetes Nachschlagewerk«, nahm der Abt den Gesprächsfaden wieder auf. »Aber das ist es nicht, weswegen diese acht Bücher für mich so wichtig sind.«

Eberhard wusste natürlich, worauf der Abt hinauswollte. »Sie sind deswegen so bedeutend, weil sie alle die alten Urkunden der Kaiser und der ehrwürdigen Gründeräbte beinhalten.« Eberhard empfand Stolz, denn ein solches Lob hörte man vom Abt – wie alle wussten – nur sehr selten. »Als ich dir den Auftrag gegeben habe, ein Kopialbuch und Regesten der Urkunden zu schreiben, hätte ich es nicht für möglich gehalten, wie wirksam du das tun würdest.«

»Aber die Barone sagen, ich hätte alles gefälscht …«

»Lass sie nur reden! Was heißt schon gefälscht? Du hast für das Kloster alles genau so aufgeschrieben, wie Gott es ursprünglich gemeint haben muss, oder nicht? Wenn du ein Fälscher bist, dann bist du Gottes Fälscher!«

»Ich danke Euch, Herr.«

Der Abt nickte, dann versank er von neuem in seine Grübeleien, während Eberhard sich seine Worte durch den Kopf gehen ließ.

Codex Eberhardi.

Gottes Fälscher.

»Weißt du, dass wir etwas gemeinsam haben?«, fragte der Abt unvermittelt. Eberhard spürte, wie wohl er sich in der Nähe dieses Mannes fühlte, der für ihn wie ein Vater war.

»Sagt es mir, Herr.«

»Uns ist gemeinsam, dass die Barone uns hassen, Bruder Eberhard. Sie hassen dich, und sie hassen mich. Und sie würden mich genauso gern wie dich tot sehen, glaube es mir.«

»Ihr macht mir Angst.«

Der Abt lachte kalt. Es klang wie das Krächzen eines Käuzchens. »Tu doch nicht so, als wenn du das nicht selber wüsstest. Du weißt genau, was du tust mit deinen Abschriften. Du weißt, dass es darin um riesigen Besitz, ungezählte Abgaben und Dienste geht. Wir ärgern sie nicht nur. Wir quälen sie nicht nur mit Nadelstichen, Eberhard. Wir gehen ihnen an die Substanz. Wir sind eine wirkliche Bedrohung für diese Männer. Wir bedrohen ihre Macht, ihren Reichtum, ihren Einfluss.«

»Warum sagt Ihr mir das?«

»Ich will dich warnen. Pass auf, was du tust. Fühle dich nicht zu sicher!«

»Herr, ich bin ein Nichts! Wie könnten sie es da auf mich abgesehen haben?«

»Ein Nichts? Stell dein Licht nicht unter den Scheffel! Ich verachte falsche Bescheidenheit«, sagte der Abt streng. »Ich weiß, dass du in Wirklichkeit anders denkst. Ich weiß, dass du beinahe platzt vor Stolz. Ich weiß, dass du dich für einen Magier, einen Zauberer der Schrift hältst. Ich weiß, dass es dich sogar stolz macht, wenn sie dich hassen. Ihr Hass ist wie ein Lorbeer für dich. Sag nichts! In den letzten drei Jahren habe ich dich gut genug kennengelernt, mein Junge, glaube mir, ich weiß, wer du bist und wie du denkst.«

Sie erreichten den Bienbach, den Grenzbach, der seit vierhundert Jahren die Westgrenze der Karlmannsschenkung markierte, mit der einstmals die Geschichte des Klosters Fulda begonnen hatte. Bis hier war alles fuldisch.

Gegen Mittag waren sie endlich in Sichtweite von Großenlüder. Das Dorf war mit einem Wall umgeben und gut befestigt.

Je näher sie kamen, desto nervöser wurde Eberhard. Mit dem Namen Großenlüder verband sich für Eberhard ein anderer Name: Gertrudis. Ihr Gemahl, der Bauernmeister, Seibold von Großenlüder, stand mit seinem Gefolge am Haupttor des Dorfes und erwartete den Abt. Gertrudis hingegen war nirgendwo zu sehen.

Eberhard starrte auf das Empfangskomitee des Dorfes und spürte plötzlich, wie die Enttäuschung heiß durch seine Adern strömte. Er hatte so sehr gehofft, Gertrudis wiederzusehen, auch wenn sie längst die Gemahlin von Seibold war. Seit Jahren hatte er nichts mehr von seiner einstigen Kindheitsfreundin gehört, und manchmal kam es Eberhard so vor, als existierte sie gar nicht mehr.

Der Graf von Schlitz, mit dem man sich – gleichsam auf neutralem Boden – genau zwischen Fulda und Schlitz in Großenlüder traf, wartete in der Pfarrkirche.

Ein paar junge Frauen aus Großenlüder brachten dem Abt und seinen Mannen Eier als Geschenk dar, wie es zu Ostern üblich war. Die Eier waren mit einfachen Ornamenten bemalt.

In der Kirche ging die Prozedur schnell und ohne Aufhebens vonstatten.

Graf Ermenold von Schlitz nahm Eberhard nicht im Geringsten zur Kenntnis, obwohl er direkt hinter dem Abt stand und für den Grafen unübersehbar sein musste. Schweigend wurden die Verträge paraphiert und gesiegelt. Die Zeugen legten ihre Hand auf die Urkunde und beeideten sie damit.

Graf Schlitz war auf einen Schlag zwei Dutzend Dörfer verlustig geworden. Aber es waren Dörfer, die dem Grafen von Rechts wegen niemals gehört hatten. Aus Rücksicht auf Ermenolds Ehre hatten sie es so arrangiert, dass er die zuvor dem Kloster entfremdeten Güter und Dienste nun im Zuge einer »Schenkung« an das Kloster zurückerstattete. So wurde wenigstens der Schein gewahrt. Zum Dank für diese Schenkung würde man im Kloster zu Fulda für sein Seelenheil beten, und das hatte er sicherlich auch nötig, wie Eberhard schmunzelnd dachte.

Alle Ansprüche des Fuldaer Klosters konnten dank Eberhards hervorragender Arbeit im Archiv lückenlos festgestellt werden, und den falschen Besitzurkunden, die in der Zeit von Bibliotheksmeister Giselbert merkwürdigerweise ausgestellt worden waren, maß niemand mehr Bedeutung bei. Dem Grafen Schlitz war längst klar, dass er nicht vier von fünf Teilen seiner Lehen unrechtmäßig halten konnte, wenn ein tatkräftiger Abt es zu verhindern wusste. Zähneknirschend fügte Ermenold sich in sein Schicksal, denn die Alternative war Krieg und Fehde des Abtes gegen ihn, und die Beispiele der letzten drei Jahre, in denen Abt Markward sich als ein kluger und gewiefter Kriegsherr erwiesen hatte, ließen Ermenold Vorsicht walten lassen.

Für den Augenblick jedenfalls musste er sich fügen. Aber er fügte sich nicht auf Grund besserer Einsicht. Sein Preis dafür war

Hass. Eberhard war sicher, dass sich dieser Hass entladen würde, sobald sich dazu eine Gelegenheit böte.

Eberhard, der als Schreiber mitgekommen war, hatte alle Schriftstücke sorgsam vorbereitet, sodass der Abt nur noch seinen Paraphierungsstrich in sein kunstvolles Monogramm eintragen musste. Sonst aber war Eberhard außerstande, der Zeremonie mit den gegenseitigen Treueversprechungen und den formalen Akten ihrer Besiegelung, Beglaubigung und Bezeugung auch nur die geringste Beachtung zu schenken, denn seine Augen suchten, vom ersten Augenblick an, da sie der Wälle von Großenlüder ansichtig worden waren, nur nach einer Person – einer Frau mit Haaren wie frisches Kastanienholz.

Kaum hatte der Abt ihm eröffnet, sie würden nach Großenlüder reiten, war er von dem Gedanken beseelt gewesen – nach all den Jahren endlich Gertrudis wieder zu sehen.

Mochte sie sich inzwischen auch verändert haben, er wünschte sich so sehr, ihr noch ein einziges Mal in die wunderbaren Augen zu schauen. Bei dem Gedanken an sie schlug sein Herz heftig, und nach all der Zeit wollte er endlich wissen, ob er sie noch immer so anziehend fände, wie sie es in seinen Träumen war.

Aber so sehr er mit den Augen nach ihr suchte, er fand sie nicht, weder vor noch nach der Vertragsunterzeichnung in der Pfarrkirche des heiligen Georg. Während der ganzen Zeremonie ergab sich auch keinerlei Möglichkeit, unauffällig nach Gertrudis zu fragen. Die anderen Honoratioren aus Großenlüder hatten alle ihre Gemahlinnen und Familien bei sich.

Der Umstand, diese vornehmen Herren und Ritter bei sich im Dorf zu haben, war für sie Anlass zu einem Volksfest. Nur Seibold stand die ganze Zeit über ganz allein da, er wirkte finster und grüblerisch. Während der Zusammenkunft von Abt und Graf hielt er seine goldene Bonifatiusfahne (an die Eberhard sich noch gut erinnerte) in der Hand und wirkte wie ein müder, alter Mann.

Eberhard war froh, als sie die Pfarrkirche endlich verlassen konnten. Er atmete auf, denn er hatte die ganze Zeit über das Gefühl gehabt, als ob sich eine eiserne Klammer um seine Brust spannte.

Graf Ermenold blieb keinen Augenblick länger in Großenlüder, als es nötig war, denn dies war der Ort, wo seine Niederlage besiegelt worden war, und auch Bauernmeister Seibold verabschiedete sich alsbald vom Abt, indem er Krankheit und Unpässlichkeit vorschützte. Er empfahl den Abt der Aufmerksamkeit seines jungen Stellvertreters und verschwand dann, ohne Eberhard ein einziges Mal eines Blickes gewürdigt zu haben.

Für die Mittagsrast kehrten sie im Gasthof Wilder Stier gleich gegenüber der kleinen Pfarrkirche ein, wohin sie der junge Stellvertreter begleitete, der groß gewachsen war und ein offenes, freundliches Gesicht hatte. Er stellte sich mit dem Namen Veit vor. Er wurde von seiner ausgesprochen hübschen, koketten Gemahlin begleitet, die Eberhard hin und wieder schöne Augen machte, wofür der allerdings keinen Sinn hatte.

Sie nahmen Platz an einer langen Tafel, die zu Ehren des hohen Gastes festlich eingedeckt worden war. Eberhard nahm sich vor, eine Gelegenheit zu suchen, den jungen Veit nach Gertrudis zu fragen. Aber später, erst später.

Der Gasthof lag ganz idyllisch in der Nähe einer der großen Lüdermühlen, deren Rad sich unermüdlich drehte, während sich der Abt und sein Gefolge bei Bier, Wein und kräftiger Nahrung von der Anspannung erholten.

Eberhard genoss es, am Tisch des Abtes zu sitzen. Doch immer wieder schweiften seine Gedanke ab, und er fragte sich, was mit Gertrudis war. War sie krank? Warum hatte sie nicht an der Seite von Seibold an der Zeremonie teilgenommen? Plötzlich hatte er die schreckliche Vorstellung, dass Gertrudis gestorben sei. Der Gedanke erschreckte ihn so sehr, dass er das Glas Bier, das ihm die Schankmagd vorgesetzt hatte, in einem Zug hinunterstürzte.

Es gab gekochtes Bauchfleisch mit reichlich Ziegenkäse, dazu Bier oder guten roten Wein, und die Ritter, Gefolgsleute und Mitbrüder sprachen dem Mahl im Wilden Stier genüsslich zu. Veit unterhielt die Runde mit kurzweiligen, manchmal auch schaurigen Geschichten.

Abt Markward ist der geborene Sieger, dachte Eberhard. Er war einer, der nur gewinnen konnte. Es war wie ein Zauber, den der neue Abt unter seiner Kukulle mit sich führte. Je mehr es ihm gelang, neue Macht zu erlangen oder, besser gesagt, alte, verloren geglaubte Macht wieder in ihr Recht zu setzen, desto mehr stellte sich beim Volk das alte Vertrauen in den heiligen, den großen Namen des Reichsstiftes Fulda wieder her.

Abt Markward und Meister Eberhard aber knabberten trotz dieses großen Erfolgs beide nur halbherzig an ihrem Brot herum, und man sah beiden an, dass jeder für sich in Gedanken mit anderen Dingen beschäftigt war als mit dem Mahl, in dessen Anschluss sie nach Fulda zurückreiten wollten.

Plötzlich begann Warko lauthals zu bellen. Der Abt beruhigte den Hund.

»Meister Eberhard«, sagte er und erhob den Holzkrug mit dem roten Wein und prostete Eberhard zu, der, wenn auch nicht von edler Geburt, so doch zu einem der einflussreichsten Berater und Begleiter des Abtes geworden war. »Meister Eberhard, wir haben das wichtigste Anliegen unseres Besuches in diesem Dorf erfüllt, aber etwas steht noch aus.«

Eberhard wusste, was jetzt kam. Am liebsten hätte er sich verkrochen. »Herr Markward ...«

Der Abt lächelte, und es war wohl zum ersten Mal an diesem Tag. »Junge, ich kann mich genau erinnern, wie mir zum ersten Mal ein Gut überschrieben wurde, damals als Abt in Deggingen ... ich dachte, das gibt es nicht, das ist unmöglich, ich bin kein Herr über diese Bauern, was soll ich mit ihnen?«

Eberhard aber kannte derlei Bedenken nicht. »Ich hatte immer

Herren über mir«, sagte er, »und kann mir gut vorstellen, wie es ist, selbst Herr zu sein.«

»Dann komm jetzt! Und denk ja nicht, es sei ein Geschenk an dich«, sagte der Abt wohlmeinend. »Es steht dem Herrn des Klosterarchivs zu, dass er angemessene Pfründe hat.«

Auf einen Wink des Abtes folgte ihnen ein Teil des Gefolges hinaus. Der größere Rest blieb auf Weisung Markwards an der Tafel und feierte weiter den günstigen Vertragsabschluss, der dem Kloster einen erheblichen Teil der verloren geglaubten Einnahmen zurückbrachte.

Der Hof, der ihm zugeschrieben werden sollte, war ein Herrenhof etwa in der Größe des väterlichen Hofs in Giesel, nur dass er darüber hinaus zwei Nebengehöfte hatte. Es war ein stattlicher Besitz, der einigen Gewinn abwarf, selbst wenn man die Bauern nicht auslaugte, wie es so manche Lehnsherren taten.

Sein Hof!

Eberhard wurde es nun doch ein wenig mulmig, als er bei den vollzählig angetretenen Hörigen – den Bauern, Knechten und Mägden – als der neue Herr vorgestellt wurde. Alle schauten Eberhard mit großen Augen an. Das war also der neue Herr! Die Großenlüderer Landleute schienen Zweifel daran zu hegen, dass sie mit Eberhard einen Herrn erwischt hatten, der von irgendetwas eine Ahnung hatte.

Der Abt vollzog die Übergabezeremonie, und ein paar Mönchsbrüder und Honoratioren der Stadt bezeugten die Übergabe – später würden sie in der Urkunde benannt werden. Indem Eberhard den Klumpen Erde aus der Hand des Abtes empfing, der dabei die üblichen Segenssprüche sprach, ging das gesamte Gebrauchsrecht an den Höfen auf Eberhard über.

Auch wenn der junge Herr nur ein Laienbruder war und etwas weltfremd wirkte, so schien er doch freundlich zu sein. Offenbar war er mit dem Abt vertraut, es gab also keinerlei Grund, an der neuen Herrschaft zu mäkeln oder zu zweifeln, und so versprachen die Bauern und Knechte, welche die drei Höfe bewirtschafteten, ihre uneingeschränkte Treue und ihren Dienst. Um ihren Treueschwur und ihre Gefolgschaft zu besiegeln, legte Eberhard ihnen der Reihe nach die Hand um ihre verschränkten Hände. Damit gehörte das Gut – zumindest so lange, wie der Abt es wollte – Eberhard, und er konnte über die Arbeitskraft der Leute und über die Erträge wie ein Eigenherr verfügen.

Zurück im Gasthof, fühlte sich Eberhard trotz aller Ehren, die ihm als dem neuen Herrn der drei Höfe angediehen waren, unwohl. Seine Gedanken kreisten erneut um Gertrudis, und seine Nerven waren gespannt. Aber er durfte sich nichts anmerken lassen. Alle beglückwünschten Eberhard dazu, dass er ein so schönes Lehen gewonnen hatte, was ja sehr viel mehr sei, als ihm jemals an seiner Wiege gesungen worden sei. Aber Eberhard war unaufmerksam.

Allmählich fragte er sich, ob mit dem Großenlüderer Bauernmeister etwas nicht stimmte. Die letzten Male bei offiziellen Anlässen war er stets ohne seine Gemahlin erschienen, und er selbst hatte einen äußerst merkwürdigen Eindruck erweckt. Trank er über alle Maßen, oder war er krank? Und was war mit Gertrudis? Eberhard überlegte sich, ob er sich davonstehlen und die hässliche Schankmagd nach ihr fragen sollte. Aber wie sollte er erklären, was ihn Gertrudis anging? Und würde nicht am nächsten Tag das ganze Dorf wissen, dass den neuen Herrn der drei klösterlichen Höfe irgendein dunkles Geheimnis mit der Gemahlin des Bauernmeisters von Großenlüder verband?

Eberhards Gedanken schossen ins Kraut. Er wusste nicht, was er machen sollte, kam sich hilflos vor. Irgendetwas Absonderliches war geschehen, das spürte er, und er wusste, dass er die Ungewissheit kaum ertragen würde, sollte er das Dorf wieder verlassen, ohne in Erfahrung zu bringen, was geschehen war.

Und wenn sie tatsächlich gestorben war?

Nein, daran wollte er nicht einmal denken. Er wandte sich wieder dem Abt zu, der am Kopfende der Tafel saß. Der Platz rechter Hand des Abtes, wo Propst Agilo gesessen hatte, war jetzt frei. Wo sich Agilo aufhielt, wusste Eberhard nicht, aber es war ihm auch gleich. Zwischen ihm und dem Propst gab es seit geraumer Zeit starke Spannungen, die sich hin und wieder – besonders wenn der Abt auswärts weilte – in heftigen Missstimmungen entlud. Eberhard war klar, dass Agilo es ihm neidete, dass der Abt ihn, den jungen Laienbruder, so vertraulich behandelte.

Als sein Schreiber saß Eberhard zur Linken des Herrn. Auch die Mönche, die als Adelige eigentlich höher gestellt waren als der unfreie Laienbruder Eberhard, rümpften die Nase über dessen Bevorzugung, am Ehrentisch neben dem Abt sitzen zu dürfen, aber sie wussten, dass es der ausdrückliche Wille Markwards war.

Eberhard bemerkte, dass auch der Abt abwesend wirkte. Doch mit einem Mal veränderte sich sein Gesichtsausdruck, wurde wieder energisch und strahlte die alte Entschlossenheit aus. »Herr Veit, kommt zu mir!«, sagte Markward. »Wenn dieser Seibold sich aus dem Staub gemacht hat, dann seid ja wohl Ihr jetzt der Meister dieses Dorfes?«

»Also, es wird sich sicherlich alles aufklären mit Bauernmeister Seibold, Herr.«

»Herr Veit«, sagte der Abt, »Ihr könnt Euch ja denken, wie wichtig es für uns ist, dass unsere Güter gut und vernünftig verwaltet werden. Wir fragen uns, ob eine gute und vernünftige Verwaltung gewährleistet ist, wenn sich unser Bauernmeister so seltsam benimmt. Teilt Ihr meine Ansicht?«

»Sicher. Ihr habt Recht, ehrwürdiger Herr. Aber ich kann doch nicht …«, druckste Seibolds Stellvertreter herum. Seine Stimme stockte. Er schwankte offenbar zwischen der Treue, die er dem Bauernmeister schuldete, und dem Ehrgeiz, ihn womöglich aus dem Amt zu drängen.

»Könnt Ihr nicht sehen, dass dort, wo Rauch ist, auch Feuer ist? Es ist gut, wenn Ihr treu zu Eurem Meister steht, natürlich, doch der Krug geht nur so lange zum Brunnen, bis er bricht. Denkt daran, dass es die Hand des Abtes ist, die gibt und die nimmt. Also gehorcht jetzt meinem Befehl und sagt mir, was hier vorgeht.«

Plötzlich stand Veits junge Frau neben ihm und ergriff energisch seinen Arm. Sie hatte berechnende Augen, und ihr zuvor hübscher Mund sah mit einem Mal verkniffen aus. »Herr, verzeiht mir, bitte, wenn ich mich einmische. Mein Gemahl ist Euer treuester Diener, aber ich weiß, dass es ihm manchmal schwerfällt, die Dinge so zu nennen wie sie nun einmal sind.«

»Und Ihr könnt das, Frau?« Der Abt lächelte abschätzig. »Ihr, Jungfer, wollt die Dinge so nennen, wie sie sind? Dann tut es, nur los!«

»Weib, was fällt dir denn ein?«, rief ihr Gemahl entrüstet. »Es steht der Frau schlecht an, in der Gemeinde zu reden.«

»Ach, Mann, lass mich nur, ich weiß, was das Beste für uns ist.«

»Vielleicht hat sie ja Recht! Lasst Eure Gemahlin sprechen, Herr Veit«, unterbrach ihn der Abt. »Ich glaube, dass sie das Herz auf dem rechten Fleck hat.«

Die Frau bedankte sich mit einem übertriebenen Augenaufschlag und einem gespielten Lächeln. »Es ist wegen dieser Gertrudis«, sagte die Frau. »Sie ist die Gemahlin des Bauernmeisters. Er hat sie endlich davongejagt, oder vielleicht ist sie auch davongelaufen, und trotzdem ist er noch immer von ihr besessen.«

»Langsam, langsam, langsam!«, sagte der Abt. »Wenn ich Euch recht verstehe, Jungfer, ist dem Bauernmeister also seine Gemahlin abhanden gekommen? Und diese Gemahlin hieß Gertrudis?«

Veits Frau nickte eifrig. »Genau so ist es, Herr. Sie hat von Anfang an nicht zu uns gepasst, und am Ende hat sie uns alle mit ihrem bösen Blick verhext«, sprudelte es aus ihrem Mund hervor. »Ein Glück, dass er sie davongejagt hat.«

»Das weißt du doch gar nicht, Weib.«

»Die Spatzen pfeifen es von den Dächern. Ob er sie jetzt davongejagt hat oder ob sie ihm davongelaufen ist, was macht das für einen Unterschied?«

»Das klingt ja geradezu, als wäre diese Gertrudis ein böses Nachtgespenst.« Der Abt schmunzelte.

»Macht Euch nur lustig über mich!« Veits Weib konnte bestimmt eine Furie sein, dachte Eberhard bei sich. Aber er hing gebannt an ihren Lippen, während sein Herz ihm gegen die Rippen hämmerte. »Ihr könnt mir trotzdem glauben, hoher Herr. Der böse Geist von Gertrudis schwebt noch immer über Seibold! Sie hat seine Seele an den Teufel verschachert. Brennen müsste sie, brennen! Und nicht nur über Seibold hat sie Hexenmacht! Die anderen Frauen von Großenlüder haben sich ebenso verändert, und plötzlich steckt der Teufel in ihnen«, empörte sich die Frau.

»Und das alles hat diese Gertrudis verschuldet?«, fragte der Abt.

»Mit ihr hat alles angefangen«, erwiderte Veits Gemahlin. »Und Ihr seht ja, wohin es geführt hat. Der Bauernmeister hat keinen anderen Ausweg gesehen, als Gertrudis davonzujagen und sich von ihr zu scheiden. Warum, glaubt Ihr, wäre er sonst so voller Trauer? Sie ist eine Hexe!« Sie schaute sich verstohlen um und fuhr mit gesenkter Stimme fort: »Und wisst ihr, was? Sie hatte den bösen Blick! Wenn sie einen angestarrt hat, dann war man einen Tag später krank. Ich schwöre, dass es so war!«

»Und was ist jetzt mit dieser Gertrudis?«

»Keiner weiß es. Keiner will es wissen. Sie ist weg. Und das ist gut so. Aber glaubt mir, Herr, ich würde ruhiger schlafen, wenn ich wüsste, dass ihre Seele dort ist, wo sie hingehört: in der Hölle!«

23. Aprilis, am St.-Georgs-Tag

»Dein Freund ist tot«, sagte Maria und schaute Eberhard traurig und zugleich neugierig an.

»Tot? Mein Freund? Von wem redest du?«

»Ich hab's auf dem Markt gehört.«

»Was hast du auf dem Markt gehört?«

»Dieser … Wilbur, ja, Wilbur …«

Eberhard spürte, wie sich seine Nackenhaare sträubten. »Wilbur soll tot sein?«

»Ja, wie ich gesagt habe: Er ist tot. Mausetot. Sie haben ihn gestern Abend in der Hurengasse gefunden. Und er hatte das Messer noch im Hals stecken, das ihn das Leben gekostet hat.«

Maria schmiegte sich in seinen Arm. Sie war nackt. »Er war nicht mehr mein Freund«, sagte Eberhard, der dennoch betroffen war. »Ich habe ihn seit Monaten nicht mehr gesehen.«

»Gehst du mit deinen Freunden immer so um?«

»Wie meinst du das?«

»Na, wenn sie sich mal einige Zeit nicht melden, dann schreibst du sie ab.«

»Das ist doch Unsinn«, sagte Eberhard entschieden. Aber war es das wirklich? Hatte Maria nicht Recht? Seit Wilbur von Florelis, seiner Angebeteten, eine Abfuhr erteilt bekommen und immer mehr auf die schiefe Bahn geraten war, hatte er tatsächlich keinen Finger für ihn gerührt.

»Weißt du was? Ich werd gar nichts mehr sagen«, sagte Maria

schmollend. »Ich bin deine Magd, und ich mache dir die Küche, und manchmal mache ich für dich die Beine breit … aber ich werde ab sofort kein Wort mehr sagen.«

»Jetzt reg dich nicht auf! Ich mach dir einen Vorschlag: Wir reden jetzt so lange nicht mehr, bis vom Dom das nächste Mal die Glocke erklingt. Und so lange genießen wir nackte Haut an nackter Haut, Wärme an Wärme, Nähe an Nähe.« Er zog sie näher an sich.

»Also, dann lass uns zusammen schweigen.«

Maria. Sie roch nach Küche, nach frischer Wäsche, nach Sauberkeit, nach Pfefferminze, die sie so gern kaute. Sie hatte zugenommen, seit sie von Giesel in Eberhards Haus am Hexenturm übergewechselt war, und es stand ihr gut. Die Männer vom Stammtisch der Laienbrüder im Roten Ochsen fanden so manches anerkennende Wort, was Eberhards Hausmagd betraf, die wie ein Eheweib sein ganzes Haus in Schuss hielt, aber anders als ein Eheweib keine unverschämten Forderungen anmeldete.

Natürlich war sie nicht ohne Einfluss auf Eberhard. Wenn sie wie am Morgen des Osterdienstags zusammen erwachten, nachdem Eberhard sich im Traum hin- und hergeworfen hatte, dann nahm sie ihn in den Arm, und Eberhard fühlte sich wohl und behütet.

Maria räkelte sich. Das Fenster zum Hof stand offen. Sie hatte glatte, weiße Haut. Ihr gekräuseltes, schulterlanges Haar war fast schwarz.

Eigentlich hätten sie längst aufstehen sollen. Die Sonne stand schon hoch. Als Eberhard am Abend aus Großenlüder heimgekommen war, war er so aufgekratzt gewesen, wie Maria ihn selten erlebt hatte. Die Geschichte mit Gertrudis sprudelte nur so aus ihm heraus, und in diesem Augenblick wusste Maria, dass Eberhard in seinem ganzen Leben nur eine einzige Liebe gekannt hatte, und das war Gertrudis. Doch wenn sie ihn darauf ansprach, wollte er nichts davon wissen.

Er war in ihrem Arm eingeschlafen, und sie hatte ihn gestreichelt und beruhigt wie ein Kind. Irgendwann tief in der Nacht begann sie ihn zu küssen, und aus diesen Küssen wurde mehr und mehr, und endlich waren sie wieder so zusammen, wie Maria es gern hatte. Auch wenn Eberhard ganz abwesend dabei wirkte.

Ob er an Gertrudis dachte? Maria kannte sie noch aus ihrer Zeit in Giesel, als sie noch bei Eberhards Mutter im Dienst war, und sie konnte nicht nachempfinden, warum sich die Männer so an Gertrudis rieben. Jetzt hatte Eberhard sogar erzählt, dass ihr Gemahl sie verstoßen hatte und dass die anderen Frauen in ihrem Dorf sie als Hexe fürchteten. Maria konnte das nicht begreifen. Sie hatte Gertrudis als herzlichen, wenngleich herben Menschen erlebt. Sie kannte diesen Typ Frau. Wenn man sie nur offen und ehrlich behandelte, dann würde sie das letzte Hemd für einen geben. Maria fragte sich, wie um Himmels willen es geschehen konnte, dass ein so aufrichtiger Mensch plötzlich als Hexe bezichtigt und mir nichts, dir nichts verstoßen werden konnte. Im Grunde genommen konnte auch ihr so etwas ganz schnell blühen, schoss es Maria durch den Kopf. Aber sie wollte diesen Gedanken lieber nicht weiterspinnen.

Seufzend kuschelte sie sich an ihren Meister, der im Kloster inzwischen eine so große Nummer geworden war. Jetzt hatte er sogar drei Höfe bekommen und konnte persönlich über jeden Silberling verfügen, die sie ihm einbrachten. Er war ein Junker geworden, ohne dass er es jemals beabsichtigt hatte.

Im grauen Licht des frühen Tages betrachtete Maria das Gesicht des schlafenden Eberhard. Er war unruhig. Unter den geschlossenen Lidern sah man die heftigen Bewegungen der Augäpfel. Er atmete kurz, und manchmal stöhnte er, und dann nahm Maria ihn umso fester in den Arm.

Aber sie konnten nicht länger im Bett liegen bleiben. Die Sonne stand schon mindestens zwei Handbreit über dem Horizont des Fuldaer Landes, als Maria die Läden der schmalen Fenster aufstieß. Sie tat es nackt, so wie sie aus dem Bett gestiegen war, denn niemand konnte den hinteren Hof des Hauses einsehen.

Sie reckte die Arme.

Es war kühl, und Eberhard blinzelte in das helle Licht, in dem er jetzt vage die Äste der alten Obstbäume in einem der nahen Klostergärten erkannte. Er zog die Decke, die noch warm war, bis an den Hals. »Wenn dich einer sieht«, sagte er.

Maria lachte und sah ihn über die Schulter hinweg an. »Wer denn? Hier kann keiner hereinschauen.«

»Trotzdem.«

»Ach, du bist so altmodisch.«

»Weißt du was? Dreh dich um zu mir.«

»Was? Umdrehen? Wozu?«

Eberhard lachte anzüglich. »Warum wohl? Wegen deiner Brüste hauptsächlich. Damit ich alles noch mal genau sehen kann. Die Nippel sind so wunderbar groß und fest, wenn es draußen kalt ist …« Als er ihren entrüsteten Blick sah, lachte Eberhard lauthals.

Maria schlug die Arme vor ihre nackten Brüste. »Du hast keinen Respekt vor mir, du denkst dir, du kannst mit mir tun und lassen, was du willst, nur weil ich deine Magd bin.«

»Ach, lass uns das nicht schon wieder besprechen«, sagte er beschwichtigend. Er streckte sich. »Ich hab Hunger, lass uns jetzt lieber frühstücken.«

»Sehr wohl, der Herr. Es ist sowieso höchste Zeit« –Maria zog eine Schnute und hüllte den nackten Leib in eine Decke –, »dass wir allmählich mit unserem gemeinsamen Tagwerk beginnen.«

Eberhard nickte. Er war unschlüssig, ob er sich den spöttischen Unterton nur einbildete oder nicht. Maria war ziemlich selbstbewusst und hatte Haare auf den Zähnen, und manchmal kümmerte es sie herzlich wenig, dass Eberhard der Herr und sie die Magd war. Er stand auf, wusch sich am Zuber und zog sich seine Kleider an.

Maria schaute ihn fragend an und wusch sich dann ebenfalls. »Irgendetwas gefällt mir nicht an Euch, Herr«, sagte sie.

»Lass das jetzt, und kümmere dich nicht um Dinge, die dich nichts angehen«, sagte Eberhard. »Also, hör zu. Ich hab gleich eine Schülerin. Lorenzia. Irgendwie ist mir nicht wohl dabei.«

»Warum, Herr? Eine neue Schülerin bringt mehr Denare ins Haus.«

»Aber mit der hat es eine besondere Bewandtnis.«

»Für Euch ist doch jede Frau etwas Besonderes«, sagte Maria kokett.

»Nein, im Ernst. Sie ist aus der Familie des Stadtvogts. Sie ist die Schwester von Tragebodo, und mit dem habe ich seit ewigen Zeiten Ärger.«

»Mit unserem Stadtvogt?«

»Genau mit dem.«

»Und wer bezahlt ihren Unterricht?«

»Du bist ganz schön neugierig. Aber gut. Lorenzias Onkel. Er bezahlt.«

»Dann unterrichte sie. Ich will Speck und Bier und Wein und Fleisch in der Küche haben. Verstehst du?«

Eberhard lachte. »Der Onkel hat mir sechzig Denare im Voraus gegeben.«

»Ja, dann kann man ja mal gespannt sein, was du dieser Lorenzia für so viel Geld alles beibringst«, sagte Maria spöttisch. »Aber jetzt mache ich erst mal Frühstück.«

Eberhard zuckte mit den Schultern. Maria war ein Kind aus dem Bauernvolk, ein kluges und anziehendes Kind, ein ansehnliches Persönchen, sicherlich.

Eberhard liebte ihre irdene Körperlichkeit. Er liebte ihre Haut und ihre Brüste. Er liebte es, in ihrem Haar zu versinken. Wenn er ihren Schoß liebkoste, war es ein wenig, als würde er in den Schoß von Giesel zurückkehren.

Die Heimat.

Das Land war wie die Frau, und die Frau zu besitzen war wie das Land zu besitzen. Er trank seine Milch. Maria, die ihm gegenübersaß, legte ihrem Herrn Brot vor, so wie er es mochte. »Diese Lorenzia … sie kommt heute zur Terz!«

»Zur Terz schon?« Sie sprang auf. »Und das sagst du mir jetzt erst? Das ist doch schon in einer Stunde! Herr, du bist verrückt! Soll es bei uns aussehen, als wären wir bei Landstreichern? Und ich wette, dass sie Unglück über uns bringen wird.«

Eberhard lachte. »Du bist doch nur eifersüchtig.«

Hedewig, die beleibte und immer schläfrige Amme von Lorenzia, war über ihrer Strickarbeit eingeschlafen. Sie schnarchte leise. Lorenzia hatte sich in ein paar lateinische Worte verbissen, die Eberhard nicht besonders bedeutend vorkamen, Worte des Psalmisten: *Auf dich, Herr, mein Gott, traue ich! Hilf mir von allen meinen Verfolgern und errette mich, dass sie nicht wie Löwen mich packen und zerreißen, weil kein Retter da ist.*

Er fragte sich, wen Lorenzia sich als ihren Retter vorstellte. Er saß ihr gegenüber am schmalen und langen Tisch in seinem hellen Studierzimmer. Es war ungewohnt, eine Schülerin zu haben, aber es machte ihm Spaß. Die Schwester von Tragebodo war allerliebst, schön wie der taufrische Morgen, während sie sich mit dem Bibelwort herumplagte. Er sog ihren angenehmen Duft in die Nase.

Sie ärgerte sich wirklich, denn sie wollte den Sinn dieser Worte erfassen. Sie wollte vor diesem klugen Bauernburschen, in dessen Obhut ihr Onkel sie ohne das Wissen ihres verrückten Bruders gegeben hatte, unter keinen Umständen eine schlechte Figur abgeben.

»Dass die Löwen mich packen und zerreißen«, sagte Lorenzia versonnen, »dieses Gefühl habe ich schon oft gehabt.«

Ihre Amme Hedewig schnarchte immer lauter. Lorenzia kicherte.

Eberhard lächelte und ließ seinen Blick über Lorenzias rosarote Wangen streichen, dann über ihre dunklen, fein geschwungenen Augenbrauen. Er fühlte sich stark und voller Tatkraft. Sie war ein Weib, wie Gott es sich bei der Erschaffung Evas vorgestellt hatte. Und wenn sie ihn anschaute, mit ihren wunderbaren Augen, dann hätte sie von ihm hören können, was immer sie wollte.

Lorenzia hatte Vorbildung, war gut im Lesen und meinte es tatsächlich ernst mit dem Lernen und Studieren. So schien es zumindest. Es war geradezu erstaunlich, wie sie sich wider Erwarten in den Psalmenspruch vertiefte, den er ihr aufgeschrieben hatte, und vor und zurück überlegte, was er für das Leben eines Christenmenschen für eine Bedeutung habe. Das überraschte Eberhard und faszinierte ihn. Langsam, aber immer sicherer werdend, las Lorenzia in Lateinisch aus den Psalmen vor und schaute dabei immer wieder mit geröteten Backen stolz zu ihrem Lehrer Eberhard auf, so als hätte der schon innerhalb der ersten kurzen Stunde ihres Unterrichts Wunder bewirkt.

Eberhard nickte ihr aufmunternd zu.

Er hätte sie hundert Jahre lang betrachten können, einfach nur betrachten, so wie sie jetzt vor ihm saß. Er war wie verzaubert. Er wusste zwar, dass sie in einer anderen Welt lebte, weit weg von ihm, und dennoch erfüllte ihre Körperlichkeit das ganze, lichtdurchstrahlte Studierzimmer.

Draußen war die Glocke vom Domturm zu hören; sie schlug zum Mittag. Er hatte das Gefühl, dass er in einer Luftblase ganz außerhalb der Zeit hockte, dass dieses Studierzimmer mit ihm und Lorenzia und der schlafendenden Hedewig darin einer anderen Welt angehörte als der gewohnten.

»Sagt mir, Herr Magister« – die Schwester von Tragebodo deutete mit dem zierlichen Finger auf eine Stelle des Pergaments –, »was heißt das hier?«

Nur allzu gern trat Eberhard zu der Schönen und beugte sich

über sie. Sein Gesicht schwebte über ihren Brüsten. Er konnte geradewegs in ihren Ausschnitt schauen, und die Ansätze von zwei wunderbar geformten, halbrunden Kugeln reckten sich ihm geradezu wie eine Belohnung für seine Mühen entgegen.

»*In provincia Thuringie tria milia mansorum habet Fuldense monasterium*«, las Eberhard vor.

»Ja!« Lorenzia klatschte in die Hände. »Genau dasselbe habe ich auch gelesen. Und jetzt müsste ich nur noch wissen, was es bedeutet.«

Eberhard verharrte, wo er war. Der weiße Busen Lorenzias bebte bei all ihrer erstaunlichen Begeisterung für die alten Schriften und das Lateinische.

»Also, hört genau zu, Jungfer«, sagte er. Seine Wange näherte sich ihrer Wange. »In der Provinz Thüringen hat das Kloster Fulda dreitausend Bauernstellen.«

»Ach! Das steht da?«

Eberhard legte den Arm um ihre Schultern. Die störte sich nicht im Mindesten an dieser Berührung. Und die Amme schnarchte und verschlief ihre wichtigste Aufgabe – nämlich auf ihren Schützling aufzupassen.

Das Band von Lorenzias Haube löste sich, und ihre wunderschönen schwarzen Locken quollen hervor. Sie war sich durchaus bewusst, dass der Magister die Ansätze ihrer Brüste betrachtete, während er über sie gebeugt war. Eberhard spürte die zarte Berührung ihrer Haare, die der Windzug bewegte.

»Hat Euch eigentlich schon mal ein Mädchen gesagt, dass Euch Euer Bart wirklich gut steht, Meister Eberhard?«

Eberhard errötete. Er schüttelte den Kopf. So direkt hatte ihn noch kein Mädchen angesprochen. Und was hieß schon Mädchen? Lorenzia war eine richtige Frau. Sie war um die achtzehn Jahre alt. Das beste Alter eines Weibes. Er selbst war ja schon dreiundzwanzig. Ein solches Kompliment aus ihrem Mund wog viel.

»Wir sollten jetzt zum Stoff zurück …«

Aus dem Flur drang ein krachendes Geräusch herein. Augenblicke später flog die Tür des Studierzimmers auf. Wie ein böses Gespenst stand unvermittelt Lorenzias Bruder, Tragebodo von Fulda, in der Tür des Studierzimmers, während sich Eberhard noch immer tief über Lorenzias Brüste beugte.

»Es ist also wahr.«

Lorenzia schrie entsetzt auf, als sie ihren Bruder sah, und löste sich erschrocken von Eberhard.

Tragebodo zog sein Schwert. Seine Bewegungen ließen erkennen, wie gewandt er mit den Waffen war. »Darauf habe ich gewartet.«

»Bist du jetzt endgültig verrückt geworden?«, schrie Lorenzia.

Goslar kam hereingestürmt, Eberhards Knecht und Faktotum. Er hatte einen Knüppel in der Hand und war bereit, dem wild gewordenen Tragebodo in den Schwertarm zu fallen. »Was ist hier los, Herr Eberhard?«

Eberhard bedeutete Goslar mit der erhobenen Hand, sich vorerst herauszuhalten.

Tragebodo trat auf seine Schwester zu und versetzte ihr rechts und links ein paar schallende Ohrfeigen.

»Bist du jetzt vollkommen verrückt geworden? Ich habe doch überhaupt nichts getan!« Lorenzia machte ein Kopfbewegung in Richtung Hedewig, die mit vor Schrecken aufgerissenen Augen am anderen Ende des Studierzimmers stand. Sie war von einer Sekunde auf die andere aus dem Schlaf gerissen worden. »Meine Amme ist die ganze Zeit dabeigewesen.«

»Weißt du eigentlich nicht, wer das ist?« Der Stadtvogt deutete auf Eberhard.

Er war außer sich, zitterte. »Er ist ein unfreier Bauer, der sich wie ein Edelmann gebärdet! Ich kenne seine Sorte! Wenn es noch mehr solche Leute gäbe, wer bräuchte dann noch die Edelleute? Schau dir dieses große Haus an! Und der Abt hat ihm halb Großenlüder zu Lehen gegeben.«

»Dann kann es doch nur gut sein, wenn ich bei ihm studiere. Und bis du aufgetaucht bist, hat es hier sonst nichts Aufregendes gegeben.«

»Das stimmt, Herr«, pflichtete die Amme ihrem Schützling bei. »Bei allen Heiligen, das stimmt!«

»Schluss!«, herrschte Tragebodo sie an. Er funkelte Eberhard hasserfüllt an und fuchtelte mit seinem Schwert in Richtung des Hausherrn. »Wenn du ein Ritter wärest, würde ich dich herausfordern. Aber weißt du, was du bist? Du bist ein Scheißdreck. Und mit Scheißdreck gebe ich mich nicht ab.« Er ließ sein Schwert in die Scheide zurückgleiten und machte das verächtlichste Gesicht, dessen er fähig war. Dann stieß er seine Schwester rüde in Richtung Tür. »Draußen wartet die Kutsche. Auf der Stelle kehrst du nach Hause zurück.«

»Du bist ja hundert Mal schlimmer, als es unser Vater jemals gewesen ist.«

»Verschwinde! Und dir, Eberhard von Giesel, dir sag ich nur eins: Das war das letzte Mal, dass du mir in die Quere gekommen bist. Jetzt hast du auch noch meiner Schwester den Kopf verdreht. Komm mir noch einmal in die Quere, und du bist dran.« Er spuckte vor Eberhards Füße aus. »Du bist so lästig wie die Ratten bei uns auf dem Mist.«

»Du glaubst wohl, du kannst dir alles erlauben!«, sagte Eberhard ruhig. Goslar trat neben seinen Herrn und wog seinen Knüttel in den Händen. »Verschwinde jetzt!« Eberhard schlug seinen Mantel zurück, sodass Tragebodo den Dolch und das Kurzschwert sehen konnte, die er neuerdings im Gürtel trug. Tragebodo sollte nicht glauben, dass er unbewaffnet und schutzlos sei!

»Wenn es hier nicht so viele Zeugen gäbe«, sagte Tragebodo kalt, »dann hätte ich dir längst den Stahl in die Gedärme gestoßen. Und weißt du, wie? Mit dem größten Vergnügen.«

»Was bist du nur für ein Widerling«, sagte Lorenzia voller Abscheu.

»Ach ja?« Tragebodo packte Lorenzia am Arm. »Wenn du nicht auf der Stelle nach unten zur Kutsche verschwindest, dann wirst du es bereuen, so wahr ich dein Bruder und dein Vormund bin.«

»Du bist ja wahnsinnig!«, rief Eberhard atemlos.

»Und du bist bald tot!«, rief Tragebodo über die Schulter zurück, bevor er zusammen mit seiner Schwester die Treppe hinunter verschwand. »Darauf kannst du dich verlassen!«

3. Maius, am Tage Philipp und Jakobus

Bzzscht!

Vibrierend blieb der Pfeil im Gebälk stecken. Eberhard zuckte heftig zusammen und ging in die Knie. Der Pfeil schwang noch eine Weile nach. Er schaute hoch. Sein Herz raste. In den letzten Tagen fühlte er sich zusehends bedroht. Und die Bedrohung nahm immer konkretere Formen an. Es gehörte wahrlich nicht zum Alltag eines Mannes, dass ihm Pfeile ins Zimmer geschossen wurden. Dann entdeckte er, dass der Pfeil kein Anschlag auf sein Leben war, sondern dass am Pfeilschaft eine Botschaft hing. War das ein dummer Streich, der ihm gespielt wurde? Eberhard nahm den Pfeil ab, um den Zettel zu lesen.

Aber vorher maß er mit dem Auge den Winkel, aus dem der Pfeil gekommen war. Irgendwo am Haupttor musste der Schütze gestanden haben, aber genau war es nicht mehr auszumachen.

Eberhard rollte den Zettel auseinander. Seine Hände zitterten dabei.

Am Kreuzweg Frauenberg heute zur Sext, stand auf dem Zettel.

Was sollte das nur bedeuten?

Die Sext, das war um die Mittagszeit, in einer Stunde. Eberhard fragte sich, wer den Zettel geschrieben hatte. Es war jemand, der an der Klosterschule von Fulda seine Ausbildung genossen hatte. Er erkannte es an der speziellen Art, wie die Buchstaben geschrieben waren.

Der Kreuzweg Frauenberg lag im Norden des Klosters, dort wo

die schmale Straße hinauf zur Propstei Frauenberg abzweigte, an einer kleinen Kapelle, die St. Maria Magdalena gewidmet war.

Eberhard rief Maria und Goslar herbei. »Ihr beide lasst mir keinen herein, der hier nichts zu suchen hat. Ich muss für eine Zeit lang fort, ich reite hinaus vor die Tore. Aber noch ehe es dunkel wird, müsste ich wieder zurück sein.«

»Ist irgendetwas Besonderes?«, fragte Maria besorgt.

»Nein, mach dir keine Gedanken«, sagte Eberhard, aber seine Stimme strafte ihn Lügen.

»Goslar, sattle mir Salim!«

»Ich habe gar nicht gewusst, dass Ihr heute noch ausreiten wolltet.«

»Musst du denn alles wissen?«

»Entschuldigt, Herr. Ist es vielleicht falsch, wenn man sich Gedanken macht?«

»Nein, ist schon gut. Ich reite vor die Tore, um einen Freund zu treffen.«

»Einen Freund?«, fragte Maria. »Herr, Ihr und ich, wir wissen doch beide, wie das mit den Freunden ist.«

»Jetzt lasse es gut sein. Ihr beide bleibt einfach hier und haltet die Stellung.«

»Und warum habt Ihr Eure ganzen Schreiberutensilien dabei?«

Eberhard zuckte mit den Schultern und fasste mit der Hand unwillkürlich nach dem ledernen Beutel, den er an seinem Gürtel trug. Alles, was man zum Schreiben und zum Ausfertigen von Urkunden brauchte, war darin. »Nenn es ein Gefühl. Ich weiß es selbst nicht genau, warum ich die Sachen mitnehme.«

Er ritt die Marktstraße hinab, in Richtung des Schwarzen Tores. Es waren ruhige Zeiten. Das Tor war nur mit zwei Mann besetzt, und draußen auf dem Gelände zwischen den Mauern der Stadt und den Mauern der Abtei herrschte wenig Betrieb. Die Bettler saßen gelangweilt am Rand des Platzes und spielten Triktrak. Es waren fratzenhafte Gesichter – dünne Lippen und Münder ohne Zähne, schorfige Haut, dünne Haare.

Eberhard ritt durch das Tor hinaus. Mächtig und dunkel erhob es sich über die Passanten. Abt Markward hatte alle Befestigungen am Haupttor verstärkt und angeordnet, dass auch alle anderen Befestigungsanlagen von Fulda wiederhergestellt wurden. Immer wenn Eberhard den geschützten Bezirk von Stadt und Kloster verließ, fühle er sich seltsam schutzlos. Der Kreuzweg vom Frauenberg lag eine halbe Meile im Norden. Eberhard fragte sich, was ihn erwartete.

Er zügelte sein Pferd und ließ es für einen Augenblick anhalten. Er überlegte, ob man ihn nicht vielleicht in eine Falle locken wollte. Er wusste, dass er sich in den letzten Jahren im Fuldaer Land Feinde gemacht hatte. Gegenüber Maria pflegte er zu sagen: »Viel Feind, viel Ehr'«, und lachte. Aber das hier war kein Spaß mehr. Ob Tragebodo dahinter steckte? Der wollte ihm schaden, ja. Aber er konnte doch unmöglich seine Drohung wahrmachen, denn schließlich gab es Zeugen für seinen Auftritt neulich in Eberhards Haus.

Derlei Gedanken gingen ihm durch den Kopf, während er der Straße entlang der Fulda folgte. Das Land stand in Blüte. Die Luft roch herrlich. Auf den Feldern arbeiteten die Bauern. Nach einigen Minuten tauchte der Weg in den sprießenden Wald am Fuße des Frauenbergs hinein, auf dessen Spitze die Priorei St. Maria lag. Sie war genau an jener Stelle errichtet worden, an der vierhundert Jahre zuvor St. Bonifatius so gern gesessen hatte, wenn er nach Fulda kam, seiner Lieblingsgründung. Kurz bevor der Weg steil anstieg, befand sich an dem bezeichneten Kreuzweg die kleine Kapelle St. Maria Magdalena.

Niemand war zu sehen. Alles war ruhig. Hierher also sollte er kommen.

Maria Magdalena war die Patronin der Frauen, der reuigen Sünderinnen und der Verführten; sie war die Schutzheilige der

Kinder, die schwer gehen lernen, der Schüler und Studenten, der Gefangenen. Hatte es eine Bedeutung, dass der Pfeilschütze Eberhard ausgerechnet an der Magdalena-Kapelle treffen wollte? Er saß von seinem Pferd ab und band die Zügel an einem Ast fest, der in der Nähe der Kapelle wuchs.

Er schaute sich um. Dicke Silberbuchen umgaben den Platz. Immer noch war niemand zu sehen. Wollte ihm jemand nur einen Streich spielen, und er war umsonst hierher geritten? Er setzte sich auf einen Baumstumpf.

»Da bist du ja«, sagte eine Stimme aus der Kapelle heraus.

Eberhard fuhr herum. Er erhob sich. Er schaute zum Eingang des kleinen Gotteshauses, konnte aber noch immer niemanden sehen.

»Ja, da bin ich«, sagte er zögernd. Er kannte die Stimme, aber durch den düsteren Hall des Kapellenraums klang sie leicht verzerrt, und er konnte sie nicht einordnen.

»Komm herein.«

Eberhard betrat die Kapelle. Sie war im Volk sehr beliebt. Überall hingen Votivtafeln, auf denen Arme, Beine, Hände zu sehen waren – Gliedmaßen, die durch die Kraft der Heiligen gesegnet werden sollten. An einem kleinen Altar brannten zwei Kerzen. Davor zeichnete sich der Schatten eines Mannes ab.

»Ermenold!«, stieß Eberhard überrascht hervor. »Du? Was machst du denn hier?«

»Eberhard!« Ermenold breitete die Arme aus und umarmte seinen Schulkameraden. »Lass dich an meine Brust drücken!«

»Was ist los?«

»Was los ist?« Ermenolds Gesicht verfinsterte sich.

»So schlimm?«

Der Graf nickte. »Ich muss dich warnen.«

»Warnen?«

»Ja. Auch wenn du manchmal ein komischer Kauz bist, so warst du doch auch immer ein Freund für mich. Im Übrigen habe ich es dir zu verdanken, dass ich angefangen habe, die Schrift und die Sprache ernst zu nehmen.«

»Tatsächlich?« Eberhard lächelte verlegen. »Aber wovor willst du mich warnen?«

Graf Ermenold schluckte. Er schaute zu Boden. »Du bist wirklich in Gefahr, mein Lieber. Warum glaubst du, habe ich diesen Treffpunkt mitten im Wald gewählt?«

»Weil du es geheim halten wolltest?«

»Genau. Wenn sie erfahren, dass ich dich gewarnt habe, dann bringe ich auch mich selbst in Gefahr.«

Eberhard kroch es kalt den Nacken herab. »Ich verstehe noch immer kein Wort …«

»Also, lass es mich kurz fassen: Es gibt eine Verschwörung gegen dein Leben, der ich ebenfalls angehöre, allerdings nur zum Schein, verstehst du? Etlichen Baronen und Junkern in der Rhön bist du ein Dorn im Auge, und sie sind der Meinung, dass wir dich beseitigen müssen.«

»Und du gehörst dazu?« Eberhard wurde bleich. Er konnte kaum glauben, was er da hörte. Stand er nicht unter dem Schutz des Abtes? Er hatte sich in den letzten drei Jahren anscheinend allzu sicher gefühlt.

»Ja, aber es blieb mir nichts anderes übrig. Deine Ermordung ist beschlossene Sache, und einer von uns war ganz scharf darauf, die Sache in die Hand zu nehmen.«

»Nicht dass wir uns falsch verstehen – meinst du mit der ›Sache‹ meinen Tod?«

Ermenold nickte mit düsterem Gesicht. »Und dich zu warnen ist das Einzige, was ich für dich tun kann.«

»Und wer ist derjenige, der so scharf darauf ist, mich umzubringen?«, fragte Eberhard stockend. Er ahnte schon, wen Graf Ermenold jetzt nennen würde.

»Tragebodo. Du hast ihm, scheint es, wirklich sehr auf die Füße getreten.«

»Tragebodo?« Eberhard hatte das Gefühl, dass ihm der Boden unter den Füßen weggezogen wurde. Seine Knie wurden weich.

Er wusste, dass Tragebodo ihn hasste, aber dass er es tatsächlich auf sein Leben abgesehen hatte, das konnte er sich kaum vorstellen.

Anscheinend hatte er die Macht der Buchstaben, die Macht des Wortes, die Macht der Schrift unterschätzt. Das Wort bewegte riesige Vermögen. Die Schrift entschied über Wohl und Wehe. Ein Wort war so viel wert wie ein ganzer Wald. Und mehr noch. Sie wollten ihm an den Kragen, weil er das Wort gegen sie verwendete. Und sie hatten keine anderen Mittel gegen das Wort als die blanke Gewalt. Aber konnten sie so weit gehen und ihn umbringen, würden sie das tatsächlich wagen? Der Abt hatte doch die Herrschaft des Rechtes wiederhergestellt in den drei Jahren seiner Amtszeit. Stand er nicht in der Munt und damit unter dem Schutz des Abtes?

»Ich sehe, dass dich diese Nachricht erschüttert, mein Freund. Aber hast du denn nicht damit gerechnet, dass man dir eines Tages an den Kragen will? Du machst einen Strich, und für ein ganzes Dorf verändert sich die Welt. Weißt du was, mein Freund Eberhard: Du bist von Anfang an naiv gewesen, was die Macht des Wortes angeht. Und das, obwohl du mit den Worten umzugehen verstehst wie kaum ein anderer. Und leider hat sich das Wort jetzt gegen dich gekehrt.«

»Du meinst wirklich, dass Tragebodo so dreist ist, mich umzubringen, obgleich ich unter dem persönlichen Schutz des Abtes stehe?«

»Du kennst doch Tragebodo.«

»Ja, ich weiß, er hasst mich, seit wir zusammen auf der Lateinschule waren. Er hasst alles, was mit dem Denken zu tun hat.«

»Er hasst dich immer noch. Eberhard, das hier ist wirklich kein Spaß mehr. Weißt du, was er in unserer Runde geschworen hat?

Dass er dich verfolgen wird bis in den letzten Winkel der Welt und bis ans Ende deiner Tage.«

Eberhard war kalkweiß im Gesicht. Das hier kam so unerwartet. Schon sah er alles, was er gewonnen hatte – sein Haus, seine Güter, seine Stellung –, zwischen den Fingern verrinnen. »Aber er tut es doch nicht nur, um seinen Hass zu befriedigen? Da steckt doch noch mehr dahinter …«

Ermenold nickte. »Sie haben auf deinen Kopf zweitausend Silberlinge ausgesetzt.«

Herrgott! Das war viel Geld. So viel kostete ein guter Araberhengst. Ein Vermögen. »Soll das ein Witz sein?«

»So viel bist du ihnen wert, und Tragebodo will sich diesen Judaslohn verdienen.«

»Und was soll ich deiner Meinung nach machen?«

»Ich kann dir nur eines raten, mein Freund. Du musst verschwinden. Du musst das Weite suchen, jedenfalls vorläufig. Glaub mir, du hast keine Wahl! Also, egal, wohin, nur möglichst weit weg. Tragebodo wird nach dir suchen.«

»Um Himmels willen, gibt es denn keine andere Möglichkeit?« Eberhard dachte daran, sich dem Abt anzuvertrauen und um seinen Schutz zu bitten, aber der konnte ihn schließlich auch nicht auf Schritt und Tritt bewachen lassen.

»Die einzige Möglichkeit, dein Leben zu retten, ist die Flucht, glaub es mir. Es sei denn, du willst dich der Auseinandersetzung mit Tragebodo wie ein Ritter stellen. Aber willst du das? Er ist ein ausgebildeter Ritter, ein fintenreicher Kämpfer. Du hingegen hast nie gelernt, mit dem Schwert umzugehen. Doch er kennt kein Pardon, glaub mir, Tragebodo ist so kaltblütig und sticht dich bei nächster Gelegenheit ab.«

Die Worte hallten wider an der niedrigen, gewölbten Decke der Kapelle, während Eberhard versuchte, sich das Ausmaß dieser Worte vorzustellen – was es bedeutete, wenn er Hals über Kopf fliehen müsste …

»Und wohin soll ich deiner Meinung nach gehen?«

»Das will ich gar nicht wissen, damit mich keiner fragen kann.«

Eine Weile noch blieb Eberhard in der Kapelle sitzen. Draußen hörte er, wie sich der Hufschlag von Ermenolds Hengst entfernte. Dann stieg auch er in den Sattel. Er musste zu seinem Bruder! Dieser Gedanke schoss ihm durch den Kopf. Immer, wenn er als kleiner Junge in Schwierigkeiten geraten war, hatte er sich hinter Walther verschanzen können, den Kämpfer in der Familie, den Einzigen der Jungen, der dem Widerling Ordolf hatte Paroli bieten können. Walther war jetzt häufig in Giesel. Er hatte nach Hinkmars Tod ein Jahr zuvor das Amt des Bauernmeisters übernommen, so wie es die Tradition wollte. Kurz zuvor war Friedrich der Staufer in der Marienkirche zu Aachen zum deutschen König gesalbt worden und hatte auf dem Thron Karls des Großen Platz genommen.

Später konnte Eberhard sich kaum noch daran erinnern, wie er nach Giesel geritten war. Die Angst bemächtigte sich seiner immer mehr, so als würde sich ein schwarzes Gift in den Adern ausbreiten. Er nahm nicht den gewöhnlichen Weg an Fulda vorbei zur großen Furt und von da nach Giesel, sondern ritt den nördlichen, den schlechteren Weg, der lange Strecken durch dichten Wald führte. Wann immer er jemandem begegnete, zog er sich die Kapuze tief in die Stirn, sodass sein Gesicht im Schatten lag. Er fühlte sich verfolgt, und mit Schaudern dachte er daran, dass er von nun an immer verfolgt sein würde, so lange Tragebodo lebte.

Am Nachmittag erreichte er sein Heimatdorf.

Endlich! Er ritt langsam auf das offenstehende Haupttor zu. Wie vertraut ihm dies Bild war: der Turm der kleinen Dorfkirche St. Laurentius und die reetgedeckten Dächer der Höfe, die sich über den Palisadenzaun erhoben. Die meisten Gieseler waren auf den Beinen, um ihre zahlreichen schweißtreibenden Arbeiten auf dem Frühlingsfeld und auf den Weiden zu verrichten. Da wurde wie überall sonst in den Dörfern das erste Heu gemacht, die Brache umgepflügt, wurden die Äcker geeggt und wurde die neue Saat eingebracht; das Vieh war auf den Weiden und musste gehütet werden. Er sah eine Herde geschorener Schafe aus der Schwemme kommen, weiß wie Schnee, die Zäune wurden nach den Zerstörungen des kalten Winters erneuert und repariert – allesamt Arbeiten des Frühjahrs, bei denen Eberhard als Kind oft mitgeholfen hatte. Er hatte wie alle anderen Bauernkinder das Vieh gefüttert, hatte Unkraut gejätet, beim Garbenbinden mitgeholfen; doch am liebsten war es ihm, wenn der Vater ihn hieß, den Knechten während der Ernte das Essen aufs Feld hinauszubringen.

Wie lange das her war!

Die meisten Leute auf dem Feld kannten ihn und zogen ihre Kopfbedeckung. Sie hielten ihn noch immer für einen Geistlichen, einen Priester oder Mönch. Den *Schulmeister* nannten sie ihn. Sie begriffen den Unterschied nicht zwischen einem Mönch, der das Ewige Gelübde abgelegt hat, und einem Laienbruder. Gedankenverloren erwiderte er ihren Gruß.

Die vertraute Umgebung beruhigte seine aufgewühlten Sinne. Seine Angst ließ nach. Er freute sich darauf, mit seinem Bruder zu sprechen. Danach würde sicher alles ganz anders aussehen. Vielleicht konnte er sich für eine Zeit lang sogar in seinem Dorf verbergen.

Plötzlich aber schoss ihm durch den Kopf, dass es dann ein Fehler gewesen war, so offen und für alle sichtbar heimgekehrt zu sein.

Er fluchte innerlich, aber es war zu spät, zu viele Augen hatten gesehen, wie er in sein Heimatdorf heimkehrte. Er hätte heimlich kommen sollen! Wenn Tragebodo hinter ihm her war, wo würde er wohl als Erstes suchen? Natürlich in seinem Vaterhaus! Als er zum Bauernmeisterhaus ritt und die offene Toreinfahrt durchquerte, spürte er, wie auch die vermeintliche Sicherheit seines Heimatdorfs der schwarzen Angst und der Unsicherheit wich.

Während er sein Pferd vor dem Stall festband, verscheuchte er diese Gedanken. Vielleicht wusste Walther einen Ausweg. Walther hatte schließlich ständig Umgang mit Rittern wie Tragebodo, und sie gehorchten beide dem Oberbefehl des Abtes.

Eine Gestalt eilte aus der Scheuer herbei. Eberhard zuckte zusammen. Er kannte den Mann nicht. Er sah jetzt anscheinend schon in jedem einen Verfolger, der darauf aus war, ihm an den Kragen zu gehen. Es war ein vollkommen unwirkliches Gefühl.

»Ihr müsst Meister Eberhard sein, der Bruder unseres Herrn«, sagte der Mann, offensichtlich ein Knecht. Er war ein selbstbewusster, mit sich selbst im Einklang stehender Mann, der aber keinen Augenblick seine Stellung vergaß, das konnte Eberhard auf Anhieb erkennen.

Walther hatte einige neue Knechte angestellt. Sie kamen aus dem Westen des Reichs und waren auf dem Weg in den Osten gewesen, wo man ihnen gutes, neues Land versprochen hatte. Eigentlich wollten sie in Fulda nur Station machen, doch Walther hatte sie kurzerhand angeheuert. Walther hatte ihm versichert, dass es kampftüchtige Männer waren und ihrem Herrn treu ergeben.

Sein Bruder war jetzt auch der Oberste der Gieseler Feldschützen von der Bruderschaft St. Josef und hatte etliche Armbrüste angeschafft, auch wenn sie bei Rittern verpönt waren als schmutzige Waffe des unfreien Fußkämpfers. Die Feldschützen sorgten für die Sicherheit im Gieseler Tal. Die Dorfbewohner sagten, dass Walther ein guter Bauernmeister und Junker war, einer, mit dem die Familie des Hinkmar in den erblichen Stand des niederen Adels aufsteigen würde, zumal er von Abt Markward selbst in die Ehre des Rittertums geführt worden war.

»Ja, ich bin Eberhard, der Bruder des Bauernmeisters.«

»Mein Name ist Marinus.« Der Knecht verbeugte sich, dann schaute er Eberhard mit klaren, grauen Augen an.

»Marinus?«

»Mein Vater hat mich nach dem Patron seines bayerischen Heimatdorfes benannt.«

»Dem Bischof und Märtyrer? Der aus Irland zu uns gekommen ist wie einstmals der heilige Bonifatius?«

Marinus nickte. »Herr, Ihr seid sehr gelehrt«, sagte er trocken. Er schaute zum Himmel hoch. »Gleich gibt's bestimmt Regen. Kommt doch herein. Ich begleite Euch.«

Sie gingen in die gute Stube. Eberhard ließ sich seufzend auf die Ofenbank sinken, wo er als Kind so gern gesessen hatte. Die Küche hatten sie inzwischen abgetrennt, vergrößert und in einen steinernen Anbau verlegt.

Eberhard hatte das Gefühl, dass es ihm in jedem Augenblick schwarz vor Augen würde. Er musste weiß wie die Wand sein.

»Geht es Euch nicht gut, Meister Eberhard?«, fragte Marinus besorgt.

»Alles in Ordnung«, erwiderte Eberhard, obwohl es nicht stimmte.

»Euer Bruder ist ausgeritten. Dringende Geschäfte. Aber er wird bald zurück sein, hoff ich, noch vor der Dämmerung. Also, wenn Ihr es Euch hier solange gemütlich machen wollt? Kann ich Euch irgendwie dienlich sein?«

»Schick mir aus der Küche eine Magd mit einem guten roten Wein, und sie soll mir eine Suppe machen«, erwiderte Eberhard. Er hatte ein Gefühl, als ob er seine Henkersmahlzeit bestellte. Er war enttäuscht, dass er auf Walther warten musste.

Die Magd versorgte ihn mit Wasser und Wein. Sie war jung und hübsch, hieß Anna, und Eberhard vermutete, dass sie für Walther vielleicht mehr war als nur eine Bedienstete.

Einen Augenblick lang überlegte er, ob er nicht hochgehen sollte zu Theresa, die seit nunmehr fünf Jahren an ihr Bett gefesselt war und ihre Kammer nicht mehr verlassen hatte. Sie hatte sich von der Welt verabschiedet und schien auf halbem Weg in das Reich des himmlischen Herrschers zu sein. Er hätte ihr gern alles erzählt, aber er wollte sie nicht ängstigen. Sie würde außer sich sein vor Furcht um sein Leben, wenn er ihr von den Morddrohungen der Barone erzählte.

Nein, das wollte er nicht. Der Regen draußen wurde heftiger. Der Tag war grau und trist geworden. Plötzlich dachte er, dass dieser trübsinnige Tag vielleicht der letzte in seinem Leben sei.

4. Maius, am Florianstag

Eberhard machte frühmorgens in der Scheuer Heu. Er war mit dem ersten Hahnenschrei aufgestanden, denn er wollte seinen Körper spüren. Er hatte das Gefühl, dass es ihm vielleicht helfen würde, zu den Wurzeln zurückzukehren, dass er dadurch neuen Mut schöpfen würde. Heu machen. Früher als kleiner Bub hatte er oft Heu machen müssen, wenn er irgendetwas ausgefressen hatte. Damals war es eine Strafe gewesen, jetzt war es eine Befreiung.

Obwohl es kühl war in der Scheuer, trat ihm bald der Schweiß auf die Stirn. Aber er machte unermüdlich weiter. Forke für Forke hob er das alte Heu von der letzten Mahd aus der hinteren Ecke des Bodens, brachte es nach vorn und warf es hinab in die Tenne, von wo es dann in den Stall gebracht wurde. Sie verfütterten jetzt den Rest des alten Heus an das Vieh, das auf den aufblühenden Feldern und den grünenden Frühlingswiesen noch nicht genug frisches Futter fand. Der letzte Sommer war ein guter gewesen, denn das Winterfutter hatte ausgereicht, und Walther hatte kein Tier außer der Reihe schlachten müssen.

Eberhard hielt einen Augenblick inne und wischte sich den Schweiß von der Stirn. Er trug nicht mehr seine Mönchskutte, sondern das gewöhnliche Gewand eines einfachen Bauern; er unterschied sich kaum von den Knechten, die das Gehöft bewirtschafteten. Es war so gut, das Blut durch die Adern fließen und seine Muskeln und den Schweiß auf der Haut zu spüren.

Plötzlich schien man nicht mehr ganz so wehrlos zu sein. Er atmete schwer vor Anstrengung.

»Weiter!«, ermahnte er sich. Er nahm die Forke und holte den nächsten Batzen Heu. Plötzlich zeichnete sich eine wohlbekannte Gestalt im hellen Viereck des großen Schiebetores der Scheune ab, das Eberhard halb offenstehen hatte. »Walther!«

»So habe ich dich nie schuften gesehen.«

»Es tut gut.«

»Das aus deinem Mund.«

Eberhard lachte und kam die Leiter herab. »Ich werde für dich immer der Bücherwurm und Stubenhocker sein.«

»Vor allen Dingen bist du mal mein Bruder«, erwiderte Walther. »Und deswegen mache ich mir um dich Sorgen.«

»Habe ich gestern Abend viel Unsinn geredet?«

»Du warst betrunken. Du hast gesagt, dass die Barone dich umbringen wollen. Dass du gewarnt worden bist. Von Graf Ermenold?« Walther legte seinen Arm um den Bruder. Er trug seinen ledernen Anzug und war voll bewaffnet.

»Er ist mit mir zusammen auf der Klosterschule gewesen.«

»Ich weiß. Aber ich wusste nicht, dass ihr befreundet seid.«

»Das wusste ich bis jetzt auch nicht.«

Walther hatte einen Korb aus der Küche mitgebracht und stellte ihn auf den Tisch, wo sie sonst die Kannen mit der frisch gemolkenen Milch abstellten, damit sie zur Ruhe kam und ihren Geschmack entfalten konnte. Er zog das Tuch von dem Korb. Frisches Brot lag darin, gekochte Eier, mehrere Sorten Käse, ein Stück Schinken, Butter, Nüsse und Äpfel. »Hier!« Er zog einen Bocksbeutel Frankenwein aus seiner Tasche. »Lass uns auf uns beide trinken.«

Er füllte die zwei schmalen, hohen Becher, die aus einem Stück Buchenholz gedrechselt waren, bis an den Rand und reichte einen Becher an seinen Bruder weiter.

»Ich bin froh, dass ich nach Hause gekommen bin«, sagte Eberhard leise. Er spürte eine innige Zuneigung zu seinem Bruder, die so groß war wie nie zuvor. Sie glich der Liebe, die er seinem Vater entgegengebracht hatte.

»Weißt du, dass die Mutter dich sogar wiedererkannt hat?«

»Schön. Hat sie einen ihrer hellen Augenblicke gehabt?«

»Wie man es sehen will. Sie hat gedacht, du bist ein Kind, ein kleiner Junge.«

»Sie ist zurückgegangen in der Zeit, und weißt du, ich wünschte mir manchmal, ich könnte das auch.«

Der Arm seines Bruders lag schwer auf Eberhards Schultern. »Du weißt, dass du nicht durch die Zeit fliehen kannst. Die einzige Möglichkeit für dich zu fliehen ist, wenn du wegläufst.«

»Das hat Graf Ermenold mir auch geraten.«

Walther nahm einen tiefen Schluck.

»Er kommt aus Würzburg, von einem Weinberg des Bischofs. Wie findest du den Wein?«

»Ein gutes Tröpfchen. Ich merke schon, wie es in meinem Bauch warm wird.«

»Ich frage mich, wie weit der Arm von Tragebodo reicht.«

»Würzburg?«

Walther nickte. »Ist nicht weit weg, und trotzdem wärest du aus der Welt. Jedenfalls für den Augenblick.«

»Dann meinst du also auch, dass ich davonlaufen soll?«

»Davonlaufen ist manchmal die klügste Wahl. Besonders für einen unfreien Bauernsohn, wenn ihm ein adeliger Schwertkämpfer ans Leder will. *Entweder drei Jahre Hungersnot oder drei Monate Flucht vor deinen Widersachern.*«

»Das Buch der Chronik«, sagte Eberhard verblüfft. »Seit wann kennst du dich aus in der Heiligen Schrift?«

Walther lachte amüsiert. »Ich weiß, du hast immer gedacht, ich hätte nicht allzu viel bei mir im Oberstübchen.« Er tippte sich an die Stirn.

»Ach, was ich nicht alles gedacht habe, aber das ist lange her.«

»Ja, wir denken viel und glauben, dass es nichts anderes gibt, und nur ein paar Jahre später denken wir ganz anders. Und so ist es mir mit der Schrift gegangen. Nicht erst seit ich Bauernmeister bin, weiß ich, dass es auch noch etwas anderes gibt als Waffen und Pferde und Turniere.«

»Ich bin froh, dass ich hier bin«, sagte Eberhard unwillkürlich.

»Und ich bin froh, dass du gekommen bist.« Er drückte den Bruder an sich. »Hab ich dir eigentlich schon mal gesagt, dass ich dich liebe?«

Eberhard schaute Walther groß an. Zunächst brachte er keinen Ton heraus, und er nickte nur. »Ich liebe dich auch, Walther«, sagte er schließlich. Er hatte Tränen in den Augen. »Dich und Theresa.«

»Ja, Theresa. Trotz aller unserer Unterschiede, du und unsere Schwester … ihr seid diejenigen Menschen, die mir am nächsten sind auf der Welt. Und deswegen müssen wir sehen, wie wir die Kuh vom Eis bekommen.« Walther langte nach dem Schinken und schnitt sich einen kräftigen Happen ab. »Ich habe Angst um dich.«

Eberhard riss sich ein Stück Brot ab und stopfte es in den Mund. »Wenigstens hat es aufgehört zu regnen«, sagte er kauend.

»Graf Ermenold hat sich also mit den anderen Baronen verschworen, um dich zu ermorden, und dich zugleich gewarnt?«

»Das stimmt.«

»Seltsam. Und Vogt Tragebodo hat geschworen, dass er den Mordauftrag durchführt, koste es, was es wolle?«

»Das behauptet Graf Ermenold.«

»Dann bleibe ich dabei. Würzburg. Oder Eisenach. Oder besser gleich Frankfurt. Oder Köln? Man sagt, gegen Köln ist Fulda ein Fliegenscheiß.«

Eberhard lachte. »Du machst dich lustig über mich!«

Walthers Gesicht verfinsterte sich. »Nein, lieber Bruder, ich meine es ernst. Du wirst dich nicht hier bei uns im Dorf verstecken können. Tragebodo wird dich ausfindig machen. Du könntest in die Wälder gehen. Als Einsiedler, dich von Kräutern und Wurzeln ernähren.«

»Um Himmels willen, dann werde ich vor Hunger sterben!«

»Hab ich mir gedacht. Dann bleibt im Grunde genommen nichts anderes, als dass du so lange das Weite suchst, bis Gras über die Sache gewachsen ist.«

»Und wenn ich das Gericht des Abtes anrufe?«

»Das habe ich mir auch schon überlegt. Aber was willst du damit erreichen? Tragebodo lacht dich aus. Du hast keinen einzigen Zeugen für den Mordplan. Dafür hat Tragebodo so viele Schwurgenossen, wie er will, Leute von edlem Stand, die ihre Hand für ihn sogar vor Gericht ins Feuer legen werden. Du würdest nur eine gute Zielscheibe sein. Keiner wird dir Schutz gewähren.«

»Weißt du was, ich werde ganz einfach Mönch und verschwinde für immer hinter den Klostermauern.«

»Und du glaubst, die Klostermauern von Fulda wären sicher für dich?«

»Glaubst du wirklich, dass Tragebodo so weit gehen wird?«

»Er ist ein Ritter! Er hat einen Schwur geleistet. Er wird nicht davon ablassen, dich zu töten, bis er es erreicht hat oder bis er selber tot ist.«

Ein seltsames Geräusch erklang. Walther und Eberhard fuhren gleichzeitig herum.

»Das hast du gut gesagt, Herr Walther!« Tragebodo trat wie ein Schatten mit gezogenem Schwert durch die helle Scheunentüre.

Wie ein böser Erdgeist tauchte er auf, so als wäre er aus dem Boden herausgewachsen. »Und genauso wird es kommen«, sagte Tragebodo herausfordernd. Sie hatten ihn nicht kommen hören. Warum hatte niemand sie gewarnt? »Ich werde dich töten … endlich!«

Die Kälte seiner Stimme und die Art seines Auftretens ließen nicht den geringsten Zweifel daran, dass er es bitterernst meinte. Er hob und senkte das Schwert und wog es in der Hand.

Auch Walther zog seine Waffe. »Seid Ihr vollkommen verrückt geworden, Vogt? Ihr dringt in mein Haus ein, verletzt meine Rechte? Seid Ihr von Sinnen?«

Tragebodo lachte. »Tu nicht so, als wüsstest du nicht, worum es geht. Trete einfach zur Seite und lasse mich meine Arbeit tun. Dein Bruder ist viel zu vielen Leuten ein Dorn im Auge. Sie haben mich damit beauftragt, diesen Dorn zu ziehen.«

»Eberhard, geh zurück, Bruder!«

»Nimm dich in Acht, Walther.« Eberhard schlotterten die Knie.

»Oh, wie besorgt sie umeinander sind, die Hinkmar-Brüder«, höhnte Tragebodo. Seine Stimme hatte eine gefährlichen Ton. Er strahlte die kalte Selbstsicherheit des siegesgewissen Kämpfers aus, dem man sich am besten nicht in den Weg stellt. Wirre Gedanken jagten Eberhard durch den Kopf. Wenn es nach Tragebodo ging, dann war er in ein paar Augenblicken tot. Einzig sein Bruder Walther, der mit gezogener Waffe vor dem Eindringling stand, ruhig und in sich ruhend, trennte ihn noch davon.

»Verschwinde«, sagte Walther. »Du hast in meinem Dorf nichts zu suchen.« Eberhard bewunderte den Bruder für seine Kaltblütigkeit, die er auch jetzt, in diesem Augenblick der Gefahr, bewahrte.

»Du hast keine Chance gegen mich, Walther«, tönte Tragebodo. Tatsächlich war er um einen Kopf größer als dieser, was seine Drohung noch unterstrich. »Du hast sie auch auf dem Platz nie gehabt. Willst du dich umbringen lassen für deinen Bruder?«

»Er ist mein Fleisch und Blut.«

»Also gut«, sagte Tragebodo kalt. »Du wolltest es nicht anders.«

Im gleichen Augenblick erschienen der alte Oberknecht Gottschalk und der neue Knecht Marinus am Scheunentor. Sie hatten beide dicke, mit Eisennägeln beschlagene Bauernknüppel in der Hand. »Was ist los, Herr? Habt Ihr Probleme?«

Augenblicklich nutzte Tragebodo die Ablenkung für seinen Angriff. Alles ging unglaublich schnell. Zwei kurze, geschickte Stiche in die Oberschenkel setzten die beiden auf Anhieb außer Gefecht. Getroffen sanken sie stöhnend nieder. Erschrocken und hilflos starrten beide auf Tragebodo, sich die stark blutenden Wunden haltend. Sie wussten, dass er sie ohne Weiteres töten konnte.

Und er wollte sie anscheinend töten! Er hob das Schwert zum Todesstoß über den Kopf.

»Halt!«, schrie Walther.

Doch Tragebodo hatte gar nicht vorgehabt, einen der Knechte anzugreifen. Er machte eine völlig unerwartete Vierteldrehung, und sein Schwert zuckte stattdessen auf Walther nieder. Mühelos setzte er einen kurzen Stich in den Unterleib des Bruders. Eberhard starrte entsetzt auf die Spitze des Schwertes, die Tragebodo aus dem Leib seines Bruders zog: Sie war voll von Blut, und Eberhard sah das Entsetzen in Walthers Gesicht.

»Du Bastard!« Walther parierte trotz des schlimmen Treffers seines Gegners schneller, als Tragebodo es wohl vermutet hatte. Nur so war zu erklären, dass seine Deckung nicht oben war, als Walther von unten herauf einen Streich gegen den jungen Stadtvogt führte. Er fügte Tragebodo einen schweren Schnitt an seinem rechten Oberschenkel zu.

»Das wirst du bereuen«, jaulte Tragebodo, »du bist tot!«, schrie er außer sich vor Wut. Er hieb so heftig auf Walther ein, dass er dessen geschwächte Verteidigung durchbrach und einen Hieb anbringen konnte, der Walthers rechte Bauchseite durchdrang. Voller Entsetzen sah Eberhard, dass Walthers Augen sich von einer Sekunde auf die andere veränderten, sie wurden gläsern, weiteten sich. Er schnaubte wie ein Tier in Todesfurcht. Dann hieb Tragebodo vollkommen unerwartet auf Marinus ein, der schon am Boden lag, und schlug dem Knecht den Hals durch, sodass das Blut wie eine Fontäne spritzte. Marinus war auf der Stelle tot. Gottschalk kroch entsetzt davon, aber Tragebodo war mit einem Satz bei ihm und versetzte ihm den tödlichen Stoß mit dem Schwert von hinten in den Rücken.

Eberhard war im ersten Moment wie erstarrt.

»Keiner von den stinkenden Hinkmar-Söhnen soll jemals den heutigen Tag überleben!«, schrie Tragebodo wie von Sinnen, doch im nächsten Moment veränderte sich sein Gesicht. Während er das Schwert zum Todesstoß gegen Eberhard hob, knickten ihm die Knie weg, seine Augen rollten nach oben, sodass nur noch das Weiß zu sehen war, und er fiel der Länge nach auf den Boden. Es war die Wunde, die Walther ihm beigebracht hatte. Sein Bein war blutüberströmt, sein Gesicht kalkweiß.

Er hustete. Das brachte ihn wieder zur Besinnung.

»Renn weg!«, stieß Walther hervor. »Renn weg, Bruder.« Er lag mit brechenden Augen am Boden und hielt sich keuchend den Bauch. Der Blutfleck auf seiner Hose breitete sich zusehends aus. »Lauf davon! Ich kann dir nicht mehr helfen!«

Tragebodo rappelte sich langsam wieder hoch. Von neuem versuchte er, sein Schwert gegen Eberhard zu erheben, sank aber wieder in die Knie. »Du hast keine Chance, ich krieg dich!«

Eberhard stand noch immer wie angewurzelt da, wunderte sich, dass er als Einziger noch immer unverletzt war. Welches Unglück er über die Familie gebracht hatte! Walther würde sterben, das war gewiss. Und die beiden Knechte waren bereits tot, lagen reglos in ihrem Blut. An Tragebodo aber kam er nicht vorbei. Sein Schwert würde ihn erwischen.

»Die Hintertür!«, rief Walther kraftlos. »Lauf weg!«

Abermals hieb Tragebodo voller Wut auf den Bruder ein. Er traf ihn in der Seite. Blut spritzte hervor. Der Schrei und das Stöhnen Walthers waren herzerweichend. Eberhard nahm all seine Kraft zusammen, lief los. Die Hintertür der Scheuer … er hatte sie tausend Mal benutzt. Sie führte in den Gemüse- und Kräutergarten hinter dem Gehöft.

»Lauf nur weg!«, stieß Tragebodo hervor, der wieder auf die

Knie gesunken war, offenbar unfähig, Eberhard zu verfolgen. Er stieß ein hämisches Lachen hervor. »Aber mir entkommst du nicht!«

Eberhard öffnete die Hintertüre und überwand nur mit Mühe seinen alles überragenden Wunsch, dem sterbenden Bruder zu helfen. Ein kalter, heftiger Luftzug drang von draußen herein, zog vorn zum Scheunentor wieder hinaus.

Er stürmte hinaus. Auf dem Feld hinter dem Hof rannte er los wie ein Hase. Er ließ sogar seinen edlen Hengst zurück. Getrieben von seiner Todesangst, suchte er panisch das Weite. Der Lederbeutel mit den Schreibutensilien störte ihn beim Laufen, aber er warf ihn nicht fort, sondern nahm ihn als seinen letzten übrig gebliebenen Besitz fest zwischen die Hände.

Um sein Leben rennend, verließ er das Dorf durch das kleinere Südtor, hinauf zum Wald, zum Ortesweg.

Er hatte nur ein Ziel: Nichts wie weg! Niemals zuvor hatte er eine solche Panik empfunden. Die Angst machte ihm Beine. Er lief den Berg hinan, stolperte, zerriss sich die Kleider, weiter, weiter! Genauso hatte es Gertrudis getan. Sie war davongelaufen.

Er hatte keine Heimat mehr. Kein Recht mehr. Das Einzige, das ihm geblieben war, war die Angst, dass Tragebodo ihn doch noch finden würde. Das Geräusch, wie dessen Schwert in Walthers Körper eindrang, dieses schreckliche, hässliche Zerreißen der Haut und das Zerplatzen der Organe, war noch immer in seinem Ohr.

Er würde niemals die Todesfurcht vergessen, die er in den Augen seines Bruders gesehen hatte. Es war, als ob sich seine eigene Angst darin spiegelte.

VIII

Fegefeuer

1155

5. Junius, am Tage St. Bonifatius

Der Bonifatiustag war schlimm, und er wäre froh, wenn er schon vorbei wäre. Siegburg war aber nicht so schlimm. Eigentlich war es hier wie überall sonst im Fegefeuer seiner Existenz. Als Straßenköter. Mehr war er nicht. Ein Nichts. Eberhard hatte keine großen Ansprüche mehr anzumelden. Eine trockene Schlafstelle war mehr, als er erwarten konnte. Die Suche nach Essbarem, egal was, trieb ihn voran. Und hin und wieder einen Schnaps zu trinken oder einen Wein, um die schlimmen Gedanken aus seinem Kopf zu vertreiben.

Sie hatten Markttag, da ließen sie auch Leute wie Eberhard herein, Heimatlose und Spielleute, Gaukler und Bettler, Mitglieder des namenlosen Heeres von obdachlosen Menschen, um die sich kaum einer kümmerte, Abschaum. Männer und Frauen, die sich manchmal zusammentaten, ohne dass sie deswegen zu einer Einheit geworden wären, unter wechselnden Führern, die vom Faustrecht der Straße bestimmt wurden.

Eberhard wurde einfach durchgewinkt. Er war allein unterwegs, was zwar die gefährlichste aller Formen des Unterwegsseins war, weil es vollkommene Schutzlosigkeit bedeutete, aber manchmal wollte er es nicht anders. Wenn man ihn ausgeraubt und getötet hätte, so hätte er es nicht geklagt. Er hatte das Gefühl, dass er nur noch deswegen auf der Welt war, um irgendwann zu sterben. Das Leben bis zu diesem unvermeidlichen Tod hatte keine Form und keinen Inhalt, seit dem Tag, da er aus Fulda fliehen und vollkommen unvorbereitet ein Leben auf der Straße beginnen musste.

Fegefeuer.

Es waren unzählige, die durch den Rost gefallen waren und die bindungs- und schutzlos auf der Straße landeten. Viel mehr, als er es sich jemals hatte vorstellen können. Und er war jetzt einer von ihnen, und das Einzige, was ihn von den anderen Bettlern und Landfahrenden unterschied, war der lederne Beutel mit den Schreibutensilien. Und seine Erinnerungen.

Für ihn war es schier unerträglich, dass der Bonifatiustag hier und jetzt ein Tag wie jeder andere war, als wäre er nichts Besonderes. Am höchsten Feiertag des Fuldaer Landes! Der fünfte Juni war früher für sie stets das wichtigste Fest im Jahr gewesen, so heilig wie das Oster- und das Weihnachtsfest, denn es gab keinen anderen Heiligen, der für das Land des heimatlichen Klosters eine größere Bedeutung besessen hätte. Wie oft hatte er an der Wallfahrt teilgenommen, hatte sich zusammen mit den unzähligen Pilgern durch den Hohen Dom geschoben und in der Krypta am Grabmal des deutschen Apostels vorbeigedrängt. In Siegburg war St. Bonifatius nur einer von vielen Heiligen, und nicht mal ein besonders bedeutender.

Sie hatten eine schmale Hauptstraße in Siegburg, die wegen des Regens, der zuvor gefallen war, aus knöcheltiefem Schlamm bestand. Eberhard spielte mit dem Silbergroschen in seiner Tasche. Den hatte er für eine Urkunde bekommen, die er einem Pfarrherrn ausstellte, in dessen Scheune er auf dem Weg hierher übernachtet hatte. Den Namen des Dorfes hatte er schon wieder vergessen. Heimatlos segelte er über ein Meer der Ungewissheit.

Unter dem Michaelsberg, auf dem der heilige Anno in seinem Kloster begraben lag, entfaltete sich der Markt. Unterwegs hatte Eberhard gehört, dass heute in Siegburg Markt sei, und deswegen war er hierher gekommen. Er wusste nicht genau, warum; er hatte sich vor ein paar Tagen von dem Haufen verabschiedet, mit dem er vom westfälischen Münster bis ins Siegerland herabgezogen war, und irgendwann würde er sich dann doch wieder einem Haufen Heimatloser anschließen, um in eine andere Gegend zu ziehen.

Handwerksleute und weit gereiste Händler bevölkerten die Marktstände. Gaukler und fahrende Musikanten bedienten die Schaulust der Leute. Es war noch früh, und trotzdem war die Stadt schon voll. Eberhard fühlte sich so allein gelassen wie niemals zuvor.

Und trotzdem musste es weitergehen. Er hatte Hunger. Mit dem Silbergroschen würde er ihn in den nächsten Tagen stillen können. Dafür konnte er sich mehr als nur einmal richtig satt essen und besaufen. Darauf freute er sich am meisten. Sich so sehr zu betrinken, dass er alles vergaß, was geschehen war … dass er sogar vergaß, wer er war und woher er gekommen war.

Über den Marktplatz unterhalb des Michaelsberges, über den der heilige Erzengel höchstselbst wachte, zog der Duft aus zahlreichen Bratstellen und Garküchen. Eberhard fühlte sich geradezu magisch angezogen. Er kaufte als Erstes einen Bratapfel. Auf seinen Silbergroschen bekam er elf blecherne Pfennige zurück, die er sorgfältig in seinem Lederbeutel mit den Schreibutensilien verstaute.

»Herr!«, sprach er den Mann an, der ihm den Bratapfel verkauft hatte. »Darf ich Euch etwas fragen?«

Der Mann war ein gemütlicher Kerl mit roten Backen und einem dicken Bauch. Er drehte den Spieß mit seinen Bratäpfeln und achtete darauf, dass sie regelmäßig braun wurden. »Also, schießt los!«

»Ich weiß ja, dass es so ist, als wollte man eine Nadel im Heuhaufen …«

»Seid Ihr einer, der gerne um den heißen Brei herumredet?«

»Ihr habt Recht, Herr. Also, ich suche ein Weib. So alt wie ich.

Keine Gauklerin oder Fahrende. Eine Bäuerin, die aus Versehen bei den Unsesshaften gelandet ist.«

»Ihr meint, jemand wie Euch, Herr?«

»Bitte?«

»Na, ich sehe Euch an, dass Ihr keiner von dem gewöhnlichen Gesindel seid. Eigentlich gehört Ihr nicht auf die Straße.« Er verkaufte einem jungen, hübschen Ding einen Bratapfel, die mit ihrer Amme auf dem Markt unterwegs war. Unwillkürlich musste Eberhard an Lorenzia denken, die Schwester Tragebodos. »Schön. Eine Frau also. Und wie sieht sie aus? Und wie heißt sie?«

»Gertrudis. Gertrudis heißt sie. Kastanienrote Haare hat sie. Ein schmales Gesicht, kräftige Wangen. Eine kräftige Nase, aber keineswegs zu groß.«

Der Bratapfelverkäufer lachte. »Ich glaube fast, ich würde sie wiedererkennen, wenn sie mir einmal über den Weg gelaufen wäre. Aber, junger Herr, ich kann Euch leider nicht helfen …«

Eberhard dankte dem Mann und ging langsam weiter. Er knabberte voller Inbrunst an seinem Bratapfel. Endlich mal wieder ein warmes Essen im Magen – was für ein herrliches Gefühl! Meistens musste er sich von Brot, Wasser, etwas hartem Käse und den Früchten des Wegesrandes ernähren. Nur wenn es ihm gelang, seine Dienste zu verkaufen, verdiente er etwas Geld. Aber das war ganz selten. Wie sollte jemand, der ihn sah, ahnen, über welche Fähigkeiten er verfügte? Er war ein Landstreicher, in dem niemand einen Schreiber oder gar den ehemaligen Meister des Klosterarchivs von Fulda vermutete.

In der Mitte stand das Zelt des Marktmeisters, und daneben war ein kleiner Brunnen. Eberhard steuerte ihn an, weil er Durst hatte, nachdem der Apfel verzehrt war. So gut hatte er schon lange nicht mehr gegessen! Mit den restlichen Pfennigen würde er sich ein Stück Fleisch und Wein kaufen, und dann wäre dieser Tag doch noch ein Festtag.

Er feierte seinen eigenen, melancholischen, heimatlosen Bonifatiustag.

In dem Augenblick, als er sich herabbeugte, um am Marktbrunnen zu trinken, sprang ein riesiger, schwarzer Hund ihn an.

»Bodo, zurück!«, rief der Marktmeister.

Aber der Hund hatte Eberhard schon am Bein gefasst, biss ihn in die Wade, und ehe er sich versah, lag er am Boden. Der Marktmeister packte den Hund endlich an seinem Halsband, zerrte ihn fort und verschwendete auf den Landstreicher, der blutend am Boden lag, nicht einen einzigen Blick.

24. Junius, am Johannistag

Wie hast du geschlafen?« Bruder Bartholomäus, der Meister des Kölner St.-Marien-Hospitals, trat mit seinem Gehilfen an Eberhards Krankenbett. Eberhard tauchte langsam hoch aus seinem langen, elendiglichen Albtraum. Es war warm und stickig im Krankensaal, in dem der Länge nach aufgereiht ein Dutzend Armen- und Pilgerbetten stand.

»Schlecht«, erwiderte Eberhard jämmerlich. Er hatte einen ekelhaften Geschmack von Erbrochenem und altem Blut im Mund. »Ich … ich habe so furchtbar geträumt …«

»Das ist normal. Du hast viel geschwitzt. Hast du schon etwas getrunken?«

Eberhard nickte. Er konnte sich kaum noch erinnern, wie er hierher gekommen war. Ein paar Samariter hatten ihn am alten Hafen gefunden, halb verhungert, völlig entkräftet, die Haut mit Krätze bedeckt. Er hatte hohes Fieber. Die hässliche Bisswunde am Bein, die der Köter ihm in Siegburg zugefügt hatte, hatte sich entzündet. Er konnte sich daran erinnern, dass einer der Männer, die sich seiner erbarmt hatten, sagte, dass er vielleicht das Bein verlieren würde.

»Sein Puls ist immer noch so flach, dass ich ihn kaum spüren kann«, sagte der Gehilfe, der drei Finger geradezu zärtlich an Eberhards Hals legte, um die Schlagader zu fühlen. »Aber wenigstens hat er jetzt wieder einen fühlbaren Puls.«

»Sein Urin?«

»Sieht gut aus. Es ist so, als würde sich das Gleichgewicht der Säfte wieder ausgleichen.«

»Die Entzündung am Bein?«

»Ich habe die Wunde mit einer Mischung aus dem Saft des Beifußes und Honig eingerieben.«

»Also gut. Dann lass mal sehen.« Der Meister schaute sich die Bisswunde an. »In Ordnung. Streich noch Eiweiß darüber und lege einen neuen Verband an.«

»Ja, Meister.«

»Er ist zäher, als wir gedacht haben.«

»Er ist noch jung.«

»Sie haben gesagt, dass dein Name Eberhard ist?«

Eberhard versuchte zu nicken. Er war in einem Zustand zwischen Albtraum und Wirklichkeit. Seine Gedanken gingen durcheinander oder waren nur ganz verschwommen da, so wie nach einem schweren Rausch. Es war beinahe so, als würde sein ganzes bisheriges Leben in einem solchen fiebrigen, hässlichen Rausch versinken, so als hätte es keinen Inhalt und keine Struktur. Nur mühsam erinnerte er sich daran, dass er in der mächtigen, mauerbewehrten Erzbischofsstadt Köln war, in der größten Stadt des Heiligen Reiches. Wie lange war es nur her, dass sie ihn ins St.-Marien-Hospital am Kunibertskloster gebracht hatten? Er wusste es nicht. Auch entsann er sich an keines der Gesichter seiner Samariter.

Nur an Bruder Bartholomäus' Gesicht konnte Eberhard sich erinnern. Der freundliche Alte mit den traurigen Zügen hatte ihm ein Bett im Hospital zugewiesen, das wenig zuvor durch natürlichen Abgang frei geworden war. Die Leiche des Abgegangenen lag, eingebunden in billiges Leinen, noch am Kopfende des Saals, in dem Arme und Kranken um Gotteslohn gepflegt wurden. Wenigstens würde sie ein zwar ärmliches, aber dennoch christliches Begräbnis erhalten …

»Eberhard also.« Der Meister lachte trocken. »Weißt du, was das heißt? Stark wie eine Wildsau. Hier, trink noch etwas!«

»Danke. Welchen Tag haben wir?«

»Johannistag. Mittsommernacht. Du hattest schlimmes Fieber. Du hast geschrien im Schlaf. Du hattest böse Albträume. Drei Tage warst du weggetreten. Himmel, wir haben gedacht, du wirst es nicht überstehen. Als sie dich hierher gebracht haben, hätte ich keinen Solidus darauf verwettet, dass du es überlebst. Aber unsere Gebete haben geholfen.«

»Ihr hättet mich sterben lassen sollen.«

»Ruhig! Du versündigst dich! Das darfst du nicht sagen.«

Hätten sie ihn doch nur in Ruhe gelassen! Wieso hatten sie ihn ins Leben zurückgeholt? Er erinnerte sich vage daran, dass er mit seinem verpfuschten Leben abgeschlossen hatte, als er sich am Hafen zwischen Abfällen und Warenstapeln und Fischernetzen niederlegte, an einer Stelle, wo man ihn nicht gleich sah, und die Augen schloss …

Aber ein paar Samariter hatten ihn gerettet, damit er weiter als Verfemter, als Heimatloser, als Geächteter auf den Straßen des Reichs umherzog. Als einer, der nirgendwohin gehörte, und zu niemandem. Als einer, der bettelnd von Stadt zu Stadt zog, solange man ihn duldete. Ziellos. Ruhelos. Willenlos. Entwurzelt. Heute war es Köln. Gestern war es Siegburg, morgen würde es Bonn oder Linz sein.

Kraftlos war er, hungrig und hoffnungslos. In den Monaten seiner Odyssee im deutschen Land hatte er gelernt, was Hunger ist und was Kälte ist. Er hatte so viel gehungert, dass sein Körper keinen Hunger mehr verspürte. Er führte die Existenz eines geprügelten, herrenlosen Hundes, der sich mit den anderen Hunden der Straße um die Brocken balgt, die vom Tisch Glücklicherer fallen. Genauso ein Hund hatte ihn in Siegburg ins Bein gebissen.

Wenn es überhaupt irgendetwas gab, was ihn daran gehindert hatte, sich selbst das Leben zu nehmen, dann war es die Erinnerung an Gertrudis. Solange er nicht sicher wusste, ob sie noch lebte und was mit ihr geschehen war, so lange gab es noch einen Grund, auf der Welt zu bleiben.

So lange.

Überall auf seinen Wegen fragte er die anderen Recht- und Heimatlosen, die Verfemten, Verbannten, Vogelfreien, die Gaukler und Spielleute, die sich mit ihm zusammen auf der ziellosen Reise durch das Fegefeuer der Entwurzelung befanden, nirgendwo zu Hause, die Bettler, die Krüppel, die Versehrten, die Aussätzigen, alle diejenigen, die zu niemandem gehörten und die unter keines anderen Schutz standen. Er fragte und fragte und fragte nach der mittelgroßen, schlanken, ungefähr zweiundzwanzig Jahre alten Frau mit dem kastanienroten Haar, dem einprägsamen Gesicht, der markanten Nase, den weichen, geschwungenen Lippen. Er fragte nach einer Frau, die doch selbst als Heimatlose oder Gauklerin mit ihrer herben Schönheit auffallen musste, und er erhielt viele Antworten, aber keine, die zu irgendetwas geführt hätte.

Das Letzte, was er von ihr wusste, war, dass sie vor zwei Jahren von ihrem Gemahl verstoßen worden oder vor ihm geflohen war. Möglicherweise zählte sie jetzt also ebenfalls zu jenem Heer der Heimatlosen wie er selbst.

Das Bild, das er von ihr in seinem Herzen trug, war das einzig Gute, was in seinem Leben übrig geblieben war. Alles andere, seine Erinnerungen an die Zeit in Fulda, im Archiv, als der Urkundenfälscher des Abtes Markward, als Herr über drei Gehöfte, als angesehener Konverse und Laienbruder in der wieder aufblühenden Abtei Fulda – all das war wie weggewischt aus seinem Gedächtnis, aus seinem Bewusstsein, so als hätte es niemals stattgefunden. Wenn er unterwegs von Fulda erzählen hörte, dann war es ihm fremd und fern. Denn Eberhard war von der traurigsten Form der Heimatlosigkeit umfangen, die im eigenen Herzen beginnt und die der eigenen Seele den Boden und den Atem entzieht.

Meister Bartholomäus hob den Beutel in die Höhe, in dem die Schreibutensilien seines Patienten waren. »Das hier hat man bei dir gefunden.«

»Ja. Der gehört mir.«

»Es enthält Schreibutensilien. Federn, ein Messerchen, Löschsand, ein Lineal und einen Stein zum Radieren, dazu verschiedene Sorten Tinte … wo hast du es gestohlen?«

»Es gehört mir«, wiederholte Eberhard kraftlos.

»Das soll ich dir glauben? Ein Bettler, ein Landstreicher mit Schreibzeug? Wie soll denn das zusammengehen?«

»Glaubt, was Ihr wollt. Jedenfalls war ich nicht immer ein heimatloser Bettler.«

»Ich habe mir deine Finger angeschaut. Du hast tatsächlich die Hände eines Schreibers«, sagte der Meister des Hospitals nachdenklich. »Wie dem auch sei, es gibt niemanden sonst, der Anspruch auf die Sachen erhebt. Hier, ich lege den Beutel an das Fußende deines Bettes. Denk daran, wenn wir dich entlassen.«

»Entlassen, Herr?«

»Nicht heute und nicht morgen. Wir müssen dich noch ein paar Tage hierbehalten«, sagte der Medikus. »Du bist immer noch krank. Schwer krank.« Meister Bartholomäus war ein guter, fürsorglicher Mann, der seinen einsamen Kampf gegen den Tod immer wieder von neuem antrat. Er erinnerte Eberhard an den alten Dudo, der im Heiligen Land verschollen war. »Du musst ganz viel trinken. Hörst du? Ständig. Dein Körper schwitzt, du musst diese Flüssigkeit wieder auffüllen, sonst zehrt er noch mehr aus.« Der Medikus bedeckte Eberhards ausgemergelten Körper mit dem trockenen und frisch gewaschenen Leinen. Seit er aus Fulda geflohen war, hatte er nicht mehr in einem so sauberen Bett geschlafen. »Dein Körper ist von phlegmatischer Natur. Er ist kalt und feucht. Die schwarze Galle herrscht vor in deinen Organen.«

Zwei, drei Betten weiter begann einer der anderen Kranken jämmerlich zu wimmern. Der Geselle kümmerte sich um den Mann.

Meister Bartholomäus streichelte Eberhard über das schweißnasse, wirre Haar. »Ich weiß, was der eigentliche Grund für deine Krankheit ist«, sagte er leise. »Dich hat dein Lebenswillen verlassen. Ich hatte auch mal eine solche Zeit. Du glaubst, es gibt keinen Grund für dich, gesund zu werden. Keinen Grund zu leben. Stimmt es?«

Eberhard nickte schwach.

»Glaub mir, das geht vorbei. Vertraue in Gott! Du kannst niemals wissen, was im großen Buch des Schicksals über dein Leben aufgeschrieben steht. Wer weiß, wie viele Kapitel noch kommen?«

»Das Buch ist zu Ende«, erwiderte Eberhard kraftlos.

»Oder das nächste Kapitel hat gerade begonnen. Aber schlaf jetzt wieder, das ist die beste Medizin für dich.«

Der Medikus verließ zusammen mit seinem Gehilfen den Krankensaal, dessen Fenster offen blieben, war doch die Luft so angenehm und frisch, dass sie für die Atemwege nur Gutes bedeuten konnte. Draußen vor den Fenstern war der Sommer, dort war die Stadt, die voll war von Leben, dort war das Geläut von Glocken in drei Dutzend Kirchen, das Geschrei der Händler und das Lachen der Mägde. Und alles war so weit fort, als wäre es eine andere Welt …

Eberhard stierte auf die Tür, die der Medikus hinter sich geschlossen hatte. Er konnte keinen klaren Gedanken fassen. Sein Fieber stieg wieder. Er spürte, wie seine Haut, seine inneren Organe, sein Blut immer heißer wurden. Er atmete schneller. Auf seinem weichen Bett kam er sich plötzlich so vor, als schwebte er. Das Blut, das seine Augäpfel durchströmte, entzündete eine Illusion züngelnder Flammen, so wie man sich die Hölle vorstellt. Für einen Augenblick dachte Eberhard, dass es ein Zeichen seiner Verdammnis wäre, und der erste Engel blies die Posaune, und

Hagel und Feuer und Blut fielen auf die verbrannte Erde. Plötzlich glaubte er, der heilige Erzengel Michael stünde mit gezücktem Flammenschwert am Fußende seines Krankenbettes. *Und ich sah das Tier, das aus dem Meere stieg, und es hatte zehn Hörner und sieben Häupter und auf seinen Hörnern zehn Kronen und auf seinen Häuptern freventliche Namen.* Wenn jetzt das Ende der Welt gekommen wäre, es hätte ihn nicht gewundert. War es so, wenn der Tod kam?

Und plötzlich sah er mit seinem inneren Auge eine blutjunge Gertrudis, so wie er sie von früher kannte, das Mädchen, in dem die Anlagen der Frau noch schlummerten, aber sich bereits ankündigten. Das Mädchen, das mit ihm zusammen nackt in jenem Waldsee am Himmelsberg gebadet hatte, und mit dem er keine Scham gekannt hatte. Das Mädchen, an dem er zu allererst seinen Geist erprobt und sein Denken geschärft hatte.

Die verschwundene Gertrudis war der letzte dünne Faden, der ihn mit dem Leben verband.

ARCHIVUM SECRETUM APOSTOLICUM VATICANUM

Bericht des Päpstlichen Observators
Reichsabtei Fulda, Anno Domini 1155

»… mit der Billigung des Papstes Eugen und auf Befehl des Königs hat der Herr und Verwalter der heiligen Fuldaer Kirche, der ehrwürdige Abt Markward, keinem der Barone mehr irgendetwas zu Lehen gegeben, es sei denn, es wäre ihm nach altem Recht tatsächlich zugekommen. Alle unrechtmäßig erworbenen Güter forderte er mit Nachdruck zurück. Sofort hat er mit seiner Vorgehensweise großen Widerspruch erfahren, ja sogar Totschlag seiner Leute, Ausstechen der Augen und Blutvergießen durch die Ruchlosigkeit der Barone …

Aber obwohl der Abt ganz ohne Unterstützung und Familie war, ein Neuankömmling und Fremdling in seinem Land, nahm er die Herausforderung an, vertrauend auf den allmächtigen Gott, und er begann mit dem Bau von Burg Bieberstein, nicht weil es Mönchen zukäme, anderswo zu wohnen als in ihrem Kloster, sondern weil sich die Welt unter der Herrschaft des Bösen befindet, dem man mit Gewalt entgegentreten muss.
Item: Abt Markward bereist auf göttlichen Wink alle Besitzungen, und er hat einen Akt angeordnet, den die Leute hier Landleite nennen. Er setzt sich mit den Älteren aus dem Volk zusammen und mit den Treuesten von den Eigenleuten der Kirche, nimmt mit ihnen zusammen die Grenzen des Gebietes, der Wälder, Äcker, Wiesen und Felder in Augenschein und schreitet diese ab und stellt auf diese Weise die alte Ordnung wieder her. So gewinnt er entfremdete Äcker, Wiesen, Grenzstreifen, Felder, Waldgemarkungen zurück, und auch Fischteiche und Wasserläufe, die von alters her dem Kloster gehören und niemand sonst …«

28. Junius, am Tage vor Peter und Paul

Das Tor des Marien-Hospitals führte hinaus auf die St.-Johannis-Straße. Etliche Pilger zogen in Richtung des Alten Doms. Es war noch nicht lange her, da hatten die Visionen der Elisabeth von Schönau erwiesen, dass es tatsächlich die Gebeine der heiligen Ursula und ihrer 11 000 Gefährtinnen waren, die man ein Menschenalter zuvor gefunden hatte und die nun im heiligen Köln verehrt wurden. Welche große Heiligkeit Gott für die Stadt Köln vorgesehen hatte in seinem großen Plan, wurde in diesen Jahren für das ganze Volk erkennbar. Die Menschen waren außer Rand und Band. Jeder wollte einmal in Köln gewesen sein, vielleicht auch, weil es die größte, mächtigste und lebendigste Stadt des Reiches war.

»Ihr müsstet das doch zur Genüge kennen, Herr Eberhard«, sagte der Medikus Bartholomäus. Er legte seinem Schützling den Arm um die Schultern. »Schaut Euch das an. So geht das seit Wochen. So wie sie zu St. Bonifaz in Fulda pilgern, so pilgern sie zu St. Ursula in Köln.«

»Eure Stadt ist so groß, Meister Bartholomäus«, sagte Eberhard mit leiser Stimme. Er war noch immer schwach und hatte manchmal Schwierigkeiten, sich auf den Beinen zu halten, aber die Pflege im Hospital zu St. Maria am Kunibertskloster hatte ihn doch wieder auf die Seite der Lebenden geholt. Und nicht nur das. Mit dem Meister konnte er sich endlich wieder mit einem *homo literatus* auseinandersetzen, einem Mann, der in den sieben freien Künsten, den *artes liberales*, kundig war. Wie sehr ihm dieser Austausch gefehlt hatte! Alle Männer im Archiv, die Mönche und die Kleriker, mit denen er zu tun gehabt hatte, waren belesen, sprachen Lateinisch, kannten ihren Augustin, ihren Cicero, Ovid und Cassiodor. Meister Bartholomäus hatte die Freude wiedererweckt, die Eberhard angesichts dieses alten Wissensschatzes empfand. Seit so vielen Monaten hatte er nicht ein einziges Wort mehr über den Sinn des Universums und die Macht des Geistes verloren! Auf der Straße galt das alles nichts.

»Also gut. Irgendwann muss ich ja einmal weiter.«

»Ich weiß, Junge. Aber mir fällt es schwer, dich ziehen zu lassen.«

»Meister Bartholomäus, es werden nur ein paar Tage vergehen, da werdet Ihr mich vergessen haben.«

Bartholomäus schaute Eberhard traurig an. »Es ist schade, wie schlecht du von den Menschen denkst.«

»Ich habe nie schlecht von den Menschen gedacht.«

»Aber wieso glaubst du dann, dass ich dich gleich wieder vergesse, wenn du fort bist?«

»Sagt man nicht: Aus den Augen, aus dem Sinn?«

»Ja, ja. Aber an dich werde ich mich erinnern. Eberhard, der Schreiber aus Fulda, den es auf die Straße verschlagen hat und den ich in meinem Hospital gesund gepflegt habe, weil er sonst sicher gestorben wäre.«

»Also. Ich geh wieder auf die Straße.«

Meister Bartholomäus drückte Eberhard ein Bündel mit Käse, Brot und Wurst in die Hand. »Ich wünsche dir Gottes Segen auf deinem zukünftigen Weg.«

»Ich danke Euch, Meister Bartholomäus. Der Herr sei mit Euch und soll es Euch vergelten, denn ich selbst kann es nicht.«

Bartholomäus umarmte Eberhard. »Wohin wirst du gehen?«

»Ich werde einen Haufen suchen, der nach Mainz zieht. Ich möchte Mainz sehen. Danach vielleicht Speyer und Worms. Die großen Kaiserdome wollte ich schon immer einmal mit eigenen Augen sehen.«

»Du hast weit reichende Pläne. Hoffentlich geht alles in Erfüllung.«

»Aber zu allererst werde ich mich den anderen Pilgern anschließen und den Dom von Köln besuchen und natürlich den Schrein der heiligen Ursula. Mein Gott! In Köln gewesen zu sein und nicht im Dom und am Ursulaschrein, das wäre ein Frevel!«

»Dann geh mit Gott, mein Sohn«, sagte Bartholomäus, und Eberhard meinte im Augenwinkel des alten Medikus den Glanz einer Träne auszumachen.

Voller Ehrfurcht betrat Eberhard das heilige Gebäude. Er war zwar schäbig gekleidet, aber die Domwächter waren das gewohnt. Die meisten Ursulapilger kamen mehr oder weniger abgerissen in Köln an. Als er das Innere des Doms betrat, fühlte er sich wie zu Hause, denn das gewaltige Bauwerk erinnerte ihn an den Dom zu Fulda. Beide waren etwa in der gleichen Zeit erbaut worden, mehr als dreihundert Jahre zuvor, als Kaiser Ludwig das Reich regierte.

Am Schrein der heiligen Ursula drängten sich Hunderte Pilger. Eberhard war müde und wusste schon bald nicht mehr, was er eigentlich hier sollte. Weil alle anderen zum Dom gepilgert waren, war er auch hierher gepilgert, aber anders als die anderen fand er keine Erlösung von seinem Übel – der Einsamkeit und der Heimatlosigkeit. Die meisten Pilger würden zurückkehren in ihr Heimatdorf, in ihre Stadt, in ihr Land, wo auch immer es war. Aber er – er war vertrieben aus seiner Heimat, weil dort der Tod auf ihn wartete, der einen bösen Namen hatte: Tragebodo, der Vogt der Stadt Fulda. Solange der Stadtvogt lebte, war die Heimat ihm verwehrt. Und solange ihm die Heimat verwehrt war, war er dem Tod näher als dem Leben.

Müde setzte er sich auf eine Treppenstufe in der Nähe eines

kleinen Marienschreins in einer Nebenkapelle. Die Statue der Muttergottes mit ihrem Kind blieb eher unbeachtet, waren die Pilger doch gekommen, um St. Ursula und ihre 11 000 Jungfrauen zu besuchen.

Kerzen beleuchteten den Schrein. Weihrauchschwaden trieben durch den Raum, benebelten Eberhards Sinne. Ein junger Priester las eine Totenmesse am Altar, der der Muttergottes mit ihrem Kind geweiht war. Er tat es eher geschäftig als inbrünstig. Das Gesicht der Muttergottes erinnerte Eberhard an seine Mutter. Sollte er beten? Für ein paar Augenblicke überkam ihn das Bedürfnis, sich trotz aller seiner tiefen Zweifel bittend und betend an Gott und die Heiligen, vor allem aber an die Muttergottes zu wenden. Er wünschte sich nichts sehnlicher, als erlöst zu werden. So wie sein Leben war, war es ihm nichts mehr wert. Das Kind, das die Muttergottesstatue auf dem Schoß trug, hatte eine Krone auf dem Kopf, in die Edelsteine eingearbeitet waren. Einen Moment lang versank Eberhard in ihren Anblick.

»Eberhard?«

Eine Gestalt trat zwischen die Muttergottesstatue und Eberhard, sie hatte die Umrisse einer jungen Frau. Es war wie eine Geistererscheinung.

»Ja? Wer … was?«

»Eberhard? Bist du das wirklich?«

»Ich kenne deine Stimme!«

»Aber natürlich, mein Lieber! Es wäre traurig, wenn du meine Stimme nicht mehr erkennen würdest.«

Wie eine Fee, nein, wie ein Engel stand sie jetzt vor ihm, eine unwirkliche Erscheinung. »Gertrudis? Bist du das wirklich? Nein! Das kann nicht sein! Das ist unmöglich!«

»Ach, mein Herz, nichts ist unmöglich!«

»Ich muss träumen.«

»Nein, es ist die Wirklichkeit.«

»Wie hast du mich hier gefunden?«

»Ach, das ist eine lange Geschichte.«

»Ich kann es nicht glauben. Es *muss* ein Traum sein.«

»Auch für mich ist es ein Traum«, sagte Gertrudis. Ihre Stimme klang müde und erschöpft. »Ich bin dir gefolgt, seit du Fulda verlassen hast, weißt du das?«

»Mir gefolgt?«

War das vielleicht eine Wahnvorstellung? Eine fiebrige Erscheinung? In den Tagen im Marien-Hospital, als er fieberte und sein Bein entzündet war, hatte er häufig derlei Wahnvorstellungen gehabt. Auch damals war ihm manchmal Gertrudis erschienen, und auch damals war sie ihm vorgekommen wie eine Fee.

»Ich kann erst glauben, dass du leibhaftig vor mir stehst, wenn ich dich bei Tageslicht sehe«, sagte Eberhard. Er erhob sich von den Stufen des Marienaltars. Der junge Priester, der die Messe las, streifte ihn mit einem hochnäsigen Blick.

»Du hast Recht, mein Freund«, sagte Gertrudis. Sie sah so vollkommen anders aus, als Eberhard sie in Erinnerung hatte, dass es ihn schmerzte und erschreckte. Er konnte sein Bild von dem jungen Mädchen, das zusammen mit ihm im Zaubersee gebadet hatte, kaum in Übereinstimmung bringen mit dem Abbild dieser reifen und vom Schicksal gezeichneten Frau, die im Hohen Dom zu Köln vor ihm stand. »Ja, lass uns hinausgehen«, sagte sie.

Und doch hatte sie die Stimme von Gertrudis. Und ihre Augen. Unzweifelhaft.

»Du hast gesagt, dass du mir gefolgt bist?«, fragte Eberhard, während sie den Dom in Richtung Rhein verließen. Durch die Ostpforte traten sie ins Freie und standen unmittelbar vor dem Hafentor, hinter dem die Sonne auf den Wellen des Rheinstroms glitzerten. Die frische Luft tat gut.

»Ja, fünfzehn lange Monate bin ich deiner Spur gefolgt, mein Lieber. Mein Freund, du siehst schrecklich aus«, sagte Gertrudis. Ihr Haar war noch immer kastanienrot. Das war geblieben.

»Auch ich habe überall nach dir gefragt, aber ich habe niemals eine Spur von dir finden können«, sagte Eberhard. »Das Einzige das ich wusste, war, dass dieser Seibold dich verstoßen hat.«

Gertrudis versank in Gedanken. »Hat er erzählt, dass er mich verstoßen hat? Das sieht ihm ähnlich.«

Eberhard blieb stehen und sah sie an. Sie standen jetzt genau im Hafentor. Von vorn ratterte ein Fuhrwerk heran, von hinten kamen drei schwer bepackte Kaufmannsknechte. Fluchend stieß einer der Lastenträger mit Eberhard zusammen. »Einen besseren Platz für euer Techtelmechtel hättet ihr euch ja wohl wirklich nicht aussuchen können!«

Gertrudis nahm Eberhard beim Arm und führte ihn auf die freie Hafenfläche hinaus. »Du musst aufpassen, sonst handelst du dir ne Tracht Prügel ein«, sagte sie.

Knechte stapelten die Waren, Schiffe legten an, Fuhrwerke aus dem ganzen Umland kamen, um die Stapelware in Empfang zu nehmen. Ein mächtiges friesisches Pferd querte ihren Weg. Eberhard hielt Gertrudis am Arm fest. Zum ersten Mal in ihrem Erwachsenenleben waren sie eins.

Bisher waren sie nur ein einziges Mal eins gewesen – in ihrer Kindheit. Damals am See. Auf den Streifzügen durch die Wälder von Giesel. Bei ihren Gesprächen über Gott und die Welt. Jetzt waren sie erwachsen.

Würden sie noch zusammenpassen?, fragte er sich.

»Komm mit!«

Wie von einem Zauber belegt, ließ er es geschehen, dass sie ihn an der Hand nahm, betrachtete er, wie ihr Tuch sich löste, das Haar sich befreite und vor dem Hintergrund des Kölner Hafens im Wind flatterte, losgelöst von Zeit und Raum.

»Ich habe einen Schmerz hier in meinem Herzen«, sagte Gertrudis.

»Einen Schmerz?«

»Ja. Wie jemand, der nach langer Zeit nach Hause gekommen ist.«

Er zog sie zur Hafenmauer, und sie setzten sich. Vorsichtig, so als fürchtete er, etwas falsch zu machen, legte er einen Arm um ihre Taille, und sie neigte den Kopf auf seine Schulter. Gemeinsam schauten sie hinaus auf den glitzernden Rheinstrom, auf die Flussmühlen, die mitten im Rhein vertäut lagen und wo sie das Korn der Stadt mahlten, auf die vorgelagerte Insel, wo die Schiffe gebaut wurden, auf die Fähre, die zur gegenüberliegenden Burg Deutz übersetzte.

»Wie hast du mich gefunden?«, fragte Eberhard.

»Ich bin deiner Spur gefolgt. Von Anfang an.«

»Ich verstehe dich nicht.«

»Das kann ich dir glauben. Ein paar Tage, nachdem ich diesem irren Seibold davongelaufen bin, habe ich erfahren, dass du in Großenlüder warst.«

»Die Leute dort haben so geredet, als wärest du eine Hexe.«

»Ja, ich weiß.« Sie schwieg. Möwen flogen über den alten Kölner Hafen hinweg. An den Duckdalben standen Kaufmannsschiffe. Einer der Gehilfen des Hafenmeisters ging herum, um die Abgaben einzufordern. Er zwinkerte Gertrudis so freundlich zu, dass sie ihn unwillkürlich anlächelte.

»Wie sehr habe ich mich nach diesem Augenblick gesehnt«, sagte Eberhard. Er suchte ihren Blick. »Doch jetzt, da du endlich bei mir bist, habe ich Angst. Ich bin kein Mann für eine Frau, jetzt, wo ich ihr weder Haus noch ein Leben bieten kann.«

»Warum sagst du das? Meinst du, ich weiß das nicht?«

Er lachte bitter. »Ich bin vollkommen unten angelangt, verstehst du? Gertrudis, tiefer als ich kann man nicht sinken! Ich kann dir eigentlich nur raten, dich nicht weiter um mich zu kümmern!«

»Und wieso, glaubst du, habe ich mich von Stadt zu Stadt auf der Suche nach dir durchgefragt? Damit ich mir jetzt einen solchen Unsinn anhören muss?«

Eberhards Herz pochte heftig. Er hatte noch niemals zuvor einen solchen Überschwang an Gefühlen erlebt. Aber er wusste, dass er sich seinen Gefühlen verschließen musste. Wie konnte er jetzt, in dem heruntergekommenen Zustand, in dem er war, seine Liebe leben? Eine Liebe, nach der er sich all die Jahre gesehnt hatte. Er war kein Beschützer, und er war kein Geliebter. Er war ein Nichts, ein Versager, den Gertrudis aufgelesen hatte. Er wollte sie nicht auch noch in sein Unglück hineinziehen.

Um ihrer selbst willen durfte er sich ihr nicht ganz öffnen. Wenn er untergehen musste, dann wollte er allein sein, und nicht auch noch eine Frau mit sich ziehen. Gertrudis hatte etwas Besseres verdient.

»Woran denkst du?«

»Ich denke daran, wie es wäre, wenn ich Bauernmeister in Giesel geworden wäre, mit dir als Bauernmeisterin an meiner Seite«, erwiderte Eberhard.

Gertrudis stockte der Atem. »Was sagst du da? Meinst du das ernst?«

»Ob ich es ernst meine, ach, Gertrudis, wenn du wüsstest ... aber ich habe herumgesponnen! Wir sind im Hier und Jetzt, in Köln und nicht in Giesel, und ich bin Bettler und kein Bauernmeister! Also sollten wir auch nicht weiter davon reden.«

»Und trotzdem ist es das, was ich mein ganzes Leben lang gewünscht habe.«

»Ist das wahr ...?«

Das Licht funkelte auf den Wellen des Flusses, so als läge der Schatz der Nibelungen darunter und wartete nur darauf, geborgen zu werden.

»Doch, Eberhard, schon als Kind habe ich mir immer gewünscht, dass wir zusammen bleiben, ob du nun Bauernmeister wärst oder nicht!«

31. Decembris, am Tage St. Silvester

In der Mitte der Lichtung brannten die Feuer. Die dünne Schneedecke war tagsüber angetaut, aber jetzt, da das letzte Dämmerlicht allmählich verklang und alles ringsum in der unerbittlichen Finsternis versank, wurde es wieder bitterkalt. Spätestens um Mitternacht würde der Boden wieder hart gefroren sein. Wieder stand ihnen eine dieser eisigen Nächte bevor.

Der Gauklerhaufen, der von einem Florentiner namens Santana angeführt wurde, hatte Zelte aus grauen und löchrigen Bahnen errichtet. Darin würde es nachts wenigstens einigermaßen erträglich sein. Dazwischen brannten Feuer, um die die Leute des Haufens beieinander kauerten und sich wärmten, Frauen, Männer und Kinder.

Den ganzen Herbst über waren sie auf schlammigen Wegen umhergeirrt, es waren viel zu kühle und zu nasse Monate, in denen sie von Stadt zu Stadt, von Burg zu Burg unterwegs waren.

Nach den Strapazen waren sie alle abgemagert und ausgemergelt, schmutzig und am Ende ihrer Kräfte; ihre Haut war mit schwärenden Wunden bedeckt, die nicht heilen wollten. Die meisten unter ihnen blickten mit trüben oder leeren Augen einer dunklen Zeit des Sterbens entgegen. Die Bauern, bei denen sie anklopften, hatten jetzt nichts mehr übrig für Almosen, das ganze Jahr war nass gewesen, die Ernte schlecht, und da war den Bauern das Herz verschlossen. Man jagte sie davon, hetzte die Hunde hinter ihnen her.

»Da wäre es besser, wir wären tot«, sagten viele von ihnen, Menschen, die zu keinem Stand gehörten, die in keinem Schutz standen.

Gertrudis wärmte sich an Eberhard und er an ihr, so wie sie es manchmal als Kinder getan hatten. So wie Schwester und Bruder. Sie sprachen nicht darüber, warum es nicht über dieses Sich-Wärmen und Füreinanderdasein hinausging, und wenn man sie deswegen verspottete, blieben sie stumm.

Sie waren in schäbige wollene Decken gehüllt. Sie hatten sich dem Haufen von Santana dem Florentiner angeschlossen. Wie alle herumziehenden Bettlerhaufen standen auch sie außerhalb jeden Rechtes, aber in sich selbst hatte der Anführer Rechte geschaffen, die das Zusammenleben als fahrendes Volk grob regelten. Wer sein Gesetz brach, wurde mitunter hart bestraft. Ein solcher Haufen war für alle, die ihm eine Zeit angehörten, so etwas wie ein Stück Heimat. Endlich hatte man etwas, wo man hingehörte.

Sie hatten es nicht schlecht getroffen. Was Eberhard am meisten überraschte, war, dass Santana sogar ein wenig lesen konnte und sich für geistige Dinge interessierte, und dafür, was in der Welt vor sich ging.

Santana nahm nicht jeden auf, und deshalb konnten sie von Glück sagen, dass ihm ein paar Tage zuvor der junge Scholar des Trupps davongelaufen war und sich in Eberhard ein Ersatz bot. Das war in Mainz, und am Tag drauf setzten sie über den Rhein und wandten sich in Richtung Frankfurt, wo sie wie so viele andere auf der Messe ihren Lebensunterhalt verdienen wollten.

»War sowieso eine taube Nuss, unser Scholar«, hatte Santana gemurmelt und sich den schwarzen Bart gezwirbelt. »Der konnte vom ganzen Alphabet höchstens die Hälfte der Buchstaben. Gut, dass er weg ist!«

Eberhard öffnete seinen Schreiberbeutel und zeigte Santana ihren Inhalt. »Was meinst du, was das hier ist?«

Santana zog gekünstelt die Nase hoch. »Wo hast du das denn gestohlen?«

»Ich bin Schreiber. Glaub es.«

»Also gut, zeige deine Kunst!«, befahl der Anführer, und schon nach wenigen Schriftzeichen, die Eberhard schnell, präzise, kunstfertig in das Wachstäfelchen ritzte, sagte der Italiener: »Es ist gut, das überzeugt mich. Du und dein Weib – ihr könnt in meinem Haufen bleiben.«

Die Leute in dem wilden, zusammengewürfelten Haufen nannten sich mit dem ihnen eigenen Stolz *Povres Santani,* die Armen Leute des Santana. Dessen Autorität war unangreifbar im Trupp, und als er gesagt hatte, dass Eberhards Fähigkeiten, Urkunden zu schreiben und Schriftstücke auszustellen, Gold wert seien und dass Gertrudis zu dem Scholar gehöre, akzeptierten die anderen die beiden ohne weitere Worte.

Die anderen, das waren Musikanten und Akrobaten, Schauspieler und Quacksalber, aber auch etliche Bettler. Auch ein harter Schlägertrupp gehörte zu ihnen, der die anderen schützte. Insgesamt waren sie rund fünfzig, sechzig Männer und Frauen und Bälger, die sich als Obdachlose und Vogelfreie zusammengetan hatten und durch die Lande zogen, immer auf der Suche nach neuem Einkommen.

In dieser Nacht des heiligen Silvester lagerten sie auf einer Lichtung in den Tiefen des Spessartwaldes. Sie waren auf dem Weg nach Flandern, wo im Frühjahr die Messen beginnen sollten.

Um Mariä Opferung, also schon fast am Ende des Novembers, tat sich endlich ein Licht am Horizont auf. Da hatte Eberhard die erste Urkunde für einen Grafen schreiben können, in dessen Burg sie lagerten und dessen Hofkaplan plötzlich verstorben war. Endlich konnte er wieder arbeiten, konnte endlich wieder seine Kunst unter Beweis stellen.

Von Ferne hörten sie die Wölfe, wie in jeder Nacht. Der Spessart war tiefer Wald, in dem es nur so von Wölfen wimmelte.

Doch die Wölfe waren nicht die einzige Gefahr, mehr noch fürchteten sie Räuber und Banditen.

Eberhard fröstelte und zog Gertrudis näher an sich heran. Jetzt war das letzte Licht des Tages verglommen, und die unwirkliche Lichtung wurde nur noch von den zitternden, zerrissenen Flammen der Lagerfeuer erhellt, durch die der eisige Wind pfiff.

Im Rückblick kam es Eberhard so vor, als wäre sein bisheriges Leben – sein Aufstieg im Archivhaus, sein Ansehen als kunstfertiger Laienbruder, das Lehen, das ihm der Abt gegeben hatte – darauf angelegt gewesen, dass er zurückstürzte ins Nichts. Da hatte sich einer über seinen Stand erhoben, und jeder wusste doch, dass Hochmut vor dem Fall kam! Selbstmitleid hatte sein wundes Herz verschlossen und verhinderte, dass Gertrudis mehr werden konnte als eine Gefährtin im Unglück, ein ebenso wie er gefallener Mensch, der ihm Wärme spendete und sonst nichts.

Er konnte ihr kein Mann sein, und deswegen ließ er keinen Gedanken daran zu, dass er sie anders berühren könnte oder sie anders ansehen könnte als in den glücklichen Kindertagen.

Gertrudis ihrerseits hatte ebenfalls ihre Kraft und ihre Zuversicht verloren. Ihr war genauso wie Eberhard der Boden unter den Füßen davongezogen worden, und sie hatte noch immer das Gefühl, dass sie weiterhin fiele, immer tiefer in den Abgrund ihrer Existenz, und dass da nichts wäre, was ihren Sturz aufhalten könnte.

Manchmal dachte Gertrudis, dass sie vor allem deswegen an Eberhards Seite war, um wenigstens zusammen mit ihm zu sterben, oder in seinen Armen, wenn sie beide schon nicht als Mann und Frau zusammenleben konnten. Aber sie riss sich zusammen, immer wieder, und versuchte, sich nicht zu beklagen, wenn es ihr auch noch so schwerfiel. Sie ließ sich auf der dunklen See ihrer traurigen Existenz einfach vorantreiben wie ein steuerloses Schiff im Sturm. Darin glich sie Eberhard.

Das bisschen Kraft, das sie noch in sich spürte, schöpfte sie aus der Nähe von Eberhard, aus der Wärme seines Leibes, die in den kalten Winternächten ihr Lebenselixier war. Aber auch aus der vagen, nicht ausgedachten und schon gar nicht ausgesprochenen Hoffnung, dass aus ihren Lebenstrümmern irgendwann einmal in fernen Zukunftstagen doch noch neues Glück, wenigstens aber neue Sicherheit für ihr Leben entstehen würde.

Sie zog die schäbige Decke enger um den Rücken, in die Eberhard und sie sich eingewickelt hatten. Sie saßen auf einem umgestürzten Baum, den sie vom Schnee befreit hatten, hielten einander umklammert und spendeten einander die Wärme, die ihnen geblieben war. Obwohl das nächste Lagerfeuer keine zehn Schritt entfernt loderte, bibberten sie vor Kälte.

Die Silvesternacht lag in der Mitte der Raunächte, einer Zeit, in der sich das Landvolk in den kleinen Dörfern besonders fürchtete, Tage voller Schrecken und dunkler Magie, die Zeit des Jahres, da die Finsternis am längsten währt.

Das gute Dutzend Frauen und Männer aus dem Trupp, das um das eine Lagerfeuer saß, kannte an diesem Silvesterabend nur ein Thema, die *Wilde Jagd,* auf dass diejenigen, die schon vor Kälte bibberten, auch noch vor Angst zu bibbern begannen. Jeder hatte etwas dazu zu sagen.

»Kammesierer Eberhard!«, rief der Klenker Dammo. Klenker war die Bezeichnung für eine besondere Art von Bettelei. Eberhard hatte diese Begriffe zuvor nur vage gekannt, und erst in den letzten Monaten waren sie ihm vertraut geworden – allzu vertraut. Ein Klenker war einer, der sich an die Kirchenportale stellte und so zurechtgemacht war, dass die Gläubigen annahmen, er wäre verkrüppelt, hätte Bein oder Arm oder Hand verloren. Viele Klenker waren auch wirklich verkrüppelt, und es gab sogar welche, die sich von Krüppelmachern eigens verstümmeln ließen, um umso glaubhafter betteln zu können.

»He, Kammesierer!«, rief Dammo abermals, als Eberhard nicht reagierte. Dammo war nicht wirklich verkrüppelt. »Scholar! Hörst du nicht?«

Eberhard tauchte aus seiner dumpfen Brüterei auf. Gertrudis rieb seinen Unterarm und seine eisige Hand. Was eigentlich eine zärtliche Geste zweier Liebender war, war für sie nichts als eine alte Gewohnheit aus Kindertagen. So glaubten sie jedenfalls.

»Dammo? Du gehst mir auf die Nerven mit deiner ständigen Fragerei!«, erwiderte Eberhard unwirsch. »Was willst du denn?«

»Hör dir unseren Neuen an!«, sagte der Schwanfelder abschätzig. »Wie weit er's Maul aufreißt, nur weil er ein paar Wörter krakeln kann.« Er erinnerte sich schon selbst nicht mehr an seinen Namen, er war einfach der *Schwanfelder.* Schwanfelder waren diejenigen Bettler, die sich nackt und zitternd und jämmerlich weinend vor den Kirchen niederließen, übersät mit roten Pusteln, die sie sich mit Nesseln selbst beibrachten.

»Schwanfelder, warum hältst du nicht einfach dein stinkendes, zahnloses Maul?«, entfuhr es Eberhard.

»Man sollte ihm seine große Klappe polieren, diesem Großmaul«, zischte der Schwanfelder hasserfüllt. »Scheint, er hält sich für was Besseres.« Er lachte gallig. »Aber ist am Ende doch nur ein schwaches Würstchen.«

»Halt die Klappe, Schwanfelder!«, sagte Dammo der Klenker. »Willst du, dass du vom Meister schon wieder ein paar übers Maul bekommst?«

Eberhard schaute den Schwanfelder triumphierend an und schämte sich im gleichen Augenblick, dass er sich mit einem solchen Abschaum überhaupt auf eine Auseinandersetzung einließ.

Der hässliche Schwanfelder war nicht der Einzige aus dem Haufen, der Eberhard hasste. Er war eifersüchtig auf den Scholar, weil er in der Gunst des Anführers stand, und beneidete ihn, weil für seine Kammesierer-Kunst die Leute mehr als für die betrügerische Bettelei bezahlten, die ihresgleichen ausübten.

Die Bettler waren rau und primitiv, hinterlistig, schmutzig und brutal, und wenn sie eins und eins zusammenzählen konnten, dann war das schon viel. Es gab keinen unter ihnen, der nicht für einen Heller oder einen Schluck Wein seine eigene Mutter verkauft hätte. Sie waren missgünstig und hatten allesamt einen heimtückischen, verschlagenen Charakter. Eberhard fand es widerwärtig, wenn sie sich die Läuse aus den verfilzten Haaren pulten und dann in den Mund steckten. Diese hässlichen Löcher, die ihre Münder waren! Stinkend, mit braunen Zähnen oder schwarzen Zahnstümpfen. Und der Gestank, den sie auch sonst verbreiteten, Männlein wie Weiblein!

Nur eines verband sie, dass sie Santana hündisch gehorchten – solange er dafür sorgte, dass sie wenigstens ab und zu etwas zu beißen hatten.

Eberhard hatte das Gefühl, dass er ständig beobachtet wurde, besonders von den Weibern. Die meisten Weiber in Santanas Gauklerhaufen glaubten, er wäre ein Mönch, der unkeusch gesündigt hatte und mit seinem ebenso unkeuschen Weib nun zur Strafe als Vogelfreier übers Land ziehen musste. Wieder andere Frauen sahen in ihm den verstoßenen Grafensohn, der seiner unglücklichen Liebe hinterhergerannt und von seinem Vater enterbt worden war. Nicht wenige der Frauen aus dem Haufen hätten etwas darum gegeben, Eberhard mal eine Nacht lang auf den Zahn zu fühlen. Da war viel Kopfschütteln unter den Frauen des Gauklerhaufens, und immer mehr Hass bei den Männern, die merkten, wie sehr Eberhard Unruhe unter sie brachte.

Zu weiterer Missgunst bot Gertrudis Anlass: Seit kurzem ging sie als Biltregerin, als eine Frau, die sich unter ihren Kleidern so ausstaffierte, als wäre sie schwanger, und die so als angebliche werdende Mutter ihren Obolus erbettelte. Und sie machte ihre Sache nicht schlecht! Es lag offenbar an ihrem Blick, eine Art Sehnen und inbrünstiges Bitten, das die Männer und auch die Frauen veranlasste, ihr ein Almosen zuzustecken, auf dass ihnen dies im Himmel angerechnet werden würde. Keine der anderen Frauen hatte so viel erbettelt wie Gertrudis, und das beim ersten Versuch …

Alle, die um das Feuer herum versammelt waren, wurden zusehends nervöser. Wer fürchtete nicht die Raunächte? Nächte, in denen die Tiere redeten und ein schreckliches Totenheer über den Himmel zog. Unter dem lauten Klang von Unheil verkündenden Posaunen wie denen, die in Jericho erklungen waren, zogen erbarmungslose Krieger, schaurige Pferde mit feurigen Augen, die grausame, eisige Frau Holle und im Gefolge ihre Hexen und Hunde im Gewölk des Himmels zur Schlacht.

Es begann stark zu schneien, und der Boden gefror bereits. Mitternacht war nicht mehr fern, die schlimmste Stunde der Raunacht, vor der sich alle am meisten fürchteten, auch Eberhard und Gertrudis. »Und wenn die Wilde Jagd kommt«, sagte Dammo mit seiner näselnden Stimme, so als wollte er sich selbst Mut machen, »und man lässt Tür und Fenster auf, so stürmt der schwarze Jäger durch das Haus und macht alles kaputt, was nicht niet- und nagelfest ist!«

Es war eisig. Die kalte Luft schnitt in die Lungen. Alle horchten gen Himmel, so als ob sie dort etwas von der Wilden Jagd vernehmen könnten.

»Wenn du das wilde Gjaid hörst, musst du dich ganz schnell auf den Boden werfen und Arme und Beine kreuzen!«, sagte Kutzow. Er war einer der dicken Kraftmenschen aus dem Slawenland, die immer nur auf großen Jahrmärkten Geld verdienten und deswegen in der Hierarchie des Haufens ziemlich weit unten angesiedelt waren. Jetzt aber hingen alle an seinen Lippen und warteten gespannt darauf, was er sonst noch Gruseliges von dieser Wilden Jagd zu erzählen hatte.

Kutzow erzählte, wie ein Freund von ihm, dessen Namen er nicht nennen durfte, den weisen Ratschlag befolgt und sich im letzten Augenblick auf die nasse, kalte Erde gestürzt hatte: »Do ritt schon die wilde Meute über ihm weg, und er wandt' seinen Blick do nach oben und was er do sah, das ließ ihm das Blut gefrieren in den Adern, und der Reiter do auf dem riesigen Schimmel, das war doch der leibhaftige Teufel!« Alle schwiegen entsetzt, während die Mitternacht immer näher rückte. »Und do folgte ihm eine Horde von schreckeinflößende Gestalten.« Grimmig versank der slawische Kraftmensch in Schweigen.

Mit einem Mal war es still.

Plötzlich aber kam ein Wind auf, und alle zuckten zusammen. Mit einem Mal schien die Luft noch eisiger zu sein. Immer dichter fiel der Schnee, und inzwischen war die Waldlichtung, auf der sie lagerten, mit einer geschlossenen Schneedecke überzogen. Eberhard drängte sich noch enger an Gertrudis, obwohl es enger eigentlich nicht ging. Und doch froren beide erbärmlich unter der klammen Decke, die sie um die Schultern hatten, und beide zitterten, ebenso überzeugt davon, dass die Wilde Jagd gleich über sie hinwegfegen würde, wie alle anderen.

Eberhard erinnerte sich wieder daran, was sein Vater in den Raunächten getan hatte: Um die Teufel, Dämonen und Hexen abzuwehren und um sie unschädlich zu machen, nahm Hinkmar als der Hausherr die Räucherpfanne mit heller Glut, streute Kräuter und Zweige darauf, die wohl rochen, wenn man sie verbrannte, und ging damit durch das Bauernmeisterhaus, durch Stall und Hof. Walther als sein Erstgeborener ging mit ihm vorweg und sprengte Weihwasser nach allen Seiten, ihnen folgten die Mutter und die beiden jüngeren Kinder und am Schluss die Mägde und Knechte. »So schützen wir Mensch und Vieh und Hab und Gut vor den Mächten des Bösen«, sprach der Vater geheimnisvoll, und keiner war dabei, dem nicht ein Schauer über den Rücken gelaufen wäre.

»Do muss mer rückwärts gehen unds Maul halten, sonst nimmt die Wilde Jagd dich mit«, bekräftigte Kutzow.

Obwohl der slawische Kraftmensch Kutzow sonst von keinem ernst genommen wurde, weil er noch dümmer war als die meisten anderen, hielten in diesem Augenblick seine Zuhörer den Atem an.

Auch Eberhard und Gertrudis waren angespannt. Denn wenn Eberhard auch nicht daran glaubte, dass es all die Geistererscheinungen wirklich gab, von denen die Spuk- und Gespenstergeschichten der Ammen erzählten – die Kobolde, Hexen, Zwerge und Drachen und was sonst noch –, so spürte er doch, dass es zwischen Himmel und Erde Dinge gab, die sich mit dem Menschenverstand nicht fassen ließen. Ganz besonders in einer solchen Nacht, in der nach dem alten Glauben des Volkes das Geisterreich offenstand und die Seelen der Verstorbenen und die Geister Ausgang hatten in die wirkliche Welt.

Eberhard spürte, dass Gertrudis zitterte. Sie versuchte es zu unterdrücken, wollte nicht schwach sein an diesem Tag, aber es gelang ihr nur mühsam. Und auch Eberhard zitterte, weil er am Ende seiner Kräfte war. Und dabei standen die langen Monate des Winters erst noch bevor!

»Hört ihr das?« Der Schwanfelder sprang auf und warf die Decke in den Schnee.

Alle erstarrten, lauschten, und die Frauen hielten sich die Hand vor den Mund, um nicht zu schreien. Und tatsächlich war ein Getrappel und Getrommel aus dem Wald zu hören, das ihnen allen die Haare zu Berge stehen ließ.

»Eberhard, halt mich fest«, sagte Gertrudis verängstigt. So voller Furcht war sie selten, und er selbst war kurz davor, in Panik zu verfallen.

Die Wilde Jagd, ging es ihm durch den Kopf, die Wilde Jagd, die Wilde Jagd. Und dass sie sich auf den Boden werfen müssten, wenn sie denn kam.

Es musste Mitternacht sein! Alle spürten, dass die Geisterstunde begonnen hatte. Plötzlich stand Santana an ihrem Feuer. »*Stupido!*«, herrschte er den Schwanfelder an. »Es ist nur ein Rudel Hirsche, oder was weiß ich. Oder Wildschweine«, sagte er leise, und mit einem Mal sprach er mit einem stärkeren Akzent. Auch seine Stimme bebte.

»Ja. Rotwild. Oder Säue«, bekräftigte Dammo mit zitternder Stimme und machte sich selber Mut, indem er auf lächerliche Weise das Grunzen von Schweinen nachmachte.

Es war Neumond, und der Himmel war so schwarz, wie er nur sein konnte. Was konnte dort oben nicht alles geschehen! Eberhard spürte das Pochen von Gertrudis' Herz. Konnte man nicht die Wolkengebirge erkennen, zwischen denen die höllischen Heerscharen ritten? Der unheimliche Wind wurde immer heftiger und ließ sie alle noch mehr zittern.

Und dann fuhr die Wilde Jagd tatsächlich über die Lichtung dort im Spessartwald. Wie aus heiterem Himmel fegte eine heftige Sturmböe über den Lagerplatz, Donner grollte, ohne dass es blitzte, und alle zogen die Köpfe ein, die Kinder und ein paar Frauen begannen zu schreien, und selbst den gestandenen Männern stand die Angst ins Gesicht geschrieben.

Eberhard hielt Gertrudis in diesem Augenblick so eng umfangen wie niemals zuvor – und anders als zuvor. Denn als der geisterhafte Donner verklungen war und nichts weiter geschah, spürte er ihre kalten Lippen auf den seinen, und er zuckte nicht zurück und verschloss sich nicht, so als wäre es die letzte Sekunde ihres Lebens und als würde die Wilde Jagd ihnen im nächsten Augenblick die Herzen aus der Brust reißen.

IX

Gertrudis

1156

17. Martius, am Tage St. Gertrudis

»Der Eiserne Landgraf ist in Italien, zusammen mit unserem König Friedrich.«

Der Schmied schaute nur kurz von seiner Arbeit auf, deutete mit dem Daumen nach hinten in Richtung des Burgbergs. Bunte Fahnen und Girlanden flatterten im Wind – zum Baubeginn des größten Palas, den eine Burg diesseits der Alpen je gesehen hatte, würde es ein riesiges Fest geben. Und obwohl der Eiserne Landgraf Ludwig nicht persönlich zugegen sein konnte, weil er den staufischen König nach Rom begleitete, wo er vom Papst zum Kaiser gekrönt werden sollte, würde es ein wirklich großes Fest sein. Dafür würde schon Judith sorgen, seine edle Gemahlin, die wegen ihrer höfischen Lebensart im ganzen Alten Reich berühmt war.

Mit Judith war das Landgrafengeschlecht von Thüringen geradezu erblüht. Sie war die schöne Halbschwester des schwäbischen Königs, und der Landgraf liebte sie.

Der Flecken, der sich unterhalb der Burg ausbreitete, bestand ursprünglich aus drei Marktsiedlungen, die inzwischen fast zu einer Stadt verschmolzen waren. Anders aber als Fulda, wo Abt Markward starke Stadtmauern und Tore und Türme errichtet hatte, waren diese Siedlungen noch unbefestigt und durch Palisaden und Wälle mehr schlecht als recht vor feindlichen Übergriffen geschützt.

Es war zehn Tage vor Ostern und drei Tage vor Palmsonntag, als ihr Haufen Eisenach erreichte. Immer mehr Handwerker der verschiedensten Zünfte aus dem ganzen Reich zog es in die Siedlung, wo man sogar eine eigene Münze hatte; es war nur noch eine Frage von Jahren, bis sie endlich eine richtige Mauer und die Rechte einer Stadt bekäme.

Eberhard fühlte sich von Anfang an wohl in Eisenach, und auch der Anführer des Haufens fand, dass sie gut daran getan hatten, auf die Boten zu hören, die durch das ganze Land zogen und die Gaukler der Gegend aufforderten, zur Grundsteinlegung des neuen Palas nach Eisenach zu kommen.

Eisenach war eine Stadt im Aufbruch. Der Eiserne Landgraf Ludwig hatte die Zügel so fest in der Hand, dass es schien, als wäre er selbst da, obwohl er im fernen Italien an der Seite Friedrichs weilte. In Italien nannte man den König Barbarossa – Rotbart. Dieser Name hatte sich auch im Reich diesseits der Alpen schnell verbreitet, weil er so voller Wohlklang war und weil er gut zu diesem strahlenden König zu passen schien, der in wenigen Wochen Kaiser sein würde.

Der Schmied schaute sie einen Augenblick lang fragend an, aber als er sah, dass sie nichts weiter von ihm wollten, widmete er sich wieder dem glühenden Hufeisen, mit dem er ein Ritterpferd beschlug. Der hochnäsige Knappe, der das Pferd gebracht hatte, stand daneben und tat so, als wären die Gaukler Luft, die dem Schmied nach langer Verhandlung zuerst ein paar eiserne Nägel abgekauft hatten und dann von ihm hatten wissen wollen, was mit dem Landgrafen war.

Eberhard schaute Santana von der Seite an. »Wir müssen hoch zur Burg. Sehen, ob sie uns brauchen können.«

»Oben auf der Burg können sie einen Scholar wie dich sicher nicht gebrauchen. Die haben selber eine gute Hofkapelle, lass es dir gesagt sein. Aber auf dem Markt hier in der Stadt, da wirst du Arbeit haben.«

»In der Stadt? Ich dachte, dass wir alle auf die Burg gehen?«, fragte Eberhard enttäuscht.

»Warte es doch ab«, erwiderte Santana und wog die eisernen Nägel in der Hand. »Ich weiß es auch nicht.«

Sie verabschiedeten sich von dem wortkargen Schmied, der aber nur etwas Unverständliches in seinen dichten Bart grummelte, und verließen seine Schmiede. Draußen auf der belebten Straße schienen Leute aus aller Herren Länder unterwegs zu sein. Die Boten der Landgräfin Judith hatten ganze Arbeit geleistet, und es gab niemanden im Umkreis von fünfzig römischen Meilen, schon gar keine Gaukler, die nicht gewusst hätten, dass am Palmsonntag in Eisenach gefeiert wurde.

Eberhard fühlte sich so wohl wie schon lange nicht mehr. Die schlimmsten Monate des kalten Winters, als sie nicht wussten, ob sie überhaupt überleben würden, schienen vorüber zu sein. Er hatte das Gefühl, endlich wieder Boden unter den Füßen zu haben, und lachte jetzt manchmal auch wieder. Er war die rechte Hand Santanas, niemand im Haufen zweifelte mehr an seiner Autorität, und er hatte das sichere Gefühl, dass er diese Lebenssituation, so schwer sie auch anfänglich schien, meistern und zum Guten wenden würde.

Und auch Gertrudis, die im Lager auf ihn wartete, konnte er wieder mit anderen Augen ansehen …

8. Aprilius, Palmsonntag

Der Himmel, der sich über dem Richtfest entfaltete, war makellos blau, nur ganz weit im Osten der Wartburg türmten sich ein paar Wolkengebirge. Der Bergrücken, auf dem der Palas errichtet wurde, war schwarz von Menschen. Santana und sein Haufen hatten sich am Rand der Menschenmenge eingefunden. Alle Fahrenden warteten gespannt darauf, dass es endlich losging mit dem Gauklerrummel. Die großen Feste wie dieses hier zu feiern, das lag ihnen im Blut.

Der festliche Gottesdienst, der zur Grundsteinlegung des Palas inmitten der mit Fahnen und Blumen geschmückten Baustelle abgehalten wurde, ging seinem Ende entgegen. Die Leute aus dem fahrenden Volk reckten die Hälse, versuchten, einen Blick auf die Herren und ihre edlen Damen zu erhaschen, die Großen des Reiches, die vorn auf der Tribüne Platz genommen hatten. Ein Chor von Mönchen intonierte das Schlussgebet. Es roch nach Weihrauch und nach Frühling. Die Bäume, die den Burgberg umstanden, schienen nur darauf zu warten, ihre neue Kraft entfalten zu können.

Die drei bewaffneten Männer der Landgräfin kamen so plötzlich auf sie zu, dass sie nicht einmal dazu kamen, sich zu überlegen, ob sie einfach davonlaufen sollten. Eberhard hatte in den Monaten seiner Wanderschaft die Gewohnheit der Gaukler angenommen, sich zuerst einmal zu ducken, der Selbstschutz der Rechtlosen. Er spürte, dass Gertrudis, die direkt neben ihm stand, seine Hand griff. Auch sie erschrak noch immer, wenn Büttel unverhofft auftauchten.

Da war der Italiener, ihr Anführer, schon abgebrühter. »Ihr wünscht, edle Herren?«, fragte er die Büttel. Die Männer hatten den Löwen auf der Brust, das rot-weiß-blaue Wappen der Landgrafen von Thüringen, das inzwischen im großen Deutschen Reich fast jedermann kannte.

»Ihr seid Santana Fiorentino?«

Der Anführer nickte. »Wenn Ihr nichts dagegen habt, meine Herren.«

»In Eurem Haufen soll es einen Scholar geben ... einen Schreiber, der etwas von seinem Handwerk versteht.«

»Einen Schreiber?« Santana zog die Schultern hoch und schaute zugleich verstohlen zu Eberhard hinüber. »Und wenn es so wäre?«, fragte der Anführer. »Ist das verboten?«

»Unsinn!«, sagte der Oberste der landgräflichen Männer ungeduldig. »Wir wollen niemanden anklagen und auch niemanden festnehmen. Also ... habt Ihr einen Schreiber unter Euch?«

»Ich bin der Schreiber.« Eberhard trat hervor.

Der Oberst schaute ihn naserümpfend an. »Ihr? Unser Kaplan ist krank.«

»Ich verstehe.«

»Ach ja? Kann ich mir nicht vorstellen.«

Eberhard lächelte. »Herr ...«

»Winrich. Junker Winrich.«

»Also, Herr Winrich. Ich habe viele Jahre lang ein Klosterarchiv geleitet, und kann mir sehr wohl vorstellen, was es bedeutet, wenn euer Kaplan ausfällt.«

»Der ist nicht der Einzige.«

»Was heißt das?«

»Nicht nur der erste Kaplan, sondern die gesamte Hofkapelle ist ausgefallen, Herr, die gesamte Hofkapelle des Landgrafen, alle seine drei Kapläne! Und das wegen eines verdorbenen Fischs. Sie haben alle zusammen verdorbenen Fisch gegessen.« Der Mann rang die Hände. »Also, könnt Ihr und wollt Ihr der Landgräfin helfen? Oder sollen wir jemand anderes fragen?«

»Traust du dir das zu? Eine ganze Kanzlei zu ersetzen?«

»Ich weiß, was das an solchen Tagen bedeutet«, sagte Eberhard selbstbewusst. »Bei großen Festen und Wallfahrten haben wir im Archiv immer am meisten zu tun gehabt. Da treffen sich die Herren und schließen bei dieser Gelegenheit auch gern ihre Verträge ab.«

»Es waren immerhin drei Kapläne, drei, die sich im Augenblick die Seele aus dem Leib kotzen«, sagte der Oberst mit einem spöttischen Grinsen im Gesicht und zeigte die Drei mit der Hand.

Eberhard lachte gelassen. »Ich für meinen Teil hasse Fisch.« Er schien sich seiner Sache bereits gewiss zu sein.

»Wir sagen also der Landgräfin, dass wir das übernehmen können?«, fragte Santana vorsichtig.

»Aber sicher!«, erwiderte Eberhard übermütig.

»Also gut«, sagte Santana zu dem Büttel. »Ihr könnt der Landgräfin sagen, dass wir schon keine Wucherpreise nehmen werden, nicht wahr, Eberhard?«

»Ich weiß, welcher Preis angemessen ist«, sagte Eberhard. »In meinem früheren Leben habe ich nichts anderes getan, als solche Urkunden zu schreiben.«

»Gut«, sagte der Oberst und schaute Eberhard für einen Augenblick abschätzig an. Offenbar wusste er nicht, was er von diesem seltsamen schreibkundigen Landfahrenden halten sollte. »Wartet, bis die Messe vorbei ist, dann kommt ihr dort vorne an den rot-weiß gestreiften Ehrenbaum.« Der Oberst deutete in Richtung der Tribüne.

»Machen wir!«, rief Santana den Männern der Landgräfin hinterher.

Vorn am behelfsmäßigen Altar, wohl zweihundert Schritt von den Gauklern entfernt, konnte man die goldenen Roben der Erzbischöfe und Bischöfe schimmern sehen sowie die prächtigen, pelzverbrämten Kleider der Herzöge und Grafen und ihrer Gemahlinnen, die es sich alle nicht hatten nehmen lassen, bei diesem großen höfischen Ereignis dabei zu sein, von dem die Leute landauf, landab noch monatelang reden würden. Der Herold der Landgräfin hatte an mehreren Stellen auf dem Festplatz voller Stolz die Liste der hohen Herren verlesen, die zur Grundsteinlegung des Palas gekommen waren.

»Kannst du das wirklich?«, fragte Santana, als die Männer der Landgräfin außer Sicht waren.

»Wenn ich es dir doch sage, kannst du es mir ruhig glauben.«

»Mache deine Arbeit gut, und du wirst den vierten Teil der Einnahmen erhalten. Genauso viel, wie dir nach altem Gauklerrecht zusteht.«

»Du vertraust mir also?«

»Ja, ich vertraue dir«, erwiderte Santana. »Also geh los, tue deine Arbeit. Und noch eins …«

»Ja?«

»Ich bin froh, Eberhard«, sagte Santana in einem geradezu liebevollen Tonfall, »ich bin froh, dass wir beide uns über den Weg gelaufen sind.«

Es war erstaunlich, wie viele Urkunden ausgeschrieben werden mussten beim Grundsteinlegungsfest der Wartburg. Der ganze Adel des Umlandes war gekommen, und keiner schien sich die Gelegenheit nehmen lassen zu wollen, anstehende Rechtsgeschäfte abzuschließen.

Eberhard arbeitete ohne Unterbrechung. Er war in seinem Element. Er fühlte sich zurückversetzt an sein Schreibpult im Archivhaus von Fulda, in die besten Zeiten seines Lebens, als er noch Gottes Fälscher war.

Er hatte das ganze verwaiste Schreiberzelt in Besitz genommen, in dem eigentlich die drei Kapläne der landgräflichen Kanzlei hätten Urkunden ausfertigen sollen. Auf dem soliden, festen Tisch, der eigens aus der alten Burg herbeigeschafft worden war, ließ es sich gut schreiben. Vor seinem Tisch waren einige hölzerne Bänke aufgestellt sowie ein einzelner Stuhl aus dem Arsenal des abwesenden Landgrafen, der besonders illustren Kunden vorbehalten war. Die Landgräfin war sehr darum bemüht, den Wünschen ihrer höfischen Gäste nachzukommen. Sie ließ es sich nicht nehmen, persönlich im Zelt vorbeizuschauen und dem merkwürdigen Schreiber bei der Arbeit zuzuschauen. Sie nickte zufrieden und wandte sich dann wieder ihren zahllosen Gästen zu, die alle gekommen waren, um sie zur Grundsteinlegung des Palas zu beglückwünschen. Es würde bis in den Nachmittag dauern, bis sie jeden Segenswunsch entgegengenommen und mit jedem ihrer Gäste und Vasallen ein Wort geredet hätte.

Der Andrang im Schreibzelt war groß. Die meisten bemerkten gar nicht, dass Eberhard nur Ersatz für die erkrankten Kapläne war. Im Hintergrund sorgten Santana, Gertrudis und der Oberknecht der Thüringischen Landgrafenkanzlei für Nachschub an Pergamenten und anderen notwendigen Dingen wie Tinte, Kreide oder Bimssteine zum Radieren. Ein Knecht notierte auf einem Wachstäfelchen haargenau, was an Pergamenten aus den Vorräten der Burg verbraucht und an den Gauklertrupp geliefert wurde, denn hinterher würde aufs Genaueste abgerechnet werden. Nichts im Leben war umsonst.

»Der Nächste!«

Eberhards Feder flog nur so über das Pergament, und dennoch waren die Buchstaben, die er aufzeichnete, präzise und stechend scharf geschrieben. Viele Gäste der Grundsteinlegung und etliche Gaukler umlagerten gaffend den Schreibstand und schauten dem Schreiber voller Bewunderung zu, wie er eine Urkunde nach der anderen schrieb. Nicht wenigen kam er wie ein Magier vor, und es gab etliche abergläubische Leute, die sich angesichts dieser schwarzen Schreibkunst bekreuzigten … Eberhard arbeitete wie in Trance, endlich fühlte er sich wieder wie der Fälscher Gottes, der den *Codex Eberhardi* geschaffen und seinen Namen damit verewigt hatte.

Wieder hatte einer auf dem Lehnstuhl Platz genommen – Eberhard blickte kurz auf, kannte den Mann jedoch nicht. »Der Graf von Hessen, Heinrich Raspe, der Zweite seines Namens, ein Bruder des Landgrafen«, flüsterte Santana mit angehaltenem Atem. »Welche Ehre!«, setzte er liebdienerisch hinzu.

Eberhard, der es von seiner früheren Tätigkeit her gewohnt war, hochrangige Adelige als Kunden zu haben, arbeitete hingegen gelassen und ohne sich aus der Ruhe bringen zu lassen. Der hessische Graf Raspe spürte die Weltläufigkeit von Eberhard und entspannte sich sichtbar, als ihm klar wurde, dass der Schreiber ein Meister seines Fachs war.

Gertrudis beobachtete ihn die ganze Zeit voller Bewunderung; Eberhard war wie verwandelt, mit einem Mal wirkte er selbstbewusst und schien ganz in seiner Aufgabe aufzugehen. Ihr wurde es heiß ums Herz, wenn sie den Eifer sah, mit dem er mit den Oberen sprach, die seine Kunden waren, seine Dienste in Anspruch nahmen. Und er beschränkte sich nicht darauf, einfach aufzuschreiben, was sie ihm sagten, sondern gab kluge Ratschläge, schlug treffendere Formulierungen vor, wusste um Einleitung, Begründung, Ausschmückung, Beglaubigung und Abschluss von rechtskräftigen Urkunden, die auch in hundert oder zweihundert Jahren und darüber hinaus noch Bestand haben würden. Das alles war nicht eben selbstverständlich bei einem Schreiberling, der von der Straße kam und der in einem Gauklertrupp mitreiste, und es sprach sich auf dem Fest schnell herum, dass man hier zu einem günstigen Preis eine hervorragend verfasste, verlässliche Rechtsurkunde bekommen konnte.

Heinrich Raspe war mit einem jungen Mann gekommen. Er wollte dem jungen Mann, den er als einen Grafen Sowieso vorstellte, ein kleines Gut in der Nähe von Hersfeld zu Lehen geben. Eifrig machte sich Eberhard daran, diesen Lehensakt zu beurkunden.

Gertrudis sah, wie verliebt der hessische Graf Heinrich und der junge Mann heimlich waren. Sie verspürte keinerlei Abscheu darüber, dass es offensichtlich zwei Sodomiter waren, die eine Todsünde begingen. Sie dachte vielmehr, dass die Kirche Gott falsch verstanden haben musste. Eines war in ihrem Glauben immer klar gewesen: Wahre Liebe wurde den Menschen von Gott geschenkt, konnte also keine Sünde sein, nicht einmal zwischen Männern.

Gertrudis wusste, dass sie mit dieser Ansicht ziemlich allein war, und sie fragte sich, was Eberhard davon halten würde. Sie nahm sich vor, ihn später danach zu fragen, wusste sie doch, dass er einer war, mit dem man über solche Dinge offen reden konnte, ohne scheel angesehen zu werden oder gleich in den Verdacht zu geraten, eine Hexe zu sein.

Sie spürte so intensiv wie niemals zuvor, wie sehr sie Eberhard liebte, als er dort konzentriert an seinem Tisch saß und die kostbare, ausgeschmückte Urkunde für Heinrich Raspe ausfertigte, dann das Siegelwachs an der Kerze schmolz, ehe er es in einer geübten Bewegung auf der Urkunde aufbrachte. Lächelnd und mit glücklichen Augen siegelte der Bruder des Thüringer Landgrafen das Schriftstück mit seinem Ring. Der junge Mann und der Graf legten die Hände ineinander, und damit war die Belehnung rechtsgültig und verbindlich.

Es folgten weitere Beurkundungen dieser Art. Manche der Kunden schauten irritiert auf Eberhards Äußeres, das ja mehr dem eines Bettlers als dem eines Magisters glich, aber wenn sogar Heinrich Raspe darüber kein Wort verloren hatte, sahen auch sie darüber hinweg.

Währenddessen bereitete Gertrudis alles vor und sorgte dafür, dass Eberhard ohne Unterbrechung seine Arbeit tun konnte: Sie rührte Tinte an (Eberhard hatte es ihr beigebracht), prüfte, ob die Pergamente auch gut beschreibbar waren, und beseitigte, wenn es erforderlich war, mit dem Schaber kleine Unebenheiten. Es gefiel ihr, in dieser Weise für ihn da zu sein, und auch Santana, der sah, dass unter Gertrudis Obhut alles reibungslos geschah, war höchst zufrieden.

Als gerade nichts für Gertrudis zu tun war, nahm Santana sie beim Arm und zog sie zur Seite. »Woher kannst du das alles?«

»Ich habe es mir von Eberhard abgeschaut.«

»Du machst das wirklich gut, Frau.« Er warf ihr einen schmachtenden Blick zu, so als wäre er ein bisschen eifersüchtig auf Eberhard.

»Er ist ein guter Lehrmeister«, sagte Gertrudis und deutete zu Eberhard hinüber, der gerade leise fluchte, weil ihm ein Urkundenbesteller gerade etwas Falsches diktiert hatte, das er jetzt mühevoll mit Hilfe des Bimssteins wieder tilgen musste.

»Er ist ein Meister«, sagte Santana. »Ich habe noch nie jemanden gesehen, der so sehr eins war mit den Buchstaben und mit der Schrift und der so gut Lateinisch kann wie dein Eberhard.«

Gertrudis lächelte und legte impulsiv den Arm um Santanas Schultern, und der ließ es sich gern gefallen, schmiegte sich geradezu in die Umarmung. »Eberhard ist etwas ganz Besonderes, aber er selbst zweifelt immerzu an sich, an Gott, an der Welt.«

»Du kennst ihn schon lange?«

»Ja, wir kennen uns seit Kindertagen.«

»Du musst ihn wirklich sehr, sehr lieb haben«, sagte Santana, er war jetzt ganz der gefühlvolle, romantische Italiener.

Gertrudis schlug die Augen nieder.

»Lange Jahre wusste ich das nicht«, sagte sie ausweichend. »Ich war lange Jahre wie tot.«

Eberhard reichte die neuerlichen Einnahmen nach hinten an Santana weiter, der den Betrag sorgfältig aufschrieb und in seiner Truhe verstaute.

»Dein Eberhard wird heute eine ganz schöne Stange Geld verdienen«, sagte Santana. »Es ist ein außergewöhnlicher Mann mit außergewöhnlichen Fähigkeiten. Vielleicht besänftigt es seinen Stolz, dass er endlich wieder etwas wert ist.«

»Ich hoffe es, ich hoffe es wirklich«, erwiderte Gertrudis. »Weißt du, Santana, das ist es, glaub ich, was an seiner Seele nagt: Dass er irgendwie glaubt, er ist nichts mehr wert.«

»Wenn eine es ihm zeigen kann, dass er etwas wert ist«, flüsterte der Italiener, »dann bist du es, Gertrudis.« Die Tochter von Rochus lächelte. »Ich bin ganz zuversichtlich, dass er es bereits selbst erkannt hat, wenn nicht, werde ich ihm auf die Sprünge helfen ...« Sie schaute den Anführer so tiefgründig aus ihren dunkelgrünen Augen an, dass dieser den Blick niederschlug.

»Kannst du dich eigentlich noch daran erinnern, wie schön du früher gesungen hast, ganz früher meine ich, wenn wir zusammen im Wald waren?« Eberhard wusste gar nicht, wie er so unvermittelt darauf kam.

Nach diesem ungewöhnlich erfolgreichen Fest auf der Wartburg waren sie ziemlich erschöpft in das Lager zurückgekehrt. Eberhard saß vor dem Zelt, das er mit Gertrudis teilte und in dem jeder seine eigene Decke hatte, und starrte in die Flammen des Lagerfeuers.

»Ich kann mich kaum noch daran erinnern.«

Gertrudis klang müde und kühl. Sie konnte es kaum länger ertragen, dass Eberhard sie immer nur wie eine Schwester behandelte, wo sie doch längst wie seine Frau dachte. Sie hasste seine Sturheit und Dickköpfigkeit, seine Dumpfheit und Dickfelligkeit, wenn es um Gefühle ging, vor allen Dingen um ihre Gefühle. Merkte er wirklich nichts, oder wollte er nichts merken? Er war ein solcher Holzklotz! Am liebsten hätte Gertrudis ihm einfach mal rechts und links eine Backpfeife gegeben, damit er wach würde. Aber auch das würde wahrscheinlich nichts nutzen, es würde den Mann nur noch trotziger, halsstarriger und mürrischer machen.

Dass er immer an sich selbst zweifeln musste! Immer musste er das Haar in der Suppe suchen, und es schien fast so, als traute er sich selber nicht richtig über den Weg.

Dass er sich jetzt an das Singen erinnerte: Das hätte sie diesem Holzklotz gar nicht zugetraut! Plötzlich hatte sie wieder seinen unverwechselbaren Geruch in der Nase, der ihr so sehr gefiel.

»Du kannst dich kaum noch daran erinnern? An unseren Zaubersee?«, wollte Eberhard wissen.

Die Nacht war empfindlich kalt. Fast schien es so, als wollte der Winter sich noch einmal aus seinem Frühlingsgrab erheben. Ganz sanft fielen ein paar Schneeflocken aus dem Eisenacher Himmel. Ab und zu war noch Musik zu hören, die aus dem alten Rittersaal der Wartburg herüberwehte; dort feierten die Landgräfin und ihre erlauchten Gäste ein großes Fest, und nur Spaßmacher, Musikanten, Geschichtenerzähler von großem Ruf hatten Zutritt. Die Leute aus Santanas Haufen gehörten aber nicht dazu.

»An deiner Frage sieht man, wie wenig du mich damals gekannt hast und wie wenig du mich heute kennst«, erwiderte Gertrudis mit Bitterkeit in der Stimme. »Wie kannst du nur glauben, dass ich unsere Stunden am Zaubersee vergessen hätte? Du Dummkopf! Es sind die schönsten Stunden in meinem Leben gewesen. Was glaubst du, woran ich mich festgehalten habe, als ich dir auf deinem Weg gefolgt bin, bis ich dich endlich in Köln gefunden habe?«

Eberhard wollte gerade etwas erwidern, als Santana auftauchte. Überschwänglich bedankte er sich bei Eberhard für die Einnahmen, die er dem Haufen beschert hatte. Santana schwenkte eine klimpernde Geldkatze vor Eberhards Augen. »Fünf Schilling, dein Anteil, *Kammesierer* Eberhard.« Er sagte das so vernehmlich, dass alle in der Nähe es hören konnten. Die Umstehende blickten alle zu Eberhard, die meisten anerkennend, andere wiederum neidisch. »Unser Scholar! Die Landgräfin lässt dir ausdrücklich ihren Dank ausrichten. Auf ihrer Burg, so sagte sie, sind selten so schöne und gefällige Urkunden geschrieben worden, mit so viel Geschick in der Formulierung und in der Wortwahl.«

Ein Raunen, ein *Oh!* und ein *Mein Gott!* ging durch die Reihen der Gaukler, insbesondere der weiblichen. Ein solches Lob, von einer so berühmten Person! Das war schon ganz etwas Besonderes, fast so etwas wie ein Ritterschlag.

Aber Eberhard schien sich gar nicht so richtig dafür zu interessieren. Er war müde und abgearbeitet. Seine Augen brannten, die Hand tat ihm weh. Er nahm die Geldkatze von Santana entgegen, bedankte sich beiläufig und reichte sie an Gertrudis weiter.

Santana zuckte mit den Schultern und ging zu seinem Zelt zurück, wo eine feurige Jüdin auf ihn wartete. Die Akrobatin war berühmt war für ihre erstaunlichen Verrenkungen, und Santana hatte sie mit einem Teil von Eberhards Einnahmen aus einem anderen Gauklerhaufen abgeworben.

21. Septembris, am Tage St. Matthäus Evangelist

Der Sommer ging vorüber, ein ungewöhnlich heißer und trockener Sommer, unter dem das Land ächzte. Nach Mariä Himmelfahrt wurde es endlich kühler. Ein schöner Altweibersommer begann.

Santanas Haufen hatte sich geteilt. Die meisten Bettler unterstellten sich einem anderen Führer und versuchten ihr Glück den Main hinauf in Richtung Würzburg. Die anderen zogen unter der Führung des schillernden Italieners von der Frankfurter Messe weiter, den Rhein hinab und vorbei an der Loreley und der Stadt Boppard. Eberhards Stellung in Santanas Gauklertrupp hatte sich immer mehr verfestigt, und seine Stimmung wurde zuversichtlicher und hoffnungsvoller.

Die Trübheit und Melancholie, die seinen Geist umfangen hatten, wurden wie Nebelschwaden vom frischen Wind dieser Wochen aus seinem Gehirn davongeblasen. Er schaute nach vorn, nicht mehr zurück, und konnte sich gar nicht mehr vorstellen, wie finster und ohne Hoffnung die Monate nach seiner Flucht aus Fulda gewesen waren, in denen er an sich und der Welt so sehr verzweifelt war, dass er mehr als einmal daran gedacht hatte, von eigener Hand aus dem Leben zu scheiden. Nur der Gedanke an Gertrudis hatte ihn davon abgehalten, die er nicht allein zurücklassen wollte.

Der umherziehende Haufen war ihre Familie geworden, und ihre Heimat waren die Straßen und die Wege des Reiches.

Eberhard und Gertrudis hatten in diesen Wochen das immer deutlicher werdende Gefühl, dass sie wieder festen Boden unter den Füßen gewannen, ein Gefühl von Sicherheit und Geborgenheit, das ihnen so sehr gefehlt hatte.

Am Vorabend von St. Matthäus Evangelist kamen sie nach Linz, einem kleinen, beschaulichen, rechtsrheinischen Städtchen zehn Meilen stromaufwärts von Köln. Das Städtchen gehörte dem Erzbischof von Köln und dem Grafen von Sayn und war von einer neuen Mauer mit vier Tortürmen umgeben. Sie kampierten oberhalb der Stadtmauer, in Sichtweite der Kirche und des Friedhofs von Linz, etwas abseits in einem von steilen Bergen gesäumten Tal, oberhalb dessen schon der wilde und sturmumtoste Westerwald begann, ein finsteres Land, fast gänzlich unbevölkert.

Endlich standen die Zelte. Santana war zufrieden. Der Gauklerhaufen war frohgemut, denn in der Stadt hatten sie die neueste Nachricht aus Rom gehört, die sich entlang des Rheins in Windeseile ausgebreitet hatte.

»Sie haben ihn endlich, endlich, endlich zum Kaiser gekrönt, den jungen, starken Friedrich!«, rief Mali Wagunda begeistert und tanzte um das Lagerfeuer herum, wo auf einem Eisenkessel eine dünne Suppe kochte.

»Er ist endlich Kaiser?«

»Der Staufer, hat er's geschafft?«

»Gut! Gott segne das Land!«

Mali war eine junge, schlanke und große, dunkelhäutige Musikantin, die wunderbar Laute spielen und singen konnte und die erst seit ein paar Wochen bei den Gauklern war.

Obwohl sie afrikanischen Ursprungs war, war sie eine glühende Verehrerin des neugebackenen Kaisers, der in Rom durch Papst Hadrian zu den höchsten Würden der Christenheit erhoben worden war.

Mali war offenbar nicht die Einzige im Haufen Santanas, die

begeistert war vom Kaiser, dem Imperator des Heiligen Römischen Reiches. Es gab viele Zeitgenossen, die den Kaiser schon jetzt verehrten wie einen jungen Gott. Besonders bei den Armen und den Verfemten, den Bettlern, den Fahrenden, den Gauklern wurde Friedrich wie ein Heilsbringer angesehen. Der junge Kaiser war ein Hoffnungsstern in einer dunklen Nacht, und man erzählte sich von den Wundern, die durch Friedrichs Königsheil bewirkt wurden.

Alles schien möglich.

Freudestrahlend drückte Eberhard Gertrudis' Hand. »Alles wird gut!«, rief er. »Ich weiß es.« Gertrudis lachte.

Eine neue Zeit schien angebrochen, die nach Aufbruch schmeckte. Barbarossa war anders als die Kaiser und Könige der Vergangenheit. Er war jung, stattlich, keiner zweifelte seine Macht an, und er war das Haupt und das Herz des Abendlandes.

Die Musikanten des Trupps griffen zu ihren Instrumenten und begannen zu spielen. Die Frauen und die Kinder sangen mit und tanzten um das Feuer. Auch Santana war ausgelassen.

»Ich fühle mich befreit«, sagte Gertrudis.

»Wegen unserem Kaiser?«

»Wegen allem. Wegen unserem Leben. Wegen dem Kaiser. Weil die Sonne scheint.«

»Du hast Recht. Es hat sich etwas geändert.«

»Sieh nur, wie fröhlich die Leute sind. Sogar Santana tanzt.«

Der Italiener bemerkte, dass die beiden ihm zusahen. Er lachte und kam auf sie zu, einen Becher voller Wein in der Hand. »Feiert mit, ihr zwei!«, rief er. »Es würde euch wirklich nicht schaden, wenn ihr etwas aus euch herausgehen würdet.« Lachend ergriff er die Hand seiner schönen Favoritin, der jüdischen Tänzerin, die ihm seit Wochen kaum von der Seite wich.

»Schön und gut«, sagte Eberhard. »Wenn ich sein italienisches Temperament hätte, würde ich vielleicht auch mehr aus mir herausgehen, so wie er.«

Gertrudis schmiegte sich an ihren Gefährten. »Das brauchst du nicht. Ich finde es viel besser, wenn du einfach nur du selbst bist.«

Ein wenig später setzten sie sich unauffällig von Santanas Haufen ab und verließen das Gauklerlager. Gleich hinter dem Lager führte ein steiler, schattiger Weg steil hinauf auf einen von einem großen Kreuz bekrönten Bergrücken, der das Städtchen überragte und der ziemlich jäh zum Rhein herabfiel. Ohne große Worte gingen sie hinauf, während unten im Rheintal in jeder Kirche und in jeder Kapelle die Glocken geläutet wurden. Die Nachricht von Friedrichs Kaiserkrönung war bis ins letzte Haus gedrungen.

So lange hatten sie keinen Kaiser mehr gehabt. Seit dem Tode von Kaiser Lothar dem Bayern vor fast zwanzig Jahren hatte das Heilige Reich keinen Imperator mehr, keinen Nachfolger des heiligen Karl. Mit Friedrichs Krönung schien eine neue Zeit angebrochen zu sein. Die Demütigung von Canossa war getilgt. Kaiser Friedrich Barbarossa war das unumstrittene Haupt des ganzen christlichen Europa, und selbst die Könige der Mauren, der Muslime, der Slawen und der Nordmänner huldigten ihm.

Gedankenverloren erreichten Eberhard und Gertrudis das Kreuz oben auf dem Linzer Berg. Sie hatten von Santanas Wein getrunken und waren erhitzt.

»Ist es nicht schön hier?«, fragte Eberhard.

»Besonders schön ist, dass du bei mir bist.« Gertrudis schmiegte sich in seine Umarmung.

Ihr Blick fiel auf das sonnendurchflutete Tal und auf die fruchtbare Ebene, die jenseits des Stroms lag und die die *Goldene Meile* genannt wurde. In der Mitte der Ebene, etwas abseits vom Rheinstrom, lag auf einer kleinen Anhöhe ein weiteres Städtchen friedlich im Sonnenlicht. Sie hatten gehört, dass der Kaiser dort eine Pfalz besaß, die er nach seiner Wahl schon mehrmals besucht hatte. Sinzig hieß das Städtchen, und die ganze Gegend war dorthin geströmt, als Friedrich in ihren Mauern weilte, Tausende von Menschen.

Ein kleiner Fluss namens Are mündete hier in den großen Strom; er kam von den Eifelbergen herab und hinterließ eine braune Schlammspur im Rhein, die sich in Richtung Cölln allmählich verlor.

Vor drei Tagen waren sie noch auf Burg Drachenfels gewesen, in Sichtweite des heiligen Köln mit seinen unendlich vielen Kirchen, die im Dunst wie mahnende Finger Gottes aus der rheinischen Ebene herausragten. Im Hof hatten sie kampiert und den Herrschaften ihre Darbietungen gezeigt. Sie hatten erfahren, dass es besser sei, im Augenblick nicht nach Köln zu gehen. Die Schwarze Pest tobte dort, eine der vom Teufel geschickten Krankheiten, denen man wo immer möglich aus dem Wege ging.

Eberhard hatte auf Drachenfels viel zu tun gehabt, es gab wie auf jeder Burg eine Menge Urkunden, die kopiert werden wollten, und einen fahrenden Schreiber von so großen Qualitäten wie Eberhard fand man nur selten, sodass die Aufträge nicht ausblieben.

Eng umschlungen gingen sie weiter, tiefer in den dichten Wald hinein. Eberhard spürte die wohlige Wärme, die vom Körper Gertrudis ausstrahlte, und er fühlte sich so wohl wie lange zuvor nicht mehr.

Wieder erreichten sie eine Stelle mitten im Wald, wo dunkelblaue Felsen gleichsam aus der Erde herauswuchsen und wo sich von neuem ein Blick ins sonnenüberstrahlte Rheintal eröffnete. Einen Moment lang blieben sie stehen und versanken in den atemberaubenden Anblick, der sich ihnen bot.

Im Wald hoch über dem Rhein fanden sie eine Lichtung, die vom hellen Sonnenlicht dieses Septembers bestrahlt wurde. Silberbuchen reckten sich in den Himmel, dazwischen waren Büsche, überall streckten Farnpflanzen ihre großen Blätter wie flehende Hände dem Licht entgegen. Weiches grünes Moos lud zum Verweilen ein. »Wollen wir uns hier ausruhen?«, fragte Gertrudis und sah Eberhard von der Seite an.

Eberhard, der ebenso nervös war wie Gertrudis, nickte nur. Lange waren sie nicht mehr so allein gewesen, fort von dem Rummel des Gauklertrupps. Rundum war nichts als Natur: Vogelgezwitscher, das Zirpen der Grillen, das Summen von Bienen und Mücken. Ein kräftiger, irdener Geruch entstieg dem Waldboden. Eberhard entdeckte einen dicken Käfer, der ein richtiges Geweih hatte, ein angriffslustiger Kerl, den er lachend mit zwei Fingern packte und in hohem Bogen ins weglose Unterholz warf.

»Ein Bett aus Moos«, sagte Eberhard. »Wie für uns gemacht.«

Sie umarmten einander, sanken auf das weiche Moos zurück. Gertrudis löste ihr Kopftuch, warf es achtlos beiseite, schüttelte ihr Haar, das von der Sonne helle Strähnen bekommen hatte. Eberhard fand, dass es sie noch anziehender machte.

Gertrudis lachte und zeigte auf Eberhards Bart. »Da sind schon weiße Fäden drin!«, rief sie. »Wir werden langsam alt.«

»Ich vielleicht«, brummelte Eberhard. »Du gewiss noch nicht.«

Gertrudis senkte in gespielter Bescheidenheit den Blick und sah ihn dann wieder kokett an.

Eberhard bog den Kopf ein wenig zurück und hielt sie auf Armeslänge von sich, ließ den Blick über ihre Gestalt wandern, so als betrachtete er sie an diesem Tag zum ersten Mal. Sie trug ein weites Kleid, das in der Taille von einen Gürtel gehalten wurde, darüber einen Umhang mit Kapuze sowie neue Schnürschuhe. Ihre und auch die Kleider, die er selbst am Leib trug, hatte Eberhard in Königswinter gekauft. Die anderen aus dem Trupp waren blass vor Neid geworden, als sie mit den neuen Leinenkleidern ankamen.

»Woran denkst du? Du machst plötzlich so ein nachdenkliches Gesicht?«, fragte Gertrudis. Sie löste sich aus seiner Umarmung.

»Ich habe Angst, dass wir einen Fehler machen, den wir vielleicht hinterher bereuen werden.« Er nahm ihr Gesicht zwischen die Hände und schaute ihr tief in die dunkelgrünen Augen. Mit dem Daumen streichelte er ihre Wange, und als er sah, dass sich eine kleine Träne auf ihre Wange verirrt hatte, küsste er sie weg. »Ich will nicht, dass du wegen mir eine Träne vergießt«, flüsterte er.

»Es ist eine Träne des Glücks.«

»Des Glücks? Worüber bist du glücklich? Über unser Lager aus Moos? Ist es nicht schlimm, dass wir kein anderes Lager haben? Kein Dach über dem Kopf? Ist es nicht schlimm, dass …«

»Psst!« Gertrudis legte ihm den Finger auf die Lippen. »Psst! Beschreie es nicht! Wenn du unsere ganze Zukunft beschreist, dann wirst du niemals glücklich werden, und ich werde zusammen mit dir unglücklich bleiben.«

Sie schmiegte das Gesicht in Eberhards Hände, die es liebevoll umfassten. Er küsste ihre Wangen, ihren Hals und endlich auch den Mund. Den Mund nicht so, wie er ihn oftmals geküsst hatte, sondern leidenschaftlicher.

»Ich liebe dich«, hauchte Gertrudis.

Es war wie eine Erlösung, als ihre Lippen sich mit seinen Lippen verbanden und danach die Zungen einander umspielten, so als wäre es das erste Mal, dass sie so etwas erlebten. Über ihnen schrie eine Krähe, die sich offenbar gestört fühlte in ihrem Revier.

Plötzlich löste sich Eberhard von ihren Lippen und sah sie abermals an. Sein Blick war tief und innig. Es war ein großes, ein gottgewolltes Gefühl, das in diesem Augenblick sein ganzes Inneres umfasste, jenseits von Vernunft und Willen.

Er wusste, dass er liebte.

Es konnte nicht anderes sein, und er wusste plötzlich, dass es schon immer so gewesen war.

Gertrudis streichelte mit der Fingerspitze über sein Kinn mit dem gestutzten Bart. Auf einem Krammarkt hatte er von einem fliegenden Händler eine kleine, ziemlich scharfe Barbierschere gekauft; wenn nichts vorhanden war, in dem er sich spiegeln konnte, vertraute er Gertrudis, die ihm genaue Anweisungen erteilte, wie er den Bart stutzen sollte.

»Du berührst meine Seele«, sagte er leise.

»Ich habe dich schon immer geliebt, weißt du das?«

»Und ich dich.«

Wieder waren ihre Gesichter einander gegenüber, versanken ihre Augen ineinander. Es war, als würden Engelsflügel ihre Seelen berühren. Eberhard dachte an die Liebesgeschichte zwischen Abälard und Heloise. Immer hatte er die Unbedingtheit der beiden bewundert, und jetzt wusste er, dass auch seine Liebe unbedingt war.

Es war Zeit, die Deckung zu verlassen und sich zu öffnen. Viel zu lange hatte er sich hinter seiner unsicheren Existenz verschanzt.

»Mein Herz ist bis jetzt ein einsamer Ort gewesen«, sagte er leise und begann sich seiner Kleider zu entledigen. »Viel zu lange.«

Gertrudis schaute ihn mit einem sehnsuchtsvollen Blick an, einem Blick, der den Himmel verhieß, ein sinnlicher, erregender Blick.

»Du ziehst dich aus?«

»Ja, wie du siehst, Liebste, und es wäre schön, wenn du es auch tätest …«

»Gut. Du hast Recht. Warum nicht?«, sagte sie in neckendem Ton.

Sie knieten voreinander, während sie ein Kleidungsstück nach dem anderen ablegten. Die Sonne schien geradewegs in Eberhards Gesicht, sodass er blinzelte und es ihm schwerfiel, sich ungestört in Gertrudis Anblick zu vertiefen.

Als sie sich beide ihrer Kleider entledigt hatten, umarmten sie einander, spürten die nackte Haut des anderen und die wachsende Erregung.

»Niemals zuvor war ich so unsicher, während ich einem Weibsbild nahe war, wie jetzt mir dir. So unsicher und zugleich so voll Freude und Erwartung.«

Gertrudis lachte. »Soll das heißen, du vergleichst mich mit irgendwelchen Weibsstücken, die du schon einmal gehabt hast?«, sagte sie scherzend. »Dann können wir gleich damit aufhören, hörst du?«

»O nein, ich vergleiche dich mit niemandem, den ich jemals gekannt habe, das geht gar nicht, und weißt du, warum?«

Gertrudis hielt die Arme noch immer über ihren nackten Brüsten verschränkt und verbarg sie so vor Eberhards Blick. »Sag es mir«, flüsterte sie zärtlich. »Los, sag es mir!«

»Weil du unvergleichlich bist, Gertrudis.« Er lachte liebevoll. »Ich weiß, ich hätte es dir schon längst sagen sollen« – er streckte die Hand aus und umfasste zärtlich ihre Handgelenke, die sich vor ihren Brüsten kreuzten –, »aber ich war einfach zu feige, es dir zu sagen. Aber besser spät als nie ...«

Gertrudis ließ es zu, dass er ihre Arme wegzog. »Ein Glück, dass es nicht *zu spät* ist.«

Eberhard beugte sich über ihre Brust und küsste eine ihrer Knospen. »Warum haben wir uns nur so lange damit Zeit gelassen?«

»Ich weiß es selbst nicht. Wenn du sagst, dass du mich unvergleichlich findest, dann kann ich dir nur dasselbe entgegnen, du verrückter Kerl!« Sie stöhnte auf, als er den Mund zur anderen Brust beugte und auch die mit den Lippen liebkoste.

Eberhard zog das Kleid fort, das noch immer Gertrudis' Schoß bedeckt hatte. Dann ließ er den Blick über ihre Nacktheit wandern, langsam und voller Sehnsucht. Gertrudis lachte. Es machte ihr nichts aus, sich ihm so frei und zügellos zu öffnen. Eberhard spürte, dass auch er selbst jegliche Hemmung verlor, während er ihren schlanken, hellhäutigen Körper mit so vollkommen anderen Augen betrachtete als damals an ihrem Zaubersee, als sie nackt zusammen gebadet hatten.

Auch Gertrudis erkundete seinen Körper mit ihren Blicken, so als wollte sie jede Einzelheit in sich aufnehmen. Er war von den Entbehrungen der Wanderschaft ausgemergelt, aber noch straff, muskulös und sehnig. Auch an Gertrudis waren die Strapazen nicht spurlos vorübergegangen, unterhalb ihrer Brüste zeichneten sich die Rippen deutlich ab. Aber auch ihre Haut war noch straff und jung, und sie verströmte einen wohlriechenden Duft, denn als hätte sie es geahnt, was an diesem Tag kommen würde, hatte sie sich mit einem aromatischen Öl eingerieben.

Gertrudis lächelte. »Du siehst, ich schäme mich nicht vor dir. Ich bin so offen für dich wie die Erde für den Regen, der auf sie fällt.«

»Woher kennst du so wunderbare Worte?«

»Sie springen mir von selbst auf die Lippen, wenn du bei mir bist.«

»Ich liebe dich«, sagte Eberhard voller Leidenschaft. Er küsste sie, heiß und fordernd. »Ich liebe dich, oh, wenn du wüsstest, wie sehr ich dich liebe.«

Seine Hände wanderten über ihren Körper. Sie waren warm, und seine tiefen, festen Berührungen bereiteten ihr unendliches Wohlbehagen. Dann begann auch sie ihn anzufassen, dort, wo es ihm am besten gefiel, und er war steif und fordernd und warm. Sie umfasste sein Geschlecht fest und bestimmt und doch zärtlich, und es erregte ihn über die Maßen.

Warum hatten sie nur so lange damit gewartet?, schienen ihre Augen zu fragen, als ihre Blicke sich trafen.

Als er endlich in sie eindrang, war es wie eine Erlösung.

Sie schauten sich dabei so tief in die Augen, dass es schmerzte, und er wusste, dass er diesen Blick niemals vergessen würde. Als er ihr jetzt aus nächster Nähe in die Augen sah, da ihre warme Nässe sein Geschlecht wohlig umgab und willkommen hieß und sie so laut aufstöhnte und glücklich war – da wusste er, dass sich etwas in seinem Leben erfüllt hatte, an das er schon nicht mehr glaubte.

Was danach kam, war so, als hätten sie es hundertmal miteinander gemacht, als wären ihre Körper füreinander geschaffen.

Der Weg hinab ins Tal von Linz war steil und ging durch dichten Wald. Alles war nass von dem Regenguss, wie sie selbst. Aber es hatte aufgehört. Von unten war das Klappern der Mühlen zu hören. Von den Blättern dampfte die Feuchtigkeit. Alles war grün und prall von Leben. Es war wie im Paradies.

»Wäre es nicht schön, wir kämen vom Himmelsberg, von unserem Zaubersee, und wir würden zurückkehren in unser Dorf, und alles wäre so schön und so gut, wie es einmal gewesen ist?«

Gertrudis nahm Eberhards Hand. »Bist du denn jetzt unglücklich?«

»Nein, natürlich nicht!« Eberhard lächelte sie von der Seite an und schaute ihr glücklich in die Augen. »Wie könnte ich jetzt unglücklich sein?«

»Ach, Liebster, bei dir ist doch wohl alles möglich.« Sie legte ihren Arm in seine Armbeuge. »Wir haben das Glück doch in uns, wo sonst?«, fragte sie leise. »Wir tragen es in unserem Herzen mit uns herum.«

»Sicher. Und doch ist eine Heimat zu haben auch ein Glück.«

Sie ergriff Eberhards Hand und blieb stehen, suchte seinen Blick. »Gut. Ich verstehe sehr wohl, was du meinst«, sagte sie in bestimmtem Tonfall. Zugleich glättete sie Eberhards Kleider und entfernte kleine Zweige und Moosreste, die an ihnen hafteten. »Ein Mann braucht seinen Boden und seine Scholle, um glücklich zu sein.«

Er nickte.

»Und eine Frau braucht ein Haus, das sie hüten kann, ein Heim, wo sie die Herrin ist, um glücklich zu sein.«

»Ich wünschte, ich könnte dir jemals ein Haus bieten, in dem du Herrin wärst. Ein Haus wie unser Bauernmeisterhaus.«

»Das jetzt wahrscheinlich Ordolf hat«, versetzte Gertrudis.

»Ja«, erwiderte Eberhard trocken. »Er wohnt dort, wer sonst? Ich war der Letzte der alten Bauernmeisterfamilie. Mich gibt es nicht mehr. Deine Familie ist jetzt am Zug. Niemand sonst als Ordolf hat das Bauernmeisteramt, bestimmt!«

»Ich weiß, wie gut er sich verstellen konnte, wenn er etwas erreichen wollte. Und eines sag ich dir: Er wollte von Anfang an der Herr sein über das Dorf. Das war sein größter Wunsch.«

»Damit werde ich mich niemals abfinden können. Himmel Herrgott!«

»Und was ist, wenn er für immer das Bauernmeisteramt innehat? Was ist, wenn wir *für immer* auf der Straße leben? Wenn Gott es so beschlossen hat? Was ist, wenn du dein ganzes restliches Leben lang als Kammesierer umherziehen musst, nur um hin und wieder auf den Burgen Urkunden zu schreiben für die hohen Herren? Ist das denn so schlimm, wenn wir beide dabei zusammen sind?«

Eberhard schaute Gertrudis fragend an. »Die einzige Möglichkeit, ein solches Leben ertragen zu können, ist, wenn du an meiner Seite bist«, sagte er dann. Er nahm sie in den Arm. Sein Blick fiel auf zwei Bäume unterschiedlicher Art, die am Wegesrand standen, nur wenig oberhalb der Stelle, wo der Waldessaum war und der Weg ins Tal des Hammerbaches mündete, der quer durch das Städtchen verlief. »Was ist dort?«, fragte Gertrudis, als sie Eberhards staunenden Blick gewahr wurde.

»Siehst du das nicht? Die beiden Bäume dort …«

Gertrudis' Blick folgte Eberhards ausgestrecktem Arm. Zuerst wusste sie nicht, was ihr Gefährte meinte, aber dann sah sie, dass die beiden unterschiedlichen Bäume, eine Buche und eine Pappel, sich einander zuneigten, und dort, wo sie einander am nächsten waren, waren zwei armlange Äste untrennbar miteinander verwachsen. Der eine Ast des schlankeren, jüngeren Baums hatte ein Loch geformt, durch das sich der Ast des älteren, reiferen Baumes geradezu hindurchgebohrt zu haben schien.

Gertrudis war zu Tränen gerührt. »Sie sind ein Gleichnis für uns«, sagte sie.

»Du siehst es also auch so.«

»Sie haben sich so viele Jahre zueinander gesehnt, und in dem Moment, da sie einander berührt haben, ist es eine Berührung auf immer und ewig. Nie wieder sind sie zu trennen, es sei denn, sie werden gefällt.«

»Wie langsam es geschehen sein mag, nicht nach Minuten und nach Stunden gemessen wie bei uns Menschen! So messen die Engel ihre Zeit!«

»Ich hätte dir gar nicht zugetraut, dass du so gefühlvoll bist, mein Liebster«, sagte Gertrudis erstaunt und angenehm berührt. »Ich kenne viele Seiten von dir – dass du übermäßig gut Gefühle zeigen kannst, gehörte bisher nicht dazu.«

Eberhard sagte nichts, spürte aber, dass sie Recht hatte. Und er spürte, dass eine verborgen geglaubte Welt von Gefühlen in seiner Brust zu neuem, hellem und buntem Leben erwacht war, und zwar genau in jenem Augenblick, da er sich Gertrudis mit Körper, Seele und Geist geöffnet hatte. Sie war wie ein Engel für ihn, gekommen, um ihn dem Leben zu öffnen.

»Aber könnten diese beiden Bäume glücklich sein ohne die Scholle, in der sie wurzeln?«, fragte Eberhard schließlich nachdenklich.

Er legte den Arm um Gertrudis' Taille und sie ihren um seine, und eng umschlungen legten sie den weiteren Weg zurück zur Talaue. Erst als sie in Sichtweite des Lagers waren, ließen sie einander los.

X

Brudermörder

1157

19. Martius, am St.-Josefs-Tag

»Was sollen wir dort? Was wollen wir bei den armen Schluckern in deinem Dorf?«, maulte Santana, während die Palisaden von Giesel in Sicht kamen. »Ich kann mir beim besten Willen nicht vorstellen, dass wir dort gute Geschäfte machen, heilige Muttergottes!«

»Die Flurschützen haben am Josefstag ihr Königsschießen«, erwiderte Eberhard. »Ein paar Pfennige werden wir schon verdienen.«

»Dein Wort in Gottes Ohr!«

Giesel.

Seine Heimat.

Widerwillig hatte Santana am Vorabend zugestimmt, dass sie mit einem Dutzend Mann nach Giesel gingen, damit Eberhard sein altes Heimatdorf besuchen konnte, unerkannt zwischen den Gauklern, Feuerschluckern, Akrobaten und Musikanten. Sein Gesicht hellte sich erst ein wenig auf, als sie unterwegs einigen festlich gekleideten Leuten begegneten, die mit ihren Fuhrwerken oder zu Fuß nach Giesel unterwegs waren, um dort beim Josefsschießen dabei zu sein.

Die anderen Männer und Frauen und die Kinder des Haufens waren in ihrem Lager vor den Toren der Stadt Fulda zurückgeblieben. Zuletzt waren sie in Hersfeld gewesen und hatten dort die Kirchweih der berühmten Klosterbasilika mit Tausenden anderen gefeiert.

Anschließend waren sie bei freundlichem Spätwinterwetter nach Fulda gekommen, wo am kommenden Palmsonntag, in nur fünf Tagen, der große Reichstag des neuen Kaisers und die Weihe des wiederhergestellten Doms stattfinden würden.

Alle Welt war nach Fulda unterwegs.

Der neue Kaiser! Der ganze Haufen fieberte auf den Augenblick hin, da sie den Kaiser sehen würden. In drei Tagen, am Freitag, wurde er in Fulda erwartet, und er war jetzt nicht mehr der schwäbische Herzogssohn Friedrich, sondern Kaiser Rotbart, der Bezwinger Europas, der Herr der Welt. *Fredericus rex et imperator* stand in einer Reihe mit Cäsar und Augustus, mit Karl dem Großen und Otto dem Großen, und es schien, dass die Fußstapfen, in die er da zu treten hatte, nicht zu groß waren für ihn, dem darüber hinaus – wie man so hörte – die Herzen aller Frauen zuflogen ... Noch eine Wegbiegung, und sie konnten Giesel sehen. Gertrudis war an Eberhards Seite. Sie trugen beide die Spaßmachermasken mit langen Nasen, so als würde das zu ihrem Gauklerauftritt dazugehören. Keiner konnte sie so erkennen.

»Tue es einfach mir zu Gefallen, Santana. Wie viele Urkunden haben wir in Hersfeld ausgestellt?«

»Langsam, langsam, ist ja schon gut. Du brauchst mich nicht ständig daran zu erinnern, dass du mein bestes Pferd im Stall bist.«

»Da sind wir!«

»Das also ist das Dorf, in dem du geboren worden bist«, sagte der Italiener und stemmte die Hände in die Seite. »Also, entschuldige, wenn ich dir zu nahe trete, aber im Vergleich zu meinem Florenz ist dein Giesel ganz schön mickrig.« Der Florentiner deutete lachend mit der Spitze seines schwarzen Bartes in Richtung des offenstehenden Dorftores und stieß Eberhard mit dem Ellenbogen in die Seite. »Und ihr habt beide tatsächlich nicht die geringste Ahnung, was hinter diesen Palisaden geschehen ist, seit ihr das letzte Mal hier wart?«

»Nein, Santana. Nicht die geringste Ahnung«, erwiderte Gertrudis.

Eberhard blieb mitten auf dem letzten Stück des Weges stehen. Am Tor zum Dorf nahmen sie eine flüchtige Bewegung wahr. Hunde schlugen an. »Gott muss mit dem linken Fuß aufgestanden sein, als er die Hunde erschaffen hat«, sagte der Trommler der Truppe aus leidvoller Erfahrung.

Eberhard starrte mit düsterem Blick in Richtung des Dorfes.

»Also, irgendwas stimmt doch nicht«, sagte Santana besorgt. »Du hast uns etwas verschwiegen. Irgendetwas ist dort passiert.«

»Ich weiß nicht, was du meinst.«

»Ich habe nie erfahren, warum du eigentlich bei uns auf der Straße gelandet bist, mein Freund.«

Eberhard spürte den Druck von Gertrudis' Hand in seiner. Sie war der einzige Mensch, dem er vom Mord an Walther und seiner Flucht erzählt hatte.

»Was ist denn los?« Die anderen Fahrenden blieben ebenfalls mitten auf dem Weg stehen, keinen Pfeilschuss vom Dorf entfernt, von wo aus man den Trupp von Gauklern mit Sicherheit schon entdeckt hatte. Die Hunde kläfften lauter. Keiner der Fahrenden fühlte sich dort auf dem Präsentierteller wohl. Sie waren unruhig und nervös.

»Worauf warten wir? Lasst uns endlich weitergehen«, sagte der Feuerschlucker.

Eberhard rührte sich nicht. Er war wie gebannt durch den Anblick des Gieseler Tals.

»Was ist das denn?« Santana deutete fragend in Richtung des Dorftores.

»Was denn?«

»Schau doch nur, dort am Tor!«

»Das ist doch ...«

Getragen von zwei äußerst kräftigen Knechten, kam eine kleine Sänfte auf sie zu, wie sie gewöhnlich Geistliche benutzten, die sich keine Kutsche leisten konnten. Vorn gingen ein paar Feldschützen, und hinter der Sänfte schritten ein paar bewaffnete junge Männer in ledernen Kleidern einher, die Speere mit kleinen Fähnchen mit sich führten. Die Wurfspieße waren fast zwei Klafter lang und entsprechend schwierig zu balancieren. Dahinter waren Knechte mit einem halben Dutzend zähnefletschenden Hunden.

Die schwarze, nicht sehr geräumige Sänfte hatte große Fenster, deren Vorhänge zurückgezogen waren. Die Sänfte kam genau auf sie zu. Die Trageknechte setzten das Gefährt mitten auf der Straße vor ihnen ab. Aus der Nähe konnte man gut erkennen, dass die kleine Sänfte schon wesentlich bessere Zeiten erlebt hatte. Etliche Schrammen verunzierten sie, und an vielen Stellen war sie geflickt und ausgebessert worden.

»Verneigt euch vor Ordolf von Giesel!«, rief einer der Knechte. Ein anderer öffnete den quietschenden Verschlag der Sänfte – und da stand er vor ihnen: Ordolf, Rochus' Sohn und Gertrudis' Bruder.

»Mein Bruder«, sagte Gertrudis entgeistert. »Als wenn ich es geahnt hätte.«

»Dein Bruder?« Der Italiener rollte verzweifelt mit den Augen. »Was hat denn das jetzt schon wieder zu bedeuten?«

»Mein Gott. Er ist tatsächlich Bauernmeister geworden«, sagte Eberhard bitter.

»Was hast du anderes erwartet?«, flüsterte Gertrudis nüchtern, während sie sich wie die anderen der Aufforderung beugte und sich vor Ordolf verneigte.

Ordolf war noch fetter geworden, und sein Gesicht war voll wie der Mond, bleich und hässlich. Wenn nicht die fletschenden Hunde und die bewaffneten Männer gewesen wären, dann hätten sich die Gaukler vermutlich gekringelt vor Lachen beim Anblick des feisten, unbeholfenen Bauernmeisters, aber stattdessen kroch eine unheimliche Furcht in ihren Hinterkopf, so als wäre Ordolf von einem bösen Fluch belegt, der bis zu ihnen hin ausstrahlte.

Santana Fiorentino versuchte es wie immer zuerst mit seiner schmeichlerischen Art. »Ihr also seid der Bauernmeister Ordolf, von dem wir auf dem Weg hierher schon so vieles gehört haben«, sagte er galant und zog seinen Hut mit der langen Feder, die ihn als den Anführer kennzeichnete.

Verdutzt hielt Ordolf inne. Das waren eitle Worte, wie er sie selten zu hören bekam.

»Soll ich die Hundemeute loslassen?«, fragte einer der jungen, finsteren Männer, die zu Ordolfs Leuten gehörten.

»Nein, lass!« Ordolf schnäuzte sich. »Seine Worte gefallen mir.« Dann schaute er Santana mit einem unerwartet durchdringenden Blick an. »Und trotzdem«, sagte er scharf, »trotz aller schönen Worte: Was wollt ihr hier?«

»Wir sind Leute eines Spielmannshaufens«, sagte Santana treuherzig. »Sieht man das nicht?«

»Dass Ihr der Anführer eines Spielmannshaufens seid, das sehe ich wohl an eurer Feder. Seid Ihr etwa wegen unseres Königsschießens hier?«

»Ich will ehrlich sein: Wir sind wegen des Kaisers hier, Herr Bauernmeister. Aber heute ist der Kaiser noch nicht da, und da habe ich mich in Fulda umgehört, in welchem Dorf wir unsere Künste zeigen könnten und wo etwas los wäre.«

»Ach, ja? Wo etwas los wäre?«, sagte Ordolf lauernd. Ihm gefiel zwar offenbar sehr, was er von Santana hörte, aber er wollte es genau wissen und war misstrauisch.

»Alle, die ich gefragt habe, haben gesagt, es wäre wirklich etwas los in Eurem Dorf, Bauernmeister. Dass Ihr heute Schützenfest habt, heute am Josefstag. Man hat mir gesagt, Eure Schützen tragen ein Wettschießen mit der Armbrust aus.«

Plötzlich hörten sie von ferne Anfeuerungsrufe, dann Jubelgeschrei.

Ordolf lächelte. »Sie haben schon heute Mittag damit angefangen. Ihr kommt mir gerade recht mit euren Künsten, ihr Herren

Gaukler und Spaßmacher.« Sein Blick fiel auf Gertrudis, ohne dass er ahnte, wer sich unter der Gauklermaske verbarg. »Und natürlich auch die Gauklerweiber – seid mir willkommen! Wir haben die Feldschützen von Großenlüder und von Johannesberg als Gäste hier und auch einiges Volk aus den Nachbardörfern.« Er fuhr sich mit der Zunge über die aufgedunsenen Lippen.

»Ihr seid offenbar ein sehr beliebter Mann, Bauernmeister«, flötete Santana.

»Ich gebe zu«, erwiderte Ordolf geschmeichelt, »dass es unserem Schützenfest ein bisschen an Glanz gefehlt hätte, wenn Euer Haufen nicht gekommen wäre, Meister …?«

»Santana«, sagte der Anführer galant und zog nochmals seinen Hut mit der gelben Feder. »*Per cortesia, Santana Fiorentino.*«

Ordolf lachte schallend, so als hätte Santana einen schlüpfrigen Witz erzählt. Seine Augen glänzten. Er hatte anscheinend schon ziemlich dem Wein und dem Schnaps zugesprochen. Aber das war an einem Schützentag nichts Besonderes.

»Also, ich lade Euch ein, Euch alle!«, rief Ordolf. Er löste seine Lederkatze vom Gürtel und kramte eine Münze hervor. »Hier, nehmt das schon mal!«

»Ich danke Euch!«, sagte Santana, verbeugte sich und erkannte mit einem Blick, dass er einen wertvollen silbernen Kölner Denar in der Hand hielt. Sein Gesicht hellte sich auf. »Ich danke Euch *sehr.*«

»Kommt zu uns, feiert mit uns, zeigt uns, dass ihr euch darauf versteht, Spaß zu machen und Musik und Gaukelei!«

»Ich danke dir«, sagte Gertrudis zu dem aufgeweckten Jungen, der ihr den hölzernen Becher gebracht hatte. Sie kannte den Jungen nicht und gab ihm die versprochene Belohnung: Für einen kurzen Augenblick lüftete sie ihre Gauklermaske und gewährte dem kaum achtjährigen Jungen einen kurzen Blick auf ihr Gesicht. Dann schaute der Junge scheu zu Eberhard hinüber.

»Ich danke dir«, sagte Gertrudis. »Du bist wie ein galanter Ritter.«

Der Junge wurde rot, strahlte aber gleichzeitig übers ganze Gesicht. Sie standen etwas abseits vom Geschehen, in der Nähe des Gieselbachs, denn bald hatten sie erkannt, wie anstrengend es war, dass man von ihnen das Possenreißen erwartete und sie immerzu aufforderte, frech und respektlos und derb zu sein. Doch das waren sie beide nicht.

»Du kannst mir noch einen anderen Gefallen tun, Junge. Du kannst mir sagen, was mit der lahmen Therese ist, die im Bauernmeisterhaus wohnt.«

Das Gesicht des Jungen veränderte sich. Seine Augen verengten sich. »Die lahme Hexe?« Plötzlich starrte er Gertrudis fast feindselig an. »Die wohnt immer noch da«, sagte der Junge, drehte sich auf dem Absatz um und lief davon, in Richtung des Wettschießens.

Nach einem Dutzend Schritten blieb er noch einmal stehen und wandte sich um. Seine Feindseligkeit war offenbar nur von kurzer Dauer gewesen. Jedenfalls war sie schon wieder ganz aus seinem Gesicht verschwunden. »Ich wusste ja gar nicht, dass du eine Frau bist, Hanswurst!« Er lachte, so als würde er ein großes Geheimnis mit Gertrudis teilen. »Leg den Becher dort ins Gras, wenn du getrunken hast! Ich hol ihn mir dann wieder.«

Gertrudis nickte, schöpfte dann im Gieselbach den Holzkrug voll und brachte ihn zu Eberhard. »Hast du gehört? Theresa ist noch immer im Bauernmeisterhaus.«

»Das heißt, sie lebt also, und das ist das Wichtigste«, sagte Eberhard erleichtert.

»Hier, trink!«

»Ich danke dir, mein Herz.«

»Aber pass auf, dass sie dein Gesicht nicht sehen, wenn du deine Maske zum Trinken hochschiebst.«

Eberhard nickte und setzte den Becher an. »Mein Hals ist schon vollkommen trocken.«

»Ich freue mich so sehr, dass deine Schwester noch am Leben ist«, sagte Gertrudis zärtlich.

Eberhard nickte und schaute sie voller Liebe an, unendlich dankbar, dass sie zu seinem Leben gehörte. Mit ihr hatte er das Gefühl, dass er der Welt die Stirn bieten konnte. »Willst du auch?« Er reichte ihr den halbleeren Becher zurück. Das kühle Wasser des Gieselbachs schmeckte noch immer herrlich, und er meinte sein Wasser von dem aller Bäche der Welt unterscheiden zu können.

»Ja, gib her.« Gertrudis trank ebenfalls einen großen Schluck.

»Ich befürchte, ich habe keine Gelegenheit, in das Bauernmeisterhaus zu gelangen«, sagte Eberhard. »Ich habe gesehen, dass scharfe Hunde frei im Hof herumlaufen, und der Eingang zum Haupthaus ist ständig bewacht, so als wäre es die Burg eines adeligen Herrn.«

Gertrudis nahm seinen Arm. Von fern beobachteten sie das Königsschießen, bei dem gerade die letzten, entscheidenden Runden begonnen hatten. Oben an der alten Linde hatten die Männer des Dorfes einen großen Verschlag gebaut, Zelte errichtet, in denen etliche Leute saßen, Zielscheiben aufgestellt und große Feuer entfacht, sodass das Schießen auch in der jetzt beginnenden Dämmerung und später in der Dunkelheit noch weitergehen konnte.

»Wenn wir doch wenigstens wüssten, wie es meiner Schwester geht«, sagte Eberhard. Er war froh, dass Gertrudis seine Sache zu der ihren gemacht hatte.

»Ich glaube, dass Ordolf Angst vor ihr hat. Er wagt nicht, sie anzurühren, so als wäre sie von einem rachsüchtigen Geist besessen. Und warte ab, Liebster. Auch wenn es heute nicht möglich sein sollte – ich spüre es im Bauch, dass du sie wiedersehen wirst«, sagte Gertrudis. Sie deutete auf ihr Herz. »Ich spüre es genau.«

Eberhard sah nur ihre dunkelgrünen Augen in den schmalen Schlitzen der Spaßmachermaske, die genauso aussah wie seine eigene Maske. Sie bedeckte die obere Hälfte des Gesichtes bis halb über den Mund, sodass nur die untere Lippe zu sehen war. Das sah schon ziemlich komisch aus. Die Maske war weiß und rot und gelb lackiert, hatte kleine spitze Hörner und eine äußerst lange Nase, die vorn rot angemalt war. Alle Spaßmacher hatten solche oder ähnliche Masken, damit die Leute wussten, dass sie sich auf was gefasst machen mussten.

Aber weder Eberhard noch Gertrudis beherrschten das Spaßmacherhandwerk, denn ihre Maske war ja nur Tarnung. »Jetzt scheint einer getroffen zu haben«, sagte Gertrudis, als vom Schießstand Jubel herüberklang. »Willst du etwas näher hingehen?«

Ordolf saß an dem großen Tisch, an dem er sonst die Gerichtsverhandlungen unter der Dorflinde führte. Man sah, dass er sich wie der König fühlte. Er schien sich verändert zu haben. Sicher war er noch genauso grausam und hinterlistig wie früher, dachte Eberhard, ein Tierquäler und Gewaltmensch; so etwas wächst sich nicht aus. Aber er hatte jetzt etwas zu verlieren. Viel zu verlieren. Man sah, dass er bequem geworden war. Allein an der Sänfte konnte man das erkennen und daran, wie füllig er inzwischen war. Er lebte wie die Made im Speck.

Es gab Beifall für den Feuerschlucker, dessen Spektakel jetzt, da es dunkel wurde, umso beeindruckender war. Die Musikanten des Gauklerhaufens durften sich keine Pause gönnen, und sie wollten es auch nicht. Immer wieder wanderte der eine oder andere Denar oder Pfennig in den Hut, den sie rundgehen ließen, und da sie erfahrene und weit herumgekommene Musiker waren, gab es kaum ein Volksstück, kaum einen Gassenhauer, kaum ein Trink- und kaum ein Liebes- oder Spottlied, das sie nicht aus dem Stegreif spielen konnten.

Was war das für eine Gaudi, zumal die Gieseler ansonsten eher bescheidenere Kunst gewohnt waren! Männer, Frauen, Kinder –

alles wollte tanzen, als die Musikanten das beliebteste Lied anstimmten, das man im Heiligen Reich kannte. Überall im Land konnte man *Ich sollt eine Nonne werden* singen hören, sodass den Gieselern das Lied, obwohl es ganz neu war, schon wie eine gute alte Bekannte vorkam. Eberhard und Gertrudis traten in die Nähe des Schießstandes und sangen mit und machten ein paar Faxen, wie man es von ihnen als Spaßmacher erwartete.

Ich sollt eine Nonne werden,
doch hatt ich keine Lust dazu,
ich schlaf nicht gern allein auf Erden,
will nicht in die Kirch so früh.
Denn Nonne werd ich niemals sein!
Ade, du feines Klösterlein …

Das sangen die Leute nicht nur einmal oder zweimal, sondern unzählige Male, und je mehr sie getrunken hatten, umso lauter und falscher sangen sie den Gassenhauer, den man in den engen Altstadtgassen von Frankfurt genauso gern hörte wie in den Schänken am Rhein oder im Klosterkeller in Eberbach und im Gasthaus *Wilder Schwan* in Eisenach.

Gertrudis, die eine wunderschöne Stimme hatte, sang aus voller Brust mit. Eberhard und sie strahlten einander an, während das Spottlied erklang. Er liebte ihre Stimme. »Ich liebe dich, Gertrudis, weißt du das?«, fragte er aufgekratzt.

»Natürlich weiß ich das, mein geliebter Hanswurst.« Sie lachte und nahm seinen Arm.

»Du bist der Boden, der unter meinen Füßen ist. Du bist die Erde, in der meine Wurzeln gründen. Als ich mein Haus hatte in Fulda, meinen Diener, mein Pferd, mein Geld, meinen Besitz, da habe ich mich immer wieder gefragt, warum ich eigentlich nicht wirklich glücklich bin. Alle Heiligen waren auf meiner Seite! Ich hatte doch alles, was ich mir erträumt hatte. Nicht nur eine Arbeit, die mich erfüllte, sondern auch Ruhm und Ehre; Abt Markward hat mich behandelt, als wäre ich sein Sohn. Und trotzdem habe ich immer gedacht, dass mir irgendetwas fehlt, und nicht nur irgendetwas, sondern das Wichtigste. Die Mitte. Aber ich habe nie gewusst, was es war. Dazu musste ich erst dein Hanswurst werden.«

»Und ich habe immer geglaubt, dass ich deine Mitte bin«, sagte Gertrudis. »Als ich mit Seibold leben musste, habe ich jede Nacht von dir geträumt.«

Santana gesellte sich zu ihnen. Er war gut gelaunt. »Dein Vorschlag war gar nicht mal so schlecht«, sagte er zu Eberhard. »Ist richtig was los hier, mein Freund.« Er kicherte – er hatte offenbar schon ziemlich viele geistige Getränke zu sich genommen. »Wenn unsere Spaßmacher nur nicht so grottenschlecht wären«, sagte er.

Plötzlich jubelten die Schützen. Irgendeiner von ihnen musste einen besonders guten Schuss mit der Armbrust getan haben. Eberhard führte die rechte Hand seiner Gefährtin an seine Lippen. Er küsste jeden einzelnen Finger, während die Gauklermusikanten eine sanfte Liebesweise zum Besten gaben. Gertrudis' Augen strahlten hinter der Maske, und sie schlang die Arme um Eberhards Hals, sodass ihre langen Nasen sich in die Quere kamen. Der Versuch, ihn zu küssen, misslang, und Santana kicherte übermütig.

Wenig später gingen sie gelöst und zufrieden hinüber zu den lärmenden Schützen, denen es noch immer nicht gelungen war, ihren König zu ermitteln.

»Ich hab noch nie eine Armbrust aus der Nähe gesehen«, sagte Gertrudis.

Drei Burschen kämpften jetzt in der letzten Runde um den ersten Preis, und es war ein Kampf, den sie erbittert führten. Auf Eberhard und Gertrudis achtete niemand. Etliche Gieseler und viele von den auswärtigen Gästen umringten die Schießbahn.

Der Brudermeister der St.-Josef-Schützen passte wie ein Luchs auf, dass alles den Regeln gerecht zuging, und bei jedem Schuss hielten die Zuschauer den Atem an. Sogar der träge Ordolf stand jetzt auf, als der Wettkampf um die Gieseler Schützenkrone in ihre entscheidende Phase trat.

Sie gingen näher heran. Eberhard spürte die Hand von Gertrudis in der seinen. Es war so, als hätte es niemals etwas anderes gegeben.

Jetzt kam der feurigste der Bewerber dran, ein junger Bursche, den Eberhard schon gekannt hatte, als er noch ein Kind war. Er war ein sympathischer, kräftiger, aber etwas ungelenker junger Mann geworden, der mit einem Bogen wohl besser umzugehen verstand als mit der komplizierteren Armbrust. Er brauchte lange, um sie richtig zu spannen, ehe er den Bolzen aus den Händen des Schießmeisters entgegennahm, den er zuvor für einen Pfennig gekauft hatte.

Der Junge verfehlte den Königsvogel, eine Konstruktion aus zusammengehämmertem Holz, die mit Hilfe der Bolzen zerschossen werden musste. Die Holzkonstruktion, die am Anfang die Form eines Vogels hatte, steckte auf einer eisernen Stange, und wer am Ende das letzte Stückchen des Holzadlers von dieser Stange wegschoss, der war König.

Aber noch war es nicht so weit. Der Königsvogel erwies sich als überaus zäh. Der Dritte im Bunde der Endrunde, ein ziemlich dicker Bursche, trat an, zielte nicht lange und traf sehr gut, der Bolzen blieb im Königsvogel stecken und wurde vom Schießmeister entfernt.

Jeder Schuss kostete einen Pfennig, das wurde den jungen Männern langsam zu teuer, zumal der hölzerne Königsvogel offenbar jedem Treffer standhielt.

»Wer hat denn diesen verflixten Königsvogel zusammengezimmert?«, fragte der Dicke.

»Na, wie immer.«

»Hat er alles zusammengeleimt, oder was hat er gemacht? Hat es nicht schon letztes Mal viel zu lange gedauert?«

»Wisst Ihr, was ich manchmal glaube?«, meldete sich jetzt der geschickteste der Dreien zu Wort. Er schaute ärgerlich und feindselig erst den Schießmeister an und dann den Brudermeister der Josefs-Flurbruderschaft, der Hände ringend an der Schießbahn stand und endlich einen Sieger des Schießwettbewerbs präsentieren wollte.

»Na, sag schon! Was glaubst du?«

»Sie machen es absichtlich so, damit sie möglichst viele Bolzen für die Kasse der Bruderschaft verkaufen.«

»Ach, halt doch den Mund. Die Bruderschaft braucht dieses Geld.«

»Aber doch nicht auf meine Kosten.«

»Es kommt uns allen zugute«, sagte der Schießmeister streng. »Und wollt ihr drei jetzt endlich weitermachen?«

»Aber nicht mit diesem Königsvogel.«

Der Schießmeister schaute den Brudermeister an, einen alteingesessenen Gieseler, der noch zu denjenigen Hintersassen gehörte, die einst mit Hinkmar von Künzell in das verwaiste Gieseler Tal gekommen waren.

Das Schießen wurde unterbrochen, und zwei Mitglieder der Josefsbrüder machten sich am Königsvogel zu schaffen. Sie veränderten ihn offensichtlich so, dass es leichter wäre, ihn von der Stange zu holen.

Eberhard lachte lauthals über das unbeholfene Vorgehen der Josefsbrüder.

»Wieso lacht Ihr so dumm, Ihr mit Eurer blödsinnigen Narrenmaske?«

Plötzlich stand Jakob, der Brudermeister, neben Eberhard. Der Mann hatte offenbar üble Laune. Eberhard vermutete, dass er es war, der den Königsvogel zusammengeschustert hatte, der jetzt nicht fallen wollte. Gewöhnlich war es so, dass dem Brudermeister das Recht oblag, den Königsvogel zu zimmern oder jemanden für diese Aufgabe auszuwählen. Kein Wunder, wenn er sich ärgerte.

»Ich lache doch gar nicht«, erwiderte Eberhard lachend, der gar nicht erst versuchte, Lachen zu unterdrücken.

»Ihr wollet mich verhöhnen, Spaßmacher?«, sagte der aufgeplusterte Brudermeister in der gestelzten Weise, in die die Dörfler immer dann verfallen, wenn sie mit Auswärtigen reden.

»Guter Mann, wie käme ich dazu?«

»Ihr fahrendes Volk, ihr solltet euch zurückhalten«, drohte der Brudermeister.

»Womit? Womit zurückhalten?«

Eberhard spürte den warnenden Druck von Gertrudis' Hand.

»Na, mit Eurem Lachen!«, sagte Brudermeister Jakob von Künzell aggressiv. »Und außerdem kann ich Leute nicht leiden, deren Gesicht ich nicht erkennen kann.«

Der Schießmeister trat hinzu. »Also, wir haben Euren Vogel etwas gelockert«, flüsterte er und schaute scheel zu Eberhard; er fragte sich wohl, was dieser Gaukler jetzt mit der Sache zu tun hatte.

»Dann los! Weiter!«

Eberhards Finger ertasteten in der Tasche des Wamses, das er von seinen Einnahmen in Königswinter erworben hatte, etwas Kühles, Rundes, etwas Metallisches. Er konnte sich nicht entsinnen, eine Münze, noch dazu eine recht große, dort gelassen zu haben. Er vermisste nichts. Andererseits waren die Einnahmen in letzter Zeit gut gewesen, mehr als er ausgeben konnte, und so war es nicht einmal verwunderlich, dass er die Münze nicht vermisste, die er jetzt spielerisch zwischen den Fingern rollen ließ.

Eberhard lachte wieder. »Sei vorsichtig«, mahnte Gertrudis, aber Eberhard lachte noch lauter.

»Dein Lachen geht mir auf die Eier«, sagte der Schießmeister derb. Der Brudermeister kam wieder herüber. »Was ist denn jetzt schon wieder los?«

»Dieser Kerl lacht die ganze Zeit unverschämt, macht sich über uns lustig. Am liebsten würde ich ihm seine Maske vom Gesicht schlagen.«

»Also, ich kann doch nun wirklich nichts dafür, wenn euer Königsschießen nicht so richtig klappt.«

»Was heißt denn, dass es nicht klappt?«, rief der Schießmeister empört. »Es sind jetzt achtzig Schuss auf den Königsvogel geschossen worden, das ist gar nichts Besonderes. Wir haben schon hundertdreißig Schuss gehabt.«

Eberhard zauberte seine Münze aus der Tasche, hielt sie zwischen dem Daumen und dem Zeigefinger. Seine Augen glänzten in den Augenschlitzen der Gauklermaske. Er selbst war ganz elektrisiert, als er die Münze sah. Er hatte an einen Heller gedacht. Aber es war ein Solidus, ein echter Kölner Schilling, also eine hohe Münze, für die man beispielsweise ein Schaf hätte kaufen können und den er wahrscheinlich bei der Vorstellung am Drachenfels erworben und dann beiläufig eingesteckt hatte. Jakob von Künzell schnalzte mit der Zunge. Die Augen des Schießmeisters leuchteten, als er die wertvolle Münze erblickte, wie man sie in den Dörfern abseits der Handelswege nur selten zu sehen bekam.

»Die setz ich«, sagte Eberhard, und er wusste selbst nicht, was in ihn gefahren war. Er blickte Gertrudis an.

»Du weißt, dass das ein Kölner Schilling ist?«, fragte sie, und Eberhard sah, dass auch ihre Augen aufgeregt funkelten.

»Ich weiß das.«

»Was heißt, die setzt Ihr?«

»Wenn ich mit dem nächsten Schuss den Königsvogel zerteile, dann bin ich der König von Giesel. Euer Schützenkönig.«

Alle rundum lachten, die das hörten. »Mit einem einzigen Schuss wollt Ihr der König werden? Ihr mit Eurer Narrenmaske wollt uns lächerlich machen!«

»Lasst mich einfach schießen. Und meine Narrenmaske hat damit nichts zu tun.«

»Dann zieht sie aus.«

»Nein. Ich will es nicht. Die Maske bleibt auf. Nehmt den Silberschilling, oder lasst es eben bleiben.«

Der Schießmeister verständigte sich mit Blicken mit den Obersten der St.-Josef-Schützenbruderschaft.

Die nickten. Es sah ja auch keineswegs so aus, als wäre der Königsvogel in Gefahr.

»Gibst du mir deine Armbrust?« Eberhard wandte sich an den drahtigen Burschen, den er für den Besten der drei an der Endrunde Beteiligten hielt.

Bereitwillig reichte der Junge ihm die Waffe. »Ich habe nie eine Armbrust gespannt«, gestand Eberhard. Alles lachte. Der Drahtige spannte ihm seine Waffe.

Eine merkwürdige Stimmung lag plötzlich über dem Schießplatz. Gertrudis hatte Angst. Eberhard sah es in den Augenschlitzen ihrer Gauklermaske.

Mit einem Mal kamen alle Festbesucher herüber, um sich ja den merkwürdigen Kampf nicht entgehen zu lassen. So etwas war noch nie dagewesen, dass ein Spielmann, ein Rechtloser einen Silbersolidus setzte, um einen einzigen, sicherlich glücklosen Schuss auf den hölzernen Königsvogel abfeuern zu dürfen.

Aber Eberhard war sich seiner Sache ganz sicher. Er hatte gesehen, dass der Holzpflock, der jetzt noch von der Stange zu schießen war, kaum mehr zusammengehalten wurde, und er spürte geradezu, dass er ihn mit einem einzigen Schuss zertrümmern könnte. Vielleicht waren es auch die drei, vier Becher Rotwein, die er im Verlauf dieses Abends getrunken hatte, die zu seinem Übermut beitrugen.

Eberhard nahm die Armbrust.

»Du bist verrückt!«, rief Santana, aber man sah ihm an, wie sehr er für seinen Schützling zitterte.

Alle Augen waren auf den merkwürdigen Schützen gerichtet.

Plötzlich wurde er unsicher. Hatte er den Mund zu voll genommen? Er spürte, dass ihn der Wein so kühn hatte werden lassen. Wenn er jetzt versagte?

Er versuchte, sich zu konzentrieren. Der Königsvogel musste oben, wo er schon eingerissen war, genau in der Mitte getroffen werden, dann würde er gespalten, von der Stange fallen, und Eberhard wäre Schützenkönig.

Er legte die Waffe an die Wange, um über Kimme und Korn zu zielen.

Aber da störte etwas ... die Narrenmaske! Wenn er die aufbehielt, konnte er es vergessen. Ohne weiter darüber nachzudenken, schob er die Spaßmachermaske nach oben aus dem Gesicht, sodass jetzt alle ihn sehen konnten.

Er hielt die Luft an.

Jetzt!

Er zog ab, der Bolzen schnellte nach vorn, die gespannte Sehne entspannte sich mit einem peitschenartigen Laut, der Bolzen traf genau an der vorausberechneten Stelle, und der Königsvogel spritzte von der Stange, so als hätte er nur darauf gewartet.

Alles jubelte.

»Endlich haben wir den neuen Schützenkönig von Giesel!«, jubelten die Josefsbrüder.

Plötzlich fühlte sich Eberhard auf die Schultern der Jünglinge gehoben, und in diesem Augenblick sah Eberhard, dass es Vollmond war, und er streckte seine hoch erhobenen Arme dem Mond entgegen, jubelte und brüllte wie ein Löwe.

»Aber das ist doch Eberhard, der Sohn von Hinkmar!«, schrie plötzlich Jakob von Künzell, so als sähe er ein Gespenst. »Jetzt hat er die Maske weg! Das ist kein Spaßmacher! Um Himmels willen! Das ist der Brudermörder! Der Mörder unseres Bauernmeisters Walther!«

»Es ist der Brudermörder!«, riefen alle durcheinander, und der Ruf setzte sich wie ein teuflisches Echo auf dem ganzen Festplatz fort. Und plötzlich waren Hass und Verachtung in allen Augen.

»Der Brudermörder, der Brudermörder!«, schrien sie, und Eberhard wurde nur ganz allmählich gewahr, dass mit diesen bösen Beschimpfungen er gemeint war und niemand sonst.

ARCHIVUM SECRETUM APOSTOLICUM VATICANUM

Bericht des Päpstlichen Observators
Reichsabtei Fulda, Anno Domini 1157

»Um zu bewirken, dass das Fuldische Volk in Sicherheit leben könne, hat Abt Markward die Stadt Fulda mit einer sehr starken Mauer umgeben, mit Wall und Damm befestigt, Außenwerke und kriegstüchtige Tore angelegt, sie mit Eisen beschlagen und mit festen Riegeln versehen, und er hat das Volk der ungerechten Bedrückung durch die Junker entrissen.
Und das früher aus Blei hergestellte, aber alterswegs zusammengestürzte Dach der Abtei hat Abt Marktward erneuert und erweitert. Den eingestürzten Südturm hat er aus bestem Baumaterial wieder errichten lassen, zur Ehre Gottes und zur Ehre des heiligen Bonifatius. Die Wasserversorgung des Klosters, deren Leitungen durch langen Gebrauch versiegt waren, ließ er von Grund auf erneuern und sorgte dafür, dass durch neue Bleiröhren der stetige Zulauf von Quellwasser dauerhaft gesichert ist …
Item hat besagter Abt die Burg Bieberstein mit treuen, auf die Ehre des Klosters bedachten Rittern bemannt. Daraufhin hat er die benachbarte Burg Haselstein unter großer persönlicher Gefahr für die heilige Fuldische Kirche zurückgewonnen und diesen Schlupfwinkel von Dieben und Räubern gesäubert und sie mit treuen Männern besetzt …

20. Martius, am Mittwoch nach Sonntag Judica

Der Karren mit den beiden riesigen Scheibenrädern ruckelte über die kleine steinerne Brücke unterhalb des Hügels, auf dem die Propstei Johannesberg lag. Morgennebel standen im Tal. Der Himmel war bedeckt. In der Nacht war es wieder kalt geworden. Eberhard und Gertrudis bibberten. Sie waren mit eisernen Ketten an die Streben eines engen Käfigs aus dicken Holzstäben gefesselt, der oben offen war. Der kalte Regen, der eingesetzt hatte, kaum dass sie von Giesel nach Fulda aufgebrochen waren, fiel unerbittlich auf die beiden erbärmlichen Gefangenen herab.

Der bullige Knecht, der den Ochsen führte, fluchte, denn der Weg war tief, und das Zugtier hatte Mühe voranzukommen. Der Knecht war nicht aus dem Dorf, bestimmt hatte der Stadtvogt Tragebodo ihn mit dem Karren nach Giesel geschickt, um die beiden Gefangenen abzuholen. »Was ist los mit dir da vorn? Willst du, dass wir hier Wurzeln schlagen?«, rief einer der beiden mürrischen Reiter, die hinter dem Karren herritten und das Geleit des Gefangenentransports bildeten. Sie gehörten zu Tragebodos Leuten, und einer von ihnen hatte die Anklageschrift mit hochnäsiger Lässigkeit verlesen und Eberhard und Gertrudis für verhaftet erklärt, im Namen des Abtes Markward und des Vogtes von Fulda.

»Verdammt, du siehst doch, dieses Vieh will nicht.«

»Ach ja? Ich glaube eher, dass du zu dämlich dafür bist.«

»Willst du, dass ich dir das Maul poliere?«, schnaubte der Knecht.

Im gleichen Augenblick zog der Ochse den Karren mit einem Ruck wieder an, sodass der Mann einen Satz nach vorn machte. Die beiden Krieger lachten rau, und der Knecht fluchte.

Eberhard schwankte hin und her. Er war von Todesahnungen erfüllt. Noch immer war er wie vor den Kopf geschlagen. Ihn des Mordes zu bezichtigen, den Tragebodo vor vier Jahren selbst begangen hatte, noch dazu, wo er ihn, Eberhard, eigenhändig hatte umbringen wollen, das war doch zu bitter. Und es gab niemanden, der ihn daran hinderte, niemanden, der sagte, dass Eberhard zu Unrecht angeklagt war, und dass Gertrudis überhaupt nichts mit dieser Sache zu tun hatte.

Sein Gesicht war aufgedunsen, und alle seine Gliedmaßen taten ihm weh. Ordolf hatte ihn geschlagen, obwohl er als Bauernmeister kein Recht dazu hatte. Auch Gertrudis bot einen erbärmlichen Anblick mit ihrem geschwollenen, schmutzigen Gesicht, der riesigen Platzwunde auf der Stirn und den zerrissenen, verdreckten Kleidern. Verzweiflung und Furcht hatten sich in ihre Züge eingegraben. Nie zuvor hatte er so viel Hoffnungslosigkeit in ihren Augen gesehen, und er sah, dass sie jeden Glanz verloren hatten. Eberhard hatte das Gefühl, dass sie sich so wie er in ihr Schicksal ergeben hatte, und dass es jetzt nur noch eine, ihre letzte Hoffnung gab: Dass sie wenigstens zusammen sterben würden.

Weiter unten wurde der Weg besser. Der Wagen kam jetzt zügiger voran. Die Leute, denen sie begegneten, schauten neugierig und voller Abscheu auf die beiden Gefangenen, den schlanken, ausgemergelten Mann und die Frau, beide noch jung und offenbar eines schweren Verbrechens schuldig, denn warum sonst sollte man sie so schonungslos der öffentlichen Schande preisgeben? Manche von den Leuten spuckten aus, andere schlugen das Kreuzzeichen.

»Ich war ein Straßenköter«, flüsterte Eberhard voll Bitternis. »Ich hätte nicht gedacht, dass meine Schande noch größer werden könnte.« Er rüttelte an der schweren Kette, mit der er gefesselt war. Die Kette war an einer eisernen, scharfkantigen Schelle befestigt, die der brutale Dorfschmied ihm und seiner Gefährtin am rechten Handgelenk so fest verschraubt hatte, dass sie beide dabei vor Schmerzen aufgeschrien hatten. »Nur gut, dass mein Vater das alles nicht mehr miterleben muss.« Blut sickerte an seinem Handgelenk herab.

»Hör auf, Geliebter, hör auf«, bat Gertrudis. »Du tust dir doch nur selbst weh.«

»Ich denke die ganze Zeit, der Boden müsste sich auftun und die Hölle müsste Ordolf und Tragebodo verschlingen.« Doch stattdessen waren nicht die beiden Täter, sondern er und Gertrudis als unschuldige Opfer in der Hölle gelandet, ohne Hoffnung auf Rückkehr zu den Lebenden. Es war klar, dass ihrer beider Tod beschlossene Sache war. Ordolf hatte sie nicht im Unklaren gelassen über das tödliche Schicksal, das er ihnen zugedacht hatte, und dabei schien es ihn nicht im Mindesten zu interessieren, dass in Gertrudis' Adern das gleiche Blut floss.

Im Gegenteil. Gerade dieser Umstand schien ihn in seinem gotteslästerlichen Handeln zu bestärken, es schien ihn zu reizen und zu befriedigen, und er hatte sie in der Nacht, als er Eberhard und Gertrudis gegen jedes Recht knebelte, schlug und malträtierte, am ganzen Körper angefasst, wie kein Bruder seine Schwester berühren darf. Es gab anscheinend keine Todsünde auf dieser Welt, die Ordolf nicht auf sich lud.

Die Ankläger des Stadtvogts, die die beiden Gefangenen in Giesel abholten, sagten, Eberhard hätte auch die beiden Knechte umgebracht, Gottschalk und Marinus, sowie zwei weitere Wachen am Tor von Giesel, um sie als Zeugen zu beseitigen. Tragebodo behauptete, er wäre dazugekommen, hätte aber nicht mehr eingreifen können, und der aus edlem Geblüt stammende

Stadtvogt beschwor darüber hinaus alle heiligen Eide, dass er den fliehenden Eberhard mit dem blutenden Messer in der Hand ganz genau erkannt habe.

Bei der Abfahrt im Dorf sahen ihn fast alle Dorfbewohner so hasserfüllt an wie einen Hostienschänder und Brunnenvergifter: Sie vertrauten Tragebodo, sie glaubten allen Ernstes, Eberhard hätte das Blut von so vielen unschuldigen Menschen an den Händen. In den Augen der Ankläger sah Eberhard das Flackern des Scheiterhaufens.

Schließlich erreichten sie die Furt, die den Fluss in der Nähe der Mündung des Gieselbachs querte. Auf der anderen Seite des Flusses hatte ein langer Zug von Kaufmannsfuhrwerken angehalten. Sie warteten vielleicht auf Nachzügler, oder ein Rad oder eine Achse war gebrochen, jedenfalls blockierten sie die Straße nach Fulda, und es schien kein Vor und Zurück zu geben. Die Wagen waren hoch beladen, und sie hatten nur einen kleinen Geleitschutz dabei, denn seit dem Regierungsantritt von Abt Markward waren die Straßen im Fuldaer Land wieder sicherer geworden. Kaum jemand beachtete den Gefangenentransport, der auf der anderen Seite des Flusses wartete.

»Sind die denn verrückt geworden?«, rief der eine der beiden Reiter ärgerlich. »Was zum Teufel glauben die eigentlich, was sie sich auf unseren Straßen herausnehmen können?« Er gab seinem Pferd die Sporen. »Also, ich werd mal sehen, wo der Anführer von diesen Pfeffersäcken ist.« Er ritt an der Kaufmannskarawane entlang nach vorn, wo dichter Nebel über der Flussaue mit den alten Weiden und Pappeln stand und den Blick auf die nahe Stadt und die Abtei verdeckte. Seltsam gedämpft vernahm man das Läuten der großen Domglocken. Geisterhaft waberten die Nebelschleier um die blattlosen Zweige und Äste. Noch herrschte der graue Winter.

Niemand kümmerte sich um die beiden Gefangenen. Der Karrenführer band den Ochsen an einen Baum und schlug sich in die Büsche, um seine Notdurft zu verrichten. Der zweite Mann aus ihrer Bewachung beobachtete gespannt, was sein Kamerad an der Spitze des Kaufmannszugs unternahm.

»Weißt du, was ich gerade gedacht habe?«, fragte Eberhard.

Gertrudis schüttelte den Kopf. »Sag es mir, mein Herz.«

»Dass du noch immer die Gemahlin eines anderen bist. Trotz allem, was uns beide verbindet.«

»Du bist so bitter! Aber du hast Recht. Ja, ich bin noch immer mit Seibold verheiratet.« Sie schloss die Augen. »Wenn er mich nicht aus seinem Haus gejagt hätte, dann wäre ich davongelaufen.«

»Du hast niemals etwas darüber erzählt.«

»Ich will es auch nicht, denn es war schrecklich. Seibold ist ein Mann der Irrungen. Ich habe nie verstanden, was er war oder was er wirklich wollte. Jedenfalls habe ich ihn von Anfang an gehasst.«

»Wo sind wir bloß hineingeraten?«, schüttelte Eberhard seine Kette.

»Ich habe einen Schmerz in meinem Herzen«, sagte Gertrudis unvermittelt. »Alles, was uns je verbunden hat, Liebster, ist so weit weg, als wäre es niemals wirklich gewesen. Unsere Träume, unsere Streifzüge in der Kindheit … alles ist ganz weit weg. Ich habe furchtbare Angst …« Gertrudis zitterte vor Kälte.

»Ich würde dich so gern wärmen«, flüsterte Eberhard traurig. »Aber ich kann dir nur meine Hand geben.«

Gertrudis drückte Eberhards Hand. »Schon gut! Mich wärmen?« Tränen traten in ihre Augen. »O ja, ich spüre, wie die Wärme aus deinem Herzen zu mir herüberfließt.«

»Ich glaube, wir hätten niemals auseinandergehen sollen«, sagte Eberhard plötzlich.

Gertrudis lächelte Eberhard an. »Ich glaube das nicht nur, ich weiß es.« Sie schloss die Augen. »Wenn wir doch bloß das Rad der Zeit zurückdrehen könnten.«

Der Ochsenführer war zurückgekommen, ohne dass die beiden Gefangenen es bemerkt hatten. Von hinten pirschte er sich an sie heran und schlug mit seinem Knüppel mit aller Kraft gegen den hölzernen Käfig auf dem Lastkarren. »Schluss jetzt, ihr Turteltäubchen!« Er lachte böse, leckte sich die Lippen und ließ seinen Knüppel noch ein paar Mal gegen den Holzkäfig knallen, sodass Eberhard und Gertrudis bei jedem Schlag verängstigt zusammenzuckten.

22. Martius, am Freitag vor Palmsonntag

Zwei Männer zerrten ihn aus dem dunklen, feuchtkalten Keller seines Verlieses zu einer schmalen Treppe. Er stöhnte auf. Seine Gliedmaßen schmerzten von den Misshandlungen. Er wusste nicht, wie lange er in der Finsternis verbracht hatte. Waren es Stunden, Tage? Es ging nach oben. Wirre Gedanken hatten ihn in seinem Verlies heimgesucht. Er war sicher, dass er sterben würde.

Die Büttel rissen eine altersschwache Türe auf. Das Tageslicht blendete ihn. Sie zerrten ihn hinaus ans Tageslicht. Seine Ketten rasselten, und die eisernen Manschetten schnitten ihm ins Fleisch. Er dachte zuerst, dass er in einem Fiebertraum wäre, als er die Stimmen von unzähligen Menschen wispern hörte.

Lachen, Schreien, Flüche.

Die Helligkeit stach wie ein Messer durch seine Augäpfel. Sie stießen ihn nach vorn, und ganz allmählich konnte er sehen, wo er war.

Ein Innenhof. Hohe Gebäude ringsum, eine Galerie, wo Leute standen. Alle starrten ihn an, als er in die Mitte des Innenhofs geschubst wurde.

Jetzt erinnerte sich Eberhard wieder. Das war der Burghof des Stadtschlosses, in dem der Vogt von Fulda residierte. Tragebodo, sein ärgster Feind.

Er trat auf etwas Weiches – und erhielt augenblicklich einen Stoß in den Rücken. »Pass auf, wo du hintrittst«, schnauzte ihn der eine der beiden Büttel an, ein mickriger, krummbeiniger Widerling.

»Du hast eben große Füße«, sagte der zweite Büttel.

Von den Galerien wurde gelacht.

»Los, los!« Ein weiterer Stoß in den Rücken.

In der Mitte des Innenhofs war ein Podest aufgebaut. Eberhards Blut gefror zu Eis, als er begriff, dass oben auf dem Podest der Richtblock stand.

Dorthin bugsierten sie ihn.

Dutzende von Zuschauern bevölkerten den Innenhof, hielten aber einen gehörigen Abstand vom Henkerspodest und dem Delinquenten. Eberhard spürte ihr verächtliches Raunen und Flüstern nahezu körperlich in seinem Nacken, so als wären die Leute Dämonen, die die Hölle zu seiner Vernichtung ausgeschickt hatte. Dann sah er, dass an der einen Seite des Innenhofes der Henker von Fulda stand, ein Hüne von einem Mann, der die anderen Männer und Frauen im Burghof um Haupteslänge überragte. Er trug die schwarze Kluft seines blutigen Standes, mit dem spitzen Hut auf dem Kopf, der nur einen Sehschlitz freiließ. Der Henker stützte die Hände lässig auf den Knauf seines Richtschwertes. Im Laufe der Jahre hatte Eberhard den Henker ein paar Mal bei seiner blutigen Arbeit gesehen, die er gewöhnlich aber auf einem der Marktplätze oder vor den Mauern der Stadt verrichtete.

Der Mickrige führte Eberhard durch das Spalier der Gaffer und dann die schmale Treppe auf das Podest hinauf und ließ ihn dort stehen.

»Auf Wiedersehen beim Teufel«, sagte er und grinste ihn zum Abschied an.

Eberhard fühlte sich so schwach wie niemals zuvor. Er spürte, dass seine Knie jeden Augenblick nachgeben würden, und es gab nichts, wo er sich hätte abstützen können – außer dem Richtblock der Stadt, in dessen Holz mit einem Brandeisen das Wappen von Fulda eingebrannt war. Er hatte das Gefühl, neben sich zu stehen, als Unbeteiligter in dieses Schauspiel hineingeraten zu sein, von dem er nicht einmal den Titel kannte.

Dann riss der Himmel auf, und von der Seite fiel schräg das grelle Licht der Märzsonne in den Innenhof der Stadtburg.

Vor ihm war ein Treppenaufgang, und auf dem breiten Treppenabsatz waren ein großer Stuhl und rechts und links davon zwei kleinere Stühle aufgestellt. Das grelle Sonnenlicht hob sie seltsam hervor, so als würde Gott selbst ein Auge auf das Gericht haben. Alle drei Stühle waren noch leer. An einem Stehpult schräg dahinter stand der Schreiber dieses Hochgerichts: Es war Gallus, der die Kanzlei des Stadtvogts leitete. Er starrte mitleidig zu Eberhard herunter.

»Das Hohe Gericht!«, rief der Hofmarschall des Stadtvogts und stieß mit seinem Zeremonienstab nervös auf den Boden aus Pflastersteinen. Immer wieder schaute er sich um, so als wartete er auf jemanden. »Erhebt euch, ihr Leute, Gericht zu halten und zu strafen diesen Menschen für alle Werke seines gottlosen Wandels.« Er deutete mit dem Zeremonienstab auf Eberhard, der in der Mitte des Hinrichtungspodestes stand und sich kaum auf den Beinen halten konnte. »Im Namen unseres Patrons, des heiligen Bonifatius.«

Tragebodo und seine beiden Schöffen nahmen auf den Richterstühlen Platz. Auch die drei wirkten nervös. Eberhard fragte sich benommen, wieso sie es so eilig hatten, ihm ans Leben zu wollen. War es wirklich nur Hass?

Die Menschen auf der Galerie und im Innenhof wurden unruhig. Das Spektakel begann, und es konnte keinen Zweifel geben, wie es ausgehen würde.

Der Stadtvogt erhob sich. Er war nicht mehr der drahtige Kämpfer, den Eberhard noch kannte, er hatte als Stadtvogt deutlich an Pfunden zugelegt. Er trug seine blonden Haare und den Bart jetzt nach Art des Kaisers – die Haare kurz und den Bart gestutzt. Seine Kleider wirkten kostbar und erlesen.

»Im Namen des Herrn«, sagte Tragebodo mit brüchiger Stimme. »Ich eröffne hiermit das Blutgericht, wie es das Gesetz vorschreibt für die Tat des Mordes.«

Eberhard glaubte fast schon selbst, dass er den Mord an seinem Bruder begangen hatte. Er sehnte sich den Tod herbei, den schnellen Tod durch das Richtschwert des Henkers. Vor dem Ende hätte er nur noch gern gewusst, was mit Gertrudis geschehen war. Sobald sie mit dem Karren in der Vogtsburg angekommen waren, hatte man sie getrennt.

Waren es Stunden oder Tage …?

»Kaplan Gallus, lies die Anklage vor!«, sagte Tragebodo barsch.

Der Priester räusperte sich, so als müsste er seine Kehle erst frei machen für die Lügen, die er aufzutischen hatte.

»Los, worauf wartest du!«

Eberhard blieb gleichgültig und stumm. Es war kein Funken Kraft mehr in ihm, um sich gegen sein Schicksal aufzulehnen, er spürte nichts mehr.

»Im Namen des Herrn«, begann Gallus und bekreuzigte sich, »das hohe Blutgericht in dieser Stadt unterliegt dem Vogt Tragebodo, Sohn des Vogtes Dietrich …«

»Fasse dich kürzer«, unterbrach Tragebodo seinen Kaplan.

Der schaute ihn mit kalten Augen an, und es war nicht erkennbar, was er dachte. Verachtete er seinen Herrn?

Gallus räusperte sich. »Gott will es so! Also die Anklage. Der Stadtvogt klagt dich an, Eberhard von Giesel, Sohn von Hinkmar dem Bauernmeister, dass du deinen älteren Bruder Walther erdolcht hast, der damals Bauernmeister deines Heimatdorfes war, und wir beschuldigen dich weiterhin, dass du auf Befehl des Teufels zwei seiner Knechte und zwei Männer aus dem Dorf ebenfalls erdolcht hast, und zur Zeugenschaft dieses Mordes haben wir …« – Gallus zögerte für einen Augenblick – »… den Gerichtsherrn Tragebodo selbst …« – ein Raunen ging durch die Reihen der Schaulustigen, die mittlerweile zu Hunderten gekommen waren – »... und Ordolf, Sohn des Rochus, der jetzt Bauernmeister in Giesel ist.«

Dieser Name sagte den meisten Leuten nichts, die sich zum Hochgericht im Innenhof drängten. Da der Hoftag unmittelbar bevorstand, bei dem der Kaiser nach Fulda kommen würde, wurden die Straßen der Stadt schon seit Tagen von mehr und mehr Menschen bevölkert, in freudiger Erwartung des großen Ereignisses. Das Gericht war wie jedes Gericht öffentlich, denn das Recht kam von Gott und war für alle da. Noch immer strömten die Neugierigen zuhauf durch das Tor herein.

»Und wir rufen einen Zeugen auf, der die teuflischen Umtriebe des Angeklagten Eberhard bezeugt und beschwört, wir rufen vor das Gericht den einstmaligen Bauernmeister Seibold von Großenlüder.«

Seibold?

Eberhard drehte sich der Kopf. Mit diesen drei Männern, mit Tragebodo, Ordolf und Seibold, hatten sich seine drei größten Feinde gegen ihn verbündet, und sie wollten ihm offenbar alle drei an den Kragen.

Was für ein seltsames Strafgericht, dachte Eberhard, das sich da zu seiner Vernichtung zusammengeschlossen hatte! Mit den Augen suchte er Seibold und Ordolf, und Letzteren entdeckte er unterhalb des Treppenabsatzes, auf dem das Gericht tagte.

Er merkte, wie ihm der Boden unter den Füßen entglitt. Ihm blieb nichts anderes übrig, als auf die Knie zu sinken. Es war körperliche Schwäche, aber für die Anwesenden sah es aus wie die bedingungslose Unterwerfung unter den Willen des Gerichts. Und doch ging es ihm besser, als seine Beine nicht mehr die Last des geschundenen Körpers tragen mussten, und er spürte, dass sein rasender Herzschlag sich etwas verlangsamte.

»Herr Tragebodo, Ihr seid der Ankläger!«, sagte der Zeremonienmeister. »Wollt Ihr beginnen?«

Der Stadtvogt stand auf. Zur Rechtfertigung betete er als Erstes das Paternoster. Dann rief er: »Ihn dort« – er zeigte auf Eberhard –, »ihn habe ich an diesem unglückseligen Tag gesehen, der fünf Menschen den Tod brachte, ihn habe ich über der Leiche seines Bruders gesehen, als ich seinen Hof aufsuchte, um mit Walther von Giesel über seinen Dienst in der Ritterschaft des heiligen Bonifatius zu sprechen. Doch weil ich an jenem Tag eine schwere Verwundung am Bein mit mir trug, die ich mir im Ritterkampf zugezogen hatte, konnte ich ihn nicht verfolgen und stellen!«

Seine Stimme verhallte. Es war eine etwas schrille Stimme, die aber die Leute in ihren Bann schlug, da sie im Innenhof geradezu unheimlich widerhallte.

»Das war Eure Anklage?«

»Langsam, langsam. Ich bin noch nicht fertig. Ich klage Eberhard des Weiteren an, dass er seinen Bruder aus Neid und Missgunst ermordet hat, weil dieser Ritter geworden war und er selbst nur ein Schreiber, und weil er den Ehrgeiz hatte, selber Bauernmeister zu werden. Und ich klage ihn an der Zauberei und der schwarzen Magie, wie ich gleich an einem Beispiel darlegen und auf die Heilige Schrift schwören werde.«

Eberhard schaute zum Henker hinüber. Er hatte das Gefühl, als würden sich dessen Muskeln schon straffen, so als wollte er sie für den Schlag aufwärmen, den er gleich vor großem Publikum ausüben würde.

Gallus nickte, nahm die Heilige Schrift, die auf seinem Schreibpult gelegen hatte, und brachte sie Tragebodo. Der legte seine Hand darauf. »Ich schwöre bei meiner Seele auf die Heilige Schrift, und ich verfluche mich selbst, wenn ich die Unwahrheit sage«, leistete er den vorgeschriebenen Eid. »Alles, was ich über die Mordtat des Eberhard von Giesel gesagt habe, ist die Wahrheit, das schwöre ich im Namen der Heiligen Dreifaltigkeit.«

Gallus nahm die Heilige Schrift wieder entgegen und kehrte zu seinem Platz zurück.

»Ich rufe Ordolf von Giesel zum Zeugen auf«, sagte Tragebodo.

Ordolf trat vor den Richter. »Bauernmeister, erzählt, was Ihr gesehen habt, und sagt nur die Wahrheit.«

Das Gericht war ein gutes Stück von Eberhard und dem Henkerspodest entfernt, deswegen konnte er den Gesichtsausdruck von Ordolf nicht genau erkennen.

»Ich könnte in allen Einzelheiten schildern, wie er die armen Knechte getötet hat, um lästige Zeugen loszuwerden«, sagte Ordolf. Anders als die Stimme des Gerichtsherrn Tragebodo klang Ordolfs Stimme wenig überzeugend. Doch darauf kam es nicht an, denn das, was er sagte, wog dennoch schwer: »Den Gottschalk, den alten Oberknecht seines Vaters Hinkmar, hat er von hinten in den Rücken gestoßen. Dem Knecht Marinus hat er den Hals durchgeschnitten, und zwei Knechte, die ihn am Tor von Giesel aufhalten wollten, fanden wir später, die hat er ebenfalls grausam zu Tode gebracht.«

»Und Ihr habt dies alles gesehen, Ordolf, und könnt es beschwören?«

Wie schon Tragebodo zuvor schwor auch Ordolf auf die Bibel.

Plötzlich bemerkte Eberhard, dass Tragebodo ihn geradezu hämisch anstarrte und sich an seiner hilflosen Lage weidete. Eberhard verstand nach all den Jahren noch immer nicht, wie er diesen unglaublichen Hass Tragebodos auf sich gezogen hatte.

»Bringt jetzt Gertrudis vor das Gericht. Sie ist die Gefangene des Gerichts, denn sie ist von einem Dämon besessen. Der Angeklagte hält sie durch dunkle Mächte gefangen und hat sie an sich gebunden, sodass sie Haus und Hof verlassen hat, um diesem Teufel nachzulaufen!« Tragebodo deutete mit seinem Richtstab auf Eberhard.

Die Menschen im Innenhof der Stadtburg wurden unruhig, wie immer, wenn angeblich Zauberei im Spiel war. Eberhard entgingen die zahlreichen feindseligen Blicke nicht, die mit einem Mal auf ihn gerichtet waren.

Und dann schleppten zwei Büttel aus derselben Kelleröffnung wie zuvor Eberhard seine Gefährtin Gertrudis herauf; sie sah genauso mitgenommen aus wie Eberhard, ihr Haar war unziemlich geöffnet wie bei einer leichtfertigen Frau, das schöne, kastanienrote Haar, in das Eberhard so gern noch einmal das Gesicht versenkt wäre. An ihm vorbei führten sie sie nach vorn zum Gericht. Sie war ebenfalls gefesselt, aber mit leichteren Ketten als Eberhard.

Die Büttel stießen sie voran. »Zaubererhure!«, war aus der Menge zu hören. »Zaubererhure!«

Im Vorbeigehen trafen sich die Blicke von Eberhard und Gertrudis, und obwohl keine Hoffnung darin lag, fühlten sich beide ein wenig gestärkt. Eberhard sah, dass sie das eine Bein ein wenig nachzog. Sie hatten sie anscheinend genauso misshandelt wie ihn. Der eine Büttel, das mickrige Männchen, fasste Gertrudis unsanft am Arm, um sie die Treppe hinaufzuschubsen.

Da holte Gertrudis aus und verpasste ihm vor aller Augen eine Ohrfeige, und auch wenn sie nur noch wenig Kraft übrig hatte, saß der Schlag am rechten Platz. Die Leute lachten und bekundeten so ihre Sympathie, denn sie war nicht die Angeklagte, sondern ein Opfer des Angeklagten und seiner schwarzen Magie. Der Mickrige versetzte ihr zwar sofort einen Schlag mit seinem Knüttel, aber da so viele Leute ihn anstarrten, getraute er sich nicht, mit aller Gewalt zuzuschlagen.

»Schluss damit!«, befahl Tragebodo. »Zeremonienmeister!«

»Ja, Herr. Ich rufe jetzt Seibold, den einstmaligen Bauernmeister von Großenlüder, vors Gericht, der sein Recht als der Gemahl dieser Frau geltend macht und ihr verzeiht, denn er ist gewiss, dass sie unter dem Zauberbann dieses Eberhard dort steht, den wir nicht nur des Brudermordes und des Mordes, sondern auch der schwarzen Magie anklagen und des Ehebruchs.«

Mit der Miene von jemandem, der einer armen Sünderin gegenüber Mitleid walten lässt, trat Seibold vor das Gericht. Wut stieg in Eberhard hoch. Er wusste nur aus Gertrudis' Andeutungen, wie schlecht er sie behandelt hatte, weil sie ihm zu kratzbürstig und eigensinnig gewesen war, und mit welch widerwärtigen Mitteln er versucht hatte, ihren Willen zu brechen; auch davon, dass er dabei widernatürliche Lust empfunden hatte …

Gertrudis blieb merkwürdig gleichgültig, als ihr einstiger Peiniger kaum ein paar Schritt neben ihr vor dem Gericht stand. Seibold bedachte sie mit keinem Blick, so als fürchtete er, dass sie doch Hexenkräfte besaß.

»Bringt Eure Klage vor!«

»Im Namen des Allmächtigen klage ich diesen Eberhard an, dass er mein Weib Gertrudis mit Hilfe des Teufels und dem Liebeszauber schwarzer Kräfte zu seiner Buhlschaft gemacht hat, sodass sie mir davongelaufen ist.«

»Und Ihr habt gesagt, Ihr seid der einstige Bauernmeister von Großenlüder?«

»Sie haben mir das Amt weggenommen, weil dieser verfluchte Zauberer mir meine ganze Kraft weggehext hat.«

Eberhard wusste zuerst gar nicht, wovon sein Ankläger redete. Er suchte Gertrudis' Blick, aber die hatte die Augen geschlossen, so als wäre sie ganz woanders und als würde sie das, was hier geschah, nichts angehen.

»Ich fordere den Tod dieses Zauberers, damit ich meine Kraft und die Macht über mein Weib wiedererlange, und darüber hinaus fordere ich sie als Gefangene von diesem Gericht zurück.«

»Ihr habt hiermit von uns die Munt über sie zurück. Keiner bestreitet, dass sie Eure rechtmäßig angetraute Gemahlin ist«, sagte Tragebodo. »Ihr bekommt sie. Nehmt sie mit und werdet glücklich mit ihr.«

Warum wehrte sie sich nicht?

In Eberhards Herz war ein einziger Aufschrei. Aber Gertrudis wirkte weiterhin ungerührt. Hatte sie das Gesagte überhaupt verstanden? Eberhard konnte es kaum glauben. Begriff sie denn nicht, dass Tragebodo sie ihm als Gefangene ausgeliefert hatte, ihm, ihrem alten Peiniger? War ihr nicht klar, dass alles noch viel schlimmer für sie werden würde als jemals zuvor?

»Sobald Ihr geschworen habt, seid Ihr als Zeuge entlassen«, sagte der Gerichtsherr ungeduldig. Offenbar konnte es Tragebodo mit der Verurteilung des Angeklagten gar nicht schnell genug gehen.

Fassungslos verfolgte Eberhard, wie Gertrudis sich wehrlos von einem Knecht Seibolds abführen ließ.

»Bring sie und fessele sie draußen an unseren Wagen«, sagte Seibold so laut, dass es alle hören konnten. Ein geradezu teuflischer Triumph lag in seiner Stimme.

Als Gertrudis aus dem Innenhof geführt war, hatte er das Gefühl, als würde er ins Bodenlose fallen. Jetzt war er vollkommen allein vor dem Gericht.

Seibold aber machte keine Anstalten, seinen Platz beim Gericht zu verlassen, um der Verurteilung Eberhards beizuwohnen und seinen Kopf rollen zu sehen.

Der Knecht schleppte Gertrudis durch die gaffende Menge hinaus auf die Straße. »Hier lang!« Der Knecht zog an der dünnen Kette, mit der Gertrudis an den Händen gefesselt war. Auf der gegenüberliegenden Seite des Platzes, der sich zwischen der Pfarrkirche und der Stadtburg erstreckte, stand der Lastkarren, der Seibold gehörte.

Sie mussten anhalten, weil ein Trupp von fremden Rittern mit Wappen, die man in Fulda nicht kannte, vom Osttor her kommend vorbeiritt. Seibolds Wagen stand unmittelbar an der steinernen Treppe, die zum östlichen Seitenportal der städtischen Pfarrkirche St. Blasius hinaufführte.

Der Knecht riss an Gertrudis' Armfesseln und zerrte sie in Richtung des Lastkarrens. Der Schmerz schnitt ihr in die Handgelenke, und sie schrie auf. Der Knecht lachte.

Ein eisiger Wind kam vom Norden her, pfiff durch das Fuldaer Tal. Das Sonnenlicht verblasste.

Plötzlich sah Gertrudis alles ganz klar. Der Schleier aus Fassungslosigkeit, der sie gelähmt hatte, zerriss vor ihren Augen. Sie wusste, dass die meisten Menschen in einer solchen Situation aufgeben. Sie lassen geschehen, was unvermeidlich scheint, und ergeben sich in ihr Schicksal.

Wenn es nur um sie selbst gegangen wäre, wäre es wahrscheinlich genauso gekommen. Doch in diesem Augenblick wurde ihr klar, warum sie sich nicht gewehrt hatte, als Seibold sie mit dem Knecht vom Gericht fortgeschickt hatte, wo Eberhard sterben würde, noch ehe die Sonne untergegangen war.

Jetzt ging es nicht um sie, sondern um ihn. So wie es in ihrem Denken immer nur um Eberhard gegangen war, seit sie sich erinnern konnte. Sie wusste, dass auch sie sterben würde, wenn Eberhard hingerichtet wurde. Sie würde nicht einmal Hand an sich selbst legen müssen. Sie würde ganz einfach sterben.

Sie riss sich los, und der Schmerz war so jäh, dass es ihr einen Augenblick lang schwarz vor Augen wurde. Sie hatte das Gefühl, dass die eisernen Fesseln ihr durch den Ruck bis auf die Knochen schnitten.

Aber der Schmerz war ihr gleichgültig. Der Knecht stieß einen gotteslästerlichen Fluch aus, aber er war nicht behände genug, um Gertrudis wieder zu fassen zu kriegen.

Sie stieß eine alte Frau zur Seite und hastete die steinerne Treppe zum Kirchenportal hinauf. Doch sie wusste, dass alles vergebens gewesen war. Ihr Verfolger war ihr auf den Fersen. Bevor sie die schwere Pforte geöffnet hätte, wäre er bei ihr …

Aber sie öffnete sich von selbst. Ein Mann von großer Gestalt, mit edlen Kleidern angetan, trat aus der Pforte, und im gleichen

Augenblick schlüpfte Gertrudis, gleichsam unter seinen Armen hinweg, ins Kircheninnere.

Sie torkelte, fiel über die eigenen Füße, kullerte einer Gruppe von Männern zu Füßen, zu denen offenbar auch der Edle gehörte, der ihr die Tür geöffnet hatte.

Der lachte. Der Knecht wagte nicht, an ihm vorbei in die Kirche zu stürmen, um Gertrudis zurückzuholen, was er ohne diese Herren ohne Zweifeln getan hätte, auch wenn es eine Todsünde war.

»Sie gehört meinem Herrn!«

»Zuerst einmal gehört sie dem Allmächtigen, der unser aller Herr ist«, sagte der hoch gewachsene Mann mit einer Stimme, unter deren Eindringlichkeit und Macht sich der Knecht bückte. Der Mann schlug seinen Mantel zur Seite. Er trug die Kleider eines Bischofs, aber den Gürtel eines Ritters, mit einem prächtigen Schwert, wie man es nur selten zu Gesicht bekam.

»Herr Reinald, sollen wir Euch zu Hilfe eilen?«, sagte ein junger Priester lachend, der zum Gefolge des Mannes mit dem prächtigen Schwert gehörte.

Gertrudis, die noch immer am kalten Boden der Pfarrkirche lag, erschien die Szene wie ein Traum.

»Warum ist sie gefesselt?«, fragte der Mann streng, den der junge Kleriker mit Reinald angesprochen hatte. »Was hat sie verbrochen?«

»Sie ist die Gefangene meines Herrn.«

»Sie sieht aus wie eine Landstreicherin. Wer ist dein Herr? Welches Interesse hat er an ihr?«

Der Knecht, der noch immer draußen vor der halb offenen Kirchenpforte auf der obersten Stufe der Treppe verharrte, wurde immer kleiner unter dem Blick und der Stimme des Reinald.

»Mein Herr … Seibold ist mein Herr … und diese da … sie ist seine Gemahlin.«

Jetzt lachten alle. »Was ist das für eine verrückte Sache, Kanzler?«

Gertrudis zitterte am ganzen Leib, aber ihre Gedanken wurden immer klarer.

Wenn es einen entscheidenden Augenblick in ihrem Leben gab, dann war es dieser. Es ging um Leben oder Tod. Sie wusste plötzlich, dass der edle Mann, den die anderen Kanzler nannten, ihre Rettung sein würde. Seine edle, aufrechte Haltung, sein adeliges Äußeres, sein Kopf, die kraftvolle Stimme, der energische Blick ... alles an diesem Mann strahlte etwas aus, das Gertrudis nicht nur Hoffnung gab, sondern auch den Mut zu handeln.

»Herr, Kanzler Reinald«, sagte einer der Begleiter, ein etwas unbeholfener, dicker Mönch mit einem fassartigen Bauch unter der braunen Kutte. »Gott bestrafe mich für meinen Ungehorsam, Herr Reichskanzler, aber Ihr habt mir schließlich selbst befohlen, Euch immer dann zu drängen und an Eure Pflichten zu erinnern, wenn Ihr Euch wieder mal mit Dingen beschäftigen wollt, die Euch eigentlich gar nichts angehen.«

»Mein guter Bischof«, sagte der Kanzler lachend. »Mein wandelnder Mahner und guter Freund. Ihr schuldet mir keinen Gehorsam. Ihr seid Bischof, Otto von Freising, ich bin nur ein Dompropst.«

Bischof Otto lachte. »Diese falsche Bescheidenheit kenne ich gar nicht an Euch, mein Freund!«

»Aber Ihr habt Recht, Otto. Wir müssen weiter. Morgen um diese Zeit ist der Kaiser bereits in Fulda, da muss alles vorbereitet sein.«

Gertrudis raffte sich auf, kam mühsam auf die Beine. Sie fürchtete zwar, dass diese hohen Herren, die offenbar zur engsten Umgebung des Kaisers gehörten, kaum ein Interesse an ihrem Schicksal haben würden, einem Schicksal, das sie wie eine Landstreicherin aussehen ließ. Dennoch nahm sie allen Mut zusammen.

»Also, hört zu, Knecht von Seibold, wie immer du heißt. Du weißt doch, was eine Kirche ist?«

»Herr! Ich bin ein Christ.«

»Umso besser. Dann weißt du wohl sicher auch, dass du niemanden mit Gewalt aus einem Tempel Gottes entführen darfst?«

»Ja, Herr, aber sie ist doch …«

Die Gestalt des Kanzlers schien noch größer und mächtiger zu werden. Er hob seine Hand wie zu einem Segen, oder aber auch zu einem Fluch.

Gertrudis stand jetzt auf schwankenden Beinen und raffte ihr zerrissenes Kleid vor der Brust zusammen. Dann machte sie einen Schritt auf Reinald zu und warf sich ihm zu Füßen.

»Helft mir, hoher Herr, bitte, helft mir!«

»Ich denke, ich habe dir schon geholfen, Kind«, sagte der Kanzler eher kühl. »Geh zum Pfarrherrn dieser Kirche und trage ihm dein Anliegen vor«, fuhr er in milderem Tonfall fort, »und stehe endlich auf, Kind!«

Er fasste Gertrudis am Arm und half ihr aufzustehen, dann sah er, dass ihr Gesicht tränenüberströmt war. »O Gott«, sagte er. »Ihr seid wirklich verzweifelt!«

»Ehrwürdiger Kanzler!«, rief Bischof Otto. »Herr Reinald von Dassel! Der Abt erwartet uns genau zu dieser Stunde.«

»Du hast ehrliche Augen und ein gutes Gesicht, und ich sehe, dass dir etwas Schlimmes zugestoßen ist, obwohl du nicht schuldig bist.«

Bischof Otto von Freising zupfte den beinahe zwei Kopf größeren Kanzler am Ärmel seines wertvollen, dunkelbraunen Mantels von byzantinischer Machart. »Wenn Ihr nichts dagegen habt, dann werden wir inzwischen zu Abt Markward vorausgehen, und Ihr kommt nach, wenn Ihr diese Angelegenheit geklärt habt?«

»Eberhard von Giesel, erhebe dich«, sagte Gallus teilnahmslos. Der Kanzler des Stadtvogts hatte es sich längst abgewöhnt, über den Sinn, die Gerechtigkeit oder die Gottgefälligkeit seines Handelns nachzudenken. Er befolgte die Befehle des Tragebodo und wusch seine Hände in Unschuld. »Du bist der Angeklagte. Und als solcher hast du das Recht dazu, als Letzter vor diesem Gericht zu sprechen, bevor der Richter und die beiden Schöffen sich zurückziehen, um das Urteil zu finden.«

Mühsam richtete sich Eberhard auf. Durch den Innenhof strich ein eisiger Wind und gemahnte daran, dass der Winter noch nicht lange vorüber war. Das helle Viereck des Himmels war grau und gleichförmig.

»Es scheint, als habe der Angeklagte uns nichts zu sagen«, stellte Tragebodo nach ein paar Augenblicken fest. »Also, wenn er auf dieses Recht verzichtet ...«

»Nein! Ich will reden!«

Tragebodo verzog das Gesicht. Durch das geöffnete Tor der Stadtburg war Lärm von der gepflasterten Straße draußen zu hören.

»So rede!«, sagte Gallus.

»Und fasse dich kurz!«, fügte der Richter hinzu. Die Leute, insbesondere die Fremden, die zufällig vorbeigekommen waren und Zeugen des öffentlichen Hochgerichts wurden, schauten sich fragend an; sie wunderten sich, weil der Richter den Angeklagten mit so offenkundiger Häme und Gehässigkeit, ja geradezu mit Feindseligkeit verfolgte. Dass er kein gerechtes Urteil fällen würde, war jedem klar, der der Verhandlung aufmerksam gefolgt war. Und dass das Urteil schon lange vorher festgestanden hatte und sich auch durch Eberhards letzte Worte nicht mehr ändern würde, stand ebenfalls fest. Wer konnte schon etwas daran ändern? Von den Anwesenden jedenfalls niemand. Wer seinen Mund aufmachte, um gegen Tragebodos willkürliche Vorgehensweise Einspruch zu erheben, der würde schnell Bekanntschaft mit den Knüppeln seiner Dienstleute machen, oder Schlimmeres.

Eberhard war das alles gleich. Nur dieses eine Mal hatte er das Wort, das letzte Mal in seinem Leben, was konnte er da noch verlieren? »Ich habe meinen Bruder nicht getötet«, sagte Eberhard mit viel klarerer und stärkerer Stimme, als er selbst es für möglich gehalten hatte. Selbst Tragebodo schaute ihn erstaunt an. »Ich schwöre es beim Leben meiner Mutter. Weder meinen Bruder noch sonst einen Menschen habe ich getötet.« Er stockte für einen Augenblick, dann schaute er Tragebodo scharf an. »Aber ich war dabei, als er getötet wurde.« Er hatte seine Schwäche überwunden. Wenn auch am Ende der Tod stand, so wollte er doch nicht zu seinem Schicksal geschwiegen haben, wie auch immer es ausginge.

Unruhe machte sich im Publikum breit.

»Du gestehst also? Du gibst also zu, du warst dabei, als Walther von Giesel, dein Bruder, getötet wurde?«, fragte Tragebodo.

Plötzlich hob Eberhard den Arm und deutete mit dem ausgestreckten Zeigefinger auf den Stadtvogt. »Und Ihr wart es, der ihm das Schwert in den Leib gestoßen hat! Ihr seid der Mörder, Tragebodo, Ihr allein!«

Die Menschen stießen aufgeregte Rufe aus, ein Raunen ging durch die Menge. Auf einen Fingerzeig des Stadtvogts hin stürmten dessen Büttel zu Eberhard hinauf, versetzten ihm ein paar harte Schläge gegen den Kopf und in Brust und Bauch, sodass er blutend zusammenbrach.

»Genug!«, rief der Richter, als er sich das eine Weile angesehen hatte. Er bemerkte nicht, dass am Tor plötzlich Unruhe aufkam und eine Bewegung durch die umstehende Menge ging. »Ich sei verflucht, wenn ich schon jemals von einer solchen Ungeheuerlichkeit gehört hätte! Dass der Angeklagte den Richter mit seiner eigenen Untat bezichtigt! Doch der Allmächtige ist mein Zeuge: Eine solche Gottlosigkeit kommt einem Geständnis gleich. Ihr schreibt das auf, Kaplan Gallus, habt Ihr es?«

Gallus nickte schicksalsergeben und las vor: »Item: Dass der Angeklagte sich durch die Wahl seiner Worte selbst bezichtigt hat.«

Tragebodo lachte hämisch. »Gut, gut wie immer, Kaplan!« Er stand auf. »Ihr zwei, stützt den Angeklagten. Er soll aufrecht stehen, wenn ich ihn verurteile.«

»Was schreibe ich wegen der Schöffen?«

Tragebodo schaute die beiden biederen Männer aus niedrigem Stadtadel an, die der Verhandlung wie stumme Unbeteiligte gefolgt waren. Beide nickten eifrig, denn sie wollten es sich nicht mit dem höchstrangigen Adeligen in ihrer Stadt verderben. »Schreib, dass sie mit dem Richter des Hochgerichts ein einstimmiges Urteil gefällt haben, beseelt vom Heiligen Geist.« Tragebodo grinste. »Zeremonienmeister!«

»Herr?«

»Schläfst du? Die Verkündung!«

»Verkündung? Ach so, ja …« Er schlug mit dem Ende seines Zeremonienstabs auf den Boden. »Das Hochgericht hat mit Gottes Hilfe ein Urteil gefällt über diesen Eberhard von Giesel.«

»Ja, das Hochgericht hat ein Urteil gefällt«, wiederholte Tragebodo ungeduldig. »Also, im Namen des Abtes und im Namen unseres Königs …«

»Halt, Mann, wie könnt Ihr es wagen, im Namen des Königs zu urteilen, wenn Ihr vorher den Angeklagten so jämmerlich zusammenschlagen lasst?«

Ein groß gewachsener Mann, der offenbar von höchstem Adel war und seinen Gewändern nach zu urteilen zum Gefolge des Kaisers gehörte, löste sich aus der Menge der Zuschauer beim Tor des Burghofs und trat selbstbewusst vor das Gericht. Alles redete durcheinander, als die Zuschauer sahen, dass Gertrudis hinter ihm herkam, flankiert von einem halben Dutzend Leibwächtern. Seibold erbleichte. Sein schlimmster Albtraum schien sich zu bewahrheiten. Er hatte von vornherein keine Lust gehabt, sich die Hexe Gertrudis zurückzuholen, aber Tragebodo hatte es so gewollt. Er duckte sich, mischte sich unter die Menge und versuchte, ungesehen zum Tor zu kommen. Schweiß stand ihm auf der Stirn. Aber aller Augen waren auf den hohen Herrn gerichtet, der jetzt auf das Gericht zuschritt, und keiner achtete auf ihn.

»Was ist das denn für eine Scharade?« Tragebodo war verunsichert. »Ist das finstrer Mummenschanz? Was wollt Ihr? Wer seid Ihr? Wie könnt Ihr es wagen, mich dabei zu stören, wenn ich Recht spreche?«

»Wer ich bin? Ich bin Reinald von Dassel, Dompropst von Maastricht, Xanten, Goslar und Hildesheim … und der Erzkanzler des Heiligen Römischen Reiches, der Kanzler unseres Kaisers.«

Ein Raunen ging durch die Menge. Die Männer nahmen ihre Kopfbedeckungen ab. Jeder im Reich hatte von dem energischen Domherrn gehört, der die rechte Hand des Kaisers war, und jetzt sah man ihn leibhaftig vor sich! Keiner zweifelte an der Wahrheit seiner Worte.

»Und was wollt Ihr vor diesem Gericht? Wieso mischt Ihr Euch ein und bringt diese Frau zurück, die ich als Gefangene hinausgeschickt habe?«, fragte Tragebodo mit rauer Stimme. Wieder ging ein Gemurmel durch die Reihen der Zuschauer: Wie konnte der Vogt es wagen, diesem großen Herrn so respektlos gegenüberzutreten? »Bei allem Gehorsam, den ich Euch schulde, wenn Ihr wirklich der Kanzler des Kaisers seid … dies hier ist *mein* Gericht, und es ist nicht an Eure Weisungen gebunden!«

Die Leute waren gespannt auf die Antwort des Erzkanzlers. In der kurzen Zeit seit seiner Ernennung im Jahr zuvor hatte er sich landauf, landab den Ruf eines scharfsinnigen und energischen Mannes erworben, der aber zugleich als kompromisslos und überheblich galt.

»Ihr habt eine kesse Lippe, Stadtvogt«, sagte der Reichskanzler kühl. »Aber natürlich habt Ihr Recht. Deswegen habe ich nach Eurem Herrn schicken lassen, dem Abt.« Gertrudis wusste als Einzige, dass der Erzkanzler nicht die Wahrheit sagte. Sie hatte das Gefühl, dass er die Auseinandersetzung mit Tragebodo wie ein Spiel, eine intellektuelle Herausforderung sah. Vielleicht waren für diesen Mann die Menschen nur Figuren in einem großen Schachspiel und keine wirklichen, lebenden, von Gott geliebten Wesen.

»Der Abt?« Tragebodo erbleichte.

»Was haltet Ihr davon, Vogt, wenn wir uns die Wartezeit damit vergnügen, uns den Angeklagten anzuhören? Ich hatte nur vernommen, dass er Euch desselben Verbrechens angeklagt hat, wegen dem Ihr ihn selbst vor Euer Gericht stelltet. Heilige Veronika! Ist das nicht außerordentlich seltsam?«

»Seine Behauptung ist gotteslästerlich, und allein schon für diese Anschuldigung wird er sterben.«

»Ihr seid schnell mit der Verurteilung zum Sterben, Vogt. Der Tag hat noch viele Stunden zum Sterben, meint Ihr nicht auch? Kennt Ihr eigentlich die Heilige Schrift?«

»Was, ehrwürdiger … die Heilige Schrift?« Tragebodo schienen Reinald von Dassels Fragen ganz schön zuzusetzen.

»Zum Beispiel die *Historica Apostolicorum?*«

»Ich verstehe Euch nicht ganz, Herr«, erwiderte Tragebodo, der zusehends die Nerven verlor.

»Es ist die Apostelgesichte des heiligen Lukas. Wenn Ihr schon meine Autorität nicht anerkennt, wie wäre es dann mit der Autorität der Heiligen Schrift? Oder haltet Ihr Euch auch an deren Weisungen für nicht gebunden?«, fragte der Kanzler mit spöttischem und zugleich drohendem Tonfall.

»Ich bin ein guter Christ«, beeilte Tragebodo sich zu sagen. Seine Lippen waren jetzt nur noch dünne Striche. Es war offenkundig, dass er am liebsten sein Heil in der Flucht gesucht hätte.

Reinald von Dassel machte das Kreuzzeichen. »Hört die Heilige Schrift: *Es ist der Römer Art nicht, einen Angeklagten preiszugeben, bevor er seinen Klägern gegenüberstand und Gelegenheit hatte, sich gegen die Anklage zu verteidigen.* Amen.«

Tragebodo schaute seinen Kaplan Gallus Hilfe suchend an, aber der nickte nur. In Gallus' sonst so reglosem Gesicht war so etwas wie Genugtuung zu erkennen. »Dann soll er reden«, stieß Tragebodo hervor.

»Also, Herr Eberhard, ich weiß nicht, wer Ihr seid und warum Ihr hier seid, aber Ihr habt eine überzeugende, eine liebenswürdige Fürsprecherin in dieser Frau.« Der Kanzler deutete auf Gertrudis. »Sie hat ein großes Herz und ehrliche Augen.«

»O ja, sie hat ein großes Herz«, sagte Eberhard. Er schämte sich dafür, dass er auch nur einen Augenblick an ihrem Mut gezweifelt hatte.

»Erzählt jetzt, was geschehen ist an jenem Tag, an dem Euer Bruder getötet wurde.«

»Ja, Herr. Es begann damit, dass jemand mich warnte … dass dieser Mann mich beseitigen wolle.« Er deutete auf Tragebodo.

»Das wird ja immer verrückter!«, rief der Kanzler. »Und warum, um Himmels willen, sollte er das getan haben wollen?«

»Ich war damals ein Schreiber, Herr. Schreiber im Klosterarchiv von Fulda.« Eberhard lächelte für einen Augenblick, so als schwelgte er in einer glücklichen Erinnerung. »Und … ich habe Urkunden geschrieben, etliche Urkunden, die den Baronen hier im Land nicht gefallen haben, weil in diesen Urkunden Gott zurückgegeben wurde, was Gott gehörte.«

Der Kanzler horchte auf. »Ihr seid wahrhaftig ein Schreiber, Eberhard? Ihr seht aus wie ein Landstreicher!«

»Nachdem ich gewarnt worden war, bin ich geflohen und führe seither ein Leben auf der Straße.«

»Und wer hat Euch gewarnt?«

Eberhard schlug die Augen nieder. »Ich kann es Euch nicht sagen.«

»Und wieso könnt Ihr das nicht?«

»Weil ich versprochen habe zu schweigen.«

»Und von diesem Versprechen entbinde ich dich, mein Freund!«

Im gleichen Moment erschien Graf Ermenold mit ein paar

gewappneten Getreuen im Innenhof der Stadtburg; mit raschen Schritten kam er auf Reinald von Dassel und Gertrudis zu. Er war wie viele andere Edelleute aus der näheren und weiteren Umgebung nach Fulda gekommen, um am Hoftag des Kaisers teilzunehmen, und hatte davon gehört, dass im Innenhof Richttag gehalten wurde. Von Neugier getrieben, trat er hinzu.

»Graf Ermenold von Schlitz!«, riefen einige der Umstehenden, die den Adeligen kannten. Eberhard starrte mit vor Staunen offenem Mund auf seinen alten Schulgenossen.

»Graf Ermenold von Schlitz?«, fragte Reinald von Dassel erstaunt. »Ich kenne Euren Vater. Er war ein guter Mann. Aber was habt denn nun Ihr mit diesem *casus* zu tun?«

»Herr Kanzler, ich war es, dem der Angeklagte geschworen hat zu schweigen. Ich war es, der Eberhard davor gewarnt hatte, dass er umgebracht werden soll.«

»Du verdammter Verräter!«, schrie Tragebodo plötzlich und riss sein Richterschwert aus der Scheide. »Jetzt verstehe ich, warum dieser Bastard wusste, dass ich hinter ihm her war.«

Die Leibwächter des Erzkanzlers zogen vorsorglich ebenfalls ihre Waffen. Gefahr lag in der Luft, die Leute duckten sich unwillkürlich. Weitere Waffen wurden gezogen. Die Büttel des Stadtvogtes hielten sich lieber bedeckt; keiner wollte es wagen, sich mit einer der höchsten Autoritäten des Reiches anzulegen.

Kanzler Reinald indessen bewahrte die Ruhe. »Ich bin sicher, dass es für all diese Merkwürdigkeiten eine einfache Erklärung gibt und dass einer der Herren mir diese Erklärung jetzt auf der Stelle geben wird.«

Tragebodos ganzer Hass richtete sich auf Graf Ermenold. Sein Gesicht war von Wut verzerrt. »Du hast vergessen, wo du hingehörst. Ich hätte wissen sollen, dass du ein Freund dieses Bauern bist, der sich in Dinge einmischt, die ihn nichts angehen.« Er deutete mit der Schwertspitze auf Eberhard. »Wie du willst! Weißt du, was ich hier in meinem Herzen spüre, Ermenold?«

»In deinem Herzen war niemals etwas anderes als Hass und Verachtung. Und kalte Verzweiflung.«

»Was weißt du schon?« Tragebodo lachte rau. Ihm war anscheinend ganz gleich, was weiter geschehen würde. Er hatte den Rubikon überschritten, und es gab kein Zurück mehr. »Ich finde, dass wir das mit dem Schwert austragen sollten, wie es sich für Ritter gehört, findest du nicht, Ermenold? Im Grunde genommen habe ich immer gespürt, dass du ein Verräter bist, dass du keine Ehre hast. Sie haben dich gekauft. Du läufst jetzt genauso hinter den Pfaffenröcken her wie dein Vater und wie die meisten anderen unseres Standes. Was seid Ihr bloß für Feiglinge!«

Ermenold spuckte verächtlich aus. »Genug! Ich gehe auf deine Forderung ein, Tragebodo von Fulda! Du hast Recht. Wir hätten das schon lange tun sollen. Lass es uns mit dem Schwert austragen. Jetzt und hier!«

»Also dann, ein gerichtlicher Zweikampf«, sagte der Kanzler zufrieden. Er schien amüsiert zu sein über die unerwartete Wendung der Dinge. »Eine gute Lösung, vor allem dann, wenn der Richtige am Ende gewinnt. Denn heißt es nicht im Ersten Buch Samuel: *Heute wird dich der Herr in meine Hand geben, dass ich dich erschlage und dir den Kopf abhaue?*«

»Ja, ein Gottesurteil!«, rief es aus dem Publikum, und plötzlich fielen alle in den Ruf ein – Edle und Unfreie, Mönche und Laien, Männer und Frauen, Jung und Alt, so wie sie der Zufall im Innenhof der Stadtburg zusammengewürfelt hatte. »Graf Ermenold und Vogt Tragebodo, Ihr habt es gehört, das Schwert soll entscheiden.«

»Was bedeutet das alles?«, fragte Gertrudis mit vor Angst zitternder Stimme, obwohl sie die Antwort wusste.

»Es bedeutet, dass dein Eberhard stirbt, wenn Tragebodo gewinnt, und dass er lebt und frei ist, wenn Graf Ermenold gewinnt.«

Während sich die beiden Ritter bereit machten zum Zweikampf, herrschte eine aufgeregte Unruhe unter den Zuschauern. Keiner bemerkte, wie sich Ordolf, der angebliche Zeuge von Eberhards Bluttat, auf die Galerie zurückzog, wo er die beiden Kämpfer im Auge behalten konnte, die jetzt unten neben dem Henkerspodest Aufstellung nahmen.

Ordolf hatte einen Entschluss gefasst.

Er musste handeln, denn es ging um seine Existenz. Graf Ermenold durfte diesen Kampf nicht gewinnen, Eberhard durfte nicht frei sein und leben. Wenn Tragebodo besiegt würde, dann stünde auch er selbst als Meineidiger da, denn er hatte geschworen, dass er Zeuge gewesen sei, wie der Angeklagte sich des mehrfachen Mordes schuldig machte. Keiner wusste so gut wie Ordolf, dass der Stadtvogt gelogen hatte.

Dann hätte die gelähmte Hexe Theresa ihn mit ihren Flüchen am Ende doch vernichtet.

Er erreichte die voll besetzte Galerie. Hier drängten sich die Menschen, denn man konnte das Geschehen bestens überblicken.

Ordolf hörte, wie Tragebodo einen Kampfschrei ausstieß. Der Kampf begann. Noch ein Schrei, laut, durchdringend. So wollte er seinen Gegner einschüchtern.

»Los, komm, Feigling! Greif an, Ermenold!«

Ordolf spürte die Erregung der Menschen. Nichts faszinierte die Leute mehr, als wenn es um Leben und Tod ging.

Unauffällig schob er sich zur Pforte durch, schlüpfte hinaus und ließ den Innenhof und den Kampf hinter sich. Die plötzliche Stille in dem kühlen Treppenhaus beruhigte Ordolfs Nerven, und trotzdem zitterte er heftig. Er war schweißüberströmt. Sein Atem ging heftig.

Ein Glück, dass er sich in Tragebodos Burg einigermaßen auskannte! Er war hier oft genug zu Gast gewesen, denn seit Eberhards Flucht betrachtete Tragebodo Ordolf als Verbündeten.

»Du bist der letzte Mann von deinem Blut«, murmelte Ordolf zu sich selbst und stellte sich einen Augenblick lang vor, wie Eberhard zusammenbrechen würde, wenn der Armbrustbolzen sein Auge durchbohrte. »Blut und Knochen und Schleim, ha!« Oder das Auge des Grafen Ermenold? Oder seinen Rücken?

Ja, eigentlich war es besser, Ermenold zu töten. Denn wenn Tragebodo gewann, hatte Eberhard nur noch wenige Augenblicke zu leben ... Das Gottesurteil wäre gefällt worden.

Theresa. Er schnaubte wütend. In den unmöglichsten Augenblicken musste er an die Hexe denken. Selbst nachts verfolgte ihn der Anblick ihres blassen Gesichtchens. Wenn Eberhard tot wäre, dann konnte er sich vielleicht auch endlich Theresas entledigen, die jetzt schon so lange ihr verwunschenes Krüppelleben in der Dachkammer des alten Bauernmeisterhauses fristete, vergessen von der Welt und den Menschen, aber für Ordolf eine beständig wispernde Mahnung, ein Dorn in seinem Fleisch, den er nicht zu ziehen wagte, weil er fürchtete, dass dann etwas Schreckliches geschehen würde ...

Plötzlich erklang gedämpftes Gebrüll vom Innenhof, und trotz der geschlossenen Tür hörte Ordolf das metallische Krachen, als Schwert auf Schwert traf.

»Halt dich nicht länger auf«, sagte er zu sich selber. »Ohne deine Hilfe gewinnt Tragebodo nicht.«

Er wusste genau, wohin er wollte, aber er fragte sich, ob sein Plan Hand und Fuß hatte. Er musste zum Ostturm der viertürmigen Stadtburg, zur Waffenkammer, er musste den Gang entlang, dann eine Treppe hoch und durch einen weiteren Gang. Oder lag die Waffenkammer noch ein Stockwerk höher?

Alles musste schnell gehen!

Einer von Tragebodos Knechten kam den Gang entlanggelaufen. »Was ist denn da passiert? Wer kämpft denn da vor dem Gericht unseres Herrn?« Ohne eine Antwort abzuwarten, lief er weiter in Richtung der Tür zur Galerie.

Ordolf gab sich einen Ruck. So schnell er konnte, lief er in die Richtung, woher der Diener gekommen war. Er erreichte die Küche der Burg. Die Küche? Er hatte sich bereits verlaufen.

Nur ein paar junge Mägde waren dort, die aufgeregt miteinander tuschelten und im Augenblick nicht daran dachten, ihre Küchenarbeit fortzusetzen. Jede von ihnen wäre am liebsten zum Innenhof gelaufen, um zu sehen, was da los war, aber die alte Obermagd hielt sie zurück.

»Was wollt Ihr hier? Wer seid Ihr?«, fragte die Obermagd streng.

Ordolf überlegte fieberhaft, was er antworten sollte, aber er besaß nicht genug Vorstellungskraft und Geistesgegenwart, um eine passende Antwort zu geben, insbesondere, wenn er so aufgeregt und panisch war wie in diesem Augenblick.

Er floh wortlos aus der Küche, rannte weiter, und kurze Zeit später, ohne dass er gewusst hätte, wie er hingekommen war, fand er sich im nahen Ostturm der Burg wieder, vor der Türe der Waffenkammer.

Der bewaffnete Wachmann, der für gewöhnlich an der Waffenkammer Dienst tat, die jeweils benötigten Waffen ausgab oder entgegennahm, war nirgends zu sehen. Sein Platz war leer. Das Waffenbuch lag offen auf dem Tisch, und daneben stand ein Holzbecher, halb voll mit Bier. Der Mann war bestimmt wie alle anderen zum Innenhof geeilt, um den Zweikampf zwischen seinem Herrn und dem Grafen von Schlitz zu verfolgen. Die Waffenkammer war unbeaufsichtigt.

Ordolf rüttelte an der Tür, und sie öffnete sich! Er trat in die runde Waffenkammer, die sich nach oben über mehrere Stockwerke des Ostturms erstreckte. Als er zum letzten Mal zusammen mit Tragebodo hier gewesen war, durfte er sich ein halbes Dutzend neue Armbrüste für seine Leibwächter aussuchen. »Eine Hand wäscht die andere«, hatte Tragebodo geheimnisvoll gesagt. »Nimm die Waffen! Irgendwann wirst du es mir vergelten,

Ordolf. Und ich hoffe, du wirst wissen, wann dieser Augenblick gekommen ist.«

Das war der Augenblick. Wie in einem Wachtraum nahm er eine der Armbrüste, die aufgereiht auf einem Tisch in der Waffenkammer lagen. Die Waffen waren gespannt und einsatzbereit, nur der tödliche Bolzen musste noch eingelegt werden. Ordolf ergriff eine der Armbrüste, nahm fünf Bolzen und ließ sie in seine Manteltasche gleiten. »Das muss reichen.« Er hastete davon, machte sich erst gar nicht die Mühe, die Tür der Waffenkammer zu schließen. Jede Sekunde zählte. Ordolf handelte instinktiv. Er wusste, wenn er erst nachdachte, würde ihn der Mut verlassen, und alles wäre entschieden. Der Dämon, der von ihm Besitz ergriffen hatte, war unerbittlich.

Diesmal verlief er sich nicht. Die Waffe in der Hand wog schwer. Er erreichte den Gang, den er gesucht hatte, ein Stockwerk oberhalb der Galerie. Vorrats-, Speicher- und Schlafkammern des Gesindes lagen hier. Er wusste, dass die Kammern schmale Fenster zum Innenhof besaßen, genau wie er sie suchte.

Ja, der Kampf war noch nicht entschieden. Die beiden Kämpfer schrien mit den erregten Zuschauern um die Wette, die Waffen klirrten.

Vorsichtig lugte Ordolf in den Innenhof hinab. Er hielt den Atem an, während seine feuchte, zitternde Hand nach einem Armbrustbolzen in seiner Manteltasche suchte.

Von hier oben sahen alle ganz winzig aus: Die beiden Kämpfer, die unmittelbar neben dem Podest mit dem Richtblock erbittert gegeneinander fochten, Eberhard, der in gekauerter Haltung auf dem Podest verharrte, der Reichskanzler, der Henker, seine Schwester Gertrudis.

»Autsch!« Er zuckte zusammen. »Verdammt nach mal!« Er hatte sich an der metallenen Spitze eines der Bolzen gestochen.

Ordolf sah, dass Tragebodos Ausfallschritte müde waren und viel zu kurz. Er war in die Angewohnheit schlechter Schwertkämpfer verfallen, sprang immer wieder zur Seite, statt mit kleinen, kontrollierten Schritten dem Gegner auszuweichen. Seine mangelnde Kampfpraxis und sein üppiges Leben schienen ihren Tribut zu fordern.

Graf Ermenold von Schlitz war eindeutig im Vorteil. Er befolgte die Regel, dass man geschwächte Gegner beständig angreifen muss. Die Leute feuerten ihn an, die meisten waren auf seiner Seite. Der gewalttätige und ungerechte Stadtvogt hatte nur wenige Freunde in Fulda. Ermenold ließ den Vogt nicht zu Atem kommen. Jetzt führte er kleinere Attacken gegen Arme und Beine, hieb dazwischen heftig auf das Schwert seines Gegners ein, um durch die Erschütterungen dessen Handgelenk zu schwächen.

Umso mehr bedeutete es für Ordolf, dass er sich beeilen musste. Mit zitternden Fingern legte er den Bolzen in die Halterung ein. Wenn Tragebodo einen Fehler machte, dann würde es sein letzter sein. Dem musste er zuvorkommen.

Vorsichtig lehnte er sich aus dem schmalen Fenster der Speicherkammer. Er versuchte zu zielen, aber der Winkel war äußerst ungünstig. Er musste die ganze Waffe aus dem Fenster hinaushalten, um überhaupt schießen zu können. Er fluchte. Damit hatte er nicht gerechnet. Wenn er schoss, würde er Gefahr laufen, dass er die Waffe nicht rechtzeitig zurückziehen und man ihn von unten sehen konnte. Allerdings waren alle Augen auf den Kampf gerichtet, und keinen interessierte es, was zu ihren Köpfen vorging.

Er hatte ohnehin keine Wahl.

Er kletterte auf die schmale Brüstung des keine zwei Fuß breiten Fensters. Unter ihm öffnete sich der Abgrund von vier oder fünf Klaftern. Er kniete auf dem nur handbreiten Sims, schwankte, spürte aber keinerlei Schwindel oder Höhenangst. *Seltsam,* dachte er wie in einem Schwebetraum, *ich habe gar keine Furcht, dass ich hinabfallen könnte.*

Er atmete tief durch. Er musste ruhiger werden, sonst würde er danebenzielen. Aber es war ja nicht das erste Mal, dass er eine Armbrust in der Hand hielt. Er hatte unzählige Übungsschüsse abgegeben, und keine Katze und kein streunender Hund im Gieseler Tal waren vor seinen Armbrustattacken sicher gewesen.

Niemand schaute im Augenblick herauf. Er legte den Bolzen ein. Plötzlich fühlte er sich in allem ganz sicher, was er tat. Er hob den Blick zum Himmel hinauf. Er und der schwarze Dämon, der von seiner Seele Besitz ergriffen hatte, waren jetzt ganz eins, es gab keinen Widerspruch mehr zwischen dem Bösen und seiner finsteren Seele. Er war böse, ja, aber glücklich.

Graue Wolken zogen über den Himmel. Plötzlich sah er den Schwarm von Dohlen, der im Domturm nistete, und die Silhouette eines mächtigen Adlers, der hoch über den Dohlen schwebte, und im nämlichen Augenblick, da er den König der Lüfte bemerkt hatte, stürzte sich dieser auf die Dohlen hinab und zerfetzte eine von ihnen im Flug.

Er hatte jetzt einen sicheren Halt. Die Mittelstange der Waffe aus Eibenholz lag gut in seiner Hand. Er zitterte nicht mehr, und sein Atem ging viel ruhiger. Aber er schwitzte noch immer heftig. Er spürte plötzlich, welche Macht ihm die Waffe verlieh. Er war Herr über Leben und Tod, und wie immer, wenn er das spürte, hatte er eine Erektion.

Er zielte über die gabelförmige Kimme. Das Ziel musste sich genau in der Mitte zwischen den beiden Zacken befinden, dann traf man als geübter Schütze auf dreißig Schritt hundertprozentig genau.

Ganz kurz nahm er seine eigene Schwester ins Visier, die hinter Reinald von Dassel stand. Er leckte sich über die Lippe, als er sich vorstellte, wie es wäre, eine solche Untat zu vollbringen. Der eigenen Schwester einen Armbrustbolzen durch den Kopf schießen! Sonst waren es Wildtiere, Kaninchen, große Vögel, manchmal Hunde oder Katzen, die er tötete. Niemals zuvor hatte er einen

Menschen mit einer Armbrust erledigt. Aber Gertrudis war nicht sein Opfer.

Jetzt hatte er Ermenolds Rücken im Visier … aber der tänzelte im seitlichen Winkel zu ihm, vollführte mit dem Schwert über dem Kopf eine plötzliche Scheinattacke.

Tragebodos Parade war halbherzig und ungenau. Die Spitze von Graf Ermenolds Waffe ritzte den Schwertarm seines Gegners. Ein Aufschrei ging durch die Zuschauer. Jeder sah, dass jetzt die Entscheidung nahte. Und es stand außer Zweifel, wer als Sieger vom Platz gehen würde – es sei denn, es geschähe etwas vollkommen Unerwartetes.

Ermenold tänzelte auf der Stelle, während Tragebodo wie blöde seine klaffende und stark blutende Wunde anstarrte. »Das sollst du mir büßen, du Hurensohn!«, schrie der Stadtvogt außer sich.

»Ja, das sollst du«, sagte Ordolf. Sein Finger krümmte sich um den Abzug, krümmte sich … er schoss, stöhnte auf … aber seine Hände waren nass von Schweiß … sein Finger rutschte etwas ab, der Schuss ging fehl, weit an Ermenold vorbei, und krachte in den Richtblock, wo er Eberhard nur um Haaresbreite verfehlte.

Nur einer hatte in dem ganzen Durcheinander den Anschlag bemerkt, und das war Eberhard, der angeklagte Brudermörder. Er starrte auf den Armbrustbolzen und duckte sich. Offenbar nahm er an, dass das Geschoss für ihn gedacht war, wusste jedoch nicht, aus welcher Richtung es gekommen war. Mit vor Entsetzen aufgerissenen Augen blickte er sich um.

»Immer glaubst du, dass alles sich nur um dich dreht!«, sagte Ordolf verächtlich. Er hatte Glück gehabt. Außer Eberhard hatte tatsächlich keiner etwas bemerkt. Der Kampf ging ohne Unterbrechung weiter. Ordolf hatte seine zweite Chance.

Schnell sprang er vom Fenstersims. Beidhändig spannte er von neuem die Armbrust. Es war anstrengend, aber es gelang ihm beim ersten Versuch. Ordolf grunzte zufrieden, denn er spürte, dass sein zweiter Schuss sitzen würde. Er legte den nächsten Bolzen ein. Er fühlte sich jetzt kaltblütig und zu allem entschlossen. Geradezu beschwingt sprang Ordolf auf das Fenstersims, rutschte an der Kante ab, die Waffe flog in hohem Bogen hinaus in den Innenhof, ein markerschütternder Schrei drang aus seiner Kehle, denn er wusste ganz genau, was jetzt geschehen würde: Er war auf dem Weg zu seinem Stelldichein mit dem Teufel …

Als Eberhard den Armbrustbolzen in den hölzernen Richtklotz krachen hörte, wusste er zuerst nicht, was los war. Er schaute hoch. Der Schuss musste irgendwo auf der Galerie abgefeuert worden sein. Aber da standen zu viele Leute. Nein, höher, im Obergeschoss der Burg. Ja – Eberhard sah für einen winzigen Augenblick, wie in einem der schmalen Fenster dort oben ein Bein und ein Arm mit einer Armbrust verschwanden.

Hatte der Schuss ihm gegolten? Niemand hatte etwas bemerkt. Alles schaute nur auf den Schwertkampf, der eine unerwartete neue Wendung nahm.

Eberhard sah, dass auch der Henker den Einschlag des Bolzens bemerkt hatte und mit den Augen die Fenster absuchte.

In dem Moment trat Graf Ermenold mit der Ferse auf einen Kieselstein und geriet für einen winzigen Moment aus dem Gleichgewicht. Offensichtlich zu selbstsicher, hatte er die Binsenweisheit vergessen, dass ein angeschlagener und verletzter Kämpfer der gefährlichste Gegner war. Tragebodo holte aus und trat ihm mit voller Wucht von hinten gegen das Bein, sodass der Graf einknickte.

Ein Schrei durchfuhr die Menge, als Tragebodo mit aller Kraft seiner Verzweiflung ausholte und seinem Kontrahenten einen krachenden Schwerthieb versetzte, den dieser nur mühevoll mit der Parierstange seiner Waffe abwehren konnte. Der Schlag war so hart, dass er fast sein Schwert fallen lassen musste.

Tragebodo stieß einen Triumphschrei aus, der die Zuschauer erschauern ließ. Plötzlich hatte sich der Kampf doch noch gewendet. Alles ging jetzt ganz schnell. Schon war er über seinem Opfer wie wenig zuvor der Adler über dem Dohlenschwarm, und hob das Schwert, um zuzustoßen.

In diesem Augenblick ertönte ein Todesschrei, aber es war nicht der des Grafen Ermenold.

Alle Augen gingen zum Obergeschoss, wo aus einem der Fenster der Leib des Ordolf herabstürzte. Die Armbrust noch immer umklammernd, krachte er nur wenige Schritte von Eberhard und den Kämpfenden entfernt auf das Pflaster des Burghofs. Der Erzkanzler und Gertrudis mussten zur Seite springen, um nicht von dem massigen Körper erschlagen zu werden.

Die Waffe zerbarst, ihre Stücke splitterten auseinander.

Die Frauen kreischten, die Männer schrien.

Ein weiterer Todesschrei.

Geistesgegenwärtig hatte Graf Ermenold von Schlitz die Schrecksekunde genutzt und seinem Gegner sein Schwert im schrägen Winkel von unten, die lederne Schutzkleidung umgehend, in den Bauch gerammt, sodass sie am Rücken wieder austrat.

In Tragebodos aufgerissenen Augen lag einen Augenblick lang noch ungläubiges Staunen über den eigenen Tod, aber es ging schnell, der Schmerz ließ seine Sinne schwinden, dunkles Blut sprudelte ihm aus dem Mund, ehe er unter letzten Zuckungen zusammenbrach.

Eberhard sprang auf. Gertrudis hastete zu ihm hinüber und schlang die Arme um ihn.

»Du wirst leben«, sagte sie immer wieder, »du wirst leben«, und die Tränen flossen in Strömen über ihr Gesicht. Diesmal aber waren es Tränen des Glücks.

Wieder kam am Tor Bewegung auf.

»Der Abt!«, riefen die Leute. »Unser Herr!«

Zusammen mit Bischof Otto von Freising, den anderen Getreuen des Kanzlers und einer Schar von Rittern betrat der Abt den Innenhof des Stadtvogtes.

Die Anspannung löste sich.

»Um Himmels willen!«, rief Markward. »Was ist denn hier geschehen?«

Der Erzkanzler lachte, ein kraftvolles, entspanntes Lachen. Reinald von Dassel trat neben den Grafen Ermenold von Schlitz und half ihm vom Boden auf. »Brav gekämpft, Herr.«

»Ich habe es gewusst, Freund Reinald!«, rief Bischof Otto. »Immer wenn du dich einmischst, passiert so etwas.«

»Was hier geschehen ist, Abt?« Der Reichskanzler legte dem Abt einen Arm um die Schulter. »Vor Eurem Gericht hat es ein Gottesurteil gegeben.«

»Deswegen bin ich hier! Wie konnte es dieser Mensch wagen, Gericht zu halten in meinem Namen, ohne dass ich etwas davon weiß?« Der Abt deutete ärgerlich auf den erkaltenden Leichnam Tragebodos. »Wer ist der andere Tote?«, fragte er dann.

»Er ist der Zeuge in der Sache gewesen.«

»So hat Gott zweimal gerichtet«, erwiderte der Abt. »Ich habe gehört, dass es um einen Brudermord ging? Wo ist der Angeklagte?«

Plötzlich sah der Abt Eberhard und Gertrudis an. Er wollte schon wieder wegsehen, als sein Blick an Eberhards Gesicht hängen blieb. »Ich kenne diesen Mann«, flüsterte Markward.

»Vater!«, sagte Eberhard leise.

»Bist du es wirklich, mein Sohn?«

»Ich bin es, Eberhard.«

»Die ganze Zeit über hatte ich befürchtet, dass du tot bist. Sie haben gesagt, dass sie dich beseitigt haben, weil du mir bei meiner schweren Arbeit geholfen hast. Ich bin so glücklich, dass du am Leben bist.«

»Sie haben es in der Tat versucht, ehrwürdiger Vater.«

Das Volk hielt den Atem an, als Abt Markward vor der Zeugenschaft unzähliger Augenpaare das Podest des Henkers erklomm und Eberhard wie den verlorenen Sohn in die Arme schloss. »Dieser mein Sohn war tot und ist wieder lebendig geworden«, sagte der Abt mit Tränen in den Augen. »Der verlorene Sohn ist zurückgekehrt.«

»Ja, Abt, ich war verloren. Aber ich habe einen Engel gefunden, der mir das Leben zurückgegeben hat.«

»Ich verstehe!« Der Abt lächelte und streifte Gertrudis mit einem wohlwollenden Blick. »Weißt du eigentlich, dass du mir gefehlt hast, mein Junge?«, flüsterte Markward väterlich. »Aber glaub mir, von jetzt an wird alles gut werden.«

Epilog

1157

6. Octobris,
19. Sonntag nach Trinitatis

Der goldene Oktober machte seinem Namen alle Ehre. Im Dorf bereiteten sie den Winter vor. Lange war es bitter kalt und regnerisch gewesen, aber kurz vor dem Tag des heiligen Dionysius, der einer der vierzehn Nothelfer war, hielt ein verspäteter Altweibersommer Einzug, der alle Weinbauern im Fuldatal jubeln ließ. Die jungen Baldachinspinnen woben ihre Spinnweben, und das gelbe Licht brach sich in winzigen Tauperlen, als Eberhard und Gertrudis frühmorgens aus ihrem Dorf hinauf auf den Himmelsberg stiegen.

Ihr Atem dampfte in der Morgenkühle. Gertrudis war wie eine junge Stute mit hellbraunem Fell und blondem Schweif, dachte Eberhard, so frisch, so lebensbejahend, so jung; und er selbst kam sich vor wie ein kräftiger Junghengst, der voller Lebenskraft und Tatendrang war.

Sie waren auf dem Weg hinauf zu ihrem Zaubersee. Der Himmel war blau, und es würde ein weiterer schöner Tag werden im Fuldaer Land. »Es ist gut, dass wir noch einmal dorthin gehen, bevor du aufbrichst, mein Herz.«

»Sag ein Wort, und ich bleibe hier.«

»Du weißt genauso gut wie ich, dass das nicht geht. Wenn dich der Reichskanzler zu sich ruft und dir auch noch Geleitschutz schickt, dann kannst du nicht ablehnen.«

»Herrgott! Besançon! Wieso ausgerechnet Besançon? Das ist im Franzosenreich. Was will er dort mit mir?«

»Du hast doch gehört, dass er deine Hilfe braucht, und wir wissen ja beide, was wir ihm schulden. Hat er nicht durchblicken lassen, dass der Papst und der Kaiser sich bald furchtbar in die Haare kriegen werden? Da braucht er offenbar deine *ganz speziellen Fähigkeiten.*«

»Ja, ein Fälschung, darum geht es. Darum und um nichts anderes. Aber gegen den *Papst!*«

Gertrudis lachte. »Es wird nichts so heiß gegessen, wie es gekocht wird. Und außerdem finde ich es gar nicht schlecht, wenn der Kanzler des Heiligen Reiches der Dienste meines Gemahles bedarf.«

Eberhard sagte nichts mehr. Er wusste ja, dass Gertrudis Recht hatte. Ohne Reinald von Dassel wäre alles anders gekommen. Wenn Dassel ihn nach Besançon rief, dann musste er diesem Ruf folgen. Und doch war er unglücklich darüber, sein Haus, sein Dorf, seine Heimat verlassen zu müssen. Ausgerechnet jetzt! Aber es nützte nichts. Und angesichts von Eberhards bevorstehender Abreise hatten sie beschlossen, diesen letzten Morgen, den sie zusammen hatten, ganz ungestört am Zaubersee zu verbringen.

Als sie ihr Ziel fast erreicht hatten, eröffnete sich ihnen noch einmal der Blick hinab ins Tal. In *ihr Tal.* Das Dorf lag unter einer dichten Nebelbank, die sich über die ganze Senke des Gieselbachs bis hinunter zum Johannesberg erstreckte.

»Ich verspreche dir, ich komme so schnell zurück, wie es irgend möglich ist. Glaub mir! Ich habe mich erkundigt. Besançon, das erreicht man in zehn, höchstens vierzehn Tagen. Bevor der erste Schnee gefallen ist, bin ich zurück, und wenn das Martinsfeuer brennt, haben wir schon längst vergessen, dass ich einmal fort gewesen bin.« Er lachte gerührt. »Schließlich habe ich Theresa versprochen, dass ich sie mindestens hundert Mal um das Feuer tragen werde.«

Gertrudis legte den Arm um seine Taille. »Theresa kann glücklich sein, dass sie dich als Bruder hat.«

»Und dich als Schwägerin.«

»Ich werde jeden Tag zusammen mit ihr zur Muttergottes beten, dass du bis zum Martinstag aus Besançon zurück bist«, versprach Gertrudis. »Beeil dich also bei deinem geheimnisvollen Auftrag.«

Sie war so stolz auf ihren Gemahl, den ehrsamen Bauernmeister, den Freund des Kanzlers, des Abtes und des Grafen Ermenold. Darauf, dass der Reichskanzler Eberhards Dienste bedurfte. Natürlich tat ihr das Herz weh, wenn sie daran dachte, so lange auf Eberhard verzichten zu müssen, aber die Tatsache, dass er solch hochstehende Freunde hatte, verlieh ihr ein wohltuendes Gefühl der Sicherheit. Was konnte ihm da schon zustoßen?

»Ist es nicht verrückt, dass wir plötzlich Ministeriale sind? Gestern noch Landstreicher und heute Edelleute? Dass unsere Kinder von edler Geburt sein werden?« Der ehrwürdige Abt Markward hatte Gertrudis' Ehe mit Seibold für nichtig erklärt und Eberhard und sie nicht nur persönlich getraut, sondern sie zu ihrer beider großen Überraschung in den untersten Stand des Adels erhoben. Eberhards Familie hatte jetzt sogar ein Adelswappen. Es zeigte eine Feder auf weißem Schild, als Attribut des Schreibers. Der Abt hatte es ihm verliehen.

»Das ist wirklich verrückt! Und doch ist alles wahr!«

»Komm!«, rief Gertrudis plötzlich, nahm ihn bei der Hand und zog ihn bergan. »Ich will endlich in den Zaubersee springen, und wenn er noch so kalt wäre!«

Mitten in dem großen, einsamen, dunklen Waldstück verlor sich der Weg. Ehrfürchtig reichten sich Eberhard und Gertrudis die Hände. Das hier war das Reich der Wildschweine, Wölfe, Füchse und des Hirschwilds, und es gab etliche Waldgänger in Giesel, die steif und fest behaupteten, dass es in den höheren Lagen des Himmelsberges auch noch Braunbären gebe. Gertrudis war ziemlich außer Atem von dem steilen Anstieg durch unwegsames Gelände, wohin sich so gut wie nie ein Mensch verirrte.

»Du musst dich schonen!«, sagte Eberhard streng.

»Ich bin nicht krank«, erwiderte Gertrudis. Sie streichelte ihren Bauch. Langsam gingen sie weiter, Hand in Hand. Die Bäume wurden größer und erhabener – es waren die ältesten Bäume, die man in der Gegend finden konnte. Jetzt hatten sie ihn beinahe erreicht, ihren Zaubersee. Schon sahen sie die hellen Flecken der Sonnenstrahlen, die auf der Oberfläche des kleinen Waldsees glitzerten.

Sie blieben stehen, und Gertrudis schmiegte sich an Eberhard. »Es ist schön mit dir. Ich bin so glücklich, dass wir beide zusammen sind. Welche Frau kann schon von sich behaupten, dass sie mit dem Mann verheiratet ist, den sie liebt, den sie schon immer geliebt hat?«

Eberhard legte seine Hand auf die leichte Wölbung ihres Bauches. »Du bist schön, Liebste. Ich liebe dich! Ich freue mich auf unser Kind.«

»Oh, und ich erst, mein Mann!« Ihre Lippen suchten die seinen, und einen langen Augenblick lang versanken sie ineinander, vergaßen die Welt um sich herum. »Ich möchte, dass wir das Kind Wolf nennen, wenn es ein Junge wird«, sagte sie.

Eberhard lächelte. »Einverstanden«, sagte er dann. »Und außerdem bin ich sicher, dass es ein Junge wird.«

Schließlich gingen sie zum See hinab. Spinnweben zogen sich durch das Geäst. Ein Teppich aus Seerosen lag auf dem See.

»Die Amme sagt, das Kind wird an Sankt Petri Stuhl zur Welt kommen.«

»Im Frühling also.« Gertrudis entledigte sich ihrer Kleider, sie ließ sich Zeit dabei. Eberhard lächelte und tat es ihr nach. Sie hatten keinerlei Scham mehr voreinander. Jeder kannte den Körper des anderen wie den eigenen, jeden Zoll davon. Nacktheit war für sie so natürlich wie damals in der Kindheit, als sie an ihrem Zaubersee zusammen schwammen.

»Manchmal wünschte ich, es würde stimmen, was Theresa von den Spinnweben erzählt.«

»Brrr!« Eberhard tauchte in das eiskalte Wasser. Gertrudis verzog keine Miene, als sie in den See glitt. »Was erzählt unsere Amme denn?«

»Sie behauptet steif und fest, dass die Spinnweben gar nicht von Spinnen stammen, sondern dass es Gespinste von Elfen und von Zwergen sind, oder auch von der Jungfrau Maria.«

»Ach, deswegen nennen unsere alten Frauen sie ›Unserer Lieben Frauen Gespinst‹.«

»Oder Marienfäden.«

Eberhard zog Gertrudis an sich. »Ist unserem Kind nicht zu kalt im Wasser?«

»Ach, Unsinn!«, rief Gertrudis. »Es wird ihm guttun! Dass das Wasser so kühl ist, ist wunderbar! Es reinigt die Sinne. Nein, dem Kind ist genauso wenig zu kalt wie der Mutter. Und der Mutter ist so wohl, so wohl wie es einer Frau in dieser Welt nur sein kann.«

»Dann singe für mich.«

»Was willst du denn hören?«

»Kennst du vielleicht ein neues Lied?«

»Ja, warte.« Sie schloss die Augen. »Die Mägde an den Webstühlen singen es, wenn sie die Schiffchen hin- und herfahren. Hör zu:

Dû bist mîn, ich bin dîn.
des solt dû gewis sîn.
dû bist beslozzen
in mînem herzen;
verlorn ist das sluzzelîn:
dû muost ouch immer darinne sîn.«

»Das ist wunderschön«, sagte Eberhard versonnen. »Womit habe ich das Geschenk nur verdient, das Gott mir mit dir gemacht hat!«

Nachbemerkung

Vor einigen Jahren stieß ich in einer alten, verstaubten Sammlung von Originaltexten zur Geschichte des mittelalterlichen Bauernstandes auf einen Lebensbericht. Abt Markward I. von Fulda hatte ihn in Lateinisch verfasst, und er beschrieb darin seinen Kampf gegen die Barone und Adelsfamilien des Fuldaer Landes. Die hatten das altehrwürdige Reichskloster Fulda beinahe in den Ruin getrieben, als Abt Markward im Jahre 1150 seine Regierung antrat.

Der Abt rechtfertigt in dieser Schrift die Maßnahmen, die er ergriffen hatte, denn seine großen Erfolge ernteten Undank: Weil er sich in einem politischen Konflikt für den Papst und gegen Kaiser Friedrich I. ausgesprochen hatte, wurde er 1165 aus seinem Amt entfernt und starb drei Jahre später in Hanau.

Der Kampf des Abtes um die Rechte seiner Abtei erweckte mein Interesse. Bei weiteren Recherchen stieß ich auf den so genannten Codex Eberhardi, eine umfangreiche Urkundensammlung, die während Markwards Herrschaft entstanden ist und die heute im Hessischen Staatsarchiv in Marburg aufbewahrt wird. Von den ursprünglich acht Bänden existiert heute nur noch einer.

Während der Schreiber namens Eberhard das Kartular, ein umfassendes Verzeichnis der Klostergüter – vermutlich im Auftrag des Abtes –, aus älteren Urkundenbeständen zusammenstellte, verfälschte und änderte er die alten Besitztitel zu Gunsten des Klosters. Bei dem Codex Eberhardi handelt es sich um »eine der größten Fälschungsaktionen, die im Mittelalter jemals in einer einzigen Werkstatt erfolgten«, so der Historiker Thomas Vogtherr.

Wer aber war dieser Eberhard? Heutzutage weiß man nur eines ganz genau: dass sein Name Eberhard war. Ansonsten gibt es nur wenige ungesicherte Fakten zu seinem Leben. Eberhard schrieb den Codex zwischen 1150 und 1160, er war ein Laienbruder oder ein Mönch in der berühmten Reichsabtei Fulda und entstammte einer Ministerialenfamilie aus Mitteldeutschland. Diese Ministerialen waren kleine Dienstleute aus unfreiem Stand, die im Laufe des 12. Jahrhunderts in den niedrigen Adelsrang aufstiegen und deren Familien später mit dem alten Geburtsadel verschmolzen.

Ich fragte mich, wie das Leben dieses Eberhard aussah. Was war das für ein Mensch, der sich hinter diesem Namen verbirgt? Und so entstand dieser Roman – »Gottes Fälscher«, denn Eberhard fälschte nicht zu seinem eigenen Nutzen, sondern für sein Kloster, und damit für Gott.

Die Figuren aus dem persönlichen Umfeld Eberhards, seine Familie, die Laienbrüder im Kloster, die Leute aus dem Gauklerhaufen, Gertrudis, Wilbur, Seibold und Ordolf, Hinkmar und Irmhard und die anderen »kleinen Leute« sind fiktive Gestalten.

Die Gestalten des gesellschaftlichen und politischen Lebens, die darüber hinaus »Gottes Fälscher« bevölkern, sind allesamt historische Gestalten der damaligen Zeit – Päpste, Kaiser und Könige, Herzöge und Grafen, Abt Markward I. und seine Vorgänger, Kardinal Bandinelli (der später der bedeutende Papst Alexander III. und Kaiser Friedrichs schärfster Widersacher wurde), Embricho, der Bischof von Würzburg, Kanzler Reinald von Dassel, Vogt Gottfried von Ziegenhayn, der Raubritter Gerlach, Tragebodo von Fulda, Graf Ermenold von Schlitz – all diese Funktionsträger der damaligen Gesellschaft haben wirklich gelebt, und ihre machtpolitischen Auseinandersetzungen sind in meinem Buch getreu aufgezeichnet.

Bei allen meinen Recherchen stellte ich eines fest: Diese Menschen, die vor achthundertfünfzig Jahren lebten – liebten und hassten, kämpften und feierten, sich den Studien widmeten und betrogen –, waren Menschen aus Fleisch und Blut. So weit weg das hohe Mittelalter uns manchmal erscheint, ist darin doch tief unsere eigene Geschichte verwurzelt.

Günter Ruch, Oktober 2006

Inhaltsangabe